夏花秋叶

——若星报告文学散文随笔选

（上）

陈若星 著

西安出版社

陈若星肖像(西安美术学院院长、著名画家王胜利作)

序

胡 悦

我与若星同志认识是缘于《文化艺术报》。由于工作性质,对陕西的所有报刊杂志我尽量阅看。觉得此报虽然不大,时间不长,但说文化人、论文化事,办得十分前卫,非常灵动,很有特色,也由此注意到了报社女总编陈若星。不久,省委宣传部送来了一份调研报告,说的正是《文化艺术报》,看后颇有感慨。我在报告上批示"一张小报,底子很薄,没有很多扶持政策,但依靠着一种好的精神、好的理念、好的运作方式及好的带头人,几年苦干,成绩斐然,很值得深思"。之后在一次大会上,我就《文化艺术报》谈了点看法,没想到若星同志就坐在下面。会后,她到台下来见我,我才第一次认识了她。

半年前,若星同志亲自送来即将结集出版的随笔文集《夏花秋叶》一书样稿,请我为此作序。我是琴棋书画、吹拉弹唱,样样不通。当了宣传部长,定下的原则就是少说多干,为文化人服好务。为才女作序很是不妥,于是此事一拖再拖。以后,听说若星同

志重病住院且抱病工作，担心之余更为钦佩，又听说她现已基本康复，走出病房，闻之甚是欣慰。同时感到多了一份责任，抽空静静细读文稿，不由提起了笔。

"夏花·秋叶"，这应是起意于文学巨匠泰戈尔在《飞鸟集》中的名句"生若夏花般绚烂，死若秋叶般静美"，借以诠释对生命的认知和感悟。书中文章，或以文载道、寓事于理，或羚羊挂角、信手拈来，记录了一名坚强女性于漫漫人生长路中上下求索的心路历程。

生若夏花，就当尽情绽放自己生命中的绚丽——近些年，《文化艺术报》在报社全体同志的努力下，逐步发展成为行业内的知名品牌，改革成效显著，实力稳步上升，身为总编的若星同志功不可没。同时，她时刻不忘新闻工作者肩上担负的责任，几十年笔耕不辍，屡获奖励表彰。特别是在"5·12"汶川大地震发生后，她冒着余震频发的危险，三次带队深入灾区一线采访，拍摄了大量珍贵的图片资料，撰写了50多万字的新闻通讯和报告文学，体现出一名新闻人面对大灾，胸有大义的良好职业精神。

秋叶不落，只为放不下那一丝生命中的绿色——没有人能安排自己的生老病死，但当风雨来临之时，人们能做的事还有很多。若星同志在《苍茫时刻》一文中写有"如同往常一样"、"有条不紊的处理"、"平心静气地等待"这样的话，淡定从容，却又不失积极乐观。病痛没能消磨去生活的信心，羸弱的身躯犹能撑起一片天空，这是一种对生命的感激和满足而衍生的豁达人生态度，实在难能可贵。

活着已经是一种幸运，活在这样一个时代更是幸运，能心存感激去理解生命意义的人，无疑才是有大智慧和大勇气的。

此刻，我心中只有一个企盼，愿病魔远离若星同志，生命之花常开不败。

是为序。

2011年6月20日

探索与创造者的礼赞

——读《夏花秋叶》

陈忠实

视角·视野

　　读着陈若星即将出版的报告文学散文随笔集《夏花秋叶》书稿,我不由暗暗惊诧,这人写了多少人的速写式的报告文学作品呀。尽管认识陈若星也有近10年了,也知道她主笔陕西唯一一家纯文化艺术报纸,是陕西文化文学艺术信息量最大也最新鲜活泼的一家周报,无疑也是我获得文化艺术信息结识艺术新人的一条重要渠道。《文化艺术报》办得好,主编陈若星自然功不可没,自然可以想见她是办报的里手,以及全身心的投入。然而,如实说来,我多年间只是零星看到过她写的署名文章,没有太强太深的印象。再,依着庸常心理推想,主编的主要职能在于不断更新办

报的思路，赢得读者阅读的兴致，更有严峻的经济效益的压迫，似乎谁也不会要求主编亲自动笔写文章了。及至读完书稿，我的不断发生着的惊诧却释然了，在于我庸常推想的心理不仅发生错失，而且是大谬了。

先说阅读直感，陈若星的报告文学涉及到多少人啊！陕西文学艺术圈里我认识的许多作家艺术家，都被她的一支笔扫描过了，而这些人的独到的创造和创造过程里的动人的细节，在我却不甚了了，读她的文章便有对这些作家艺术家更深一层理解的效应，也对他们痴心艺术创造的精神油然而生钦敬。陈彦的佳作《大树西迁》，我曾先后两次看过演出，每一次都被感动得流泪；然而只有在读过陈若星的《大树下的话题》，才了解了陈彦为这部剧作曾几次到上海采访，并住在上海交通大学体验生活，构思、创作，征求意见，修改，几经打磨推敲；初演后又经过大的修改，终于成就了一部深受观众喜爱，又获得专家普遍好评的好戏。再如陈孝英主编的一部汉俄双语对照的中俄友谊的散文集《情系俄罗斯》，其中收编了我的访俄散记，我也参加过这本书的研讨会，却不甚了解陈孝英为编这部书所费的艰辛周折，还有这位俄语专家的感情投入，更有这部富于创意的俄汉双语散文集出版后的良好反响。尤其是为着这部书的序言，陈孝英两易其稿，二稿还是在医院病床上忍受着病痛完成的。当我曾经不无欣幸地看着我不认识的俄文印刷的我的文字，却未想到成就这一篇涉及中俄文化交流的好事的陈孝英，默默地付出了无以量化的劳动和用心。我对许多作家艺术家的创造活动有了更多的了解和理解，距离缩短了，钦敬也加深了。

陈若星报告文学的又一显著特点，在于叙述的对象多有那些在文学和艺术上初露锋芒的新人，像刚刚推出长篇小说《血色高原》崭露头角的青年作家高鸿，集歌唱家作曲家指挥家于一身的王胜利，甚至连在网上引起热议的《驻村日记》的作者——一位在秦巴山区下乡的省政府干部王矿林也不轻易放过,写成一篇令人深思深省的生活运动大命题的文章。这里让我甚为强烈地感知到陈若星的视角,不似当下多种媒体只盯着明星的脚步和屁股,寻找可以热卖的逸闻趣事,而是满怀激情地把一批文艺新苗推到读者面前,对于这些刚刚破土而出的新人的创造自信的树立,尤其对他们开创未来的艺术道路和艺术天地的勇气和信心,具有非常的意义。在陈若星的独到的视觉的关照里,许多富于艺术创造天才的年轻人被推到前台,对于一个省的文学艺术的未来的发展前景,具有不可估量的意义。作为艺术新人起程而鼓与呼的陈若星,她的这种富于远见的视角,在当今世风里尤为可贵。

还有陈若星的视野,甚至开阔的程度同样令我惊诧,近10年来陕西文学和艺术界的重要事件,一部有特色的书籍的出版,一部杰出话剧、歌剧、秦腔的演出,一部不同凡响的电影电视剧的面世,等等,都成为她深度采访之后形成的有思想有见解且有扎实内容的报告文学作品。这些可看做是她文化艺术视野里的主要关照对象,姑且不赘。她的视野还旁及到一个偌大的泛文化的范畴,她把一位富于文化思维的医学院的党委书记叶孟理推出来,他在专业性太强到令人有冷峻感的医学人才的骨质里,涸渗了温暖的文化底蕴;更为冷僻的动物研究专家吴晓民,对于珍奇动物的研究和保护,成就卓著,却少为人知,陈若星把这位无名的功勋人物彰扬于世;陈若星的视野远及域外,把在中国家喻户晓的电影《望乡》的成因揭示出来,也把一位极富人道而且敢于揭露日本侵略兽行的女性史学家山崎朋子介绍给中国读者;陈若星的视野聚焦于生活中的非常事件的时候,更显现着一种义勇的气概,汶川和陕南发生地震,她以大病初愈之身亲赴灾区赴难兼采访……

编入《夏花秋叶》里的报告文学百余篇,显然不是她

写作的全部,这样速写体的报告文学,当为陕西近十年来文学艺术以及宽泛的文化领域的大事记。我阅读中感知到陈若星的独立个性的视角,以及开阔的视野,成就了这样一部作为一个省的文学艺术大事记式的著作,珍贵在其可靠的史料价值,时间愈久愈显珍贵。我猜想陈若星一路走来,一路热情而又敏锐地扫描速写这些宽泛到文化领域的人和事的时候,大约只想着把他们非凡的创造活动和创造成果张扬给整个社会,却未必考虑到多年以后所显示的史料价值,尤其是翔实可靠而又鲜活生动的第一手资料。

一个人看取社会的视角和视野的决定性因素,当属思想。思想决定着一个人的内在气质和精神气象,也制约着行径的选择,看取社会的视角就有了独立的个性化特质。由此可以见出陈若星的颇不寻常的精神内里的大气象了。这一点,她自己大约也未必有清醒的意识,而是这些报告文学呈现出来的,一个自然而又浑成一体的气象,倒避免了清醒意识里刻意追求时往往容易发生的矫饰。

倾情·倾向

"想到此,我的眼泪'哗'的一下就流了出来,久久不能释怀。"

这是《黄土崖上绽放的璀璨之花》一文中的一个细节。"哗"的流出热泪且"久久不能释怀"的人,不是这篇报告文学叙写的对象,而是作者陈若星本人。作者这一笔文字,却让我甚为敏感。这是写主演话剧《郭双印连他乡党》的史丰的报告文学,或者更准确地说是人物特写。这部话剧里的郭双印的生活原型叫郭秀明,他的真实事迹不知感动得多少人落泪,话剧里的郭双印也感动得不知多少观众热泪涌流,主演史丰多次深入郭秀明生前奋斗的村子体验生活时,触景生情而泪洒热土,他饰演的话剧里的郭双印又感动得南方北方的观众难禁一掬热泪,我也曾热泪涌流。这些人的眼泪,我能理解,却不惊奇,而作为特写作者的陈若星的眼泪,却让我敏感了,这不是话剧演出现场,也不是生活原型郭秀明奋斗的村子的实景实物的触发,仅仅只是史丰说到他近期又一次去看望了郭秀明那个村子的乡党,生活已获得很大改善,可以说过上小康的日子了……人物特写的作者陈若星刚听到此,便发生了热泪涌流且"久久不能释怀"的情感反应。我的敏感在于,作为对一部话剧主演史丰的采访写作,却对话剧人物原型所奋斗的村子的变化能感动落泪,可见陈若星的情感已经和那个村子里的乡民融为一体了,当属一掬欣慰的热泪;更难得的一点在于,这掬热泪更是为着这个村子的领头人郭秀明洒下的,他生前奋斗多年的理想终于实现了。我便感知到陈若星对郭秀明崇高精神的钦敬与崇尚,已经在不觉间转化为情感倾向了。难得的精神崇尚。

　　对人的精神崇尚,几乎突显于每一篇以写人为主的报告文学里,我随意举出几例。在《激情燃烧的岁月》里,以短短的文字,向读者推出一个立体而又富于质感的音乐家崔炳元。这位富于音乐天赋的人参军之后,为各路驻军演出,足迹遍及兰州军区所涉及的西北的每一处关隘、沙漠、草原、山地、河谷,风餐露宿,冬雪夏暑,整整十年,任劳任怨,倾心倾情为战士服务;他的音乐天赋很快获得倾泻般的释放,一年竟然编创200多首歌曲,又为歌剧电视连续剧谱曲,多为激扬悲壮慷慨苍劲的令人热血飞腾的基调;他始终保持着一个军人的风范,豪情而不失严谨,无私而呈现真情,为着军队建设也为着倾情的艺术,向来不计个人得失。《月照西城》写了一位别具一格的回族领导干部兼书法家乌思尧,也是集中于一个人精神品相的展示和张扬。这位在工厂干过18年车工、钳工、统计等实活儿的回族青年,以其一贯的优秀的工作和优秀的品德获得普遍的赞誉

和好评,被选拔到莲湖区做行政工作,分管民族宗教事务,直到担任莲湖区人大副主任,依旧呈显着高尚的精神品相,诸如作风正派,刚直不阿,一尘不染等公论民议的一致性好口碑,在时下纷繁的世风里独成一景。他自幼喜爱书法,修业养性,终于修成正果,书法作品独成一格,个人的修养也卓立不群,不为书道里待价而估的嘈杂声浪而移情转睛,让我感知到一个通体透亮的回族汉子的精神风采。

陈若星对人的精神品相的敏感和推崇,几乎涉及她采访再书写的每一个对象,让人看到诸多坚守在本省文学艺术以及泛文化领域的大家的风骨,而仅有的两个域外采访并介绍的人选,也突显着精神和思想的倾向。一位是日本历史兼社会学家山崎朋子,她以冷峻的笔墨揭开日本现代史上最丑恶到不堪的一页,即明治维新到第一次世界大战结束的许多年,日本数以万计的女性到世界许多国家,尤其多到东南亚各国卖身做妓女的惨痛史实,以翔实到铁定的笔墨铸成纪实文学《山打根八号娼馆》,在日本社会引起的震惊自不待言了。陈若星对这个作家山崎朋子的这种非常举动的介绍,不是花絮或猎奇式的思路,而是着意在她的精神,即她对日本侵略和奴役别个民族的丑恶历史的批判思想。思想决定人的精神,也决定人的生命价值取向的选择,没有对日本那一段历史黑幕进行审视的思想,就不可能发生坚定不移揭示黑幕的力量。尤其是在接触到尚存人世的昔日妓女阿崎婆之后,和她"同吃同住"在非人生活的破茅棚里,竟长达三周之久,了解到无以数计的日本妓女中的"这一个"的悲惨人生。山崎朋子的行为是自己选择的,不似中国作家响应号召才去深入工厂农村体验生活的。山崎朋子和阿崎婆"同吃同住"的日子里,不仅达到了探索历史的目的,更在和这位残喘人生的被侮辱被损害的阿崎婆达到了深层的理解和情感的融合。这种理解和融合,不是一般意义上的同情或怜悯,而是一个堪称伟大的思想者的自觉到本能的行为,且不说感人之类。山崎朋子高蹈的精神和思想,既体现在对日本最不堪的历史黑幕的严峻的审视的眼光上,也体现在她对阿崎婆一类被黑幕遮掩的受害者的细微细节里。陈若星把一个具有独立思想高尚精神境界的日本学者山崎朋子介绍给中国读者,无疑具有示范的意义。另一位外籍人士是美国建国初期的重要人物艾伦·伯尔,却是一个林彪式的人物。此人堪称旷世稀有的人才,12岁便开始接受大学教育,智商之高非同寻常;此人在军队面临绝境里屡建奇功,可谓文武双全;此人曾经被美国开国总统华盛顿选为自己的军事秘书,及至随后登上副总统的显赫位置;此人又兼有翻手为云覆手为雨的本性,为争名逐利不惜杀害美国历史上另一位同样杰出的人物汉密尔顿……这位旷世稀有的天才人物,缺失的是精神和思想,品德自然无从谈起了,当个人的出人头地的欲望膨胀到不惜大开杀戒时,他不仅成为精神的矮子思想的愚氓,在道德层面已滑落到流氓无赖和罪犯了。山崎朋子和艾伦·伯尔并列在这部书中,不管陈若星是有意抑或凑巧,都昭示着天地正气和阴霾龌龊的强烈反差,即精神和思想对一个人的立身的灵魂性意义。无论社会地位无论天生之智商,这两个人几乎没有可比的一个基数,然而面对本国民众面对世界,一个精神和思想的巨擘和矮子昭然于世了。

写到这里,我就对作家陈若星刮目相看了。

在百余篇报告文学和人物特写的作品里,展示的是文学艺术以及文化界各路精英的精神境界独立思想和高尚品德,让我这个读者很自然地看到本书作者陈若星的审美倾向了。作者推崇什么张扬什么,无可例外地显示着作者自己的审美倾向,这不仅是常识,也是作家自身难以违拗的事,我们阅读小说、报告文学以及散文,都是在文字的行间里看到作者的审美倾向的。这些报告文学和人物特写的写作时间,前后历时近10年。这就是说,在这10年的写作

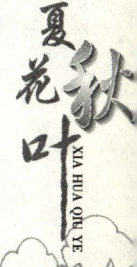

中，陈若星一直坚守着对人的精神和思想境界的审视和畅扬，不仅难得，而是令我敬重了。任谁都能看到，这10年里生活发生了怎样的变化，一波叠过一波的纷繁复杂的生活世相，尤其是打着文化这块牌子的娱乐场合里层出不穷的种种花样，赤裸裸呈现着被金钱驱使着的癫狂和迷乱，影响到向来被视为神圣的文学艺术和更宽泛的文化领域，利润诱惑到一些作家艺术家和文化学者再也坐不住冷板凳，进入制造快餐文化的市场了。直到前不久，胡锦涛总书记在政治局会议集体学习时，发出了"坚决抵制庸俗、低俗、媚俗之风"的指示，当为振聋发聩之声。当此之时，读陈若星这一篇篇为那些稳坐冷板凳痴情不移于自己精神向度的艺术家的礼赞文章，作者陈若星的审美倾向和精神坚守，不移不易，可见其清醒和冷静，还有操守，非此都难以10年里不移不易且愈加坚定的精神守护，尤其是在恶俗泛溢的时代里。有感于此，我说令我敬重的话，不是客气，而是真实的心理感应了。

我说对陈若星刮目相看的话，也是出于实情而非客套或恭维溢美。在我粗疏的印象里，陈若星是位谦谦君子，在公众场合多是默坐一隅作聆听状，几乎没有听到过她对某个话题的论说。我便形成一个印象，这是一位含而不露的报纸主编，那张《文化艺术报》办得丰富高雅，是一位很有修养的职业编辑，这也与平素较少看到她的文章有关。这次集中阅读了她的报告文学散文随笔集，我才看到一个颇具思想锋芒和精神高蹈的陈若星，不仅刮目相看，敬重就很自然地发生了。

激情·婉约

我说陈若星的报告文学是速写式，在于篇幅都不大，然而却不像一般速写速记的轻泛，而是每篇都有充实的颇具份量的内容。一篇篇不过三五千字的报告文学或人物特写,竟然能把一个个从事多种事业追求的人物风采展示出来,不仅让我看到这些人物的精神世界,而且可以感知到一个个鲜活而生动的个性,从写作艺术和笔底功夫说,不仅不易,而且突显出陈若星的独具一格的表述风格。

最突出的印象是语言的简洁明快,几乎不见闲笔,更不见为了某种语言风格的追求,反而造成矫饰或装腔或怛怩的别扭,她都是直指事象核心部位的揭示和叙述,被书写的对象的精神气质和个性便卓然而立。陈若星的语言有一个显著特点,便是长句,给阅读者的我以强烈的冲击,如同波浪迭起的潮流,酣畅淋漓直抒胸臆,极富感染力。随意举一例,"在这段对于山崎朋子来说具有决定意义的三周时光里,她时刻提醒自己:你打算与阿崎婆同吃同住,才来天草访问的。如果你不能每天三顿吃麦饭、坐在腐烂的榻榻米上,睡在几千个异国男人躺过的棉褥子上,不能在崖下挖坑大小便的话,她能把你看成是同一立场的人吗……"这一段叙述语言,直接叙述的是山崎朋子的心理活动,颇见尖锐和激烈的情感波澜,姑且不赘。单是从语言风格说,这种动态的叙述长句,生动而鲜活地状写了叙述对象的真实心态,如若换成白描语言,不知要多过几倍的字数。叙述语言要达到形象化,确非易事。从这种语言的质感说,足以见出作者陈若星的内里情态,激情而近乎昂扬,舒展而又倾情,似乎与她谦谦而含蓄的表相不大合拍,然而却是一个甚为完美的统一。这种富于激情的叙述文字,是适应被书写对象的气性气质所作的选择,被书写者多是精神追求和事业追求的顽强分子,这种简洁而富于激情的叙述语言,不仅合拍合辙,更合着被书写者的精神和心态。

在为数不多的散文篇章里,我才看到陈若星柔情甚至柔弱的一脉文字。《伦敦德里小调》旋律里,展现的是她踏过人生泥泞的温馨,却仍不见悲观绝望。即使在"文革"大

灾难中被逼到山野草房栖居,却没有常见的那种控诉式文字,也没有渲染任谁都能想到的艰难困窘,却把笔墨集中到房东婆婆的笑脸和腼腆而实在的儿子的助人的行为上,许是那种最不堪的困窘里的温情最可珍贵,也见出作者的情怀,即珍重阴霾人生中的人性善的一缕阳光,正是对邪恶的不屑,这也是一种境界一种情怀。这些篇章里的文字,简约而清丽,一种情怀的抒写,不见任何旁饰,尤为动人。我便向陈若星建议,这类纯情而又温情的散文,不妨多写一些,以飨如我一样期待阅读的读者。

2010.9.30
二府庄

目 录

报告文学篇

彩虹之上 / 3
在苍茫的岁月云海之间 / 11
其色绚烂 其华灼灼 / 16
鸿雁高飞 / 27
在古老华夏的腹地 / 36
在风和日丽的长安 / 43
独特与另类的哲理叙说 / 54
穿越白桦林间的气息 / 58
守望格桑花 / 61

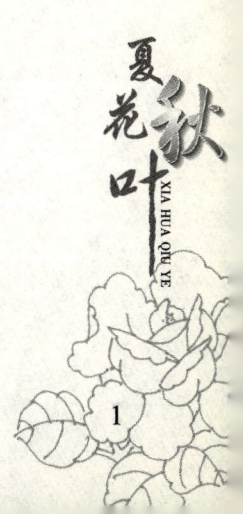

震不倒、摇不垮的钢铁生命线 / 66

足音 / 73

大河之滨 / 85

《大秦岭》：让世人重新发现、认识陕西 / 91

当梦想照进现实 / 97

阅兵场上走来的"椅天执剑人" / 101

"俄罗斯情结"的活化石 / 109

一诗唤得《鹰魂》出 / 115

坚守主旋律 13 年 / 118

大树下的话题 / 122

那一份乡情，历久弥浓 / 127

一本书·一部短片·一个团队 / 133

深冬里的回眸 / 142

让大爱传递 让美丽延续 / 147

日光月华 终成大气 / 150

涟 漪 / 157

雨后彩虹 / 162

花开之时 / 167

京城秋日 / 172

高天流云 黄河神曲 / 176

苹果红了 / 181

东方骄子 / 186

情系灾区 驱散阴霾 / 190

震区纪事 / 196

来自地震灾区的报告 / 205

在秦巴山地的艳阳下 / 212

目 录

今夜无人入睡 / 216
资源·产业·市场 / 221
一道免费的午餐 / 226
苍苍吾土 悠悠我心 / 230
抵 达 / 234
四面书香入心肺 著述数十年 / 239
秦腔是中国最古老的摇滚 / 243
王新仓的"三心" / 247
黄土崖上绽放的璀璨之花 / 252
承 诺 / 256
他在中国刮起"幽默旋风" / 261
交响 50 / 266
激情燃烧的岁月 / 270
坚 守 / 275
西地平线上驰来骑骏马的老兵 / 279
和谐盛世的艺术狂欢 / 284
黄河滩放歌 / 288
他从煤层深处走来 / 293
草原上的月光清澈明亮 / 297
长征精神 与世长存 / 303
美丽塞上古城,正是秋高气爽时 / 305
长空雁叫霜晨月 / 309
和谐之风 吹过山谷 / 319
麦香中,我走过平原 / 324
你听,黄河在怒吼 / 330
狂飚为我从天落!/ 333

硝烟中飞出的百灵 / 335

月照西城 / 340

刻骨铭心之旅 / 345

五月的鲜花 / 352

为了忘却的纪念 / 357

穿越乡野的思索 / 362

毕其一生的追求 / 368

大别山上草青青 / 373

山打根——那望眼欲穿的乡愁 / 378

生命在舞蹈中绚烂 / 383

一个叛逆者的生涯 / 389

报告文学篇

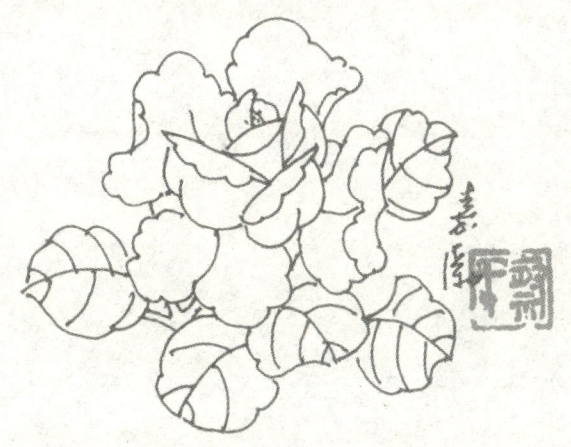

语言文学篇

彩虹之上

"我们的后方是凤翔,前方是千阳。看到那座绿意葱茏的山坡了吗?以前,住在山上的村民到山下的溪流中汲水,蜿蜒崎岖的小道,要走五里,所以,这面坡,也就被称为'五里坡'。"

2011年8月中下旬,在陕西各大媒体,以及国家级的专业媒体上,一则均在显要位置刊登的配图新闻赫然醒目。新闻的大幅标题十分具有冲击力:"全长1238米 最大高度172米 西北第一高桥合龙"。

看到这则新闻这帧图片,记者的眼睛湿润了。我想起了,在8月的盛夏,在酷暑的高温中,跟随陕西省著名作家赴宝汉高速公路进行采风的日子;想起了宝汉高速公路建设者们,那些英姿勃发、正值盛年的项目经理、总工程师以及工人们,或挥汗如雨、或呼气成霜地披星戴月、架设路桥的情景……

新闻中的"西北第一高桥",即"五里坡特大桥"。向记者讲述"五里坡"由来的,是陕西宝汉高速公路管理公司党群部的帅小伙杜延军。彼时,我们,以及作家采风团的团员们,正顶着夏日的骄阳,缓行在桥面上,像端详着即将撩起美丽面纱的新嫁娘那般,仔细端详着即将合龙的五里坡特大桥;彼时,大桥所在的青翠河谷中,正有微风徐徐吹来;桥两端的山坡上,成熟的玉米随风轻摆,散发着清香;远方,薄雾缭绕,闻名遐迩的冯家山水库的柔媚倩影,在飘浮的烟霭中风姿绰约。

到宝汉高速去

2011年8月11日至13日,由陕西省交通作协承办组织的"陕西省著名作家赴宝鸡至陕甘界项目建设和运营一线采风活动"举行。著名作家、西影厂编剧兼导演、陕西省社科院文学艺术研究所所长、陕西省作协副主席莫伸,著名作家、陕西省作协副主席冷梦,著名作家、陕西省作协顾问、陕西省作协前党组副书记、副主席赵熙,著名文化学者、西安市文史馆专家咨询委员会文史组组长、陕西省作协杂文专业委员会主任、陕西省杂文学会会长商子雍,陕西省作协理事、陕西省作协报告文学(影视)专业委员会委员、陕西省交通作协主席丁晨,著名作家、诗人、陕西省诗词学会副会长、西安市作协副主席商子秦,著名诗人、作家、西安市诗书画研究会会长朱文杰,作家、翻译家、全国优秀新闻工作者、《文化艺术报》总编辑陈若星,作家、陕西省作协报告文学(影视)专业委员会委员、陕西作家网副总编、陕西先行文化发展有限公司董事长徐伊丽,《中国交通报》首席记者白秋薇,《陕西交通报》记者袁立忠等参加采风活动,宝汉公司党群部杜延军,宝鸡建设管理处有关领导张宏友、张翼飞等全程参与。

其间,采风团深入宝汉高速公路宝鸡至陕甘界路桥建设工地,在千河枢纽立交、南村特大桥、五里坡特大桥、涧口河特大桥和赵家塬特大桥进行采风。在宝汉高速运营路段,采风团先后前往千阳收费站与陇关收费站,了解站区规范化建设;沿路体验通车段路容路貌;召开座谈会,与收费站一线员工进行交流,了解他们的生活和工作情况;对运营公司和陇关省界站的管理和服务进行深入采访。

说说宝汉高速

那是2010年2月,腊月29日的凌晨。时近农历新年,到处是万家灯火、欢天喜地、合家团聚、爆竹声声,空气中也飘浮着烹肉煮鱼的家的香味。这时,在五里河特大桥的建设工地上,11号墩桩基施工,刚刚完成了最后一根桩的浇注任务。

换下工装,洗净手脸,5位重庆籍的农民工兄弟准备启程回家。明天就是除夕了,可人还身在苍苍莽塬间的建设工地上,冰天雪地,回家路迢迢！

这时，项目经理邓江明派出的专车到达了！这是专为运送农民工回家过年的专车！伴随着车辆奔驰而行的，不仅是农民工们感激的泪水，一曲和谐的劳动赞歌也交织于其中。

是的，和谐，这是身为采风团成员的记者，在现场的深切感受。

建设中敢打硬仗、善打硬仗，力挽狂澜，以如椽巨笔抒写"高桥传奇"；施工中既突飞猛进，又有条不紊，安全施工文明施工相结合。那"百日大干"的社会主义劳动竞赛的红旗；"7天7夜，一刻不离！"外面用篷布包裹，里面用蒸汽增温养护，承台内用水管循环冷却，随时进行电子应变测温，像照顾婴儿般浇筑大桥的冬日；坚持每天对施工现场的便道洒水、清洁，每道工序完成后的工完料净，定期对驻地进行全方位卫生、整洁检查和整改的文明建设；触目可见的"魔鬼藏在细节之中！""安全连着你我他"口号凸显出的精细化管理……真是处处令人感动，事事使人难忘。

记者的周围，有许多身在西安工作、而老家又在甘肃的同事、朋友，在日前于各大媒体所刊发的《西北第一高桥合龙》的新闻消息中得知"宝汉高速宝鸡至陕甘界全线贯通，通车后西安驱车到平凉4个小时"时，欣喜不已！这不啻是一则利民、惠民，送福于民的喜讯啊！那么，贯穿起这宝汉高速宝鸡至陕甘界上的、令"天堑变通途"的一座座特大桥，又何尝不是缔结起这喜悦，使其从梦想到现实间的一道道美丽的彩虹呢？

筑起这彩虹的，是陕西宝汉高速公路建设管理有限公司。其所承建的宝汉高速公路，是陕西省规划建设的"2367"高速公路网中三条南北纵线之一。北与甘肃平凉接界，南下往宝鸡市、汉中市通往四川巴中，由北向南连接连霍、十天和京昆3条国家高速公路，并沟通陇东、关中西部、陕南西部和川东等地区，省境规划总里程约400公里。该项目的建设对缓解我省南北交通运输压力，进一步完善全省高速公路路网布局，加快沿线资源开发利用，促进陕甘川经济合作及建设西部强省，都具有十分重要的作用。

宝鸡至陕甘界项目（也称宝平高速）是宝汉高速公路的重要组成部分，由宝汉公司宝鸡建设管理处具体负责工程的建设管理工作。该项目北起陕甘交界大桥村，经陇县、千阳、凤翔、陈仓，在千河入渭河口设枢纽立交与连霍高速（西宝线）相接，全长113公里。项目对巩固宝鸡交通枢纽地位，加速长青工业园、麟北煤田、西部装备制造及加工业基地建设，促进旅游开发，推动宝鸡城市化建设，实现沿线经济社会和谐发展都具有十分重

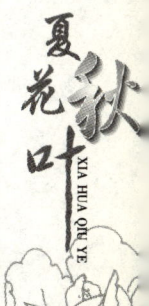

要的意义。项目沿线穿陇山,越千水,途经多处不良地质路段,经过冯家山水源保护区,并有4座高墩大跨径连续钢构桥,包括桥高172米的西北第一高墩五里坡特大桥,工程技术难度和质量要求高,建设任务十分艰巨。

宝鸡至陕甘界项目从2009年4月全线动工。按照省委、省政府建设西部强省的重大战略决策,省交通运输厅及省级各部门亲切关注,全力支持,保证了各项建设程序完备;宝鸡市沿线地方政府及广大人民群众以支持建设为己任,积极配合做好征地拆迁和环境保障工作;宝汉公司与设计、施工、监理、环境协调等全体建设者一起,以打造优质安全工程、环保工程、创新工程、和谐工程和廉政工程为目标,抢抓机遇,加快建设,实干苦干,攻坚克难,日平均投入11000人,机械一千二百多台(套),持续掀起轰轰烈烈的施工大干高潮,战胜2010年夏秋严重洪涝灾害,于2010年10月实现陇县火烧寨至千阳以北64.9公里路段提前建成通车并交付运营。宝汉公司也荣获中国海员工会工人先锋号、陕西省重点建设立功竞赛先进集体、省交通系统特别优秀单位、宝鸡市重点项目建设先进单位、省级文明单位等殊荣。

宝汉公司在施工过程中,严格按照交通运输部和省厅提出的"五化"要求,全面落实"发展理念人本化、项目管理专业化、工程施工标准化、管理手段信息化、日常管理精细化"的建设理念,不断加强质量和安全控制,使安全生产和文明施工水平大幅提升,塑造了宝汉高速公路建设的新品牌。

在抓好工程建设的同时,宝汉公司还努力做好已通车路段的征费、养护、路政、治超等运营管理工作,保障道路通行能力,真正发挥了高速公路的经济效益和社会效益。

架起彩虹

采风归来,当记者梳理起内心的诸多感受时,深深感到,宝汉高速宝鸡至陕甘界的那五座特大桥,给自己留下了难以磨灭的印象。看看以下这组令人惊叹的数字吧:

千河枢纽立交:高架桥776米/1座;A匝道桥梁478.03米/1座;B匝道桥梁1433.95米/3座;C匝道桥梁1165.27/2座;D匝道桥梁378.02米/

1座。设计长度3082米,千河大桥606米/1座。

南村特大桥:全长548米,桥高95米,主墩高85米。

五里坡特大桥:全长1238米,最大墩高153米。

涧口河特大桥:全长1118米,最高墩高108米。

赵家塬特大桥:全长388米,最高墩高49米。

为了读者的阅读感受,在这里,记者略去了许多详尽琐细的技术术语。

刚才提到的五里坡特大桥,就是被誉为"西北地区第一高桥"的高墩大跨连续钢构特大桥。

气势磅礴、雄伟壮丽、长虹飞渡、伏波挽澜……

怎样的语言,才能描绘我看到这一座座特大桥梁时的惊叹与赞美呢?一切似乎都是意犹未尽,难述其怀。

当我在那些飞架于百米多高河谷之上的桥梁工地、在那些被青山翠谷环绕的钢筋混凝土之间,见到邓江明、王锋、杨真等一群栉风沐雨、肤色黝黑粗糙的年轻建设者时,突然明白,最伟大、最动人的美,其实是在这些建设者们的身上,在他们的心里。

"记得一年冬天,我们建桥墩的时候,一个冬季都在苦干,就是为加快梁部施工进度。因为是在冬天,陕西关中地区冬季最冷的时候有零下15度,为保质量,我们在百米高空中,通过箱式升温,在梁的底部用塑料布、棉被、电热毯还有篷布四层包裹覆盖,这样就保证了梁部的温度。技术要求只要达到五六度就可以了,而我们这种方法已经使温度达到10度左右,经过专家组考评,完全符合并高度满足了施工要求。所以整个施工过程非常顺利,并且率先合龙。"

进行这段讲述的人,是一位正值壮年的项目经理。他所率领的团队,通过南村特大桥的建设与率先合龙,为整个宝汉高速线,提供了严冬季节施工的宝贵经验。为了宝汉线,他一直没有回到四川南充家中,去探望父母妻儿。他平静地说,他们的生活,就是这样的,10年前,他在南充安了

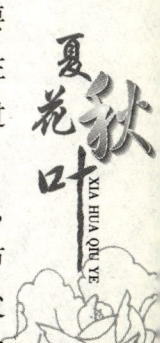

家,购置了房屋;10年过去,他在家中呆的时间,还不足100天。

王锋,年轻的总工程师。面容俊朗,身姿挺拔。"西北第一高桥"五里坡特大桥的建设者。石家庄铁道学院毕业的他,虽然十分年轻,却已干过了四项大工程。他告诉记者,施工中,"第一,一定要注意质量。百年大计,质量是第一;第二,施工,包括后期的运营,这一系列的组织管理,都是非常重要的。不论走到哪里,我们首先注重的就是安全、质量,一定要严格地按照这个技术规范,做好每一个步骤,做到心中有数,要保证国家的工程建设质量,不能为子孙后代带来隐患,造成什么事故,我们就成了千古罪人。"

提起施工中的酸甜苦辣,王锋回忆说:"这个桥当时做承台的时候比较难,这个承台比较大,在陕西来说是数一数二的,而且当时在冬季,我们第一个大承台是在元月1号浇的,第一个大承台浇了48个小时,三千三百多方。作为大体积承台来说,第一个就是内外温差如果大于25度,混凝土内部如果热量太大的话,容易从中间裂开。当时在冬天,大体积承台里面温度可以达到70多度,冬天内外温差这么大,对这个承台来说是个致命的打击。我们当时就采取了外部保温,内部采取冷水降温,一直在里面循环把温度往外带,外部包住,搭个很大的棚子,把箱体的温度保持在30度,内部采用冷水降温,我们一直在进行监控,里面最高温度始终没有超过55度。"

听到这里,一些诸如心细如发、体贴入微这样的词藻便浮上心头,但这又如何能涵盖这些建设者们艰辛的付出与无尽的操劳呢?这哪里是在构建大桥,仿佛是在呵护着自己的亲人啊。

这就是他们对大桥的感情,这就是他们对大桥的态度。这种感情,这种态度,弥漫在宝汉高速线上的每一寸空间。

采风者说

在采风即将结束的座谈会上,此次采风活动的组织与承办者,陕西省交通作协主席丁晨感慨地说:"我们这次来,主要看了宝鸡市、凤翔、陇县、千阳。在建的项目就是千阳到陇县40公里,还有千阳到陇关这一段,宝鸡这段路,和其他的高速路有相似的地方,也有不相似的地方。我们主要看的是桥梁。所以我的感觉就是'宝鸡路美,桥新,人好'。路很美,在建的,包括建好的;桥很新,很新奇,有些不同的特点,与其他的桥不一样;人好。宝汉,包括公司的,管理处的。"

丁晨主席的一席话,荡起了参加采风的众作家们心中激情的波澜。大家纷纷提笔,写下了自己发自肺腑的感受:

天堑一线牵,
秦蜀高速挽。
出陇门跨渭水攀越秦岭,
润宝鸡泽汉中造福中华。

——莫　伸

路桥是大地的脊梁,
你们是国家的脊梁。

——冷　梦

宏伟的工程,
时代的缩影。

——赵　熙

铺路架桥,汗水洒遍宝鸡汉中沿线;
建功立业,恩泽惠及关中陕南行人。

——商子雍

虹桥连接秦陇道,
壮士写就宝汉诗。

——商子秦

丝路谱新曲,
宝汉奏高歌。

——朱文杰

在千河枢纽、南村、五里坡、涧口河、赵家塬,

看到了建设者们筑起的美丽的人间彩虹!

——陈若星

宝汉的路美、桥新、人好。

西秦重镇,丝路名城,陈仓故地,你因宝汉高速公路,将更精彩,更美好,更显辉煌。

——丁　晨

始皇修直道,创造万古奇迹
今人筑宝汉,再谱辉煌篇章
秦人,怎一个强大了得!

——徐伊丽

桥架南北
路通秦蜀

——袁立忠

(见报日期:2011 年 8 月 31 日)

在苍茫的岁月云海之间

每回见到陕西省书法家协会副主席、著名书法家王蒙时,我的脑海中,总会浮现出这样的图景:在苍茫的岁月云海之间,在中国西北角的滚滚黄沙中,一架农家的木轮牛车逶迤蹒跚而来。车上的人,一位身材伟岸,浓眉深目,直鼻阔嘴,高额方颐,是典型的东方英俊面孔;与他相伴的女士,则娇小玲珑,清丽秀美,温婉端庄……

这是当时的中国教育部西北艺术文物考察团团长王子云先生与其夫人何正璜女士。

斯时,是上个世纪的40年代初。

王子云、何正璜伉俪,就是王蒙的父母双亲。

以学贯中西、旷世奇才、丰业伟绩、功泽后世、众望所归这样一些通俗化的语言,来形容王子云先生夫妇的学养与成就,丝毫也不为过。

他们是20世纪上半叶,在中国文化艺术领域,不断地向着当时那个积贫积弱、满目疮痍的自己的祖国,向着祖国的西北角,那些湮没于漫天风沙中的悠久而深厚的文化传统与文化遗存,呈示着一腔赤子情怀,以自身炉火纯青的修为与成就,奉献着终生的顶天立地的文化巨擘。

这里开列的一个名单,便是王子云及其夫人,在他们的人生与事业征程上,曾经相知、相随、相伴、相遇的人士,无不如雷贯耳,声震华夏。他们

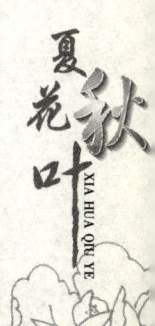

是:刘开渠、徐悲鸿、林风眠、齐白石、李苦禅、李可染、陈垣、萨空了、蔡元培、潘天寿、刘海粟、朱自清、吴宓、冼星海、张大千、常书鸿、王朝闻、艾青、吴冠中、吴作人……

每每想到王子云夫妇,总要忍不住将他们与另外一对在中国文化界流芳青史、风华绝代的伉俪——梁思成与林徽因相比,都是同样负笈西方,栉沐欧风美雨;都是同样学识渊博,著述丰厚;都是同样倾其终生,不遗余力地为保护中华传统文化事业作出巨大贡献;都曾经驾驭着骡车牛车,跋涉于人迹罕至的泥泞与黄沙之中,攀援在中国历史大厦的梁架之间,感受着触手即得的奇迹,以及一种可能永远不可复得的艺术的精微(美国耶鲁大学汉学家史景迁语);都是先生沉稳含蓄,虚怀若谷,夫人则至美至善,才华横溢,天造地设,令人惊叹。这样的比较,使人更加肃然起敬。

时在1997年,西安美术学院纪念王子云先生百年诞辰,约请著名作家、文化学者李廷华撰写介绍王子云先生生平经历的文章。其后,李廷华深深地浸淫之中;王子云,这位与中国现代美术史的发展形影相伴的艺术家的丰富人生和坎坷命运,成为他思索久久的内容,继而完成《王子云评传》,这部41万字的著作。书中,李廷华称王子云先生为"长久被隐埋的文化英雄"。

在深入的研究、思索后,李廷华写道:"王子云曾经是中国现代有建树的油画家,他的《杭州之雨》曾经在巴黎的'春季沙龙'展出(一直到现在,参加巴黎的'春季沙龙'依然是画家的殊荣);王子云的作品和事迹在上世纪30年代初期便刊入巴黎出版的《现代美术家辞典》,这也是当时中国美术家的凤毛麟角。据此,说王子云是中国的'油画大师'也有理由;王子云还是中国雕塑界的先驱者,且不说他对刘开渠美术道路的指引,仅仅是作为朗多维斯基弟子多年研习雕塑,回国后发生诸多影响,列名于'雕塑大师'之列,也并非空穴来风;且不说他带领的教育部西北艺术文物考察团对敦煌等地的考察,确实得风气之先,有开创之造。这样,说他是'全方位大师'也言之有据。

"现代文化艺术界,著作等身之人多矣,左右逢源之人多矣,做违心之文夜间悔泪掩流白日依然故我之类有矣,像王子云这样敢以性情之真自取艰难,又不被艰难压倒,临死一刻依然奋斗不息的男子汉,对文化探求和人生探求中艰难行走者的意义,便贴切而恒久。"

更早一些的1990年代初,在陕西省政协会议上,文艺界组别中,两位王姓委员王蓬王蒙常被安排在一个房间。王蓬赠王蒙自己的文学著作,王蒙则回赠其书法作品,由此结缘。

对于这桩兄弟之谊的缔结,现任陕西省作协副主席、著名作家的王蓬写道:"我惊讶这位建国后出生的年轻书法家笔墨除富有天然情趣之外,还有汉唐金石余韵。他告诉我从小在西安碑林博物馆长大,夏天酷热,中午就睡在唐宋石碑下面,先是无意中用手指描摹,后来真喜爱上书法,作品几次在全国入展夺奖,现任职陕西省青年书法家协会主席。

"我更惊讶他何以如此幸运?他回答母亲何正璜时任碑林博物馆的专家、陈列部主任。之后,王蒙又赠我几种全系他父母编著的辞典般厚重、堪称巨著的专著画册、碑刻集萃等。印象至深是由他母亲何正璜主编的画册《古都西安》,几百面页码,图文并茂,用几种中外文字全面介绍古都西安的历史、古迹和文物。图片精致,关键文字准确、简练、优美,非有深厚学养不可为之。此时,我才知道王蒙母亲何正璜是全国文物考古界杰出的专家和学者,作为文博大省的陕西,何正璜接待过中央许多领导和几十个国家的总统和元首。规模宏大的陕西省历史博物馆便是她1973年率先向陪外宾来西安的周恩来总理建议获得同意立项修建,她生前一直是全国政协委员。再是一册16开本,由60万字和五百余幅版图组成的巨著《从长安到雅典》,系王子云著。此前,依稀知道王子云是我国老一代美术家,西安美院教授,详情并不知道,更不知道是王蒙的父亲,何正璜的丈夫。面对这些巨著,顿生一种高山仰止之情。

"之后,每年的政协会议,我和同室王蒙便有了永恒的话题,谈他的父亲和母亲,常常聊至深夜。

"1940年秋,王子云被聘为中央政府教育部西北艺术文物考察团团长,任务是大敌当前,调查以敦煌为中心的国粹,弘扬中华悠久文化,坚定民众抵御外寇的决心与信念。考察团运用当时国内外最科学先进的考察办法,选拔一批美院毕业有志于文物艺术的青年组成考察团,全团12人,分为模制、拓印、摹绘、测绘、摄影和文字记录6个作业组。仅此不难发现这是一支各尽其才,小而精干的科考队伍。其时国难当头,大家都满怀一腔爱国热情,西北又系周、秦、汉、唐中华民族发祥之地,考察历史文物,弘扬民族精神,增强抵御外寇决心,则为学人报国最好途径。

"这年王子云43岁,作为著名画家、雕塑家、一级教授,正是才情饱

满、精力充沛、施展抱负的大好时机,他在国外专修过美术史,深知此行机会难得,意义更为重大。作为团长所有考察中要遇到的问题,选择线路、沿途接洽、食宿安排、文物选点、艺术指导,均需王子云周密思考,统筹调度。加之西北高寒,野外艰苦,尤其敦煌戈壁极度荒凉,设施全无,一切自理,缺水缺电,缺菜缺盐,其艰辛非亲历不能体会。

但是,王子云作为一位曾去法国留学8年之久,且游历欧洲,饱览各类堪称美术经典的油画、雕塑,艺术修养和鉴赏都达到相当水平的美术家,心中时时激荡着一颗为艺术跳动的心脏。尽管工作繁重,古丝绸之路沿线古建筑、古寺庙以及独特的风俗民情、山川风景,常激起他创作的愿望。常常忙中偷闲也要画上几笔。岁月沧桑。从保留下来的作品,仍能感受到王子云的才情与不同寻常的艺术眼光。

"1998年,陕西省相关院校单位举办王子云教授诞辰一百周年纪念大会,当年王子云、何正璜率先考察敦煌的许多资料,包括千佛洞写生长卷,煌煌十大册图片,当年描摹的壁画也从西北大学文博资料室发现,展出引起轰动,人们惊叹、敬仰、感谢王子云、何正璜夫妇留下了这些关于敦煌早期的珍贵的文献!

"纵观王子云、何正璜二位先生一生,寓爱国爱家之心、传递文明薪火之情于读万卷书,行万里路的学人生涯之中,一旦认定目标,便执著追求、锲而不舍,陷逆境不馁,处风雨不惊,保持书生本色,坚守学人风范,这种宝贵的文化良知,高尚的人文情怀,才是我们真正应该继承的啊!"

这种敞开心扉的多次长谈,使得王蓬对王子云、何正璜两位大家的人生轨迹有了较为系统的了解,遂成就《梦回汉唐———对扎根西北的学人夫妇》传记文学作品,发表于2005年夏的《各界导报》,后收编入由西安出版社出版的《中国的西北角》一书之中。几乎与此同时,王蓬在太白文艺出版社推出新著《从长安到罗马》,并正在写作《从长安到拉萨》,联想到王子云先生的著作《从长安到雅典》,不能不使人感到,这是王蓬先生向王子云大师的致敬之举。

2011年6月11日,中国第六个"文化遗产日",西安汉唐书城人头攒动,雅士云集,王蓬的《中国的西北角》在此签售。耄耋老者,总角孩童,人手一册,埋头翻阅。

记者的母亲,曾是西北艺术学院的第一届学生,她曾反复翻阅《中国的西北角》与《王子云评传》,手不释卷,长达月余,不时叹道:"王老先生做了多少事啊！"遂击节连连。她的心头，或许浮现出了，那位第一教授青衫长褂的身影，随之浮现心头的，或许还有"海到尽头天作岸，山临绝顶其为峰"的感叹。

由此，记者在签售现场，便不由得揿下手机按键，向有关人士，发出如下短信："你读，还是不读，著述就在那里，不增不减，不移不易不逸。然感动永恒。它源于事迹的永恒、创造者的永恒、发现者的永恒、书写者的永恒、出版者的永恒……"

（见报日期：2011年6月22日）

与中国作家协会副主席陈忠实（左二）、陕西省作家协会副主席王蓬（右二）、陕西省书法家协会副主席王蒙（左一）合影

其色绚烂 其华灼灼

铜川,位于陕西省中部,地处关中与陕北黄土高原过渡地带,北依革命圣地延安,南邻古都西安,原称同官,古为长安京畿之地,是关中通往陕北的咽喉要道。

"壮哉铜川,雄踞秦中,莽原虎踞,山川龙腾。黄土高原之门户,渭北京畿之屏风。东望河洛之浩荡,西揽关陇之峥嵘,南接长安之繁华,北达榆塞之边穹。地为沃野,盛产麦黍果蔬药材之百珍;山为宝山,富蕴乌金陶土灰石之矿产。"

2011年5月16日至20日,陕西省著名作家赴铜川大型采风活动隆重举行。参加此次采风活动的著名作家有陕西省作协党组书记、常务副主席雷涛,陕西省文联副主席、省作协副主席高建群,陕西省作协副主席冯积岐,陕西省作协党组成员、秘书长王芳闻,陕西省作协原党组副书记赵熙,陕西省文联秘书长和谷,西安诗书画协会会长朱文杰,陕西省杂文学会主任商子雍,《延河》杂志编审郑文华,《文化艺术报》总编辑陈若星,《新叶》杂志主编高鸿,中国人民解放军第二炮兵工程学院教授(少将)韩怀仁,《延安文学》编审成路,陕西省群众艺术馆研究员刘新中,陕西省作协创联部副主任王晓渭,中国作协会员李文德,唐风文化公司董事长、文化策划人夏道明,陕西园林设计投资公司董事长朱西京,品艺堂董事长、陕科大教授、文化策划人魏天刚,陕西电视台编导渭水,《西安晚报》高级记者徐剑铭;铜川方面参加此次采风活动的著名作家有:铜川市作家协会主席黄卫平,铜川市作家协会副主席、《铜川日报》记者李延军,铜川市作家协会秘书长王冰峰,铜川市文联《华原》编辑部主任陈琳等。

采风活动进行期间,铜川市市委书记、市人大常委会主任冯新柱,市长王莉霞,市委副书记张应龙,市委常委、副市长王省安,市委常委、宣传部部长闫旭等亲切接见采风团成员,召开座谈会并合影留念。市委、市政府联系副秘书长,市文广新局、文物旅游局、文联、作协有关领导温同庆、张恩忠、黄卫平、陈中华、唐云岗等一路陪同。

在铜川,陕西省作家采风团先后在铜川市新区、药王山景区、玉华煤矿、玉华宫景区、照金革命纪念馆、耀州马咀村、耀州窑遗址参观访问;在各采风地召开座谈会,听取情况介绍。

"因为家在陕北,经常去西安路过,所以对铜川从来就不陌生。记忆中的铜川烟雾缭绕,一派灰蒙蒙的景象。一碗水喝完,能沉淀出一坨黑黑的煤渍。走在大街上,墙是黑的,雾是黑的,脚下的路也是黑的。多少年来,黑黑的煤城就这样与我擦肩而过,我们彼此都不感兴趣。

"有机会来铜川采风,几天来,走过新区、走过煤矿、走过红色旅游线路以及药王山、玉华宫、陈炉古镇,寻公权墓碑,访孙氏故里,看玄奘圆寂之地,赏耀州千年古瓷——这座拥有深厚文化底蕴的古城以其全新的姿态令我们惊艳!

"我被颠覆了。

"被颠覆的是人们固有的观念。这块曾经辉煌曾经鲜亮曾经名噪京都的土地,这座曾经倔强曾经奋争曾经蓬头垢面掩面而泣的城市,呈现给我们的是鲜活的绿及新生的巨大搏动——对于铜川,我们的脚步太迟缓了。我们需要再来,细细地听她诉说……"

采风归来,著名作家高鸿如是说。

物华天宝、人杰地灵的铜川;能源贡献丰厚、乌金闪亮的铜川;人文历史悠久、优美故事流传的铜川;山峦纵横、台塬广布,梢林灌木茂密,河谷崾梁多姿的铜川,使采风团的每一位成员无不为之感慨万千,唏嘘不已!

红色　照金革命纪念馆

"人们常常把照金称为红色照金,原因很简单,这里曾经是革命战争年代中为数不多的红色根据地之一。刘志丹、谢子长、习仲

勋等老一辈无产阶级革命家,率部队在此奋战斗争。炮火连天,号角接地,硝烟弥漫,热血染霞。

"红星,红旗,构成了它的主色调。

"如今,行走在照金,依旧到处是刚毅与坚贞。薛家寨厚实壮阔的石壁,浓重的铅灰色隐约香山丝丝殷红;密集的灌木丛如支支挺立的箭矢,直射血红的晚霞;清脆的鸟鸣里,间或有杜鹃的啼血之声,凄厉而又壮美。

"这便是照金的颜色了,它的精神,它的品质,它的信念,它的志向由此而发。"

——采风团团员 刘新中《红色照金》

照金,即耀州区照金镇,一个仅有七千余人的山区小镇,地处横亘于关中与陕北之间的桥山山脉南端。山势巍峨峥嵘,雄奇险要。

上个世纪20年代末,中国北方大旱,引发巨大的难民潮。山东、河南、山西,陕西关中、陕北等地的灾民大量涌入照金。

在采风团刚刚用完午餐的一户"农家乐"门前,耀州区委宣传部副部长、区文联主席边疆,遥指着远方一座绿色起伏的山峦告诉记者,"当年,就在那座山上,成千上万的难民栖身于彼,饥寒交迫,啼饥号寒,人称'难民乡'。"

当时,统治阶级以各种手段占有了照金地区绝大多数土地,土地贫瘠加之耕作条件有限,使租种土地的农民在交完苛捐杂税及租金后所剩无几,民不聊生,社会矛盾极为突出。

从1932年春到1933年底,刘志丹、谢子长、习仲勋等老一辈无产阶级革命家,在以照金为中心的方圆两千余平方公里范围内,打土豪,分田地,开展土地革命,创建红二十六军,建立红色政权,开创了以照金为中心的陕甘边革命根据地。

照金苏区是陕甘边革命根据地的重要组成部分,横跨耀县、淳化、旬邑、宜君、同官(含铜川市王益区、印台区)五县,武装割据区域扩展到陕甘两省十四个县,为西北革命根据地的建立和发展奠定了坚实的基础,为中共中央和各路主力红军长征胜利落脚陕北作出了重大贡献,在中国革命史上写下了光辉的一页。

在照金革命纪念馆,那一幅幅年代久远的照片,一尊尊恢宏典雅的雕塑,一幕幕仿佛呼之欲出的复原场景,还有那一帧帧如同携带着烽火岁月硝烟气息的革命文物、沙盘、油画等,无不使采风团团员们驻足凝视,不忍离去。

奇险巍巍的薛家寨,层峦叠嶂,沟壑纵横,森林茂密,地形复杂,是陕甘边工农红军的大本营。在这里,采风团员们穿荆棘,步幽径,先后参观了红军兵营与红军洞遗址。那丛生的灌木、湿滑的苔藓、潺潺的小溪、草丛中的小道,仿若一位位讲述者,在向着造访这里的人们,诉说着当年,中国共产党西北地区第一个山区革命根据地创建时的血火故事。

黑色 乌金在这里诞生

"我决定到一个偏僻的煤矿去开始第一部初稿的写作。

"为了方便工作,我在铜川矿务局兼了个宣传部的副部长。

"正是秋风萧瑟的时候,我带着两大箱资料和书籍,带着最主要的'干粮'——十几条香烟和两罐'雀巢'咖啡,告别了西安,直接走到我的工作地——陈家山煤矿。

"我来之前,矿上已在离矿区不很远的矿医院为我找好了地方。那是一间用小会议室改成的工作间,一张桌子,一张床,一个小柜,还有一些无用的塑料沙发。

"田野的风光十分美丽。山岩雄伟,林木茂盛,人称'旱江南'。此时正值'霜叶红于二月花'之时,满山红黄绿相间,一片五彩斑斓……我的心在狂跳,想急迫地投入工作,根本无心观赏大自然如画的风光……我知道接下来就该进入茫茫的沼泽地了。但是,一刹那间,心中却充满了某种幸福感。是的,为了这一天的到来,我已经奔波了两三年,走过了漫长的道路;现在,终于走上了搏斗的拳击台。"

——路遥《早晨从中午开始》

陕西文学界、陕西作家与铜川矿务局的渊源,不可谓不深矣。

2011年5月17日,采风团一行前往铜川矿务局玉华煤矿参观,采访矿区一线工程技术人员,与矿工交流。

采访过程中,铜川矿务局宋志刚局长抚今追昔,感慨地对作家们说:

"铜川这片热土和著名作家路遥有着深远的历史渊源。上世纪90年代,路遥受省作协派遣,挂职我局,任我局党委宣传部副部长,先后在垭口等矿井体验生活,利用两年时间在陈家山矿完成了长篇小说《平凡的世界》的写作部分。1993年路遥描述《平凡的世界》创作过程的长篇随笔《早晨从中午开始》,在我局自办报纸《铜川矿工报》率先发表,引发了全国路遥热,也使我们的《铜川矿工报》声名远扬。

"在这片厚土的滋润下,一批矿山文学爱好者脱颖而出。姚筱舟,是我局原焦坪煤矿的一位技术干部,后来在《铜川矿工报》任编辑,上世纪60年代创作的诗歌《唱支山歌给党听》,请作曲家朱践耳谱曲,经才旦卓玛演唱后红遍大江南北。姚筱舟从此成为我局及全国煤炭战线上的一张文化品牌。

"中国作协会员、作家黄卫平先后在我局任新闻干事、科长、宣传部副部长,出版了煤矿题材小说集《魔幻巷道》,长篇小说《大顺花魂》,成为80年代末90年代初这一时期铜川煤矿题材小说创作的领军人物。

"垭口矿职工杨生武创作的长篇小说《凤阳宝》和《昨夜箫声》出版发行,在百里矿区也引起了轰动。矿工报社杨治华创作的中篇小说《矿长的上午》荣获全国煤矿'乌金'大奖;垭口煤矿职工王庆林创作的摄影作品《叔叔喝水》获全国第四届职工美术摄影作品一等奖;黎树文创作出版《黎树文板话》一书,被誉为铜川矿区的快板王。

"矿务局一直都很重视文化工作,从上个世纪80年代就成立了铜川矿务局群众文化工作指导委员会,各单位也相继成立类似机构。全局现有全国煤炭行业及省市美术、书法、摄影协会会员一百一十多人;组建了职工文学、书法、摄影协会组织73个;还有各种群众文艺团体65个;还设立了自己内部的老年大学。

"矿务局将以这次作家采风为契机,加强对文体活动的领导,加大支持力度,进一步繁荣和扩大矿区职工的业余文化生活,让我们的职工真正快乐地工作、体面地生活。

"对于铜川市的现代文化,矿务局的贡献是非常大的。从某种意义上讲,铜川的现代文化和矿务局的关联度最高,矿务局对铜川的精神贡献很大。铜川矿务局的发展应该说经历了一个十分漫长的时期,从兴旺到低谷;在领导班子的努力下,又进行二次创业,经济效益和安全生产一齐推进,职工收入和精神文化双丰收。今天,看到玉华煤矿的发展,我们充满了骄傲和自豪。我相信,作家们肯定能从不同的角度,发现新的亮点;能够把自己的笔头,对准煤矿企业,挖掘这里的文化氛围。希望通过今天的采风活动,各位作家能够写出更多的反映铜川矿务局第二次兴起、第二次创业,从低谷走向辉煌,反映职工生活的好作品!"

采风团团长、陕西省作协党组书记雷涛深情地表示:"我们今年主要的任务是组织作家到第一线去,到生活中去,进一步地实现'三贴近'的原则。为什么选择铜川?因为铜川已经从一个老城转变成了一个新型新兴的城市,这个新的城市注入了很多文化元素。我们要通过铜川这样一个新型新兴的城市,来感受我们陕西经济社会发展、文化发展的一种步骤、一种进程、一种风貌。

"没有路遥在这里的一段写作,《平凡的世界》就不会那么顺利地完成。铜川矿业和我们作家协会有着割不断的亲情,这也是这次我们来到这里、来感受这种亲情的原因。我们要通过自己的感受、观察回去写作,再一次表现铜川人民方方面面的努力,反映矿工的真实生活。从老一辈作家到现在,我们都秉持了这种光荣创作传统,就是从现实主义出发,翔实地去创作。贴近生活、贴近人民、贴近现实,始终和人民保持深厚的感情。

"今天,看了玉华煤矿。我最深的感觉就是:第一,一个企业要生存、要发展,还是要把效益放在第一位。如果不出效益,那一切便无从谈起。第二,就是科技的提高。以前我去过很多煤矿,这一次是和矿工最近距离的接触,也是最深入的一次。过去矿下都是木头架,现在都是钢架子;而且现在我们的矿工,衣着整洁、干干净净的,再也不像过去那样一个个灰头土脸的。这真是时代的大发展啊!刚才看了我们的两个操作室,地上地下的所有的施工情况、调度情况,都安排得井井有条,还有矿区的安全,这里都能一目了然。科技的大发展在矿业的体现,保证了我们的正常生产,也保证了我们效益的提高,更保证了我们矿工的生命安全。第三就是文化对一个现代化企业的发展,看见了当下新一代矿工的体魄和精神风貌。过去我们提倡的是,大干苦干拼命干,甚至可以奉献自己宝贵的生命;而现在是以人为本,建立和谐社会,人与人的和谐、人与社会的和谐、人与自然的和谐、人与科技的和谐,如果没有高科技和文化的发展,讲和谐就只能是纸上谈兵。现在的矿工们,一个个气色红润、精神抖擞,可以感受到他们的生活是快乐的、精神是富足的。我们整天讲文化,文化有156种解释,文化到底是什么?我对它最简单的一种理解就是,文化是一种精神价值和生活方

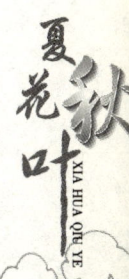

式。这是我对文化感受最深刻的一句话。这三点我感触非常深刻,也是我们大部分作家共同的感受。我们每一位作家的创作经验和生活积累、风格爱好不同,他们会从不同的角度写出很多的感受。"

第一次来到玉华煤矿的陕西省作协秘书长王芳闻十分高兴和激动。在这里,她意外地重逢了自己大学时代的老班长、现任铜川矿务局局长的宋志刚。芳闻秘书长告诉记者:"宋局长17岁就来到铜川矿务局,40载年华,他将自己的青春、自己生命中的黄金岁月都奉献给了这里。

"铜川煤矿见证了中国煤炭五六十年的发展历史,煤炭文化是陕西企业文化中最厚重的一部分,对陕西经济建设的贡献是非常巨大的。其他煤矿我们也去过,都是改革开放后发展起来的,相比较,文化氛围方面,铜川煤矿还是更为厚重。对我们作家而言,这里是一个取之不尽、用之不竭,发掘宝藏的地方。针对这些素材,我要写一篇报告文学,把铜川煤矿这么多年的历史文化写出来。"

绿色 药王山、玉华宫、大香山

"大都市的夏天是燥热的,一如那里拥簇的人群无处不在的浮躁气息。不管是一千三百多年前唐朝的皇帝皇孙嫔妃宦官,还是21世纪的城里人,都先后抽暇逃避到这清凉的山中来了。是避暑,也是一回宗教般的洗礼,让灵魂先安静下来,然后再冷静地去面对我们所处的周围的世界。当然,大自然的清凉并非绝对的世外桃源,不远处的金锁关以北的金戈铁马依稀可闻。玉华山的仁智宫曾一度成为初唐王朝的权利场,兵变失利的太子被扣押于此,促成了玄武门之变,李世民随机登基称王。当已是唐太宗的他下诏修成五门十殿的玉华宫后,一时间皇恩浩荡,连飞泉流水也成为他创立飞白书体的灵感资源,好不神奇。曾骑一匹瘦马西行取经的高僧玄奘是唐太宗诏到这儿的,新译佛典引出《大唐三藏圣教序》的天子序文,都与玉华的山水脉气有了千丝万缕的关联。玄奘法师,似乎是觅寻到了他满意的最后的译经场,也看好玉华仙境,于是连生命也交给了玉华,由这儿化入云霓。"

——采凤团团员 和谷《夜宿玉华宫》

"药王山,自古为三秦名胜之地。山以药王孙思邈冠名,这在全国稀罕得绝无仅有。

"但说到底,药王山高不过太白,秀不过峨眉,实在是一座平常的山。但山不在高,有仙则名,因了孙思邈,药王山就堂而皇之地刻下'天下第一山'之称号。

"说起孙思邈,诚然已是老百姓心目中千百年来最为崇拜的救星式人物了。唐太宗拜封孙思邈'真人',颂其为'巍巍堂堂,百代之师'。其医德之高、医术之精、学识之博、著述之丰,不愧为千秋万世之苍生大医。他的'先发大慈恻隐之心,誓愿普救含灵之苦'如黄钟大吕之声,震撼华夏。他位列中国古代八大科学家之一,他对中国医药学之贡献,已不是一个'伟大'所能涵盖;他不慕名利,心在民间,据《唐书》载,先始隋文帝'征为国子博士',继而唐太宗'将授以爵位',后又唐高宗请做'谏议大夫',他都固辞不受。三朝不仕的美名,使朝野仰慕,流传百世。以磐玉山之黄钟灵石鸣而歌之,以五台山之巍峨高耸树而颂之,都不能完全表白对孙思邈的敬意,这位中国医史上的千古第一人,只能以药王山这'天下第一山'陪伴才堪相称。"

——王世华;采风团团员 朱文杰《孙思邈与药王山》

2011年5月16日、17日、18日,采风团先后赴药王山、玉华宫与大香山景区,去领略那里的千顷松涛、满谷繁花;特别是感受中华传统文化在这方美滋华滋之地醇厚而久远的留存,感受历千年沧桑而弥新的药王孙思邈崇高的医德与灿烂辉煌的中医药文化。

药王山上,绿意满怀,松香盈面,重楼叠阁,斗拱飞檐。庄严古朴的药王大殿,"虎守杏林"的神话传说,为天下百姓带来莫大恩惠的"医方碑亭",有"石盆仙迹"之称的洗药池,俗称"摸摸爷"的思维菩萨,"虬枝伛偻已千春"的药王手植柏……真乃美不胜收!

公元659年至664年,唐代高僧玄奘法师在铜川玉华山译经四年有余,翻译佛经682卷,创立了法相宗,并圆寂在这里。玄奘法师与玉华山结下了不解之缘,玉华山也在中国佛教史和世界佛教史上留下了非常重要的一页。

在玉华山的玄奘纪念馆,在肃成院遗址,在芝兰谷、珊瑚谷,采风团

行脚步轻轻,满怀肃穆敬仰之情。这里佛光笼罩,梵音缭绕,婆罗暗香,松涛摇曳,浓荫蔽日,草地如茵,似明珠璀璨,如瑶琳仙境。大家或不时地按动相机快门;或低首思索,吟诗作赋;或畅谈着古往今来,有多少文人墨客曾来到这里,走入她的怀抱,探寻她的历史,留下了脍炙人口的诗篇与美文。

睹近思远。置身于玉华山的松涛花香,铜川市作协主席黄卫平,回忆起了一则已尘封于记忆中多年的往事。

那还是上个世纪的70年代末,告别了遥远江南水镇的故乡,来到铜川矿务局宣传部工作的小青年黄卫平,接到了一项外宣任务:寻访因"文化革命"而久被湮没、遗忘在岁月深处的、那些携带着浓郁文化积淀的历史遗存,向世界撩开她们神秘的面纱。

接到任务的黄卫平,兴奋不已,他带了几块干粮、一壶水,在二三位驻军战士的陪同下,便一头扎入了玉华宫所在的苍莽大山中。几十个小时过去,松露浸湿了他的头发,山谷的气息滋润了他的心扉,树木的嫩叶抚触着他的衣袂,一篇千余字的美文《玉华宫小记》,便从他的笔下涓涓流淌而出,通过中国新闻社,发往了全球。

青色　耀州古瓷耀古今

"和耀州大老碗的邂逅,完全是一种不期而遇。也因此,它才给了我一个意外的惊喜,使得已心近古井、很少动情的我,竟在短短的一刹那间生发出一阵儿莫名的激动。

"同景德镇所产同样口径的细瓷大碗相比,它的壳郎子要深得多,其造型上的特色,也因之而形成。碗的瓷质颇粗,手绘的蓝色花纹则拙朴简练。碗深、瓷粗、花拙,这三者合在一起,便使得耀州大老碗和高大魁梧的西北人、和慷慨激昂的秦腔戏、和重油重味的陕西菜显得那么和谐一致,以致让人不能不慨叹,如此浑厚敦实的耀州大老碗,分明是只能出自同样浑厚敦实的秦人之手啊!"

——采风团团员　商子雍《耀州大老碗》

"陈炉镇坐落在铜川东南三十里的山巅上,以烧陶制瓷闻名。三十多年前我第一次上陈炉,以后少说不下30次拜访过这僻壤之地的古瓷镇。陈炉于我,缘分可谓深矣。

"印象最深的是一次夜奔了。从双碑步行约五里,转过一弯陡峭的山塬,忽觉豁然一亮,莹莹然一鳌山灯火撞入你的眼帘,弥野皆明,星月也似乎暗了。山下横一大壑,凹出一块盆地,山行之间,只见此山自麓至巅,参差点缀几擎火炬般熊熊燃烧的炉火,夜立即被罩入一片暖意融融的纱幕之中。一阵惊喜,我知道,前边就是陈炉了。

"70年代初陈炉复制出已失传数百年的耀州青瓷,一下轰动全国。那精比琢玉、巧若范金的橄榄绿釉的青瓷,难就难在这青中泛绿的釉上,加上耀州青瓷犀利流畅、细腻和谐的刻花装饰,其奇特瑰丽、异常丰富多彩的图案纹饰,那可是难上加难了。"

——采风团团员 朱文杰《古镇陈炉》

在古镇黄堡南侧的漆水河畔,有一座雄伟的现代建筑,坐落在一片碧树绿草簇拥之中,这就是我国目前规模最大的古陶瓷遗址博物馆——耀州窑博物馆。

耀州窑是我国古代著名的青瓷窑,它创烧于唐,经五代、北宋达到鼎盛,元末明初以后停烧,连续烧造历史长达八百余年。耀瓷以其独特的风格,被选为朝廷贡品,并远销日本、朝鲜、坦桑尼亚、阿曼等地,在宋代及其以后的史籍中多有记述。由于耀州窑青瓷的突出成就,全国诸多窑口纷纷仿制,从而形成了独具特色的"耀州窑系",与"官、汝、定、哥、钧"五大名窑并著,在中国古陶瓷史上占有重要地位。

从黄堡镇南的凤凰沟,到镇西北的原料产地泥池,在沿漆水河河岸的两侧台地上,层层分布着耀州窑各历史时期的窑炉和作坊遗迹。《同官县志》载:"南北沿河十里,皆其陶冶之地,所谓'十里窑场'是也。"

2011年5月19日上午,采风团完成了最后一站、亦是压轴之重头戏的对耀州窑博物馆与陈炉古镇十里窑厂的参观活动。

在铜川市委、铜川市人民政府欢迎陕西作家采风团的座谈会上,铜川市市长王莉霞说:"铜川这方山水孕育了一批历史文化名人,同时也是文学家、艺术家体验生活,激发创作灵感的好地方。长安画派的领军人物石鲁、何海霞都曾在铜川学习和工作过;著名版画家修军文革期间也在耀州

区插过队。三位著名的书画大师由于在铜川长时间体验生活,创作了一大批艺术精品,培养了一大批文化人才。省作协主席、著名作家贾平凹先生也经常到铜川体验民风民俗;作家和谷先生,也是我们铜川人。他们热爱这片热土,写了大量反映铜川的艺术作品。省委常委、宣传部长胡悦,省人大常委会副主任白阿莹都是铜川人,西安市诗书画协会会长朱文杰、著名画家王子武、画家邱世华,也都在铜川工作过。"

对于王莉霞市长的赞誉,身为采风团团员的朱文杰老师十分感动:"我20岁的时候就来到了铜川,可以说是把自己的青春献给了铜川,一待就是16年。离开铜川都二十多年了,但是我一直都很关注铜川的人和事,而且也是身体力行地为铜川办事。此次铜川采风,对这个城市的形象有大的推进,也会促进其城市精神以及城市中美好事物的进一步发展。"

"过去铜川就是一个工业城市,虽然小,但有自己的特点,一个以移民为主的城市;铁路繁华,因矿设市;河南人、东北人、江苏人、陕北人,包容性很强。这里的老百姓很淳朴,不管谁来铜川,都会对铜川有一个很好的印象。记得当年陈忠实在铜川讲课时说:'铜川人,有城市人的大方、现代;又有农村人的诚恳、憨厚。'我给铜川写过很多文章,我喜欢这座城市,虽然这个工业城市有自己的缺点,比如污染,但是她慢慢地在改变、在发展。"

(见报日期:2011年6月1日)

药王山"摸摸佛" 朱文杰/摄

鸿雁高飞

曾经感动了我们的镜头

邮政,是由国家管理或直接经营寄递各类邮件(信件或物品)的通信部门。1896年3月20日,清朝光绪皇帝在"兴办大清邮政"的奏折御笔朱批,正式批准开办大清邮政官局,中国近代邮政由此诞生。

其实,中国邮政的历史可远溯至3000年前古代的邮驿。官府设置驿站,利用马、车、船等传递官方文书和军情。

世界现代邮政,则起源于19世纪前期,英国在主要城市设置邮政机构,采用邮票形式作为邮资已付的凭证,为大众寄递各种邮件。

可以说,伴随着人类发展的脚步,邮政和人类的进步与生活息息相关,须臾不可分离。无论以多么美好的语言、华美的赞誉、深情的词汇,用来描绘邮政,都不会过分。

因为邮政,曾经带给了人类多么丰厚而优美的情愫啊!

镜头一

"第一,是海湾的海浪声,轻轻的;第二,海浪,大声的;第三,掠过悬崖的风声;第四,滑过灌木丛的风声;第五,爸爸忧愁的渔网声;第六,教堂的钟声;第七,岛上布满星星的天空,我从未感受到天空如此的美;第八,我

儿子的心跳声。"

这是黑岛上唯一的邮差邮寄给诗人聂鲁达的礼物。他和邮局局长拿着录音机跑遍了整个岛屿，海岸、悬崖、教堂、渔船……他想诗人应该没有忘记这个地方，听到这些声音肯定就会想起来了。

曾经，诗人住在海边不远的地方，有信件的时候，这位唯一的邮差就会骑着自行车来到诗人家里，或许和诗人聊聊天，甚至鼓起勇气询问关于诗的事情，当然，还有女人。

渐渐地，邮差和诗人之间产生了一种很不平常的交流。邮差想起了他人生中的第一个暗喻，诗人告诉邮差诗与人生的关联。邮差和诗人成了朋友。

多年后，诗人与妻子再次回到小岛，见到了邮差的儿子。但邮差已经不在，他死了。死在了他想去参加诗人作品朗诵会的路上。

镜头二

"上午好，桑布恩先生！"他说起话来有些兴高采烈的劲头："我的名字是弗雷德，是这里的邮递员。我顺道来看看，向您表示欢迎，介绍一下我自己，同时也希望能对您有所了解，比如您所从事的行业。"弗雷德中等身材，蓄着一撮小胡子，相貌很普通。但尽管外貌没有任何出奇之处，他的真诚和热情却溢于言表。

这是全球超级畅销励志经典《邮差弗雷德》的开头。这个故事讲述了：在大多数人眼中，投递邮件的工作繁琐而枯燥，邮差弗雷德却非常热爱自己的工作。他竭诚为大家服务，并把自己的工作视为一次机会，一次改变周围人的生活的机会。正因为有这样的信念，所以他在投递邮件时愿意多走一些路，愿意将所有人都看成是自己的朋友。

《邮差弗雷德》，影响了全球数亿企业员工。

镜头三

18世纪的哥尼斯堡，一座庭院外的林阴道上，每天午后三点半，总是会悠然走来一个身高不足五英尺的男士。身上永远穿着一套灰色的装束，手里永远提着一支灰色的手杖，后面永远跟着一位忠诚的老仆人。他们是如此的守时，以至于市民们在与他们亲切地打招呼时，总忘不了趁机校正自己的手表。

这是哲学家康德和他的仆人。

康德的生活极有规律。从中年以后到去世之前,一直严格遵守着自定的作息时间表。诗人海涅曾说:"我不相信城里大教堂的自鸣钟能胜过它的市民——康德。"

只在周一和周五,当送来书报信的邮车出现时,才会给"最规则的动词"的康德的生活,带来些许新意。

——邮车!

镜头四

"绿色的邮车向前跑/穿过荒野经过小村庄/绿色的邮车向前跑/不管大风不管大雨/不停地奔跑/绿色的邮车向前跑/穿过荒野经过小村庄/穿过了山路和大桥/不管春夏不管秋冬/不停地奔跑/向前跑向前跑/绿色的邮车向前跑……"

——《库斯克邮车》

"从那南边的山坡上,远远传来了/邮递马车阵阵声响,阵阵声响/马车将要带来快乐信息/马蹄声儿多么清脆嘹亮/我们聚精会神侧耳倾听/听哎/越来越近了,邮递马车/向往的马车。

"在那盛开柠檬花的乡间道路上/马车将把愉快的消息/带到我们的心坎上/广阔的牧场正是中午时光/看那/渐渐走近了,邮递马车/心爱的马车……"

——《邮递马车》

镜头五

青翠的山川,湍急的河流……

一个自然真实、扣人心弦的绿色(关于山野、邮差)传奇……

即将退休的乡邮员,在茫茫深山中送了一辈子信,马上要由唯一的儿子接下送信的工作。

面对儿子第一次出发,老邮员千叮万嘱交代,实在放心不下,于是带着长年跟随的黄狗陪着儿子走一趟送信之旅,

徒步在苍莽壮阔的山林。

清新的田野间，父子间展开了前所未有的认识和了解。年轻气盛的儿子了解了几十年来，父亲邮差工作的辛苦与意义；老乡邮员也体会到二十多年来，妻子终日等待的无奈和儿子长大成人的骄傲。

那山，那人，那狗，构筑了一幅幅美丽的画面和一串串人性的感动。

——《那山·那人·那狗》

去感受新的感动

在这个春天，陕西作家们感受到了，在我们这个时代里，邮政所给予大家的，以新的形式所呈现的，同样令人感动的一则则故事、一位位人物、一幅幅镜头、一息息瞬间……

2011年4月27日至28日，由陕西省邮政公司、陕西省作家协会主办，陕西省邮政文联承办的"走进邮政作家采风活动"举行。

本次采风活动的目的，是为了更好地反映陕西邮政改革开放以来的发展历程；充分展示邮政独立运营后所取得的丰硕成果；讴歌和弘扬陕西邮政广大干部职工顽强拼搏、自强不息、勇于创新、开拓进取的精神风貌；真实记录陕西邮政人勇往直前的铿锵足音。

陕西省作协党组书记、常务副主席、作家雷涛担任"走进邮政作家采风活动"采风团团长；陕西省邮政公司党组成员、副总经理、纪检组长、工会主席、陕西省职工作协主席、陕西省邮政文联主席周养俊，陕西省作协党组成员、秘书长王芳闻担任副团长；陕西省作协原党组副书记赵熙，陕西省作协副主席冯积岐、冷梦、张虹，陕西省作协杂文专业委员会主任商子雍，著名作家朱文杰，中国散文网主编陈长吟，《小说评论》副主编邢小利，西安音乐学院教授仵埂，陕西省体育总会副秘书长夏坚德，《新叶》杂志主编高鸿，《各界导报》社长兼总编张魁等参加了此次采风活动。

在采风活动启动仪式上，陕西省邮政公司党组书记、总经理马凤炯感慨万端，深情地回顾了改革开放后，特别是十多年来陕西邮政的发展历史："中国邮政成立已经有一百多年了，陕西邮政从邮电分开以后，今年是第13年。1998年底电信和邮政分开独立运行时，邮政很困难，营业收入很少，人多，历史上遗留的事情也很多。但当时我们想的是，只要国家在发展，国民经济在发展，邮政事业就一定能发展起来，因为社会经济离不开邮政。经过这些年的发展，邮政发生了很大的变化。第一，总收入大幅度提高。当时分营的时候只有5.8亿的收入，到今年年底可以达到40亿，而且今后几年发展可能更快。业务还在不断向外拓展，原来传统业务就是函件、包裹、报刊发行、汇兑，到上世纪80年代，又增加了速递和集邮。这几年又有了新的业务，比如电子商务、机票、火车票业务。第二，代收各种费用，比如电费、水费、天燃气费、有线电视费等等，这也是电子商务的一部分。第三，我们改革的步子很大。原来邮政是政企合一的，叫陕西省邮政局，从2007年开始政企分开。邮政企业内部又在改革，成立中国邮政储蓄银行陕西省分行、陕西省速递物流有限公司、中邮人寿保险公司陕西省分公司等。加大板块改革。第一大板块是金融类，速递物流和人寿公司都以此为平台。利用邮政这个基础网，加上银行的牌照，形成了金融板块。第二大板块是速递物流，先成立速递物流公司，下一步进入市场，面临上市。速递物流现在的市场很大。其滥觞在上世纪80年代；物流业务则是90年代到2000年之际才发展起来。现在很多企业利用邮政这个网络和邮政搞一体化的服务。比如说雅芳，比如戴尔、摩托罗拉，还有汽车配件之类，包括陕西的开米都是从邮政走的。我们建立了一个大的网上创业园，提供一个大的仓储基地，开辟一个网络区域，商家设置一个网络商店，这些商品就可以在网络上销售，邮政负责配送。第三大板块，就是邮政的传统业务、基础业务。由于短信、手机的便捷，个人写信已经很少了，但是信函量总体还在增加，收入也同步增长，资费较过去有所增加；另外，各类账单、保险公司、银行的单据，事企业商务广告信函，招生信函等，类似商业性的信函大幅度增加。这几年，邮政投资增长很快。国家的政策与自身积累的因素，使得硬件设备水平提升很快。市县、农村改善明显，投入达三十多个亿。第四，队伍发生了很大变化。刚分开时，邮政队伍文化素质较低，经过优化、调整以后，现在队伍发展很快，研究生本科生学历的都很多。现在待遇高了，条件好了，整支队伍素质发生了很大变化。第五，信息化水平很高。所有的网点都进入网络连接，只要登录互联网，就可以随时随地查到邮件的状况。第六，服务水平也有很大变化。第七，企业文化蓬勃兴旺。整个集体内部非常和谐，与我们的企业文化密切相关。我们成立了文联，文联下面的书画协会、摄影协会、文学协会，都有很多成果。此外，设置了文化中心，

经常搞各类展览,还有很多大型文艺活动在剧场举行。省乐团来我们这里举办过新春音乐会,小型演播厅可以播放电影,体育方面也很活跃。希望作家们通过这次活动,能够对邮政有更理性的、深刻的认识。"

采风团团长、陕西省作协党组书记、常务副主席雷涛在启动仪式上的讲话中,抒发了自己的诸多感触,并对参与采风活动的各位作家提出要求:"我们强烈的感受是:作家现在的精神需要进一步充实,作家的视野需要进一步开拓,作家向生活和社会实践学习的理念要进一步加强。从邮政五彩缤纷的世界中,我们看到了现在整个社会发展的缩影。中国邮政由邮政变为邮电,又从邮电回到邮政,经历了一个漫长的历史,反映了一个社会的进步与文明。平时提起邮政,大家想的就是,一个邮递员背着一包信件骑着自行车挨家挨户地送信。我们想的太简单了。与传统相比,如今邮政发生了巨大的变化;传统邮政衍生出许许多多的市场化的、个性的新产品。比如,邮政储蓄银行、中国邮政证券、速递物流、中邮人寿保险等等一些新兴的产业、新型的业务,和我们传统认识上的邮政发生了质的改变。邮政企业文化越来越得到重视,这是一个值得重视的现象。一个企业的盛衰和其品位,是与这个企业主要领导的文化涵养、知识层次和对企业文化的重视、对文化事业的追求以及所实施的一些方法步骤、成效分不开的。我感觉到,邮政能够如此地重视企业文化,很不简单。人民生活和邮政密不可分,光是集邮这一项,已经成为现代市民精神生活中的一个很重要的载体和表现方式。你看到一个邮票,思维就会马上与当时的政治、经济、文化与社会发展的方方面面联系起来,产生许多遐想。丰富多彩的社会生活扩展了作家的艺术视野,多面的、多要求的社会生活给作家提出了更高的要求。一个有责任心的作家要不断向社会索取,及时了解、掌握、消化、思考社会各个方面的发展变化、变迁,这才是一个有责任心的、真正对自己也对这个称号负责的作家。作协这几年提出'开门开放办作协',实践证明我们这个思考是对的。作家要走出一个自我封闭的状态。我很不同意有些作家说,我在家里读报纸、看书、看电视本身就是体验生活。我感觉这样的体验不是一种真正意义上的体验,你只有到生活的底层去实践,才能了解到生活的原本;通过中间媒体来了解的只能是生活的表象。所以我们要更多地走向社会,要和更多的社会团体、企业界和多方面建立联系、成为朋友,只有这样,我们作家才能够最大限度地获取现在生活的知识,来充实自己知识上的不足和认识上的差距。一个作家,只有在现代社会多变的情况下,对整个社会做一个把握,把自己放到历史的演进过程中,亲身体验,写作才会更加逼真,从中产生灵感,更重要的是获取知识上的积淀。"

4月27日上午的启动仪式结束后,作家们先后参观了陕西省邮政公司机房、大客户中心、文化中心、银行一楼营业部、保险公司票务中心等。下午,又分组两路,前往西安市邮政局的"西邮寄"网站、发投公司、便民驿站;西安邮区中心局的包裹分拣现场、速递处理局、运输局、火转局等进行了现场采风。

4月28日全天,采风活动分别在咸阳市邮政局和渭南市邮政局进行。作家们听取了企业情况报告,并深入了解了邮局的普遍服务情况以及先进投递员、乡邮员、票务中心、职工小家、服务三农等内容。最后,采风团与所采风单位共同召开了"作家眼中的陕西邮政"座谈会,进行了相互交流。

倾情抒写收获的感动

在西安邮区中心局,未及王明君局长的全局概况介绍完毕,作家夏坚德就表达了自己急于见到她所选定的一位采访对象的愿望。夏坚德正在进行"女性人物散文系列"的写作计划;在西安邮区中心局,她为席秦娟的事迹所吸引,当即将这位女职工作为自己的重点采访目标。在邮局阔大的厂房中,在一堆堆从五湖四海运抵西安的邮包旁,俩人热烈地攀谈起来。

其实,这动人的场面,正是采风活动的发起与主办者的初衷所在。正如陕西省邮政文联周养俊主席所说,"陕西邮政1998年独立运营,在注重经济发展效益提升的同时,也一直非常重视企业文化和职工文化的建设,并取得了一定的成绩。去年被评为陕西省企业文化建设的示范单位,今年我们按照省公司党组的总体要求,围绕建党90周年开展了一系列的活动,同时从多个角度展示我们陕西邮政优秀的企业文化。这次'走进邮政作家采风活动',就是在省邮政公司党组直接领导下开展的一次重要的活动,也是我们企业文化建设的重要内容之一。希望通过这次活动,扩大陕西邮政的影响和提升陕西邮政的形象,同时也服务好社会各界。"

采风团副团长王芳闻认为,"邮政支撑的这个大网,深入到我们生活的方方面面,和我们联系非常密切。可以说我们所有人,我们在座的作家都在享受着邮政的服务、邮政的资源,都是邮政的受惠者。陕西省邮政公

司获得了很多殊荣,让我们非常敬佩。邮政除了在本职的业务上取得累累的硕果外,还在文化建设方面,创造了独特的邮政文化。全省邮政系统有一批业余作家,在搞好本职工作的同时,创作了大量的文学作品,每年都有新书出现,成为我们陕西文学界花苑里的一朵奇葩、一道亮丽的风景。我们的作家能深入到渭南、咸阳,深入到基层,更加进一步了解邮政事业在改革发展中走过的艰难创业历程,感知邮政改革取得的辉煌成就,学习邮政人在新时期自强不息的奋斗精神。用我们的妙笔生花来书写邮政人高歌猛进中的时代风采。这次采风,能让我们作家和邮政人的感情更加贴近、关系更加密切、心相连气相通。作为一次开端,以后我们作家的目光要更多地投入到邮政领域,用我们的笔触更多地描绘多姿多彩的绿色园地,为前进中的邮政人鼓与呼。"

采风中,省部级劳模、渭南市邮政局局长王理生介绍说:"在邮电分营之初,整个就是一个入不敷出的局面,以至于面对电信较优厚的待遇,邮政人总是心情抑郁,无心工作。加之当时员工学历低、综合素质差、年龄偏大并且人员杂乱,使工作积极性大打折扣,这就使企业在底子本身就很糟糕的情况下更加雪上加霜。在这种非常艰苦的独立运营时期,邮政公司制定了'谋发展、求生存、打基础、甩包袱'的发展方针,积极改善工作环境和工作设施,比如购置邮车、改造邮路等;同时积极参与市场竞争,认识、了解市场;构架用户与企业之间的桥梁,要求每个邮政人发扬艰苦创业精神,'说破嘴皮、磨破脚皮、厚着脸皮'向用户推介业务,派生新生业务;建立严格的诚信机制,让用户'了解邮政、信任邮政、使用邮政'。就是在这样的状况下,实现了我们的第一次创业。通过这么些年的摸爬滚打,企业现在有了很好的发展,曾经在邮电分营早期拖欠职工的工资得到了清理,收支开始平衡,企业形象也得到了极大的提升,职工也有了归属感、认同感,不论是企业收益还是职工精神面貌都有了极大的改善。通过第一次创业,我们邮政人总结出,第一,贫穷有时也是一种财富;第二,在发展中练就本领。从2008年至今,我们已经获得了全国邮政系统先进集体、用户满意企业、全国邮政系统'营销创百优'劳动竞赛优秀营销项目等诸多国家及地方奖项。"

全国劳模、基层投递员刘班虎说:"我的这条邮路总共六十多公里,多数路段是崎岖不平的山路,因为要帮当地群众在市内买一些东西,所以经常超负荷地送递进村。每天工作10小时以上,并且一路马不停蹄。作为能为群众全方位服务的投递员,将群众期待已久的信件、刊物送到他们手中,我觉得有种神圣感,觉得这样的工作、这份艰辛付出得值。每当看到群众手捧着信件、汇款时喜笑颜开的容颜,我感到非常充实。"

采风活动虽然结束了,但是,陕西邮政在艰难中打造出的辉煌事业,陕西邮政人在开拓中进取的形象,如电影镜头般,在参与采风的作家们眼中久久浮现……

放眼长空,天色湛蓝,鸿雁南来。

《鸿雁》,这是上世纪60年,描写新中国邮政人形象的首部作品。豆蔻年华的我,翻阅《大众电影》时,曾经看到过这部影片的剧照。这部影片,是我国著名编剧张笑天的处女作,由长春电影制片厂摄制,刘世龙担任主角。后来刘世龙又出演了影片《英雄儿女》中的王成,成为中国大地上家喻户晓的人物。

《鸿雁高飞》,这是陕西省邮政公司马凤炯书记的大幅书法作品,就悬挂在西安邮区中心局会议室洁白的墙壁上。午后的阳光,透过树木掩映的玻璃窗,投射在这幅书法作品之上,闪烁跳跃。朦胧间,仿佛与《鸿雁》中的主人公乡邮员爬冰卧雪、翻越崇山的形象叠印在了一起,令人生出无限的感动。

(见报日期:2011年5月4日)

在邮政车间里　　　　　　　　　　　李明睿/摄

在古老华夏的腹地

在九曲黄河的上游,
在西去列车的窗口。

是大西北一个平静的夏夜,
是高原上月在中天的时候。

一站站灯火扑来,像流萤飞走,
一重重山岭闪过,似浪涛奔流……

呵,这个平静的夏夜,
呵,西去列车这不平静的窗口!

——贺敬之《西去列车的窗口》

也许,每一位参加"陕西著名作家走进杨凌"采风活动的人,都有过在自己的青葱岁月、豆蔻年华吟诵这首诗歌的记忆;也许,他们还有着在繁星满天或月华初照的夜晚,从缓缓驶过的车厢窗口,向北眺望"巍巍乎高岗"之上,那座沐浴了四分之三世纪风雨冲刷的"西北第一楼"沧桑剪影的经历……

在这个风和日丽、百花绚烂的春日，那依稀的吟唱时的豪迈与激情、那曾经的眺望时的向往与遐想，均化为了在"3号教学楼"前的肃然起敬与缅贤追远；在昆虫、动物、土壤、植物以及农史馆中的博览与吸纳；在蝴蝶园、树木园与花卉园里的流连忘返与叹为观止；在现代农业企业孵化园中的思考与感动……

杨凌农业高新技术产业示范区于1997年经国务院批准成立，是中国唯一的国家级农业高新技术产业示范区，是中国向亚太经合组织开放的十个科技工业园区之一，是全国六个海峡两岸农业合作试验区之一，是国家重点支持的五个高新区之一。杨凌示范区由国家科技部等20个部委（局）和陕西省人民政府联合共建。杨凌示范区管委会是陕西省政府派出机构，享有地市级行政管理权、省级经济管理权及部分省级行政管理权。

2011年4月13至14日，由西北农林科技大学主办，陕西省作家协会、杨凌示范区管委会协办，陕西省作家协会创联部、西北农林科技大学博览园、杨凌示范区党工委宣传部、西北农林科技大学党委宣传部承办，以"探索农耕文明，体验现代农业，弘扬传统文化"为主题的"陕西著名作家走进杨凌"大型采风笔会在杨凌农科城隆重举行。陕西省作家协会党组书记雷涛，陕西省作家协会原党组书记赵熙，陕西省乐团原党组书记党永庵，陕西省作家协会副主席冯积岐、冷梦、张虹，陕西省作家协会党组成员、秘书长王芳闻，陕西省作家协会杂文专业委员会主任商子雍，中国散文网主编、著名作家陈长吟，陕西省体育总会副秘书长、作家夏坚德，原《延河》杂志社编审郑文华，杨凌区作家协会主席、著名作家贺绪林，杨凌示范区文联主席王启儒，《新叶》杂志主编、著名作家高鸿，西安市文联《美文》杂志社编辑、著名作家安黎，《各界导报》社长兼总编、著名书法家张魁，陕西省作家协会创联部副主任许如珍，陕西历史博物馆研究员梁桂林，宝鸡市作家协会理事、陈仓诗社社长王东玉，扶风县作家协会主席、著名作家汪润林，陕西文化交流中心主任、作家韩星海等参加了此次采风活动。

教民稼穑之地　农林高科之城

关中平原西部的周塬之畔、渭河之滨，又一个盛夏时节来临了。田野中充盈着丰收的芬香，禾穗沉甸甸地低垂着头摇曳，大豆瓜麻果实累累。

中国远古诗歌《诗经》之中,对这一景象进行了这样的描述:

"荏菽旆旆,禾役穟穟,麻麦幪幪,瓜瓞唪唪。"

这一以诗歌为载体的民间传说接着告诉人们:"诞后稷之穑,有相之道。茀厥丰草,种之黄茂。实方实苞,实种实褎。实发实秀,实坚实好,实颖实栗,即有邰家室。"

诗中描绘了远古时期,后稷教民稼穑的动人景象;其中所述的"有邰家室",即"有邰国",也就是今日的杨凌。

在《杨凌文史资料》中,有一帧照片与所附的这样一段文字:"此照摄于20世纪30年代西北农林专科学校筹建之时。照片右边台阶上落坐者为筹建组负责人之一的于右任先生,右边为筹建组其他人员。照片原标明'本校附近之古迹——后稷祠'。以于右任先生和杨虎城将军为首的筹建组,在物色西北农林专科学校校址时,正是看中了这块后稷教民稼穑之地,把西北第一所传授农科知识,培养农科人才的高等学府校址选在这里。古有邰国,教民稼穑之地;今农科城一脉相承,同样为教民稼穑之地。"

王启儒先生在其著作《遥远的文明——后稷与有邰》中写道:"杨凌示范区的所在地——古有邰国暨邰城,它的历史是非常久远的,一直上溯到远古时期。它的步履是如此辉煌,以至于在中华民族走向农耕文明的历史进程中,起到了某种先导作用。"

因此,在此次采风活动的座谈会上,杨凌示范区党工委副书记周耀生便在讲话中,用三句话、三个特点来说明杨凌示范区:"第一,杨凌是中华民族农耕文明的发祥地之一,在中国的历史长河中,占据着一个非常重要的位置。在四千多年前,有文字记载以来,中华'第一任的农业部长'——后稷,就在杨凌这个地方,'教民稼穑,授以五谷',开创了中华民族农耕文明的先河。第二,杨凌是全国知名的农科城。这个很小面积的地方聚集了五千余名农业科研教学的人才和雄厚的科研教学单位。第三,杨凌是目前全国唯一的农业高新技术产业示范区。目前全国有很多的高新示范区,估计有七八十家,但作为国家级搞农业的高新区,就杨凌一家。"

西北农林科技大学党委书记、杨凌示范区的创始人张光强,参与并见证了杨凌示范区从孕育、到出生、成长的整个过程。在采风座谈会上,张书记在讲话中说:"杨凌曾经有过三个时期的辉煌。一个是在抗战时期。就在这所学校的校园里,集中了我们国家非常优秀的一百多位顶级的农业科技专家,很多都是从国外回来的;第二个时期,上世纪50年代,轰轰烈烈的社会主义建设时代,许许多多有志于从事农林科技教育的人才从全国各地聚集到这里;第三个时期,就是我们示范区成立并合并组建农林科技大学以后。"说话间,张书记的脑海中浮现出回忆,语气变得深沉幽远。"那是上世纪80年代,全国各地都在蓬勃发展,但杨凌这个地方却人才大量流失,出现了衰败的景象。眼看着国家用了几十年发展的农业区有着萎缩的危险。

"1996年9月,国务院分管科技教育的李岚清副总理在参加大学生运动会开幕式后来到杨凌。李岚清第一次发现这里居然集中了我们国家这么多旱区农业方面的专家;没有想到知识分子在这个地方生活条件这么差;科技专家、知识分子的作用远远没有发挥。当时我们那一届中央领导的高层已经看到了,中国的现代化要实现,有可能拖后腿的就是农业,而农业最薄弱的就在北方的旱区,就是杨凌的学科所覆盖的地区。

"李岚清副总理认为,杨凌这个地方很重要,但要把它搞好,要通过一种体制改革的办法,要采取大的动作。半年之后国务院批准设立示范区,要求真正把杨凌建设为我国旱区农业中最大最强的农业科技创新基地;同时要把这些科学技术源源不断地送向农村,带动农业的现代化。

"从那以后,杨凌开始了艰苦的创业。两年之后,经过了艰苦的努力,7家单位合并组建了今天的西北农大、农林科大,3所中专合并组建为杨凌职业技术学院。2003年是一个重要的转折,国家批准这所学校成为21所中管高校,就是校长、书记由国务院任命,当时中国只有21家。从1999年到现在,办校规模扩大四倍,研究生扩大十倍。这十几年,花了近17个亿,完成了校园的基本建设。我们的办学质量和水平,作为名牌大学的核心竞争力,所有的指标,每年都以百分之三十到四十的速度增长;我们的老师、职工的精神状态非常好;条件改善了,人才状况也发生了根本性的变化。学校和示范区有一个共同的使命。不仅仅是出人才,出科技成果,还要为社会服务。把科技出色而有效地推广到农村。我们在各地的永久性试验站,就是我们集成技术所做的示范,是最好的综合基地。做出样子让农民看,农民认为好,就跟着我们学,我们来培训农民。以农林科大为源头,以基地为节点,基地再传输出去。我们在白水建立了世界上最先进的苹果基地,在陕北做了红枣研究,在阎良有蔬菜、甜瓜基地。总之,围绕着主导产业,在产区把科技送到农民身边,农民也实实在在得到了科技带去的巨大收益。我们建起了中国独有的模式,即在政府推动下,以农业大学为依托,

以基层农技力量为骨干。我们的目标是,在建校100年的时候,建成世界一流的农业大学,产学研紧密结合。不仅培养人才,出成果,更要把技术输送到更多的地方,承担起国家的使命,为中国的农业作出贡献,为陕西的农业作出贡献!"

抚今追昔　感受沧桑巨变

当人们惊鸿一瞥地领略到这片穿越千古岁月的农耕文明发源地的沧桑,为当今中国现代高新农业示范区的英姿而骄傲与自豪时,或许并不知道,就在十多年前,这里还仅仅是一座北方乡间小镇,虽然拥有着深厚的文化底蕴与历史悠久的农业学府,但仍然是没有一条像样的街道;没有一家像样的商店和酒店;没有一所像样的医院和中小学;没有一户像样的企业;路下没有管网,没有排污,没有光纤,没有供热和供气;路上没有红绿灯、公交车、出租车、垃圾车,街道凹凸不平,汽车驶过去尘土飞扬;仅有的两三条小街上没有像样的商业服务业和文化娱乐设施……

对于今昔沧桑感受最为强烈的,莫过于原陕西省作协党组书记、著名作家赵熙老师。赵老师1960年毕业于陕西师范大学生物专业,一生数度与杨凌结缘。在接受采访时,他感慨万端。

"毕业留校后,为编撰一套适用于农村业余大学的教材而来到杨凌。当时杨凌招收了一个班的陕西各个地区的农业家,其中典型人物是王保京。当时我就把他的一些种植理论、一些培养玉米高产的栽培办法,融入到了我的那本书里。那时杨凌不光是陕西的农业研究中心,也是全国的农业科学的先进研究基地。'碧蚂一号'小麦就是赵洪璋教授,把一种当地的原麦和耐旱的小麦进行嫁接以后产生的。这种新型小麦产生后,在全国达到两亿多亩增产量。我采访他时还以为他是一位老农,没想到他是位顶级科学家。

"1964年我调回西安,但是我爱人当时的女朋友却又恰巧分配到了这里的农学院。于是又每周坐火车来看她,到武功下车还得走很长一段土路。这样来回奔波了七八年之久。文化革命开始后,我的单位搬到了武功农科院的农场。这次来,老伴说你到农校去看看咱老同学。实际上来了才知道,全都旧貌换新颜了。

"杨凌示范区刚刚形成一个雏形时,我因采访任务来到了这里,完成了1万5千字的大稿子《世纪大示范》,气势很大,描写了示范区从起根发苗到后来的发展。给我印象最深的是科学家与村民们一起搞了好多试验,说明当时作为一个研究、生产、理论基础三结合的农业示范区,能很快地将研究成果变成生产力。在农业科学院,过去基本是在研究院园地里面搞,要推广到农村去是很困难的。科研单位一般都是自己搞个试验写个论文就完了,很少和农民结合搞。但是,这个示范区刚一开始就把农科院的科学家组织起来,一个课题一个课题地与农村结合,搞的成果很大。农高会开了好多次,新品种也很多。这次采风使我感觉到,过去那种农业方式已经有了全新的改变。这么大的规模,基础这么雄厚,在全国是独一无二的。这是中国农业发展的方向。"

在采风活动的启动仪式上,省作协雷涛书记在致辞中说,杨凌曾经是中华民族农业的发祥地,现在国家又把这里作为现代农业的一个试验地,这是陕西的荣耀。我们这次组织作家来杨凌,就是让作家们更加全面、深入地了解中华民族农耕文明过去的发展变迁和未来的发展走向,为今后的创作奠定更加牢靠的基础;同时,用自己的笔来书写为杨凌建设作出奉献的人们。

在杨凌,陕西作家一行参观了农科大校区、博览园;雷涛书记还带领着作家们挥毫泼墨,书写着心中的赞叹之情。作家们还参观了杨凌示范园区,深入了解现代农业科技的发展步伐,感受着园区取得的累累硕果。他们对杨凌农业示范区成立12年来的骄人成绩表示由衷的赞叹,对杨凌的发展前景寄予美好的祝愿。

省作协副主席冯积岐说,杨凌已不仅仅是陕西的杨凌,她已是世界科技的一面旗帜,在这里聚集着一大批知识精英,为中国农业在呕心沥血。参观杨凌使自己振奋与自豪。

参观博览园时,省作协党组成员、秘书长王芳闻激动地说:"真的没有想到,现代农业是这么瑰丽、这么灿烂、这么丰富!我们看到了中国农业现代化未来的前景。这次我们在博览园挂上了'陕西省作家创作基地'的牌子。陕西作协和杨凌应该经常互动,组织作家到这里来深入采访。通过作家的妙笔,讴歌杨凌这些当代后稷们艰苦创业的奋斗精神,书写杨凌十年来发展的新变化,取得的新经验和今天的新面貌,让更多的人知道杨凌。这就是我们最深切的盼望。"

著名作家张虹表示,"震撼有两个方面,一方面是杨凌建设之神速,短

短的不到14年的工夫,由一个乡镇发展到一个初具规模的城市,人口这么少,但是城市的建设这么好,给我感觉是街道干净、鲜花美好,特别适合人居住的感觉,整个是一个风景城,特别的舒服,空气也清新,我见过她的荒凉,所以今天的发展就使我很震撼!第二方面,是杨凌的贡献。我们参观了那么多的科技馆,那么多的农业园区,那么多奇迹,那么多的鲜花,那么多的水果,真是太震撼了!"

作家夏坚德表示,"我觉得杨凌和我们中国人的生命是息息相关的。对于人类也一样是有贡献的。以前张光强书记在打球时总说'发力'。我当时不太懂这句话,这次来杨凌我理解了它的意义。一方面是鼓励自己;另一方面是为中国的、人类的健康真的发了力!"

两天光景,作家们步履匆匆,兴致勃勃。那令人称奇的柱状苹果,以及这座苹果园的主人、气宇轩昂的留学德国又回归务农的文学博士;完全迥异于传统方式的生猪标准化养殖实训基地,以及基地中那些有志于养猪事业的大中专毕业生们;在氤氲弥漫着片片碧绿青翠、团团姹紫嫣红的温室大棚中,在大棚中辛勤劳作的人们,那位月薪数千元的农技指导员;还有那倒映着不同色泽枫林的一池碧水,在如锦繁花间翩翩起舞的千百只蝴蝶,藏身于林木葳蕤的植物园中的珍稀物种珙桐(鸽子树)、水青树、连香树、秦岭冷杉等,还有娇妍璀璨的碧桃、玉兰、木槿……千姿百态,美丽葱茏的一幕又一幕,深深地留存在了参加采风活动的每位作家心里。

(见报日期:2011年4月20日)

在风和日丽的长安

李炳武　生于1953年,汉族,陕西蒲城人。毕业于陕西师范大学,早年在中学、大学任教,后来长期在文化文物、文史系统供职。2003年至今,任陕西省文史研究馆馆长、党组书记。陕西诗词学会顾问,陕西师范大学历史学院兼职教授,长安学研究中心主任,《三秦文史》、《陕西诗词》、《长安雅集》杂志主编,《收藏》杂志名誉社长。

发表各种学术文章六十余篇,编撰学术著作27部。其中:《思考的钥匙》列入"大学生丛书"出版发行10万余册;《陕西文物旅游博览》,获中宣部"五个一"工程奖和陕西省社科类图书一等奖;《中华国宝——陕西珍贵文物集成》获国家出版总署"精品图书"奖。著有《松风集——李炳武诗词选》、《诗影情怀——李炳武摄影诗文集》;创作《世界第八大奇迹》电影剧本,在秦始皇兵马俑博物馆环幕影厅播放2万余场。

创立长安学,主编《长安学丛书》、《长安墨宝》、《长安金石》、《长安雅集》、《魅力长安》等。致力于长安历史,长安文化的研究,弘扬开放包容创新的唐人精神。

创办长安雅集,广邀天下文人雅士、名流耆宿千余人于西安举办了一、二、三、四届"中国长安雅集国际文化活动",再现唐时曲江流饮、雁塔题名之盛世气象;共创当代诗书画印、文论乐舞之文化辉煌。

策划"长安雅集·陕西书画三百年晋京展"、"长安雅集·中华文明迎奥运书画展"和"长安雅集·中国画流派回顾展"等大型书画活动。率长安雅

集走进美国、北京、上海、广东、宁夏、安徽等地文化交流。

"春夏之交的胡杨生机盎然、绿冠云天,迎风而立、千年不死;深秋时节的胡杨灿烂金黄、凝重辉煌,傲然站立、千年不倒;风雪沙暴中的胡杨龙蛇奔天、神鹰展翅,岿然挺立、千年不朽。"

——李炳武·《<胡杨礼赞画集>序》

持久的不懈的追求;探索的深邃的思考;凌驾千山万壑的恢宏气魄,"为天地立心,为生民立命,为往圣继绝学,为万世开太平"的万丈豪情。这是在采访李炳武时,记者所感觉到的、充盈在他的身上与四周的一种强大的气场,或者说,一种浓烈的热度与力量。而这一切,都与"长安"这两个字密不可分、紧紧相连。

"'自然与自然规律在黑暗中隐藏着/上帝说,让牛顿去搞吧!/于是一切都光明了。'这是亚历山大·蒲柏写给牛顿的诗。

长安与长安文化在历史的尘封中隐藏着/文王说:让炳武去搞吧!/于是国家长治久安了/人民长寿安康了。这是我长久以来的宏愿。"

——李炳武心语

长 安

你要了解中国这十几年的发展,欢迎你到深圳去;你要了解中国一百年的历史文化,到上海去;要了解中国这一千年的文化,到北京去;要了解五千年的历史文化,到西安来。不到西安等于没到中国。

——李炳武·《陕西文物旅游博览》(1995年版)

当我们沿着中国历史这条汹涌澎湃的大河溯流而上时,在中古河段,会有一座高峰,耸入云端;会有一颗明珠,远胜钻石珍珠般璀璨。这就是——长安。

长安,意为"长治久安"、"长寿安康"。西安的旧称。古代中国鼎盛时期的都城。与雅典、开罗、罗马、君士坦丁堡并称为"世界五大古都"。

那是唐朝的长安。最昌盛的国度,最旖旎的时节。如青障般茂林密布的苍苍秦岭的气息,如玉带般蜿蜒奔流的滔滔渭水的浇灌。如日中天的国力,血脉茂盛的生命力,八面来风的宏大气度。长安,唐代的政治中心、经济中心、文化中心。尤其是其千姿百态、灿烂夺目、雍容大气、标新立异,甚至浓艳、大胆、奢华的文化形态,更是穿透过千余年的历史尘埃,放射出夺目的光华。

长安,是一幕,至今仍使人为之震撼的意象;是一段,永世留存的传说;是一枚,亘古闪烁的符号;是一个,寓意吉祥的标识……

当20世纪中叶,关中东部平原上,一座小乡村中的少年李炳武的眼光,越过平坦如砥的长满青翠麦苗的田野,以及渭河上空的雾霭,望向仿佛在远方地平线上浮动的西京长安时,似乎看到了奔腾而来的浩渺苍茫的历史云烟,听到了中古时代轰鸣震天呼啸不已的黄钟大吕与金戈铁马的声响。长安,成为了一个极具魅惑力的词汇,凝结于他的脑海;长安情结,也于那时,积郁沉淀在了他的心底。

或许,那时的他,并不知道,当许多年后,已成为陕西省文史馆馆长的自己,会将这一概念中所涵蕴的意象、符号、标识,诠释到一个淋漓尽致、极尽华美、登峰造极的高度。

李炳武这样谈到他与"长安"的渊源:"小时候,在唐玄宗的陵旁生长,或许自己的家族就是守陵人的后代。童年,听着历史故事长大,其中许多就是唐朝的故事。于是萌生了对长安的一种向往。及至大学时代,对汉唐盛世十分关注。一位老师提出,要建立一个在全国的学术平台上永盛不衰、特立独行的学科,就要打'长安'牌。"

长安城曾是中国盛世王朝的首都。从周文王营造丰京算起,已有三千多年的城市史,一千一百多年的国都史,13朝的政治中心史,它所积淀的历史遗产的深厚性、所蕴藏的文化瑰宝的丰富性、所蕴涵的民族精神的博大性,在中国乃至世界城市之林中都是罕有其匹的。

长安是中华文明的主要发祥地之一。长安在一千一百多年的建都史中,一直是中国乃至东亚政治、经济、文化的中心。古代的政治家们在这里

创建了典章制度和礼仪文明;创立了中央集权的郡县一统的国家体制;确立了中华民族的历史和文化属性;开辟了沟通东西方文明的丝绸之路。长安是中华文明的重要起源和发祥地之一。

周秦汉唐时期创造的文化成就,形式多样、内涵丰富、气势恢宏、风格凝重。在浑厚雄伟的黄土高原和辽阔富饶的秦川大地上,在周武、秦皇、汉武、唐宗时代的历史功业中,在西周青铜器、秦代兵马俑、汉代石刻、盛唐诗文以及宫殿、陵墓建筑中,都充满着阳刚之美,浑厚之质,凝重风格,博大境界。后人说的"强秦威势"、"大汉雄风"、"盛唐气象",就是对这种浑厚博大精神的称颂。

长安雅集

正是乙酉艳阳天,长安雅集聚群贤。
雁塔水舞意堪迷,芳草带露柳含烟。
梨园恍见霓裳舞,酒肆依稀对诗眠。
芳林绣阁凝瑞气,水幕焰火辉地天。
巍巍秦岭堪作证,悠悠曲水唱不完。
紫云楼高眼界宽,唐音在心意昂然。
开放开明气磅礴,兼容兼蓄纳百川。
长安文化根基远,博大精深天下传。
敬老崇文效圣贤,弘扬国学敢为先。
心怀壮志赋新篇,盛世名园会诗仙。
宋元明清皆上品,近现当代亦卓然。
再现大唐新气象,盛世和音响云天。

——李炳武·《长安雅集盛典》(节选)

近年来,在昔日的国都长安,如今的古城西安,每到秋高气爽的收获季节,在风和日丽的日子里,或是于水波涟滟的曲江池畔,茂林修竹的大雁塔脚下;或是在日新月异的杨凌农业高科开发区,雕栏玉砌的大唐芙蓉园紫云楼旁;在篁风送爽、兰叶葳蕤的中国美术馆,在明月飞度、万里浮云的大洋彼岸。"赋盛世之诗,唱清明之词,书千秋之句,绘硕果之图";"再现大唐气象、高奏盛世和音、弘扬民族精神";名流耆宿,共襄盛举;"大唐文化论坛"、"曲水流觞诗会"、"长安雅集笔会"、"全国书画联展"、"三秦大地采风"、"陕西书画三百年晋京展"、"雁塔题名"……

每当此日,秋雁高鸣,倾城注目,逸兴壮思,盛会飞花。文人雅士云集,八方宾朋汇聚。西安城内,半城诗文半城花。"长安雅集",已然成为关中地域的新兴民俗风情与风尚,成为享誉海内外的新型文化品牌。

抚今追昔,谈及"长安雅集"的滥觞,以及自己身为发起者的初衷,李炳武思绪万千,心怀激荡:

"2003年,来到陕西省文史馆任馆长,初步的感觉是这里既没钱也没权,经费极其有限,也没有任何下属单位。沉下来一段时间后,突然发现这里有两样好东西。首先,我们有123位馆员。巧合的是,我们陕西恰好也有着123件国宝。这些活宝级的专家都是很珍贵的资源。我把陈忠实、霍松林等都请了进来。同时发现馆里收藏了很多书画,其中很多还是于右任先生的收藏。

"当时很多人都在思考陕西的发展,讨论陕西的优势在哪里。还流传着这样一句话:陕西有资源优势,矿藏量大,但我们是资源大省,不是能源大省;是文化资源大省,不是文化大省。我在思考,如何把文化资源大省转化成文化大省,这是当时想得最多的问题。

"那年,正好遇上建馆50周年,我也刚好50岁。于是想,自己做这件事情可能是天意。以我对陕西的了解,对长安的感情,又恰逢馆庆,就突然想到了王羲之,想到了王羲之的兰亭修禊。

"这样想法的初步形成已经是9月了,但突破口尚在寻找。当时,曲江宾馆刚建成,周围还是树林和农田。中秋节要到了,我第一位邀请陈忠实,告诉他,我在西安最好的地方请你吃饭。接着又邀请了肖云儒、钟明善、吴三大、武复兴、苗重安、方鄂秦,作协、书协、美协的都到了。一开始,'长安笔会'的提议,因商业气息浓烈被否掉了。最后定下叫'长安雅集'。并且还提到了要恢复'曲江流饮、雁塔题名'等。主题确定后,距离馆庆只剩一个月了。

"2003年10月20日,首届'长安雅集'的前一天晚上,我国首座载人航天飞船成功升空。诗人毛锜写了长长的《飞天辞》,在第二天的'长安雅集'上吟诵。这真是一个好兆头!那天,每个人都十分激动!"

"兰亭修禊,驰名中古。长安雅集,荣耀当今。"这是时年97岁的国学家文怀沙老先生对"长安雅集"活动的评价。国务院参事室主任崔占福说:

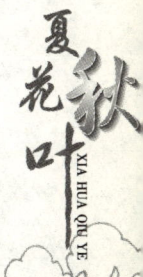

47

"陕西省文史研究馆举办的'长安雅集'系列大型文化活动,在海内外产生了很好的影响,为进一步做好新时期文史工作创新了思路,注入了生机。"时任文化部副部长、故宫博物院院长的郑欣淼指出:"长安雅集活动是在新时期,新形势下诞生的一个颇具影响的文化品牌。"时任国务委员的华建敏说,陕西省文史研究馆工作很有特色,可以用三个"有"来概括,即一是有吸引力。二是有活力。三是有影响力。通过他们极富创造性的工作,有力地提升了陕西的文化品位和知名度,推动了传统文化和地方特色文化的发展。

时至今日,参加首届"长安雅集"的人们都还记得,《中国文化报》以《长安雅集之传承》为题,对这一大型文化活动进行了精心报道:

"公元353年,王羲之兰亭修禊,约请名士谢安、孙绰等41人,在会稽山阴之兰亭修禊。酒朋诗侣,谈笑说艺;雅客骚人,饮酒赋诗,共得诗作37首。王羲之借着醉意,为这些诗篇作序,留下了千古不朽的《兰亭集序》。

"公元744年,张莒游慈恩题名,遂相沿为风尚,颜真卿、柳宗元、白居易等名流进士:燕集曲江、题名雁塔,成就了一代文章勋业之盛。被誉为'天地间第一流人第一等事也'。

"公元2003年,李炳武长安雅集,广邀天下鸿儒耆宿、高贤雅士文怀沙、袁行霈等千余人云集长安。诗书画印显风流,文论乐舞谱华章。以其高雅的格调、丰富的内涵、盛大的规模和纯粹的民族特色而成为颇具影响的国际文化品牌。"

中国作协副主席陈忠实则指出:"长安雅集初创于21世纪初的盛世盛典,以其高雅的质地,张扬起传统文明和现代文明的浓郁气象,折映出周秦汉唐等13个朝代的大气雄风,为和谐社会的建设奏出一曲优雅祥和的旋律。长安雅集也已成为古都长安口碑相传的一个文化节日,将在这个正在蓬勃崛起的古城铸就一种别具风姿的永久性文化记忆。"

李炳武认为:"纵观历史,文化气象总是与所处的时代风貌与国运兴衰息息相关。'长安雅集'这种巨大的文化感召力实际上是一种沉淀千年、极为稀缺的文化资源;它是对改革开放30年中国所呈现出的盛世景象的一次活的展示。我们可以将长安雅集核心定位为:以厚重的历史文化为感召的全国顶级的文化盛会、以灿烂的中华文化为后盾的国家级的全球文化交流平台"。

"改革开放以来,通俗文化获得了极快的发展。高雅文化,尤其是具有传统色彩的文化活动几近绝迹,造成了一定的市场饥渴。创办'中国长安雅集国际文化活动'正逢其时。'长安雅集'顺应了这种要求,这是它成功的社会背景。'长安雅集'以弘扬中华文化、振奋民族精神为终极目标,对构建和谐社会、践行科学发展观意义重大,这是它成功的时代背景"。

"'长安雅集'作为一个鲜活的文化活动,可有效地改变陕西文化资源的结构,嫁接旅游、演出、出版、书画等要素,使静止的资源产生一个聚爆,从而整体带动陕西文化资源升级,这无疑是对陕西文化强省战略的一个重大举措"。

长 安 学

> 开展长安学研究,就是要以史为鉴,增强国家软实力,激发国人重振汉唐雄风的信心,为建设一个和谐发展的中国提供精神动力和智力支持。
>
> 李炳武·《<长安学>总论》

气势同样恢宏,思考同样完整,影响必定同样深远的,当属李炳武对"长安学"的创建,以及随之而来的,以他作为总主编的《长安学丛书》的震撼推出。

《长安学丛书》问世不久,李炳武曾接受了《陕西日报》记者贺小巍的专访,就"长安学"的整个思考与创立过程,进行了全面深入的解答:

"长安是一座辉煌而伟大的城市。我对它的认识也是逐步形成的。改革开放初期的上世纪80年代,我在陕西师范大学任教,有幸参加了关于学校发展和学科建设的讨论,从史念海、霍松林等老师的发言中,我知道了:今天我们学习生活工作的古都长安,夕日曾是'百国朝拜、万民景仰'的文明圣地。长安这座享誉世界的品牌可以古为今用。

"扩大文明交往的上世纪90年代,我在文物系统供职。从秦兵马俑、汉阳陵、法门寺等大量考古发现中,我亲身感受到了昔日长安的辉煌;从多次赴海外文物展览中亲身感受到了世界对长安的敬重;亲耳聆听了海外华侨对长安的怀念与自豪;从主持《陕西文物旅游博览》和《中华国宝》等大型图书的编撰中,我深深体会到了长安文化的博大精深。

"重视文化建设的21世纪。我来到文史研究馆工作,在各位文史大家

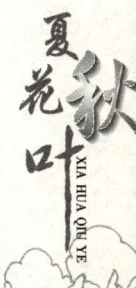

的指点和热情参与下，我们创办并举行了三届'中国·长安雅集大型国际文化活动'，开展了一系列与长安有关的学术研究；编辑出版了《长安墨宝》、《长安雅集》、《长安金石》、《长安新韵》、《魅力长安》、《唐代历史文化研究》等著作。

"21世纪以来，中国社会经济全面进步、国际地位不断提升，关注中国、研究长安的人越来越多。我们认为，创造了周秦汉唐千年文明的古都长安，不是一个简单的地理概念，它是中华文明的重要起源和发展地，蕴含着国家长治久安、人民长寿安康的深刻寓意。一部《红楼梦》能够衍生出风靡全国乃至世界的'红学'；一处'敦煌石窟'能够形成独立一派的'敦煌学'；那么，在创造了周秦汉唐灿烂文明的长安大地上，完全有条件也应该建立一门长安学。陕西除了宝贵的传世文献外，丰富的文物古迹遗存、大量的考古发掘资料、碑石墓志也为研究提供了方便，开展长安学研究的时机和条件已趋成熟。

"长安学是依托于周秦汉唐文明、对以古代长安为中心的陕西历史文化进行全面研究的一门综合性学科。它研究的领域涉及政治、经济、军事、外交、宗教、科技、历史、文学、思想、艺术、历史地理、自然环境等方面，遍及历史学、考古学、地理学、经济学、文学、哲学等各个方面。长安学的研究内容：一是对长安传世文献资料和地上、地下文物考古资料的搜集、整理和利用。二是对涵盖长安历史文化各领域的综合性研究和以往学术界重要研究成果的汇编和总结。三是有关长安学学科建设的理论研究。四是以长安历史文化为代表的长安人文精神的研究。"

长安文化

"对中华文明、对长安文化，我一直充满崇敬与爱恋。在喧嚣纷扰的都市里，能有如此魂牵梦绕的一世情缘，享受如此华美沉醉又寂寞清净的潺潺爱意。足也！"

——李炳武心语

采访李炳武的过程，也是不断地为其多年来的成就、业绩以及著述所惊叹的过程。

早在上世纪80年代初，年仅二十来岁的李炳武，就著述、主编并出版了《思考的钥匙》《有趣的团日》等生动活泼的青年读物,当时他的身份是共青团陕西省委书记。记者注意到,为《有趣的团日》作序的,是时任共青团中央书记的胡锦涛同志。

这之后的20年间(1989年至2009年),李炳武又陆续主编、著作各类出版物数十种,其中有管理学与历史学著述、电影剧本、诗词选、摄影诗文集、书画集等等。

纵观李炳武的人生履历与从政生涯,可以用激情洋溢、才华横溢来描绘。所到之处,处处与文化结缘;行止所在,在在使文化大放异彩。

"千江有水千江月,万里无云万里天。"无论是他在任共青团陕西省委书记、中共华县县委书记、陕西省文物局副局长、陕西省体育局副局长,还是现任陕西省文史研究馆馆长;从当年胡锦涛同志欣然为序的《有趣的团日》,到开启了青年学子思想智慧的《思考的钥匙》;从声播全国的"华县文化大院",到轰动京华的"华县民俗风情和农民书法展览";再从"陕西文物大省的旅游全书"《陕西文物旅游博览》到"丰富多彩的纸上博物馆"《中华国宝》;从"千年历史画卷"的《长安墨宝》到享誉中外的"长安雅集"……不同的历史时期,不同的工作岗位,始终对文化给予了极大的热情和关注,迸发出践行先进文化思想的睿智之光。

1986年,他被组织下派锻炼,担任中共华县县委书记兼政协主席。面对当时的农业小县,财政穷县,年仅35岁的李炳武经过深入实际调研,科学地提出"政治上求稳定,经济上求发展,文化上求繁荣,工作上求创新"的工作思路,大力推行各乡镇创建"文化大院",得到了中央有关部委及当时的省委书记张勃兴的充分肯定,为此当年全省农村文化工作会议在华县召开。1987年,《光明日报》在头版头条以《文化娱乐与科普相结合的新形式——陕西华县乡乡镇镇办起"文化大院"》为题予以报道,并配发了《农村建设精神文明的新经验》的短评。"华县文化大院"作为一种文化现象,在全国引起了极大反响。

1989年夏,李炳武与华县的文化官员们将蕴藏在民间的"中国一绝"——华县民俗风情和千年成俗的民间书法,这些在华州人眼中被视为雕虫小技的民间艺术推出了沉默的历史峡谷,登上了中国最高艺术殿堂——中国美术馆。以弘扬民族传统文化、振奋民族精神为主题的"华州地方民俗风情——虎文化艺术"和"华县农民书法"同时在京展出,一时轰动京华。时任全国政协主席的李先念,全国人大常务副委员长习仲勋以及

刘澜涛、钱正英等党和国家领导人出席了开幕式,给予了高度评价。《人民日报》、中央电视台等18家新闻媒体争相报道。

担任陕西省文物局副局长时,他主笔编写了《陕西文物旅游博览》,该书将文物与旅游第一次全面而紧密地联系起来,融人文景观和秀美山川为一体,化历史文物与旅游观光于一炉,将陕西境内的160处景点,第一次科学地划分为东西南北中五条线路,用20万字、六百余幅照片,系统地把历史与现代的陕西展现在海内外关注者面前,有力地推动了陕西文物旅游事业的发展。该书的出版,立即引起了社会各界的广泛关注,并获得了中宣部颁发的全国"五个一"工程奖,成为陕西出版界唯一获此殊荣的图书。《文汇报》称其为"华贵的艺术宝典"。《光明日报》、《中国旅游报》、《新闻出版报》称其为"陕西文物旅游联姻的杰作"、"雅俗共赏的百科全书",《人民日报》则以"一部大书"为题向全世界作了介绍。1996年6月,在"中国出版成就展"上,江泽民、胡锦涛、丁关根等中央领导同志驻足陕西展台,被《陕西文物旅游博览》深深吸引,江泽民同志高兴地称赞这是一部"文物大省的旅游全书"。

从1996年始,李炳武又利用业余时间,主持编写了《中华国宝·陕西珍贵文物集成》大型丛书,全书从百万件文物中精选珍品两千余件,约200万字,是有史以来集陕西文物珍品规模最大、种类最全的"百科式藏书"。该书还被作为国礼被江泽民同志赠给英国女王和大英博物馆收藏。全国人大副委员长何鲁丽对此爱不释手,连声称赞。著名历史学家史念海、李学勤、石兴邦等先生曾纷纷著文评价:"《中华国宝·陕西珍贵文物集成》的隆重推出,无疑是陕西文物考古界和新闻出版界的一件盛事。是一件宏大的文化学术工程,是继承我国编纂文化典籍的优良传统而作出的一个有意义的创造和尝试!"

文化是一个民族共同的血脉,是一个国家团结的基础。

"文化"从广义上说,指人类社会历史过程中所创造的物质财富和精神财富的总和。从狭义来说,指社会的意识形态,以及与之相适应的制度和组织机构。历史学家认为,中华文化的民族性有三大特征:一是保持了完整的象形文字,二是保存了浩瀚的古代文献,三是保留了对祖先的崇敬。这三大特征在于继承性这根不断的红线,它将古老与现实连结起来,为子子孙孙保留着数千年的历史文化,建立起了中国智慧的宝库,并通过历史折射未来。尽管政治不断变迁,但伟大中国却是永存的。因此,保持文化的民族性是一个国家立于不败的生命所在。这是因为:一个国家、一个民族,如果没有先进的科学技术、没有雄厚的经济基础,一打就垮;要是没有优秀的传统文化、没有崇高的民族精神,就会不打自垮。

中华文化代表着不同于西方文明的东方文明最绚丽的篇章。长安文化便是中华传统文化这棵参天大树盘根错节、发达不朽的根系和土壤中极为重要的一部分。

长安文化是世界文明史中的灿烂一页。长安文化,曾对世界文明的发展进步产生过深远的积极影响,发挥了持久而有力的推动作用。

著名考古学家石兴邦曾对李炳武有过一个十分中肯贴切的评价:"我认为能有如此出色的文化产品,与他个人的德才素养和器识是相关联的。从与他的接触中了解到,他能不断地推出文化精品,并非兴之所至,偶而为之,而是有所为而发,有所谋而举,有目的有计划地进行的。他是一个富有理论造诣和学术思维的创拓型的人。此所谓在其位,谋其事,称其职而重其业也。"

(见报时间:2011年1月19日)

采访李炳武馆长

独特与另类的哲理叙说

"靛青是从蓼蓝中提取的,但它比蓼蓝的颜色更青;冰是由水凝结成的,但它比水更冷。"

"借助车马的人,不是脚走得快,却能到达千里之外;借助船只的人,不是自己能游泳,却能横渡江河。"

"堆土成山,风雨就从那里兴起;水流汇成深渊,蛟龙就在那里生长;积累善行,形成良好的品德,就会得到最高的智慧,具备圣人的思想境界。"

公元前300至200年间,从晚窗松风的齐国,到云梦气泽的楚地,伟大的中国古代思想家荀况,就是以上至天文、下至地理的比喻迭出的微小故事,以简练绵密、文采斐然、气势浑厚、排比锋锐的句式,向那个时代的国人,讲授着他的哲学思想、政治观点、治学方法及立身处世之道,影响久远,下溯两千余年,绵绵不绝。

也是在公元前的三百多年间,在古希腊的雅典城郊外,常常可以看到一位六十多岁的老人,身边跟随着十多位青年,或是在树林中逍遥自在地漫步交谈,或是坐在山谷溪旁的大石块上,热烈地讨论着。

"老师,请您再讲讲'三段论'大前提、小前提、结论……"

老人遂缓缓而谈:"有一个很有趣的谚语:如果你的钱包在你的口袋里,而你的钱又在你的钱包里,那么,你的钱肯定在你的口袋里,这不正是一个非常完整的'三段论'吗?"

这是著名哲学家亚里士多德在给他所创立的吕克昂学园的学生们上课。

在古希腊，亚里士多德的哲学传授方法独具一格。其突出特点为，设譬求喻，举一反三。常常是通过特定情景的交谈、对话，不断地引用历史人物和历史事件，把它们作为具体的、合理的、合乎道德的行为的例证，以作为说明当下经验的根据。

古希腊雅典植物园中的哲人，古华夏黄河流域战国纵横中的智者，向世人阐释、传递并梳理自己认识世界的智慧时，都是运用比兴与隐喻、攀缘比附、象征等多种多样的思维方式，遵循着同样的认识路径，通过对一物一事社会意义的引伸、开掘，在叙事、说理和抒情的过程中，生动直观形象地表达抽象的思想或感情，达到了沟通同类以及异类，促进人类交流理性或沟通理性的发挥。

当我在2010年初冬轻轻缭绕的雾霭中，见到被许多同人与读者多次提到的"哲理中国画"时，便仿佛看到了这两位远古哲人在当今的追随者，思维仿佛穿越了时空，与先古的东西方哲思进行了对接，产生了遥遥的呼应。

随雨潜入心

王家春的绘画生涯始于15岁。那年，因为求学，他第一次去了并住在了姑父家里。姑父是位美术教师兼画家，家中四壁、书架、书桌上，到处是琳琅满目的各种各样的美术作品与美术书籍。

仿若心性中，一注似乎自先天就已准备、等待很久的血脉或神经被激活了，少年王家春开始涉足，并痴迷于绘画之中。这种爱好，一直伴随着他进入大学哲学专业，进而从政，不但未曾丢弃，而且愈益浓烈。

其实，在王家春萌动于心，并肇始于笔，进行"哲理中国画"这一艺术创作过程的实践中，他更为看重这一画种灵光乍现于心的那一刻，将其视为醍醐灌顶的第二次启蒙。

那个秋季十分多雨。7天国庆长假，淅淅沥沥的绵绵秋雨一直未停。这7天里，没有出门的王家春一直在家中作画。他突然感觉非常乏味与烦躁，一掷画笔，并将笔下未成的荷花揉成一团。这之前，他的绘画创作的主题一直是各类花鸟，创作理念、主旨、诉求，也一直在传统中国绘画的林圃

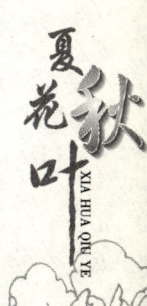

中兜兜转转……

从"哲理中国画"创始至今,王家春一直潜心进取,大量地创作,一发而不可收,却从未对这段历程进行过冷静的回味与考量。

如今,王家春回味,当时也并未多想,只是有一种冲动,将自己长期积郁在心中的,一些对中国古代哲学的意象诉诸笔下,将这种哲学意象、理念,用彩色水墨的方式表达出来。

那次,王家春一气便画成了9幅作品,《境由心生》、《吃茶去》等,均具有着浓浓的禅意。这样结果的生成,笔者认为,或许是其哲学专业出身,以及长期运笔于画作,这样两种长期的等待与积淀,在某一时刻,便訇然而遇。

当然,这其间,一些文学与美术大师的理念,也对王家春在"哲理中国画"上的开拓与开掘、探索与创作进行了有力的引导。

画画,就是画自己的内心。画要有不同。不与古人同,不与今人同,不与外国人同,不与国人同,不与他人同,不与自己同。(李宝林,中国画研究院国家一级画家、院务委员)

王家春还前往他的好友、著名作家贾平凹处,与其交流、探讨自己的这个创意,得到了贾平凹坚定的支持。

王家春回忆,"哲理中国画"的创作过程,可以用顺理成章、水到渠成、浑然天成、随心所欲来描述。随心附色,随心用笔,随心构图,一切随心而造。有时夜半醒来,即投入创作。创作美学中已成定式的C型构图、U型构图、Z型构图等,均遵从于创作者本人内心的情感诉求,这样的布色、用线、构图,看似不可能,却又无什么不可能,而具有着无限的可能。许多突破,于此产生。

"法布施"

因为工作缘故,王家春会经常与各界人士一起,参加许多各种各类的慈善活动。这时,他会带上自己的"哲理中国画"。简约、宁静、哲趣盎然的一幅幅画作,莫不为与其结缘者带去极为美好的心境、励志的动力、温厚的抚慰与超然的感怀。曾有港澳教育界的学擘评说:"大家通常进行的捐款捐物的慈善行为,被称为'财布施';而家春在'财布施'之外,以'哲理中国画'对欣赏者进行的心灵滋养,则应视为更高一层境界与功德的'法布施'。"

文化学者怀一品评王家春画作"有滋补心灵之功效"。"知难而进,鼓励进取;遇到挫折,懂得退让。寓孔子老庄,王家春绘画所要表达的正是千百年来华夏文化的主体思想,进退自如,大小由之,无可无不可。"

"王家春自谓哲理中国画,其实他的画不仅仅是说道理,单从绘画角度看,他的图式一定经过百炼千锤方入此境。中锋用笔,笔痕质朴,人物造形简约,与画意表达气质浑然天成。王家春造境,更能奇绝,想着似乎不可能,看来却是无所不能,画中人时而俯岸观鱼,时而登顶为峰,此中意境皆由心生。"

"法布施"是智慧、聪明、才艺的修因,它包括的范围也非常广泛。凡是别人想知道的、想学习的,只要我会、我能,就热心地去教导他,这就是"法布施"。

王家春享受着这一过程,而且还将一直地享受下去。

(见报日期:2010年12月1日)

太阳每天都是新的(王家春作品)

穿越白桦林间的气息

"秋雨打着人的脸,一堆堆深灰色的乌云,低低地压着大地……"。少年雷涛,穿着一身打补丁的农家服装,走在从烧台庵小学回家的路上。他的上方,是纵横交织的秋色里的杂树枝蔓;村道两旁,是关中西府秋色中的原野;他所吟诵的,是苏联著名作家奥斯特洛夫斯基的小说《钢铁是怎样炼成的》"筑路"一章的开头。

这是上个世纪60年代末70年代初关中西部平原上的一处风景。

在中国历史上,那算是一段禁锢的岁月。那时,可阅读的文学作品极其匮乏。而宏大华美、奔放热烈的苏俄文化,从50年代起,就潜移默化地影响到了那时的几代人。少年的雷涛,也曾经十分地迷恋与热爱苏俄文学;而身为俄罗斯语言文学专业毕业的大学生陈孝英,更是对苏俄文学情有独钟。

那时的雷涛与陈孝英,他们的思绪,时常在温润清新的白桦林里,在绚丽迷人的伏尔加河畔流连忘返。从《普通一兵》、《卓娅和舒拉的故事》,到《钢铁是怎样炼成的》、《青年近卫军》,以及《叶尔绍夫兄弟》、《多雪的冬天》、《你到底要什么?》;再后来,又不断扩展到《复活》、《怎么办》、《战争与和平》……这些充满魅力的作品,深深地影响和感染了雷涛与陈孝英。一种健康进取、积极向上的情愫从他们的内心萌发,向往着追求美好、追求真理的意识,就如同艰苦奋斗、勤俭节约,为共产主义事业奋斗终生一样,深深地、牢固地渗透于雷涛与陈孝英这一代人的思想理念之中。

这是一个多雪的冬天,西北大学的校园内,地上覆盖着晶莹的新雪,冬树的枝桠萧索、苍劲,点缀着冷冽旷远、繁星初露的夜空。从教室中走出的雷涛,还未从刚刚合上的书本中走出,依然沉浸在刚才的阅读兴奋之中。他感觉自己似乎是行走在契诃夫《套中人》生活的城镇、屠格涅夫生活的《白净草原》,以及普希金所置身的芦苇丛生的河边凉亭……他仿佛看到,拉赫美托夫(车尔尼雪夫斯基《怎么办》中的主人公)、安德烈·保尔斯基(托尔斯泰《战争与和平》)、克利斯多夫(罗曼·罗兰《约翰·克利斯多夫》)、于连(司汤达《红与黑》)、郭文(雨果《九三年》)等正从他面前一一走过……

这时,他的阅读范围已经从苏俄文学扩展到了在不同文化背景下滋养出的各个文学领域。这些人物的形象往往多是革命者、复国者或个人奋斗者、人道主义者,在这些文学人物身上,存在着的那一颗颗永远骚动不安的理想主义灵魂、人道主义情怀及他们的悲剧命运,都对他产生了深刻的影响与心绪的共鸣。这样的阅读,也铺就了当时五六十年代青年的共同底色——理想主义的执著与苦恋;对人道主义、人性美的深长思考与不倦追求;以及对未来社会的辽阔想象与多元化的思维。

虽然已经过去了许多年,但是,《钢铁是怎样炼成的》中的章节,多雪的冬天的图景,已经深深地铭刻在了雷涛的心上,永远也无法抹去。

2010年11月8日,立冬时节,在北京,雷涛与陈孝英,这两位陕西作家,在全场热烈的掌声中,戴上由俄罗斯"契诃夫文学奖"评委史拉布诺夫亲手颁发的荣誉奖章时,仍然深情地谈到了他们那份永远难以割舍的俄罗斯文学情结。

雷涛说:"在我前半生的文学生涯中,这一刻是十分难忘的。虽然它只是历史的一个瞬间,可是在我的整个生命体验中,确是大放光彩并永不消失的音符。甚至,我会把这个故事讲述给我的子孙后代。"

"同中华民族一样,俄罗斯民族也是伟大的民族。自上世纪'五四'运动以来,俄罗斯的政治文明以及文学、电影、音乐、戏剧、雕塑、绘画等艺术门类,深深地影响了中国的先进知识分子和文化知识界。在我和陈孝英先生这一代人身上,存在着亲切的、抹不掉的俄罗斯情结,就是一个例证。"

获奖后,陈孝英也非常激动地向记者畅叙了他与契诃夫、与俄罗斯那久远的文学渊源与文学情结。

陈孝英说:"记得上小学时,我读的第一部外国文学作品,是汝龙翻译

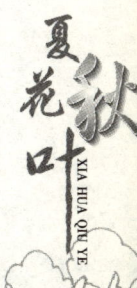

的《契诃夫创作札记》。它是我懂得生活与创作关系的第一本教科书,为我理解幽默打开了第一扇天窗。"

"在西安外院上学时,我学的第一篇俄语课文是《套中人》。晴天出门也要打伞的'套中人'别里科夫,不仅让我日后以他为镜,突破重围,实现了生活、艺术和科学的创新,也从反面教会我实现自我保护,巧妙地避开了'文革'中形形色色的围剿和陷阱。契诃夫的在天之灵恐怕不会想到,他老人家的传世之作居然能有这样正反两面的特异功能。"

"大学毕业后我教《世界文学史》,第一讲就是《契诃夫的幽默》。它使我迷上了幽默,并从此走上了幽默研究之路。契诃夫是我从事科学研究的第一座路标、第一位导师。"

"今天荣获以契诃夫命名的奖励,这是对我半个多世纪文学生涯的一次总结。原来,契诃夫竟然悄悄地陪我走完了大半生。他的名言成了我追寻一生的座右铭:'人的一切都应该是美丽的:面貌、衣裳、心灵、思想。'契诃夫是我心目中美的化身。契诃夫是我艺术的教父。"

不约而同,在颁奖典礼上,对于俄罗斯文学情结的追忆与怀想,成为了与会者共同的话题。无论是代表中国作家协会领导参加典礼的副主席何建明,还是典礼的主持人、中国作协外联部主任刘宪平,都在一再地重温起这个话题。

何建明说:"中国作家们,特别是上个世纪五六十年代出生的中国作家们,曾经深深地受到苏联文学的影响和滋养;中国作家曾经对俄罗斯文学有着很深的向往。此次获奖,可以说是源远流长。"

就这样,久远、悠长、热烈、隽永的俄罗斯文学情结,就仿佛白桦林间清新温润的气息,穿越过浩渺的岁月时光,跨越过奔腾不息的伏尔加河与黄河,永驻于雷涛、陈孝英等一代中国作家的心里……

(见报日期:2010 年 11 月 17 日)

报告文学篇

守望格桑花

在海拔5000公里的青藏高原上,一座座像雪莲花般盛开的山脉,一条条像蓝绸带般飞旋入天的河流……构成了人间最美丽的天堂。然而,只有真正置身其中的人才明白,这里的山峰更像是被放在微波炉内烤干了的白馒头,随时会发生下一次形变。山峰之间的深谷,究竟带走了多少人间的思念?大概没有人能说清楚……就在这里,生活着一个特殊的群体,他们本不属于这片土地,却将生命融入了这片山川与河流。他们,就是解放军基建工程兵部队。

就在盛夏7月,我们有幸通过一部电视剧——《一路格桑花》,结识了这个可爱又可敬的群体。"我爱的花儿在高原,她的美丽很少有人看见;我爱的人儿在高原,他的笑容没有被污染。"正如这部电视剧的故事蓝本、同名长篇小说的作者党益民所描摹的那样,在氧气稀薄、气候干寒的青藏高原上,基建工程兵们用他们的青春、热血和生命,与藏族同胞一起守望着民族精神的家园,铺筑了一条又一条通天的路。路上,格桑花开满……

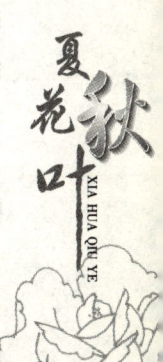

西藏情结

7月31日,"八一"建军节前夕,当记者拨通了党益民的电话时,他已从北京到达了天山脚下。和短信中礼貌的语气略微不同的是,话语间,时刻激荡着火一般的热情。

"如果没有武警交通部队辉煌的历史,没有那些牺牲在西藏、退伍悄然离开西藏、现在仍然默默战斗在西藏的战友们,肯定不会有《一路格桑花》。"党益民如是说。

1982年,19岁的党益民成为一名解放军基建工程兵战士,被派往唐古拉山脚下修建青藏公路。3年后,他考上了军校。

"我命中和西藏有缘。"党益民说,军校毕业后,他回到青海,一呆就是7年;之后他被派往成都,在川藏线起点一守又是10年;2000年,他被调入北京;3年前,进驻新疆,驻守在新藏公路边上。

面对记者的问题:你觉得最苦的时候有吗?他笑说,在西藏呆了这么久,真不知道什么叫苦了!"苦难对我来说是一笔巨大的财富,让我时刻笑对人生","与那些长眠在雪山下的战友相比,我吃的苦算什么呢?"

如今的党益民,是诉讼法学研究生、武警大校,11次荣立三等功,2次荣立二等功。业余搞创作的他,曾荣获全军文艺一等奖、徐迟文学奖、大红鹰文学奖、巴金文学院文学奖、第四届鲁迅文学奖等多个含金量极高的文学奖项。

取得今天的成就,党益民的朋友们无一例外地将他看做是一座难以逾越的"山"。

然而,面对荣誉,党益民轻描淡写地说,文学只不过是我的业余爱好。白天工作,晚上通宵达旦地写作,这对一个人的健康来说再糟糕不过了。但是,执著的党益民不管多累也要坚持写,"用我的笔写我战友的故事,我停不下来"。

辉煌的荣誉背后,是党益民近乎朝圣般的对西藏、对战友的虔诚追随。从1983年起,他就不断地进藏,几乎每年都要去一两次,最多的一年去了5次。到现在为止,至少去过四十多次西藏。

一次,党益民从新疆叶城沿新藏线而上,翻越十多个冰达坂,穿越了阿里无人区,到达拉萨后又沿川藏线一路而下,经过许多塌方、雪崩、泥石流区域,一直走到四川成都,历时四十多天。一路上,他多次遇险,有时甚至感觉走到了死亡的边缘,触摸到了死神的额头。"但是不管怎样,我还是活着回来了,尽管回到北京后就病倒,一病一个多月。但我没有倒在西藏,没有倒在采访途中。"

就在这次出发去西藏前,党益民买了5份人身保险,悄悄放在家里的书架上,以防自己稍有不测,妻儿可以用这笔保险金维持生计。后来,妻子发现了那些保险单,伤心地哭着说:你干吗非要去西藏呢!

党益民觉得,收获再多的荣誉,也抹不去自己对父母和妻儿的愧疚之情。"但是,我热爱那片土地,热爱那里的战友,进藏的每条公路都有我的战友的身影。"

2003年5月,长期在胸中的积淀与酝酿终于达到了极限,党益民开始提笔创作《一路格桑花》。"当时,我已经写了3部长篇小说和1部散文集,但这些似乎都没有把我想要表达的东西完全表达出来。"那时,党益民精神亢奋,便想一气呵成完成这部作品。但是,他写到6万字时就写不下去了。"我发现走进了自己的固有模式,于是就停了下来。后来干脆一敲键盘,全部删除了。这一放就是一年半。"

一年半后,灵光乍现。党益民偶然悟到两句话:我爱的花儿在高原,它的美丽很少有人看见;我爱的人儿在高原,他的笑容没有被污染。"我的心为之一震,这不就是我想表达的东西吗?我一下子抓住了这部书的灵魂。"

直面生死

"《一路格桑花》是我酝酿时间最长、写作时间最短的一部书。我对里面所写的内容太熟悉了,里面的许多人物和故事都有生活原型,有的事是我亲身经历过的,有的人物是我非常熟悉的战友。"

党益民告诉记者,书中的王力,真名叫王立波,是汽车驾驶员,和党益民同年入伍。王立波"死"过三次,有两座坟墓。一次是煤气中毒,昏死了三天才被救活;一次是拉运施工物质,被大雪困在了山上,吃草根喝雪水,坚持了五天五夜,最后昏死过去,被战友救出来后,在卫生队躺了半个月。最后一次他再也没有活过来。

书里还有一个人物,冯小莉的哥哥冯伟,他的真名叫黎卫方。一次,党益民去工地采访,黎卫方正在"老虎口"打风钻,党益民便用手中的摄像机

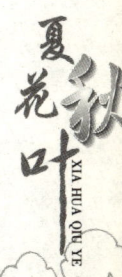

拍下了他施工的镜头,谁知,半个小时后,发生了大塌方,党益民眼前刚才还活生生的战友瞬间倒在血泊中。"这个镜头成了他留在世界上的最后的形象,可惜当时他戴着口罩,满面尘土,镜头里看不清他的面目。我们把他送到30里外的县医院抢救。医院条件很简陋,当时又没电,我们举着蜡烛为一位援藏医生照亮。我看见血不停地从他的口鼻涌出来,渗透了褥子,流到床下的一个脸盆里……开追悼会时,我们给他穿鞋,他的腿脚肿得很粗,怎么也穿不上去。总不能让战友光着脚上路啊!我们只好把鞋剪开,勉强给他穿上。当时,在场的所有人都哭了……"

在写作的过程中,党益民时常泪流满面,只好停下来,洗把脸再接着写。"我们部队的官兵太苦了,但他们'身在苦中不知苦',常年默默无闻地履行自己的使命,奉献着自己的青春年华。我的战友们就像格桑花一样,悄悄地开放在西藏苍凉的大山里,开放在通往天堂的路上。战友们守护着通往天堂的道路,格桑花陪伴着牺牲了的战友们的英灵。"

守望格桑花

2010年7月19日晚,20集电视剧《一路格桑花》在央视一套黄金档首播。这天晚上,党益民的手机"几乎被战友们打爆了"。

"有来自西藏施工一线的,有来自全国各地的,其中还有许多已经转业退伍很多年的战友,他们通过各种方式找到我的手机号码,向我表示祝贺。"党益民回忆道。

驻守在川藏线上的一个教导员向党益民打来电话说,他们那里停电,大队每天专门发两个小时的电,让战士们晚上看电视,看到动情处,许多战士都落泪了。但是他们心里却是高兴和自豪的,说《一路格桑花》是他们自己的电视剧,播出的日子,就是他们的节日。

"一个在西藏战斗了三十多年的团职转业干部,打来电话的时候,两集电视剧已经播完。他说他们七八个转业的战友,为庆祝《一路格桑花》播出,专门找了一个有电视的包厢,吃饭、喝酒、看电视。电话里,我听得出他已经喝醉,反反复复就说一句话:党益民,好样的,你为交通部队争了光,你对得起那些牺牲的战友! 说着说着,他竟泣不成声……"

那天晚上,党益民还接到了四五百条短信。尽管许多战友没有留名,但他还是一一回复了他们。我要用真诚对待真诚的战友。等回复完短信,已经是凌晨一点了。

第二天,一位老首长见到党益民说,有个身患绝症的战友,昨天晚上是躺在病床上看完了电视的,他让转告对党益民的谢意。"这位战友在川藏线工作了十多年,最后副团转业到了地方。首长说,他当时在电话里很激动,声音哽咽,没说几句就说不下去了。"

有一家传媒公司的老总,曾是党益民在部队的领导,《一路格桑花》开播,让他讲出了一个让党益民落泪的故事。党益民回忆说,"他专门把我找去,对我说,在西藏的时候,有个战友牺牲了,手臂僵硬,他背着他从山坡下往上走,每走一步,战友的手都打一下他的耳朵。说着,他的泪涌了出来。他突然站起来,对我说:'益民,我代表曾经在西藏战斗过的战友,向你敬一个军礼!'他流着泪,给我敬了一个军礼,我也还了他一个军礼。然后,我们相拥而涕⋯⋯"

"这就是我的战友们!我应该感谢他们,他们却来感谢我。"党益民的话音有点哽咽。"面对他们,我怎能不心怀感激,眼含热泪?我怎能轻易放下手中的笔?"

"我命里注定要一辈子为我的战友们歌唱。"说完,党益民笑了。

(见报日期:2010年8月4日)

与著名作家党益民(右)(中为陕西日报记者李向红)

震不倒、摇不垮的钢铁生命线

"军无辎重则亡,无粮食则亡,无委积则亡。"

——《孙子兵法·军争》

"部队的给养是作战的一个必要条件,因而对作战有很大影响。"

——克劳塞维茨《战争论》

"后勤是以网络为中心的现代战争中的一个重要方面,因为它关系到联合行动、远征军及部队的投射能力。"

——新加坡拉惹勒南国际研究院国防和战略研究学院高级研究员理查德·比青格

当地震袭来 玉树成为和平年代的战场

春天的青海玉树,大地复苏,百鸟鸣啭。

4月14日7时49分,突然之间,山崩地裂,大地轰鸣,房屋倒塌,尘土飞扬。大地震袭来。

刹那间,一阵阵撕心裂肺的哭喊声,在四周响起。

玉树军分区司令员吴勇,立即拨通了值班电话:"我是吴勇,玉树发生地震!"

玉树成为战场,一道道作战命令即时下达。

根据抗震抢险指令,机关和分队人员整合编组,每组由一名党委常委带队,分头抢救被埋压人员。几分钟后,军分区搜救小组出现在倒塌的废墟前,惊恐而无助的群众看到了希望。

"我们在后勤部马胜强部长带领下,第一时间赶赴现场,抢救出了七名遇险群众,其中一位是藏族僧人。当我们救出他时,身着僧袍的他,双手合十,一直说着'谢谢!谢谢!'"。军分区后勤部战勤参谋马建英说。

地震发生后短暂的时间内,马胜强带领战士们,从危楼中抢运出帐篷和医疗器械等物资,在军分区院中搭建起临时救护站,救助从废墟中救出来的民众,并把其中的重伤员送往州人民医院。这是地震灾区的第一所战地救护站。

看到州医院中急需抢救的人员饱和,军分区后勤部又紧急调拨出50顶帐篷送往医院。这些帐篷为许多亟待进行的手术创造了条件,拯救了许多群众的生命。

在驻玉树部队紧急展开就地生命营救的时刻,全国各地的抗震救灾力量开始向玉树快速集结:

北线,人民军队从兰州、西宁启程;南线,大军从四川直奔西北;空中,一架架运输机直插云天,飞向玉树⋯⋯

截至19日22时,解放军和武警部队共出动官兵12798人参加抗震救灾行动。军队和武警部队派出13支医疗救援队、2个方舱医院。空军和陆航部队共飞行89架次执行救灾任务。

"我是记者,在现场报道"。各新闻媒体记者纷纷以最快的速度,在第一时间,抵达玉树,报道灾情。

交通运输部派出专家组,赴玉树地震灾区,帮助指导青海交通部门开展公路保通工作和灾情评估。

⋯⋯

就这样,各部门应急快速启动,各省区市迅速赶赴,各专业救援队迅速驰援,集结在玉树灾区执行抗震救灾任务的各类人员达2万余人。

当考验降临　打造震不倒、拖不垮的生命线

国务院、青海省、部队、玉树州政府抗震救灾指挥部,于地震爆发后迅

即成立,现场指挥机构就设立在结古镇玉树军分区院内。

从那时起,抗震救灾指挥部便开始繁忙而有序的战地指挥工作。

从那时起,抗震救灾指挥部的帐篷里,便通宵达旦,彻夜长明。

从飞赴灾区指导抗震救灾的党和国家领导人,到全国各地支援灾区的医疗救护人员,从抢险救灾官兵,到新闻媒体记者,所有人急需的物资设备供应、用电供水安全,以及衣、食、住、行,刻不容缓十万火急地摆在马胜强及其战友们面前,须臾不可延误地压在他们心上。可是,地震后的后勤保障却困难重重:市场全部停业瘫痪、粮油帐篷储备量减少、玉树至西宁的公路交通压力极大……

后勤保障事关抗震救灾的指挥核心,事关万千抢险人员的生命,不可有些微的疏漏,不得有少许的闪失。他们的神经,始终紧紧绷着;他们的战斗之弓,始终拉得饱满。

在地震当天召开的紧急会议上,军分区司令员吴勇指示说,将有大批救援部队到来,命令后勤部做好新的备战准备。马胜强立即动员部署启动了一级设施保障预案,为救灾部队,为各路医疗队,做好设施、汽车的保障;他还给花石峡兵站站长打电话,让他们以最快速度启动战备食堂,做好救灾部队中途用餐的一切准备。马胜强又打开后勤战备库,启用战备粮秣,同时紧急从西宁调运战备粮秣20吨,保障救灾部队急需。

4月14日下午2时许,救援部队陆续到达。

马胜强部长及其领导的后勤保障部门,各司其职,及时有效、有条不紊地开展工作:为抵达的先头部队进行指挥、疏导;给部队官兵做饭;给汽车加油,有效保障了救援部队迅速开进展开救援。

地震中,马胜强部长身体受伤,但他一直强忍着伤痛,不舍昼夜,坚持战斗在抗震救灾第一线。地震中电力中断,马胜强来回奔波,与国家电网有关部门协调,启动备用自行发电装置,恢复、保障用电。

随着驻扎人员的日益增多,供水越来越紧张。地震后自来水全部中断,后勤部及时从深水井中取水,并派人化验水质,24小时看守水源,不间断供水。考虑到供水设备负荷很大,马胜强及其部门还研究并预设多种方案,以多处备用水源、多台备用水泵应对紧急情况,为救援工作顺利开展提供了有力保障,受到抗震救灾指挥部领导的肯定。

指挥部搭建了专门的帐篷,设立野战厨房,炊事班8名战士昼夜轮转,提供24小时饭菜供应。

国务院、青海省、部队、玉树州政府指挥部各部门人员,以及地方单位与新闻媒体的工作人员,兰州军区的救援部队,部分受灾民众,都由马胜强率领的后勤部门提供服务保障。

震区下雪,天气寒冷,地面潮湿,后勤部及时提供了几千条棉被,与帐篷一起送到救援队手中,使他们在休息时得以御寒。4月15日凌晨2时,青海省军区某团官兵抵达灾区。立即投入抢险救人的他们,直到下午准备稍事休息时才发现,宿营地上的帐篷已经搭好。这时,他们看到了马胜强带领着战士们疲惫离去的身影。事实上,为了让救灾部队都能住上帐篷,在大批帐篷调运上来之前,马胜强与后勤部所有助理员,都挤在一个小帐篷里办公、睡觉。

玉树地区海拔4000米,干燥、高寒、缺氧。地震发生后,各路兵马迅速抵达展开救援。初到这里,几乎所有人员都出现了不同程度的高原反应。为应对这一情况,马部长带领军分区后勤部提供并抢修出了一台台制氧机,为救助、治疗出现高原反应的人员创造了便利。一本名为《高原病预防常识》的小册子,及时发到了每一位救灾官兵手中。马胜强说:"官兵们大多来自平原部队,在玉树这个昼夜温差很大的高原连续作战,极易患上肺水肿与脑水肿,普及高原病预防知识非常必要。"

后勤保障工作,也包括建设与维护公用厕所。由于使用量太大,排污管道经常堵塞,战士们便每晚用手去掏,保障其能够正常使用。

用"操碎了心",来形容救灾战役中的后勤指挥员,一点儿也不为过。马建英参谋告诉我们,"地震发生后弹药库倒塌,为防止武器丢失,在积极抢救伤员的同时,还派出人员进行警戒。震时军区油库的围墙倒塌,其中油罐、油管中均储满了油;油罐被从库房存储台阶上震下,而油库后面就是坍塌的居民楼,有液化气,不少地方还着起了火,为防止次生灾害发生,我们便立即派遣抢修队员冒着危险前去抢修。"

"安一个水龙头,抱一床被子,接一根电线,虽然事情很小,但是很基础、很重要。"采访中,马建英感慨地说。"一切为了救援,能多挖出一个人,及时挽救一条生命,一切困难都无所谓。"

后勤保障工作,许多事情很小很琐碎,但做起来却很累很辛苦。后勤部每个人都是早上5点钟起身,凌晨2点钟休息,很多时候还彻夜不眠,许多同志的腿脚肿起老高。

说到这里,马参谋为我们讲述了一位名叫秦国的战士加油员的事迹。

地震发生后，只能使用手摇加油机加油，这位名叫秦国的战士加油员，三天三夜都没有离开加油台。渴了，喝口矿泉水；饿了，吃包方便面。因连续不间断地工作，手肿得像馒头一样。领导派人换他休息，他却说，哪怕手报废了，也要为救援部队做好油料保障工作。

令他们引以为自豪的是，圆满完成了胡总书记、温总理等党和国家领导人抵达灾区时的后勤保障任务。"总理来时，就着咸菜吃了两个馒头、一碗稀饭。总书记来时，我给他老人家盛了一碗白菜萝卜土豆豆腐熬的烩菜。我问总书记吃米饭还是吃馒头，总书记让我给他拿了个馒头。""临走时，首长还同马部长与我握了手。"说到这里，马参谋有些激动，又有些羞涩地笑了。

玉树军分区后勤部的工作，有序、有力、有效，多次得到了各级抗震救灾指挥部领导部门的高度赞扬。为取得抗震救灾的胜利，打造了震不倒、摇不垮的生命线。

当大爱涌来 感动中凝结无穷力量

与马建英参谋交谈中，他一直很动情。刚刚经历了国家哀悼日里青海省举行的悼念活动，心情还难以平复。

"开追悼会时，突然下起了很大的雪，无论将军还是士兵，都掉眼泪了，还有人失声痛哭！2200多位藏汉同胞遇难了啊！"

马建英参谋说，在救援现场，他遇到了太多太多感人的情景，这种感动，一辈子都不会忘记。

"离我们军区后勤部大门约50米的地方，有一家三口被埋在倒塌的废墟中。当时全家人刚起床站在门口。地震发生时，妻子使劲把男主人往外推，最终只有他一人活了下来，妻子和孩子全遇难了。""男主人被我们挖出来后，失声痛哭。这种亲人间撕心裂肺的感情，让我们感动！"

"救援队伍还挖出来一个五六岁的孩子，当时孩子已经没气了，可我们的战士还是把他紧紧地抱在怀里，不想撒手。这种军民间的血肉之情，让我们感动！"

"一家藏族同胞被救援人员救出后安置在了帐篷中。这家人便在帐篷顶上插了一面五星红旗。五星红旗飘拂着，无声地述说着藏汉同胞间的情谊，这样的场景，让我们感动！"

"全国各地的志愿者,来自四川的最多,其中还有汶川来的。他们在车上打出了'四川人民感恩来了'的横幅。四川人民那颗真诚的感恩之心,让我们感动!"

"有座工商局的六层楼全部坍塌,压着的人较多,但又不能使用大型机械挖掘。许多解放军和消防官兵就直接用手去刨,手磨烂了还在不停地刨。每当挖出一个生还者时,大家都无比激动,全部欢呼起来。这种人间的大爱,让我们感动!"

讲述不时被各种各样急需解决的事情所打断。一会儿,马参谋要给返回休息的救援官兵送去被子;一会儿,因国家电网提供的大型发电机电量供给出现缺口,电断了,马胜强部长又去安排另外两台120千瓦的发电机启动发电,保证办公、抢险供电。而此时,他的血压高压已升至将近200毫米汞柱,十分危险,地震时受伤的身体,也不时发出阵阵剧痛……

时断时续的采访,不知不觉已进行到凌晨。马建英参谋从清晨5点即爬起,用凉水擦把脸便投入工作,忙了一天,到现在连口水也没顾上喝!

我们太不忍心了,只得在道过珍重后,结束了这次难以忘怀的采访。

最后,马参谋怀着浓浓的感情说道:"废墟旁藏族群众帐篷上的那面五星红旗,永远在我眼前闪烁;藏族群众竖着大拇指喊出的'扎西德勒',永远在我耳旁回响!我从内心深处,感受到了党和国家给予各族人民群众的温暖,感受到了社会主义制度的优越,感受到了这所帐篷主人所代表的、各族人民群众对党和国家的真挚感谢之情。"

【采访手记】

这次采访,是在预约了许多次后,才得以进行的。马胜强部长以及马建英参谋,谈到自己在玉树抗震救灾战役中的忘我拼搏时,总是淡淡地一句带过。他们总是让我们多写写那些奋战在废墟上的抢险一线的战友,总是十分低调地说,自己只是做了分内的后勤保障工作。

其实,作为一场战役的物质保障,后勤对其有着重要的,有时甚至是决定性的影响。一个国家的综合军事能力,并不是只看你拥有多少战斗人员,拥有多少高科技装备,其中占部分决定因素的,是其后勤保障能力。

纵观中国革命军事史,中国人民解放军后勤工作的历史

性转变,产生于抗美援朝时期。对此,彭德怀元帅曾总结道:"朝鲜战争的经验证明,现代战争如果没有后方充分的物资保证,是不可能进行的;后方有充足物资,如果没有强有力的后勤组织和工作,以保证第一线的充分供应,是不能取得战争胜利的。"

从上世纪50年代至90年代,整整半个世纪,一部部在中国电影史上闪耀着光辉的影片:《钢铁运输线》、《激战无名川》、《铁血大动脉》,描绘了志愿军战士,在炮火连天的岁月,用鲜血和生命筑造起一条条打不烂的钢铁运输线的情景,曾经激励和感动了几代中国人。

今天,在五星红旗高高飘扬的青海玉树地震灾区,涌动的人间大爱,给予鏖战在抗震救灾第一线的勇士们以无穷的鼓舞;而闪亮的八一军徽下的共和国卫士们,则用自己坚强的精神、神圣的职责,以自己的激情与热血,打造了一条极限状态下震不倒、摇不垮的钢铁"生命线"!

(见报日期:2010年4月28日)

玉树军分区领导研究抢险方案　　　　　　　　马建英/摄

足 音

　　四月的延安,时而风和日丽、山花烂漫,时而寒气逼人、风雪弥漫。

　　日前,由中央宣传部倡导牵头,中国作协、陕西省作协共同组织,一批作家走进老区延安,"走进红色岁月",进行采风创作。

　　明年是中国共产党成立90周年,为及早准备各项纪念活动,中国作协于4月8日在京启动这项中国作家"走进红色岁月"大型采风创作活动。作家们兵分6路,分赴西柏坡、井冈山、瑞金、韶山、遵义、延安,寻访老一辈无产阶级革命家的历史足迹,充分发掘革命纪念地丰富的文化资源,以文学形式展示革命纪念地的历史与今天,讴歌中国共产党成立近90年来走过的光辉历程。这些采风的作家,涵盖了报告文学、小说、散文、诗歌、影视等多种文学门类。

　　深入延安进行采风创作的作家可谓名家云集,包括了来自全国的李存葆、蒋子龙、杨承志、雷抒雁、项小米、王光明、刘亮程、张慧敏、刘涓迅、裔兆宏、荣杰,以及在陕作家雷涛、贾平凹、张虹、阎安、冷梦、王芳闻、吴克敬、曹谷溪、王晓渭等。

　　在枣园,在杨家岭,在志丹将军陵园,在瓦窑堡,中国作家"走进红色岁月"采风团,"一路采撷、一路欢歌、一路收获"(中共陕西省委宣传部常务副部长晏朝语)。他们在寻访、感受这片红色土地上的革命历史与革命传统的同时,也为新中国成立以来,尤其是改革开放30多年来革命老区发生的翻天覆地的巨大变化感到由衷的欣慰与喜悦。

记者追随着他们的足迹,一路聆听,一路记录,一路思考,一路陶醉……

"一个不崇尚绿色的民族
是没有希望的民族"

他,高大伟岸,腰身挺拔,眼睛极大,面色黧黑。他的身材样貌不似现当代人,而是一位活脱脱的古代武将。

李存葆,一个掷地有声、铮铮作响的名字。

曾经,与这个名字联结在一起的,是一部深刻的影响了20世纪80年代中国人民族记忆的作品——《高山下的花环》,这部作品以及由此所改编的同名影片,为李存葆带来了极高的荣誉。

1982年,中篇小说《高山下的花环》在《十月》发表,引发了空前的轰动效应。作者义无反顾地越过政治雷区,整个社会中被压抑已久的呼声在作品中得到了释放与传递。

李存葆军艺的同学、著名军旅作家朱向前回忆:当时《高山下的花环》创下的若干记录至今无人企及,今后恐怕也难以逾越。其一,当时所有的省报同时连载;其二,随后的单行本发行量突破千万大关;其三,同时被改编为电影、电视剧及豫剧、梆子、评剧等多个剧种;其四,在新中国成立35周年大典上,"花环"的造型彩车作为全国文艺界的代表,缓缓驶过天安门广场;其五,时任中共中央总书记的胡耀邦以个人名义购买两千册《花环》赠送老山前线将士……

那时的李存葆,刚刚36岁。

此次"走进红色岁月"陕北采风之行,每当人们得知,那位高大的将军就是鼎鼎大名的李存葆时,总会引起握手、合影的潮涌。浮想联翩的回忆、怀旧与啧啧赞叹声,总会勾起人们对那部经典的历久弥新的回忆。而此时的李存葆,却总是忙不迭地挥动着大手微笑说:"不要再提了吧!"

不愿意再谈曾为他带来巨大荣誉的《高山下的花环》,却多次深情地吐露他的"绿色情怀"。

继《高山下的花环》后,李存葆又为读者奉献出了获奖作品《山中,那十九座坟茔》,之后逐渐淡出小说创作。取而代之的,是一篇篇视通万里、思接千载的长篇报告文学和文化大散文的横空出世。

《大王魂》、《沂蒙九章》(与王光明合著)、《飘逝的绝唱》《我为捕虎者说》,人们读出了李存葆豪迈的军人气质与悲悯的入世情怀,充盈着"夜里挑灯看剑,梦回吹角连营"的大气磅礴、慷慨激越、深厚雄健与苍远辽阔。

这种转变,用李存葆自己的话说,就是"变一种调子歌唱"。他这样解释说:"我在部队文工团当过多年编导,写过两个大话剧,本来我是喜欢编故事的,但现在我不大愿意编造了。有人说现在凡是人类能想到的事情都发生了,人们想不到的也发生了。当今的社会太复杂了,一般的小说很难概括。近距离看生活往往看不透,我就先写点历史方面的散文。这样写作能使我更自由一点,理智一点,过几年回过头来编故事写小说,也许效果会好些。""最终印证一个国家、一个民族伟大的是她的文化。文化是人类心灵之树上结出的圣果。一个民族的文化是这个民族心智果实的长期积累。而最能让骚人墨客思绪恣意飞驰的是散文。中国是散文的国度,散文是中国文学的母亲。不论是记、传、书、礼、策,还是疏、论、序、跋、碑,先人都留下震古烁今之作。《老庄》是散文,《史记》是散文,《论语》是散文,《孟子》是散文,散文情感的触角可谓无所不包、无所不亲。"

有学者也对李存葆从小说转向报告文学,再转向散文创作现象进行过深入剖析。"李存葆的早期创作就显示了他是个思辨强于想象的作家,他不习惯他的老乡莫言那样天马行空地虚构故事,他的写作都是建立在实证调查的基础上。"当年写作《高山下的花环》,李存葆深入老山前线做专访,然后在大量的生活材料面前虚构了故事。《山中,那十九座坟茔》也是一个建立在实证调查之上的小说。在凝思现实的同时,李存葆习惯考辨古今,沿波讨源。小说家的叙事和报告文学的实证思辨铸就了李存葆散文的独特性。

在李存葆具有强烈历史使命感的文化大散文中,尤以绿色大散文的写作,而领当代风气之先。《祖槐》、《鲸殇》、《大河遗梦》、《霍山探泉》、《绿色天书》、《最后的野象谷》、《净土上的狼毒花》、《雪野里的精灵》……视野开阔,格局宏大,意蕴深邃,情感浓烈,生态意识鲜明。

因此,在此次"走进红色岁月"采风活动中,在陕北志丹"两山"生态景观林建设项目现场,李存葆一次次以他浓郁的胶东口音,深情袒露自己的"绿色情怀":"一个不崇尚绿色的民族,是没有希望的民族。"

因此,志丹、吴起的碧水蓝天,那里正在栽种着葱茏绿树的山峦,一次次地凝聚了将军欣慰的目光。

当年,在无数的感动与泪水中,《高山下的花环》,告诉给我们崇高的生、壮烈的死。

如今,将军的"绿色情怀",则为我们讲述着,"和谐是众美之源";人与

自然的和谐,方能使人类有所皈依。

自古燕赵多侠士
凭海临风 披肝沥胆
敢为天下先

虽然已经过去了许多年,记者仍清晰地记得大学时代,在图书馆里,藤萝架下,在1979年夏末秋初的绿荫里捧读蒋子龙作品《乔厂长上任记》,以及其后大快朵颐《赤橙黄绿青蓝紫》、《锅碗瓢勺交响曲》时的情景,书中的大起大落、纵横捭阖、洋洋洒洒、收放自如,令人荡气回肠,欲罢不能。后来读《燕赵悲歌》,那一种凭海临风、披肝沥胆之气直冲胸臆。

这以后,凡是蒋子龙到西安的活动,比如上世纪80年代他"与西安工人读者见面会"、90年代初"《饥饿综合症》西安签售"等,凡记者当时在这座城市,是一定要赶往现场的。

还是那次蒋子龙来西安签售,我与陕西人民出版社诸君前往其下榻处青年路惠宾宾馆看望他。在读者见面会上冷峻着面孔、快人快语、披坚执锐,展现出犀利思想锋芒的他,面对前来造访的几位青年,却显露出善良温和的一面,令人倍感亲切。那一次,我还大着胆子,与他谈起屡屡出现在其作品中的"沧州往事",而这些,大多得自于从沧州家乡走出的姥姥常在我耳边所念叨的。

以后去京津组稿,几位编辑又到天津市作协看他,他则与大家开起了幽默风趣的玩笑,尽显睿智、诙谐,感染力极强。

不得不承认,凡是在蒋子龙出现的地方,都会出现一个强大的气场。担任过蒋子龙小说责任编辑的朋友李玉皓君曾这样描绘道:"这种人出现在哪里,都会形成一个隐隐的震慑的氛围,他们自身就是氛围的中心。""这是一位非凡的人。高大挺直,白皙清瘦;双目里含蕴着威严与睿智,两腮边镌刻着沉实与艰辛。一举手,一投足,呼呼生起的,那是微荡的、时代的风云。""言谈举止中,处处可见一个作家的洞察与智慧,一种不动声色的颖悟与锐敏。"

从中国文坛流传至民间的,有在五台山车祸中他惊人的硬汉品质;有在美国洛杉矶中美作家酒会上,他破解艾伦·金斯伯格怪谜的聪颖;有他炮轰《赤壁》侮辱中国人智商、《黄金甲》抄袭糟蹋名著的仗义执言;还有,当他听到哀婉凄绝的陕北民歌《兰花花》时的潸然泪下……

上世纪70年代末,党的十一届三中全会刚刚闭幕,改革作为时代主旋律在中国大地尚未全面奏响,蒋子龙的《乔厂长上任记》及一系列作品,难能可贵地摆脱了长期以来文学创作表现阶级斗争的模式,如实地表现种种严峻的生活,展示出新时期之初的社会面貌,以及时代强者的遭遇和命运。作品粗犷豪放,气势雄浑,充满激情,成为中国文学史上开改革文学之先河的经典。

之后,蒋子龙又相继出版了《蛇神》、《子午流注》、《人气》、《空洞》、《阴错阳差》等长篇小说以及《蒋子龙散文精选》、随笔杂感集《国家的投影》等。从《阴错阳差》开始,蒋子龙把思考的视点投入到人物性格与历史文化的碰撞上,力图从现实的社会关系中表现人的心理奥秘。

2008年岁末,蒋子龙潜心十年创作的58万字力作《农民帝国》引得中国文坛"再起硝烟",继而摘得"中国作家鄂尔多斯文学奖"桂冠。

在中国人最需要改革意识的年代,蒋子龙成为中国新时期改革开放题材文学写作的开拓者;在中国社会急剧变化的今天,蒋子龙直击中国民族性格中的"农民性"。在看似朴实、娓娓道来的叙述中,振聋发聩,披肝沥胆,引人深思。

蒋子龙说,眼下要反映中国现实,没有比选择农民更合适的了。自己骨子里就是一个农民,命中注定该写这部小说。

有媒体评价说,《农民帝国》,不仅是蒋子龙在创作题材上的重大跨越,更是他苦苦思考中国发展问题深化的结晶。小说同中国社会现实的血肉联系,给在改革开放大潮冲击下一路走来的奋斗者们以强烈的感情碰撞和无尽的思考。小说提出了一连串事关当前中国生存与发展的重大问题。小说不仅仅是一部关于农民题材的史诗性巨作,而且意义已远远超越了城市和农村、工人与农民题材的界限。

今年4月9日,他以团长的身份,出现在中国作家"走进红色岁月"采风团的队伍里,仍然是那样高大挺拔,仍旧是冷峻着面孔,仍旧是在与人交谈时,让接近他的人,欣喜地感受到了与其面容的严肃平静迥异的温和善良与古道热肠。他常常从簇拥的人群中脱逸而出,离群静立,凝望着山峦、村舍、河流,若有所思,并不时在随身小本上记下几笔。在宝塔山下的紫丁香花丛旁,蒋子龙告诉记者:"一位我所尊敬的、信任的人,带我'走进红色岁月'。这次来不虚此行。来时心中充满着对红色岁月的敬意,充满了了解红色岁月的渴望。我想知道,如今还有多少人、哪些人,崇敬、喜爱着红色岁月;红色岁月对于现代人来讲,还有着多么大的魅力。在延安一座座革命旧址和纪念馆里,我仔细观察着造访这里的客人,审视着他们的表情。其中有些游客一路嘻嘻哈哈,纯粹是来旅游的,但即便是这样也无妨,

能实地亲历感受一下都是好的。此次延安之行感觉很好。以前我曾去过一处红色纪念地,该纪念馆前有一组先烈雕像,下面是邓小平的题词。导游在这里对大家说,摸摸就会财源滚滚,于是所有人都爬上去摸,那个题词被摸得锃光瓦亮。而这次在枣园、杨家岭,感觉却非常好、非常纯净。'走进红色岁月',要走进多远?走进多深?当今社会如何走进?一定要真正从情感、从心灵上走进,而不要只停留在字面上、讲话中,变成官样文章。要真正让红色岁月走进中国的文化、走进中国的现实,融入中国人的精神之中。延安流传下了许多精神,在杨家岭聆听到的毛泽东花两毛钱请陈嘉庚吃饭的故事,让人难以忘怀,感受相当深刻。"

想与她做彻夜谈

周围有一些朋友,因为工作性质的缘故,不大阅读文学作品,但喜欢在聚会时听我讲述小说中的故事。

4月10日,我从延安打电话给朋友,问他们是否记得我讲述的"粉碎国民党对瑞金中央苏区铁桶合围的一帧情报"的传奇故事,"湘江之战"的悲壮故事,还有中央特科、项与年、陈树湘,还有,那个令人肝肠寸断的小姑娘"每"的故事……

实际上,我只是这些故事的转述者,因为我太喜爱它们。而打电话给朋友,是要告诉他们,这些故事的真正讲述者——解放军文艺出版社编审、著名军旅女作家项小米,此刻就站在我身边不远处。

准确地说,项小米是我的偶像,我是她的拥趸。而使我对她的这种追捧得以建立的,是她的成名作、我为之迷醉的《英雄无语》。

与采风团一路同行,发现李存葆最爱与项小米"讨论问题":某年某月,在某根据地,或某战区打过某场战役;当时的兵力部署如何,党中央及各位军事领导是如何进行指挥的;战果如何,影响如何,等等。每一处革命旧址,都会引起他俩的话题,相谈甚欢,默契非常。

项小米身材适中,面部线条柔和,眼睛十分明亮,长得有几分像电影明星王馥荔,但走近她时,会隐隐地感到一股十分逼人的英武胆剑之气,那是项小米所独具的。多年前曾认真地看过央视《读书时间》主持人李潘采访她的一个节目。当时项小米一身戎装,言谈间吐字铿锵,斩钉截铁,十分有力。那是另一种状态的项小米。

对于《英雄无语》,有学者指出,反思革命是20世纪末文化思想的基本主题。从革命家的大量回忆录到有限度公开的档案资料,从学者们兴味日浓的历史研究和思想解释到越来越多的包括文学与影像的虚构性文艺作品,种种有关革命的材料大量面世,且读者甚众。毕竟革命还远未得到认真的分析、研究和评估。

理解革命是困难的,认识革命者也是困难的。《英雄无语》写出了一个不那么讨人喜欢却更真实的革命者。坦率地说,对于中国革命这样重大的历史事件,我们还远远没有充分而完美的艺术表现。而《英雄无语》,却开辟了革命历史题材创作的充分而完美的艺术表现的先河(关于记者在这方面的理解,将在以后的文章中讲述)。

《英雄无语》的真实不只在于它有事实作根据,更在于它基于对革命和革命者的准确理解,不是从政治理念而是从主人公人性中的革命性出发,写出了革命者的全部复杂性。

在历次的革命历史题材作品研讨会上,著名作家李存葆多次以他浓浓的胶东口音说,同类题材中优秀作品的代表,首推《英雄无语》。目前,还没有哪部作品能够超越她。

采访项小米,感觉满肚子的话像泉水般汩汩涌出,我想这是蓄积了多年的缘故。项小米说:"或许相隔千万里,一个人静静地写,另一个人默默地读,从而产生心灵的交流。文学的神奇就在这里。"

这次采访,从中午约到晚饭后,又因去观看信天游歌舞剧《兰花花》而中断;回到宾馆继续谈,不知不觉间,手表上的指针就滑到了午夜。

我谈到了,作为一位读者,自己对《英雄无语》的感悟理解,谈到《英雄无语》给予我的震撼;谈到《英雄无语》浑然天成的构思布局,《英雄无语》一波三折的情节起伏,《英雄无语》扣人心弦的语言力量;特别是,这部作品,她使我感觉到了一种紧绷着的、巨大的张力,以及在阅读时,笼罩在阅读者上空的,那种强烈的气场。按照我的理解,那是一种永远不可亵渎的、永远不会磨灭的,为了信念义无反顾、视死如归的力量。

延安采风一行,项小米多是沉默无语,静静观察,静静思考。她说:"这次采风,激动的心情难以平复。'走进红色岁月'活动,有六个地方可以挑选,而我毫不犹豫地选择了延安。到了延安,感触非常多。当年祖父在白区搞地下工作暴露后,就曾来到延安。我一路走一路感受,心中的震撼越来越强烈。"

随着采访的深入,我们谈《英雄无语》,也谈项小米的其他作品;谈到

她的其他作品改编为影视剧的成功,也谈到了对《英雄无语》改编为同名影片的失望,以及将其成功改编为电视剧的期待与希冀……

如果不是第二天还要早起赶远路,我真想与项小米做彻夜谈。

我也曾经,无数次地向朋友们讲述过,当年驾车行驶至广西兴安县湘江之战发生地时,周围天象、山林、光线等大自然所出现的奇异景观,以及那时自己心灵的奇特感应。在一篇散文中,我描述了这种现象和感觉,而且说,我有点儿相信冥冥中的一种力量。此次项小米降临延安,我想,也是上天的安排。

为杏花担忧的心

采风团活动的第三天,陕北气温骤降,而且下起了雪,人们重又换回了冬装。

新疆自治区作家协会副主席、著名作家、采风团成员刘亮程,没有带厚衣服,在零下温度的风雪中,仍然是衬衣外面套一件浅棕色的亚麻西装,匀称的身材依旧舒展,看不到因寒冷而瑟缩的样子。

可是,看着满山满谷在冷风中摇曳战栗的山杏花,刘亮程的神情却一直悲戚着,他不止一遍地念叨:天一回冷,温度一降,杏花就要坏了;杏花开不完,花期中断,会直接被雪从树上打下来,也就结不出果了。于是,我看到了一个忧心忡忡的刘亮程。

刘亮程说话时尾音向上挑,声音低而不沉,眼光中总有一丝忧郁。采风中同行,说起西南的大旱,说起人类所面临的水资源危机,我揣测,他一定会十分悲观绝望地讲出一段十分悲观绝望的话来。然而,刘亮程却说,水枯竭消失了,还会循环出现,大自然生生不息,不必太过害怕。这时,我又看到了一个坚韧顽强乐观的刘亮程。

刘亮程或是采风团中最为沉默的一位。在车上,他常常是坐在最后,望着窗外幽深的沟谷、苍茫的原野、喧闹的城镇、炊烟下的村庄,喃喃自语。一座山峰出现,大家都注视着山上的摩崖石刻。刘亮程却兀自在那里说,这山上的石头是砂页岩,取材是一片片的,刻字最好。

一路上,我看到刘亮程最为放松的时刻,是采风团造访一户农家时。大家呼啦啦地进去,又呼啦啦地走了。一群人在农家土坑上坐了坐,更多的人聚集在厨房里看这家的主妇炸撒子。这时,我看到刘亮程,却去望院里的水井,摆弄角落里的三轮车;他找到房主人,问她每年农田收成之外的收入来源……

　　这是一处社会主义新农村示范村,屋舍俨然,道路宽畅整洁,砖雕的门楼、花坛古色古香。可刘亮程,却在四处寻找摆放、祭祀祖先牌位的地方,他认为那是绝对不能没有的。

　　在延安宾馆宝塔餐厅,一群人从桌前走过,我马上认出了其中的刘亮程,虽然我是第一次亲眼见他。因为我读过太多他写的及写他的文字。

　　刘亮程说自己:"出生在古尔班通古特沙漠边缘的一个小村庄里,在那里度过童年和少年时期。长大后种过地、放过羊,当过十几年乡农机管理员。在乡下写了许多年诗。到乌鲁木齐后开始写散文,出版散文集《一个人的村庄》,现在写小说。"

　　就是这部《一个人的村庄》,1999年在新疆人民出版社出版后,曾引起巨大反响,被誉为20世纪最后的文学景观。接着,1999年10月,在国内文学界享有盛誉的《天涯》杂志的头题位置刊发了"刘亮程散文专辑",并配发了李锐、李陀、方方、南帆、蒋子丹等著名评论家、作家的推荐文章。一时间,国内文学界为之哗然。湖北《今日名流》杂志随即对刘亮程作了长篇专访;中央电视台"读书时间"以"刘亮程和他的村庄"为题对其作了专访;《书评周刊》、《作家文摘》、《新华文摘》、《江南》等报刊也纷纷转载刊发刘亮程的散文及评论文章。

　　在《一个人的村庄》中,作者大多写自己生活多年的一个村子,在这个人畜共居的村庄里,房子被风吹旧,太阳将人和牲畜晒老,所有事物都按自然的意志肆意舒展。在不慌不忙地叙述中,作者给我们呈现了一种人类久违的自然生存。作家蒋子丹在《刘亮程的哲学》中说:"刘亮程不为他人和前人的知识观念所囿,在文化时尚主潮之外另辟一片天地,没有任何一点点与都市人形影相随的焦灼和烦躁,身边小事皆可入文,村中动静皆可成诗。他散文中透出的那种从容优雅的自信,是多少现代人已经久违了、陌生了、熬长了黑夜搔短了白头也找不回来的大才华。这是发现的哲学,是悲怀和乐世的哲学,是生命的大彻大悟顶天立地的哲学。"另外,刘亮程还著有诗集《晒晒黄沙梁的太阳》,散文集《风中的院门》、《库车》等。最近,他又推出了重量级的长篇小说《凿空》。

　　因为报社有急事,我没能跟完这次采风全程,深感遗憾。听说在后来的一次座谈会上,刘亮程作了很好的发言。事后,回到西安的陕西省作协芳闻秘书长,交给我一个笔记本,于是,我看到了他的那席话:

"在延安,感受到了四个敬畏。第一是红色敬畏,体会到中国革命的艰辛;第二是绿色敬畏,这里的退耕还林,就是对山河敬畏,给山河一个休息的机会,把山河岁月还给草木;第三是黑色敬畏,这里的石油产业,给当地带来了丰厚的财政收入。我们要敬畏石油,敬畏这些几亿年前沉入地下的远古生物;第四是对历史文化的敬畏。吴起将原先的名字改了回来,这就是敬畏历史。我们要把红色文化融入到中华文化的长河中去,要将红色文化与几千年来源远流长的传统文化衔接起来。"

在子长,刘亮程拿到一本当地出版的杂志《瓦窑堡文艺》时,喜不自禁:"这本杂志办得非常好,一个地方的文艺文化,就是通过一本本不起眼的杂志、书籍倡导起来的。许多地方重新闻轻文学,其实新闻是洋芋花,文学才是下边结出的果实。文学关注的是人的内心、心灵。子长发生了翻天覆地的变化,而在这一表象之后,当地的人心之变是怎样的?《瓦窑堡文艺》,便使人的心灵得以呈现。"

被称为"自然之子"的刘亮程,曾经说到一座城市,"让他掉了许多头发"(每次想到这句话,都让人忍俊不禁)。他从《一个人的村庄》走出,他认为,一个村庄的存在,代表着一种精神栖居和珍藏过的时代。他的写作,就是不断地接近一个村庄的生存并最终抵达人的心灵的过程。

在广袤的陕北高原,刘亮程寻觅着,而且找到了安放心情的处所。

在"深井"中挖掘

令大家惊喜的是,曾在30年前,以抒情长诗《小草在歌唱》蜚声中华大江南北的鲁迅文学院原常务副院长、著名诗人、作家雷抒雁,也出现在了采风团的队伍中。有着"人民诗人"称号的雷抒雁,多年来,或歌唱英雄、或赞颂新生活美好、或抨击腐朽黑暗,以饱满的激情,写出了许多具有强烈时代感的优秀诗篇。

而雷抒雁的一席话,在采风团离开延安后,仍在当地与其有过"零距离"接触的百姓、文化人和政府官员间传诵着,因为它十分贴切形象地描绘了此次"走进红色岁月"采风的内涵、使命和采风团成员们的心声:"延安这80年的革命历史就是一口深井,而奔赴这里采风的作家,就是要深入到这口深井的下面,沉到这段历史之中去。"

采风团一路走来,雷抒雁浮想联翩、感慨万端:"这里的许多地名,保安、柳林、华池等，我从四五岁时就常在耳边响起，因为父亲20岁出头就在这一带做起了生意。稍长我才知道，父亲实际上是在帮助边区政府做事，将国民党政府对边区的违禁品倒腾进来。这次采风，我便一边走、一边品味父亲讲过的那些地方。陕北革命根据地对于中国革命的作用，远远不像教科书上所写得那么淡；当年，在如此困苦、人口这么少的地方，人民用自己的鲜血喂养了革命、壮大了革命。1992年，我曾写作长诗《激情燃烧的土地》，讴歌这里的土地与人民。为人民服务，是我们的党和政府永远要铭记的。我还要在当地多住些日子，深入了解这里的生活，以自己激情的喷发，写出新的作品来。"

采风即将结束时，李存葆说："延安变化这么大，这是我想不到的，心里产生了巨大的波澜。特别是看到在新农村建设中，老百姓用20万元盖窑洞；吴起中学以年薪15万元招聘了20多名教师来教育当地学生，这在沿海地区都是不多见的。"

采风团成员、《江苏环保产业》执行主编裔兆宏激动地说："太意外了！这片土地，经过全体人民的努力，新农村建设得这么好！中学办得这么好！人民享受这么美好的福利！无愧于流血奋斗的革命先烈！这里拥有着红色的革命土地、绿色的希望大地、丰沃的精神土地，是文学创作的富矿！"

采风进行中，作为中国作家"走进红色岁月"采风团的副团长，陕西省作协党组书记、常务副主席雷涛反复强调："采风，就是向生活学习，生活永远是鲜活的，永远是开采不尽的富矿。现代社会发展了，但永远存在着人与自然的不和谐、社会的不和谐。我们作家就是要思考这些问题，熟悉生活，了解生活。"雷书记还一再告诫陕西作家们，"要珍惜这次跟随知名作家采风的机会。"

陕西省作协副主席、安康市作协主席张虹，多年来，一直以其饱含着浓郁巴山汉水风情的部部作品，以其温婉端庄的风姿，成为陕西文坛上一帧优美的风景，一段悠悠传颂的话题。这个生长在温润的秦岭之南、汉江之滨的女子，并没有惧怕陕北高原突降的风雪与寒冷，一直坚持走完采风全程。在最后的总结会上，张虹深情地说："走在红都延安的土地上，心情一直处在深深的战栗和庄严的敬仰之中。这是一片深情的土地、英雄的土地。说它深情，是1935年红军经过二万五千里长征落脚延安那艰难的岁月，吴起不过11户人家，延安不足七千人。可是，这里居然养育了革命，壮大了红色政权。说它是英雄的土地，是这里出过刘志丹、谢子长、出过共和国的许多将军和数不清为革命奉献过热血和生命的志士仁人。最可贵的

是我们在红都看到了'红色精神'的延续。我认为'红色精神'就是为人民大众谋利益,就是向一切危害人民利益的腐朽没落势力开战,就是崇高的信念和文明的追寻。这里的经济发展还有很多可圈可点的东西,这里的终极目标是让老百姓过幸福安乐的日子,这是'红色精神'发展和延续的最好证明。红色陕北不仅是能源的富矿,更是伟大精神、深厚情感的富矿。

朝拜红都,一路走来,我在思考一个问题:我们要追寻什么?我们要达到什么目的?我想,我们要追寻的是老一辈无产阶级革命家那种无与伦比的革命激情。真正的激情是无私无畏才能够孕育出来的。我是董老的外甥孙女儿,在延安革命纪念馆,看见他的相片,我不禁想起1976年回故乡红安的情景。那时,我看见董老的亲属们都在当农民。而现在,金钱和欲望在怎样疯狂地腐蚀着人们的灵魂。站在红都大地上,我们该怎样拷问自己的灵魂!我们还要追寻老一辈无产阶级革命家崇高的理想和信念。刘志丹们、谢子长们,抛头颅、洒热血,所坚守的信念、所追寻的理想,对我们仍有警醒的意义。我们走进红都,就是为了净化心灵,重塑崇高的精神灯塔;就是要在'圣地'接受心灵洗礼,让自己纯粹起来。只有心灵清洁了,所创造的作品才有清洁的精神。"

跟随采风团回到子长的大地,陕西省作协副主席阎安激情难抑:"叶落千丈要归根。我这个曾经像箭一般射出去的子长的儿子,今天回到了故乡,时代的演变让我感动;陕北的春天是一个浑浊的季节,然而车入子长,看到两边的树都是茂茂盛盛的,欢迎采风团的气氛如此之热烈,更使这样的感动无以复加。作为故乡人,我非常热爱这片土地,要多为故乡,做些力所能及的事情。"

在四月的陕北高原,中国作家"走进红色岁月"采风团,受到了当地群众、文化界人士,政府部门的热情欢迎。同为采风团成员的中共志丹县县委书记祁玉江可谓一身而三任焉,既是采风团中的一员,又是陕西著名作家、知名文化人,同时也是担任着重要接待任务的当地党政要员。在志丹县为采风团到来而召开的座谈会上,大家的发言让每一个人都心潮起伏。因为大家的话,生动地道出了在中国、在陕北、在延安,红色文化所具有的那种永恒的、亘古不灭的力量。风云际会的烽火岁月中,这种力量,曾激动、鼓舞过我们的先驱者,使得他们的足音,至今回荡;并使得后来的追随者,心驰神往!

(见报日期:2010年4月21日、2010年5月12日)

大河之滨

厚云积岸八千丈,

大水走泥五万年。

——东雷村村口对联（3米）

发源于青藏高原巴颜喀拉山北麓的黄河，一路穿山过岭，九曲十八弯，蜿蜒向前。在鄂尔多斯高原，狭势南下，左带吕梁，右襟陕北，深切于黄土高原之中，形成了黄河干流上最长的连续峡谷河段晋陕大峡谷。在这里，黄河变得水流湍急，咆哮如雷，深涧腾蛟，浊浪排空。

一泻千里的黄河，其如虹之势，腾龙之态，在"天下黄河一壶收"的壶口达到了极致，继而在韩城跃过龙门。

接着，滔滔黄河来到了陕西合阳，在这里展示出她万里行程中极为瑰丽奇异的一段。一边是在宽阔的河床中奔涌的大河，烟波浩渺，雾气迷蒙；一边是坦荡如砥的高原，夏日里麦浪翻卷，麦海无垠，冬日则莽莽苍苍，直铺远方，土天一色，仿若暮云堆积。在这里，雄浑与妩媚交织，壮阔与秀美同在。大气磅礴，婉约迷离，两种对比极其鲜明的自然景观，同时出现在合阳大地上。

没有什么能胜过自然环境对民俗民风的影响。这里，人文历史久远，名胜古迹星罗棋布，使得合阳的风土人情，既剽悍淳朴，又委婉多姿。每一块土地都讲述着一个故事，每一眼泉水都流淌着一段传说。

　　帝喾之陵,伊尹故里,情诗之源,子夏石室,达摩传经……而万顷芦荡,十里荷塘,汩汩神泉,逶迤林带,则伴随着这些优美的故事流传。从夏朝时"有莘"立国,这里便一直是人杰地灵、人文荟萃之地。

　　庚寅虎年新春正月十三、十四两日,合阳举办了大型民俗文化旅游活动,记者有幸跟随着众多知名作家、艺术家们来到这里。两天合阳之旅,仿佛进行了一次时空穿越。穿过悠悠时光隧道,看到了那些从远古时代就流传至今的古老民俗:捏面花、剪窗花、闹社火、上锣鼓……

　　此时的合阳大地,时而辽阔恢弘,古朴苍凉,时而春色迷蒙,柔婉绰约。

　　多姿多彩的自然景观令人陶醉,原汁原味的古老民俗让观者如饮甘醇。

　　大业方兴自古坡南多俊秀,
　　三春伊始于今莘地竞风流。
　　　　　——坡南村村口对联　(3.5米)

"血故事"

　　早晨8点从西安出发,10点多到达合阳县城。稍事休整,便立即马不停蹄,赶往新池镇坡南村,观赏民间社火"血故事"。

　　那天是多云天气,车辆在合阳原野上疾驰,苍茫天际下,只见一望无际的农田,偶有一抹烟黛掠过,是刚刚苏醒萌动的林木。大家说,车子开了这么久,还未见村落,若得遇,必是人烟辐凑、庐舍云集、喧闹鼎沸之地。

　　正午时分,在期待中到达即将上演"血故事"社火的坡南村,果然村落很大,村街宽阔,村舍齐整俨然。

　　坡南村的历史可以远溯到晋代,迄今已有近两千年,是关中渭北高原著名的历史文化之乡。坡南村的民间社火有抬杆、高跷、狮子、龙灯、驴故事、牛故事、血故事等。

"血故事"据传源于明末清初,距今已有数百年历史。它是社火芯子中的"武芯子",主要突出"血"的特点,多取材于传统武戏与神鬼传说。如《铡美案》、《耿娘杀仇》、《刺辽》、《小鬼推磨》、《锯裂分身》、《王佐断臂》、《阎王换头》……以鲜活、逼真、刚烈、激昂的特色,使观者甚感恐怖、神秘,成为社火中的"压轴戏"。

摩托车、拖拉机,大部分步行,十里八乡的乡亲们都来赶热闹,一睹为快。还有用架子车推着行动不便的老人前来散心的。老太太坐在铺着厚厚棉褥的胶轱辘木板车上,笑靥如花。

一边观看"血故事"表演,一边在时光隧道中游弋穿梭。

现在,人们观赏"血故事",可能更多的是欣赏品味其对古老民俗的传承,而早先的村民们呢?

合阳农耕文化历史悠久,春种夏锄,秋收冬藏,年复一年。辛苦劳作了一年的农人们,在休憩热闹的正月里,编演出这些鲜活、生动、刚烈、神勇的"血故事",使农闲时节的欢快娱乐气氛,达到了高潮。

试想,在平野漠漠、烛影纷摇的农耕时代,"血故事"中那些铡头、挖眼、剖腹、换肠、剁脚、断手等血淋淋、阴森森的恐怖场景,通过故事芯子的装扮和把式逼真的演义,夸张地展现在老百姓眼前,真正不亚于当今由声光电的特技魔幻制作而出的惊悚大片。因而,"血故事"便会成为来年田间地头、茶余饭后、夏日麦场、雨天檐下、冬季炕头上那一遍又一遍咂摸不尽的话题。

如此,"血故事"便以其令那个年代的观者触目惊心的形式,让人过目不忘的效果,把古代爱国爱民的志士仁人御外侮、惩腐恶的精神活灵活现地展示出来,激动人心;同时,教育人们多兴善举,不做恶事,汲取血的教训,从而成为了高台教化的一种形式。

"上锣鼓"

轰西岳撼中条　金鼓奋激黄河浪。

冲九天震秦晋　雄风方显东雷人。

——东雷村擂鼓台对联（2.5米）

上锣鼓,是正月十三晚间,在濒临黄河的坊镇东雷村观看的。

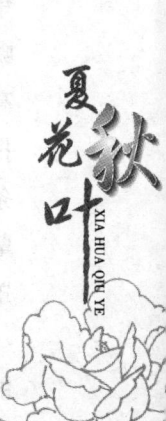

东雷村村落也很大,但紧临黄河西岸,位置偏僻,因而"上锣鼓"这一为其所独有的、别具特色的民间艺术形式,直到上世纪的80年代方为外界所知晓,并引发了极大震撼。此后,"上锣鼓"先后被中央电视台、陕西电视台拍摄成专题片播放,载入《中国民间舞蹈集成·陕西卷》,并被列入《陕西省省级非物质文化遗产名录》。

暮色,降临在黄河岸边的这座村庄里,一轮皎洁的明月升上高空。烟雾迷蒙、水汽氤氲的大河,在月色下,闪烁着粼粼波光,静静伫立于岸边的丛丛花椒树,黛青色的婀娜身姿上银辉点点。

"上锣鼓"即将敲响的村街上,摩肩接踵,人声鼎沸,有些人甚至站在了平坦的房顶上,其中许多是远方来的摄影家和村里的孩子们。我看到,陕西省作协主席贾平凹,也与省作协文泰副书记、作家孙见喜、王晓渭,女书法家李艳秋、石瑞芳等一起,站在房檐下的高凳上,等着鼓点敲响。

合阳民居多是青砖灰瓦的四合院建筑。大门两侧的墙称为"看墙",上面雕刻、粘贴着家训或处世格言。有的看墙前还摆放着花卉盆景,透露出耕读传家、典雅古朴的气息。此时,在月辉与灯光的映照下,民居上的飞檐勾勒出了优美的剪影,令人迷醉。

"上锣鼓"是《诗经》中反映黄河中游民间祭神和驱鬼的一种较为古老的原始乐舞,表演形式独特,风格古朴。每年春节到十五,村民都要表演"上锣鼓",祈福求神、庆贺丰年闹社火。当鼓手们围鼓敲击达到高潮时,便情不自禁地争先上鼓、边击边跳,故称"上锣鼓"。

上锣鼓的锣鼓点分三段:首段名为"排锣鼓",演奏时间较短,在于招引观众,节奏平稳和缓;第二段为"敲锣鼓",节奏渐快,气氛热烈;第三段名曰"上锣鼓",节奏强烈,音韵铿锵、动作幅度增大,锣手们开始争先蹬上鼓表演,周围执花环、簸箕者和大头和尚不停扭动,并大声呼喊、吹哨,放烟火者高擎火把,口含煤油,在场中喷放烟火,使表演进入高潮。表演上锣鼓时,场地四周燃起堆堆篝火,南北两社群众高擎火把,照得夜晚如同白昼,天寒地冻、北风凛冽,舞者却赤膊袒胸,只穿一条短裤。每个锣鼓手的脸皆涂成红色、粗眉,有的头插野雉尾,有的头戴草帽壳,还有的戴一副用核桃壳制成的眼镜,也有的胸前戴着护胸罩式的饰物。

当我们置身于茫茫夜色之中,眼前是灯笼火把争辉,耳畔是震耳欲聋的锣鼓声,渭北农人的阳刚之美一览无余。

正月十五团圆饭

在合阳,很多物事,都能够追本溯源至远古时期,可谓源远流长。其中也包括饮食文化,例如名闻遐迩的踅面、羊肉餶馇、辣子豆腐等。

正月十五,合阳的老百姓家家摆出待客酒席。第一道:茶果席。有各色干鲜果品、油炸麻叶、炒豆豆等共10种。客人们边喝茶边吃果子。第二道:酒菜席。有各色凉拌菜,荤素共10种,客人们边喝酒边吃菜。第三道:饭食席。其中又分为两道:头道"十碗菜",包括"四菜六肉",分别是菠菜、豆芽(凉拌)、黄花、白菜(汤菜);大红(也称为方印)、小红(条子肉)、酥肉、鸡、肘、红薯或土豆丸子。其中肉菜称为"硬菜"。最后是饭食:饺子、馄饨、面条、粉汤、馍馍。琳琅满目,美不胜收。几乎每种菜都有一个说道,有的吃食的起源甚至可以追溯到商相伊尹、周文王妃太姒、汉将韩信、宋帅王镇的故事里。

人杰地灵

在合阳,总能听到当地人自豪地提到洽川——中国黄河流域最大的湖泊型湿地。滔滔黄河上万里,唯独这一段河床最为宽阔。广袤的草滩、葱郁的林带、连片的芦苇、如璀璨明珠般的温泉、鱼池、河塘,十分适宜于人类和各种动植物繁衍生息。自古以来,文官武将、风流雅士、走卒贩夫、行商坐贾,三教九流的各色人员,都从这里奔走穿行于黄河两岸。

人们说,这里是具有着江南韵致的北国之地,回荡着灵秀与雄浑、恬静与狂悍、静穆与崇高、细腻与磅礴的交响。这里,万顷芦荡轻纱摇曳,千眼瀵泉碧波荡漾,百种珍禽凌空欢歌,十里荷塘映日飘香,一条大河雄浑壮阔。这里,遍布着《诗经》的文化遗迹,散发着《诗经》的隽永气息。久远的历史人文和优美的自然风光水乳交融。

因而,这里的人们,既浑厚朴实,又聪颖灵动。

在庚寅新春民俗文化旅游活动现场,总能看到几位十分忙碌的身影。他们都是高身量、方脸膛、浓眉毛,有着洪钟大吕般的亮嗓。一位30来岁,洽川风景名胜区管委会主任王德超,在他的不懈努力下,洽川景区成功晋升为国家级风景名胜区。还有一位看不出年龄,有人说他60

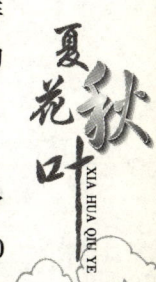

岁,也有人说他 50 岁。他叫党宪忠,合阳"关雎诗社"社长。渭南市作家协会康美主席,一路上不时地向大家说起党宪忠那些至情至性的浪漫往事。翻阅着那本活动中赠送的厚重的摄影集《空中看合阳》时,赫然看到当年担任"城关公社故事员"时他的照片,是合阳人那种俊朗的面容,两道浓眉到现在也未变。看看遍布于各个活动场地的各款春联吧,那可都是出自于他的手笔。

平时我们所耳熟能详的许多著名作家、书法家李宗奇、晓雷、雷珍民、李斌奎、李彦宏、马河声,还有我的小诗友,《华商报》记者、作家王锋,应该都是合阳人吧。怪不得他们那样聪慧、有成就,来到合阳以后,一切都明白了。

科学观指航龙腾虎跃共奋进,
新农村起步物阜民丰庆升平。

——社火主题对联 (2.5 米)

在喜庆热闹的社火现场,当大家看到一辆贴有"合阳红薯"宣传广告的车子时,都会心地笑起来。近年来,合阳县委、县政府抢抓西部大开发和扩内需、保增长的政策机遇,全力打造"西部果畜强县、煤炭工业重县、生态旅游名县、品牌教育大县、文明和谐新县",举县之力"做大煤炭、做强果畜、做靓县城、做响旅游、做好园区、做优环境"成为该县经济社会发展的重点和亮点,县域经济呈现出快速发展的强劲势头。先后通过陕西省教育强县、陕西省卫生县城验收,提线木偶、上锣鼓分别被列入中、省第一批非物质文化遗产保护名录,荣获"中国民间艺术之乡"称号,洽川风景区被评为"中国著名文化旅游景区",年接待游客人数超过 30 多万人次,已经成为陕西东线旅游的热点景区之一。据悉,在即将召开的西部贸易洽谈会上,合阳县县长还要专程到会,向与会者大力推销当地的旅游产业。乘此良机,今年农历 7 月,合阳福山风景区也将举办充满着祈福意味的"福节"。

大家相约,届时再来合阳,游览福山、洽川美景,观赏驰名中华大地的线戏、跳戏,品尝具有"中国最早方便面"之誉的踅面……

(见报日期:2010 年 3 月 10 日)

《大秦岭》：让世人重新发现、认识陕西

横空出世

公元 2010 年，人类很快将走完新世纪的第十个年头。就在这年伊始，当西伯利亚的候鸟又一次挥舞着翅膀，划过地球东经 108 度、北纬 34 度的上空时，一座亘古沉默的山脉，终于发出了属于自己的声音。

2010 年元月 1 日至 8 日，中国中央电视台十套金牌栏目《探索·发现》隆重推出了开年扛鼎之作——八集电视系列片《大秦岭》。每天晚间的 9 点 25 分，从华灯璀璨的西安城到万家灯火的宝鸡市，从陕北炊烟袅袅的窑洞小院到陕南炉火冉冉的普通农家，大家纷纷围坐在电视机前，收看电视系列片《大秦岭》。"云横秦岭家何在？试登秦岭望秦川。"在三秦大地成长起来的人们惊喜地发现，原来那曾经哺育和滋养了他们祖祖辈辈的山峦，竟然焕发着这般绚丽的光芒！

在大洋彼岸的美国堪萨斯州，在意大利的佛罗伦萨，在澳大利亚首都堪培拉，身处地球另一端的海外华人和留学学子通过视频分享网站，被一座名叫"秦岭"的山脉所深深折服，他们不约而同却又情不自禁地发出这样的感叹：秦岭真美！陕西真美！中国真美！！

透过一幅幅精美绝伦的电视画面，原来曾经定格在世人脑海中

被风沙笼罩着的黄土高原，如今被充盈于眼帘中的诗情画意与荡漾在心田间的盎然生机所取代；从电视画面中所流淌出的，不止是山水画卷，更是一座山脉悠远深邃的前世今生，是一个民族魂牵梦萦的文化血脉……

创意点金

2010年元月14日，陕西省宣传部长暨精神文明建设工作会议在陕西宾馆隆重召开。会上表彰了2009年度全省精神文明创建活动先进集体和陕西省第一批道德模范，颁发了全省宣传思想文化工作创新奖。

隆冬的西安寒气凛冽，会场上却暖意融融。中共陕西省委书记赵乐际，省长袁纯清，省政协主席马中平，省委常委、省委秘书长魏民洲，省人大常委会常务副主任杨永茂等出席会议并为获奖代表颁奖。省委常委、省委宣传部部长胡悦主持会议。

会上，八集电视系列片《大秦岭》被授予"年度宣传思想文化工作创新特别奖"。评委会一致认为：《大秦岭》通过一座山脉，艺术地反映了一个省的文化、旅游、经济发展，让秦岭文化热成为今年陕西的头桩文化盛事。

省委常委、省委宣传部部长胡悦不无感慨地说："这部片子的原创实际上是省委书记赵乐际！是赵乐际书记首先提出构想，并多次当面交代宣传部同志：'一定要拍好这部片子！'"

赵乐际书记当时的命题，在胡悦部长的心中激起了浪花。他立即召集专题会议，传达了省委书记关于拍摄《大秦岭》的指示，并就《大秦岭》的拍摄工作进行了全面部署。陕西电视台旋即成立了以台长王广群为组长的"《大秦岭》项目工作小组"。

会后不到一周，赵乐际书记又在百忙之中抽出时间，专门听取了筹拍《大秦岭》的工作汇报，并对接下来的摄制工作提出了若干点建议。

在省委、省政府的高度重视下，省委宣传部马不停蹄地与陕西电视台在北京、西安陆续组织召开了专项工作会议十余次，经过多方反复磋商，终于确定了《大秦岭》的创作主旨，即通过介绍一座自然山脉，挖掘其人文内涵，讲述其对陕西、对中华文明乃至人类的贡献，展示人与自然的和谐，展示绿色陕西的新形象。

交响史诗

把握基调

一部好的艺术作品必定有一套科学的创作模式。《大秦岭》首先在创作团队上实现了"五星级"的阵容：从陕西省的省委书记、省长（总顾问），到宣传部的部长、副部长（策划、监制、统筹、出品），再到省级电视台的台长、副台长（出品、制片），构成了自上而下、贯通到底的创意执行通道，为作品的创作奠定了唱响时代主旋律、讴歌人类和谐价值观的艺术基调。

中共陕西省委宣传部副部长、省广电局局长任贤良对笔者说，近年来陕西电视业厚积薄发，创作成果丰硕，既有红色经典电视剧《保卫延安》、宣传电视片《舞动陕西》，还有民俗电视剧《关中枪声》、大型历史电视连续剧《大秦帝国》，目前电视系列片《大秦岭》继续在全国热播，接着还要推出《大陕北》，这全都有赖于陕西省委、省政府将文化体制改革当作"一把手工程"来抓，始终在探索如何突破文化产业发展瓶颈、促进文化产业繁荣，实现"文化强省"的战略目标。

中共陕西省委宣传部副部长、陕西省文联党组书记刘斌也不断强调，省上领导亲自组织剧本的研讨、作品的审看，提出了许多真知灼见和明确要求，并把它作为精品工程来精心打造。省委宣传部、省委外宣办、省电视台更是全力以赴，在人员经费上给予了保证。

内外兼修

在《大秦岭》的创作名单上，我们还看到了中央电视台的著名纪录片导演康健宁及其长期合作伙伴、导演蒋樾和段锦川，这一团队担当了总导演和创作总监的角色，具体拍摄则由陕西一流的纪录片摄制团队——陕西电视台国际部主任孙杰和导演杨光领衔。这种组合方式既有利于在创作上打破地域限制、拓展合作领域，又保证了该片始终不偏离其最终播出平台——中央电视台的具体创作要求，从而大大节省了制作成本、提高了拍摄效率。

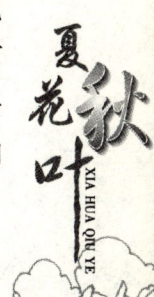

讲述人：王若冰
追溯时间：2008 年 9 月

呕心沥血的解说词撰写

经著名作家陈忠实推荐,陕西电视台国际部的节目统筹人郭敬宜拨通了长期考察秦岭的作家王若冰的电话,请他为《大秦岭》撰写解说词。

经过与导演康健宁的反复沟通,我担任主要撰稿人,为了写好稿子,我搁下了手头的一切工作,从单位里请了假,专心创作。我将多年来对秦岭的认知和热爱化为创作的动力,每天苦心构思、反复打磨词句,终于功夫不负有心人,大约半年之后我写的前四集完成了。

从《鸿基伟业》——中华农耕文明开始,对《天佑汉脉》——秦岭于中国版图中的地理位置与其对世界文明的贡献展开叙述,紧接着从佛教和道教文化的角度敲响了《盛世佛音》、点明了《高山仰止》的自然法则。在《感恩秦岭》一章中,着重介绍了秦岭水系对于中国 13 个王朝孕育与存在的灌溉,以及对近现代中国社会发展的哺育。第六、七两集,将朱鹮和大熊猫的保护与陕西在西部大开发中所作贡献,特别是自然保护相联系。最后,用浪漫的唐诗、超现实的画面,点燃了观众久违的激情!

讲述人:李　涛
追溯时间:2008 年 9 月至 10 月

浑然天成的音乐素材

《大秦岭》主题歌的词作者,上海电视台制片人、文学博士李涛,将 9 位唐朝诗人的千古名句巧妙集结;作曲家张大为则将宗教、鼓乐等长安音乐的古老元素融入歌曲当中,深刻揭示了"大秦岭"的自然韵味与人文内涵,意味隽永的歌曲,仿若从秦岭山脉中汩汩流淌出的清泉,沁人心脾,问世后被争相传唱。

这是康健宁导演的创意,我与千千万万热爱秦岭的人一样,只不过是将本来就存在于秦岭山水之间的美丽宝石串联了起来。

讲述人:杨　光
追溯时间:2008 年 10 月至 2009 年 10 月

艰苦卓绝的素材拍摄

经过1年时间,陕西电视台拍摄了120多盘磁带,每盘40多分钟,采访了101位国内外著名专家。

我们一共有3个摄制组:1个专访组和2个外景组。每个拍摄环节都在高标准、严要求下进行。访谈整理也是一件工作量巨大的事情。100多位专家的访谈,共整理文字100多万字,都是专访组亲手一个字一个字地在电脑上打出来的,再加上他们在国内多个城市奔波拍摄,可想而知其中的艰辛。两个外景组就更不用说了,跋山涉水,爬雪山钻森林,酷暑严寒、历经磨难,都是为了拍出一个不一样的秦岭!

《大秦岭》后期制作在西安北郊新桃花源山庄一个四合院内完成,历时2月。

余韵悠悠

2010年1月15日晚,《大秦岭》陕西卫视开播庆典在陕西电视台演播大厅隆重举行,中共陕西省委常委、省委宣传部部长胡悦出席。庆典上,中央电视台著名主持人赵忠祥和央视《朝闻天下》靓丽的陕籍女主播胡蝶领衔主持;来自全国的生态、水利专家纷纷走上舞台,畅谈他们对秦岭的感情、对《大秦岭》的喜爱;陶玉玲、吴京安、王茜华、郑钧等演艺界著名人士也欣然担当起"秦岭环保形象大使"……《大秦岭》的书籍、光碟等相关文化产品的出品单位负责人也来到庆典现场。陕西人民出版社社长惠西平对于即将付梓的、熔《大秦岭》解说词与图集于一体的书籍寄予厚望:"电视片《大秦岭》的播出在全国掀起了'秦岭热',我们专门为那些希望进一步感受这部影片,品味片中饱含文化内涵解说词的电视观众准备了潜心精编的文本,相信大家一定会喜欢!"

虽然刚刚完成其在央视十套的播出,《大秦岭》在陕西卫视重播时,依然魅力不减,受到各界观众的热烈欢迎。不同观众在看完该片后的感受也不尽相同,有人从片中读懂了陕西人的豪迈自信,有人看到了秦岭的雄奇险峻,也有人读出了中华文明之博大精深及其在秦地的传承繁衍。

著名作家和谷认为,"《大秦岭》的知识性与诗意并重,史实与现实对接,宏观与微观兼之,具象与抽象交错,构成了一部既有深刻的思想内涵、又有传统而时尚的娱乐精神,既有俯瞰天地、回望历程,又有面对现实、昭

示未来的启迪价值,既高雅又通俗的一部荧屏史诗。"

谈到《大秦岭》,著名文艺评论家李星感慨道:"陕人的祖父之山秦岭,是一本自然地理和人文地理意义上的大书,也是一部读之不尽、悟之不尽的天书,八集系列片《大秦岭》所做的虽然难得,但也仅仅只是一个宣传并保护秦岭的开始,是一部长剧的庄严序幕,更多更艰巨的工作还在后头。"

早在2003年,世界自然基金会在开展了一系列的关注秦岭活动后,宣布秦岭是"献给地球的礼物";2005年,《中国国家地理》杂志将秦岭命名为"中国人的中央国家公园"……随着人们对秦岭重要性的认识越来越清晰,在多方努力下,促成了2007年陕西省十届人大常委会第三十四次会议审议通过的《陕西省秦岭生态环境保护条例》,这是我国首次为一座山脉而立法!2009年6月至9月,陕西省人大执法委员会还专门就该条例的贯彻执行实施了专项监管行动……

今天,当北京中关村的一位高级白领,一边冲泡着咖啡,一边打开电视机时,或许会在无意间看到一则关于秦岭的故事,而产生一种想要流泪的冲动:为了保护被称为"东方宝石"的濒于灭绝的朱鹮,洋县自然保护区一带的山民们,长年在农作中放弃使用农药和化肥,承受了减产70%的损失;佛坪三官庙一带的百姓们,为了"国宝"大熊猫能不受打扰地生息繁衍,数次迁移自己的家园。这位白领的盈盈泪光,转而投射到她手中那杯还冒着袅袅热气的咖啡上。这杯冲泡咖啡的甘甜之水,原来也是从秦岭山中流淌而出!她在想,那汇聚着叮咚清泉的群山,那奔腾流淌着的滔滔江水,还有沿江那些可亲可爱的人民,他们,作出了多么大的付出啊!这是陕西对世人的无私奉献。

秦岭流淌而出的河流穿过漫漫岁月,浇灌了中国历史金色的童年和英气勃发的青少年时代。十三个封建王朝在秦岭北麓的渭河岸边,花开花落,演绎了数千年的风云大剧。透过历史的辉煌,我们似乎还能想像出当年秦岭山脉那青春伟岸的身姿和渭河河水蜿蜒前行的壮阔身影。

有人说,秦岭北麓的渭河承载着中国的历史,而南麓的汉江则牵系着中国的未来。面对跨越千年时空至今还在恩泽人类的秦岭山河,除了丰富的联想和深深地感恩之外,对于秦岭,我们又应该做些什么呢?

(见报时间:2010年1月27日)

报告文学篇

当梦想照进现实

到达西安医学院位于未央湖畔的北校区时，我们的车辆被挡在了门外。门口的保安说，校内正在进行学院的学生冬季长跑比赛。

校行政楼在学院东南。沿着迤逦的林荫道向前走，四周校园壮阔旷达，三三两两身着天蓝色运动衣的参赛学生，不时掠过我们，从道旁小树下奔跑而过。

院党委叶孟理书记的办公室宽畅大气。玻璃窗外，是在冬日午后的薄雾中隐约浮现的浐灞河滨。萧萧落木，衰草离离。"再过两年，这里会是一番花团锦簇、万紫千红、落英缤纷的景象。那时，世界园艺博览会将在这里举办。"

谈起从西安南城的含光校区转迁扩建于此地，谈起未央新校区的发展规划，叶书记意兴甚浓，对学院的拳拳爱心溢于言表。

身为哲学教授的叶孟理，在哲学史研究领域造诣颇深，曾出版有《欧洲文明的源头》、《弗洛伊德传》等讲述人类思辨历程的著述。近年来，这种习惯于对面临局势进行哲学分析的头脑，更多地用在了在其担任领军人的医学院校中践行人文强医、科研强教、医术强校的办学理念上。而这一理念的具体体现，就是要将营造人文氛围与专业教学结合在一起，注重以文化育人。

实际上，作为一家文化艺术类的专业报纸，我们此次采访的目光，会更多地投注于在这所学院中设立的校园摄影协会及其所开展的风生水起

的摄影活动上。从本报的专栏作家和专栏摄影家王矿林先生那里,经常听到他对该学院叶书记所创作摄影作品的夸赞,以及在叶书记带领下,如火如荼的校园文化活动对该院教书育人的强力促进。

从雅典开始的思绪

西方哲学史中,有一个永远不可回避的地域——雅典。苏格拉底、德谟克利特、柏拉图、亚里士多德……这些光华四射的智慧之名,在历史的长河中,就永远地闪耀于雅典的苍穹。作为医学院校的领导者,叶孟理从雅典开始的思绪,停留在了一个小岛上。在这座位于爱琴海的科斯岛上,有一棵巨大的梧桐树。人们说:这棵梧桐树的枝叶足以覆盖整个爱琴海,足以让希腊与罗马乃至整个人类受益无穷,这棵生命力旺盛的大树,给人类带来了一片道德绿荫。

这是因为,这棵梧桐树,是全世界医务工作者景仰的"活着的历史文物"。传说在公元前5世纪末,希腊立志从医的年轻人都要在梧桐树下宣誓,这段誓词就是著名的"希波克拉底誓言"。

希波克拉底被称为"西方医学之父",是迄今为止整个医学史上最伟大的人物之一。希波克拉底誓言的影响力,远远超出了医学范围,成为人类职业道德、事业良知的代名词。

南丁格尔,是西方医学史上另一位熠熠生辉的伟大人物。这位1820年生于意大利佛罗伦萨一优裕家庭的英国女子,受过高等教育,博览了许多文学名著,通晓历史、哲学、数学,并擅长音乐与绘画,精通英、法、德、意四门语言。当时,许多参战士兵返回英国后,把南丁格尔在战地医院的业绩编成小册子和无数诗歌流传各地。有一首诗,在50年之后,仍在英国士兵们重逢时传诵。

叶孟理同样注意到了一位堪称中国医学史、乃至世界医学史上璀璨明珠的伟大医者林巧稚;注意到了她那颗在追求"平等、自由、幸福"善良心灵勃动下而展示出的辉煌人生。

以人文培育为基奠的理念

将哲学思维、人文教育引入医学教学管理,与医学教育进行最大限度的融合、渗透,充分重视当代医学生的人文理念培育与人文素质培养,是叶孟理一以贯之的持久追求。

在不断地对医学与人文学科交融、比对的反复思考中,叶孟理提出了在医学院的教学管理工作中引入人文理念,在医学生中推行美学教育的思路。

叶孟理认为,成为大师,或为每位投身医学事业的学子所毕生追求的目标。然而,大师与匠人的区别,绝不仅仅体现在技术中,更体现在精神境界上。如果一名医生把医学当成了纯技术活,就注定只能是一名匠人,而无法成为大师。

在采访中,叶孟理对记者强调说,作为人文学科重要组成部分的美学教育,具有较强的社会价值,可以培养人们欣赏和创造美的审美心理,提高人的审美力和创造力。医学生将从事的专业是与人的生命打交道,具有较好的人文和专业素养,是成为一名合格医生的基础条件。美学教育,在医学生成才过程中,培养其具有良好的人文素质,并促进其专业修养,有着举足轻重的作用。

也许是进行过反复深入的思考,言及医学生中的美学教育,叶孟理侃侃而谈。他认为,美学教育是实现素质教育不可缺少的环节之一,作为当代医学生,除了应扎扎实实地掌握专业知识外,还应通过美学教育来培养其整体思维能力、空间想像力和创造力。美学教育不仅可以加深医学生对历史、社会生活、文学常识的了解,而且还会影响他们的审美观、人生观和价值观。

当梦想照进现实

其实,这种对美的理念、美的表现、美的事物的追求,可以追溯到叶孟理的少年时期。

少年的叶孟理怀揣梦想,这个梦想是乘着文学艺术的翅膀飞翔。在苍茫秦岭山脉一块青翠的皱褶中,在朱鹮的故乡,十几岁的小孟理,曾在山乡烛火的映照下,翻烂了一本又一本文学读物。在上世纪70年代末的"科学春天"里,刚刚进入大学中文系读书的他,便成为了洋县文化馆的业余作者,并拜享誉省内外的陕南籍著名作家周竞为师。至今,叶孟理还难以忘却那一本本散发着油墨香味的铅印刊物《洋县文艺》;这本装帧简陋的

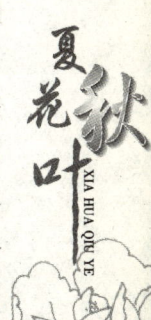

杂志,仿若一叶扁舟,承载着叶孟理,驶向文学艺术梦想的彼岸。

让叶孟理记忆犹新的往事还有,当他模仿当时风靡全国的《长征组歌》形式,创作并组织演出了《学大寨组歌》时,在所处学校所引起的巨大轰动;而身为校学生会主席的他,也赢来了无数钦佩的目光。

与摄影结缘,是一次工作任务使然。那是 2003 年,时任陕西理工学院院长的他,参加由陕西省政府组织的代表团,赴香港开展"陕港经贸合作周"活动。那次叶孟理的任务,是向大会介绍、推广陕南秦岭巴山山地中草药的研发与合作项目。一架 2000 元的数码相机,成为他须臾不可离身的"至宝"。

让叶孟理讶异的是,那些漫山遍野生长着的、一岁一枯荣的株株中草药草本,透过他的镜头,在光线、色彩、背景的润泽下,竟然在电脑屏幕上呈现出绰约的风采,令人惊艳。

从此,便一发不可收拾。叶孟理对摄影艺术的热爱与日俱增。从陕南光雾山,到川西九寨沟;从山丹草原的骏马,到门源盆地的油菜花;还有武夷山的碧峰云海,闽南古村的茶馆戏园,陕西富平陶艺村的制陶工艺,无不在他的摄影镜头下,绽放出瑰丽鲜活的光彩。

当梦想照进现实,叶孟理开始思考并逐步实践,在所在高校的美学教育中,吸纳摄影技巧及摄影作品欣赏等诸类课程。从那时起,叶孟理的案头和书柜中,除了哲学、管理学及医药学书籍外,讲授摄影的著作也开始多了起来。目前,在他的身先士卒、率先垂范之下,西安医学院师生中的摄影爱好者越来越多,节假日、休息日、课余时,未央湖畔、灞河岸边、古城墙下、林荫道旁,常可以看到师生们拿着相机抓取镜头的身影。校园摄影大赛也已先后举办了两届……

采访结束。辞别叶书记后,我们向校外走去。暮霭降落,灯光亮起,校园长跑已然结束,学生们拿着饭盒,一群群地向食堂走去。他们,将伴同着道旁那些尚还幼嫩的小树,一起成长。当然,是在那充盈、弥漫于整个校园之中的美的氛围里。

(见报时间:2010 年 1 月 13 日)

报告文学篇

阅兵场上走来的"倚天执剑人"

进入十月中旬,北方的天气逐渐凉了下来,唯有一个地方余热不断,那就是8000余名官兵、500余台地面装备和150余架飞机组成的56个方(梯)队走过的天安门广场。

新中国成立60周年举行的国庆阅兵和群众游行活动是历史上最盛大的一次,中国政府希望传递一个明确的信息:中国已经作为世界上不可忽视的力量再次崛起。

本次阅兵突出展示了核导弹和中国自主研制的高科技武器,进一步表明中国被外国列强欺凌的历史将一去不复返。

——法新社 10月1日

在新中国的历史上,一共有14次国庆阅兵。然而直到1984年,解放军第二炮兵部队才在阅兵式上首次揭开了神秘面纱,从此,便成为国内外解读中国国庆阅兵的焦点。

然而,这支神秘之师,始终"犹抱琵琶半遮面",仅仅在历次阅兵中展示其装备部队。

甲子国庆阅兵,解放军第二炮兵学员方队赫然出现在天安门广

场,实现了二炮徒步方队国庆阅兵式、分列式"零"的突破。

作为我国战略打击力量的主体,二炮对保卫国家安全、维护世界和平发挥着"四两拨千斤"的重大作用。在军事领域,有这样一种美誉——如果说战略导弹是国家佩剑,那么战略导弹部队就是倚天执剑的英雄。

"剑"有多锋利?须看"执剑人"!

10月15日下午,我们有幸采访到了第二炮兵学员方队副队长兼总教练梁军中校。提起二炮参加阅兵,他记忆犹新;方队中每一名队员的名字,他脱口而出;每一段不为人知的阅兵故事,他如数家珍。

只问耕耘 不问得失

"我们像种子一样被培养孵化,撒向各个部队的土壤去生根、发芽。"

2008年11月初,梁军所在的解放军第二炮兵工程学院接到了一项极其特殊的任务:在2009年国庆阅兵式上,第二炮兵部队将组成徒步方队接受国家领导人和13亿中国人民的检阅。

梁军回忆道,"接到命令之后,二炮的领导立即组织专门班子开始挑选方队的教练。备选范围包括学院里专门从事队列教学工作的教员和部队基层优秀军事指挥员。我毕业于指挥院校,经历了多年各级指挥员职位上的锻炼,又有军务参谋组织指挥院里每两年一次的阅兵式经验,因此,是比较有优势的。"

2008年11月底,经过反复筛选和考核,梁军凭借出众的指挥员气质和指挥训练能力当选为总教练。随后,他带领15名优秀的教练员,参加了全军阅兵教练员骨干集训,接受了三军仪仗队的专门培训。梁军形象地比喻说:"我们像种子一样被培养孵化,撒向各个部队的土壤去生根、发芽。"

一个月后,按照全军阅兵选拔标准,一场前所未有的队员"海选"在第二炮兵工程学院、第二炮兵指挥学院和第二炮兵士官学院中展开。

这三所著名的军事院校,以培养战略导弹专家和指挥员而闻名。

正在这里就读的年轻军官和学员们,从课堂里的大一新生到实验室中的研究生,凡身高在1.77米-1.82米之间的男生,纷纷踊跃报名参选。经过层层选拔,截至2009年元月份,500名从身高到腰围,从外貌到学识,从体格到心理素质均达到阅兵标准的幸运儿进入了"预备队员名单"。

在随后的4个月中,这些预备队员全身心地投入到挑战身体极限的艰苦训练中,在经受了体力和意志的双重考验后,有近五分之一的队员被淘汰。

金戈铁马　始于足下

"我们的学员将来是要去深山密林,去大漠戈壁中执'剑'的,他们选择了军校,就意味着选择了一种精神追求,选择了充满历练的人生。"

镜头回放:2009年元月　西安

2009年元月的一天,队员倪帅帅在学校操场上站了两个多小时军姿,他身材挺拔,模样俊朗,胸前的校徽上写着:解放军第二炮兵工程学院。

这所高等军事院校,曾走出去70多位将军。它地处幽僻的西安市东郊,东依骊山、西邻灞水,景致甚为稀罕。可是,隆冬时节,寒气尤为逼人。

又过了一个小时。站在由500多人组成的方队中,倪帅帅偷偷瞄了瞄周围的队友,又用指尖感觉了一下手掌与裤缝之间的扑克牌,轻轻舒了口气。在他的幻想中,自己的血肉早已经被寒气所冻结,裸露在风中的皮肤,是疼是冷已然无关紧要了。然而这时,刺骨寒风,在他的眼眶里扫来扫去,泪水涌了出来,令他不知所措。

忽然,一道白光从他眼前闪现,嗡嗡声中,便什么也不知道了……

元月份,西安的气温降至零下7摄氏度。500名预备队员正在接受一项特殊的训练。"我们安排了户外军姿站立训练。要求2小时不动,4小时能正常行走,6小时不倒。"梁军介绍说,"倪帅帅第一次

站军姿时1个小时后就晕过去了,但是,第二次训练时,这个男生凭借顽强的意志,一站就是3个小时!我特地点名表扬他,可是,刚答完'到',他就晕过去了。"

除了能在恶劣的环境中长时间站立以外,站姿要求也颇为严格。比如,在领口两侧、前后各扎一枚大头针,脖子稍一晃动就会有不适反应;在两手与裤腿间,两膝之间各夹一张扑克牌,一旦掉下来便自动出列;用橡皮筋在后背绷住一个"T"型架,促使脊柱保持"S"型。

"在那种低温的环境中,学员们穿着军装,手、脸都露在外面,站上个把小时就冻僵了。有的孩子脸冻得煞白,你拉他下来他却不肯,我们的队医只好在旁边盯着,看哪个情况不对了,赶紧劝其休息,实在不行就硬拉下来!"梁军描述道。

那些自身生理曲线不好,或是动作改进得较慢的队员不久便遭到淘汰。"到了4月份,我们已经淘汰了100多人。这个过程尽管残酷,但是阅兵训练容不得一点马虎!我们的学员将来是要去深山密林,去大漠戈壁中执'剑'的,他们选择了军校,就意味着选择了一种精神追求,选择了充满历练的人生。"

居安思危 有备无患

"他们在部队成长,深知阅兵仪式对于二炮部队意义何在。"

镜头回放:2009年5月 北京

位于北京市昌平区的沙河阅兵村,距离市中心50公里。我国1984年和1999年两次阅兵式的徒步方队驻地都设在这里。阅兵村有2300米的跑道,这些跑道被划分为14段,14个徒步方队各有长150米左右的跑道可供训练。

跑道被铺上一层细黄沙,任何印记都清晰可见。14个方队挨个沿着跑道走,每走一遍,都有考官拿着尺子测量。哪个方队的队列不齐、步幅不准,都能看得一清二楚。

"他们在前面'啪啪啪'地走,我的心脏就'扑通扑通'地提到了嗓子眼儿,血压也"蹭蹭"地升了上来。"没有高血压病史的梁军自进入阅兵村后,低压就再没有低过100mmHg。

阅兵训练前期的保密性，使梁军不得不在9岁儿子病重的情况下依然"不肯见儿子一面"，妻子肖坤经单位领导特批专程来京探望，但是，终究是在电视上看到丈夫的。

在阅兵村，80%的二炮队员出现了尿血症状；70%以上出现膝关节、踝关节和腰椎疼痛；还有2名队员发生疲劳性骨折。

在阅兵村，100多名二炮队员火线入党。

"早在二炮进驻阅兵村前，部队领导便提出了'三条禁令'：不提倡极限训练，不允许带伤训练，不出现体罚训练。"梁军介绍道，"虽说军令重如山，可谁不清楚我们这个团队背后就是二炮人的集体荣誉啊！教练和队员，哪一个的压力不大呢？"

他补充说，在这个方队中，本科和研究生学员占63%，硕士有23名。而且，他们全部为"80后"、"90后"，最小的才18岁。"队员们都是从实验室、从计算机程序员岗位中走出来的，你说计算个轨道速度，编写一套语言程序，谁都不在话下，可是谁有过如此枯燥艰苦的训练经历啊！但是，他们在部队成长，深知阅兵仪式对于二炮部队意义何在。"

有外国媒体声称：中国国庆阅兵"太不可思议了，太政治化，花费也太贵"；还有国外媒体直接将矛头对准国家，称国庆阅兵式显示了"中国毫不掩饰地增强军备的野心和实现'军事大国化'、'军事世界第一'的目标。"

而在中国，国庆前后热播的国产电影《建国大业》有这样一段情节：

《义勇军进行曲》将被选定为新中国的国歌。有人却提出，"中华民族到了最危险的时候，每个人被迫着发出最后的吼声"应该作以修改，理由是：新中国都成立了，"最危险的时刻"已经过去，何必还这么唱呢？此意见遭到包括毛泽东、宋庆龄在内的国家领导人的强烈反对！

在中国人的传统观念中："居安思危，思则有备，有备无患。"

梁军表示，当今世界，并不缺战火，缺的是和平。一支强大的战略威慑力量对于保证国家稳定发展，维护国家的统一与世界和平意义重大。

"中国政府对于核武器的态度也是十分明朗的，向全世界郑重声

明：在任何时候、任何情况下，都不会首先使用核武器，不对无核武器国家和无核武器地区使用核武器。如果遭到核袭击，将毫不犹豫地实施核反击！"梁军语气颇为坚定。他很快将话锋一转，继续为我们介绍那些令他感到骄傲的队员们。

"有两个孩子，叫阮泉和张圆，他们的脚骨骨折了，却瞒着教练继续练习，结果有一天脚肿得连靴子都脱不下来了。还有的队员担心自己的成绩不好被刷下来，焦虑、烦躁、失眠，半夜爬起来去操场训练，被我们发现后拽回来命令其休息！"

姚二亮是二炮学员方队年龄最小的队员，2009年9月8日，他在阅兵村度过了18岁的生日，特地在日记中写道：

今天是我18岁的生日，部队领导给我举办了成人仪式。他们说，我18岁生日一过，就意味着受阅队员全部成人。看来，我是方队最小的兵了。

成人了，不自觉地回忆些往事。在工程学院接到组建二炮学员方队参加国庆阅兵的重大任务时，我第一个报了名。当时，有的战友问我，为何放弃学业来参加这么严酷的训练，能坚持下来吗？我说，虽然我还未满18岁，但这并不代表我经受不了考验！

北方的天气很冷。记得有一回，我感冒发烧，分队长坚持要我下来休息，但我还是咬牙挺过了那漫长的三个小时。最后单兵考核，我通过了，终于迈入阅兵村。在这里，我不仅学会了标准的队列动作，还收获了人生的意义。就这样一步一步，迈着齐步，踢起正步，步入了我的18岁生日。这个生日并不平凡，作为成长的礼物，18岁是我最奢侈的一个生日。

杨光是方队的另一名队员，他用笔记录了在天安门参加第一次合练的心情：

期盼已久的一天终于来了。那是第一次合练，我坐在大客车上的靠窗座位，心跳不已。两个小时行程，却如此漫长，我们终于到达了合练目的地。

我们顺利地通过了观礼台，跟在我们后面的就是装备方队，各种型号的坦克车、飞机、导弹发射车，伴着巨大的轰鸣声，铁流滚滚，无比威武。此时此刻，我血液沸腾，心潮澎湃。我是这威武雄壮队伍中的一员，作为一名火箭兵，我深感光荣和自豪。在祖国生日那天，我一定不辱使命！

就在这一天，导弹防护服上那中华热土的棕黄与巍巍青山的墨绿，从祖国的崇山峻岭传遍了世界的每一个角落。

10月1日，全世界都透过电视聚焦中国国庆盛大阅兵式。

"除了压力还是压力。我一整晚都在揣摩第二天的细节，生怕哪儿有漏洞。大家练了这么久，出了错就是我的责任。"回忆起阅兵的前前后后，梁军一直在强调"责任"这个词。

"火箭兵的责任就是坚守在密林深处、深山之中，为保证国家的和平发展贡献自己的力量。"梁军说道，在二炮官兵眼中，和平年代的军人虽然无法驰骋疆场，但是，"为维护国家发展提供安全保障和战略支撑，为维护世界和平与促进共同发展发挥重要作用，这就是我们战略导弹部队在和平年代义不容辞的责任！"

镜头回放：2009年10月1日　北京

梁军彻夜未眠，他又看了看表——4点20分，便一骨碌爬了起来。

晨露洒在怒放的三角梅花瓣上，折射出橘红的光线，打破了最后一抹夜色。解放军第二炮兵学员方队的训练营前，集合的哨声划过天边。

凌晨5时整，北京沙河阅兵村的一排排板房次第亮了起来。

22岁的满族男孩儿那寅已经有300多天没摸过《流体力学》的课本了，他的脸庞，像从西安带来的白吉馍一样，被京城的太阳灼成了烤鸭色。

梁军正带着十几名教练员，帮那寅和他的队友们勒紧腰间的皮带，然后，逐一系成死扣。

站在方队中13排21名的倪帅帅，手持95式自动步枪，目光笃定，英姿飒爽。

在雄壮的《中国人民解放军分列式进行曲》的音乐伴奏中，他和战友们在心中唱响了"向前！向前！向前！我们的队伍向太阳，脚踏着祖国的大地，背负着民族的希望，我们是一支不可战胜的力量！"

领队那寅，一股热血从胸腔涌起，奋力吼出"向右——看！"

352名队员口号震天，好似隆隆驶来的战车，排山倒海，势不可

挡!

　　在天安门城楼的庄严注视下,14排25列方队横似城墙、纵如长城,仿佛倚天长箭,蓄势待发!

　　就在这一天,导弹防护服上那中华热土的棕黄与巍巍青山的墨绿,从祖国的崇山峻岭传遍了世界的每一个角落。他们,是执掌祖国神剑的英雄!

　　就在这一天,现代化的科技国防风貌注入了威武雄壮的军魂,它向世人昭示——共和国的"倚天执剑人",正用他们的智慧与热血,为世界今日的和平与明日的发展做出不可磨灭的贡献!

(见报日期:2009年10月21日)

采访梁军中校(右)(左为本报特约撰稿人王矿林先生)　　贾英/摄

报告文学篇

"俄罗斯情结"的活化石

1962年夏,西安外国语学院俄语系一名刚满20岁的大学生,满怀激情地用标准的莫斯科音向全班同学朗诵他毕业前的最后一篇俄文作文,标题是《普希金文化哺育我们成长》。

47年后,2009年夏,时年67岁的他主编出版了中国第一部汉俄双语对照的缅怀中俄友谊的散文集,书名是《情系俄罗斯》。

这位执著的大学生,就是翻译家、散文家、喜剧美学家陈孝英先生。

怀着一腔好奇,我们前去采访了陈孝英,走近了他以及他周围一批同样执著的俄语人和非俄语人,也走近了那本长达538页、50余万字的散文新著——《情系俄罗斯》。

1

要说这本书,就离不开上世纪中期中苏文化交流的"蜜月"。提起这个话题,陈孝英侃侃而谈:

"在人类文化交流史上,中俄文化交流是一个奇迹。尽管它较之中印文化、中西文化交流开始得晚,但1950年代,由于新中国实行'一边倒'的方针,俄苏文化如决堤之水涌入华夏大地,给几代知识分子的审美观、价值观、世界观留下了终生抹不掉的痕迹,造就了新中国第一代知识分子(即1950年代入学的大学生),特别是一批俄语工作者挥之不去的'俄苏

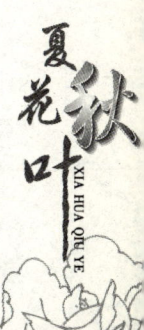

情结'。"

这种"情结",最直观地表现为陈孝英对俄语持续了半个世纪的痴迷。他满怀激情地告诉我们:

"俄语是我一生中听到的最迷人的语言,这种迷恋之情珍存至今。近年来尽管已经很少说俄语了,但一有机会还是渴望当众背诵高尔基那摧枯拉朽的《海燕之歌》;那年前往位于中俄边境的黑龙江省同江市出差,我特意让东道主为我请来俄国姑娘进行俄语对话;来华讲学的俄国教授称赞我的俄语发音,我竟兴奋得像荣获了什么大奖似的;时至今日,我重听前苏联功勋演员在莫斯科大剧院的朗诵唱片,居然还能掉下眼泪……"

著名作家陈忠实为这种"情结"提供了自己的版本。《情系俄罗斯》出版后,陈忠实对陈孝英说:

"咱俩同岁,你长我半岁,我得叫你'老兄'。咱俩还有另外两个共同点:都是喝小米粥长大的;都受到黄土文化和俄苏文化两种伟大文化深深的熏陶。当然,也有不同之处:俄苏文化你是用俄文直接吸收的,而我是用汉语间接接受的。

"俄苏作家是我最敬佩的作家群之一,俄苏文学对我的创作影响十分深刻。特别是他们坚持寻找独特的体验,具有济世救民的使命感和与生俱来的悲悯情怀,使我引为同道。在托尔斯泰墓前'林中那块阳光明媚的草地'上,我之所以感到'竟有点不知所措',就是因为对托尔斯泰及其同行者们'不朽的灵魂'怀揣着一种发自内心的尊崇感。"

2

2008年冬,当陈孝英获知,2009年,在隆重纪念"中俄建交60周年"之际,将举办"中国俄语年",一个大胆的计划便在他心底开始悄悄地酝酿了。

怀着重圆俄罗斯情结的热望,他于是年12月回到了已阔别10个年头的第二故乡——陕西。

先找到几位同年级的校友,再去拜访陕西省译协和作协的主要领导(目前他仍担任着这两个协会的顾问)。经反复磋商,决定以省译协和省作协(后改为中俄友协与陕西省译协、陕西省作协)的名义编印一部陕西以及全国俄语人和非俄语人共同记录一代中国知识分子俄罗斯情结的汉俄双语对照纪念文集。

讨论书名时,陈孝英想起了大学毕业前那篇作文的标题,一经提出,竟获到场者的一致赞同。但说到汉语书名,就犯难了,因为把这句话变成俄文,怎么翻译都不像个书名。正在一批俄语人一筹莫展之时,学英语出身的省译协副主席兼秘书长马珂冷不丁甩出一句话:"我看不妨叫《情系俄罗斯》!"

马珂本人恐怕也未曾料到,他此言一出,竟成全了本书的一大趣事:一本中国人编写的汉俄对照文集,先定俄语书名,再由一位非俄语工作者"译"成汉语,而且汉俄两个书名竟互不搭界。

为本书撰写前言的难度就更大了。这一光荣任务落到了陈孝英和他的大学同窗、省译协名誉主席陆栋的头上。陈孝英先起草了一稿,主要讲中国知识分子的俄罗斯情结。陆栋阅后,感到"高度和力度均显不够",便捧来一叠党中央和民革(陆曾任民革陕西省主委与省政协副主席)谈"精神家园"的文件资料,建议从"俄罗斯文化是建设中华民族精神家园的宝贵资源"这一角度加以改写。当时陈孝英正在省二院住院,经常被病痛折磨得彻夜难眠,于是他权将这些资料当作镇痛剂来服,连夜囫囵吞枣地读完后,费了九牛二虎之力,总算写出了二稿。送陆栋时,他顺附一函:

> 栋兄:
> 于病榻上悉心领会中共与贵党两党的文件以及阁下的意图,勉为其难改出了二稿,今奉上,请阅示。吾兄你看着办吧,反正愚弟已经是陕马(鄙人属马)技穷了。
>
> 孝英顿首于省二院

在陈孝英的印象中,此文是近年来他写得最吃力的一篇,虽经陆栋精心修改,印出后仍是反应平平。接受采访时,陈孝英半幽默半无奈地对我们说:"看来,吃力的往往不讨好,这恐怕是一条规律。"

3

在《情系俄罗斯》出版后召开的首发式上,陈孝英代表编委会介绍本书编纂情况时讲到一个情节,使在场者无不动容:

"我永远不会忘记本书付梓前那动人的一幕:编委会中的'四老'(窦光宇、王意强、杨德新、李四海)顶着古城长安多年未遇的酷暑,整整两个半天蜷伏在只需支付28元座位费的廉价书吧里的一张大桌子前,一页页、一字字地校阅完500多页汉俄对照文稿,其中一老望着像小山般堆起的一大摞清样,自嘲道:'这下总可以"盖棺论定"了吧?我算了一下,咱们四位的年龄加起来已超过140公岁!'当这条黑色幽默短信显示于我的手机屏幕时,我的心颤抖了。因为我知道,这四老中,有两位数日前才病、伤初愈,而另外两位则是靠心脏起搏器和白内障手术后不久的眼睛在勉力支撑着。"

接下来是省作协党组书记雷涛发言,他要求陈孝英将这"四老"逐个介绍给大家,并表示想请他们"坐在一起吃一顿饭",向他们颁发省作协文学翻译委员会顾问的聘书。雷书记充满激情地说:

"他们不仅是俄语人的代表,也是中国知识分子高尚情操的代表。我们总是说要向工农兵学习,这当然是正确的,但是不是也应该向这些优秀的知识分子学习呢?"

话音未落,全场爆发出雷鸣般的掌声,这掌声既是给"四老"的,也是给雷涛书记的。

4

经过半年多的努力,《情系俄罗斯》这部惊动了国内外100多位有识之士的汉俄对照巨著,经过十多位"义工"无数次不厌其烦的增删、修改、校订,终于可以定稿了。可是,怎样才能将它送到中俄两国高层领导人的手中呢?

7月底,陈孝英带着仍散发着油墨清香的最后一遍清样和几十位编委的殷切嘱托,回到了一别就是半年的北京。年近七旬的他顶着骄阳,拖着病体,提着沉甸甸的一大摞清样和同样沉甸甸的嘱托,来回奔走于散落在京城大街小巷的大小机关:"俄语年"组委会、"中国人唱俄语歌活动"组委会、教育部、文化部、广电部、各外语院校、欧美同学会……

"皇天不负有心人",正当陈孝英快要绝望的时候,他遇到了一个人。此公姓马名春途,系人民解放军空军司令部的一位资深俄语翻译,在他的诸多头衔中恰好有一项叫"欧美同学会留苏分会副会长";而该会的会员中有一位姓刘名恕的,其众多头衔中又恰好有一项叫"中国俄罗斯友好协会常务副会长"。于是,经马、刘二君热情牵线,陈孝英找到了中国人民对外友好协会和中俄友协会长陈昊苏。二陈一拍即合,陈昊苏不仅拍板由中俄友协与陕西省译协、作协共同编辑、修订、出版该书,而且同意出任总顾问,并以诗人特有的激情,为该书写下了这样热情洋溢的题词:"俄罗斯情结/热爱自由的追求/创造文明的感受/难以割舍的温柔/乐于回报的拥有"。

9月23日晚,中国人民对外友协宴会厅传出一阵阵欢声笑语,对外友协和中俄友协欢迎俄中友协代表团的招待会气氛十分热烈。陈昊苏会长将沉甸甸的《情系俄罗斯》递到以季塔连科院士为团长的俄中友协代表团成员和俄驻华大使拉佐夫手中,几十位俄罗斯朋友惊叹不已,争相传阅,陈孝英的眼睛湿润了……

9月25日晚,人民大会堂三楼金色大厅灯火辉煌,庆祝中俄建交60周年招待会正在进行。陈孝英代表编委会将沉甸甸的《情系俄罗斯》赠送给全国政协主席贾庆林,贾主席连声称赞,这时陈孝英的目光又一次模糊了……

陈孝英为《情系俄罗斯》所写的文章——《情殇》中有一段话,或可为我们解读他这种非同寻常的激动提供一把钥匙:

"意识形态把我们拆开,文化使我们又走到了一起。这个星球上纵有千变万变,我们的俄罗斯情结就像一只'高傲的海燕',凌空穿越了意识形态的层层乌云,实现了超时空、跨世纪的永恒。"

陈孝英透过朦胧的泪光,恍惚又看见了五天前那一个场景:

9月20日11:00,陕西省图书馆贵宾室,《情系俄罗斯》首发式。西安外国语大学俄语系主任赵红和陕西师范大学俄语系主任孟霞正在朗诵从该书中节选的一组优美的散文的俄文片断,当她们用标准的莫斯科音读出那部散文集的俄文书名《情系俄罗斯》时,陈孝英觉得,朗诵这句宣言般

113

的书名的不是两位可爱的小师妹,而是他自己。他仿佛穿越了47年的时光隧道,返回学生时代,此时正在代表新中国第一代知识分子,向世人深情展示一种伟大的文化对另一种伟大文化惺惺相惜的美好情怀。

他含着泪笑了。青年时代播下的俄罗斯情结的种子,历经半个世纪的孕化绽放出骄人的花朵。一本书圆了一个梦,竖起了一座碑,而那圆梦和竖碑的过程本身,则犹若一块晶莹剔透的活化石——"俄罗斯情结"的活化石。他和他的同窗、同仁、同好们能为中国知识分子难以割舍的美好情结充当代言人,心中充满了自豪和欣慰!

(见报时间:2009年10月14日)

在托翁庄园里　　　　　　　　　　张虹/摄

一诗唤得《鹰魂》出

2009年10月1日，北京。

阳光灿烂，繁花似锦，气势恢弘的天安门广场，盛大的国庆阅兵正在举行。

英雄的中国军队在这里集结，自豪的中国人民在这里欢聚。

看那！"激情的天空、诗意的伞群，由特级英雄黄继光生前所在部队组成的空降兵方队正威武走来。祖国和人民不会忘记，汶川大地震中，人民空降兵在5000米高空的舍身一跳，以大无畏的牺牲精神，生动诠释了人民军队的根本宗旨，展现了新一代空降兵履行使命的无限赤诚。"

主持人充满激情的解说词，回荡在祖国的辽阔大地，回荡在亿万人民心中！空降兵首次组成了空降兵方队、空降兵战车方队、直升机梯队，同时参加地面和空中受阅。

此情此景，让当时正在四川茂县进行采访、空降兵出身的陕西作家袁银波激情澎湃，不能自己。

此次前来茂县，是正在创作我国首部描写空降兵战斗生活的长篇小说《鹰魂》的袁银波心中酝酿已久的一个计划。

此刻，袁银波想起了令他、令全国人民永远难忘的2008年5月——那个天摇宇动的日子，那段山崩地裂的岁月。

特大的汶川地震过后，作为《文化艺术报》记者的我，每天都在思考

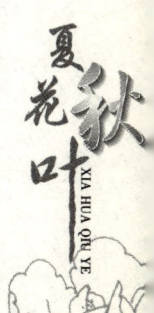

115

着,究竟怎样才能以实际行动支援灾区人民进行抗震救灾呢?怎样才能呼唤一种强有力的抗击自然灾害的民族精神呢?我想到了诗歌,利用这种简便快捷的文艺形式,不是最好的办法么!但是,它必须快,必须新颖,必须感人……又有谁能担当如此的重任呢?我想到了在我们陕西文坛素以"快手"、"多面手"而著称的作家袁银波。只不知,正忙于写长篇小说的银波,现在还写不写诗呢?于是,我拨通了银波的电话。银波与我相识极早,由他撰写我任责编的长篇历史小说《秦宫秘史》,曾被改编成29集电视连续剧《乱世英雄吕不韦》,成为当时全国收视率最高的电视剧之一。我们也还有过其他成功的合作。没想,对于此次约稿,银波十分痛快地答应了。这时已到了2008年5月19日深夜。

次日上午,银波即把自己连夜赶写的诗歌《妈妈 孩儿请您原谅——一位抗震伞兵的遗嘱》亲自送到了报社。这首诗,写了5·12大地震中党中央与中央军委的紧急部署,写空降兵的紧急出动,写空降兵们在接受任务后纷纷写起了遗嘱:"六千伞兵在飞/六千雄鹰在翔/啊 这该是/何等的气魄/何等的威武/何等的雄壮……"最后,银波满怀激情地写道:"一个儿子牺牲了/千万伞兵在成长/一支队伍锻炼了/我们的民族更兴旺!"这百余行的长诗,我一气读完,一边吟诵,一边落泪;立即编稿,迅速发排。

两日后的5月21日,银波的诗即在《文化艺术报》发表。同期,陕西的诸多文坛巨匠都纷纷撰文,陈忠实、贾平凹、赵季平、肖云儒、商子雍等,这便使得这期报纸,成了一期抗震救灾专号,收到了良好的社会反响。半月过后,在举国悲痛全民揪心寻找救灾失事的直升机的日子里,我又约银波写了首百余行的长诗《邱光华,你在哪里?》,同样很快发表,反响强烈。

银波的两首诗发表后,他自己曾无数次地捧着那期报纸不断地进行朗诵。他已开始考虑、谋划完成一部反映空降兵抗震救灾的长篇小说。也正在这时,银波看到了《文艺报》上有关中国作协扶持抗震救灾题材重点作品的通知。于是,他即向陕西省作协创联部谈了自己的创作构思。承蒙省作协领导的支持,《鹰魂》迅即填表上报。

元旦之日,我已闻银波的《鹰魂》获中国作协重点扶持,并得知这既是2008年度获中国作协扶持的陕西唯一的一部文学作品,也是全国各省市作协(除北京中直系统外)所推荐的唯一的一部获重点扶持的抗击自然灾害的长篇小说。我电话告知银波这一喜讯。他十分激动地说:"这件事,还真得感谢你,感谢你们报社,没有你们约我写那两首抗震救灾的诗,我真的还引不起那样的构想,引不起我创作《鹰魂》的思路。"

我问银波:"你的小说,为什么定书名为《鹰魂》呢?"

他说:"鹰魂即为军魂,是空降兵之魂,因为空降兵被称为碧空之鹰。而我的小说所表现的,主要是抗震救灾的民族精神!"

我又问银波:"那么,你的《鹰魂》又是如何构想的呢?"

他说:"我不是原来当过空降兵吗?按照我的构思,这部小说必须反映抗震救灾的内容,反映三代空降兵不同的命运和战斗的生活。就文字而言,约为60余万字,我一定会努力来完成它的。"他又把自己已经写好的《鹰魂》的题头诗念给我听:"男儿壮志冲霄汉,热血挥洒碧空间,把酒问君欲何往?我为祖国守河山。慈母悲泪盼子归,娘闻儿音在云端。八千里路霞光铺,忠魂永驻守汶川。"念罢诗,他又说:"这既是《鹰魂》的题头诗,也是《鹰魂》的主题诗,该小说内容之所写,几乎是紧紧围绕着这首诗的。"

在庆祝新中国60华诞的日子里,袁银波来到了四川茂县。在那里,他与曾在汶川地震中于茂县带头空降的空降兵研究所所长李振波相处一周,采访了许多鲜为人知的资料,了解了大量的素材。他一边采访,一边写作,创作相当辛苦,态度极为认真,并已完稿40余万字。

他特意将自己已经完成的部分文稿发给我看。我看着看着,不能不被那优美的文笔、动人的故事、生动的情节、感人的细节而深深吸引。毫不过分地说,这将是一部反映空降兵生活的史诗般的小说,是反映抗震救灾事件气壮山河的军旅文学,是特殊时期特别兵种经历特别重大事件后所促成的一部重要作品!对此,我们将拭目以待,并且将有分晓。因为,根据银波与中国作协签订的协议,他年内必须完成《鹰魂》初稿,明年上半年完全定稿。可以说,《鹰魂》的诞生即在目前,让我们以热切的心情来期待它的诞生!

(见报时间:2009年10月14日)

坚守主旋律 13 年

随着 2009 年高等学校入学考试命题作文的揭晓,一部电影、一首歌曲再次进入了人们的视野。

"每一次/都在/徘徊孤单中坚强/每一次/就算很受伤也不闪泪光/我知道/我一直有双隐形的翅膀/带我飞/飞过绝望……"

当熟悉的旋律响起,人们发现,这部上映于 2007 年的国产电影,带来的依然是无尽的感动与力量。

2009 年 6 月底,《隐形的翅膀》这部在国内屡获大奖、票房高达 2700 万的青春励志电影,被中共陕西省委宣传部光荣授予"陕西省第十一届'五个一工程'优秀作品"称号,并将作为陕西的一部精品力作争夺全国"五个一工程"大奖!

就在《隐形的翅膀》备受瞩目之时,一家名不见经传的民营影视公司引起了记者的注意。这家公司便是组织拍摄电影《隐形的翅膀》的五洲文化传播有限公司。

从"延安"起步

上世纪 90 年代初,各大国有电影制片厂纷纷开始转企改革,民营影视公司如雨后春笋般地涌现出来。成立于 1996 年的五洲文化传播有限公司落户古都西安,为了避免盲目投资,五洲公司首先确立了"依托陕西丰厚文化资源,利用民间资本,运用市场机制,拍摄主旋律"的生存思路,同时大胆提出"不以盈利为唯一目的,以不赔钱为原则"的公司经营理念,开始潜心探索一条民营影视公司的"另类"发展道路。

起步时,"五洲"并不好高骛远,而是紧紧抓住眼前的机会。公司瞄准了市场空白,开始投资拍摄纪录片。《关中女麦客》、《勺勺客进城》、《陕北石匠》等30余集的专题片,在国内外播出后反响强烈,西北地区的改革开放成就破天荒地走进了外国家庭的电视节目中,为"五洲"带来了一些宝贵的声誉。而后,"五洲"又与文化部合作拍摄了大型纪录片《秦俑》,还与北京科教电影制片厂合作拍摄了《节柴灶》、《退耕还林》、《西北新民居》等9部科教电影。

2001年,"五洲"开我国电影界之先河,首次以地方民营影视企业的身份独当一面,承制了大型文献纪录片《陈云在延安》。摄制组跋涉19个省市,甚至不远万里前往俄罗斯实景拍摄,采访到大量历史当事人,所摄素材弥足珍贵。

2001年7月,该片在陕西电视台首播;2002年11月,在党的第十六次全国代表大会期间,《陈云在延安》于中央电视台一套黄金时段播出;2006年,为纪念陈云同志诞辰100周年,又在中央电视台及全国各地方电视台重播,由中央组织部、中纪委作为党建教材向全国发行,并于同年荣获全国"五个一工程"优秀作品奖。

随着《陈云在延安》的拍摄成功,"五洲"的发展思路愈加清晰起来。对于这家民营影视公司而言,将民族、国家的主旋律意识渗透进影视作品当中,已经逐渐转化为公司发展前进的方向。

用"隐形的翅膀"翱翔

2003年,五洲公司开始将业务重点放在了组织创作和拍摄数字电影方面,成为陕西第一家拍摄数字电影的民营影视公司。《黄河行歌》、《说话算话》、《山啸》、《金山鸿雁》、《亮相》等5部高清数字电影相继制作完成。精细唯美的画面、大气流畅的镜头,影片在中央电视台电影频道黄金时段播放后,受到广大观众的一致好评。《黄河行歌》荣获2004年度中央电视台"百合奖",2005年度农业部、广电总局颁发的"神农奖";2006年,《说话算话》再次为"五洲"摘得中央电视台的"百合奖"。

一部部经得起考验的电影作品,为"五洲"赢得了越来越大的声望。

"五洲"早已不是学步伊始的孩子,他以民营企业的融资、管理和运营方式生存、成长、壮大,却用"一颗红心"10年如一日地坚守住自己的阵地,终于发出了时代的最强音!

2008年9月,海港城市大连群星璀璨。

13日晚,第29届大众电影百花奖颁奖典礼在大连市世博广场隆重举行。当颁奖典礼进行到后半段时,最佳男、女主角揭晓,将晚会推向一个高潮。在"冯氏大片"《集结号》中扮演"谷子地"的张涵予,以角色那近乎偏执的执著劲头征服了观众;最佳女主角、著名演员李冰冰曾三次与"百花"擦肩而过,银幕上百炼成钢的她,还未走上领奖台已然泣不成声。观众们为《云水谣》中的爱情信仰,为《集结号》中的真心英雄,也为他们心目中集美丽、勇敢、坚强于一身的明星偶像,送上了阵阵掌声。

然而,典礼并未结束。

接下来所颁发的奖项,将一部既没有明星、也没有爱情,更没有轰轰烈烈战争场面的电影,推到了一个万众瞩目的高度。《长江七号》、《东京审判》、《投名状》、《宝贝计划》、《疯狂的石头》等影片,在由100余万观众参与票选竞争的过程中,纷纷被这部电影所打败——由五洲文化传播有限公司摄制的电影《隐形的翅膀》,分别获得"优秀故事片"和"最佳新人"两项大奖。

掌声过后,现场十分安静。当《隐形的翅膀》女主角雷庆瑶慢慢走上台去,用微微颤抖的声音感谢摄制组在拍片过程中"给了那么多帮助",表示"要更加勇敢、坚强、乐观"时,台上台下的嘉宾和观众不约而同地打量起这张饱含笑容的青春面庞。而与那笑容仅有几寸之隔、空荡荡的袖管里,却包裹着常人难以想像的艰辛,这种艰辛被点缀了清澈的蓝天与无垠的草原,铭刻进了仅有90分钟的电影胶片之中。

这部投资仅为350万元的小制作影片,不仅为五洲公司摘取了中国电影华表奖、大众电影百花奖等中国电影界最高奖,还一举获得印度儿童电影节金像奖、银象奖,中美电影艺术节金天使大奖等多个国际大奖。不止如此,《隐形的翅膀》在北京、上海、河北、浙江、福建、陕西、江苏、黑龙江、山西、辽宁、内蒙等省市院线放映,受到了观众的热烈欢迎,票房收入2700多万!

一排排奖杯,一张张奖状,"五洲"收获的荣誉无不透露出这家民营影视制作公司从蹒跚学步到振翅翱翔的发展历程。如今的"五洲"以"立足陕西,宣传陕西,报效桑梓"为主旨,在激烈的市场竞争中,沿着主旋律的路子,"隐形的翅膀"带"五洲"飞翔到了一片更加广阔的天空!

铸造"清风碑"

2008年,五洲公司的数字影片《清风碑》投入拍摄。《清风碑》是根据陕西家喻户晓的农村基层优秀党员干部郭孝义的生平事迹改编的。

为什么五洲公司会选择拍摄这种一不小心便会落入常轨、常态、常套的电影题材呢?

陕西省电影家协会副主席、西北大学影视文化研究中心主任、陕西省"五个一工程"作品评委张阿利教授认为,这部影片虽然在具体层面讲述了一个共产党员的奋斗故事,但事实上,却是在探讨整个中国正面临的"三农问题",以及探索城乡二元格局的发展道路。"这部影片不同于历史上持批判态度的传统西部电影,而是一部探索性的'新西部电影'。"

五洲文化传播有限公司总经理王苗说:"《清风碑》的拍摄,是一个漫长的过程,过去我们对主旋律的理解有些偏颇,主旋律的概念一直在不断地提升,其范围是很大的。如何用电影的形式将人们关心的现实问题展现出来?如何打破以往主旋律作品在观众心目中的固有模式,使之升华到新阶段?我们正在探索。但我们坚信,无论是民营的还是国有的影视公司,都要信服用作品、用实力说话的硬道理。"

"'五洲'在努力为影片的发行提供艺术、技术、市场三方面保障的同时,坚定地走着主旋律的路子。"五洲公司制片人李建文说,"只要我们抓住实事求是的准则,就一定有收获。只有我们拿出感动观众的作品,市场才不会忘记'五洲'。"

从1996年到2009年,"五洲"通过13年的发展与探索,走出了一条民营影视公司投资主流影片,社会效益和经济效益双赢的发展之路。公司遵循"主旋律、低成本、精制作"的发展原则,将影片定位在百姓阶层,突出"真情"和"亲情",用他们自身的坚守和处处渗透着坚强、勇敢精神的影片,将默默无闻、勤奋耕耘的普世形象传播到了其力所能及的每一个角落。

我终于/看到/所有梦想都开花/追逐的年轻歌声多嘹亮
我终于/翱翔/用心凝望不害怕/哪里会有风就飞多远吧

——电影《隐形的翅膀》同名主题曲

(见报日期:2009年7月29日)

大树下的话题

不知从何时起,西安的市民们发现,被古城人称为"文艺路"的那条街道上,繁华喧嚣中出现了一处典雅的所在。

每晚华灯初上时分,消闲的市民、猎奇的旅人以及戏曲艺术的爱好者,或阖家相携,或三五成群地缓缓步入这里。在这里,只需支付极为低廉的票资,便可欣赏一出出优美的陕西地方戏曲,接受文化艺术的熏陶,消解生活的压力,涤荡心灵的尘垢,舒爽疲惫的身体。

这里,就是陕西省戏曲研究院演出剧场。

是一个周六的夜晚,雨水淋漓,雨雾迷蒙,华灯的光晕在串串雨珠的洒落下更显璀璨晶莹。大型秦腔现代戏《大树西迁》在这里与古城人民见面。

树

从未有过哪出剧目,被如此多的"树"的意象所笼罩。纤弱的小树,挺拔的大树;孤独站立的树,茂密成林的树;春色中柔枝轻拂的树,盛夏时绿荫葳蕤的树,严冬里落叶萧萧的树,深秋中虬干苍劲的树……

帷幕徐徐拉开后,《大树西迁》的编剧陈彦向观众娓娓讲述了一个"树"的故事。甚至,这帷幕本身就是一条绿荫浓郁的"树"的甬道。陈彦在里面,引领着观众们进入,呼吸林间的气息,欣赏树的风景。

这个故事,根据上世纪50年代以交大为代表的一批高校、科研院所响应党的号召,从沿海大规模西迁内地,投身于西部开发建设这一史实为背景精心创作。全剧以孟冰茜教授一家三代人西迁50年的奋斗历程和生命轨迹为主线,用六个不同时期的生活切面,经纬交织,纵横交错地演绎出了主人公50年情感嬗变、思想升华的心路历程,艺术地再现了那个壮怀激烈的年代,昭示了共和国知识分子"哪里有事业,哪里有爱,哪里就是家"的生存理念,展现了他们前赴后继、忍辱负重、热血担当的人格精神,在讴歌知识分子对西部教育无私奉献的同时,也表现了憨厚、善良的大西北人民对知识分子的爱戴、呵护和滋养。

这样一群以科学事业报国的人的故事,如果讲述者将目光更多地投注于实验室、科研设备、分析数据、科技成果等情境时,观众的感觉或许会是坚硬、冰冷、疏离、难解的,而陈彦却在其中开垦出了一条碧叶婆娑、绿枝摇曳的路,让观众去踏勘、寻觅,品味其间的价值。陈彦故事的落笔之处,是间或会有黄沙弥漫的大西北,因而"树"的意象,会更加诱人、让人亲近。

对于这一意象的设定与阐释,陈彦说:"原来这部戏名为《西部风景》,这次我把她改为《大树西迁》。'大树'具有着多层的象征:一是象征着交大,二是象征着教育的百年树人。树木本身有着多重的涵义。"

河流与深潭

谈起《大树西迁》的创作,陈彦的思绪回到了新世纪初的2000年前后。

那一年,为配合党中央"西部大开发"战略目标的提出与实施,西安交大举办了一系列活动,适逢《迟开的玫瑰》也正在交大学生中展演,时任西安交大党委副书记的张迈曾,提议陈彦编写一部展示交大西迁的重要历史价值的剧目。

当时,陈彦的另一部戏《迟开的玫瑰》还正在精心地打磨与不断修改中,趁着其间的空当,他开始去西安交大与上海交大深入生活,一边了解情况,进行情境体验,一边阅读卷帙浩繁的校史资料。

找到该剧的适当结构方式与展开形式,是陈彦所反复思考的关键点。陈彦说:"找到一个恰当的表现方式,对于一个戏的生命来讲是非常重要

的。"反复思考的结果,令陈彦感觉到,"编年史的手法成为唯一的选择"。陈彦认为,"要展现这么恢弘的历史事件,采取正面强攻的叙事手段,肯定是无法完成的,亦是舞台剧所难以表述的。"

"听了许多西安交大的教授对他们事业、家庭,还有所工作的西部和故乡上海的情感表述,我发现,他们虽然爱着西部,但亦始终有着上海情结。在今天,当我们能够正确地认识人性时,我们发现,这种对故乡的眷恋也是一种很美好的东西。在两难的选择中,他们把人生价值更好地放在了国家和人民需要的地方。我想,这于人性、或于其他的精神价值判断中,能令观众体会到更为强烈的审美快感。在这种情况下,我选择了孟冰茜这样一个人物。这也是我写戏时一以贯之的特点,即将人物基点放得很低,然后通过命运和性格的改变,一点一点地将她的人格健全、丰满起来。该剧的主人公也是如此。"

陈彦将他确定的这种戏剧结构方式比喻为打开一条河流,并在这河流中开凿出几处聚满水的深潭来。"河流"是随着年代消逝而变化的社会,亦或是在红尘激荡的社会中所呈现出的不断向前推移的年代;那一汪汪深邃的清潭,则是西迁50年进程中的几个特定时期。在这一时期中,交大的知识分子群体与中国社会一起,承受与负载了进步中的苦难、欢乐与收获。

陈彦是通过几个片段来构造《大树西迁》的。第一场,1957年。是西迁的重要起点,关系到来、去、留的问题;第二场,文革。对于当代中国人而言,这是无法略去的一笔;第三场,1977年。恢复高考的第一年,教育的春天到来了,孟冰茜又想到了回上海,但因为种种原因,最终还是留了下来,此时她已渐渐爱上了西部这块土地;第四场,改革开放初期;最后一场,孟冰茜回到了魂牵梦绕的大上海,而这时的她发现,自己的精神已经完全交付给了大西北,已经无法脱离大西北而生活。于是她又一次西迁回到了大西北。整出戏就是描述孟冰茜从精神上完成西迁的这样一个过程。

受中国传统文化浸淫极深的陈彦,以古典文献《礼记》中的一句话"大道之行,天下为公",来概括《大树西迁》的价值追求。

陈彦谈到:"剧中的主人公们一直延续着中国传统知识分子天下为公的血脉,同时也开放地吸纳了西方的知识成果,精神格局很广。"

东部文化和西部文化的冲突与融合,也在该剧中得到了充分的表现。这条线索是孟冰茜与周长安、与没有出场的秦川麦之间的关系。"周长安是工科教授,他是一个具有丰富人文情怀的人,这一点是现在很多知识分子所欠缺的。通过孟冰茜与周长安之间相互雕塑的过程,我们看到了东西部文化非常好的整合。这样的表现会让观众能够直观自然地看到两种文化的融会。"

另外,剧中主人公与大西北人民之间的关系,也是该剧的一条脉络。杏花这个人物,虽然是作为一种调料而存在的,但她让人们具体地看到了教育给农民带来的改变。交大的西迁提升了大西北文明的质量,同时西北人民也养育了这群西飞的燕子。

年 轮

唏嘘、感叹、涕泪交流、欢声一片……剧场内的观众,跟随着起伏变化的剧情而心潮难平。共鸣,在舞台上下产生。

陶醉于《大树西迁》中而被感动的,有普通观众,也有各级领导、专家学者以及西安交大的师生员工们,许多人是含着热泪看完演出的。

陕西省人大副主任刘维隆评价说:"看了这出戏,我非常感动,我是饱含热泪看完的。戏演完了,观众还不愿走,从这儿就能看出大家对这出戏、对你们的表演是多么的喜爱!"

陕西省副省长郑小明说:"这出戏净化人、感化人、教育人,达到了一种很高的层次和境界。这出戏的题材来源于生活,可以看出剧作家深入生活的程度,让人看完后深受感动,深受教育,演得非常真实,演出了人物的个性。"

文化部原政策法规司司长、作家、著名文艺评论家,曾担任多届全国舞台艺术精品工程及"五个一工程"评审委员的康式昭说:"我昨晚看了这个戏,是真正被感动了,好几个地方我都流了热泪。这个戏歌颂了一种拓荒精神、开拓精神,交大西迁是西部建设的一个先河,这些西迁的可尊敬的知识分子是值得我们敬仰的前辈,在新中国成立60周年之际来歌颂他们,是特别有现实价值、现实意义的。"

陕西省文联副主席、著名文艺评论家肖云儒说:"交大西迁这个事件,过了五百年也可能被人所淡忘,但是以事业为生命的人文精神,哪怕再过五千年也不过时,还是照样会激励人们。剧中的大树是孟冰茜这一代老知识分子责任感、民族感以及对国家、对事业、对西部的爱的象征。"

……

上世纪中叶,以西安交大为代表的一批高校及科研院所西迁内地,投身于祖国西部的开发建设,以他们的奋斗历程和生命轨迹,在共和国的成长发展史上,刻下了永远无法泯灭、永远令世人难人忘怀的年轮;而《大树西迁》的隆重上演,其规模之恢弘、情怀之壮阔,情景交融,感人至深,也在陕西风生水起的艺术长卷上,涂抹上了浓墨重彩的一笔;在陕西枝繁叶茂的文化大树上,镌刻下了一道深深的年轮。

演出结束,观众们三三两两步出剧场,微雨仍然淅沥地落着,空气清新,地面的雨水中倒影闪闪,氤氲出一片迷离、梦幻的气息,恰恰暗合着仍然沉浸于剧情中的人们的心境。

陕西省戏曲研究院,这艘全国戏曲院团的航空母舰(上海京剧院副院长、剧作家单跃进语),以华彩优美的剧情,顶级的演出阵容与超乎低廉的票价,以其润物无声、潜移默化地培育演出市场的匠心,为陕西乃至西北地区所营造的"天天有秦腔"的浓郁艺术佳境,不也正在生成着一道深刻而夺目的年轮吗?

(见报时间:2009年5月27日)

《大树西迁》剧照

报告文学篇

那一份乡情,历久弥浓

那一年,他10岁,在陕西省旬邑县太峪镇的私塾里读书,每日反复诵读的课本,是《百家姓》、《千字文》、《书经》、《易经》、《上翰林》、《下翰林》……

那一年,他16岁,考上了县邮局的邮递员,用所发薪水买了平生第一双皮鞋。皮鞋上面穿着长袍,还围着文明款的长围脖。县城里最有名的两个女生,是旬邑中学的校花马月珊与马月霞。高傲的姐俩儿,见了谁都不理睬,却每每同他打招呼……

那一年,他26岁,国民党政府撤往台湾前夕,兵荒马乱的广州街头。无家可归、衣食无着的他,与3位陕西同乡,一起叩开了于右任官邸的大门。于先生和蔼的陕西乡音,使他们潸然泪下;200元港币盘缠,帮助他们渡过难关……

这一幕幕,是他记忆深处永远魂牵梦萦、挥之不去的一份温暖。
他是张佐鹏,台湾陕西同乡会秘书长,秦腔戏剧学会理事长,台胞陕西同乡中鼎鼎有名的人物。
抗战岁月,他投笔从戎,参加青年军,远征滇缅,慷慨赴国难。

127

1988年,他成为新中国改革开放后第一批回大陆探亲的台胞,并在东北沈阳找到了离散多年的亲生女儿。

"以顶天立地之精神,成继往开来之大业。"
——于右任先生题赠张佐鹏

于右任先生对张佐鹏的人生产生过巨大影响,宛若父子般的忘年之谊,愈久愈浓。

每当谈到于老,张佐鹏先生便满怀感恩之情,浮想联翩,不能自已。

1949年穗城于先生官邸一别,1950年代两人在台湾台北再次会面。离乡愈久,便愈加浓烈的陕西乡音与乡情,将于先生与张佐鹏紧密地联结在一起。

"于先生在世的时候,有人就称我是他老人家的侍卫官。于先生每年过生日,别人给他行礼,而我都是给他磕头!上世纪50年代的一天,我到监察院去让于先生给我题幅字,他满口答应了。我取回来打开一看,'为万世开太平'!这真不得了!后来这幅字作为珍迹还在北京展出过。"

"记得有一次,我们全家去监察院同于先生合影,他也爽快地答应了,并且在照片上为我题了字。"

"对于先生,我有着非常深厚的感情,我觉得,凡是与于先生有关的东西,我都要保存下来。于右任先生去世后,台湾许多报纸都加以报道。我便及时地把这些报纸收集了起来,专程送到了陕西三原县于右任先生纪念馆。我告诉纪念馆工作人员,这些报纸都很珍贵,上面记载了于先生平生的点点滴滴,请他们妥善保存。这次回来,我还肩负着一项重要的使命,就是参加纪念于右任诞辰130周年系列活动。"

"桃花杏花落又开,天涯游子倦归来,亲朋久别斑霜变,骨肉重逢泪满腮,

往事坎坷空遗恨,残年相会更堪哀,悲欢离合原归命,但愿从此不分开。"

——张佐鹏《探亲》

首次回大陆的他,第一件事便是找到离散多年的大女儿,旋即携女赴

祖籍陕西旬邑老家探望,祭祖、扫墓。各级地方政府周到细致地为其安排食宿,给予了他热情的接待。

那时,张佐鹏是台湾陕西同乡会常委,他在大陆"成功"找到女儿的消息,立刻在陕西籍台胞间不胫而走,许多乡党前来托他帮助寻找在大陆的亲人;而他回到大陆时,那些正在寻找台湾亲人的乡亲们也来向他打听消息。张佐鹏从此成了联结起海峡两岸的"寻亲使者"。

随着岁月的流逝,张佐鹏先生对故乡的思恋愈益浓烈。为纾解这份历久弥浓的思乡之情,他在台湾先后创办了《今日中国》、《西北杂志》、《陕西文献》等刊物,主要讲述陕、甘、青、宁、新地区的山川风物、人文地理等,在台湾同乡中很受欢迎,在西北裔台胞中也产生了广泛影响。当时,他便把大陆亲属在台湾寻找亲人的启事,刊登在这些由自己担任总编的刊物上。他还专门印制了一份"寻人启事"小册子,分发给台湾各同乡会,发动各方面共同寻找。由此,经张先生帮助寻亲成功的两岸同胞就有百余人。

其中,张先生帮助民国时期著名报人、《大公报》总编、陕西榆林同乡张季鸾的侄女找到亲属的故事,更是一时间被传为美谈。

这里,要特别提到的是——

2005年的陕西,发生了一件或可影响中国历史的重大事件;而且,由这一事件所引发的新闻轰动效应,亦波及了全世界——

时任中国国民党主席的连战,在时隔60余年之后首次回到出生并度过童年的西安。连主席此次行程是"怀亲之旅",首先拜访了他接受启蒙教育的西安后宰门小学,继而,去南郊清凉寺为其祖母沈太夫人扫墓。

多年默默地静候于翠冠覆盖、晨钟暮鼓的清凉寺院,而今成为世人所关注的一方福荫之地,沈太夫人之墓被重新发现,张佐鹏先生的功劳亦值得书写一笔。

那是2002年新年期间,连战主席设宴招待张佐鹏先生,一起吃羊肉泡馍。席间,连战主席回忆起自己儿时在西安成长、上学、躲避战火的难忘经历,专门托付张先生代为寻找自己祖母的墓地。

2002年清明节前后,张佐鹏先生赴西安,请陕西省台办、雁塔区政协、民革西安市委等各方人员四处查找,终于在西安南郊,现雁塔区电子城街道办事处下辖的杜城村,找到了连战儿时住过的院落。接着,张佐鹏在民革西安市委祖国统一工作委员会负责人李景祥、民革西安市委西一路支部副主委于亚男的协同下,找到了连战在西安时念过书的小学,找到了连

战祖母的墓园。

　　"白面馍馍羊肉泡，米花麻糖加甑糕，红杏水梨绿核桃，再尝月饼与红枣，

　　家乡美味常怀念，每到佳节均想到，莫怪梦中常留恋，不是他乡是故乡。"

——张佐鹏《怀乡》

　　"同乡之谊似水长，三秦风光决难忘。黄帝陵园松柏茂，黄土衔接麦穗香。

　　关中边塞风昌盛，市乡城镇共吉祥。每当锣鼓社火乐，乡党邻里祝安康。"

——张佐鹏《同乡之谊似水长》

在一本台湾出版的杂志上，我们看到了这样一段记叙张佐鹏先生的内容：

"张佐鹏爱听秦腔戏。他同旅台陕籍人士创办了台湾秦腔戏剧学会并任理事长。每逢工余假日，他常邀请秦腔爱好者排练、演出秦腔剧目。他还撰写了《发扬秦腔艺术》等文章，记述秦腔的文化渊源及其在陕、甘、青、新、宁以及西藏的影响。

张佐鹏先生离乡40载，非常思念故乡，经常在台湾参加秦腔演出，以慰思乡之情。1988年春终于回乡探亲观光，陕西省委特为其归来召开座谈会，并邀集西安秦腔名流参加。张先生在会上作了热情洋溢的讲话，并与西安易俗社著名演员张咏华一起清唱了《三回头》。他的老生唱腔，字正腔圆，连唱几折，方才罢休。陕西电视台、《陕西日报》、《西安今古》均作了报道。"

由此，张先生回忆起了他在台湾创建秦腔戏剧学会的过程。

"上个世纪50年代，我在台湾创办了秦腔戏剧学会，把那些懂秦腔，爱秦腔的人都吸收进来。那时候有好几个剧团，演出了很多场，于右任先生也看了演出，非常高兴。遗憾的是，当我粉墨登台演出时，于先生已经离开人世了。随着两岸文化交流的发展，全国各省都有赴台演出活动；咱们陕西的马友仙也去演出过；去台湾交流戏曲的还有郝彩凤、杨荣荣等人。"

"当时我在台湾唱《二进宫》，大家都很惊奇，其实这全是我小时候耳濡目染的结果。那时村里、乡里唱戏,我们都要跑去看,直看到夜半方回。可以说我是看着、听着秦腔长大的。加入青年军后,军中有几个陕西人会拉二胡,于是大家就又唱了起来。每逢聚会就拉起胡琴唱秦腔。在当时我也只能算个票友,就是为了热闹、为了慰藉思乡之情。后来才知道唱戏还要懂板眼,就又开始学习研究。我痴迷秦腔戏剧,决定亲自上台演唱。当县长时,碰到一个老师是陕西人,他会拉胡琴,于是我们就在县府里唱。"

"近几年常常回陕西,从开始祭黄陵一直到现在,每年都回来,闲暇之余,美美地看几场秦腔戏。"

谈到台湾的陕西同乡会和秦腔戏剧学会,势必要谈到闻名遐迩的"陕西村"。

"台湾的陕西村是郑成功将领的后代聚居而形成的。郑成功有个部将叫马信,是陕西人;马信将军带领的这些子弟兵到台湾后,都在一个村子里生活,就形成了'陕西村'。'陕西村'的小孩好多都会打小红拳,那是一代代传下来的。后来村人为这位马信将军建了个庙,尊称他为'乌面将军',因他人生得黑。民国38年,我们这些人去了后,在庙旁盖了个楼,遂成为现在的活动中心;在村庄外面还建了个大牌楼,挂匾名为'陕西村'。陕西的同乡每年都要到这里祭拜马信将军,台湾地区一些重要人物和现任领导人马英九也都去祭拜过。"

"我做同乡会的秘书长已经18年了;每年我们同乡会开展活动,我都要嘱咐通知'陕西村'的人前来参加。现在台湾大约有12万陕西人,每次聚会也有几百人,而且各县市都有陕西同乡会。每次我们开会时,大家都要谈谈陕西建设发展的变化情况,然后给一些贫困的孩子发奖学金,如今最早领奖学金的孩子也开始为同乡会捐钱了。秦腔学会还成立了自乐班,每逢周末,我们都要在同乡会的活动场所里播放起秦腔唱碟,然后你方唱罢我登场;我们还自己动手做些陕西小吃,边吃边唱,其乐融融。"

访谈进行得紧凑而热烈,83岁高龄的老人侃侃而谈,意兴甚浓。最后他说道,和我一个辈分的陕西旬邑人在台湾没有几位了,晚辈儿的有100多人。明天,我要回旬邑、回到自己的故土——太峪,住上一段日子。

这是近几年来,他每年都要重复走过的行程:临近清明节,由台湾飞赴陕西,参加公祭轩辕黄帝大典;之后,在西安、

北京、沈阳等地会见老朋亲友,观赏秦腔演出,享受各味家乡小食;最后,回家乡旬邑小住,沉醉在浓浓的乡情里……

言谈间,佐鹏老人的话渐渐少了,陷入沉思之中。我想,他的思绪可能已经回到了旬邑林茂草丰的山川平原,回到了绿荫覆被的石门山与波光粼粼的姜原湖;回到了在这如画的山水间勤劳淳朴、耕读传家的乡亲们中间……

(见报时间:2009年4月29日)

采访张佐鹏(右) 　　　　　　　　　　王矿林/摄

报告文学篇

一本书·一部短片·一个团队

一则发出了一年的邀请

作为本报专栏作家与专栏摄影家的王矿林,有着线条刚毅的面庞、结实适中的身材,老山、麻栗坡的硝烟岁月,超凡脱俗的军旅生涯,锻造了他激情洋溢、血脉贲张的性格。《同唱一首歌》、《向青草更青处漫溯》、《驻村日记》,宛若汨汨清泉般从他的笔下流淌而出。濒临南中国海的台湾花莲小港,阿里山林涛中的邮政驿馆,也曾通过他美妙通透的镜头画面,盘旋在我报读者的脑海之中。

见惯了这位性情中人时常昂扬、热烈的情态,所以,当他从 2007 年岁末起,一次又一次兴致盎然地向我推荐这个团队,并力邀我造访这群人时,我并没有太往心里去,加之在整个 2008 年,国家大事不断,作为媒体从业者,责任在肩,义不容辞,压力甚巨。整个 2008 年,忽而灾区,忽而首都,今天南,明天北,一件件振聋发聩的大事,一篇篇用心血与泪水写成的报道,使得我所在的整个报社,戎马倥偬,周而复始地高速运转,没有片刻停息⋯⋯

2008 年秋,国庆假日刚结束的当口,在王矿林引领下,我结识了这群人;这次邂逅之后,一次又一次不期而遇的惊喜,使得我被这个团队真正感动了!

133

他们是陕西省动物研究所,吴晓民所长及其所率领的科研团队。

不期而遇的惊喜

2008年11月下旬,一个深秋夜晚的子夜时分,一张科考照片赫然出现在中央电视台10套科学与教育频道《科技之光》栏目,引起国内外动物学界的关注。

这是一张两只藏羚羊的图片。

主持人的解说,尽管还保持着职业性的淡雅与矜持,但兴奋的感觉还是压抑不住地流露出来!

一望无际的可可西里荒原,暗沉的云层下,藏羚羊妈妈带着自己的小藏羚羊,在奔跑前驻足眺望远方——这一画面被镜头定格并抓取下来。

"这是几十年科考中从未见过的画面"——那只小藏羚羊是罕见的通体的白色!"对于藏羚羊种群来说,文献资料上也从未有过类似的记载!"

2009年1月9日,一年一度的国家科技奖励大会在北京隆重举行。在这一由党和国家最高领导人胡锦涛、温家宝、李长春、习近平、李克强出席并为获奖代表颁奖的我国最高级别的科技大会上,陕西省动物研究所参与的"青藏铁路工程"项目荣获国家科学技术进步奖特等奖!

当陕西省动物研究所的名字频繁出现在全国各大媒体之上时,我想起了那个温暖的秋日午后,在西安东城,蓬蓬勃勃的绿杨、紫槐间,一栋普普通通的白色楼房中,我所看到的那本书、所欣赏的那部短片,以及感动了我的那个团队!

一本书

大16开;硬壳精装;深绿色封面上,雪域高原独特的雪山、草原景观若隐若现,两只伸展着长角的藏羚羊亭亭玉立,宛如图标般盘踞于书的左上角,无声地向读者阐释着这本书的内容及意义。

全书26万余字,图文并茂。

图文并茂!当我用这一惯常描述一部书籍、一页纸媒等出版物的词汇来描述这本书时,感觉自己的语言变得庸常,几乎无法表达与涵盖我看到这些图片时澎湃激荡的心情。

那是一张张怎样的图片啊!透过这些图片,记者仿佛看到了陕西省动物研究所的科研工作者们数年如一日,风餐露宿于青藏高原,辗转奔波、铺冰卧雪,在或风雪交加,或酷日炎炎中,忽而守候、忽而飞奔的情景。

全书200余张大小各异的图片,张张都会使我们这些生活在逼仄喧嚣都市里的人们"惊艳"不已。从西藏的羌塘、色林错,到青海的可可西里、三江源;自上世纪80年代起,特别是2001年举世瞩目的青藏铁路开工建设以来,陕西省动物研究所的科研工作者们,在严酷的自然条件下,克服高寒、缺氧等重重困难,对青藏高原特有的野生动物进行科学考察与监测。在他们的镜头下,那盘旋在澄碧蓝天中的高山兀鹫,攀爬于悬崖峭壁间的岩羊,疾驰于无际荒原上的藏羚,以及野牦牛、藏野驴、白唇鹿、雪豹、藏雪鸡、黑颈鹤、盘羊、藏原羚、猞猁、棕熊、斑头雁,无不呈现出无与伦比的优美形态。

该书文字,既具备科学精神的准确严谨,又富有美学层面的优美流畅。真实地再现了青藏铁路建设以来这些野生动物的生活、迁徙和繁衍状况,令读者仿佛身临其境。跟随着这些科学考察者们饱含情感的笔触,我们的思绪从格尔木启程,经纳赤台、五道梁、沱沱河,翻越唐古拉山后,又走过安多、那曲、当雄、羊八井,来到拉萨,心灵为之感动,情感为之奔涌,敬意油然而生!

书名:《青藏铁路建设之野生动物保护》。科学出版社出版。

一部短片

舒缓抒情的音乐,温婉沉静的解说,蕴含诗意的片名。当荧屏开始在眼前闪烁时,感觉仿佛是在看一部旅游风光片。

接着,充满科考内容的画面出现了。

昆仑山通道。

不冻泉通道。

楚玛尔河通道。

沱沱河通道。

通天河通道。

唐古拉通道。

尕勒布曲通道。

……

单是这些名字，就足以让人心驰神往，浮想联翩。

当镜头上，一队队藏羚羊、藏原羚、野牦牛、藏野驴等以其独有的千姿百态，在风雪中通过这些通道时，充满心中的，是对为设置、监测这些通道做出杰出贡献的科技工作者们深深的敬意！

片名：《天路上的生命通道》。

一个团队

现在，该说说写作了这本书、拍摄制作了这部短片的这个非凡感人的团队——陕西省动物研究所及项目组长吴晓民了。

吴晓民，陕西省动物研究所所长、研究员。清瘦高挑。如果用章回小说中的语言来描述，一定是"白面修身，有玉树临风般翩翩君子之态"。然而，目光却暴露了他的身份。那是一种睿智，一种坚定，一种沉稳，一种胸中能走满盘棋、腹中可驶千里船的气度。

以一位科技工作者的言简意赅，吴晓民所长向记者介绍了西北濒危动物研究所及其所承担的青藏铁路野生动物通道监测评估项目。

"西北濒危动物研究所，亦称陕西省动物研究所，原是中国科学院的一个研究所。具有良好的背景和较强的科研实力，在野生濒危动物研究与保护方面积累了丰富的经验。

对青藏高原的动物学考察可以追溯到 19 世纪下叶。俄国探险家普热瓦斯基先后四次对我国西部进行了长达 7 年的考察探险，并多次进入青海地区采集野生动物标本，以其名命名了 40 多种以上的动物；20 世纪 20 年代，美国地理学会多次到西宁采集动物标本。

新中国成立后，中国科学院先后组织科学考察队在青海之北、柴达木盆地、祁连山进行过鸟类、兽类的区系调查。20 世纪 70 年代以来，我国科学工作者又多次组织了对青藏高原的大规模考察，获得了丰富的科学资料，初步揭开了青藏高原特别是高原腹地无人区的奥秘，为日后青藏高原的动物学研究奠定了基础。

20世纪80年代初,国家林业局(原林业部)等有关部门开始有计划地组织对青藏高原野生动物的普查及专项调查,陕西省动物研究所先后承担了'黑颈鹤专项调查''西藏珍稀野生动物调查''中美雪豹调查''中日白唇鹿调查''藏北野生动物调查''西藏鱼类资源调查''中国盘羊调查''中国麝资源调查''中国马鸡属资源调查''青藏铁路动物通道对藏羚等野生动物有效性监测'等。经过我们的长期努力,积累了大量青藏高原及其无人区的动物学资料,也为青藏铁路建设的通道设计及动物保护工程提供了大量的参考依据。"

对于自己,吴所长却惜话如金,未置一辞,而是将话头转给了项目组主要研究人员姬明周。

姬明周,长期从事青藏高原野生动物研究的工程师,青藏高原科考队领队。长年累月的高原科考,给他留下了紫黑色的面庞与粗糙的肌肤。而他,就是央视10套《科技之光》中所报道的《发现白色藏羚羊》图片的拍摄者。

"虽然从事了这么多年科考,但是,在青海可可西里自然保护区见到当时情景时,心脏还是不由自主地震颤,浑身的血液也似乎凝固了。"姬明周工程师回忆说。他是在承担青藏铁路野生动物通道监测项目时遭遇这一奇景的。

姬研究员向记者详细介绍了青藏铁路野生动物通道这一举世瞩目的宏伟项目。

青藏高原具有独特的自然景观、特殊的地质结构、复杂的生物区系、多样化的生态系统和丰富的自然资源。高原的形成、演化及其存在,不仅对高原本身而且对周边地区的自然环境和人类活动产生广泛而深远的影响。做好高原的环境保护工作,不仅对本地区而且对于其他地区均具有全球性的意义。青藏铁路沿线的环境现状不仅具有原始、独特、脆弱、敏感等特点,而且受到了国家及社会各界、国外舆论的广泛关注。也可以说是铁路建设项目中所遇环境问题最多、环境敏感程度和受关注程度最高的项目。

野生动物通道的起源根植于近1个世纪以来生态保护意识的提高和环保措施愈来愈广泛的实施。20世纪五六十年代起,生态学家和民间组织开始关注公路和铁路对野生动物栖息地的影响和对其生命的直接

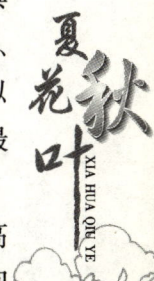

损害,欧洲一些国家开始设计和使用野生动物通道以保护有限的生物多样性资源。

由于受气候的变化、遗传基因交流和采食、繁殖、哺育幼仔的需要,许多野生动物都有迁徙行为,这是它们在长期进化中形成的适应性行为。如果不解决野生动物通道问题,青藏铁路在施工和运营后无疑会对野生动物的生活环境造成分割并对其活动规律造成影响。为了能让野生动物自由迁徙(移),青藏铁路在格尔木至拉萨沿线设置了33处野生动物通道。

"青藏铁路从建设开始,就是要修成一条环保之路,从动物保护到植被保护,国家投入了大量资金。近年来,国家加大了对生态环境的重视,铁道部和环保总局曾组织专家组到国外进行了考察。但是国外尤其是欧洲主要是公路动物通道,修建动物通道在我国尚属首次。根据野生动物种类及其利用的方式,青藏铁路上所设置的33处野生动物通道主要有3种形式,即:桥梁下方通道、隧道上方通道和缓坡平交通道。几年来的监测研究表明:青藏铁路设置的野生动物通道从位置到形式基本上是合理的,基本满足了野生动物迁徙(移)、种群交流、觅食、饮水等活动的需要,藏羚羊等高原野生动物正逐步适应,野生动物通道已初显成效。在野生动物通道优化、调整、完善方面,我们根据监测结果提出青藏铁路野生动物缓坡通道调整方案,2006年12月铁道部组织相关专家在北京召开论证会,最终被采纳。而青藏高原的严酷环境,使得工作人员非常辛苦。"

同吴所长一样,姬明周工程师也不愿多谈自己。触及工作中的艰辛这一话题时,他便很自然地将记者的注意力引向了现场一位又一位的青年科学工作者。

是一张张或朴实、或清秀、或英俊的面孔,青春洋溢,朝气蓬勃,亮晶晶的眼眸闪射着聪慧之光,又略含稚嫩甚至羞涩。

"张洪峰,两年前大学本科毕业后来动物所工作,出色的成就使其荣获中科院西安分院、陕西省科学院杰出青年称号,是第七届陕西省青年科技奖得主。这位是李涤非、这是吴所长的研究生孔飞、他们是去年勇闯高原的青年科技工作者封托、裴俊峰、王启军。"

科考队的另一位领队刘楚光、摄像师沈均梁、摄影师赵开生也一直缄默地坐在旁边,比起记者日常所接触到的许多采访对象来,他们对自己的描述实在是少之又少。

红彤彤的大枣、黄澄澄的香蕉,还有苹果、石榴、桂圆、葡萄……琳琅一片,五彩缤纷。从这些科考区难得一见的新鲜时令水果谈起,记者想方设法让刘楚光领队打开他的话匣子。

"青藏铁路动物通道监测时,日本合作方的专家也过来和我们一起上去了。他们带来一些比较先进的仪器如卫星跟踪设备等,但一来就躺倒了。一连5天,一直躺在床上起不来,我们的同志每天工作完回来还得给他们端饭、送水、吸氧气。最后日本专家说他们确实不适应这个地方,这些东西还得由你们自己来搞。捕捉藏羚羊为其佩戴跟踪器的工作全是我们自己完成的。藏羚羊一过来,我们就要以百米冲刺的速度跑过去。所以,我们一直保持着80年代'拼命三郎'的精神,只要地图布局上有个点,那么无论如何想方设法都必须过去。否则调查图的布局便会不均匀与不对称。"

从桌上的水果谈到"吃",刘领队说,"在当地你就得吃当地的东西。藏族同胞吃羊肉一般不放盐,吃起来有血腥的味道,我们刚开始吃不惯,后来慢慢才习惯了。"

刘领队又说起了司机周茂林、田丰站着开车的故事。

"每天大概要开十几个小时。从西安到西宁一天,西宁到格尔木又一天,第三天上通道。连续四五天几乎天天开车长途奔驰。后来感觉颠得实在受不了,买个气圈垫着也不行,只好半站着开。青藏铁路开通前,中央电视台记者也去采访,住在格尔木;一个月后他们又来了,看见我们以为也是第二次上来,我们说我们一直在这儿就没回去。他们非常感动,回到北京后还跟我们保持着联系,说我们真的很辛苦,太令人感动了。"

慢慢地,大家对记者的生疏感逐渐消退,开始滔滔不绝地谈起来。他们说到了吴所长与中科院的同志从拉萨返回格尔木途中,在五道梁遭遇暴风雪,险些送上性命的故事;说起用喷灯做不熟饭只好天天煮方便面的故事;说起小张初上高原,关节疼痛口腔溃疡仍坚守岗位的故事;还谈到了谁7天里天天拉肚子、天天在大雪中跑厕所的故事……各种各样的危险,形形色色的困难,都克服了!只能克服!只有一个目标——出色地高标地完成科考任务!

从矿林先生发出邀请,到与陕西省动物研究所令人尊敬的科学工作者们相见相识,再到写完这篇通讯,其间经过了许多时日。固然由于在刻骨铭心的2008年,我们和我们的国家经历了太多的苦难与永远难忘的

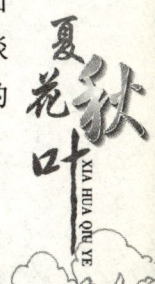

时光,还因为,当记者将笔触从熟悉的文化艺术界人士投向这些科学工作者时,我踌躇了。在自己素来的概念中,文化艺术界人士是热情的、感性的,有的豪放,有的温润,还有的矜持。我熟知如何以及通过怎样的路径去捕捉他们、感知他们、描写他们;科学家呢?则是理性的、严谨的、缜密的,甚至冰冷的,我仰望他们,仿若仰望一尊距离很远的雕像。

我要感谢那个难忘的、阳光明媚和煦的秋日午后,当我聆听了这些科学家们的故事,浸润其中,我被深深感动了!这是必然的。当记者感受到他们对祖国、对科学事业的高度热忱,感受到他们追求事业过程中的忘我精神,感受到他们拥抱自然界山川大地的炽热情怀,同时也感受到他们在恶劣的自然环境下,所展示出的非凡的科学品质与科技素养,以及他们高超的摄像摄影技巧、他们优美的饱含诗意的文学语言时:

"当我们沿着青藏铁路沿线调查野生动物分布、栖息状况的时候;当我们守候在青藏铁路野生动物通道附近,长期观察监测通道的利用情况的时候;当我们收集了大量的图文资料和数据进行分析汇总的时候;亲历、目睹着铁路设计、建设施工大军不但攻克了一个个世界难题,而且面对青藏高原的生态环境、自然景观、野生动植物、乃至一草一木,是那样地精心呵护!我们项目组所有成员被他们深深地感动!也为我们的工作而自豪。

在高原的日子里,我们与那里的野生动物一起度过了多少个日日夜夜!我们共享蓝天、白云——那是与北京、西安绝对不同的天空;我们同饮冰川融化汩汩而来的雪水——那是真正的纯净水;我们同呼吸着高原清新的空气——尽管比我们习惯了的空气缺少许多氧。清晨,我们同享阳光,彼此默契,互不打扰;夜晚来临的时候,抑或有风雪的日子里,我们彼此相望,相互支持……"

——〔《青藏铁路建设之野生动物保护》后记(节选)〕

陆地、海洋、宇宙,人类的脚步迈向无边;宏观、微观,人类的目光投驻无限。科学技术的发展推动着精彩的世界更加绚烂,犹如夜空中有了繁星的闪耀才会美丽,科技,乃至世界的巨大发展正是有了诸多科学家的奉献才会达到如此令人惊叹的程度。马克斯·韦伯曾说,科学的目的是引导人们做出工具合理性的行动,通过理性计算选取达到目的的有效手段,通过服从理性而控制外在世界。因而一位科学家,他应具备深沉独到的理论修养、强烈执著的社会责任感、自我超越的创新精神、严谨规范的工作态度以及坚忍不拔战胜困难的意志力量。当你感受到这些时,你便会明白,祖国建设的步伐何以如此飞速、如此坚实、如此豪迈!

(见报时间:2009年2月25日)

在西北濒危动物研究所采访

深冬里的回眸

"此处汉水如丝如缕,两边大山渐次逼近,由蜷伏而陡立,直至奇峰相夹,如兵阵森列,仅容公路通过,仰视天光一线,雄险奇绝至极。"

——王蓬 《品读汉中》

"12月1日开始,一股强冷空气自西北向东南先后影响我国大部地区,并且带来大风、降温、降水和沙尘的天气。此次降温是入冬以来最强烈的,局部地区降温幅度甚至超过了10℃。它将对我们的生活带来非常大的影响。"

——中国国家气象局·天气预报

"12月22日,汉中市迎来入冬以来的第一场雪,降雪致西汉高速汉中段发生七起汽车追尾事故……另据了解,积雪造成309省道略阳境内多处道路结冰,由此引发一起交通事故,也让连接陕甘大动脉的309省道交通中断长达8小时以上。"

——《汉中日报·消息》

2008年12月,深冬里极为寒冷的一天,陕西省作家协会向陕西地震灾区送书的车辆,行驶在大巴山中极为险峻的路段。

坐在前排副驾位的省作协创联部副主任王晓渭在不停地接听电话。电话那头的陕西省作协副主席、汉中市文联主席、著名作家王蓬和汉中市文联党组书记张正国十分焦急:何以在午后2时许即驶离汉中市高速路口的省作协送书车辆,3个多小时仍未抵达本次的目的地宁强县城?而在平时,这是一段只需约40分钟的车程。

这是一辆12座的金杯面包车,三分之二的车体被1000余册、每册40余万字的书籍塞得满满当当。车上数人:陕西省作协秘书长、创联部主任王芳闻,创联部副主任王晓渭,司机师傅张忠社以及记者,从清晨起便忙着装书,紧接着赶路,将近一天没有吃饭。此时,大家操心的不是自己的肚子,而是宁强县城里等候已久的人群……从王蓬、张正国不时打来的电话中,我们得知,宁强方面在宣教中心的广场上等候已久……

举目望去,群山夹峙,峰峦叠嶂,大雪纷飞,寒风呼啸。一簇簇在深冬的天空下伸展着苍劲枝干、在裸露中更显匀停袅娜体态的落叶乔木,一丛丛不畏严寒地摇曳着墨绿臂膀的常绿阔叶乔木,都被白色的积雪所覆盖。"乱云低薄暮,急雪舞回风。"远山、村庄、河流,冰凝雪积,一片静寂。

这是2008年的初雪。

冰塞川,雪满山,行路难!

车辆安装上防滑链,在结满冰凌的高速路上缓慢前行。

铁锁关、关峡隧道一带,堵塞的车队长达10里,宛若游龙。

富有经验的张师傅知道,车不敢停;一旦停住,再难启动。仗着车身灵活,他驾驶着车辆从大型货车的缝隙中穿行,一路紧绷神经,于薄暮时分胜利抵达宁强县城。

"12月22日至23日,陕西人民广播电台新闻广播《秦风热线》节目联合省民政厅、省扶贫办、省农业厅、省劳动和社会保障厅、省计生委、省物价局、省工商局、省文化厅、省卫生厅、省电力公司、省地电集团、省电信公司等13家厅局、部门和单位赴宁强地震灾区送温暖,23日上午在宁强最大的受灾群众安置点燕

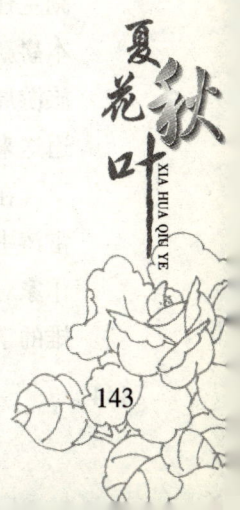

子砭镇木曹沟建设工地举办了'和谐三秦,心手相连,温暖灾区行'现场捐赠活动。此次活动,省13家厅局、单位为宁强捐赠的物资、器材、设备等折合人民币共计600余万元。"

——《陕西日报·消息》

深冬里冰天雪地的宁强,处处呈现出一派热火朝天的景象。

中共宁强县委常委、宣传部部长黄学锋激动地告诉我们,12月7日,最后一户住在帐篷中的受灾农户搬入新居。到目前为止,宁强县已先后安置受灾群众21930人。旁边县宣传文化中心的赵新军副主任接着说,县上的每个干部都有对口包干帮扶户,像他这样的副科级干部,就一人包了3户。县文联包的是青木川镇。县委宣传部副部长高举、县文联副主任刘军、县文联工作人员崔翠萍,不时地向我们谈着全国、全省各地、各部门对宁强灾区的关怀,倾诉着他们所感受到的社会主义大家庭的温暖。

说起全国、全省各地对宁强灾区的支援,黄部长很激动,天津市对宁强8.3亿的灾后重建资金已到位,预计全国整体将有40个亿的资金支援汉中宁强灾区重建工作。

陕西省作协向地震灾区捐赠书籍活动,被当地干部群众称为"精神上的送温暖"。在陕西省13家厅局、单位的"和谐三秦,心手相连,温暖灾区行"这一联合行动之前,"精神上的送温暖"已先期一步举行。各项活动珠联璧合,相得益彰,互相配合,互为先声,在宁强县刮起了一股冬季里的暖风,掀起了一波又一波的爱心高潮!

在一片冰天雪地中,在朔风呼啸的广场上,在久久等待了近三四个小时的薄暮时分,"陕西省作协向宁强捐赠图书"仪式隆重举行,宁强县人大副主任秦川、县政协副主席寇桂林出席仪式。广场上,书包高高堆起,一本本崭新的书籍在大红缎带的包裹下显得分外耀眼。宁强县文联主席、文化旅游局副局长李三旻说:雪大,山深,路滑。感谢作家们冒着严寒,千里迢迢送来了精神食粮。

在赠书仪式上的讲话中,陕西省作协秘书长王芳闻代表陕西省作协雷涛书记、贾平凹主席,表示了陕西省作协全体干部以及陕西3000多名作家对灾区人民的一腔深情、拳拳爱心:"在5月中旬那场特大地震中,英雄的宁强人民在各级党委政府领导下,迅速投身到抗震救灾、恢复生产生活、重建家园的战斗中,表现了不怕牺牲的精神和大无畏的英雄气概。大灾难把陕西作家和灾区人民的心紧紧地联系在了一起,我们梦萦魂绕着这片土地。我们将继续关注这片土地上发生的日新月异的变化,用笔讴歌勤劳淳朴的宁强人民重建家园、创造美好幸福生活的可歌可泣的动人事迹,为宁强人民鼓与呼,做宁强人民永远的朋友。"

"5月21日晚11时许,中国作协创联部孙德全主任打来电话通知我:受金炳华书记委托,中国作协将按照中宣部要求快速组织'中央抗震救灾文艺采访团'活动。赴陕西的团员为10名,其中中国作协派作家5人,陕西省出作家5人,采访地点为陕西的汉中或宝鸡。5月22日上午,我即主持召开党组扩大会议,做出两项决定:一、认真落实中国作协组织作家赴陕采访一事,会后拿出接待方案;二、借此机会,在全省组织抗震救灾紧急征文活动,尽快将征文遴选结集出版。"

"我在当天上午就给省委宣传部作了汇报,还同晏朝副部长就此项工作进行了商讨。同时也给正在宝鸡救灾慰问的胡悦部长作了汇报。胡悦部长指示:作家深入灾区,心系老百姓,意义深远。要倾心尽力把作家们接待好、把活动安排好,并要保证安全,平安而去、平安归来。"

"这些作家们是用极大的同情、牺牲和责任心去碰撞自己所目睹的人和事的,这种碰撞所产生的火花便是痛苦、感奋、热情和卖力。短短几天时间,要实地采访、要和余震不断周旋、要记录,还要整理、思考、写作,吃的是干粮,住的是震动中的临建房屋,可想而知,我们亲爱的同志们是怎么走过来的。同时我想,大概只有这个时候,作家们的社会责任和革命的英雄主义、浪漫主义情怀才会得以淋漓尽致的展示。"

——雷涛 《不辱使命》

"我曾夜夜为汶川和灾区的人民祈祷平安,为逝

去的生命秉烛守夜。作家们:让我们一道拿起手中的笔,去抚摸每一寸残砖断瓦碎石;用我们的体温,去温暖废墟下一双双眼睛,让他们感受到一丝丝温暖。"

——王芳闻 《短信一则》

在"5·12"之后那段举国皆悲的日子里,陕西省作协的许多作家们,都收到了一则情意真切的约稿短信,发信者是作协秘书长王芳闻。

之后,5月,作家们的心伴着大地的骚动而燃烧,作家们的泪伴着山川的崩烈而涌流,作家们的情伴着生命的倔强而驰骋。陕西省作协征文的启事刚刚见诸媒体,雪片一样的稿件就飞向编辑组的案头,在短短一周的时间里,就收到了1759人的作品,其中诗歌1936首,散文472篇,报告文学51篇。编辑组的同志们惊呼:"井喷了,文学井喷了!"

在冰天雪地中送往地震灾区的书籍,就是遴选上述作品以及作家们的灾区亲历而结集出版的。她由中国作家协会副主席、陕西省作协名誉主席陈忠实担任顾问,陕西省作协党组书记雷涛、主席贾平凹担任主编,陕西省作协党组副书记李文泰、副主席李国平、秘书长王芳闻担任副主编;她由贾平凹主席题写书名:《国殇·民魂》;银灰色的封面,厚重,大气;出版单位是太白文艺出版社。在陕西省作协副主席白阿莹的领导组织协调下,陕西延长石油集团为本书的出版提供爱心赞助。这部43万余字的大书,亦是陕西省的首部抗震救灾作品集。

深冬里的回眸,满含深情。

从震灾发生时勇赴一线采访,到饱蘸泪水秉笔疾书;从夜以继日审读书稿出版书籍,到冒着冰雪严寒捐书至深山,一幕幕情景,一幅幅画面,阐释了陕西作家对祖国的爱、对社会的责任、对民众的情。

在略阳灾区的盛夏,王晓渭度过了他的结婚纪念日;在宁强灾区的寒冬,他又接受了大家对自己生日的祝福。这则小故事,已然成为了陕西文学界的一段佳话。

(见报时间:2008年12月31日)

让大爱传递　让美丽延续

"青海湖的红嘴鸥来了，

吟诵着：熊宁、熊宁……

玉树州的布谷鸟来了，

鸣叫着：永恒、永恒……"

湛蓝色的天空中，朵朵白云诉说着思念；碧绿如茵的草原上，大红色的格桑花儿点点怒放。

在饱含深情的诗句与优美舒缓的音乐中，看那！最美女孩熊宁带着和煦温馨的笑容与美丽善良的容颜，以亭亭玉立的身姿，向我们款款走来……

现场许多人的眼睛湿润了。

每个人都思绪起伏。

在这岁末的冬日，大家回味着永远难忘的 2008 年。

在这一年里，我们经历了国殇兴邦的悲壮，向全球展示了北京无与伦比的奥运……

在这一年里，我们还结识了——熊宁。

2008 年 12 月 28 日，星期日的下午，《蓝天下的永恒——最美女孩熊宁》首发式暨"让熊宁精神感动中国"座谈会在西安隆重举行。该书主编、中共陕西省委宣传部副部长薛保勤，中国作家协会副主席、陕西省作家协

会名誉主席、著名作家陈忠实,带着对这位最美的年轻女孩的一腔感动,带着对中国新生代的深入思考与深刻剖析来了!

著名作家吴克敬、《当代陕西》副总编张金菊、网络音乐人焦新红,他们曾用笔蘸着泪水,描绘书写了美丽绽放的熊宁人生,也带着隽永的回味来了!

《蓝天下的永恒——最美女孩熊宁》由薛保勤主编、陕西人民出版社出版。该书内容细腻感人,体例新颖活泼。在广泛深入采访的基础上,以纪实报道的形式,深度挖掘了熊宁鲜活的成长历程和丰富的内心世界,图文并茂地展现了熊宁的感人事迹和熊宁精神巨大的社会感召力。全书分上下两篇。上篇以"爱心天使""爱洒高原""爱的思念"等为主题,再现了一个时尚、阳光、执著、独立、勇于担当的具有鲜明时代特征的青年志愿者形象,真实、生动地展示了熊宁"默默奉献、快乐助人"的美丽人生。下篇辑录了全国重要媒体对熊宁感人事迹的跟踪报道和网友歌颂熊宁的感言、诗歌和歌曲,通过对这个平凡女孩所引发的巨大的社会反响、对熊宁现象和熊宁身上折射出的朴实的道德力量进行深层次的解读,彰显了熊宁精神所体现的时代意义和社会引领作用。

"熊宁以健康向上、清新可爱的形象和乐于助人的品德,为母校师生做出了榜样,为我们时代青年树立了新的青春偶像。"熊宁母校——西安市第三中学校长崔玲动情地说。

"熊宁用青春、善良,甚至是生命为我们解读了志愿精神,告诉我们如何做人、做事,激励着我们成为一名志愿者。"北京奥运会志愿者代表白沛松说,熊宁美丽的心灵犹如金子般闪亮。

"这是献给熊宁的礼物,也是献给志愿者的礼物,更是一曲颂扬熊宁精神的赞歌。"陕西人民出版社社长惠西平谈及该书的出版过程时,深有感触。"编辑制作人员含着眼泪,加班加点地审读书稿,我们知道,是熊宁精神感动了我们;许多领导同志不辞辛苦地奔走于出版的各个环节,许多作者更是无偿地提供采访素材,不遗余力地支持着这本书的出版工作,我们知道,是熊宁精神感动了他们……"

"这本书的主题很深刻,准确地阐释了熊宁的精神。"李星说《蓝天下的永恒——最美女孩熊宁》一书让他接受了心灵的洗礼。

"改革开放的 30 年,是中国经济飞速发展的 30 年,在这个过程中出现了一些令人心寒、心酸、痛心的事,还出现了一些隐蔽的社会审美意识上的混沌现象。当熊宁事迹通过媒体传播开后,我为熊宁而感动,也深受启发。宣传各种事物的同时,要多发掘一些像熊宁这类的年轻人,让大众从中感受到一种自信,一种时代的自信。"陈忠实坦言,熊宁不仅让他这个"老汉"受到了震撼式的感动,也获得了自信。"熊宁是生活化的英雄,她的灵魂、精神、心灵上的闪光,让我这个'老汉'认识到了人的精神境界与年龄、社会地位是没有关系的。"

"志愿服务要力求多样化,以激发群众广泛参与的积极性,创造有利于宣传志愿精神的舆论氛围,加强志愿者的组织和领导工作。希望通过这本书,让更多的人探寻到熊宁的爱心轨迹,发现熊宁身上的平凡之美,让更多的人被熊宁的事迹感动,并使这种感动最终化作一种博大之爱,传递他人,成为永恒。熊宁入选了'2008感动中国'人物候选名单,我们要以此为契机,继续深入开展向熊宁同志学习的活动,用实际行动广泛普及志愿理念,大力弘扬志愿精神,吸引更多的人投入到志愿服务,让更多的志愿者成为良好社会风尚的倡导者,成为社会主义精神文明的传播者、实践者,使熊宁的未竟事业和伟大精神得以传承,从而为推动科学发展、建设西部强省发挥积极的作用。"一直在以其丰富的经验与丰沛的激情指导引领着学习熊宁活动前行的中共陕西省委宣传部副部长薛保勤在会议最后的讲话中,向全省的青年志愿者发出了激动人心的号召!

首发式暨座谈会历时约2小时,紧凑热烈,自始至终洋溢着追思英雄、昂扬向上的感人气氛。

(见报时间:2008年12月31日)

草原上的格桑花

日光月华 终成大气

从清晨6时起,林仑的手机就开始响,这天是2008年12月6日,虽然是周末星期六,但是这天,陕西省青年作家创作会议要对这位女作家的创作情况进行面对面的剖析与点评,而且这个点评是由陕西省作协贾平凹主席亲自来做。

对于这一仿佛从天而降般的喜悦,记者与林仑一样,都表现出了超乎寻常的期待,当然林仑的期待中还包含着无法压抑的紧张与不安。

不断鸣响的电话是林仑的同僚程翔打来的,他一早便起程,来为今天这或许会影响林仑一生的会议做采访报道,他俩一同供职于三原县新闻中心。"在我们三原,林仑此次参会并面对面接受贾老师的点评,委实是件轰动全县的大事。"

与林仑一样有幸的青年作家还有:寇挥、高鸿、张金平、庞文梓、刘爱玲、黎峰、丁小村、杨则纬、李小洛。对他们进行剖析与点评的著名评论家、作家,在陕西本土乃至全国,均有着响亮的声誉,甚至包括前面提到的贾平凹。他们是:李星、畅广元、叶广芩、莫伸、李国平、段建军、杨乐生、冯积岐、红柯、常智奇、李康美、朱鸿、张虹、冷梦、阎安、周燕芬、赵德利、梁向阳、王观胜、冯希哲、沈奇等。

二对一,面对面,深刻剖析,精彩点评,别具一格,匠心独运。

陕西省作协秘书长、创联部主任王芳闻告诉记者,在此次会议上被列为研究对象的上述10位青年作家,是通过严格的推荐、评议程序产生的,并最终经陕西省作协党组审批通过。10位青年作家,或频频有力作在省内及全国推出,影响颇大,或长期默默耕耘,成果颇丰,他们各具风格,有着极大的创作潜力;他们亟待名家的点拨与指导,寻求着突破自身的樊篱,伸展向天空,长成参天大树。

"山神护佑灵花草"

会议内容十分饱和,3天时间满满当当,然所有与会者一直都全神贯注,意趣盎然。贾平凹主席间或讲话,因其充满着玄机、妙趣与大智慧,总是能在严肃紧张的氛围中,引来会意与开心的笑声一片。"以前陕西作家,几乎是清一色的现实主义,而这次,则既有黄土派的作家和作品,又有西域派的作家和作品,还有先锋派的。"林仑或许兼容了前两者。4岁便失去父亲的林仑,少女时代投奔远在新疆的兄长。写作,是她在坎坷人生旅途中自我选择的一种最为惬意的生命存在方式。曾出版过长篇小说《西天行》、中篇小说《血做的太阳》,此次参会的主打作品是即将出版的长篇小说《终南山》。

该小说以终南山为大背景,故事情节曲折复杂,将农村与城市、社会与家庭、传统道德与现代思想碰撞、灵与肉、爱恨情仇交织在一起,纵横交错,波澜跌宕。林仑走笔串线,不仅在《终南山》中铸就了我们民族文化的魂魄,塑造了诸多有血有肉的人物,真实地记录了近半个世纪我们民族的发展史,而且还集艺术、哲学、玄学于一体,集自然的人文神韵于一身,在关注人与自然如何和谐相处上留下了深沉的思考。小说在紧紧把握人物命运与社会命运的同时,在传递时代信息与社会矛盾的冲突上也下了很大功夫。作者极其准确地把握着时代的脉搏,巧妙地在小说中融入了物象、天象等自然征兆,让读者去感悟、破解谜底……贾平凹说:"山神护佑灵花草",林仑的才华及她积数十年努力去攀爬的《终南山》,使得前者在翻阅了众多青年作家的作品后选择点评她。贾平凹紧接着的后半句话:"大树并非肥粪培",是这位才女以她的前半生生动诠释的。

写作并美丽着

会议上被研究的10位青年作家中,有4位女性作家:

笔名雨雁、天堂雪的刘爱玲。主要作品有长篇小说《把天堂带回家》、短篇小说《当野菊盛开的时候》、散文《映象》、诗歌《芦苇断想》等。

大学生作家杨则纬。写作的《我在瑞士300天》获《美文》杂志"2005年度最受读者欢迎的好文章";还出版有长篇小说《春发生》、《末路荼蘼》。

有着"新世纪十佳女诗人"桂冠的李小洛。大量诗作见于《花城》、《天涯》、《山花》、《诗刊》、《星星》、《诗歌月刊》、《诗选刊》等。

当然,还包括林仑;但林仑又似乎是一个另类,因为贾平凹说她的写作"比男人还要男人!"

对于几位女性作家,大家不约而同地使用了一个词汇——"美丽"。

陕西省作协副主席张虹这样叙述她对刘爱玲的感觉:"看到她那忧郁的大眼睛,那么美丽,生活如此苦难,但她对生活充满着热爱,写了这么多书,使我充满了敬意。"

谈到杨则纬,朱鸿坦言:面对着这样一位长着双眼皮、大眼睛的美少女,分析她的作品,对于自己,无异于"老革命遇到了新问题"。22岁的杨则纬,是历届参会代表中最年轻的。

同样是美丽的女性,刘爱玲写作的基点是她所经受的苦难。"身居底层,身残志坚""书写苦难""与命运抗争""苦难的生命体验"等,或许是人们描绘刘爱玲写作状态时着墨最多的语言。

评论家杨乐生对杨则纬直言不讳:如果你爱文学,希望你是真爱;如果不是真爱,你就趁早收摊!小姑娘在次日会议上"近乎哀求地"(主持人莫伸语)向听众表白:我是真的真爱。杨则纬用"一腔的热情,满眼的迷茫",叙述了自己当下的困惑。

"一年有四季 24小时有黑白"

女作家周瑄璞与寇挥同为陕西文学院首批签约作家,会议期间大家晤面,瑄璞说寇挥发型变了,变得更像作家了。这种"更像",或许指的是一种沧桑感。

著名评论家常智奇评价寇挥是气质性作家,并且充分注意到了寇挥写作中的内向、抑郁和沉默。40余岁的寇挥,曾出版有长篇小说《想象一个部落的湮灭》;在《北京文学》、《上海文学》、《大家》、《小说界》、《山花》、《芙蓉》、《延河》、《今天》、《文艺报》等报刊发表小说、散文、评论近百篇。中篇小说《长翅膀的无腿士兵》入选《1999年最佳中短篇小说》，短篇小说《黑夜孩魂》入选《21世纪小说选2002年短篇卷》，散文《北京贫民窟的新生活》入选《名家文化散文·灵魂的窗口》。

寇挥的作品，文学界界定其为魔幻现实主义，著名评论家李星认为其是噩梦似的寓言小说。充满在寇挥作品中的意象多是白日梦、恐惧、忧虑、孤独、绝望等，意境则是空旷与寂寞以及麻木。由此李星认为，寇挥是陕西文学界，甚至是中国文学界的另类。

对于寇挥，陕西省作协副主席冯积岐认为是不好解读的，认为他应当写得更明朗一些，意蕴更深刻一些。常智奇则说：戏剧性的作家一定是靠生命的知觉去判断，去面对社会和人生，这时候你一定要高扬"善"的东西，高扬"仁爱"的精神品格，从思想上做到挺拔与强大。

评论家杨乐生以"一年有四季，24小时有黑白"，来力主每位作家都应具备各自不同的写作风格特征。应该说，参会青年作家呈现出了异彩纷呈的样态，留给了大家深刻印象。

上世纪80年代末开始在《延安文学》、《延河》、《黄河文学》、《鹿鸣》、《散文选刊》上发表作品的高鸿，已出版的作品有长篇小说《一路呻吟》、《沉重的房子》、《农民父亲》及《厚土》（即将出版）；中篇小说《女人》、《二姐》、《外婆的爱情》、《那人、那事》、《躁动的少年》等。《沉重的房子》被新浪网评为"2006年十大重磅经典小说"；《农民父亲》入选"改革开放30年国家新闻出版署献礼作品"；小说《女人》获第二届长城文学奖。

笔名牧北的张金平，曾在《延安文学》、《延安日报》、《陕西工人报》、《桐城文化》等报纸杂志发表散文、小说、诗歌等近百篇（首），出版有中篇小说集《黑山羊》。因其于2007年成为了"夏衍杯"剧本征集最高奖——政府采购奖的获得者而为传媒界所熟知。

陕西文学院首批签约作家庞文梓，有着一段从农民到副研究馆员、从基层文化工作者到期刊主编的传奇人生。年岁尚轻，然面颊上已呈现道道沟壑，宛如他构筑着文学殿宇的大漠沙梁。庞文梓的文学成果不可小觑：先后在《中国作家》、《延河》、《延安文学》、《少年文艺》等刊发长篇小说《高天流云》、《是是非非》，中短篇小说《花子》、《黄昏后的第三者》、《猎杀》、《追逐阳光》等；另有长篇小说《情近情远》、《天际》(《高天流云》(单行本))正式出版发行。

中国人民解放军空降兵出身、毕业于解放军艺术学院文学系首届战

士作家班的黎峰,至今已在《青年文学》、《北京文学》、《解放军文艺》、《小说界》、《清明》、《雨花》、《作品》、《佛山文艺》、《鸭绿江》、《厦门文学》等文学期刊发表小说、散文80余万字。其中短篇小说《三个疤》获解放军文艺新作品奖,中篇小说《乡村情事》等小说被转载、收录。2005年出版个人中短篇小说集《我等待着被呼喊》。

点评黎峰的是陕西省作协副主席、著名作家红柯。此后,他的发言在会议上屡被引用,几成"经典":我觉得写东西的是个手艺人,要把手艺做好,就和农民种地一样,应把地种好。

红柯建议,写小说为人要正,祸心要深。现实是一个大地,一个飞机要起来,是要依附大地的;现在生活有了,不要怀疑这样的生活,怎样消化才是关键。有个作家说,"狼来了!狼真的来了不是文学;那个娃喊'狼来了!'狼没来才是文学。""文学来自生活,生活就是土地,土地里种下的庄稼不是文学,粮食也不是文学,粮食做成饭还不是文学,只是作文;我把饭吃饱的同时,还有余粮,我还享受,我要将粮食做成酒,酒就是文学,来自高原大地,完全是人的创作,和土地有关系又没有关系,来自于物质又高于物质。"

晚餐饭桌上,一位评论家私下说,他所看好的数位青年作家中,来自于汉中水乡的丁小村是其中一个。

毕业于陕西师范大学中文系的丁小村,曾做过11年的中学教师。大学期间开始文学创作,先后在《诗刊》、《星星》、《诗选刊》、《中华散文》、《中国作家》、《文学自由谈》、《星洲日报》等国内文学刊物及海外报刊发表诗歌散文作品近百万字,作品曾被选入多种选本。1997年出版诗集《简单的诗》,被列入先锋诗人选集"零点地铁"丛书。

1997年,丁小村开始中短篇小说创作。在《青年文学》、《飞天》、《延河》、《清明》等各类文学期刊发表中篇小说10多部,短篇小说60余篇,计百余万字。其中有多部短篇小说被《小说选刊》、《小说月报》等转载,并于1997年、2001年两度被收入当年全国优秀短篇小说选本。

2006-2007年采写创作的长篇非虚构作品《大秦岭·大家园》,以大秦岭地区的生态环保作为主要内容,被中国作协列入2006年度"全国重点作品扶持项目"。

谈及自己目前的写作状态与困惑,丁小村用两个词来加以概括:"游离"与"破碎"。丁小村坦言,"刚开始对这个研讨会不抱任何要求,大家交流一下而已。但当听到畅老师点评时便很感慨:'作家要珍视自己的文学理想'。李星老师也讲了很多,我觉得对我很有启发。评论家对文学发展的希望更为殷切。"

丁小村的点评者杨乐生认为,他是有望成为一个大家的。杨乐生说通过作品看丁小村,大的方面和寇挥是一类人,但在文学观念上寇挥走得更远,在表图形式上恐怕丁小村要更进一步。

杨乐生最后送给丁小村8个字:"难得偏见,一意孤行"。

他们正年轻

一个在会议期间被策划者、组织者及参与者反复提到的词汇——"太白会议",作为一个曾经发生过的久远的故事,多次敲击着大家的心房。

"大约是80年代初叶,早春时节,山中早晚还很冷,陕西省作协在太白县召开青年作家创作会议。那时,陕西一批青年作家陈忠实、贾平凹、路遥、邹志安、郭京夫等,刚刚在全国崭露头角,胡采主席期待着他们有一个辉煌的未来,有感于他们创作中亟待解决的突出问题,便去太白县召开了这次会议。"李星老师说。

"会议名曰'会诊会'。刚才雷涛书记与平凹主席也谈到,这是一次划时代的、里程碑式的会议。当时选取了四位作家:陈忠实、贾平凹、邹志安、京夫,用3天时间对他们的创作情况进行解读。掌控解剖刀的是当时被称为'笔耕小组'的几位成员:王愚、肖云儒、刘建军、畅广元、蒙万夫和我。身为作家、评论家的胡采主席将会议引导得非常好,不断把问题引向深入。近30年后,两次会议在组织方式、策划领导等方面,出现了惊人的暗合,也预示了今天会议的又一个里程碑性质。"

中国作协鲁迅文学院副院长白描先生的莅临,在当天的青创会上形成了一个小高潮。从带着血脉的对陕西的感情谈起,白描院长对召开于冬日西安城北的这次会议给予了高度评价。

"几年前,我对陕西的青年作家现状表现出了忧虑和焦灼。陕西老中青三代作家,在全国谁都不能小视,但是我忧虑的是青年作家中还没有路遥、陈忠实、贾平凹这样的人出现,或者拥有这样的趋势。相对一些省份,前几年,陕西省的步伐慢了一些。在许多省份,70后的大量文学新秀涌现出来,而陕西能提起来的却为数不多。陕西文学曾经在中国文学史上留下

了重重一笔,'陕军东征'现象到现在还值得研究。陕西作家的特点在于后发优势,不鸣则已,一鸣惊人。他们具有着独到的见解与表现方式,不容易随大流、不盲从,这是非常宝贵的。也许这眼油井新的喷发就在在座的几十位年轻人身上。这种会议方式在全国是独一无二的,是创造性的。"

青春的身姿,灵动的眼神,激烈的讨论,热烈的掌声,炽热的气氛一直延续到最后。

陕西省作协党组书记、常务副主席雷涛对中共陕西省委宣传部给予本次会议的大力支持表示衷心的感谢!

雷涛书记寄语青年作家们,对于前辈作家与评论家的栽培、指点,对于这种帮助自己能够成长为参天大树的培育和浇灌,对于这些珍爱和呵护,一定要倍加重视,要珍藏在心里,要铭记一生!

中共陕西省委宣传部副部长刘斌说,这次青年作家创作会议,注定会在陕西的文学发展史上留下浓墨重彩的一笔!

(见报时间:2008 年 12 月 10 日)

乐水

报告文学篇

　　2008年11月12日,由一位省级政府部门领导干部在深入秦巴山区入村宣讲十七届三中全会精神过程中,记录下自己8天时间所想、所感、所悟的《驻村日记》由本报全文发表。令日记的作者与本报始料未及的是,作品甫一刊发,便在全国引起巨大反响,先是新华网、新浪网、农电网、《当代陕西》、《呼伦贝尔日报》、《西部大开发》杂志等媒体以本报编者按为楔子和切入点全文转载;接着是在短短几天时间中,新华网上《驻村日记》的点击率达到几万人次,且跟帖者众!网友们的赞赏、肯定之情力透纸背与网页!

涟漪

涟漪

　　2008年11月下旬,一篇以《副局长的驻村日记:一个党员干部8天的所见所闻》为题的博文,悄然出现在新华网"深入学习实践科学发展观"专题栏目中。

　　短短几天时间,这篇文笔清新平实、感情真挚质朴的博文,引发了全国网民的极大关注。从边陲海岛,到塞外草原,从政治文化中心京城,到偏僻幽远的深山小县,都有来自不同阶层、有着不同身份的网民在点击阅读后,难抑激动之情,直抒胸臆,留下了精彩的点评。

　　有人民群众对领导干部深入基层宣讲学习科学发展观这一行动实践的高度赞扬:

157

名为"冰面下蓝色"的网友写道:"'窥一斑而知全豹,一叶而知秋'。虽然是一个农村的所见所闻,但也可以反映国家对农村问题的重视,从点到面就构成'新农村'了。省上领导干部深入农村本身就是一种进步。支持!"

另一位网友写道:"宣讲时间虽短,但可以看出你是一个负责的有心人。近年来,为了把党的政策第一时间宣讲到田间地头,各地都采取从机关抽专人下乡宣讲的做法,姑且不论这种方法的好坏,群众是不是欢迎,但政府的决心可见一斑。你作为一名政策宣讲人,记录了老百姓的认识和看法,也切身体会了好政策在百姓中的地位。支持你!"

署名为"陕西人"的网友,则以"三个没想到"来表达心中的赞叹:"简读、精读。一遍一遍从日记的字里行间看到了作者最真实的感受。让我对我们的政府官员、农民、农村有了太多的没想到。没想到作者在短短几天的时间里工作做得如此深入;也没有想到农民对国家的惠民政策了解得这么多;更没有想到我们的农村变化如此之大。"

《驻村日记》,还以其别具一格的题材、体裁,引发了一位"北京机关干部"的思考:"最近,开展的深入学习实践科学发展观活动中,各个单位都组织了进一步解放思想大讨论。读了《驻村日记》,我心里一亮。作者能够通过日记的文体,把宣讲活动生动形象地展现在读者面前,与机关传统的调研报告相比较,这种叙述方式扩大了受众面,老百姓也能看得到、看得懂行政机关的调研报告了。这是解放思想、勇于创新,促进行政机关调研活动的进步,也是行政文体百姓化的创新,更是农民群众向政府反映心声最真实的体现。"

更多的网友,则是在一口气阅读完后,被《驻村日记》点开了心湖中的涟漪,引发了积蓄已久的情感,畅所欲言,不吐不快:"也许是触景生情吧,看了你的日记,不由得使我想起了在部队作战时的一句话,那就是'祖国万事连我心,无私奉献为人民'。能深入群众、走访百姓和体察民情,真是共产党员的楷模啊!短短几日里你们能把《中共中央关于推进农村改革发展若干重大问题的决定》的精神带进那里人民的心田,着实让我敬佩啊!同时,我坚信你们所宣讲的地方,那里的人民一定能够尽快落实《决定》精神,改变农村落后面貌的。"

"我看过无数个学习体会,第一次看到以日记文体,把深入学习实践科学发展观活灵活现予以实施的。8.8万人下乡,写出工作日记的真是不多。作者不仅是完成一项任务,而是一次深入农村的调研活动,《驻村日记》则是一篇深刻的调研报告。从农民对党的政策的认识,到改革开放30年农村的变化;从农民所需所想,到农民自我的认识,以及作者自我认识的提高,都是发自内心的。这要比我们在办公室读文件、写体会要深刻百倍。期盼废除政府'八股文'式的调研报告,倡导《驻村日记》类的报告。"

一位匿名游客坦言:"我其实很少看这种正面文章,反而对一些负面消息更为关注。其实内心特别希望都是好的消息。所谓愈是关注就愈是痛恨黑暗。以后也要关注国家大事了。"

……

水面上传导迅速、美丽多姿的波波涟漪,激荡起它们的,一定是实实在在的物体。引发了这一波又一波思想涟漪的《驻村日记》的产生,则是省级党委、政府部门的正确决策,与一位行政机关领导干部的悉心领会、认真实践水乳交融的结果。

山　风

国以民为本,民以食为天。在中国这个泱泱农业大国中,农业、农村、农民问题关系着党和国家事业发展的全局。今年10月9日,党的十七届三中全会在北京召开,会议讨论并通过了《中共中央关于推进农村改革发展若干重大问题的决定》,直面"三农"问题。这个《决定》体现了继续解放思想、坚持改革开放、推动科学发展、促进社会和谐的要求,适应当前农村发展的阶段性特征和亿万农民的共同心愿,是新形势下推进农村改革发展的行动纲领。

旋即,各地掀起了深入学习、贯彻落实党的十七届三中全会精神的热潮。中共陕西省委将学习贯彻十七届三中全会精神与学习实践活动相结合,迅速下发了《关于选派万名干部驻村宣讲党的十七届三中全会精神的实施意见》,召开了选派干部驻村宣讲三中全会精神动员大会。各市、各部门积极响应、迅速行动,仅10月20日至24日,省、市、县、乡的8.8万名干部进村入户开展大宣讲活动。全省27553个行政村,平均每村有3名干部驻村宣讲。驻村干部与农村基层群众同吃同住同劳动,结合农村的现实情况,为农民群众谋思路、出点子、促发展,很快地使十七届三中全会精神家喻户晓、人人皆知。

按照中共陕西省委的统一安排部署,陕西省机构编制委员会办公室

(省编办)在人员少、行政体制改革任务重的情况下,迅速抽调10名干部组成十七届三中全会精神宣讲队,于10月23日开赴安康市紫阳县农村。对于长期在城市里工作、生活的干部来说,接受驻村宣讲党的十七届三中全会精神的任务,是改进作风、维护党的形象的新举措,也是了解农村现状、体验农村和农民生活的好机会。宣讲队员们认真学习了有关文件,力求吃透《决定》的精神实质,把握《决定》关于"三农"问题的原则、目标、重点及破解举措,为山区农民带去一股清新的风、一段深深的情,传北京的佳音、送永久的福祉。于是《驻村日记》的作者,便仔细搜寻了相关资料,结合自己学习实践科学发展观的体会,在脑海中勾勒出此行的大致宣讲方案。那就是,一要向基层干部、农民传达全会的精神,二要了解改革开放后农村的变化,三要学习农民如何在新农村建设中实践科学发展观。在山风徐来、山雨濛濛的乡间夜晚;在大巴山地,在一个熟睡中的峡谷村落里,这位素以勤奋著称的副局长奋笔疾书,六七千字的《驻村日记》完成了。

答 案

初读《驻村日记》,我想到了中国革命史和中共党史上一则耐人寻味的小故事。

民心向背,事关国家兴衰存亡。

政之所兴在顺民心,政之所废在轻民生。是否顺民心、重民生,直接关系人心向背,事业兴衰。

"长太息以掩涕兮,哀民生之多艰",这是两千多年前爱国诗人屈原的名句。民生如水,可载舟,亦可覆舟。1947年,毛泽东在延安会见民主人士黄炎培。黄炎培坦率地提到历史周期率,提醒即将迎来胜利曙光的中国共产党人要谨防"其兴也勃焉,其亡也忽焉"。

在半个多世纪的执政实践中,中国共产党始终把解决民生问题列为重大问题,带领全国各族人民,战胜各种风险和挑战,把贫穷落后的旧中国建设成为人民生活总体上达到小康水平,正在蓬勃发展的新中国。

历经艰辛探索和实践,中国共产党总结出了执政的宝贵经验:"要把发展作为执政兴国的第一要务"、"坚持立党为公,执政为民"、"始终保持党同人民群众的血肉联系"。

有网友言:"没有调查研究就没有发言权,更没有决策权。本文作者作为一名党员领导干部,能够深入基层,深入群众,是十分难得的。如果这样的干部多一些,就能够大大增强我党的凝聚力、战斗力。这样的干部才是民族的脊梁!"

如若我们的机关领导干部,都能够同《驻村日记》的作者那样,怀揣一颗虔诚的、忠实于党的事业之心,去切实完成党和政府所赋予自己的神圣的职责,认真满足老百姓的期盼,那么,我们的党、我们的国家,就会如同我们的先驱引领者当年在延安窑洞中对黄炎培所预言的那样,权为民所用,情为民所系,利为民所谋,永远同人民群众同呼吸、共命运、心连心,永远受到人民的拥戴。

(见报时间:2008年12月10日)

入村宣讲(右一为《驻村日记》作者王矿林)

雨后彩虹

2008年11月13日,一个飘着小雨的周末的午后,影片《支书和他的媳妇》在西部电影集团放映厅内,进行了杀青后的首次放映。该片编剧兼导演莫伸说:"这是一次私人性的友情放映。"莫伸友好、相关媒体及影片制作方百余人到场观看。

早在2003年,正在安康拍摄电视剧的莫伸,偶然听说了党的十六大代表、全国第十一次人大代表、安康市旬阳县棕溪镇王院村优秀党支部书记陈分新及其妻子刘忠群的事迹。

莫伸回忆说:虽然当时只是做了个粗略的介绍,不足半小时,但是其中一些细节还是立即打动了他。从此以后,他就把这对模范夫妻的事迹牢记于心,并时时准备着寻找机会深入到王院村去采访和了解他们。

2007年年初,西部电影集团和西影股份有限公司为迎接党的十七大召开,积极筹拍献礼片,莫伸便提出了想采访陈分新和刘忠群的想法。西部电影集团和西影股份有限公司立即予以支持。在旬阳县委县政府的具体帮助下,莫伸到陈分新所在的王院村进行了实地采访。

之后,莫伸又到旬阳和安康,详细采访了十多年间陆陆续续一直在棕溪镇工作过的干部,又与最早采访过陈分新的媒体人员广泛接触,整个采访中莫伸常常被这对不寻常的夫妇的事迹所感动,尤其是刘忠群,她作为一名高位截肢的残疾人,能够克服一切困难,自强自立,在帮助丈夫做好村干部工作的同时,自身价值也得到了极大的体现。

从旬阳回到西安后,莫伸马不停蹄地开始了剧本写作,短短半个月时间,他便写出了剧本初稿,定名为《支书和他的妻子》。

2008年初春,中共旬阳县委书记马赟偶然中看到了这个剧本,十分激动。他很快与莫伸通了电话,态度坚定地表示,尽管安康属于贫困地区,方方面面的资金筹集起来都比较困难,但是拿出钱来拍摄这样一部弘扬主旋律,弘扬正气,表现安康和旬阳优秀党支部书记事迹的电影,是值得的。在县委县政府相关部门的大力支持下,《支书和他的媳妇》很快上马。

影片讲述了一个发生在秦巴大山深处的故事。

与其他新时期农村主旋律题材作品相似,该片描绘了基层党员干部如何战胜常人难以想像的困难,包括恶劣的自然条件、闭塞落后的传统观念,以及由此引发的各种矛盾纠葛,甚至经历生与死的终极考验,迎来雨后彩虹的故事。

与其他作品不同、并由此而引人入胜之处在于,这位党支部书记有着一位因病高位截肢的妻子。他和他的妻子在改变家乡贫困落后面貌之前,首先要做的一件事情是,改变和克服自身的家庭困难。而这困难之巨大,非一般人所能承受。但也唯其如此,他们的事迹才感动了千千万万的人。

影片的亮点也正在这里,她的一波三折、扣人心弦、催人泪下,也正由此而生发。

青翠连绵的群山,雾霭氤氲的沟谷,秋夜中一灯如豆的农舍,暴雨中青纱涌动的农田……随着一个个质朴无华镜头的出现,平实却感人的故事打动了片场的每个人,许多观众涕泪交流。

影片的成功,首先在于编剧兼导演莫伸选择拍摄该片的初衷与主旨。莫伸说,不少人认为,主旋律电影就是假大空的代名词,这大错特错!"越是主旋律的影片,越不能假大空。只有紧贴现实生活,反映现实生活,具备真实的要素,才能真正做到生动感人。这同样也是我们对这部电影提出的要求。当社会普遍盛行炒作和艳俗猎奇之风时,我们必须明确:追求生理和感官的刺激不是我们这部影片的初衷,奢侈豪华也不是我们这部电影的标的,尤其是在当前那些大导演们滥用技巧,并且已经使广大观众对此产生厌弃情绪之际,我们更需要用扎实的劳动和普通人的眼光来诠释生活,并通过我们的努力使所有看到这部影片的人受到感动。"

莫伸始终认为,面对这样一对朴素的夫妻,剧本的表现手段同样必须朴素。"我们不能用任何矫情和夸张的方法来人为地拔高人物的境界。"在写这个剧本之前,莫伸就认定,写好剧本的基本前提是应当深入采访并了解陈分新的事迹,使编剧在深入了解农村生活现状和面临的问题,以及深入了解模范人物的精神境界的基础上,做到增强生活实感,梳理故事情节,从而完成一部情趣健康、正气昂扬的剧本。

如今拍摄电影,主要演员体验生活已成为一件非常困难且罕见之事,演艺圈的浮躁气氛使得很少有演员去这样做,但这却是导演莫伸对主演提出的第一要求。

扮演陈分新的是西安儿童艺术剧院的青年演员王光辉,扮演刘忠群的是陕西省人民艺术剧院的青年演员孟海燕。在正式开机之前,他们首先赶往王院村,和生活中的陈分新、刘忠群见了面,并认真地观察和体验这对夫妻生活中的一切。后来孟海燕说:"多亏有了这样一次实地的生活体验,否则对我来说,根本不可能想像怎样去扮演一个高位截肢的残疾人。不说精神领域,就拿最简单的走路来说,该怎么走?跛不跛?跛到什么程度?全是难题。"

但是有了这样一个实地体验,她的表演便有了底气,有了自信。

6月1日在旬阳县构元乡羊山村正式开机。到6月18日结束,拍摄期18天。

羊山的风光非常美丽,但是交通却很不方便,每逢下雨,原本狭窄和泥泞的道路根本无法通车,这使得拍摄工作困难重重。偏偏那一段时间连天阴雨,为了保证拍摄进度,剧组全体人员上山后,干脆在羊山八组和十组的农民家里分散食宿。羊山八组和十组都处在海拔1300米以上的高寒地带,条件可想而知。但是大家毫无怨言。

无论是在现场拍摄还是后期制作,所有参与人员都用严肃认真的态度努力打造着影片。最能说明问题的是,当影片制作完成后送到北京电影局做审查时,无论政治上、艺术上、内容上、技术上,相关负责人均未提出任何意见。莫伸说,在他影视制作的生涯中,这样被顺利通过的影视剧还是头一回。

作为这部电影中最重要的角色,刘忠群的表演难度很大,其中有不少戏都是在泥水中拍摄的。羊山地处高寒,雨水冰凉彻骨,偏偏这些雨景中拍摄的镜头大多难度很大,常常需要反复多次。看着在雨水和泥泞中摸爬的演员,有时导演和工作人员都不忍心了,但是孟海燕从未表示过畏难,也从来没有拒绝过从头再来的拍摄要求。就这样,她以自己艰苦的努力、扎实的表演功底,最终实现了表演的高质量。

莫伸还特别提到了旬阳县构元乡羊山村的老百姓。他说羊山村的老百姓非常淳朴,非常善良,非常热情。在拍摄期间,演职人员全部上了山,但器材设备却上不去,尤其是升降机等重达数千斤的大器材,全是羊山的老百姓一件一件背抬上去的。他感谢羊山村的乡亲们在整个摄制工作中为他们提供的无私帮助。他表示,他将在合适的时间,带着影片到羊山,为当地的乡亲们放映这部影片。

影片以这样的故事结尾:

随着日子一天天朝前走,修路和拉电的工程终于同时展开了,陈分新日日夜夜守在工地上。

工程即将完成,陈分新托人捎话,他明天可以回家了。

第二天一早,刘忠群就下地劳动了。正锄着玉米,远处传来隆隆的雷声,暴雨猝然袭来。刘忠群急忙朝家赶时,才发现由于只顾干活儿,假肢上的螺丝已经掉了。这使她无法直立走路,只好冒着倾盆大雨,满地里爬着寻找螺丝。

螺丝终于找到了,刘忠群熟练地将它上好,开始往回走。就在这时,她发现自己身上脸上全是泥团。她很犹豫,她心里清楚,如果丈夫看见她这种样子,会心痛的。她静静地在雨水里思考着,突然做出了一个出人意料的选择:仰倚在一块巨大的石头上,展开双臂,让雨水尽情地泼洒自己,把身上脸上的泥团冲干洗净。

冒雨赶回家中的陈分新没有看见刘忠群,立即上山寻找,并且很快在坡田上找到了她。雨恰好停了,天空出现了一片动人的彩虹。刘忠群正用手梳理着自己的头发朝他微笑。尽管她浑身透湿,但整个身上脸上一片洁净,有一种美丽而又神圣的光环。

陈分新心疼妻子,要背她回家,但刘忠群坚决不肯。她曾经答应过陈分新:不管生活中有多大的困难,她都不会绝望,都要和他手牵着手走路,一直走到底!——现在,她已经走到了能够从容兑现诺言的今天。

雨后霓虹,分外灿烂。他们就这样手牵着手在山路上走着。在他们面前,注定还会有很多困难,但是有了这样一种饱经磨难也饱尝温暖的牵

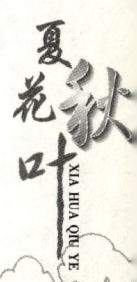

手,所有人生的困难都注定将被他们踩在脚下,都只是为他们更加美好也更加丰富的人生添加着动人的色泽!

《支书和他的媳妇》是一部数字影片,画面清晰,色彩逼真;影片音乐流畅,叙述感强,华彩乐段旋律突起,强烈浓郁的抒情表现,将现场气氛带入高潮。这是应当特别提到的。

(见报时间:2008年11月19日)

《支书和他的媳妇》剧照

报告文学篇

陕西是中华民族文化的摇篮,蕴藏着丰厚笃实的文化艺术资源,尤其是陕西的非物质文化遗产,堪称人间瑰宝。在纪念我国改革开放30年的今天,被中共陕西省委宣传部列为文艺精品项目、陕西省新闻出版局列为金版工程的《第一批陕西非物质文化遗产图录》由陕西人民出版社隆重出版。这是我国第一部省编非物质文化遗产图录,她雍容典雅,如牡丹灿然绽放;她耐人寻味,为三秦出版百花园中增添了一缕沁人心脾的清香……

花 开 之 时

在中国版图上,酷似一尊跪射兵马俑的陕西,地域辽阔,南北纵深,有着十分独特的自然景观特征。陕北大漠长河,沟壑峁梁,游牧文化与农耕文化在此交织;关中八百里秦川,土沃物丰,人杰地灵,十三代王朝建都长安,是古代东方文明的圣都;陕南植被繁茂,雨水丰沛,一派江南景色。

独特的地理环境和悠久的历史,形成了陕西丰富多彩的地域文化。塞北游牧文明、关中农业文明以及汉水流域的渔猎文明,构成了陕西文化的多元色调和博大品格。三秦大地有着太多充满浓郁乡土气息的宝藏,非物质文化遗产资源历史悠久、品类繁多。

胡锦涛总书记在十七大报告中明确指出:要弘扬中华文化,建设中华民族共有精神家园,其中要重视文物和非物质文化遗产的保护。

2008年金秋收获季节,陕西人民出版社隆重推出了《第一批陕西非物质文化遗产图录》。这是我国第一部省编非物质文化遗产图录。

翻阅散发着墨香的崭新书页,白色的封面,赤、橙、黄、绿、紫、蓝各色的书脊书舌,一朵绚烂灿然的工笔牡丹跃然纸上,夺人眼目;大红色的书盒,开阖之处宛若莲荷;随书附赠的小配饰:闪亮的缎带、五彩缤纷的书签,以及由陕北农妇手工剪出的大红窗花,精美、熨帖、淡雅、清新,一切都显得那么别出心裁……

培 育

在波澜壮阔的改革开放进程中,陕西人民出版社实力不断增强,取得了不菲业绩。成立 50 多年来,共编辑出版政治、经济、文化、科技等各类图书 14000 多种,累计 4 亿多册;共有 1500 多种图书在省部级以上各类评比中获奖。这足以令陕西人民出版社上上下下感到自豪。然而,当告别过去、面向未来,把自己置放在更大的参照系中纵横对比时,立时又感到了巨大的压力与挑战。陕西人民出版社这一届踌躇满志的领导班子,在广泛听取群众意见、分析国内外出版行业的现状后,思路逐渐清晰起来。

陕西人民出版社社长惠西平认为,在全国 570 多家出版社中,陕西人民出版社必须走自己的路,抓好文化精品项目,形成自己的鲜明个性。2006 年末,他提出,除了抓好《四部文明》的出版,还应在陕西非物质文化遗产方面考虑一个选题。当时,《四部文明》正由副总编吴秉辉主持编辑——这是一部国家古籍整理的重点图书,是建国以来全省文化界、出版界的一次文化盛事。于是,编辑出版后者的任务就落在了副总编弓保安身上。

编辑经验丰富并有相当学养的弓保安经过深思熟虑,打算打造一项大型工程——《陕西非物质文化遗产名录书库》,并就此写了一份详细的实施方案。后根据有关方面意见,书名改为《第一批陕西非物质文化遗产图录》。全书包括 24 个国家级项目,121 个省级项目。要把 154 个项目压缩到一套书中介绍,弓保安颇费了一番心思,又写出详细的实施方案。这个选题被中共陕西省委宣传部列为文艺精品项目,得到了指导和帮助。陕西省新闻出版局、陕西出版集团极为重视,陕西省新闻出版局还将此选题列为局里的"金版工程",在选题的实施过程中进行了认真指导。陕西人民出版社编委会也很重视,惠西平社长从组稿、出书等各个环节给予支持、帮助和检查、督促。

第二次实施方案通过是2008年3月份。4月,重任在肩的弓保安开始大面积组稿。150多个项目分散在全省各地,所以组稿难度相当大,还遇上了地震干扰。并且,7月5日稿子才基本到齐,8月底就要出书,所以时间非常紧。为了提高工作效率,稿子分给编辑,他们改完几篇就送过去几篇,弓保安再审、再改,实行"流水作业"。一遍下来等于把三道关口都过了,而弓保安还等于做了认真的统稿。连续一个多月,弓保安和他的项目组成员每天包括每个周末都加班,一头钻进稿件里,就没有了时间概念,几乎都工作到半夜。天气渐热,挡不住大家的工作热情;汶川大地震发生,揪着大伙儿的心,但并没有影响工作情绪和进度——坚守岗位,也是以实际行动支援灾区啊!

弓保安对编写此书的指导思想十分明确,就是不做简单性的项目介绍,而是要做比较具体、详细、深入的介绍,文字要经过一定的学术研讨的提炼,使整套书有比较丰富的知识性,还有一定的学术价值。让国内外从事这方面工作的,或喜欢这方面知识的人,能通过此书对这些项目有比较详细、具体的了解。对研究者来说,这套书不仅有学术研究的成果,还有学术的提炼,对其学术研究可作一个重要的参考。由于有这样的想法,所以在组稿时,给每一个项目都规定了文字字数和所配图片的数量。

弓保安要求文字的基本内容,包括历史状况、意义、生存状况等3个方面。历史状况是要重点写的,因为这本书主要是项目介绍。写生存状况的好处是,能提起人们对它的关注和重视。但是不能硬编,不能用一个死的体例框起来成为一个"八股"式的东西。因此,他只提原则性要求,让作者根据不同情况灵活编写,从而使文章生动活泼、千姿百态。

绽 放

书内文章的作者均为各县从事非物质文化遗产保护的工作人员。他们熟悉这项工作,掌握第一手资料,对非物质文化遗产有就近观察的切身感受,因而写出来的材料生动活泼,但是免不了有些粗糙,编辑修改的任务就很重。时间很紧,质量又要高标,弓保安要求编辑改每一篇稿子都不能有丝毫的马虎。凡是文章里面有引文的,都要核对原文,不经过核对的不能用,工作量极大。弓保安在终审、统稿时,也一丝不苟地查阅了大量书籍、资料。

　　为了保证质量,从编辑的审稿、加工、美编的设计到电脑部的制作以及校对科的校对,四个部门流水作业、各负其责。设计完一本就排一本、校对一本。哪个环节都不能停下来等稿子,几个科室同时加班。正在组稿时,出版部就提前介入召开会议,强调出版好这套书的重要性,从纸张用料到印制工艺都要求比较高。

　　在陕西人民出版社内部,此书就达到5校,严格把关。送印刷厂后,弓保安还带了两位编辑一起到深圳去。"无论是白天还是晚上,无论是休息还是进餐,印刷厂只要打出稿样就给我们送来,我们就及时地再看,一个标点也不放过。"出版部副主任钟军和美编室主任曹刚在深圳从头盯到尾,跟机检查,解决问题。

　　在弓保安看来,这套书是从非物质文化遗产方面来反映陕西的,目的在于把陕西介绍给世界,所以这套书的价值在于既能促进经济的对外交流,又能促进文化的对外交流。她又是一个文化抢救积累的项目。如果现在不及时整理的话,过几年可能就困难重重、无法弥补了。无疑,这是抢救、积累、宣传非物质文化遗产的一个重要"工程"。此外,还具有一定的学术价值,是目前填补空白的一套书;适宜于对外图书贸易和版权贸易。在改革开放的今天,在经济全球化的情况下,推出这套书,意义不可小觑!

　　2008年8月出版发行的这套精品图书,参照国家和陕西省分类标准,共出6辑,涵盖民间美术、民间音乐、民歌、民间舞蹈、地方戏曲、民间手工技艺等方面内容。她详细介绍了这些非物质文化遗产项目的历史、特点、传承人及保护现状等,资料翔实、内容丰富、重点突出、详略得当,而且图文并茂,印刷精美,乡土气息浓郁,具有较高的学术价值。

　　据日前公布的"第五次全国国民阅读调查"的结果:在最受读者欢迎的出版社中,陕西人民出版社跃居全国第六位。这是陕西出版界取得的历史性的突破。正如中国出版科学研究所有关负责人所评价的,这个调查"自1999年始,数据监测是唯一的、公共的,反映我国的文化消费的权威发布,影响面大";"陕西人民出版社这些年确实出了不少好书,本次调查是民众意向的真实反映"。排名跃升,取得突破,是全国广大读者对出版人辛勤耕耘的肯定和最大的赞许。用陕西人民出版社社长惠西平的话说,"读者欢迎是对出版社的最高荣誉"!

　　在当前这个变革的时代、思维多元的时代,惠西平社长和他领导的陕西人民出版社,思路更加清晰,目标更加明确,步伐更加坚实。在古城西安新闻出版大厦他的办公室里,惠西平社长话语铿锵、掷地有声:出版部门只有唱响时代主旋律,才能有更多弘扬民族精神、富有艺术感染力的优秀作品涌现出来;推出的作品才能既有传统文化的精华,又有现代审美意识,为人民群众所喜欢,为传播先进文化、促进社会主义精神文明建设、构建和谐社会发挥积极的作用。

(见报时间:2008年11月5日)

唐诗长廊

京城秋日

2008年第29届北京奥运会的火炬,刚刚在鸟巢的上空熄灭。初秋的北京,天高云淡,空气澄明。

对于年初履新的陕西省社会科学院党组书记、院长杨尚勤而言,如何贯彻落实好党的十七大报告所指出的,繁荣发展哲学社会科学,推进学科体系、学术观点、科研方法创新,鼓励哲学社会科学界为党和人民事业发挥思想库作用,推动我国哲学社会科学优秀成果和优秀人才走向世界,是整日萦绕在他脑际、令他反复思考的首要问题。从这一指导思想出发,杨尚勤确立了陕西省社会科学院办院的目标价值体系。他将之概括为:第一是咨政能力和水平,第二是学术地位和社会影响,第三是全院职工幸福指数。杨尚勤明确提出,要坚持为党的理论创新服务,成为马克思主义的坚强阵地;要坚持为建设西部强省服务,成为名副其实的省委省政府的思想库和智囊团;要坚持为全社会服务,成为社会认可的重要智库。

整个夏季,在院内浓荫蔽日的梧桐树下,常可以看到杨尚勤凝神思索的身影。

与文化研究所所长王长寿的一席交谈,促成了他们的北京之行。

王长寿的另一身份是"陕西文化产业发展研究中心主任",该中心成立于2006年下半年,其任务之一是,促进科研与产业的结合;与企业合作共同策划与运作文化创意项目;努力推动陕西区域文化产业的规划、创新与发展。

近年来,陕西省文化产业取得了较快发展,文化在经济社会发展中的作用日益凸显,2006年陕西省文化产业生产总值达260亿元,占全省GDP的6%。

杨尚勤与王长寿清醒地认识到,当前世界经济正面临着一场极其深刻的变革,文化产业悄然兴起,日益引起人们的重视和青睐。21世纪人类社会的竞争形态,将由"武力竞争",转为"经济竞争",再转为"文化竞争"。联合国教科文组织指出:"发展可以最终以文化概念来定义,文化的繁荣是发展的最高目标。"有专家说:胜负决定于文化领域,胜负的重点就在文化产业。在全国不少省市都在纷纷加快文化产业发展的形势下,陕西只有深化改革,整合资源,加快发展,才能真正将资源优势转化为产业优势,占领文化产业发展的制高点。

作为首都,北京文化产业发展因其得天独厚的优势而领先于全国。文化产业投资的资本运营及生产力要素的配备;教育、人才与信息的资源整合;体制与机制的改革;文化创意资源的提升与规模的扩大等等,是杨尚勤院长与王长寿主任所感兴趣的几个问题,因此,他们便将考察的目光,投射在了北京产权交易所、中国电影集团怀柔影视基地、北京大学文化产业研究院及798工厂。

北京产权交易所 北京产权交易所交易大厅设在北京市金融街。正逢周末双休,平日熙熙攘攘的金融街,此时人流稀少,显得十分宁静整洁。针对杨尚勤院长有关文化产业融资平台的讨论,北交所合作发展部的邱子凡总经理,介绍了北京产权交易所的概况与发展形成过程,并就搭建与扩展陕西文化产业融资平台提出了富有经验的建议。

中国电影集团怀柔影视基地 在中国电影集团怀柔影视基地,程晓阳经理亲自驾驶电瓶车,带领着杨尚勤院长一行考察。

曾拍摄过《大宅门》、《还珠格格》、《铁齿铜牙纪晓岚》等百余部影视作品的飞腾影视城,是怀柔影视产业的肇始者。中影集团影视基地的落成,使这里实现了由影视外景拍摄基地向影视制作中心的飞升。程总介绍说,这里有16个摄影棚、音乐棚、对白棚、混录棚、非线性剪接编辑等设施,以及一流的影片资料及数字电影制作中心、网络配送中心、动漫制作中心

影视传播中心、技术研发中心等,打个比方说,一位编剧、导演或制片人,只要带着他的创意来,就可以通过这里的生产线,打造出一部完美的影片出来。

一个5000平方米的特大摄影棚,引得考察组一行驻足。程总介绍说,这是目前全球最大的摄影棚,有12层楼高,约20多米,能搭出一架波音747客机的场景,或三节火车车厢,配有中央空调设备,可根据剧组需要,模拟春夏秋冬四景。

大家得知,不久前,中共中央政治局常委李长春,还亲赴中影怀柔基地指导工作,同时参观了新版《红楼梦》刚刚投入使用的3000米棚景。

建设世界一流管理、一流设备、一流技术、一流配套设施的花园式电影之都,是中影人正在实现的梦想。

北京大学文化产业研究院 北大燕南园中一处林木葳蕤、竹篱环绕的院落,爬满常春藤的平房式建筑,青砖红檐,古色古香。百年老宅华丽变身,成为现代科学研究机构。

研究院成立于1999年初,是以整合北京大学文化产业相关研究资源,深化文化产业理论和政策研究,促进产、学、研一体化,推动我国文化产业发展为宗旨的跨学科校级研究机构。该研究院致力于成为全国文化产业理论创新平台,致力于成为全国文化产业项目振兴中心。

考察当日,研究院副院长向勇、特约研究员许晓峰与考察组一行,就文化产业发展的理论与实践方面的诸多问题,进行了细致与深入的探讨,并就以后的合作事宜达成了初步意向。

798工厂 在北京东北角,有一个以上个世纪50年代建成的工厂命名的艺术区,这就是798艺术区。从50年代末到60年代中期,这个区域曾经叫做"718联合厂",全称为"国营北京华北无线电器材联合厂"。

2001年开始,来自北京周边和北京以外的艺术家开始集聚798厂,他们以艺术家独有的眼光发现了此处从事艺术工作的独特优势。他们充分利用原有厂房的风格(德国包豪斯建筑风格),稍作装修和修饰,一变而成为富有特色的艺术展示和创作空间。现今798已成为北京都市文化的新地标,并由此引申出798文化概念,以及一种时尚的居住与工作方式。

暮色中的798工厂,充满着新奇、怀旧、时尚、梦幻之魅。考察组一行,既步履匆匆,又流连忘返,直到夜幕降临,才不舍地离开。这不舍中带走了几许思考呢?

京城秋日,物象纷纭,诸端思绪,发轫于心。赴京归来,在杨尚勤院长的指导下,王长寿开始着手编撰2007年度陕西文化蓝皮书,编写2009年度陕西文化产业发展规划。

9月9日,中共陕西省委常委、省委宣传部部长胡悦来到陕西省社会科学院视察。胡部长指示说:陕西省社会科学院要通过加强自身建设,努力把自己建设成在全国有较大影响、西部领先的地方社科院。胡部长的视察与指示精神,感动着社会科学院的科研人员,也感动了杨尚勤院长。做好陕西省委、省政府"思想库"与智囊团的责任,为建设西部强省做出贡献,令他须臾不敢忘怀。

与许多有为者一样,观看、品味、揣摩电视剧《亮剑》,是杨尚勤院长闲暇时最惬意的选择。常常是随便翻到某个频道,一看在播《亮剑》,便不再调台,便开始有滋有味地观看起来。酷爱《亮剑》的杨尚勤,一定是在用《亮剑》中的崇高、激情、智慧与胆略,在做着陕西省社会科学研究领域的布局谋篇吧!

(见报时间:2008年10月29日)

与陕西省社会科学院院长杨尚勤(中)、文化产业研究中心主任王长寿(左)在北京金融街

高天流云　黄河神曲

2008年10月12日晚,由中共陕西省委宣传部和榆林市委、市政府联合打造的陕北秧歌剧《米脂婆姨绥德汉》在榆林隆重首演,取得巨大成功。

倾心打造　玉汝于成

榆林市文化文物局局长、《米脂婆姨绥德汉》排演领导小组办公室主任李博,至今仍清晰地记得2005年4月的情景。中共陕西省委宣传部和榆林市委、市政府决定联合打造一部以反映男女爱情为主线,以流传悠久而广泛的民间俗语"米脂婆姨绥德汉"为剧名的陕北歌舞剧,以此来体现深厚的黄土精神、黄河精神和人类最为本质的东西——人性精髓。同时,为了满足当代人的审美心理,将该剧定位为一部充满浓郁的陕北民间特色文化的喜剧,力求给人以赏心悦目的直观效果。

按照"高起点、高层次、出精品"的原则,该剧演出组织方聘请了我国著名戏剧家、剧作家、导演,曾经完成过国家大剧院意大利普契尼的世界著名歌剧《图兰朵》排演任务的陈薪伊担任总导演,陕西省作协副主席白阿莹任编剧,中国音协副主席、陕西省文联主席、陕西省音协主席赵季平任作曲和音乐总监,同时聘请陕西省乐团的崔炳元、西安音乐学院的韩兰魁、陕西歌舞剧院的李兴池参与音乐编创。上海资深制作人薛保忠担任制作人。总导演在全国范围内选聘了国内顶级的导演、灯光、舞美、服装设计师。为了提升表演层次,进一步扩大影响,还聘请我国著名歌唱家王宏伟、雷佳担任男女主角。

陕北文化符号的艺术性阐释

"米脂婆姨绥德汉"是一个文化符号,更是一个人文标尺。多少年来,成为陕北乃至全国对男人和女人人格魅力的终极赞誉。该剧以陕北民间音乐为链条,以乡土风情和当代意识为建构,用乐观、健康、诙谐的编创风格,演绎了米脂女子青青和绥德后生虎子、石娃、牛娃三人之间动人的爱情故事。在很小的时候,虎子和青青订下了"长大以后我要娶你"的婚誓。时光荏苒,当他们长大了以后,虎子被逼离家上了山寨,石娃成了远近有名的好石匠,牛娃成了青青的"亲哥哥",他们的爱情结局也随之发生了变化……

为了搞好该剧的创作,三年以来,编剧、导演、作曲、舞美、灯光设计等付出了大量艰辛的努力。他们多次深入榆林采风,多次赴上海、聚西安、进北京,研讨创作事宜。剧本基本上是十易其稿,最终确定了排练稿。导演对该剧形成了非常成熟而巧妙的构想,并对该剧所要反映的主题和所要揭示的最为本质的灵魂性的东西进行了深入的挖掘、高度的提炼,使该剧从思想上进一步升华;音乐突出陕北民歌特色,旋律优美;服装、舞美、灯光等都能充分体现总导演的意图和剧情的要求,既突出鲜明的地域特色,又富有强烈的时代感。

著名文艺评论家李星,在观看完《米脂婆姨绥德汉》后称赞说:这是一出很有想法与追求,达到了较高审美层次的歌舞剧,成功地运用民间文化、民间文艺、民间生活中的元素,对其进行了现代化的包装。首先,在人物形象与服装设计上,与以往人们熟视无睹的陕北姑娘、陕北汉子的打扮完全不同,民间剪纸、绘画在服装上体现了出来。虎子、石娃、牛娃以及小孩子的形象,都有些卡通娃娃的色彩。

李星指出,《米脂婆姨绥德汉》在对陕北民歌的演义与阐释方面,形成了极大的突破。在陕北高原上流传了千百年的原生态的信天游,完全使用交响乐伴奏,气势恢弘且不失韵味。演唱中的美声元素,形成了极为开阔的音域,很有厚度与宽广度,与黄土高原的壮阔辽远相一致。

李星强调,该剧对陕北民歌全新的包装,或可引发较大的争议。对此,他特别引用了白居易《与元九书》中的一句话:"文章合为时而著,歌诗合为事而作。"艺术是随时代的变化而变化的,艺术要发展,要具备其所处时代的文化符号元素与艺术符号元素,应具有其所处时代的时代精神。

李星接着谈到,该剧写的是黄土地上人们的生存,写的是黄土高原上的人们世世代代永恒不变的那种刻骨铭心的爱与关怀,由竞争、斗争、挑战,到最后的宽容。陕北女人的美丽及心灵中对爱的执著追求;陕北汉子敢爱敢恨,讲情、讲义、讲宽容的宽广胸怀,是黄土高原的精神情怀与生命意识,是我们这个民族能够战胜一切自然灾害、瘟疫、战争等天灾人祸,而顽强生存下来的人文道德根基。对我们这个民族而言,民族精神中最为深刻的,是宽容、爱、和谐共事,该剧在这方面是很有自觉思考的。

陕西省音乐家协会名誉主席、陕北民歌研究会会长、国家一级作曲家贺艺认为,《米脂婆姨绥德汉》,是在新的历史时期,对陕北秧歌剧的新探索与大力发展。

贺艺说,秧歌剧产生于1942年的延安时期。《米脂婆姨绥德汉》,是具有陕北民俗风情人文色彩的,新时期用新手法进行新创作,而打造出的新发展了的陕北秧歌剧。

贺艺总结道,《米脂婆姨绥德汉》的创新之处在于:首先,用新的思维、新的追求,对陕北的民歌、秧歌进行了大胆的发展与提升。演出过程中,人们既能听到传统的民歌,又能听到利用陕北民歌元素进行的全新创作。所以说,该剧对陕北民歌的传承与发展是并行不悖的,这同时也是保护非物质文化遗产的宗旨与要求。其次,秧歌剧的特色、特点在于歌与舞的结合。开始时的秧歌剧大多只在广场上演出,结构、编排都比较简单。《米脂婆姨绥德汉》以民歌与秧歌的相互配合来铺陈一个故事,表现主人公的爱情追求与心理矛盾,提升放大了陕北秧歌剧。第三点,该剧在舞美、灯光、服装等方面也进行了大胆尝试,融入了现代审美追求与审美元素,更具色彩化,感觉很新颖。

对于《米脂婆姨绥德汉》的创新,贺艺认为,艺术必须符合现代人的审美要求与审美情趣。应该说,该剧成功地突破了以往陕北民歌创作中的樊篱与僵局,打造了一台在新时期具有新发展的陕北秧歌剧。

传承发展陕北民歌的新载体

《米脂婆姨绥德汉》首演的日子里,本剧音乐总监、作曲赵季平穿了一件红色上衣,加上他原本高挑、适中的身姿,在秋色醉人的塞上,显得十分出众、引人注目。

作为陕北的文化符号与文化图腾,神奇瑰丽的陕北民歌,承载着太多黄土地上生生不已、绵绵不息的遗传密码与生命精神;高远苍凉的陕北民歌,唱不尽这片亘古高原的美丽、久远、绚烂与辉煌。但是,陕西人视之为珍宝的陕北民歌,近年来在全国"青歌赛"这一展示各地音乐风采的平台上,却成绩多不理想,每每铩羽而归。由此,赵季平将《米脂婆姨绥德汉》的音乐构思定位为陕北民歌的、传统的、时代的,希冀从整体状态上赋予陕北民歌在原有基础上以新的内涵,通过打造一个载体,将陕北民歌往前推。赵季平说,《米脂婆姨绥德汉》就是一个载体,要通过她,为陕北民歌营造出一个新的局面。这个局面不仅仅在陕西这块土地上,还要辐射到全国,让全国感受到陕北民歌在新的历史条件下的一种新魅力。

当记者问到该剧在传承与发展创新的结合、传统音乐句式与原创音乐的有机糅合时,赵季平说,传统信天游的音乐句式为上下句,但贯穿剧中的新的音乐思维又是其所不能涵盖的。比如说典型的"青青主题",其中就有起承转合,在陕北民歌原有的意味上已经有所扩展。又比如说《黄河神曲》,是作为童谣来打造的,其扩展形态悠长壮阔辽远,主体形态则十分口语化、民间化、通俗化,营造了一种内涵丰富的,便于其后打造、展开的素材。赵季平说,本剧的音乐叙述实际上是复式结构的,在《黄河神曲》的主题之下,还暗藏着一个"家住绥德三十里铺"这另一主题,高潮时旋律突起,与载体紧密结合。

赵季平回忆起参加全国人大会议时,他与中宣部部长刘云山的一次会晤。刘云山部长说:季平同志,你要考虑,打破原来音乐剧的框框,写出我们中国气派的东西,最好搞一台有黄河流域、民族气派的东西。实际上我们剧目的这种定位,既体现了十七大关于文化大发展大繁荣的精神,也体现了锦涛同志目前提出的深入实践科学发展观的要求,应该说,在中共陕西省委的领导下,我们这台戏所走的道路,在政治上

是领先的。

谈及其所引领下的该剧音乐创作团队时,赵季平的欣悦之情溢于言表。他说,小崔对乐队的整体把握非常棒,在段落旋律创作上有着质的飞跃;兰魁的旋律结构充满色彩性,就像一个调色板,十分细腻;兴池在陕北土生土长,积累了大量陕北民间素材。演员阵容方面,几位主演王宏伟、雷佳、吕宏伟,在全国都是一流的金牌歌唱家,而且具备非凡的演绎新作品的能力;包括雒翠莲、雒胜军,也是无可替代的。

(见报时间:2008年10月15日)

《米脂婆姨绥德汉》剧照

苹 果 红 了

"苹果圆，苹果甜，
苹果来自洛川县。
洛川的苹果多又繁，
洛川的苹果香又甜。
苹果甜，苹果香，
多吃苹果保健康。
苹果香甜能治病，
工作学习有保证……"

1953年农历9月，这首歌谣，通过种植苹果的青年农民李新安之口，开始在沟壑纵横的陕北洛川塬上流传。其时，距他从河南灵宝历经千辛万苦，将200株苹果树苗移栽至洛川县北的阿寺塬坡上，刚刚过去了7个年头。

半个多世纪过去了。如今，漫步在洛川塬——中国西北黄土高原原始地质地貌保留最为完好的风积黄土古塬上时，举目望去，到处是绵延几十里的苹果林，千千万万点鲜红娇美、晶莹欲滴的果实，累累悬挂于枝杈间，摇金缀紫，芬芳吐艳，色彩缤纷，美不胜收……

苹果红了。

命题·授旗

2008年10月10日,陕西文艺家"金秋果乡洛川行"采风团,在十里果香中,迎着仲秋初起的寒意,来到苹果之乡洛川。采风团成员中,有来自首都北京的中国报告文学学会副会长李炳银、中国作家网总编胡殷红、武警总队大校党益民,有陕西省的著名作家、美术家、摄影家高建群、赵振川、戴希斌、莫伸、冷梦、王芳闻、闫安、朱满堂、刘奇伟、沈荣华、丁慎忠、李宏发、马宏锦等。中共陕西省委宣传部副部长、陕西省文联党组书记刘斌任采风团团长,陕西省作家协会党组书记、常务副主席雷涛任副团长,中共陕西省委宣传部文艺处副处长许忠雁任秘书长。

中共陕西省委常委、省委宣传部部长胡悦出席了陕西文艺家"金秋果乡洛川行"的启动仪式,并为采风团授旗。胡悦部长指出,这次采风活动是我们学习实践科学发展观的一个重要举措。我们一定要认真贯彻落实好赵乐际书记的指示精神,高度重视,精心组织。通过本次深入洛川的采风活动,艺术家们采撷洛川以苹果为主的绿色生态文化、黄土民俗文化,以及悠久的历史文化和丰厚的红色文化,展现陕西省坚持科学发展观,大力调整产业结构,建设世界优质苹果生产基地,大力发展循环农业和无公害果业,实现苹果产业化和工业化方面的新举措、新经验、新亮点,为打造陕西苹果的世界品牌提供强有力的文化支撑。

对于此次采风活动发起、组织的初衷,采风团团长刘斌介绍说,洛川县地处革命圣地延安,是世界公认的苹果优生区,素有"苹果之乡"的美誉。全县苹果面积达50万亩,人均3.1亩,居全国之首,先后被指定为亚运会、人民大会堂和中国女排等专供果品基地,并成为2008年第29届北京奥运会苹果专供基地。不久前,陕西省委赵乐际书记去延安视察,沿途看到洛川果园中果枝繁茂、果实累累的丰收景象,指示让艺术家们深入洛川开展采风活动。所以此次采风活动也是一次命题作文。从大的背景上来讲,首先是贯彻落实省委赵书记的指示精神,宣传好陕西的苹果业,为做大做强陕西的苹果业服务,因为苹果业是陕西农业的一个鲜明符号;第二是实践科学发展观的要求。作为党的宣传部门,如何很好地围绕中心、服务大局,推动科学发展,为经济建设服务,是一个很重要的主题。再次,文艺工作者应该深入生活、深入群众,投身到火热的生活中去,用艺术家的社会良知,来感知与讴歌这个伟大的时代,描绘当今火热的生活,并从中汲取艺术的养料;艺术家需要鲜活的生活养料去滋养,千姿百态的生活亦需要艺术家去进行深入,去充分表现、展示与描绘。

感知·抒怀

陕西文艺家"金秋果乡洛川行"采风团到来时,亦是"洛川国际苹果节"盛大开幕之际。秋色斑斓的洛川塬上,十里八乡一片欢腾。主会场正门口,是用上千颗苹果摆搭成的巨大苹果雕塑;院内正中的喷泉前方,是一面红彤彤的巨型苹果墙,上面利用果实的天然色泽,摆出了"洛川苹果"四个大字,前来参展的客商、果农、乡镇群众纷纷在此合影留念。此情此景,使艺术家们激情难抑,激动不已。陕西省文联副主席赵振川欣喜地说,以前曾多次到陕北采风,途中每每经过洛川一带名叫圪崂的小村镇,在那儿吃午饭。这一次来,脑海中曾十分熟悉但格外贫穷的洛川不见了,取而代之的是满目如诗如画的美景:如一盏盏红灯笼般挑在枝头的果实,辛勤采摘的果农,繁忙交易的果商……将洛川苹果作为采风对象,对许多艺术家来说还是第一次。采风,就是要以采集生活中的美好为着眼点,由此对艺术家的创作思想与创作理念进行提升。黄土塬的壮美,绝不亚于美国科罗拉多大峡谷的景色。千万年风雨侵蚀形成的一望无际、沟壑纵横的塬峁,上面覆盖着密密匝匝的绿褐色的果林,枝丫交错的果树上,悬挂着颗颗硕大鲜红、蜜汁饱满的果实……这是一幅多么壮观美好的画面啊!试想一下,若再逢春季苹果花开时节,那又该是一幅怎样摄人心魄的胜景啊!这次采风,使我找到了崭新的艺术创作的审美亮点,非常令人欣喜。

满载着采风团员的车辆在满目果林的洛川塬上行驶,一颗颗在金秋的微风中颤动摇曳、活色生香的红彤彤的苹果,也仿佛在敲击着陕西省作家协会副主席、著名作家、大型长篇电视连续剧《苹果红了》的编剧莫伸的心扉。在此次陕西文艺家"金秋果乡洛川行"暨"洛川国际苹果节"的各项活动中,大型电视剧《苹果红了》的剧本研讨会,是其中一处极为夺目的亮点。谈及这出首部以享誉中外的洛川苹果为主题的电视剧的创作情况,莫伸说:"我搞创作,从来不喜欢单纯去'编',一定要有生活基础,要在生活这棵常青树下施肥耕耘,为她添枝加叶,这是我的创作原则。2007年'5·23'时,延安搞大题材创作,陕西省文联的黄道峻副主席推荐了我。与此同

时,北京万裕世纪文化传播公司也正在寻觅以洛川苹果为主题而进行创作的人选,中国作协的白描也恰恰推荐了我,真乃不谋而合。"

莫伸如其一贯的作风,面部表情平静,思路条理清晰地缓缓而谈。"刚开始进行创作时感觉很难。首先我创作的着墨点不是生产技术,而是人。要兼顾鱼与熊掌,既要考虑到该剧的收视率,即其可欣赏性与观赏性,又要以一定的人物脉络与真实事件为基础,不能胡编乱造,不能抛开洛川苹果,要在真实与虚构之间进行恰当的处理。此外,在50年时间跨度的衔接、安排与动荡年代背景中的矛盾设置上,都要用心把握好。"

为创作这部大型电视连续剧,莫伸曾无数次穿梭于洛川塬的沟壑峁梁。创作高峰时段正值乍暖还寒的早春时节,他多次自费去河南灵宝、三门峡及延安、黄陵等地考察、搜集素材。有些地方道路崎岖,不通班车,出租车也到不了,他便自雇"摩的"前往。其间,还推却了许多慕名而来的创作请求与创作安排。

金秋的洛川,凡采风团所到之处,所有的场合,主人们都会捧出一篮篮、一盘盘的苹果招待来宾。面对着鲜美欲滴、宛若仙品的洛川苹果,著名作家李炳银感慨良多。他抚今追昔,向大家讲述了一个久远的故事。"20多年前,一位朋友为答谢送给我两个苹果,这样的方式使我感觉怪异。朋友说,你品尝一下便知道了。那是我第一次见到那样硕大优美的果品,口感更是前所未有的好。朋友告我那是日本苹果。当时所见的国产苹果,都是颜色萎黄、个小、口味干涩。而如今的洛川苹果,让我的民族自豪感油然而生。我们也享有了这样味美多汁、艳光四射的果品!这是我们洛川、我们陕西、我们国家的骄傲!"

原中国作协党组书记王巨才,曾长期在延安地区担任领导职务。此次采风活动暨国际苹果节,王书记也来到了洛川。这是他20年后首次回访这片故土。面对着这里改天换地的崭新面貌,王书记心潮澎湃,起伏难平,在座谈会上即席赋诗,并于笔会上欣然书丹:

应是秋风醉流霞

红遍山塬十万家

一自洛川果初熟

芬芳异香满天涯

报告文学篇

2008年10月10日至12日,文艺家们马不停蹄,先后深入洛川果乡,考察了洛川会议旧址、洛川民俗博物馆、洛川黄土地质公园、洛川果园、农家乐等,还分别参加了以"洛川国际苹果产业技术论坛"、"国际果品营销峰会"、"洛川苹果包装研发展示会"、"招商项目推介会"等为主要内容的"洛川国际苹果节"系列活动。

(见报时间:2008年10月15日)

与陕西省作家协会副主席莫伸(中)、冷梦(右)在洛川果园

东方骄子

2008年国庆节前夕,在西安著名风景区大雁塔脚下、曲江之滨的一栋豪华高层公寓里,记者采访了王胜利。

即使在许多年后,他已成为著名男高音歌唱家、作曲家、指挥家和音乐教育家时,回想起当年在南下火车上的情景,依然会唏嘘不已。

创业海南

那是一列南下广州的火车,旧式的硬座车厢里弥漫着难闻的气息,过道堵塞,一片喧哗。在挤挤挨挨的旅客中,一位国字脸盘、浓眉大眼的青年,姿势不变地挤靠在座椅背上,目光盯着飞驰而过的山岭、河流、原野,思绪早就飞到了千里之外——天涯海角的南国。迎接他的,会是南中国海那湿热的海风吗?人生地不熟,该不会处处碰壁吧?他就是王胜利,是奔着刚刚建立大特区的海南省去的。三天三夜的火车,坐得人脸色蜡黄,疲惫不堪。好不容易挨到了广州,他又不歇气地转乘轮船到海口——无论如何,开弓没有回头箭,不闯出个名堂不罢休!

当时的海南,像磁石般地吸引着全国各地的有志青年。对踌躇满志的王胜利来说,改革开放大潮中南国的那一片热土,充盈着他的热情和勇气,承载着他的理想和追求,考验着他的坚韧和智慧,丰富着他的青春和人生。

　　王胜利自幼随母学习中国戏曲，打下了深厚的艺术功底。后相继考入陕西省乐团、新疆军区战士演出团、西安音乐学院，师从著名声乐教育家许芝兰、马寿琼，指挥家杨建忠，作曲家陈代霖。1985年以优异成绩毕业后，他进入中央音乐学院进修，师从指挥家杨鹤年和声乐教育家沈湘。聪颖好学、一步一个脚印的王胜利，顺利地成为省级政府部门的一位官员。在人们眼中，王胜利风华正茂、才华横溢，更兼地利人和，自然前程似锦。而且，他在西安已经小有名气，取得了不俗的成绩——许多秦腔名家演唱的著名唱段，包括当红歌手毛阿敏、李娜、崔健等人的音像专辑，都是他的出品。

　　王胜利完全可以待在家乡西安发展。然而，他选择了离开，选择了新的目标与追求，并且为之进行了不懈的拼搏与奋斗。他如愿以偿地进入海南音像出版社，继而被聘为编辑部主任。有人评价说，海南省录音磁带的空白是王胜利填补的，可见他成绩不菲。32岁，他成为海南省最年轻的处级干部。不久，他又跳槽到广州太平洋影音公司——当时这家公司只面向全国招聘两个人，他幸运地成为其中之一。在那里，他放开手脚，尽力施展才华，制作了许多音像制品和节目，获得过"电视歌手大奖赛第一名"的殊荣，荣耀地成为该市第一届春节联欢晚会总编导之一。

　　他还牵头在深圳成立太平洋的分公司，并使之取得良好的经济效益。此时，新加坡的一家大唱片公司要与太平洋公司进行合作，于是就有了王胜利的曼谷之行。

旅居曼谷

　　王胜利的本意是取道泰国前往新加坡的，没料到自己的人生之路却从此改变。

　　那是1990年8月，正值曼谷的雨季，带他前往新加坡的那家公司的老板有事外出几天，留下他独自待在宾馆里。椰风蕉雨，白雾迷离，前路茫茫，举目无亲。对于前程的担忧，竟搅得向来信心十足的王胜利破天荒地失眠了。第二天醒来，一切都奇迹般地改变了——一位来自西安电影制片厂的故人与他不期而遇，欣喜之下，邀请他去一家卡拉OK厅消遣。他去了，一曲《敢问路在何方》震惊四座！"亲不亲，故乡人"，曼谷有来自家乡的

朋友,也有薪水不菲的工作,这对当时的他自然有吸引力。于是,他改变主意——欣然接受老板盛邀,成为了那家歌厅的经理以及驻店歌手。这让新加坡唱片公司的老板非常遗憾。

半年多后,崭露头角的王胜利离开歌厅,在一位国际知名指挥家的引荐下,同时担任了数家高雅音乐团体的掌门人,并由此进入曼谷上流社会。

他的艺术才华,包括美妙的歌喉,创作、编辑、录制、出版各种音乐作品磁带与 CD 的业绩,让他在异国他乡迅速成名。引人注目的是,他创立了颇具规模的曼谷爱乐合唱团与曼谷艺术音乐教育学院,并多次主办各种大型音乐会,如"亚运圣火创世纪慈善音乐会"、"港澳台泰汕庆祝汕头侨联成立 50 周年音乐会"等,一时间好评如潮,各种国际荣誉纷至沓来。

王胜利对音乐艺术的执著追求和严谨早已名闻遐迩,桃李遍及东南亚。他创办的"桃李之声音乐会"、"爱乐之声演唱会",多年来一直是最受观众欢迎和最为观众所关注的保留节目。

心系祖国

在艺术创作中,王胜利一直把歌唱祖国、歌唱中泰友谊作为主旋律。从充满爱国激情的《黄河恋》、《海峡飞鸿》、《黄河龙抬头》、《西部印象》等歌曲中,就可感受到他一颗火红的中国心。

在发扬中华文化、促进中泰艺术交流、丰富泰华文化生活方面,王胜利起了重要作用。他创建的曼谷艺术音乐教育学院与各国众多驰名国际乐坛的艺术家合作,由学生们演唱、诠释,录制出版了《佛曲禅音》、《大悲咒》等佛乐禅曲,在中国内地的各大音像出版社出版发行,引起国际乐坛极大反响。近年来,曼谷艺术音乐教育学院师生多次受到泰王国诗琳通公主殿下接见,院长王胜利为中泰友谊做出了卓越贡献。

2000 年,由香港普罗艺术与中国中新音像出版社荣誉出版发行的《王胜利声乐艺术作品专辑》,由中国国际广播电台以及 CCTV 播放,传遍全球,众多国际友人给予极高评价。

2001 年,中国央视 CCTV 从王胜利新作品中精选出 5 首经典作品拍摄成的 MTV,广受欢迎。王胜利已连续数次主办了庆祝中泰建交纪念日的慈善音乐会。每次都会在曼谷引起轰动。

2002年,欢庆两国建交27周年的音乐会,被誉为泰国历史上水平最高的一次音乐盛会。出席嘉宾有中国艺术家访泰团团长金铁霖教授,以及吴其辉、张慧琴、马梅等享誉中外乐坛的艺术家。能容纳1600名观众的朱拉隆宫大学大礼堂内座无虚席,雷鸣般的掌声一次次响起。精彩的音乐会,为中泰友谊写下了动人的篇章!

在泰国,他还担任了西安同乡会的负责人,每年的中国农历新年——春节,都要与同乡进餐、聚会、联谊。"祖国来人、西安来人,'他乡遇故知',是我在泰国最高兴的事。"有一回,陕西某歌舞团一行48人到曼谷演出,接待工作临时出现困难。关键时候王胜利挺身而出,帮助演出团解决了吃住难题,让家乡人感动得热泪盈眶……

爽朗、健谈的王胜利坦言,他的根在中国,他的家在陕西西安。西安这片藏龙卧虎之地,自改革开放以来,发生了巨大变化。作为土生土长的西安人,他正在努力运作,希望能够在西安举办国际性的"道教文化艺术节";他还想将今年在杭州、明年预定在天津举办的"中国国际演艺大会"于后年办在西安来……他将为祖国、为家乡的发展竭尽全力。

(见报时间:2008年11月5日)

采访王胜利(左)

情系灾区　驱散阴霾

"雨后斜阳
照在大禹的故乡
有只受伤的精卫鸟
衔一页黑色日历
飞向远方"

在太白山谷，在陈仓广场，在宁强玉带河畔的帐篷之间，每当这催人泪下的诗句在音乐伴奏下被朗诵时，晶莹的泪花便在许多灾区群众的眼中闪烁……

2008年6月18日至21日，陕西省文化系统赴陕西地震灾区大型慰问演出活动在我省宝鸡、汉中城乡举行。演出汇聚了陕西省最优秀、级别最高的演员阵容；演出人员或为国家级"文华奖"、"梅花奖"得主，或为国家一、二级演员。他们为灾区群众带去了自己精心准备的优秀节目，在这些自"5·12"以来备受震魔伤害的灾区群众心里，洒下了一片爱意。与白天的演出相伴随的，是晚间的数码电影放映。《太行山上》、《英雄》、《天下无贼》，一部部影像清晰逼真、内容生动感人的影片，振奋了灾区群众与震魔抗争、生产自救的勇气，为他们带去了久违的朗朗笑声……

驱散阴霾

悬挂在秦岭主峰间的小县太白,绿意葱葱,玲珑多姿,是陕西省地处海拔最高的山区县。

"5·12"大地震波及陕西,太白县受灾严重。全县8个乡镇不同程度受灾,咀头、鹦鸽、靖口、高龙4个乡镇灾情较重。全县受灾人口1.3万人,占总人口的25%;1.27万人难以返家,直接经济损失12868万元。灾情发生后,太白县政府和人民按照党中央提出的"灾情就是命令,时间就是生命"的要求,把抗震救灾作为压倒一切的首要任务。在演出现场,见到太白县文化教育局侯局长时,他脚上一双陈旧的旅游鞋吸引了记者的目光。"灾情发生后,我们局的工作人员于第一时间赶赴受灾最重的乡镇,察看校舍、转移学生、指挥搭建帐篷教室,然后到全县的每一个乡镇安排所有学校的抗震救灾工作,在首先保证师生安全的前提下,坚持在帐篷中复课,不耽误每一位孩子的学业。"每日不停地奔波忙碌,走村串户,为了方便行动,自"5·12"之后,侯局长脚上的这双旅游鞋便再也没有替换过。

在太白县委宣传部,长着一张娃娃脸、被记者称为"苗苗部长"的年轻的县委常委、宣传部长高清苗,正在安排强水银副部长及外宣办王主任、小杨等加速制订一则宣传计划。盛产无污染的高山反季节蔬菜是太白县的特色与支柱产业。灾后群众抓紧生产自救,现已有大量蔬菜上市。但是,受地震影响,往年大量光顾的外地、尤其是四川客商尚未大批到来。县委宣传部正着手准备宣传推介计划。

在太白,目之所及,灾后重建工作进行得如火如荼。陕西电视台新闻中心记者刘水,"5·12"之后一直驻守宝鸡报道抗震救灾工作,曾在太白县委大院的帐篷内住宿、制片、发片,这次他随慰问团重返太白后,看到所有的地方都焕然一新,当时搭建帐篷之处已然成为花坛,新栽的月季花开得正艳。

"强震击碎了昨日梦想/绝地催生出新的希望/抖落曾经的繁华/直面亘古沧桑//擦干血迹/掩埋尸体/抚平伤痛/振奋力量/野火烧不尽的华夏/春风吹又生的炎黄"在宝鸡陈仓的演出中,当陕西省歌舞剧院青年演员田伟、杨永安一起朗诵由陕西省歌舞剧院副院长樊兆青创作的《雄起》时,记者看到,观众中一位中年男子不停地擦拭着眼睛。他叫任志玉,是西北地质研究所的干部。"'5·12'地震发生时,我们虢镇街道受灾太严重了,许多房屋倒

塌,还有人员伤亡。当时我在虢镇药材公司楼下,看到一位女教师被倒塌的围墙掩埋、砸伤,我与另外3个人一同把她救出来送到医院,可她还是因伤势过重死去了。地震很可怕,但党和政府一直是支撑我们的巨大力量。今天,政府又来对我们进行慰问演出,我们感到很温暖、很受安慰。"

陈仓南堡村67岁的菜农薛周绿,住在离演出地点四五里远的地方,听说有慰问演出,一早就带着小马扎赶了过来。记者看到他时,他正在有滋有味地倾听着李小锋演唱的秦腔。这位老人身上,有一股坚韧、倔强、乐观的劲头。他说:"地震时,我家的房屋被震倒了两间,这不要紧,我身体还好,政府也给了我们很大的帮助。我还要种更多更好的菜,挣钱盖更好更结实的房子。只要有人在,就没啥可怕的!今天很难得,看到了平时只能在电视上见到的名人。"老人的神情,使记者深受感染。本想同他再交谈几句,但舞台上任小蕾的表演就要开始了,老人流露出陶醉的神态,深深沉浸于节目之中。记者不忍打扰,告别离去。

在太白,在陈仓,在宁强,记者与演出所到之处的干部群众交谈时,他们对前不久中共中央总书记胡锦涛对灾区群众的看望,表示了深深的感激之情。胡总书记为灾区的题词"一方有难,八方支援,自力更生,艰苦奋斗"以巨幅标语的形式,张贴悬挂在醒目的地方。灾区的政府官员与老百姓都表示,一定要认真学习胡总书记视察陕西灾区的讲话精神,努力生产自救,搞好灾区重建工作。

这是一场集歌舞、秦腔、诗朗诵、小品等各门类艺术形式的大型演出,内容丰富,节目精彩。来自于陕西各艺术团体的杰出艺术家们,都拿出了自己的看家本领,展示了自己最精湛的技艺,奉献出了自己的满腔热情。

"宁强踞天险,交界陕甘川,地震重灾遭大难,脊梁永不弯!"陕西省戏曲研究院资深演员、编剧、戏剧评论家张晓斌与青年演员田伟一起担纲主持人。他的表演,充满着智慧与激情。每到一地,他便即兴创作,以当地地名串缀成诗,讴歌那些在抗震救灾第一线拼搏的人民群众与英雄子弟兵,讴歌党和政府在抗震救灾中的中流砥柱作用,鼓舞士气,振奋人心。他说:"'5·12'大地震发生后,我们陕西省戏曲研究院很快搞了赈灾义演,当时我一夜之间就写了三个节目。从艺以来,我更看重'送炭'之举。1976年唐山地震时,省上来了一批伤员,我便带文艺小分队到宝鸡慰问演出;后来陕南水灾,陕北扶贫,我都踊跃前往。我出身很苦,很小父亲就不在了,品尝到了生活的沉重。我感到,灾难时更需要人性的关爱,我很同情遭遇苦难的人民。这次每到一地,我便先熟悉当地乡镇的情况,用一首歌谣,以民谚的形式,弘扬一种不屈的精神,把演出的每一个节目与抗震救灾的大气氛大背景有机地结合起来。使观众在灾难面前,更感觉到生命的伟大,人性的尊严,团结的力量。"

著名表演艺术家,"文华奖"、"梅花奖"获得者刘远,日前正在山西紧张地拍戏,当她接到赴灾区演出的通知后,便立即参加了慰问团。"投身于抗震救灾的伟大事业,是每个艺术家的光荣职责。对于我来说,这是头等大事,拍戏的事则可以往后推一推。"刘远说,剧组也很支持,已将她的戏份时间进行了调整。长期在小品演出中与刘远搭档的蒋瑞征,角色逼真、惟妙惟肖,赢得了观众许多掌声。这是由于他在长期的艺术实践中,一直奉行着"三贴近"的艺术理念。"作为文艺工作者,首要任务就是贴近生活,贴近人民大众。这次赴灾区慰问演出,实际上是给我们文艺工作者提供了一个平台,关心群众疾苦,从生活中汲取养料、汲取营养。现在的文艺工作者缺乏这种机会,所以我很珍视。

看到灾区人民抗震救灾的这种气势、这种乐观精神,对我们也是很好的教育。虽然辛苦一些、累一些,而且现在宁强还有余震,但能在人民困难的时候,在他们恢复生产、重建家园的时候,把欢乐送给他们,这是我们最感欣慰的。"

对于此次赴灾区演出的初衷,这些蜚声省内外的资深艺术家,面对灾区人民,都袒露出自己真诚、善良的心迹。著名歌唱家、"文华奖"、"梅花奖"得主米东风告诉记者:"作为一个国家和人民培养出来的艺术家,在国家有难之时,挺身而出,是我们义不容辞的责任。这次受陕西省文化厅的委派,到宝鸡、宁强这些重灾区慰问演出,就是要给灾区人民降压,使人心稳定。目前国家多难,地震、南方的水灾,而且又即将面临举世瞩目的奥运,我们要替国分忧,帮助灾区人民减轻心理负担,渡过心理难关,给他们轻松的感觉。这次我选择了一首新歌《当你需要的时候》,说的就是,当你遇到困难的时候,不要忘记,祖国和人民永远会跟你在一起!"

陕西省戏曲研究院国家一级演员,中国戏剧"梅花奖"获得者李小锋说:"'5·12'之后,戏曲研究院搞了义演。'国难当头,匹夫有责',这是古典戏曲中的一句台词;在现实生活中,一方有难,八方支援,献出自己的爱心,伸出我们的援手,帮助灾区人民渡过难关、重建家园,是我们文艺工作

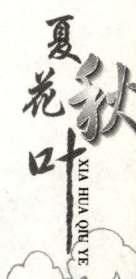

者的责任。以前的义演都是在西安进行的,这次能亲临灾区,亲眼目睹灾区人民的生活状况,到帐篷中体会百姓苦难,感触很深。只有在这种情况下,才能使艺术家的爱心得到升华,增强一个艺术家的品格修养。一位艺术家,不光艺术要精进,更重要的,是要做一个好人,要做一个有道德、有良知、有高尚品格的人!帮助别人,快乐自己。"

仵晓岚是汉中人民的儿子,此次家乡遭受大难,他十分痛心,虽然最近演出任务繁重,他还是放下一切,马上奔赴灾区。他说:"我是从汉中走出去的文艺工作者,自从又踏上汉中的土地,我的心中便有着一种说不出的激动。宁强是陕西的重灾区,到这儿后,我亲眼见到,宁强人民在党和政府的领导下,有序地进行家园重建,有序地生活。我们要一切为了灾区人民,将自己的艺术才华奉献给受到灾难危害的人们。陕西省歌舞剧院刘庆、樊兆青两位副院长专为宁强创作了一首描写抗震救灾的歌曲《家园》。当我拿到时,距这次演出只有两天半时间了,我又对她进行了二度创作。我要用我的情,把最好的艺术奉献给灾区人民。"

人靓歌甜,被记者称为"小甜甜"的陕西省歌舞剧院青年歌唱演员田伟,是慰问演出中任务最重的演员之一,但她以苦为乐,一直以十分认真的态度去朗诵每一句诗、去主持每一个节目。田伟说:"一个演员,不能老是在富丽堂皇的舞台上演出,应该经常下到基层去。'5·12'大地震,世界为之瞩目。我在第一时间给省文联、省文化厅提出了申请:如果去灾区慰问,我第一个报名!当灾区群众需要我们进行精神抚慰的时候,文艺工作者责无旁贷。遇到灾难时有党和政府,困难时有子弟兵;我们站出来,是要用歌声去驱散人们心中的阴云。"

著名口技表演艺术家弓永生,来灾区前正在生病,他在医院得知消息后,不顾一切,拔掉了自己正在输液的吊瓶,毅然随演出团前来,带病演出。在演出现场,他精湛的口技,将抗震救灾水陆空总动员的场景逼真地再现出来,博得了一片掌声。

"生死不离/全世界都被沉寂/痛苦也不苦泣/爱是你的传奇,彩虹在风雨后坚强升起/我的努力看到爱的力气/你一丝希望是我的全部动力/搭起双手筑成你回家的路基" "5·12"之后,由王平久作词、舒楠作曲、成龙首唱的这支歌曲,通过网络与电视广为流传。在演出现场,陕西省歌舞剧院青年演员任勇,通过自己的激情演绎,使这支歌曲成为全场的一个亮点。任勇说:"'5·12'之后第一次听到这首歌时,我就被她的歌词和旋律所深深感动。这次演出前,我从网上找到了词谱,加紧排练,并千方百计托人找到了伴奏带。"这首歌曲,在演出时获得了观众们极其强烈的共鸣。

情系灾区

在每次演出之前的简短致辞中,陕西省文化厅副厅长刘宽忍、厅级巡视员李全虎,先后表达了陕西省文化艺术工作者对灾区人民的牵挂之情:"我们也和全国人民一样,心系灾区人民,一个多月来时刻牵挂灾区人民,在捐款捐物的同时,用自己力所能及的活动,全力支援灾区人民。今天,我们省文化厅慰问演出团,为大家带来了精心编排的文艺演出节目和电影放映活动。通过这些演出活动,慰问灾区父老乡亲,鼓舞恢复生产生活的勇气,增添重建美好家园的力量。"

为了保证宁强灾区的电影放映与演出如期进行,在宝鸡陈仓的演出结束后,陕西省文化厅一行人便昼夜兼程,翻越秦岭、巴山山脉间连绵的群山,经由留坝、勉县向宁强一路疾驶。在海拔1700多米的留坝橡岭河路段,遭遇前方车祸,车辆堵塞达10华里之长。心急如焚的他们,马上脱掉鞋袜,推着车辆涉水穿越车祸路段。有惊无险,及时抵达现场,终于保证了演出顺利进行。

(见报时间:2008年6月25日)

在略阳灾区走马湾　　　　　　　　周吉灵/摄

震区纪事

　　灾难永远无法毁灭
　　人类真诚团结的共性
　　当我们走出这场触目惊心的噩梦
　　走出黑色的阴影
　　黎明的曙光
　　呼唤全新的生命
　　穿越生与死的记忆时空
　　寻觅痛定思痛的深邃涵义
　　每一位中国人
　　不再陌生
　　众志成城的力量
　　让我们充满亲情

　　　　　　　　——渭水《生者与死者》(节选)

　　由中国作家协会全委会委员、创研部原副主任蒋巍任团长,陕西省作家协会副主席、汉中市文联、作协主席王蓬任副团长的中国作家赴陕西地震灾区采访团,在陕西汉中宁强、略阳的采访已是第七天了。5月28日下午,在略阳至汉中的108国道旁,蒋巍接受中央电视台第3套节目现场直播的连线采访。公路旁的农户,大门紧闭,阒无人迹。一株小桃树上,毛茸茸的绿果子静悄悄地悬挂着。公路对面的田野里,绿色的油菜、金黄的小麦都已收割,有劳作的农人正忙着插秧。公路上,不时有装载着货物的车辆疾驰而过。

蒋巍讲述着在灾区的所见所感,数度哽咽。

是啊!连日来,在宁强的青木川、广坪,在略阳的徐家坪、白水江,在一座座帐篷学校、帐篷医院,在恢复通车后的宝成铁路109隧道,在大灾当前仍灯火通明的大唐略阳电厂,在临危不乱,镇定、坚强的各级政府领导人及老百姓面前,采访团成员们头顶着震灾过后仍在颤抖的山峦,脚踩着布满巨大裂纹与塌陷的土地,面对着到处是废墟的"帐篷村镇",亲眼目睹了灾区军民奋力抗震救灾的感人事迹,亲身感受到了他们在大灾面前不屈不挠的伟大精神,刻骨铭心,记忆永存!

情系白水江

略阳在陕西的最西面,而白水江镇则处于略阳的西北角。全略阳有5个万人以上人口的乡镇,白水江是其中之一;在距略阳县城最远的乡镇中,白水江排名第二。从白水江再往西去,就是甘肃徽县的虞关。"5·12"大地震发生时,发生震惊全国的大火并中断运行的宝成线109隧道,就位于虞关的高家岩与金铲沟。大火燃起时,白水江镇的赵素萍镇长于第一时间坐摩托车飞速赶到出事地段,用相机摄录下现场情景并火速向上级汇报。

分明是邻家一位年轻秀丽的妹妹,这是我见到赵素萍镇长的第一印象。身材窈窕的她,略微烫过的长发披在肩上,戴着眼镜,同许多汉中水乡的女子一样,说话轻声细语,但语速很快,透露出一种果敢与坚定。

地震发生后,34岁的赵素萍镇长以及全镇政府干部,一直坚守岗位,没有一人回家。而她尚年幼的孩子,只能委托父母照看。谈及远在县城,住在帐篷中的孩子、丈夫与父母,赵镇长的语气未做停留,很快说起了全镇目前的状况。

从清早便开始的雨越下越大,镇政府办公的帐篷中到处水淋淋的。说话间,镇党委书记张秦岭从县上参加灾后重建工作会议回来,我们交谈了片刻。10点30分,全镇干部会议开始,传达县上会议内容。

会议一直开到下午1点多才结束。镇上的干部与采访团员一起到后

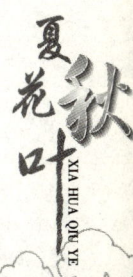

院食堂吃饭。饭是面片汤,里面有一点点西葫芦、莲花白、土豆切成的丁丁。每人手捧一只大碗,吃得热汗淋漓。

下午,随着越下越大的雨,天色也越来越暗,采访团按计划要离去了。走之前,举行了一个简短的捐款仪式,采访团略阳小分队全体自发地或500元、或200元,8个人共捐了3300元,蒋巍团长一人就捐了1000元。

泪洒走马湾

走马湾,怀抱在白水江青山翠谷中的一个村民小组,只有55户人家,212人。

走马湾的人们是苦难的。"5·12"汶川大地震,略阳受灾严重,走马湾村的房子全部损毁,成为一片废墟。只因当时正值中午,村民们或在田间劳作,或在屋前吃饭歇息,所以没有人员伤亡。但残砖碎瓦断墙,村民们只能把家搬入帐篷;生活用品全毁,生活物资奇缺。

走马湾的人们是勤劳并追求美好的。就在坍塌的房屋前,村民们正忙着为小麦脱粒,生产自救。废墟中,一棵苹果树,青涩的果子已布满枝头,这里曾寄托着多少对美好生活的憧憬啊!

走马湾的人们是淳朴善良的。采访团为孩子们分发带去的食品时,孩子们自觉地排队;一颗糖掉了,后面的孩子捡起来递给排在前面的:"是你的";递出一根香蕉,孩子翻开衣兜:"我有了,给他吧";告别时,在余震后的大雨中,没有人组织,人们齐齐地站立在山坡的柿子树下,依依挥手……

走马湾的人们是具有革命传统的。一位头戴草帽的86岁的瘦削老人,曾是当年解放战争大军入川的向导。采访团团员们把带去的物品一摞摞地堆在老人面前,仿佛不如此便不足以表达出内心的敬意。

方便面、饼干、糖果、矿泉水、西瓜、西红柿、黄瓜,各种文具、作业本、书籍,随身的衣物,采访团团员们倾其所有。团长蒋巍不停地说,心痛、感动之后,我们一定要为走马湾做些事情。于是大家约定,回去后一定各尽所能,发动周围的人,募捐、募集衣物、购买书籍文具,来帮助走马湾的村民,采访写作后的稿费也全部捐给走马湾。

废墟上的美丽

青木川是一个有着蜿蜒800米明代老街,坐落着雕梁画栋的老建筑,地处陕、甘、川三省交界的古镇。著名作家叶广芩的长篇小说《青木川》正取材于这里。镇子西与青川县受灾严重的姚渡镇仅一河之隔,与几乎成为废墟的木鱼镇直线距离23公里,距离青川县城40公里,北与甘肃陇南的武都、康县为邻,是陕西距离四川震中最近的地方。"5·12"特大地震造成全镇2515间房屋倒塌,其余6082间全部严重受损。所幸除5人受伤外,没有群众遇难。古镇上的学校、医院、文化站以及魏家老宅等文物旅游景点遭受重创,全镇直接经济损失达2.43亿元。而如此惨烈的状况却未能阻止接踵而来的余震,在余震中,又有5人受伤,800多间危房倒塌。

采访团到达的当天下午,5月24日17点40分,已经千疮百孔的青木川镇再次遭遇余震袭击。镇政府大院的地基"轰隆隆"地发出一连串沉闷的巨响,脆弱不堪的玻璃窗子"哐当哐当"地瑟瑟抖动着;古镇老房子的瓦片在橡子上"扑腾腾"地跳,飞扬起来的尘土将人们笼罩在惊恐之中。然而,这仅仅是次日大余震的小小前奏。

"当时腿都软得跑不动了",女作家王芳闻回忆说。"5·25"6.4级余震发生时,她正站在一座危楼下,瞬间地壳的能量爆发令人的意识与身体同时陷入瘫痪。王芳闻的女儿即将参加6月份的高考,身为一位母亲,她却毅然谢绝了作协副主席李国平要代其前往灾区的请求,主动请缨来到青木川镇。"读了叶老师的小说,游览青木川就成了我一个美丽的梦,哪里想到是在这种情况下圆了梦。"然而,就是在这片废墟上,王芳闻用她的眼睛,更用她的心记录了一个又一个美丽的青木川人:忘我投入抗震工作的青木川村女支书杜晓燕,在楼板倒塌的前一刻挽救了4个孩子生命的退役战士马涛,在防震棚里赋诗的82岁老人魏元霖,开始策划重建一个震不倒的羌蜀风情旅游小镇的党委书记……"我觉得这个小镇充满奇迹,你看看房子塌得多严重,可老百姓全都幸免于难。"修建于解放前的辅仁中学,校舍严重坍塌,却没有任何师生伤亡。今年3月份,这所学校曾经进行了全体人员避震转移演练。这个镇上的人们,继续忙碌着,携家带口,并帮助从相邻小镇及四川转移来的受灾群众,住进了他们亲手用毛竹搭建成的防震棚里。

暴雨中的采访

5月25日下午,毗邻青木川的广坪镇在余震的侵袭后艰难地喘息着。住在救灾帐篷里的群众纷纷站在院落、街道的空地上,消解着混杂了尘土气味的闷热。就在这时,炸响的惊雷仿佛将天空轰开了一道缺口,雨水倾泻。考虑到余震不断、天气恶劣,来时的路上滑坡、塌方的可能性大,副团长王蓬当即做出驻扎广坪的决定。当晚,采访团成员没有一人待在帐篷里,纷纷冒着瓢泼大雨,穿梭在危楼、帐篷中进行采访。作家衣向东、朱晓军穿过危楼门洞到学校的大操场帐篷村采访受灾户,并到帐篷医院采访医护人员和伤员;王蓬和渭水采访镇上的干部和记者;王芳闻采访镇长和坚守岗位的职工干部。直到夜里11点多,大家才陆续返回住处,此时,他们的热情依然没有消减。

次日,采访团第一、二小分队分别代表中国作协向略阳县、宁强县捐款各5万元,共10万元,用于文化事业建设。随后,采访团第二小分队又马不停蹄、兵分三路:王蓬、渭水重点访问广坪镇受灾严重的几个村子,朱晓军、衣向东采访安乐乡的重要受灾地区,王芳闻和叶广芩等人返回青木川,继续对青木川村、魏家砭村、东坝村、南坝村等进行采访。

绵长的挂念

著名画家李可染曾用他美丽的画笔,描绘过群山夹峙、江河环绕的略阳城。然而,受"5·12"大地震的影响,略阳受灾惨重,坍塌、毁损房屋不计其数,95%的房屋成为危房。全县3.15平方公里的面积上,居住着近10万人口,人口密度与世界最高的东京亦相差无几。

随着连日来频繁发生的强余震,以及即将到来的雨季,县城断裂的凤凰山以及嘉陵江上游的堰塞湖,好似一颗随时都可能引爆的炸弹……

自"5·12"以来,作为略阳县委书记、略阳县抗震救灾第一总指挥的胡平安,便没有休息过。制定全县抗震救灾具体措施,组织人民生产自救;在地震灾害及由此引发的地质灾害危机四伏的严酷情势下,详细规划保证全县人民生命财产安全的战略措施及实施步骤;甚至群众具体的疏散方案、民心的安抚,等等,哪一项都很紧迫,哪一项都不得有片刻的舒缓,哪一项都仿佛命悬一脉、危在旦夕！再坚韧的神经都难以支撑，再坚强的心灵都难以平稳。"从生理上讲，几乎所有人都快崩溃了。"县委宣传部副部长费宝成说。

然而胡平安，这位个头中等偏高，身材壮实，有着一双智慧的凤眼的县委书记，在这场大战、恶战面前，却显示出了自己超乎常人的大将气度与人格魅力。指挥若定，思维缜密，有条不紊，措施得力。"沧海横流，方显英雄本色"。胡平安书记淡定、智慧，泰山压顶而不惊于色，打着吊针指挥作战的形象，定格在采访团每位团员的心里。

采访团归营后，全国及陕西省各大媒体以《略阳万人避震大撤退》、《避险转移 略阳对生命庄重承诺》等为题，发布了略阳万人大撤退的消息。而我们第一次得知这个消息，是在县委大院的广玉兰树下、在平安书记的指挥部办公室里，其时它正在被研究，即将实施。

归途中，采访团团员都在心里默默地问："在前线坚守的胡平安书记，您还好吗？"这份问候，同时也是送给支持并协助我们采访的县委常委、宣传部部长李亨明的，还有徐宁中、杨晓文、刘晓泉、周吉灵、阎新全、翟备军、侯晓平、侯伊侠、胡耀光、梁惠、小任……

在从汉中返回西安的车上，女作家冷梦把她的手机递给我，于是我看到了这样一则正要发出的短信："胡书记您好！向您表示敬意——而且是由衷的！牛群是我和蒋巍团长的老朋友，昨天晚上我们三个聊天，牛哥负有为中央慰问灾区创作的任务。他对我们讲的您的故事非常感动！我们已经把您的手机号给了牛哥，相信你们一定会成为好朋友。我们是带着一种牵挂离开的，也是带着一份温暖和友情离开的……牵挂很长，友情也会很长，我们团长说我们想回来看你们呢！我们尤其操心着白水江镇走马湾村，也想回来看他们。望保重！中国作家抗震救灾采访团冷梦于采访回程路上。"

冰雪聪明的冷梦，说出了我们心底的话。

惊魂西万梁

西万梁，海拔约1800米，略阳县城通往白水江必须翻越的一道高山。山势峥嵘，险峻异常。相传唐代诗人李白的《蜀道难》就在这一带写就。

5月25日下午4点21分，采访团在走马湾经历了"5·12"大地震后

最大的一次余震——四川青川6.4级余震。当时,大地隆隆作响,大雨倾盆而至,山谷间响起剧烈的回声,脚下的山坡开始激烈抖动、震颤、摇摆,"好像装甲车轰隆隆地驶过""人就好像豆粒一样在大地上滚动"。现场的孩子们喊声四起,一片慌乱。采访团团员王晓渭大呼:"都不要动!镇静!"大家方才安静下来。余震停息后,雨势越来越猛,为预防长时间雨水冲刷后山体滑坡,采访团迅疾返回略阳。雨中的西万梁,危机四伏,不时有篮球般大小的石头从松动的山体上滚落下来。机敏的王晓渭坐在前排,瞪大眼睛,时时提醒开车的小张师傅及时躲避。然而大雨中白雾弥漫,能见度极差,一边是高耸的悬崖,一边是百丈河谷,王晓渭不停地用衣袖去擦司机眼前的挡风玻璃。命悬一线,生死攸关。

突然间,随着王晓渭和冷梦的一声大喝:"石头!"一块大石从山顶滚落,小张师傅一打方向,擦边闪过,每人已是满头满脸的冷汗。路上,有两辆车被石头击中,停在路边,车上的人已不见踪影。行驶至白沙沟,前方又出现了塌方,采访团只得在八渡河中涉水而行。这时,王晓渭最具时尚感的冲锋衣派上了用场,而其他团员们,顶盆的顶盆,顶塑料袋的顶塑料袋,只有记者与冷梦两位女士享受了共撑一把伞的"高级待遇"。

又见正国书记

张正国,汉中市文联党组书记,长相俊雅,风度气质有儒者之风,谈吐斯文得体。

第一次见到正国书记,是在2008年4月下旬,陕西省文联组织省内知名艺术家赴汉中进行采风慰问活动时。那时,正国书记负责采风团在汉中各地的规划安排、活动开展、组织接待工作。其工作作风细致扎实,深得各位艺术家及随团媒体记者的喜爱。当时,说起汉中的山川景物、民俗风情、人文地理、历史概况、当前局势,他均如拈珠玑、如数家珍。在大型文艺演出场合,观看汉中市的保留节目《采茶舞曲》时,正国书记将其创作、演出的渊源、沿革等一一道来,充分显示了一位文化官员对该地文化事业的拳拳爱意,令人记忆深刻。

时隔不几日,"5·12"大地震惨烈发生,汉中成为灾区。随采访团再见正国书记时,他已是满脸严峻、疲惫之色。得知他频繁在汉中与宁强、略阳等重灾区间穿梭往返,布置安排工作,在惊险中完成了一项又一项任务。

军人出身的他,在危难面前又显军人本色。

与正国书记握别时,他正挎起行包再赴宁强、略阳。记者看到,他微驼的后背已被汗水打湿。

感动的心

一路上,汉中作协主席王蓬,一直因将老母亲一人撇在家中而心感不安,何况是已经震裂了缝的老房子,何况是年已88岁的老母亲!接到任务,这位年近花甲的老作家克服重重困难加入采访团,几进几出重灾区宁强、略阳,并为采访团与中国文联的小分队顺利开展工作多方奔走,做了大量协调工作。访问所到之处更慷慨解囊,为受访灾区群众捐款900元。

陕西省作协秘书长、创联部主任王芳闻,是工作中的好领导、家庭中的贤妻良母,对待灾区群众,真恨不得捧出一颗滚烫的心来。余震发生时,她正在青木川村支书齐玉娥的陪同下察看灾情。刹那间,巨大的土块从房梁上砸下来,她急忙用身子护住走在前面的女支书。虽然在25日的强余震中受到了惊吓,但当天夜里,她又以惊人的毅力和勇气坚持冒雨采访。看到灾区的学校支离破碎、学生们都住在条件艰苦的防震棚中时,在教育系统工作了15年的王芳闻心急如焚,主动向青木川小学捐款1000元,返回家中后,又不顾休息,积极联系和发动作家捐书义卖,为学校重建筹款,并带头捐献了价值3300元的图书。

在陕西电视台工作的渭水,家在宝鸡灾区,接到作协通知后,他毅然奔赴汉中灾区。"5·25"大余震当晚,他也坚持采访,并在广坪镇为两位大娘捐款200元。

采访团中最年轻的,是来自于鲁迅文学院的玄武。他的背包里总是装着巧克力、糖果、各式小文具等,因为他的采访对象是灾区的孩子们。年轻的玄武,负载了太多来自于鲁院的对灾区群众的关切、关心、关念与问候。自地震发生之日起,曾经担任过《太原晚报》记者、对矿难进行过许多深入报道的玄武,就按捺不住想去灾区采访的冲动。"许多同学,包括80后的,都和我一样想尽快到灾区去做点什么。"同学们开始自发地为灾区人民捐款、捐物、献血,作为副班长的他,一边组织各类捐献活动,一边煎熬地等待着赶赴灾区的机会。在鲁迅文学院第8期全体学员的倡议下,由玄武执笔的《致全国作家的一封信》、《致灾区的一封信》在网上发布,信里呼吁作

家们鼎力赈灾以及深切慰问灾区人民,引起强烈反响。央视赈灾义演晚会后,玄武再次向班主任提出申请,要求早日赴灾区采访。20日晚,他突然接到通知,中国作协同意鲁院派一两个代表赴灾区。"班主任让我和班长、天津作家秦岭把名额定下来。我便对秦岭说,就定我和春树(派赴甘肃文县)吧。"力争之下,玄武成功了。

老师同学为玄武和春树举行了热情洋溢的欢送会。"同学们让我带了两个手机,还准备了药品、帽子,有人塞给我钱,托我交给灾区的小孩子。我感觉自己成了承载全班52人情感的载体。到灾区后,班上每天派一人专门与我联系,了解灾情。"作家安意如不仅向红十字会捐了款,还买了660把勺子托玄武送给伤员。"因为她在电视上看到伤员们不方便吃饭。她还准备了很多衣服。可是当时觉得不好带,就只带了她准备的巧克力。到了走马湾以后我好后悔没带衣服,只能把巧克力送给当地的孩子。"玄武此行主要关注灾区的孩子们,"一提到孩子,许多人都泪不能禁。孩子们都怕黑,可地震中许多孩子却在黑暗中默默地死去。这次到陕西灾区来,目之所触,没有一个孩子死亡,很是欣慰。"

(见报时间:2008年6月4日)

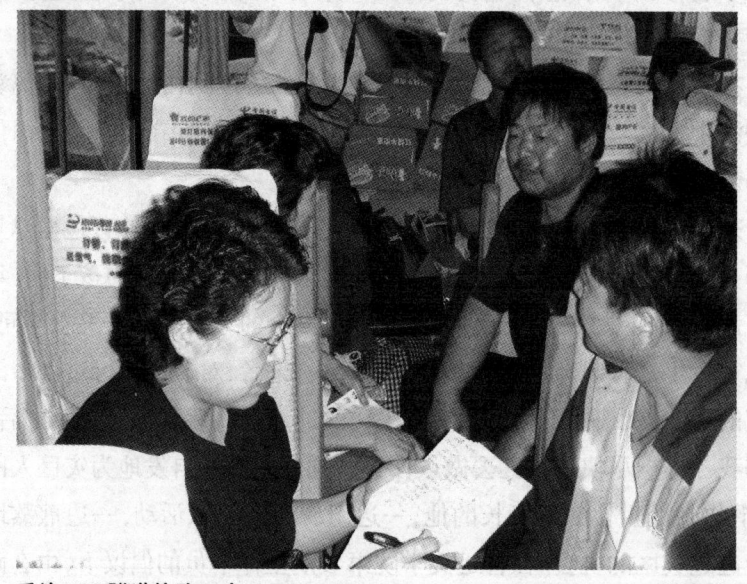

采访109隧道抢险工人　　　　　　　　　　　王晓渭/摄

报告文学篇

来自地震灾区的报告

"我不能不哭,
我不能说我不哭,
我不能对别人说我不哭,
我不能对自己说我不哭,
因为我一直在不停地哭。"
——蒋巍《让泪水尽情地流》

"我来了,
我可能是你的哥哥、弟弟、叔叔、伯伯,
不管怎样,我肯定是你的亲人。"
——衣向东《我来了》

震后大雨,冒死从重重山中冲出,篮球般大小的石头不时自车前后砸下,路上遇两车被落石砸中出事,终因大塌方弃路,车在八渡河中涉水而行,终穿河而抵略阳城中。
——玄武《赴震区采访短信一则》

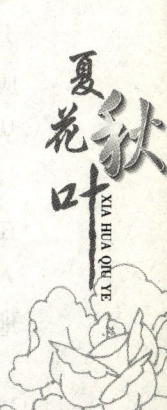

在国旗低垂、国人含悲的全国哀悼日里,蒋巍浸泡在泪雨中,在北京家里,面对着祖国西南,完成了一首又一首诗。2008年5月22日,这位热血男儿,带着一颗哭泣的、滴血的心,率领中国作家赴陕西地震灾区采访团,踏上了奔赴汉中的征程。

在余震频频的陕西汉中地震灾区,顶着夏日的骄阳,冒着滂沱的大雨,脚踏着颤动的大地,躲避着盘山道路上不时袭来的飞石,采访团一行12人,走城镇、进学校、访医院,慰问受灾农户。目睹着特大自然灾害带给灾区人民的苦难,面对着墙倒屋塌、路断桥毁人伤的悲惨状况,以及因地震灾害所带来的大面积地质灾害的艰难前景,灾区人民不屈服、不低头、顽强抗争、殊死拼搏的壮烈场面,目睹着大灾之前有大爱,一方有难、八方支援的众志豪情,感受着全国民众在党的领导下,团结携手,共克时艰的爱心涌动,汗水、雨水、泪水交织,关爱、悲悯、感动之情奔涌……

2008年5月23日,在路上

沿着高速公路一路南行,由西安向汉中疾驰,一车人的心,也被牵动着,恨不得即刻赶到灾区。沿途,到处是抗震救灾的大幅标语,为救灾车辆免费提供饮用水及车辆用水的供水点随处可见;各收费站免收救灾车辆路桥费,使其一路畅行;支援抗震救灾的各种车辆络绎不绝。在南郑县境,陕西出版集团"为灾区人民送书"一行6辆车组成的车队通过。在户县与宁陕县交界处的秦岭服务区,4辆高吨位大卡隆隆驶入。领队的黑龙江省尚志市民政局刘喜成局长对记者说:汶川大地震发生后,60万人口的尚志市民众自发捐款200万元,其中100万元款项已汇往灾区;装满这4辆大卡的东北优质大米,就是用其余100万元购买的。我们哈尔滨地区共组成了38辆大卡的大型车队,装载了1280吨大米。5月21日凌晨4点半从尚志市出发,目的地成都,4000多公里,到现在已昼夜兼程走了3天。刘局长疲惫的脸色难掩能为抗震救灾出一把力的兴奋。"赵尚志、赵一曼在我们家乡的土地上,为中华民族解放事业贡献了自己的生命,支援灾区人民是我们的职责,义不容辞。"挥手告别时,这位来自东北那片广袤黑土地汉子的身影,连同周围巍峨的秦岭,叠印成了一幅血脉相连的图片。

5月25日，雨中，那一声汽笛的长鸣

宝成铁路是中国西北通向西南的大动脉，是四川抗震救灾的生命线，担负着向四川灾区运送人员和物资的重要任务。5月12日14时28分，汶川大地震发生时，装满航空汽油的21043次货物列车正好行驶在甘肃徽县境内150公里835米处的109号隧道中。因地震导致隧道山体崩塌，巨石堵住了隧道出口，接触网断电，司机立即采取了紧急制动措施，但事发突然，列车仍以强大的惯性撞上巨石。刹那间，浓烟腾空而起，几节车厢燃起熊熊大火，两名司机受伤。

109隧道现场情况复杂，抢险难度极高。灾情发生后，从中央到地方，铁道部、陕西、甘肃紧急行动，解放军指战员、消防官兵和铁路职工艰苦奋战，千方百计、争分夺秒，迅速开展抢险工作。

5月24日上午10时，宝成线109隧道恢复通车。

5月25日，虽然距离那场引发了全国关注的大火已经过去了整整12天，然而现场的情景仍然令人触目惊心：巨大的山体被烧成了铁黑色，一根根废弃的铁轨、一节节被烧成灰色的油罐车横七竖八地躺卧在嘉陵江河床上，身着橙黄色抢险服、头戴安全帽的中铁一局员工正在不停地忙碌，"众志成城抗震救灾"的大幅红色标语格外引人注目。

雨中，随着一声汽笛的长鸣，一辆货物列车缓缓驶过109隧道。记者用镜头记录下了这一画面。或许，它更会永久性地留存在记者心里。而109隧道的抢险，也将因其最复杂的状况，因其高难度的抢险，因抢险中参战各部门响应党中央号召、不怕疲劳、连续作战、英勇顽强、攻坚克难的壮举，为抗震救灾争分夺秒疏通大动脉的精神，而载入中国铁路史的史册。

5月23日，略阳县委大院中的一棵大树

汉中市所属的略阳县北枕秦岭，南靠巴山，位于汉中市西缘陕甘川三省交界地带，是通向陇蜀的铁路、公路交通要塞。

5月12日下午14点28分的汶川大地震，波及略阳，烈度达5.5度强，全县城乡普遍受灾，损失惨重。

进入略阳县城，到处可见搭建在街道两旁的各式简易帐篷。在这次大

地震中,略阳县城95%以上的房屋受损,约2/3的房屋成为危房,近8万人露宿街头。

在县委县政府机关大院,抬头仰望,凤凰山上的地质裂缝遥遥可见,直接威胁着县城1万余人的生命财产安全。

在设于院内的县抗震救灾指挥部中,县委书记、抗震救灾第一总指挥胡平安指着一棵巨大的广玉兰树说,地震灾害发生时,全县领导干部大会正在楼顶会议室召开,参会的100多名同志全部被困楼顶,大楼剧烈晃动,城区建筑物相互撞击,玻璃、墙皮破碎剥落等声音震耳欲聋。强震过后,楼顶人员撤至楼下,所幸只有一人轻伤。就在这棵树下,县委县政府召开紧急会议,成立全县抗震救灾指挥部,在电力通讯中断的情况下,以毛笔书写布告发布抗震救灾的具体措施。

5月13日凌晨2时,还是在这棵树下,县抗震救灾指挥部又召开紧急会议进行再部署,将机关干部分成城区、农村、企业、学校、医院五条线,由县级领导带队,督促带领全县各级干部和广大党员以最快速度到达了抢险第一线。

5月24日,帐篷医院中,吮吸着母乳的婴儿

午后的略阳县城,阳光烤人,闷热异常。在县人民医院,病房、药房、手术室全部搬迁到了各式帐篷之中。

在5月12日突如其来的灾害面前,医院首先迅速将145名住院病人疏散转移到安全地带,这其中有脑出血、瘫痪病人,还有一位植物人病人。转移过程中,有的护士因过度劳累、紧张而晕倒;有位医生在搬运病人时脚骨骨折。与此同时,出动了3辆救护车到各处搜救伤病员,先后搜救回伤员13人,使其得到妥善安置与治疗。县医院共收治28名因灾致伤病人,其中儿童16人,有3名病员因伤势过重抢救无效死亡。现帐篷医院中有病人135名,因灾受伤的20名伤员都正在住院治疗,病情稳定,没有生命危险。所有的伤病员都受到医护人员悉心呵护。院长胡耀光告诉我们,自地震灾害发生后,帐篷医院中共接生新生儿20名。

因尚未解除灾害预警警报,民众们大都露宿在县城较为开阔的广场、游乐园和操场,早晚温差大,感冒人员较多,县医院的医护人员便于5月13日、14日晚间到人群聚集的嘉陵广场、中心广场、兴洲珍园、一中操场

开展防病咨询、义诊,免费发放感冒药、测量血压。

离开医院时,记者看到彩条布搭就的防震篷中,一个婴儿正在香甜地吮吸着妈妈的乳汁,因使劲而将小脸憋得通红。这个前天中午经剖腹产出生的7斤半重的女婴,为抱着她的姥姥和躺着的妈妈带来了欢喜。

5月24日,帐篷学校,孩子们、老师们

采访团先去了高台小学。这是全略阳县规模最大的一所完全制小学。"5·12"地震发生时,因学校围墙受震倒塌,一名卫生系统的女干部不幸遇难。现学校的教学楼地基下陷,墙体断裂,整体错位2厘米,而且在不断袭来的余震中有不断扩大的趋势。

随后,采访团相继来到略阳县二中(初中)、一中(高中)以及职教中心。在一中的几间帐篷教室里,一些高三的孩子正在备战即将来临的高考。在骄阳炙烤下闷不透气的帐篷里,孩子们的脸上写着忧伤与迷茫。掐指算来,距离高考只有10来天了。采访团团长、著名作家蒋巍以自己的经历为例,激励孩子们直面并奋力战胜人生道路上的苦难。帐篷中响起了掌声,孩子们的脸上也浮现出了笑容。

来到二中时,全校教师正在大棚教室中观看多媒体课件。李小燕,一位有着圆圆脸庞的年轻女教师,怀着激动的心情,向我们描绘了国家副主席习近平日前来学校看望大家的情景。"习副主席代表胡主席慰问我们大家,关切地询问了学生们的情况,并嘱咐老师,在防震篷里上课,要注意学生防暑、防疫,并鼓舞我们以最快的速度把校园建设得更美好。"

"我来了,负载着我的天职"

中国人,每一个有良知、良心的中国人,都将终生铭记2008年5月12日14时28分之后,那段国难当头、草木皆悲的时光。

那段时光之中,让我们流泪的,不只是哀鸿遍野、亡灵离逝的悲泣;让我们流泪的,还有那些在天灾降临后第一时刻冲往废墟的将军士兵,是那些为了抢救学生而牺牲的老师,是家人遭难还要帮助灾区群众的女民警,是那些从祖国四面八方自发自愿奔赴灾区的志愿者……

国殇兴邦。我们这个曾经无数次遭受过外来入侵和各种灾难的国家,

又一次地从废墟中站立了起来。

历史需要被记录。

作家们来了。

蒋巍,中国作协全委会委员、创研部原副主任,所创作的《丛飞震撼》曾震撼了整个中国。"汶川大地震之后的那段日子里,我的心总也无法平静下来。面对荧屏,面对着那一幕幕悲壮感人的场面,我无法平复自己起伏的心潮。在为生命抗争的灾区人民面前,无论多么平庸的心灵都会受到感染,而一个有着社会担当和责任感的作家,他的血应该是热的,人间的悲欢离合、生离死别,他应该是高度关注的,要用一颗柔软的、灵敏的心去感知、去记录。中国作协首次组织作家去四川灾区时,我虽然报了名,但没有得到批准,我因此而变得压抑、失望,只能用诗歌去纾解自己的心情,这些诗歌已在或将在《人民日报》(海外版)、《文艺报》、《光明日报》、《文学报》发表。第二批赴灾区报名时,我选择了陕西。因为陕西有着悲壮和宏大的历史,是红军长征和抗日战争取得胜利的红色根据地。这次来到汉中地震灾区,虽然经历了一些困难与艰险,但我感到很欣慰,因为一方面我看到了灾区人民的眼泪,更看到了他们不屈和伟大的力量,亲身感受到了全国人民和子弟兵爱心的奉献。我感觉到自己的心灵受到了洗礼,使自己的精神得到了提升。对于一位作家来说,这样的经历是弥足珍贵的。"

冷梦,陕西省作协副主席,其创作的《黄河大移民》、《高西沟调查》获得多项奖项。"趋利避害、趋平安避风险是人的本能。而我们为何在抗震救灾的特殊环境与特殊事件面前,在余震不停发生的情形下,要选择来到前线呢? 我认为,作家的神圣职责是关注苍生和百姓的命运。一个以生民为本的作家,当你离开这个世界时,如果被评价为是人民的作家,那便是最至高无上的荣誉。地震一发生,我的心便躁动起来,无法安宁,感觉自己在时时刻刻地操着灾区人民的心。当中国作协主席铁凝宣布将派作家赴灾区一线时,我便将自己正在进行的《浐灞手记》的创作暂时搁置一边,给陕西省作协的秘书长王芳闻打电话要求马上去前线。我总感觉这是我的本性使然,一个作家的使命使然! 来到汉中灾区,汉中人民的镇定,面对灾难的勇气;政府的中流砥柱作用,百姓的善良,他们对政府的信赖,对全国人民的感恩, 都成为了教育我们的活生生的教材。我们一行是来抗震救灾的,但同时也是来受教育的。百姓、医生、老师、各级政府官员,都成为了我们的教育者。他们所给予我们的,远远超过了我们所给予他们的。"

衣向东,北京市作协专业作家,创作《一路兵歌》等长、中、短篇小说多部并获奖。"一个作家,他所能做的,就是用笔去记录感人的故事。国家有难,作家不能缺席,这是我们的职责所在。在抗震救灾的前线,哪怕只是搬一块砖,心里也感觉十分的踏实。我要和灾区人民一起,去收拾破碎的家园,打造希望的明天。这次上前线,我名之曰:'一个老兵的归队'。我不到18岁当兵,穿了24年军装,迷彩服是我的最爱。这次到灾区,我的创作对象一如既往地是公安、武警和军人。四川方面的公安已经向我发出了邀请。另外就是要关注我们的孩子。我女儿今年9岁,荧屏前地震灾区那些孩子的哭声,总是不停地幻化为我女儿的哭声,令人心碎!也许有关此次地震的更大规模的创作要在5年、甚至10年后方能产生。当前我们的人民救灾的坚韧、抢险人员的果敢、未来劫后余生的同胞们心灵的修复,是需要一部史诗般的作品才能记录下来的。"

王芳闻,陕西省作协秘书长、创联部主任,著有报告文学集《黄土壮歌》等。"进入汉中市区,到处都是搭建的帐篷,让我分明感到,那惊魂的一刻,还在震颤,汉中还在疼痛。我曾夜夜为汶川和这里的人民祈祷平安,为逝去的生命秉烛守夜。我希望,能和中国作家一道,抚摸每一寸残砖断瓦碎石;我希望,用我们的体温,能温暖废墟下一双双眼睛,让他们感受到一丝丝温暖。"

朱晓军,浙江理工大学教授,《天使在作战》获鲁迅文学奖。"我是教师,所以我会把自己的采访重点放在学校。在这次抗震救灾中,许多医务人员的事迹令人动容,感人落泪。所以说我们的医务人员很多都是非常好的,只是医疗体制本身的问题。"

本文完稿时,是略阳的又一个清晨。嘉陵江边的灾民安置点,被夜露打湿的国旗,在微风中轻轻拂动;大型电子显示屏上,滚动播放着鼓舞人心的口号。是一个静静的黎明。在这静悄悄的黎明中,电子屏幕无声地转换着。我记住了它们的内容:

"众志成城 抗震救灾 重建家园"

"传递温暖传递爱 你我同心抗灾害"

(见报时间:2008年5月28日)

在秦巴山地的艳阳下

2008年4月下旬，温润秀丽、清绿如梦的陕西汉中盆地，秦巴巍峨，汉水如带，翠竹清幽，杜鹃花红。为隆重纪念毛泽东同志《在延安文艺座谈会上的讲话》发表66周年，庆祝改革开放30年，全面贯彻落实党的十七大精神，实现陕西省十一次党代会提出的"建设文化强省"的奋斗目标，以科学发展观指导陕西文艺界的工作，"辉煌30年·陕西文艺界走进汉中"大型采风慰问活动于2008年4月24日至28日在汉中广袤的城乡隆重举行。从虹桥飞架、现代化高楼耸立、经济发展突飞猛进的汉中市新区，到省级历史文化名城城固、勉县；从具有国内先进水平的现代化数控机床制造基地汉川机床集团有限公司，到商贾云集、交易火暴的西乡午子茶山，当代盛世的市场经济气息与古老文明的遗韵氤氲交织，致富奔小康的昂扬之情与古圣先贤的风范共存。采风团的艺术家们，在暮春初夏的艳阳之下，不但为城乡建设者及老百姓们送去了精彩的文艺节目与精湛的艺术品，也亲身感受到了这块金瓯玉盆之地上扑面而来的改革开放之风。

感受巨变　改革开放成就彰显

其实，对陕西暨汉中改革开放30年来巨变的深刻感受，在采风团甫一踏上征程时就开始了。古人云："蜀道难，难于上青天。"以前汉中与西安的交通联系，主要通过三种方式：建造于1934年并于1937年竣工的西汉公路。这条公路从西安绕道宝鸡、凤县至汉中,连通了中国历史上著名的褒斜道与金牛道等古栈道,为当时的抗日战争起到了巨大的支撑作用。这条全长400余公里的沙石公路,行车需十几至三十余小时,且险峻异常;上世纪50年代宝成铁路通车后,由西安乘火车出发,在嘉陵江边的略阳改乘汽车,经由勉县的茶店、武侯至汉中;70年代上期阳安铁路贯通后,还可乘火车绕道阳平关至汉中。这三条路线或须改换交通工具,或要兜转回环,均费时费力。2007年西汉高速公路的胜利通车,才是真正意义上的天堑变通途!3个来小时的车程,良好的路况,对中国南北大屏障秦岭的穿越,可谓于弹指间完成。更兼有一路两旁青山翠谷、溪水清流、稻苗滴绿、油菜飘香,还有劳作者遮阳的花伞,宛如簇簇盛开的花朵,散落在绿色的原野之上……

　　4月26日上午,采风团第二分队来到汉水之滨的汉川机床集团有限公司。这家前两年正式挂牌营运的股份制企业,前身是60年代三线建设时期由北京迁至此地的汉川机床厂。正值五一国际劳动节前夕暨企业成立40周年庆典之际,厂区内十分整洁,建造于上世纪的青砖厂房与现代化的钢结构厂房相间排列,每座厂房之间由厂区主干道连接,道旁鲜花盛开,欢迎采风团与欢度40周年庆典的大红横幅悬挂其上,营造出一派欢乐祥和的气氛。车间后,是蜿蜒的柏油林荫道,槐香阵阵,一片荫凉。在一座巨型厂房中,身着蓝色工装的工人们以极大的热情,欣赏了采风团艺术家们表演的节目与展示的书画作品。一位说着一口京腔的工人对记者说,60年代他七八岁时随着当库管员的母亲与做装卸工的父亲从北京来到汉中,今年已50岁了。现父母早已退休,儿子在汉中市上学,弟弟全家也在汉中生活。他们早已融入了本土,生活得不错。该企业领导人介绍,目前,他们正在抓住国家振兴装备制造业的历史机遇,着力打造具有国际先进水平的现代化数控机床制造基地,不但使其成为企业参与国际竞争的强力支撑,还将更快地带动汉中与陕西的经济发展。

　　4月26日下午,采风团两支分队会合在西乡午子茶山山麓,著名文化学者、书法家,陕西省文联副主席萧云儒亦兴致勃勃地从远方驱车赶来。此时的西乡,正值2008茶叶节、樱桃节暨赛茶大会召开之际,百里茶乡一片欢腾。各地前来交易的茶行鳞次栉比、门庭若市;参与赛茶的各类茶品琳琅满目,争香斗绿……

感恩先贤　追抚民族千秋风采

国家级历史文化名城汉中,古时风云际会之处,古栈道、拜将坛、石门摩崖石刻、张良庙、武侯墓、武侯祠等名胜古迹令人目不暇接。

采风间隙的一日清晨,团员们步入驻所附近的武侯墓与武侯祠。墓园内亭台楼榭,林木森森,池莲田田,绿竹依依。"映阶碧草自春色,隔叶黄鹂空好音。"大家盘桓流连,品读着一幅幅楹联碑刻,回味着一幕幕古今传奇,抚掌慨叹"出师未捷身先死,常使英雄泪满襟"的悲壮,昂首追思"云山苍苍,江水泱泱,先生之风,山高水长"的敬仰。

汉代丞相萧何称道汉中"语曰天汉,其称甚美"。这里自古物华天宝,人杰地灵。采风团一路,皆有数位汉中当地的文化官员为大家指点江山。谈论起汉中的历史典故与文化艺术现状,以及民俗地理、风土人情,他们皆如拈珠玑,如数家珍。未及入住,陕西省作家协会副主席、著名作家王蓬的数帧大作,已静静地在房间中等待着每位团员。王蓬10来岁随父母从西安迁居汉中。几十年来,他用如自己所在盆地般温润丰沛、清丽柔美的文笔,将汉中的美丽内蕴娓娓道来。其作品内容纵横捭阖,溯古追今,涉及历史文学、地质地理、路桥建筑、艺术文物等诸多门类,尤其是对中国古代交通史的研究,令人称奇。正是锦天绣地的汉中,成就了今日的王蓬!

感恩大地　艺术精品奉献众生

一路所到之处,采风团的旗帜飘扬在哪里,音乐便奏响在哪里,歌声便飞舞在哪里。在汉中天汉广场,在勉县立集村村落,在汉川机床集团有限公司厂房,在西乡茶山、樱桃园,在城固橘园、湖畔……汉中的青山秀水与改革开放后所取得的巨大成就,激发着艺术家们的创作灵感与创作激情。陕西省歌舞剧院青年歌唱演员仵晓岚是汉中的儿子,在汉中城乡,他以饱含激情的歌唱打动了无数观众。仵晓岚对记者说:"采风活动,使你能够到群众中去,接近群众。每次采风对于自己都会在艺术上有一个提升。一位艺术工作者一定要先打动自己,再打动观众。你连自己都打动不了,观众在台下是没有感觉的。我是演歌剧的,拿到剧本以后对其中心思想、对人物的贯穿线、对人物的思想点、切入点,都要经过对生活的感悟才能得来。你要把真诚的激情的东西表现出来,观众才能感受到真正的艺术,真正是人民大众所需要的一种艺术。"

西安美术学院教授、青年画家王保安,采风一路走来,一路随时用相机拍下周围的景色与人物,他还带着一个写生本,走到哪里写到哪里。他的这种习惯,去年陕西文艺界赴榆林采风时,就被记者注意到了。王保安说:"一个作家要记日记,一个画家也在记日记。这是一个积累的过程。汉中很温润,从我绘画的角度看,很多的人物、山水、风情,还有各种人物的状态,都很有意思,对于绘画的补充是非常大的。如果你不去找这些东西,不去培养自己的感情,不注意把自己融入到其中,那你的感情肯定是无从抒发的。我小时在老家江苏长大,那里有山有水,所以我喜欢画有水的地方,绘画也尽量画得比较湿润。这次来到汉中,我觉得和心里的感觉完全吻合,像找到了根据地,这是很有灵气、很有感觉的一个地方,是很值得来的。这里的风景很朴实,秀美当中带有灵气,我觉得是其他地方所不具备的。"

(见报时间:2008年5月14日)

小木屋

今夜无人入睡

这一天,是一个特殊的日子。首都北京,到处是翠色欲流,花团锦簇,彩旗飘舞,歌声飞扬。这一天,是五一国际劳动节前夕,是北京奥运会倒计时100天!

上午,北京奥运会倒计时100天誓师动员大会在人民大会堂隆重举行,中共中央政治局常委、全国政协主席贾庆林出席大会并讲话。

与此同时,各类群众性庆祝活动在北京城乡普遍展开,包括马拉松接力、健身长跑、太极拳、民族舞展示以及中小学生运动会等。

难忘的日子,在处处洋溢着喜庆节日气氛的北京,来自全国各地的人们,被激励着、温暖着,时刻准备着团结携手,去实现全世界关于友爱、希望、和谐的梦想。

同样,这一天——2008年4月30日,也有着一个特殊的夜晚。

这一天的夜晚,位于天安门广场以西的国家大剧院,华灯初上,流光溢彩,金碧辉煌,远远望去,犹如帷幕徐徐拉开的绚丽舞台。北侧绿化林带中,"槐风送香气,竹露滴清响"。银杏、油松、石榴、丁香、天竺葵、海棠等各类乔木与花卉舞动身姿,争奇斗妍。清澈的人工湖波光粼粼,使得其中心的建筑宛若晶莹剔透的水上明珠;明珠上闪烁着的扑朔迷离的"蘑菇灯",又似夜空中的点点繁星,点缀着美轮美奂的艺术圣殿。

在这激动人心的日子,在这春风沉醉的夜晚,在这如梦似幻的时刻,一场气势恢弘的交响音乐会,即将奏响。

这场音乐会,用她的组织策划者——陕西省乐团团长崔炳元的话说,不但是属于京城人民,也是属于我们三秦儿女,属于我们陕西人的!

非比寻常

此次采访开始,一份节目单呈现在我眼前。同时,她也以海报形式,出现在国家大剧院入口、回廊、音乐厅、花瓣厅(第五空间。陕西省乐团于4月30日下午在此演奏室内乐)等各处。尤其是在入口处的水下长廊,在波光潋影的映衬下,她碧绿的色彩、亭亭玉立的身姿,分外引人注目。

这是一份由国家文化部艺术司、国家大剧院、中国音乐家协会主办的第一届"中国交响乐之春"的节目单。这场演出季自4月28日,由北京交响乐团首开先河;担任4月29日第二场演出的,是中央芭蕾舞团交响乐团;陕西省交响乐团的演出,则赫然排列在4月30日——一个特殊的日子,而且紧追于在我国极负盛名的重磅交响乐团之后,名列地方交响乐团之首。这一引人注目的排名,充分显示了陕西文化大省的形象,对于陕西,对于陕西省乐团,均有着非比寻常的意义。

柔和的灯光下,踏步电梯缓缓升起,两边的浮雕与各类音乐、歌剧海报琳琅满目。音乐厅洁白肃穆,金色的主题背景宛若巨大的竖琴,熠熠闪光。听众席环绕舞台,笼罩于其上的穹顶,好似起伏的沙丘,又似海浪冲刷的海滩,引发大家神奇的遐想……

音乐会于19点30分开始,担任指挥的是陕西籍著名指挥家张列。在他的带领下,在听众一浪高过一浪的热情涌动下,陕西省乐团的百位演奏家激情演出了陕西老一辈著名作曲家屠冶九改编的管弦乐《山丹丹开花红艳艳》、著名作曲家赵季平的《第一交响曲》,以及饶余燕的钢琴协奏曲《献给青少年》、王海天的交响叙事诗《冬夜听书》、崔炳元的交响诗《轩辕黄帝颂》、张大龙的交响诗《我的母亲》、程宝华的弦乐队序曲《缅》等一系列作品。

屠冶九编曲的《山丹丹开花红艳艳》是一首根据同名陕北民歌和陇东民歌改编的管弦乐曲,描写了中央红军抵达陕北时正逢满山红花

盛放,军民欢歌乐舞的情景;王海天的交响诗《冬夜听书》是一首叙事诗,生动地表现了严冬农闲季节的夜晚,男女老少围坐在暖和的窑洞里,倾听着陕北民间艺人说书表演的情形,明显汲取了陕北说书中的艺术元素;程宝华的弦乐队序曲《缅》抒发的是对五六十年代支援西北的城市知识分子的特殊情感,曲调都市感较强;崔炳元的交响诗《轩辕黄帝颂》全曲包括了《苍茫大地》、《凤凰之舞》、《征战》、《人文初祖》等段落,素材简洁,表现丰富,音乐技法纯粹,四个乐章仅四种技法却直截了当地塑造了音乐形象,体现了民族的凝聚力;饶余燕的钢琴协奏曲《献给青少年》音乐格调清新明快,运用了陕西特有的碗碗腔;张大龙的交响诗《我的母亲》以传统的作曲技术手法,力图表现出母亲宽广的胸怀、历经的苦难以及作曲家对母亲的无限敬仰之情;赵季平的《第一交响乐》第一乐章采用奏鸣曲式,引子采用钟声与铜管乐的交替奏鸣,揭开中华民族五千年的文明史,富有历史的沧桑感,表现了中华民族的民族精神内涵——坚韧和善良。7部作品创作时间从1970年跨越到1999年,作品反映了陕西社会文化的多个侧面,作曲家从已经逝世的屠冶九到正值创作高峰的崔炳元……这些个人创作的行为中饱含着整体的音乐信仰和文化精神!

　　这些反映陕西地域文化的本土优秀交响乐作品,有的高亢奔放、明朗抒情;有的时而深沉抑郁、时而雄壮昂扬,扣人心弦;有的则充分展示了中华民族人文历史的重大主题,表现中华民族的精神内涵……音乐会自始至终,听众们或屏息静气,凝神静听;或激情涌动,掌声不息。最后,在大家的盛情下,加演具有京剧音乐风格的《苏三组曲》。

　　对于此次音乐会,京城诸多主流媒体给予了高度评价:"这台音乐会是陕西省乐团以交响音乐会的形式首次在北京亮相。陕西省交响乐团可谓厚积薄发,当地的乐团在当地培养的指挥家的引领下演奏全部由当地作曲家创作的本土作品。用陕西省乐团团长崔炳元的话说就是:陕西省乐团要借助交响乐之春的东风吹响陕西省交响乐'东征'的号角。""交响乐'陕军东征'沿用了一种比喻性的说法,源于1993年那次轰轰烈烈的文学界'陕军东征'。当年,陈忠实的《白鹿原》、贾平凹的《废都》、京夫的《八里情仇》、高建群的《最后一个匈奴》和程海的《热爱生命》5部长篇不约而同地汇聚到京城五家出版机构,对文坛产生了巨大的冲击和影响。如今陕西省乐团又完成了一次音乐界的'陕军东征'。"

非常感受

音乐会中场休息时，几位热情的听众表述了自己内心的感受。他们表示，作为在这次演出季活动中第一个在国家大剧院亮相的地方交响乐团，它的成功，展示了陕西交响乐创作的雄厚实力和本土文化的魅力，承载了向全国和全世界推广陕西本土交响乐作品的使命。

对于陕西省乐团的掌门人崔炳元来说，他最为注重的，是通过此次重大的艺术实践，自己这支团队在高峰体验中的超强历练，以及在这种体验中，经数十载打磨与积淀后所展示出的过硬的职业道德与艺术水准。这些，对于一个有着50余年历史的艺术团体今后的成长与发展，具有着特殊的含义。

4月30日下午，在国家大剧院三楼的新闻发布厅里，崔炳元对前来采访的京城各路媒体说："我们乐团能够在国家大剧院演出，使大家都有一种自豪的感觉。日前，我出席了第一届'中国交响乐之春'的开幕式。国务委员刘延东、文化部部长蔡武出席，文化部副部长陈晓光主持。开幕式介绍了这次活动的宗旨、意义以及规模，特别振奋人心。建国以来这么大规模的活动还是第一次举行，这点可通过以下几组数字来加以印证：时间跨越一个多月，从4月28日到6月15日；全国目前共有42支交响乐团，其中37支前来参加；最为激动人心的是，有20万听众参与。活动内容很丰富，有关于交响乐方面的电影放映，室内乐表演，还有一些专家的通俗交响乐讲座，以及综合性的音乐会等。我们按照组委会的要求，也精心准备了大概50分钟的室内乐演奏。""赴京前的4月27日，我们在西安人民剧院向三秦父老与有关领导进行了一场汇报演出，这是一次'预热'，一次'国考'前的模拟演练。当时，很多陕西音乐界的老同志评价说，这是陕西省乐团成立51年来最为辉煌的一次胜利、最为成功的一场音乐会，各种赞誉纷至沓来，不绝于耳。而我们，则更多地把它看作是对我们乐团的鞭策，激励着我们做得更好！"

音乐会结束了。掌声，还是掌声。台下的听众们不肯离去，音乐家们

不肯离去,台上的演奏家们也不忍离去,握手,谈笑,击掌祝贺,合影留念……

京城著名乐评家景作人当场表示:"音乐会非常精彩,我很感动。"

步出国家大剧院,节日的长安街上火树银花,夜色撩人。许多乐团团员们意犹未尽,激动地不愿回到住宿的酒店,他们决定,步行去天安门广场,伴着音乐会的余韵,在晨光熹微中等待国旗的冉冉升起。那将是,一幅多么美好的图景!

(见报时间:2008年5月14日)

竹露滴清响

资源·产业·市场

他的办公桌上，摊着几大本文化产业项目策划书；他面前打开着的记事本上，密密麻麻地布满了字迹——他就是善于思考、勤于笔耕的陕西省文联副主席、著名文艺评论家萧云儒。初春的一天，记者采访了他，倾听他关于建设西部文化强省、发展陕西文化产业的意见。令人钦佩的是年逾花甲的萧云儒依旧才思敏捷，言谈中不乏当代文化人的忧患意识、担当意识和勇于践行的精神。

必须摒弃倨傲自大的心态

长期以来，陕西被冠以"资源大省"之名。但是在萧云儒看来，陕西虽然有着得天独厚的历史与文化渊源，其实却是"文化资源大省、文化产业中省和文化资金小省"。他分析说，资源是一种物态留存，是祖先留下的而不是我们创造的。在看待文化资源时通常有一个误区：只看到"硬资源"而忽视了"软资源"。就文化资源而言，有三种形态：一种是物态留存，比如兵马俑，是可感觉、可见闻、可触摸的。第二种是形态留存，是不可触摸的，但可以被人们以观赏和见闻形式感知、保存下来，像陕北腰鼓和民俗礼仪。第三种就是"软资源"——神态留存。什么是神态留存？我们的祖先不仅留下了兵马俑，还留下了那个时代的精神和文化心理，而这种精神和文化心理恰好是构成文化资源强省的重要组成部分，可惜我们开掘得不够。而且

从某种程度上说,文化留存中越具象的越短暂,越抽象的越久远。比如兵马俑的艺术坐标和审美信息及其象征的秦始皇时代的精神,比兵马俑本身更耐保存,它是打不碎的。再比如,如果我们能够认真总结陕北的红色精神资源,就会发现这其中的不少精神与当下党中央提倡的精神是一致的。我们应该将神态资源具体化,挖掘其现实意义。还有,陕北民歌老百姓会唱,可是蕴含在其中的在开放流动中生存的"走西口意识"却鲜为人知;秦始皇统一六国被拍成了电影,可是商鞅矢志不移的改革精神更具时代意义;我们希望社会和谐,可是到了白云山的道观除了烧香,却忽略了领略老祖宗留给我们的天人合一的自然观、和谐的生存观……这些都是应该深入挖掘的。

萧云儒认为,陕西要想在文化领域谋求进一步发展,就要摒弃因置身"传统文化大省"之列带来的以"得史独厚"而倨傲自大的心态,要避免身为"红色文化胜地"而造成的狭隘的地方情绪,更应该作为"计划经济大省"而反思如何摆脱呆板的产业运作形式。作为"市场经济的小兄弟",陕西应该积极向开放的南方省份学习,要在全国、全世界这个大格局中自省。汉唐盛世之所以"盛",不是因为纵向自比而盛,而是因为在世界范围内横向比较汉唐处于领先时期。不要纵向自比,而要在世界格局中定位自己。要进一步解放思想,找准定位,甩掉包袱,阔步前进。

说到这儿,他露出了真诚的笑容:"为陕西呼喊几十年了,虽然我只能算半个陕西人。"萧云儒祖籍四川广安,大学毕业后才定居西安。在这片神奇的土地上耕耘了40多个春秋,他的话语里自然时时流露出对第二故乡的深厚感情,对发展陕西文化事业的殷切期盼。

资源只有进入市场才能增值

萧云儒分析说,目前,在经济全球化的作用下,文化产业在世界范围内得到了充分的发展。美国的电影业、德国的出版业、韩国的游戏业、日本的娱乐业,都已成为本国国民经济的支柱产业。我国的文化产业尚处于起步阶段,是名副其实的朝阳产业。陕西省第十一次党代会提出,将"文化强"作为建设西部强省的三大重要方面之一。发展文化产业又被作为"文化强"的一个重要部分提出。这是非常振奋人心的。他举例说,陕西的咸阳只有陵文物、陵文化而没有陵产业,没有形成产业链。艺术作品只停留在创作层面、理论层面,没有变成大众需求的文化产品,问题出在哪儿?在于我们把产业作为创作的尾巴,这是一个很大的误区。世界上有很多在文化资源的沙漠上却建立起最强大的文化市场的例子。比如深圳的"中国民俗文化村",那里的东西很少有出在深圳本土的,但却吸引了国内外的游客,建立起强大的文化市场。上海京剧院的京剧《贞观盛世》,主演尚长荣、导演陈薪伊都是从陕西去的,就连题材都是陕西的,然而人家就是把这个资源给开发出来了,而且获得了国家舞台艺术精品工程的精品剧目奖。我们要试着把产业和创作剥离,要明确文化本身没有疆域。美国制作的电影《花木兰》取材于中国,四川创作的诗乐舞《大唐华章》也不是他们当地的题材。陕西在西部,是西北的中转站。我们为什么不能做宁夏的"花儿"呢?如果要用行政区划限制文化资源的流动,这是很不科学的。实际上我们目前的文化产业,主要是政府办,民办的还不到三成,这说明,人力物力还没有被充分调动起来,还有潜力可挖。

他进一步分析说,文化不是消耗性的产品,而是增值性的产品。文化产品不怕别人用,而是越用越值钱。文化产业不等于文化市场,市场是产业的创造性延伸。在文化市场中,文化的出售是虚拟出售,可以出售文化产品的宣传权、经营权、包装权、使用权或有限使用权,而不是出售所有权。我们要走出以前那种重创作、轻产业,重产业、轻市场的误区,把文化产品的生产提升为资本运作,把文化由产业提升为市场,这样才能改变目前经营文化事业主要靠国家拨款和文化扶贫性贷款的状况。他强调,人的观念一定要与时俱进,观念陈旧、保守,文化资源永远只是文物。有了好的观念,才能将文化资源产业化,进而转化为市场资源。资源只有进入市场,流动起来,才能增值。而且,有了好的观念,人才的价值才能真正被开掘出来。

四支队伍"一个都不能少"

萧云儒坦言,陈忠实、贾平凹、刘文西、赵季平这些艺术家的名声都很响亮,可我们没有一支同样响亮的文化大军。可喜的是,我们的评论者队伍越来越得到重视了。但是,在产业链条上,没有强大的策划人、经纪人、管理者队伍,将文化产品推向市场是不行的。要靠创作、评论、营销……这一系列人才打造出文化产业品牌来!像美国的"好莱坞"电影品牌,打上了这个牌子的电影无疑身价倍增。人是文化生产力的核心要素,是主体。我

们不能只重视个体创造力而忽略群体创造力，要改变文艺家个体强而群体弱的现象。要"文化强"，必须以人带文，打造文化创作、评论者队伍，策划人、经纪人队伍，文化企业家、营销家队伍和现代文化管理者队伍，在产业链条上，四支队伍，四方面品牌，一个都不能少。现代社会分工越来越细、越细越发展，要把管理、创作、执行、经销分开，把政府运作与市场运作分开，以分工的最大化，达到创造潜力的发挥最大化，效果的最大化，效益的最大化，利润的最大化，也就是资本的最大化。要总结西安曲江新区的实践经验，结合政府运作与市场运作，把政府的指向性、干预性能力与市场的导向、意向结合。

将文化积淀转化为文化积淀力

萧云儒认为，陕西的历史文化积淀十分丰厚，但这并不意味着文化积淀力强。文化积淀力就是把许多局部的文化资源自觉地叠加承继的能力。历史的积累是需要咀嚼的，资源型积淀不等于是生产型积淀和流通型积淀。要不停地梳理、整理、翻检历史，其中包括批判、反思历史，将静态的历史文化资源转化为动态的增值性的市场资源、民众生活资源。

陕西的书画、摄影等展览是非常多的，然而能令观众自己掏腰包买账的却很少，为什么？萧云儒分析，主要原因是这些艺术作品展提不起观众的审美兴趣。人们每天接受着报刊、电视、广播等所传递的各种信息的轰炸，这不仅造成审美疲劳，也使艺术家的创造力受到影响。然而，越在这种情况下，越要强调艺术的创意力。"我曾在中国美术馆看过一个企业家的摄影作品展，整个展览都在表现一个主题——水波，但是每幅作品的光线都在变化，光和水的动静交融使人产生无尽的遐想……高级的美术不在于还原事物的本像，创作实际上是在求变形，是将具体的物质抽象、升华。创意的能力对于艺术家来说至关重要。"

萧云儒说他曾经提出个建议，陕西应该做一个节目或纪录片，叫《百家讲坛主持人走进故事发生地》。原因是，易中天讲的《三国》中许多故事发生在汉中；河南大学教授王立群讲的《史记》，是陕西韩城的司马迁写的，书中的大部分背景在陕西；于丹讲的《老子》有一部分也在陕西。别人可以翻检我们的"金库"，我们为什么不能翻检呢？可以借助百家讲坛这些人的一级资源，进行二级创造。这就是文化积淀力。我们不能有矿藏而没有开挖能力,我们得发掘。

作为陕西策划协会会长的萧云儒,对于如何把西安由一个中西部的特大城市提升为世界级的文化古都,有许多"点子"或曰创意。"我想西安最有资格去做一个长安论坛,利用这个论坛给历史文明赋予现代感,让华夏文明走出国门。比如,可以制作个《西安罗马十日谈》节目,邀请罗马电视台和陕西各组织一个由专家、导游、家庭主妇组成的团队,到对方的国家生活半个月,实况转播。这可是鲜活的两种文明的交流过程:意大利歌剧与秦腔,美人海伦对仙女嫦娥,罗马斗兽对唐代斗蟋蟀,十字军东征对秦统一六国,特洛伊木马对荆轲刺秦,古希腊雕塑对兵马俑,比萨饼对肉夹馍……这个节目就很有意思了。在这个基础上还可以由西安发起成立世界古都联谊会,将来也许可以形成世界5大古都互派领事馆。"

"长安论坛第二个可以做的就是丝路文化。中国西域文化、汉文化跟西欧文化的嫁接融合这个话题,可以成为世界级的文化论坛。还有中印对话,可以沿着玄奘走的路展开来。还可以做中日韩对话……搞文化对话可以增强国家、人民之间的沟通与交流。"

末了,萧云儒加重了语气说,"文化强"是一个大系统。当前我们的重点是把这个系统完整地建立起来,走出误区,再进行创造性的劳动,增强文化发展的活力。

(见报时间:2008年4月23日)

徜徉老街 米领群/摄

一道免费的午餐

这道午餐是西安曲江电影编剧高级研习班。

4月10日上午9点,记者如约来到西安曲江国际会展中心。时尚而恢弘的展馆建筑,在茸茸新绿的映衬与濛濛春雨的氤氲笼罩中,呈现出典雅大气的轮廓。在位于三层的西安曲江影视投资集团门口,隔着长长的落地玻璃甬道,记者一下便认出了在银幕上"相见相识"过多次的许还山先生。高大魁伟的许还山,身姿依然挺拔,双目炯炯有神,仍然可见当年"刘邦"、"李自成"那摄人心魄的风采。现在,担任着西安曲江影视投资集团培训总监的许还山,身上充满了年轻人的朝气,思维敏捷,声音洪亮。

采访直奔主题——西安曲江电影编剧高级研习班。

"前几年电影发展得并不是很好,可以说是处在一个低谷当中。现在电影的商品属性更加突出了。这个飞跃,不仅是一种体制的改变,更主要的是一个思想理念的转变。中国电影不仅要适应国际潮流,而且要实现同国内观众的对接,要同时具备思想性、艺术性和娱乐性,这才是中国电影总的探索思路。"

2007年我国电影产业呈蓬勃发展势头,共生产故事片402部,电影产业创收67.26亿元,其中电影票房收入高达33.27亿元,29部国产电影在19个国际电影节上获得49个奖项,均创下了历史新高。因此有评论说中国电影进入了全盛时期,但许还山并不这么认为,"辉煌的背后至少有一个很严峻的事实——402部电影并没有全部进入市场。因为电影不同于其他商品,它必须通过发行商这个中间环节,而发行商的理念、眼光、经验在很大程度上直接影响着影片的市场。另外,影片还要受地域、语言、观众的欣赏习惯和审美情趣的制约,种种因素都限制了中国电影的发展。虽然很多影片在国外拿了奖,但仍然进不了各大院线,很多片子是得奖不赚钱,既得奖又赚钱的片子很少,赚了钱却没有得奖的有时还会挨骂,这些都是不正常的现象,究竟根源在什么地方?剧本!"正是基于这样的认识,西安曲江影视投资集团才下定决心,不惜重金举办西安曲江电影编剧高级研习班,以此来推动中国电影事业的大发展大繁荣。

为了解决学员们的衣食住行等后顾之忧,更为了让学员们静下心来探索关乎中国电影未来发展的路子,西安曲江影视投资集团在最初策划时,就抱定了"好事做到底"的想法,即不向参加研习班的学员收取一分钱!

"但,这并不意味着任何人都可以报名。要获取进入这一高级研习班的资格,至少要有一部电影作品投拍并获得公映许可证,还要能提供一部个人电影剧作供承办方挑选购买。"许还山说,之所以将门槛设置得比较高,原因在于,"我们花重金从国外请来名家讲课,那么至少听课的人也要与之匹配,起码要听得懂。我们培养的是那些真正有志于推动中国电影事业的人。近几天,我一直比较兴奋,报名者中很多都是已有博士、教授等头衔的资深电影人,许多人在事业上已经取得了相当大的成就,像芦苇、杨争光、孙毅安这些已有很大名气的编剧,也都放下身段,甘为学员。同时,研习班毕竟是一种传播知识的方式,我们也不能将它搞得太阳春白雪、曲高和寡,给人高不可攀的感觉,所以除了50名正式学员之外,我们还将招收100名旁听生。最终目的就是在有限的资金及有限的时间里,为中国电影的基础事业添块砖加片瓦。"

西安曲江电影编剧高级研习班面向全国招生的消息一经公布,便得到了社会各界的广泛关注和鼎力支持。获中国电影"金鸡奖"终身成就奖的著名编剧陆柱国称"这个活动是一个创举、义举、善举";在北京,中国电影资料馆无偿为研习班提供新闻发布会召开场地;著名导演、编剧谢飞、郑洞天、刘一兵、王兴东等欣然答应为学员授课……

许还山向记者介绍,研习班授课内容主要包括最成功的电影剧本作者

的12个习惯、创作电影剧本时所需要问的50个问题、电影剧本写作的三大基本原则、指导电影创作的三大金律等,涉及《安妮霍尔》《洛基》《终极者2》《小鬼当家》《午夜牛郎》《黑炮事件》《变脸》《玩家》等国内外经典影片。"研习班的授课内容既有宏观的、微观的,又有国内的、国外的,这盘大餐的配菜还是比较齐全的。其宗旨就是让学员既要了解微观的、具体的编剧技巧,还要了解宏观的、中国电影未来的走向。力争将研习班办成一个融学术性、可操作性为一体的公益活动,为中国电影走向世界尽绵薄之力。"

曾有人问许还山:你们傻不傻啊,不求回报地付出那么多,到底图了个啥?对此,许还山只报以微微一笑。像电影编剧高级研习班这样的公益性活动,西安曲江影视投资集团已不是头一次举办了。去年在西安举办的"曲江国产电影新人新作展"早已拉开了西安曲江影视投资集团热衷公益事业的帷幕。"去年的新人新作展花了600万,一分钱赞助都没拉,最后推出了几个新人、几部新片,每人赠款10万元,作为其下一部影片创作的扶助金。"许还山还特意向记者解释,奖励给新人的10万元并不单纯是奖金,而是为了解决年轻导演在从事新片创作中一些必要开支的补助,解一些燃眉之急。"此外,我们还将他们参展的新影片在部队、学校、社区、工厂连续免费放映5天,希望借助这种方式,既扶持了新人新作,扩大了新人影响,又摸清了群众欣赏趣味的脉搏。"

"新人新作展的起点很明显,前几年电影发展得并不是很好,可以说是处在一个低谷当中。现在电影的商品属性更加突出了,这个飞跃,不仅是一种体制的改变,更主要的是一个思想理念的转变。中国电影不仅要适应国际潮流,而且要实现同国内观众的对接,要同时具备思想性、艺术性和娱乐性,这才是中国电影总的探索思路。"

谈到吴天明对影视新人的扶植,许还山说这是由来已久的。他还回忆起当年张艺谋拍摄《红高粱》和《老井》时的两个细节。"当时《红高粱》的本子还不成熟,厂里没下投拍生产令,但天明一看,就断定这是一个好题材,不可错失良机,于是当机立断:'姜文、张艺谋,还有曹久平(美工),你们赶紧到山东去找块地,把高粱先种上,季节不等人!'这三个小子一听便来了劲,马上买硬座票去了山东高密。到8月份影片正式开拍时,他们亲手种下的高粱已经有两米多高了,满足了拍摄要求。"如果当时身为西影厂厂长的吴天明没有那种眼光和魄力,就不会有后来享誉中外的《红高粱》!天明独具慧眼,有一种超前意识。"也因此,张艺谋每每谈起自己的成功时,都会说"没有吴天明就没有我张艺谋"。"拍摄《老井》时,剧组找不到合适的演员,天明就对张艺谋说'我看你就行,你试试看',张艺谋就傻呵呵地去了。每天背石头,手上都起了大泡,慢慢地越背越像自己所要扮演的角色。天明说'这就是我想要的'。张艺谋本来是摄影师,结果最后在电影领域里全面开花。所以一个人仅有才能还不够,还得有施展才能的平台。研习班就是想为年轻编剧们提供一方净土、一个平台,让他们能很好地汲取养分而走向成熟。"

爱好书法、摄影、诗词的许还山,在暮年之时,并没有放弃自己所钟爱的电影事业。遇到好的本子、好的角色,他仍会倍加珍惜。但对他而言,培育年轻一代无疑成了目前自己最大的任务与心愿。

许还山这样说:"如果我和吴天明没有曲江这个强有力的平台支持,即使你再有想法,也不过是'秀才造反、纸上谈兵',再宏伟的蓝图也不可能实现。古城观众对文化艺术是非常渴求的,不仅有对秦腔的热爱,对于西方的文化,我们也是敞开胸怀的。最近,英国音乐剧《猫》登陆西安,使西安的观众大开眼界,这就很有点兼容天下精华的大唐味道。这是一种气派,也是一种境界。从这点来讲,西安曲江文化产业投资集团能够把研习班、新人新作展这些事情应承下来,付诸实践,并做出成绩,这和文化产业理念是有很大关系的。西安并不是一潭死水,并不是一个封闭的城市。古城虽古,但我们的思想是与时代、与国际接轨的,传统中见现代,现代中不忘传统,这就是我们的文化理念。"

(见报时间:2008年4月16日)

采访许还山(左)

苍苍吾土　悠悠我心

阳春三月的西安,古城墙边的柳树笼上了薄如蝉翼的绿纱,道路旁的迎春花金灿灿地开满了藤蔓,樱花、桃花、白玉兰花竞相吐蕊。刚刚沐浴了一场淅沥的春雨,气候格外宜人,空气湿润清新。

2008年3月21日上午11时,位于北大街的陕西人民出版社迎来了自己尊贵的客人——著名国学家文怀沙。

国学家文怀沙与陕西人民出版社的结缘,始于巨著《四部文明》的出版。作为2007年陕西文化界的十件大事之一,作为时年轰动中国出版界、并引发全球图书业界广为关注的重大出版事件,《四部文明》的成功问世,彰显了陕西人民出版社所肩负的传播汉唐历史文化传统的厚重使命,也使得它与文怀沙先生的握手,具有着非同寻常的意义。

穿越了近百年岁月时光的文怀沙先生,虽历尽了人生的坎坷沧桑,见惯了无数的生离死别,然他向社会所传递的,是鲜活的生命讯息,所展示的,是一颗异常年轻的心灵。彼时,在充满着欢声笑语的陕西人民出版社8楼会议室里,鹤发童颜的他,思想睿智,思维敏捷,耳聪目明,诙谐幽默,妙语连珠,充满魅力。

"我属于'无价的抹布'"

联合国教科文民间艺术国际组织,简称 IOV,是以保护和推广各国民间传统文化艺术以及文化资产发展为主要目标,旨在以文化交流促进各国、各民族间的了解和尊重,来维护世界和平为理想,加强对全世界非物质文化遗产保护的国际文化机构。该机构 1979 年成立于比利时,作为联合国教科文的正式关系组织,目前在全球 175 个国家和地区拥有 4400 多名会员。在刚刚结束的北京 IOV 总裁执委会会议上,鉴于文怀沙先生的成就,以及对全球华人社会的影响力,经过执委会成员讨论并通过,决定授予文怀沙先生"杰出文化贡献奖",这也是该机构成立以来唯一的杰出文化奖项,用以表彰文怀沙先生对中国文化及世界文化作出的贡献。

采访的当天,记者获悉,3 月 23 日,文老将在北京领受这一有着"文化领域的诺贝尔奖"之称的国际大奖。然而,在令人目眩神迷的荣誉面前,文老却是十分的超脱、淡然。当记者问他,对于这一即将到来的国际荣誉,他的感受如何时,文老的回答寓意深刻。

面对世间纷至沓来的荣誉,文老一概诙谐地将其称为"雀巢咖啡"。他说:"商品社会需要广告。有一个广告做得最热闹,'雀巢咖啡,味道好极了!'雀巢咖啡,味道还可以,但是好极了的这个'极'字是不妥当的,因为我喝咖啡,我知道最好的咖啡不是雀巢咖啡。""商品社会不能拒绝广告,这件事关乎国家的荣誉,我也没有理由假装谦虚。但要说到我的心态,我对所有虚的东西都不感兴趣。""我家里有块常用的抹布,于我很重要,我永远都不卖。它不是无价之宝,只能说是无价的抹布,我就属于'无价的抹布'。所以如果宣传得太厉害,我就露馅了,就把抹布的属性突出了。一个美女可以多照一点儿相片;一个丑女,那她最好少拍照,不化妆。假使有一个女人,血盆大口,再擦上口红,那就真丑化了。美者愈美,丑者愈丑,我是属于后者。现在我是战战兢兢,如临深渊,如履薄冰。我说出了自己的心态。我不是虚假的。你给我一个世界性的荣誉,远不如我看到一个美丽少女的微笑,那样我就很愉快、很幸福了。"

"我是'朝楚暮秦'"

文老祖籍湖南,岳麓山的风骨,湘水的流韵,不但给予了他仙风道骨

的外貌,更铸就了他"朝饮木兰之坠露兮,夕餐秋菊之落英"(《离骚》)的胸怀。

近几年来,文老频频造访陕西。2005年春天,大唐芙蓉园内,曲水流觞,文老在千余来宾面前诵读他为"长安雅集"所写的赋文:"众人皆仰望王都,闻其语音便正,故以雅言名之。彼时之王都,即今之长安也。"近年,文老更将凝聚了他50余年心血的鸿篇巨制《四部文明》交由陕西人民出版社出版,使大家看到了他对于陕西、陕西文化的一颗拳拳之心。

对于自己的选择,文老说:"陕西是汉唐故都,周秦文化在这里辉煌过。中文称为'汉语';外国的中华街叫'唐人街',与汉唐密不可分。我是楚人,但我对周秦很有感情,人家是'朝秦暮楚',我是'朝楚暮秦'。"这时,文老突然说了句陕西方言:"我是宝鸡的荣誉市民"。接着,文老的神色渐趋凝重:"鲁迅说,'我以我血荐轩辕。'我最后要归到宝鸡去,归到炎帝的陵前,我要替炎帝看陵,这是我最终的归宿。"

对于《四部文明》的出版机构陕西人民出版社,文老说:"作为一个文化事业的代表性单位,我对它有种敬意。你们是身在宝山。"由此延伸,文老谈到了自己对于秦地文化的解读:"周崇文德,秦尚武功。你们前任的省委书记向我讲述过一个秦兵马俑的秘密。他说,在原来封陵的时候,一个俑倒下了,有一把剑,不知什么原因被压在了下面。剑窝着,弯曲了,被压了两千多年。发掘兵马俑时,一进去就发现了倒下的俑,扶起来后发现两千多年前的剑直了。你想这个冶金的技巧是多么高深,这也说明了我们中华民族的性格,坚忍不拔。省委书记说,现在你有一个特权,可以下去摸摸。当时我就去了。这里头,我觉得陕西周秦旧地里有强大的生命力。孔夫子是登泰山而小天下,我则是有幸登秦岭而小泰山!这就是我晚年对陕西魂牵梦绕的原因。"

"我对这片土地爱得深沉"

当记者问及文老对当前中国社会"国学热"的看法时,文老说:"屈原曾提出一个字来非常重要。'度',风度、气度,这个度,是一个分寸感,事物都有个度。我们讲卫生,也要有个度,不能把小孩子一生下来,就放在无菌的红外线下养,养到20岁才从无菌的环境中出来,出来肯定不能生存,一呼吸,就得了肺炎,死掉了。清洁是好的,但是过分清洁就不好了。我到西安来,走1000里就到了,结果我跑了1100里,跑过了,跑到咸阳去了。过犹不及。所以现在叫年轻人背'四书五经',我认为应当从'四书五经'中选一些最精彩的,像'恻隐之心,人皆有之''学而时习之,不亦乐乎''有朋自远方来,不亦乐乎',最了不起的是第三句话,'人不知而不愠,不亦君子乎。'不被了解,不生气,那就是君子。小孩子现在负担都很重,叫他们去背'四书五经','唯女人与小人难养也,近则不逊远则怨',行吗?你让他学孔夫子轻视妇女,行吗?我有个晚辈,编了套书300万字,叫《话说西方》,西方的文学卷、哲学卷、地理卷、历史卷。书就要出来了,让我写序,我大胆地赞美他,因为都在学东方文化的时候,他没有忘记西方文化。所以什么都要有个度,晕头转向不行。凡事极端就不好了,现在的'国学热'就走到了另外一个极端。我从来不喜欢极端化。如果说有极端化,就是我爱我的土地。就像我的朋友艾青说的:'为什么我的眼里常含泪水,因为我对这片土地爱得深沉。'我的国家,给我吃蛋糕我高兴,给我吃窝头我也开心。你不能因为国家给你吃窝头就不爱国,就去当汉奸。对国家、对民族的感情应该是一往情深,而不是搞等价交换。所以说什么事情都不能太热。迷信西方是不好,但中国的传统中就没有糟粕?奇光异彩,奇光之往应继,异彩之来待开。如果没有这个思想,所有的往都要继承,那么请问,随地吐痰之往该不该继承?所有的来都应该开,那么艾滋病之来要不要开?应该有批判、有区别。"文老精彩的讲述,博得了满场热烈的掌声。

(见报时间:2008年3月26日)

采访国学家文怀沙老人(右一)

抵 达

　　早春二月,上元节的清晨。西安话剧院40余名演职人员乘坐的西安至北京西的232次列车在晚点一个小时后抵达。在拥挤的出站大厅中,院长翟卫国、副院长史丰、党支部书记魏清芬不时高扬起手臂,招呼着自己的人跟上队伍……

　　这是继2007年4月纪念中国话剧百年演出并获优秀剧目展演一等奖、曹禺剧本奖之后,西安话剧院《郭双印连他乡党》的第二次北京之行。其后,2007年11月,在武汉参加中国第八届艺术节演出,获文华剧目奖;紧接着,2007年12月,在苏州参加第十届中国戏剧节演出,获优秀剧目奖。这次来京,他们将在国安剧院为参加国家文化部全国文化厅局长会议的代表和首都观众进行演出,同时领取国家舞台艺术精品工程大奖。

　　此时,京城上空的薄雾尚未散尽,初升的朝阳刚刚在东方天际露出橙红色的脸来,显得十分柔和与温暖。对于西安话剧院来说,这一次的抵达意味深长……

山重水复疑无路

　　20世纪初叶,积贫积弱的中国风雨如磐。由爱国知识青年组成的文艺社团"春柳社",在一次为赈灾所发起的义演中,演出了法国著名作家小仲马的名剧《茶花女》。不久,又演出了根据美国小说《汤姆叔叔的小屋》改编的话剧《黑奴吁天录》。这次演出的成功,确立了中国前所未有的新剧形态,也标志着中国话剧在真正意义上的诞生。

其后,在烽火连天的中国人民抗日战争与解放战争岁月里,中国共产党中的文艺工作者联合中国社会中的爱国艺术家与爱国知识分子,选择话剧作为最有利的爱国宣传途径与最有力的爱国宣传武器,推出了极具影响力和战斗力的话剧剧目。话剧艺术为中国人民的解放事业做出了不可磨灭的贡献。

世纪之交,中国社会进入由计划经济向市场经济转化的社会转型时期,影视娱乐的冲击和快餐文化的兴盛,使得话剧创作越来越脱离现实生活和时代要求,越来越远离人的社会存在,越来越缺少人性的悲悯和关怀,致使话剧艺术的边缘化趋势愈益严重。

成立于1953年的西安话剧院,曾为我国话剧的八大院团之一,创作演出的《延水长》《西安事变》《巍巍昆仑》《彭德怀》《毛泽东的故事》轰动一时,使其享誉大江南北。新时期话剧艺术的现状,同样使这所久负盛名的剧院陷入了前所未有的困境。党支部书记魏清芬告诉记者,多年来,剧院就只有50%的事业经费,大多数演职人员每月只七八百元工资。在这种状况下,要汇拢人心,让大家沉下心来搞艺术,难啊!曾经担任过8年业务副院长的董照告诉记者,有一年,他们到农村巡回演出根据陕西佛坪某基层领导干部在特大洪水中舍己救人、英勇献身的事迹改编的话剧《风雨彩虹》,旁边就有不知哪儿来的一帮人在表演脱衣舞,穿着三点式搔首弄姿,大喇叭还狂喊着招揽观众。当时,剧院的许多演员都流下了伤心的泪水,心中真是百感交集、五味杂陈。低俗下流的东西对高雅艺术的冲击实在是太大了!化妆师李娟、幕后配音苏国涛说,现在剧院中担纲挑大梁的,绝大多数是1980年前后进来的一拨人。40多岁的人,上有老、下有小,艺术团体微薄的工资待遇,怎能让大家心无旁骛地坚守话剧阵地?为充实剧院艺术力量而挑选出的一些中戏、上戏毕业生,来后一听待遇,扭头就走,宁愿北漂。

多重因素造成了中国话剧市场的每况愈下,即使那些有着雄厚经济实力的国家级院团也无法摆脱另一类困境。很多剧院手上没有优秀的原创戏剧文本,只能不停地搬演外国名剧、复排名家经典和改编一些当代小说。北京人艺这几年每年演出的80%以上是外国戏和复排老舍、曹禺和郭沫若的

名剧。国家话剧院近年来演出的剧目也是以排外国戏剧文本为主。

中国话剧的出路在哪里？

不抛弃　不放弃

用这句当今最具时尚感的口号，来诠释《郭双印连他乡党》一剧的成功历程，真是十分的贴切。

西安话剧院副院长，《郭双印连他乡党》主演，第十二届文华表演奖、第十届中国戏剧节优秀表演奖、话剧金狮奖的获得者史丰不止一次地袒露心迹说："这出剧的成功，首先就在于坚持，在于爱。爱自己所干的事业，坚持自己对事业的追求。我们这一拨话剧演员，1980年进团，对话剧艺术的热爱刻骨铭心。事情做到这个程度，就不想去放弃了。虽然相对清贫，不能像某些人那样过一种奢侈的生活，但我很享受我所做的事情。"史丰还说："第一次看到郭双印的生活原型郭秀明的素材时，我就特别感动，特别喜欢这个人。我觉得这个人太无畏、太无私了。他从一个医生、一个有文墨的人，突然变成了一个风风火火的人，是因为身上有了担当，肩上有了责任。什么是男人的魅力？我觉得这就是男人！有人不了解郭秀明为什么要豁出自己的命去这样做，我当时看了后就比较了解，并且比较认同他。他说过一句话：'生，为一大事来；死，为一大事去。'人来到世上就是要做件事，即使死也死而无憾了。所以，我想把郭双印演好，就是想让大家知道，史丰当了一辈子演员，演了一个好戏，说白了就这样。你将来提到这个戏的时候就能提到史丰，认可我，说我能演戏、戏演得挺好，就行了。其实不光是我，我们西安话剧院的演职人员，都是抱着这样的一个信念，才在话剧生存发展这样一种艰难的过程中，进行了一次成功的突围。"

其实这是一次只问耕耘、不求收获的过程。史丰说："当时我们演出特别困难，便想搞一次'应试教育'，想让政府发文件支持演出。于是我和王真编剧等就去了郭秀明事迹的发生地铜川惠家沟。到那里后的第一眼就感动了我，我觉得郭秀明是个男人。我对王真编剧说：'这个戏可以演'。"

挖掘出人们身边最不经意的、最易被大家所忽略的，但又是最为动人心魄的生活事例与片断，是很多成功艺术作品之所以成功的不二法门。《郭双印连他乡党》，就是以独特的艺术手法，成功打造了一个以自己至善的人性美而焕发出光彩的人——一个充满魅力的男人——的形象。全村人都一贫如洗时,郭双印是村里的"首富",因他懂医术、会配药,能为人治病。当他误打误撞地被村民们"选"为支书后,编剧并没有歌功颂德,没有罗列好人好事,没有塑造完美形象。而是一切追求真实。郭双印发牢骚、能不够,全村人都要按照他的部署行动,否则便要对人家发脾气,与别人产生矛盾。但山洪暴发时,他冲在最前面;顶风冒雪上塬修田时,他干得最久;为实现心中理想,他隐瞒病情强撑病体。最后,退耕还林、植树造林的成绩引起了重视,钱来了,他的病却因迁延已久,不治而去。

当然,《郭双印连他乡党》的成功,很大程度是因其在艺术形式上的突破。对于此,史丰说:"借鉴了很多影视、戏曲的元素,比如场景淡出淡入地切换,主人公思想急剧变化时灯光的变化等。""编剧王真与导演王小琮曾对一家杂志说,他们追求着一种'低俗'。我认为他们说的所谓的'低俗',可以理解为平民化。所以他们在排戏时,便要求一定要真实、要高度的生活化。我感觉,他们所追求的,是一种很淳朴的东西。"

魏清芬面容姣好,黑葡萄般的眼睛闪闪发亮,显得十分年轻。她 1970 年进团,曾是《海岛女民兵》中民兵连长李海霞的 B 角。她说,观望、抱怨、发牢骚,都是没用的,只有扑下身子,踏踏实实去干。为了上《郭双印连他乡党》这部戏,细心、干练的她承担起了剧院中"穿针引线"的角色。为了这部戏,她忙里忙外,忙上忙下,成了一个事无巨细处处操心的"大姐",一个精打细算、整日拨拉着算盘珠的"管家婆"。为了上这部戏,董照说,三伏天排练,汗水浸透了衣裳,热极了也舍不得开空调,就泡在汗水里不停地练……

柳暗花明又一村

雾霭中起伏的远山,穿山破谷奔腾而来的河水,深深插入泥土中的犁铧……步入国安剧院大厅的观众的视线,都被眼前一幕具有纵深感的画面深深吸引,不由得驻足凝眸。《郭双印连他乡党》是"2006—2007 年度国家舞台艺术精品工程"授牌仪式上唯一被选调进行现场演出的剧目,观众也大多是参加国家文化部全国文化厅局长会议的各地高层文化官员。在这些具有较高鉴赏品位的观众面前,凭借着生动感人的故事情节、起伏跌宕的剧情、演员出色精湛的表演以及浓郁的陕西风味,《郭双印连他乡党》同样博得了满场的热泪和经久不息的掌声。

本报记者与演出现场的北京媒体同行分析,《郭双印连他乡党》唯一

被选调进行现场演出,其核心点便在于其直指人心、撞击人类灵魂的震撼力量,在于其渗透着我们中华民族传统文化中具有普世价值的人性闪光,在于其以艺术手法充分阐释了作为执政党的中国共产党在新的历史时期向自身所提出的新要求!

《郭双印连他乡党》——多年话剧艺术低迷困境中的一次成功突围!中国西北的话剧人,艰辛跋涉,成就了自己的梦想!

采访时记者告诉史丰,前几天和一位美国的朋友通电话,朋友问我最近忙什么?我对他说我在看一部叫《郭双印连他乡党》的话剧。朋友很惊奇地问我,中国还有人在看话剧?我说岂止有,而且许多人都迷醉于其中。接着记者问史丰如何看待话剧的未来?他的回答极富哲理。

史丰说:"我觉得只要是好的东西,她就有生存的价值,人们就会接受,就会被打动。""你问我未来,我不敢说未来是什么。我只能这样说,未来,只要你能被感动,就会得到观众的认同。这些,都要看我们自身去怎么做,要靠我们自己。让我们试想一下,假如有一天没有话剧了,大家不再认可话剧了,但是突然,我们做了一场话剧,大家看完后说好,那么,你说话剧还存在吗?所以,只要有需求,她就有存在的价值,就看你怎么去做她了,说白了还是自身的问题。我们要做得好了,大家就会认可。如果自己不把自己当一回事,怎么能让别人把你当回事,这和做人是一模一样的道理。"

(见报时间:2008年2月27日)

《郭双印连他乡党》剧照

四面书香入心肺 著述数十年

2007年岁末的一个周日，深冬的寒意降临古城。纷扬飘落的雪花，为即将开始的访谈增添了几分使人兴奋与愉悦的气氛。

弓保安，陕西人民出版社副总编辑，在文学的疆域中驰骋游猎多年。已出版长篇小说、短篇小说集、散文集、诗词集、文学评论集等各类文学作品数十种。日前，弓保安又以表现城市平民生活的长篇小说选题，而成为陕西文学院的首批签约作家。

访谈围绕着弓保安的文学生涯而展开。

追梦少年

上个世纪50年代。西安西城。落日的余晖投射在斑驳的古城墙上，蓑草离离。逼仄的青砖小巷，铺满绿苔的古井，生长着槐树、椿树、柿树的小院……在这里，少年弓保安开始了自己对文学的憧憬与梦想。

"我对文学的兴趣，始于小学时期。大概五六年级时，读了一本苏联莫斯科大学谢皮洛娃教授的著作《文艺学概论》后，遂对文学有了初步的感受和认识。觉得文学是一个很神圣的事业，兴趣也就油然而生，希望自己能走这条路。"

从此便开始了几近疯狂的阅读，从阅读中汲取文学的养分。那时学校图书馆和省图书馆中，时常出现这位阔额圆颐、忽闪着一双大眼睛的少年

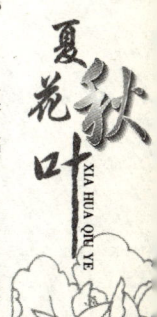

的身影。软磨硬泡后,这位见到书籍便迈不开脚步的少年的痴迷,使他获取了阅读资格的恣肆与阅读中的快感。爱伦堡、普希金、西蒙诺夫、果戈理、契诃夫、屠格涅夫、托尔斯泰、陀思妥耶夫斯基、肖洛霍夫、马克·吐温、欧·亨利、杰克·伦敦、哈代……弓保安说,古今中外的文学作品中,俄罗斯文学以其宏大华美的品格而彻底征服了自己。伸展在天际下的广袤原野、皑皑白雪覆盖的苍苍林莽、北极白夜之光笼罩下林木葳蕤的庄园,静静的顿河与浑厚的伏尔加河,执辔驻马仗剑四顾的哥萨克,义无反顾的革命党人。恢弘博大的俄罗斯文学之卷在这位少年的眼前徐徐展开。

"那时,给我留下最深刻印象的,是高尔基的三部曲:《童年》、《在人间》和《我的大学》,以及尼古拉·奥斯特洛夫斯基的《钢铁是怎样炼成的》。"弓保安说,那个年代的阅读,自己的全部身心,始终沉浸在两种情绪之中,一种是酷爱之下迷醉的愉悦,一种则是神圣使命感下真实严肃的思索。后来,阅读《鲁迅全集》,便成为高中时期的弓保安必修的课业。当时,弓保安还涉猎了车尔尼雪夫斯基的文学作品和美学著作、普列汉诺夫的《论艺术》、任继愈的《中国哲学史》、田间的诗作《赶车传》《给战斗者》,以及其他中国现代诗人的作品。

还有一种痴爱,对弓保安来说,似乎是与生俱来且永远不离不弃的,那便是对中国古典诗词的写作与研究。

发生在夏日的故事

这种迷醉般的阅读累积到一定程度后,质的变化便显现出端倪。初中的弓保安开始尝试写作,但屡次试笔屡遇退稿。

留在他脑海中的美好回忆,始于1965年的一个夏日。那天,高中一年级的他的处女作:《只少零点几……》被《西安晚报》发表了。稍后不久,该报又发表了对这篇小说的专题评论文章。少年弓保安深受鼓舞,从此认定了要走文学创作这条道路。

当弓保安深情地回忆起那个令少年的自己兴奋不已的夏日时,他说:"把我引进小说这条路的,是王汶石的《风雪之夜》、柳青的《创业史》、《种谷记》、《铜墙铁壁》、杜鹏程的《保卫延安》、《在和平的日子里》等。"对于这些彪炳于中国文学史册的优秀作品,弓保安一直在"用学习的态度反复地阅读、揣摩,并开始在短篇小说的写作上下工夫"。

1971年,20岁的弓保安进入位于眉县齐镇的一家颇具规模的棉纺厂工作。那段时期,他在《宝鸡文艺》上陆续发表了多部短篇小说:《属牛的》、《服务员》、《工人理论组新事》、《前纺丙班》等。厂房中机器震耳欲聋的轰鸣,滴水成冰的季节里厂区温暖蒸腾的白汽,子夜时分交接班工友匆匆的步履,休息日浴后的女工额前滴落的水珠……工业化生产,在这座被农耕文明环绕的古镇上(齐镇旧称齐家寨),仿佛为内心充满着躁动的青年人打开了一扇通往未来向往与现代文明的窗棂。勤奋写作的弓保安,记录、描绘了这段时期、这块地域、这座位于小镇的现代化工厂中工人们的生活,当然,以带有那个年代独特烙痕的笔触。

同年,也是一个夏日,弓保安听说,陕西人民出版社出版了文革后的第一本书——一本诗集——《延安儿女歌唱毛主席》。书中收录了他写的一首诗:《抬头凝望毛主席像》。那时,他正在宝鸡染织厂实习,听到消息后,撒丫子便往书店里奔,到书店后一口气买下了好几本诗集。夏日傍晚的书店里,光线昏暗幽冥,弓保安心里却亮起了一盏理想与希望之灯。在以后的岁月中,这盏灯便一直曜曜地亮着,辉映着他前往文学殿堂的路途。

为官为文　笔耕不辍

1977年恢复高考,弓保安以很好的成绩,考入陕西师范大学中文系。1985年,弓保安成为陕西省新闻出版局的一名干部。与此同时,他的创作也进入了稳定且快速的发展期。

"刚开始是写一些短篇小说,在省内外报刊发表。大概在1986还是1987年,出版了第一本书:《宋词三百首今译》。紧接着,又陆续出版了《唐五代词三百首今译》、《清词三百首今译》、《山水花鸟词译解》、《中国神话故事》、《聊斋故事新编》(上、下)等约10部书。"1994年,弓保安进入陕西人民出版社担任副总编辑。"到出版社后,工作特别繁忙,于是就将一些大的写作放下,时常写一些小文章。1996年,爱人生病,大概于年底左右开始写《柔肠词》,后来陆续出版了散文集《呼唤大自然》,古典文学专著《古代词粹注译》《静园词话》、词集《闲云词》、文论集《静园文谈》、文艺理论专著《创作论(上篇)》,以及短篇小说集《灵魂的颤栗》、长篇小说《拳客五哥》等。"

"对于长篇小说,我从开始调到局里之后就开始酝酿、构思,题材是多种的,有历史题材、现实题材,但由于种种原因,都没有落笔去写。历史题材需要准备的东西很多,首先是对那个时期的政治、经济、军事、文化,自然风光,社会风貌,人的生活习惯,包括衣、食、住、行、用语,以及当时社会各个阶层的状况都要有一个详细的了解。这个功夫下起来是非常困难的,到现在自己都觉得还没准备好,所以历史题材的长篇作品就没有动笔。而现实生活中的长篇小说,因政治方面的原因不好处理,所以也一直很难下笔。2003年从民间艺人的角度,寻找到了突破口,才写了这部《拳客五哥》。"

当记者问及弓保安,作为一个出版社的领导、副总编辑,时常要理性地去规划并处理许多非常实际的编辑业务与行政事务,写作又是一种十分感性的事情,那么,如何平衡这两者之间的关系,并在理性与感性之间进行自如地切换呢?弓保安平静地说:"这两者之间的角色,我已经平衡了几十年,从当工人的时候就开始了。首先要做好本职工作。因为是业余作者,所以创作一般都是放在工作之外去搞,经常是于晚上或节假日的时间完成。每天下班回家后,基本上就不再出去,很少有社会应酬。"

访谈进行得十分流畅,办公室墙上挂钟的时针慢慢地指向深夜。移目窗外,雪已经停了,街道上寂寥清冷,灯火阑珊。弓保安准备离去。这时,一位记者问他:"天这么晚了,您回去后还写作吗?"

弓保安郑重回答:"读书与写作已经成为我的一种习惯。如果不写作,便感觉浑身不自在。我不赞同把玩文学。我认为,文学依然是一个美好的、高尚的、严肃的事业。我希望能够通过自己的文学作品,把真、善、美,把对生活、对社会的认识和观察传达给广大读者,如果读者能够从自己的作品中多多少少得到一点益处,我便感到十分满足了。"

(标题文字选自弓保安词《卜算子·访岳麓书院》)

(见报时间:2008年1月9日)

秦腔是中国最古老的摇滚

三秦大地上流传着一句俗话："听了秦腔,肉酒不香。"逢年过节,秦腔更是三秦父老必品的一道"大餐"。秦腔浓浓烈烈,是西北人粗犷性格的写照。外地人来了陕西,除了要招待一大海碗热气腾腾的羊肉泡馍,请客人听秦腔也被认为是极高的礼遇。元宵刚过,年味尚浓,家喻户晓的秦腔名剧《劈山救母》通过央视戏曲频道的《名段欣赏》栏目,以电视艺术片的形式与五湖四海的电视观众见面了!从2月14日至2月19日每天上午9点33分(首播)和晚上22点22分(重播),一连六期,紧锣密鼓。不仅如此,细心的戏迷朋友还会发现,这出"老戏本",经过改编,剧情变得更加生动了,场次更加精炼了,音乐也更为流畅了。并且,剧中的三个主要角色——横跨小生、须生、武生三个行当——竟是由同一位演员扮演的!这在秦腔乃至中国戏曲史上史无前例。而这位首开先河的演员,同时也是本剧的改编者以及导演,正是誉满三秦的秦腔表演艺术家,中国戏剧"梅花奖"得主,国家一级演员,秦腔研究生第一人李小锋。

看过李小锋演戏的人,都觉得他不拘泥于传统,却又承袭传统:他演戏不是照本宣科,而是用自己的心去刻画人物,传达人生的真谛;跟李小锋交谈,很容易受到他的感染:他的言语中不乏专业学术名词,甚或夹杂几句优美的唱腔,高潮处热情洋溢,动情处几近落泪。然而,面前的他又是那么的朴实真挚谦逊和蔼。

少年有志

"演《劈山救母》这出戏,有时就是在演我自己……"李小锋出身贫寒,一个偶然的机会,进入了家乡的临潼县剧团学戏。练功、吃苦对他而言不在话下,可是,这个小小的男子汉却有一个埋藏在心底的愿望,那便是让多年来抚养他和弟弟、含辛茹苦的母亲,亲眼看到他像个角儿一样,在舞台上亮相。没想到,未等到这一天,母亲便撒手离去了。就在母亲下葬当晚,李小锋强忍住胸中的悲痛,马不停蹄地赶回剧团。"那晚我终于能够登台了,演的是武打戏《挡马》,我的一只眼睛不小心被刺伤,不知道是泪还是血,汩汩地流着,视线顿时模糊了……"倔强的他早已不能将自己的命运与戏曲割裂开来,他在台上声声呐喊着,那唱腔不知是呐喊还是呼唤,母亲,母亲……母亲却再也回不来了。

"这段经历让我对母子之情刻骨铭心。每当我在《劈山救母》中撕心裂肺地喊出'母亲'二字时,我的泪水就会夺眶而出,因为我没能留住我的母亲。"

1980年,年方14岁的李小锋以优异成绩考入陕西省艺术学校。"三更灯火五更鸡,正是男儿立志时。"在省艺校的7年中,他刻苦学艺,以至于当同龄人还拿着弹弓在树下伺机捕小鸟时,他已经能够一口气打50个"旋子",连翻7个"虎跳前扑"了。更为可贵的是,这个天资聪颖、过早失去母爱的孩子,却早早地懂得了感恩,主动关爱身边的人,品学兼优的他在省艺校连任7年班长。

知恩图报

1987年,李小锋毕业分配到陕西省戏曲研究院青年实验剧团,主工文武小生。这时,适逢戏曲院团轰轰烈烈的机制改革。变化带来了生机与活力,改革为实力突出的李小锋提供了不可多得的机遇,使他有幸主演了一系列既叫好又叫座的剧目。

在秦腔传统名戏《打柴劝弟》中,李小锋饰演外形俊朗的哥哥,他挑起柴担跑圆场,只见柴担上下闪动,把个打柴樵夫表演得活灵活现、纯真可爱;在全本戏《周仁回府》、折子戏《华亭相会》《白逼宫》里,他饰演的周仁、高文举、汉献帝深入人心,使他不仅在八百里秦川赫赫有名,法国、荷兰、比利时以及德国的艺术界也都来邀请他做交流访问演出;在神话剧《劈山救母》中,他更以俊美的扮相,高亢的唱腔以及扎实的武功,游刃于不同角色与不同行当之间。在兰州市演出此剧时曾引起不小的轰动,出现了"一票难求"的场面;到德国演出,李小锋的秦腔唱段、"喷火"绝技以及戏曲武功技巧,令大洋彼岸的观众也被中国传统的戏曲艺术所深深折服。中央视台为他录制个人表演艺术专题节目向全国和世界播放。中国戏剧最高奖"梅花奖"、西北五省区电视大赛一等奖、陕西省戏曲汇演一等奖等10多项大奖,以及"德艺双馨艺术家"等荣誉称号也直奔他而来。

　　面对荣誉,李小锋直言自己赶上了好时代,遇到了好老师。马兰鱼、岳天民、盛凯、张全仁、蔡志诚、李继祖、雷开元等一大串名号响当当的著名秦腔表演艺术家都给他传授过本领。令旁人不解的是,他的老师中还有著名的京剧表演艺术家叶少兰。

　　原来,中国戏曲学院原本只有京剧研究生班。后来,由叶少兰带领的研究生班开始向地方戏扩招。为了更加深入、系统地学习戏曲美学,李小锋通过严格的研究生初审考核后,又赴京参加了文化课考试,结果一举中的。在北京,他聆听了国内外多个剧种的著名专家的课程,观摩了世界各地剧团的精彩演出,艺术领域间的通达为他的曲艺之路开辟了新天地。在叶少兰老师的躬亲示范、亲自指点之下,李小锋将几十年来的表演实践结合自己对各个艺术剧种的理解,对比总结出了秦腔艺术的精粹,并将这些宝贵的理论经验结集出版,即图文并茂的《李小锋演出剧本唱腔选》。

　　李小锋说:"许多戏曲专家、学者,根据我的演艺特长为我打造剧本、设计专腔和舞台表演,这些我都记得,深深的感谢也一直记挂在我的心里。抱着感恩心态,我总想着,为我爱的秦腔、为爱我的观众做点什么。"也许正因为此,他无私地公开了自己的"看家本领"、"武艺诀窍";也许正因为此,紧张的排练、演出之余,他常常参加各类公益性的活动。去年"5·12"地震发生后,李小锋和众多艺术家进行义演,一共募集到善款94万元,全部捐献给了地震灾区。

攀登不止

　　从艺30多年来,李小锋在他所挚爱的秦腔舞台上,一步一个脚印,兢

兢业业、勤勤恳恳地付出着、收获着。他创造了许多性格迥异的角色,其表达情感之细腻,塑造人物之传神,无不让人啧啧称赞。然而,他的理想不仅仅是唱出地地道道的秦腔,还要使秦腔更精、更美。"当然,如果唱秦腔不像秦腔,群众就不爱听了。"在李小锋看来,不深入继承,创新便是无源之水;不锐意创新,戏剧的美学个性便不能焕发出新的光彩。在领导、老师的帮助下,他开始尝试将继承与创新结合,并不断拓展自己的表演领域。由他出演的秦腔戏,既是韵味浓烈的秦腔,又渗透着新的个性亮点,这已然成为他和观众审美情趣息息相通的一条艺术生命线。

在行家眼中,李小锋不仅是个出色的秦腔演员,还是个勤于和善于思考的创新者。在他身上,弥漫着一股强有力的气息——自强不息、勇于开拓。演出传统剧《周仁回府》时,他对板式、唱腔和剧本等方面进行了大胆地修改。比如,为了突出对周仁这个角色的人性刻画,李小锋在"悔路"和"夜逃"两场戏的大段唱腔上,利用快慢、强弱、收放对比的强烈反差,层层递进地展示周仁在特定环境下恨爱交加,满腔怒火,伺机喷发的内心世界……这些突破不仅具有建设性、研究性,还令观众为之欣喜,赋予他"第八代活周仁"的美名。著名作家贾平凹评价说:"李小锋先生是秦腔舞台上不可多得的名小生,他以现代人的理念和意识,诠释古典戏剧人物,唱念做打,皆有新意,诚为可贵。""演传统戏曲不能囫囵吞枣、食而不化,要在继承中创新,这才是应该遵循的艺术道路。"李小锋强调说。

尽管已经获得诸多的荣誉和掌声,但是李小锋依旧不知疲倦地学习,因为他深知中国戏曲艺术的博大精深。平日里,他坚持看书学习,钻研戏曲表演美学。多年来,他正是凭着创新的勇气和超群的演技,频频向广大观众传递美的真谛。

这位秦腔表演艺术家坦言,他喜欢摇滚乐、重金属音乐,欣赏麦当娜、杰克逊的表演。其实,"秦腔是中国最古老的摇滚。"然而,"吼"是原生态的;唱戏不是"吼",而是一门艺术。在他眼中,能从朴实无华的生活中提炼出令观众感到美、喜爱听的秦腔来,就是至高的幸福、快乐。

(见报时间:2007年3月7日)

王新仓的"三心"

王新仓手机的铃声响了起来。电话是中国音乐家协会副主席、陕西省文联、陕西省音乐家协会主席赵季平老师打来的。这个来电,顿时使采访现场的气氛达到了高潮。赵季平老师在电话中郑重地向王新仓转达了2008年奥运会开幕式总导演张艺谋的意愿:在2008年奥运会开幕式上,向全世界展示中国最古老的戏曲艺术——秦腔——那美轮美奂的风采。而这一展示的担当者,张艺谋首选了王新仓!

张艺谋导演对赵季平老师说:"我对王新仓的声腔很感兴趣!"

一幕感人的情景

2007年春夏之交,陕西省文联采风团在陕北米脂县高西沟进行慰问演出。骤雨初歇,微风徐来。白杨树篱环绕的村场上,采风团成员王新仓刚为村民们表演完秦腔唱段,簇拥着他的人群中一位身拄双拐、困顿羸弱的老人吸引了他的目光。一番嘘寒问暖之后,王新仓得知,这位老人是早年参加革命的老红军,全国解放后回乡务农。现因无儿无女、年老体弱而生活窘迫。很自然地,王新仓掏出几百元钱塞进老人手里,慢声细语地叮咛

他好好过活……这幕感人的情景,使在场的记者洞悉到了这位形象俊朗、成就斐然的艺术家对冷暖人间所流露出的淳淳爱心。

爱 心

　　王新仓的名字,对于三秦大地上爱好秦腔艺术的人来说,可谓耳熟能详。他高亢激越、洪亮圆润的天质嗓音和高时响遏行云、低时涓涓流水,时而浑厚饱满、时而清丽婉转的优美唱腔,通过他对《周仁回府》、《秦王李世民》、《楼台会》、《凤鸣岐山》、《长城歌》等剧中诸多形象的成功塑造,已深深地镌刻在广大戏迷心里;他在 2004 年倾心打造的秦腔折子戏专场——《谢冠》、《逼侄赴科》、《拷寇》等,也已成为脍炙人口的名作,受到众多戏曲专家和戏曲爱好者的高度评价;多年来他陆续推向市场的 40 余种个人演唱专辑,以及应邀参与录制的《秦腔精英大汇唱》、《戏曲西部情》、电视连续剧《大秦腔》主唱等,都被戏曲爱好者所热情追捧……这些令人赞叹不已的成果,展现了他在秦腔生角发展历程中,既能"以声抒情"创造意境美,又可"以情带声"尽展秦风秦韵的独树一帜的辉煌夺目的地位。

　　剧评家评价王新仓说,他的"俊气"中蕴涵着"才气",是秦腔艺苑中一株罕见的奇木良材!

　　深深地陶醉于王新仓高亢而不失韵味、清亮而依然纯正的声腔音色的三秦父老们,则亲切地称他为"三秦俊小生"!

　　采访王新仓时,他刚从陕北某地的黑龙潭、十里铺演出归来。这次演出,是当地农村冬季文化活动的一项重要内容。驰誉三秦的名小生王新仓的到来,使十里八乡热闹起来。老乡们驾驶着汽车、拖拉机,骑着摩托车、自行车,更多的是步行赶来听他演唱。一出《周仁回府》便连演五场。"演出时的场景很感人,观众把舞台都围满了。我在台上演,哭成了泪人,台下的观众也感动得哭声一片。戏演完了也走不了,乡亲们围着你,跟你拉家常,给你拿来陕北的大枣。我很高兴能够通过自己的艺术,来回报社会,向人民群众奉献自己的爱心,这时即使身体再累,演出再苦,心里的感受也是非常甜的。"

　　与王新仓频繁的公益性演出相伴随的,是他对当地失学儿童和孤寡老人的爱心捐助。这些爱心捐助,有些是即兴的、即时的、随机的,有些则是经过调查的、长期的、有针对性的。那年到宁强县演出,他便对两位农村孩子的学业进行了捐助,每学期200元,从小学直至高中毕业。从秦岭山地的略阳,到大漠长河的榆林,王新仓演出到哪里,这样的爱心就播撒到哪里。

王新仓的爱心,还体现在他与家庭成员的关系之中。阳刚潇洒的王新仓,有着一个温柔妩媚的妻子——陕西省歌舞剧院优秀青年歌唱家李小聪。伉俪二人在生活中恩爱有加、琴瑟和谐,在工作中也是珠联璧合、相得益彰。在陕西省文联历年来组织的大型采风慰问活动中,总是能看到他们夫妻二人积极踊跃、相伴相随的身影。

采访中,王新仓谈到,看到女儿因他们夫妻工作太忙无法顾及而学习成绩下降时,便感到"心里难受得不行";在全家人的关注下,孩子的学习进步了,成绩上去了,他心里才放下了沉甸甸的愧疚与重负。

痴　心

王新仓对秦腔戏曲艺术的热爱如醉如痴,这种痴迷与他善良、温文、憨厚的性格浑然天成地融合,便成就了不菲的业绩,奠定了他摘取中国戏剧艺术最高奖项的成功地位。

这片痴心,表现在他报考县剧团时,一口气不歇地连唱了三遍《红灯记》唱段;这片痴心,表现在他入科学艺不足一年,便提前完成了各项功底练习;这片痴心,还表现在他咽喉受伤、感冒发烧时仍然带着伤病演出,而且还能超常发挥……

这片痴心,被专业剧评人概括为"狠戏如命"。

早在上世纪的80年代初,不满20岁的王新仓尚在凤翔县剧团。一次机缘巧合,他从正在宝鸡市秦腔团授教的任哲中老先生处"偷艺"学来了《悔路》套数,回来后便苦心孤诣地排演。为了练好基本台步和身架,王新仓每天夜以继日地连轴转,三个月下来,一件旧蟒袍的下摆竟被他踢成了碎片。

从凤翔县剧团调入陕西省戏曲研究院不久,王新仓便担纲秦腔音乐改革实验剧目《楼台会》中的梁山伯一角。他每天泡在排演场上苦练,有时一天只吃一顿饭,常常练得头晕、腿肿,连爬楼梯都感觉困难。后来,在陕西省秦腔青年演员调演大会上,王新仓所饰演的这一角色,获得了由陕西省人民政府颁发的演员二等奖。

2005年夏,第三届中国秦腔艺术节在兰州举办,陕西省戏曲研究院秦腔团推出了《王新仓折子戏专场》,由《悔路》、《拷寇》、《逼侄赴科》三个折子戏组成。其中,《悔路》、《拷寇》是王新仓以现代意识与传统观念交融,从而形成独特艺术风格的两出代表性剧目,而移植于川剧的《逼侄赴科》的雕琢成功,则充分体现了王新仓"狠戏如命"与"爱戏如痴"的痴心。

在学习川剧的"蹬道袍""咬道袍"和以折扇"搅道袍"等技巧时,王新仓坦言,光扇子、道袍便练坏了几十副,终于做到了熟能生巧,巧中出新。演出时,王新仓对原本中的道袍、折扇、台步等技巧都做了新的处理,突出少年书生潘必正的风流倜傥、潇洒儒雅及其对热恋中爱人难舍难分的痴情,表演轻快活泼、妙趣横生,获得了极大成功。

感 恩 心

王新仓出生于凤翔县的农家,从未读过书的父母,在他离家学戏之前的12年里,将中国农耕文化中那种善良、质朴、憨厚的品质传承给了他。

与这位业已功成名就的知名艺术家接触,没有炙手可热的傲慢,没有凌然不可一世的霸气,你时时能够热切感触到的,是他的爽真,他的淳朴,他的善良,以及其对培养他成长的党和政府、各级领导和家人的感恩之心。这样一颗真诚质朴的感恩之心,既有对当年把他从县剧团中百里挑一选拔出来的戏曲研究院老领导的,也有对现如今时时刻刻关注他、激励他、培养他,在他的成功道路上倾注了许多心血的戏曲研究院现任领导陈彦院长的;既有对他的岳父母、著名秦腔导演李继祖与著名秦腔演员马友仙的,也有对他的爱妻李小聪的。

在陕西省文联组织的大型采风慰问活动中,王新仓对记者说:"每次下乡采风,对我都是一个学习、锻炼的好机会。高尚的艺术作品来源于生活,又高于生活,我们要在持续地为老百姓演出中汲取营养,来提高我们自身的技艺。我感觉每次的收获都是巨大的。"当谈及自己放弃了有报酬的商演而投身于公益性活动时,王新仓说:"这是出于一个文艺工作者的良知和社会责任感。党和国家给予了艺术家很多关爱。作为国家一级演员,我觉得自己应该更多地属于大众、属于人民群众。我们的吃、住、行组织上都非常关心,安排得非常到位。作为一位艺术家,到了现在这个年龄,应该更多地奉献于人民群众。"

当记者对王新仓蜚声三秦、德艺双馨的艺术之家发出由衷的赞叹时,他的脸上绽放出了会心的、幸福的、甜美的笑容。他说,正是因为多年来李继祖老师在一招一式上一丝不苟的言传身教,马友仙妈妈的耳濡目染,以及爱妻李小聪的全力支持与无私奉献,才成就了自己今日成就的峰峦。

(见报时间:2007年12月5日)

采访王新仓(中)

黄土崖上绽放的璀璨之花

2007年11月10日晚。江城武汉。初冬的珞珈山上薄雾缭绕,落木萧萧。珞珈大剧院中座无虚席、激情涌动。陕西省参加中国第八届艺术节的唯一一台剧目——《郭双印连他乡党》在此上演。土窑、窗花、唢呐、秦腔,浓郁的秦风秦韵令现场观众陶醉不已。风雪呼啸中的荒塬,漫山遍野咆哮而来的洪水,随处可见、深至骨髓的贫穷,与亲人阴阳相隔时才能吃上的一碗长面,主人公殚精竭虑、鞠躬尽瘁后生命之舟的远去,一段段催人泪下的情节,一幕幕感人至深的场景,深深打动了全场观众。

演出次日,武汉当地多家媒体纷纷评价说,该剧以"朴实凝重的舞台设计,慷慨激昂的表演,含蓄而内敛地展现了三秦深厚的文化气息,是一出具有很高审美品位的话剧精品。"剧中主人公"从'高大全'走向平民化,真实、可亲。"

截至目前,《郭双印连他乡党》已先后荣获陕西省第四届艺术节优秀剧目奖、首届中国戏剧奖·曹禺剧本奖、2006—2007年度国家舞台艺术精品工程初选剧目、纪念中国话剧诞辰百年暨第五届话剧优秀剧目展演一等奖、第十届精神文明建设"五个一工程"优秀作品奖等多项殊荣。

感动的泪水不止一次地流

犁铧深深地插入泥土,院落中炊烟轻抹,山崖边白云翻滚,含恨而逝的灵魂腾空而去，积贫滞重的厚土之上，是落后闭塞的碾子沟。偌大的一个村子，账上只有七毛六分钱。谁也不愿意在这个村当干部。郭双印却关闭了自家的诊所，带领着村民脱贫致富，最后在病床上离开了他未竟的事业。这是原生态方言话剧《郭双印连他乡党》的主要故事背景。

个儿高高的史丰在这出剧中扮演郭双印。

初见舞台下的史丰，给人留下深刻印象的，是他如山丹丹般绽放的笑容。这笑容在寸头、浓眉、长方脸儿的衬托下，显得十分豪爽、乐天，并透出些微善良的狡黠。

舞台上的史丰判若两人。贫穷、苦难与抗争磨砺下郭双印坚韧、不屈、凝重的性格形象，被他以语言、表情及肢体动作而演绎得活灵活现，使得台上台下、演员观众，一遍又一遍地浸泡在泪雨之中。

回顾这出剧的创作过程，史丰说：2001年，在全国人民开展学习陕西省铜川市惠家沟优秀党支部书记郭秀明先进事迹的热潮中，西安话剧院王真就创作出了《共产党员郭秀明》的话剧剧本，但却因当时同类题材的戏剧作品过于集中而被暂时搁浅。在苦等了四年之后，这个剧本终被选送参加第四届陕西省艺术节。这以后，剧本不断地被打磨、修改。

史丰说，作为国家一级编剧，王真在该剧的创作中展示了其出众的才华。他在剧中没有歌功颂德，没有堆砌好人好事，而是凭着对生活细致入微的观察，以真实的笔触去展示主人公的灵魂。

谈及该剧的导演，史丰由衷地赞赏到，王小琮是中央戏剧学院影视部导演，曾在陕西陇县农村下乡四年，他以极其强烈的感情投入，成功地二度演绎了这部作品。

史丰深深地被"郭双印"那一股子干劲和拼劲吸引住了。他喜欢这个人物，希望出演这个角色，在人物的塑造中感受"郭双印"的付出、奉献与快乐。为了演好这个人物，他曾五次去主人公原型郭秀明的家乡惠家沟体验生活，从郭秀明妻子以及当地老乡那儿了解郭秀明的事迹。当他参观郭秀明事迹展览室，亲眼见到郭秀明曾经盖过的那床破棉絮时，这位七尺男儿流下了滚滚热泪！他对自己说，一定要把这个角色演好，坚守郭秀明用生命诠释的信仰"人，生为一大事来，死为一大事去"。

史丰祖籍陕西延安，父亲曾是中国共产党领导下的延安民众剧团的演员。战火纷飞的战争年代，父亲无数次地赶着背驮道具的小毛驴，将眉户、道情送到陕北高原上的一座座村堡，一道道峁梁。上世纪80年代初，

  经历过上山下乡的史丰幸运地考上了西安话剧院。返城后的他十分珍惜这来之不易的学习机会,四年多里他认真学习、刻苦训练,为成为一名优秀的话剧演员打下了坚实的基础。

  也许是家庭传统的熏染,也许是农村生活经历的积淀,史丰的塑造,凸显了郭双印有血有肉、有棱有角的真实性格。在史丰眼里,村支书郭双印是地道的朴实的农民,但他有抱负,有共产党员的责任感,一心要带领乡亲们改变碾子沟穷山恶水的现状。"这个人物很鲜活,有缺点,有优点,有侠气,又很倔强,还有点儿暴脾气,面对至亲的人也会表现出脆弱的一面来。"史丰接着说,"我长期在话剧院担任副院长,是基层领导干部,对基层工作的艰难深有体会,这些都使自己对主人公的心理、性格有了较为准确的把握与理解。""编剧、导演、演员以及每一个幕后工作者,大家憋着一股子劲,齐心协力,就是要把这部剧打造成精品,每个演职人员都尽了自己最大的努力。"

  原生态的陕西方言也为这部剧增色不少,史丰说这话时加重了语气。他认为,陕西方言将黄土地上的语言特色表露无遗,饱含着八百里秦川特有的豪爽味道。说到这儿,史丰笑着问记者:"你们有没有注意到舞台程式上的创新?"他介绍说,激越高亢的秦腔和传统乐器被融入了这出话剧当中;富有地域特色的黄土坡、土窑洞、崖畔、土炕、剪纸等实景和布景,经过喷涂和绘画,再投以灯光,增加了真实感;在幕与幕之间的转换上运用了电影中蒙太奇的手法,巧妙地处理了时间、空间上的转变,也使得剧情环环相扣、扣人心弦。

  史丰深情地说,前不久我又去了一次惠家沟,那里的面貌彻底地改变了。山川秀美,老百姓过上了奔向小康的生活,然而他们的好支书郭秀明却永远地去了。想到此,我的眼泪"哗"的一下就流了出来,久久不能释怀。

  同样是流泪。本剧尾声,乡亲们撕心裂肺地哭喊着送别郭双印的灵柩,他的魂灵却腾空而下,一边细心周到地为大家一只只摆好吃长面的大碗,一边絮絮地叮咛着"吃好!吃好!"这段类似于电影中慢镜头的动作场面,极具震撼人心的效果,郭双印至善的人性美在这里被诠释得淋漓尽致。在武汉珞珈大剧院,演至此处,多位观众已不能自己地泣不成声……

黄土崖上绽放的璀璨之花

  话剧,是以对话和动作为主要表现手段的戏剧。五四运动后,欧洲戏剧传入中国,中国现代话剧兴起。伴随着中国人民追求民主科学、实现现代化的历史进程,话剧与中国的民族文化相融合,关注世道人心、国计民生,凸显现实主义的光辉品格,成为表达中国民众心声、具有强烈感染力和战斗力的艺术形式,在中国舞台上写下了不朽篇章。

新时期以来,这个曾经与中国社会现实生活血肉相连的艺术形式,逐渐淡出人们视野,离观众渐行渐远。远离生活,远离现实,越来越小众化、贵族化,曲高和寡。

成立于1953年的西安话剧院(初期名为西北人民话剧团),曾经有过辉煌的历史。上个世纪80年代,著名话剧《西安事变》的创作演出使其享誉大江南北。

近年来,《郭双印连他乡党》的一炮而红,一扫话剧舞台的低迷、徘徊与沉闷,使话剧的民族化理想与现实主义品格得到了极大程度的弘扬,如电光火炬般,为话剧这一艺术形式的浴火重生开辟了一条新路。

史丰在接受采访时说,从西安话剧院的实际情况看,排演剧目缺乏资金,演职人员的工资福利也比较差。但陕西话剧总体来说还是在进步、在发展的,只是跟全国其他地区相比,存在着一定的差距。那是因为在北京、上海等发达地区,话剧已经形成了市场,无论剧票的售价、观众的上座率,还是出演的场次等,都是基本稳定的,剧场的设施也比较先进。话剧要发展,必须从多方面加大宣传力度,让更多的人认识话剧、理解话剧、走进剧场看话剧。话剧院的体制要灵活发展,光靠国家的补助是不够的,应走与企业联营的路子,加强合作,实现话剧院经济效益和社会效益的双赢。这次西安市话剧院参加第八届中国艺术节,我们就怀有这样的心愿。

史丰说,胡锦涛总书记在十七大报告中谈到推动社会主义文化大发展大繁荣,对文艺工作者是莫大的鼓舞。《郭双印连他乡党》演出获得成功,是陕西话剧再度崛起的表征,也是一个新的起点。我们相信,有党和政府的高度重视,有各级领导及广大群众的积极支持,还有我们文化工作者不懈的努力,陕西的话剧市场肯定会繁荣起来。此时,记者看到,期待之情就闪烁在他的眉宇之间。

(见报时间:2007年11月14日)

承 诺

  1977 年。陕北。这是一个晴朗的秋日,崖畔上的枣树、榆树、白杨树等早已落光了枯黄的叶子,在淡蓝色的天空中展现着优美的身姿。洼地里的白霜,在秋风的徐徐吹动下,为干枯的野草镀上了一层斑斓的色彩。来自北京的知青赵建军站在崖畔上,他脚下的峡谷中,是奔腾不已、一泻千里的黄河。河水迅速地盘旋着,河上笼罩着薄雾,透过薄雾,可以看到河对岸山西省永和县宁静的发白的天空以及河岸上光秃秃的褐色枝丛。站在崖畔上的赵建军,穿着一身褪了色的黄军装,脚上是一双沾满陕北泥土的解放鞋,黝黑、健壮。他年方 19,是北京市海淀区花园村中学 76 届毕业生。初中二年级时,这个品学兼优的孩子,在听了当时北京赴延安插队知青的巡回报告后,萌生了自愿去延安插队的想法。这个想法得到了学校和老师的支持。高中毕业后,他们这个自发组成的北京知青赴延安志愿插队团一行 27 人便来到了陕北。赵建军被分到延安地区延川县新胜古大队高家畔生产队。

  站在崖畔上的赵建军,此时刚刚从收音机里听到一个消息:国家正式开始恢复已停顿了 11 年之久的高考。这个消息令他百感交集……

1977·关键词一

恢复高考

在新中国的高等教育史上,1977年是一个值得大书特书的年份。新中国建国伊始,满目疮痍,中国共产党人将发展高等教育作为进行社会主义建设及迅速实现工业化的发展战略之一。全国普通高校,从解放初期的205所,到1958年时便增加到了719所。

然而,在1966年夏天,在"文化大革命"的风浪中,高考制度作为资产阶级教育路线的旧制度被废除了。此后十余年,数千万处在学习知识年龄的青年被排除在高考的大门之外。

1977年7月,在中共十一届三中全会决议恢复邓小平党政军领导职务之后,这一切便得到了根本性的转变。第三次复出的邓小平要求分管科技和教育工作,得到中央同意。1977年8月,邓小平主持召开科学和教育工作座谈会。在这次会议上,邓小平果断决策——恢复中断了11年之久的高考制度。

1977年10月21日开始,新华社、《人民日报》、中央人民广播电台等国家主要媒体,以头号新闻发布了恢复高考的消息。顿时间,这一消息便传遍了整个中国,像火一般地在高粱地、橡胶林、稻田、军营和车间里蔓延。

1977·关键词二

插队知青

对于赵建军而言,在听到恢复高考的消息之前,脚下的道路,便如同那些萦绕在崖畔边、河床上的雾霭一样,一片迷茫。

"我们是共产主义接班人,继承革命前辈的光荣传统,爱祖国,爱人民,少先队员是我们骄傲的名称。"赵建军从小学起就一直担任班干部,当他每天指挥着同学们排队唱歌时,这首歌的歌词也深深地印在了他的心里。从家属院到学校、街道,赵建军一直是家喻户晓的好孩子。小学五年级时,他曾跳下玉渊潭的大坝,救起了一名溺水的8岁男孩;小学六年级,他成了校足球队的主力队员,代表所在的甘家口

街道办事处拿到了海淀区的第一。那时,在赵建军的眼里,天空永远是明媚湛蓝的,生活中充满着瑰丽的色彩,人生的前程平坦、宽阔,一片光明。

1976年面临中学毕业时,父亲想送赵建军去部队当兵,但他却执拗地选择去革命老区延安做一名插队知青。正是这段刻骨铭心的经历,使赵建军对中国社会以及自己的未来产生了新的感悟。

在陕北的艰苦环境中,赵建军逐步认识到了中国农村的贫困、落后,认识到了改天换地的艰难。农村的经历使他建立了对中国农村、农民和大自然的深刻感情,对中国传统文化的透彻了解。

在每日艰辛的农作之后,如饥似渴地读书成为赵建军生活中最为愉快的时刻。每当读书至深夜,整个村庄已极度静谧,只有黄河的涛声在远方鸣响。哲学、政治经济学教科书,联共(布)党史,世界历史,中国历史,希腊哲学史……黑格尔、康德、费尔巴哈……书籍在他面前打开了一扇又一扇大门。在阅读中,他开始思考,打开了中国这部大书。贫瘠的土地,辛劳而困苦的农民,中国的农民就这样过了无数代。对现代化的呼唤,犹如黄河壶口那沸腾的巨浪,积蓄在一个民族的心底。不知道中国农村,不知道中国农民,便不懂得中国。从北京到陕北,从都市到乡村,是赵建军生命历程中意识觉醒的开端。正是在陕北农村,他接触到了裸露的社会现实,接触到了传统文化与中国历史的剖面。所有这一切,都在这位青年的脑海中留下了需要反思的一连串问号。而这种反思一旦被插上了思想和文化的翅膀,带着深刻的理论色彩和浓重实践意味的历史意识就必然要起飞。

然而,这一切又如何去开始并践行呢?这时,便出现了本文开头的一幕。

于是,赵建军参加了1977年冬季的那次高考,那次在几十万莘莘学子心中永远都阳光灿烂的冬日的高考,进入某大学历史系历史专业学习。因为,历史是爱国心之源泉(梁启超语)。

1977·关键词三

承 诺

20年前,有两批特殊的大学生几乎都在1982年走出校园,他们就是中国恢复高考后的首批学员——77、78级。自1968年的"知识青年上山下乡运动"开始,到了1978年,先后上山下乡的青年学生达到2000万人。有570万人报名参加1977年的高考。由于这一批人里包括77级、78级全体和79级的一多半大学生,因此,国外有人给他们取了一个名称——"可怕的2.5"。而在国内,区别于"老三届"(1966—1968年毕业的初、高中生),他们被称作"新三届"。

曾经有当年的老师说过,"新三届"是她所见过的最为用功的学生。在如今的许多厅局级干部中,都能找到"新三届"学生的身影。面对着百废待兴的中国大地,以中华热血儿女的旺盛激情,正是从这批"新三届"的学生中,喊出了"从我做起,从现在做起"的口号。这句口号,经《中国青年报》报道后,被邓小平在一次讲话中高度肯定,进而成为影响了整整一代人的口号。这句口号,也是77、78及79级的大学生中有担当、有作为的学子对中国社会的一个承诺。

1982年毕业后,作为北京知青的赵建军并未同其他北京知青一样,回到北京,而是主动选择留在了陕西,如同他当年主动选择从北京赴延安插队一样。如今,这位当年浑身充满着蓬勃、青涩之气的虎头虎脑的小伙子,双鬓已出现了星星白发。掐指算来,他在陕西度过的年华已远远超过了自己出生与成长的北京岁月(19年)。

在陕西省人大机关工作中,赵建军一直以其理性加激情的工作作风以及旺盛的求知欲和钻研精神而为大家所称道。

初到人大机关时,赵建军为了尽快进入工作角色,熟悉工作业务,经过系统研究,编写了20余万字的《外国议会研究》一书,将国内的人大制度与世界各国的议会制度进行比较、分析、研究,为以后的独立工作奠定了极好的基础。

担任陕西省人大教科文卫委员会办公室主任以来,赵建军在地方立法工作方面倾注了全部的精力,成就不容忽视。多年来,他参与并主持起草了《陕西省文物保护条例》、《延安革命遗址保护条例》、《秦始皇陵保护条例》、《陕西省民办教育促进条例》等10多部地方性法规,在主持起草《延安革命遗址保护条例》时,曾七上延安,足迹遍至延安革命遗址中的每一孔窑洞和每一片峁梁……

近年来,赵建军已逐步将自己的工作扩展及延伸到执法监督工作领域,进行了诸如执法情况评估、执法状况调研等。逐步重点展开对陕西文

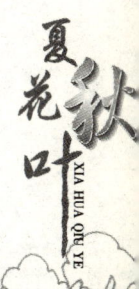

化资源(包括历史的、民间的以及现代的)的保护、开发、发展等问题的研究,工作之细致甚至具体到要了解每盘录制文艺作品的磁带,它的最佳保质期是多久……承诺,意味着一份责任,一份义务。没有人会在意一个人的承诺,即便它惊天动地。可是当无数人的承诺汇聚在一起时,这种承诺便可能会影响到一个时代的走向。

(见报时间:2007年1月17日)

故园

他在中国刮起"幽默旋风"

陕西人杰地灵,是"喜剧美学"学科的发源地。中国喜剧美学研究会副会长朱洪在会上指出,陕西省喜剧美学研究会成立 22 年来,在推动学术研究、艺术创作,特别是喜剧小品的繁荣以及探索幽默产业等方面,做了大量开拓性的工作,成为全国喜剧美学的一面旗帜。他希望以这次会议为契机,把京、陕、鄂、粤、港等地的力量联合起来,将全国的喜剧美学研究和幽默产业推向一个新的发展阶段。

为中国喜剧美学立传

从陕西走出去的喜剧美学家陈孝英,继 2004 年出版自传《哀泪笑洒》之后,又于今年 9 月推出了续篇《喜梦成真》,引起了巨大反响,并荣获"第二届冰心散文奖"。座谈会上,与会者对此书给予了很高评价,认为该书再现了中国喜剧美学从"梦想"一步步走向"成真"的艰难历程,真实反映了中国知识分子肩负使命、破冰前进、苦旅乐行的开拓献身精神和幽默情怀,是新中国第一代知识分子在改革开放的历史新时代写成的一部"中国喜剧美学的拓荒史、创业史和编年史"。

陈孝英说,他为《喜梦成真》确立了两个探索目标,一是为喜剧美学立传,同时也是为新中国的知识分子立传。从《哀泪笑洒》到《喜梦成真》,主题词都是"中国知识分子":是知识分子写的,写的是知识分子的事,是写给知识分子看的。什么是"知识分子"?什么是"知识分子精神"?这是汉语词汇中不确定性极大的两个词。陈孝英在书中从实践和理论两个方面进行了探索,希望能为新一代知识分子提供一面参照的镜子。此外,他在书中还探索了传记的另类写法。比如,尝试使一个人的历史与一门学科的历史互为载体;将传记的纪实风格与散文、小说、杂文笔法融于一炉;将视为传记生命的真实性与视为文学灵魂的情趣性揉为一体等。

创立喜剧美学新学科

陈孝英表示,他一生希望做成两件事:一是探索创立一门新兴的交叉性学科——喜剧美学,以填补中国社会科学的一个空白;二是将这门学科推向市场,使喜剧产业化。他说:"喜剧美学的使命是使幽默学科化,把它从一种语言技巧和艺术手段升华为一种特殊的创造性的人生态度;喜剧产业的使命是使幽默产业化,把它从一种艺术审美、美学研究的对象转化为一种市场运作的对象,从愉悦人类的手段转化为富国强民的武器。"《喜梦成真》和陈孝英正在酝酿的自传第三部《苦旅乐行》分别记录了他为实现"幽默学科化"和"幽默产业化"所走过的传奇人生。

从1970年代末开始,陈孝英全身心地投入到他开创并命名的"喜剧美学"这门新学科的体系建设中去,先后出版了50多部著作,发表了500多篇文章,总计1000多万字。在这些著述中,他对"喜剧美学"的学科体系提出了一个全面系统的理论框架,这就是:以马克思主义美学思想为指导,以"丑"(不谐调)为体系的逻辑起点和贯穿线索,以喜剧各分范畴的谱系图及其形式规律的研究为重点,以"幽默"和"肯定性喜剧"为突破口,将纯理论研究与指导喜剧创作紧密结合起来。

这一理论构架,为喜剧美学这门新兴的交叉性学科在我国破土而出,成为一门独立的学科奠定了基础。著名美学家王朝闻认为:"陈孝英的喜剧美学著作对建设具有中国气派的精神文明,对于培养这种精神文明的创造者,具有重要的作用。"著名文艺理论家霍松林指出:"孝英对幽默乃至对整个喜剧美学所作的研究,具有填补空白的性质和开拓领域的意义。"不少美学界同行认为,陈孝英的《幽默的奥妙》、《喜剧美学论纲》、《世界喜剧艺术概观》等著作"创立了中国人自己的喜剧美学理论体系""他对喜剧价值观的大胆发现,不仅纠正了'悲剧高于喜剧'的传统观念,而且赋予了喜剧美学以崭新的文化意义,实现了人类对喜剧认识上的一场深刻革命。"前苏联科学院远东研究所研究员谢·阿·托罗普采夫撰文指出:"陈孝英的喜剧研究往往把个别性的问题纳入到普遍性的理论中去,并借助外国的论著运用于国内的研究,从而把中国的理论提高到了世界水平。"

为了使喜剧美学走向集团军,走向体系化和正规化,陈孝英先后成立了"喜剧沙龙""喜剧美学课题组"、全省和全国的喜剧美学研究会,在西安、广州、桂林、香港、北京、天津、新疆、深圳、辽宁等地先后召开研讨会,举办专题讲座,主编丛书,主持喜剧理论评奖和喜剧艺术比赛活动,还创办了《喜剧世界》《社会科学评论》《延安文艺研究》等杂志,将喜剧美学研究一步步引向深入。同时,他还将幽默理论研究成果与喜剧艺术的创作实践紧密结合,在中央和地方电视台创办了一系列喜剧性栏目,在中国大地上刮起了一股"幽默旋风"。

由于对喜剧美学所作出的开创性贡献,陈孝英被国务院和人事部授予"国家有突出贡献的中青年专家"和"享受政府特殊津贴专家"的称号,并获得了"中国电视艺术家协会特殊贡献奖""中国社科院优秀理论文章奖"和"全国图书金钥匙奖",英国剑桥大学国际名人传略中心将其收入《世界名人录》。

构建喜剧产业链

在将幽默理论研究学科化的同时,陈孝英又提出了"幽默产业化"的构想,并付诸实践,潜心打造"喜剧产业链"。他不仅将关注喜剧的审美效果(引发笑声)与重视喜剧的生成过程(造笑方式)结合起来,将喜剧的纯理论研究(形而上)与典型喜剧作品的赏析(形而下)结合起来,将喜剧的创作主体(创造者)与审美主体(接受者)结合起来,而且十分注重使喜剧从书本、课堂、舞台走向市场,为中国喜剧开辟了生存和可持续性发展的道路。

陈孝英先是和央视3套合作,策划创办了喜剧性娱乐栏目《周末喜

相逢》,并使其收视率一步步攀升至3套榜首,实现了社会效益和经济效益双丰收。围绕《周末喜相逢》,他着手塑造品牌形象,构建"喜剧产业链"。在人民日报社《市场报》、《文化报》、《今早报》等7家报纸上开设《周末喜相逢》专版,并与出版社联手编印了若干套《周末喜相逢》丛书,从而实现了电视媒体、平面媒体和丛书互联互动,扩大了《周末喜相逢》的品牌影响,提升了品牌无形资产的价值。接着,他又将"喜剧产业链"延伸至电视剧制作领域,先后参与拍摄了50集微型喜剧《难得轻松》、26集纪实性专题片《中国小品20年》(获国家广电总局2005年度最高奖),并主持拍摄了21集都市情感剧《281封信》(其主题歌《两只蝴蝶》被列入《好歌排行榜》)。

陈孝英还将"喜剧产业链"扩展到演艺和大型文化活动领域,先后主办或承办了第二届北京舞蹈季的重点演出项目——阿拉伯大型歌舞剧《一千零一夜》来华"永久谢幕"演出、第四届全国职工小品比赛等,并策划了我国唯一的大型幽默主题公园——"国际幽默城"、国家级喜剧艺术盛会——"中国喜剧节",以及我国第一个大型文学节庆活动——"火凤凰小说节"。

至此,陈孝英构建起包括电视栏目、电视剧、平面媒体、丛书、演艺、大型文化活动等多项内容和多种形式在内的喜剧产业链,从而使他在实现了幽默学科化的第一个人生目标之后,又使幽默产业化的"喜"梦成真。

"终身成就奖"与"幽默博物馆"

今年5月,为了表彰"陈孝英先生50多年来在创立幽默学科、研究幽默理论、传播幽默知识、开发幽默产业等方面所作出的开创性贡献",美国东方文化艺术中心和美华世界文化传播基金会联合授予他"幽默研究与传播终身成就奖"。

陈孝英表示,一向以幽默家自居的美国人给一个向来被他们视为"缺乏幽默基因"的中国人颁发这样一个奖,其本身就是一个"国际性幽默"。不过,他十分清楚,美国人的这份盛情,显然不仅仅是针对他个人的,而是针对20多年来中国一大批潜心致力于幽默创作、幽默研究、幽默传播和幽默产业的同仁们的,是针对中国喜剧美学研究会和陕西省喜剧美学研究会的。

　　作为喜剧美学学科的创始人,今年已届 65 岁的陈孝英表示,陕西是中国喜剧文化的重镇、中国喜剧美学的发祥地、中国喜剧小品的摇篮。他希望将来有一天,陕西能建立起一座幽默博物馆,把那些国际性的和区域性的幽默产品、纪念品陈列其中,留传给后人。

(见报时间:2007 年 10 月 24 日)

参加书评会　　　　　　　　　　　　　　　　　　葛毅/摄

交响 50

2007年,对于陕西省乐团而言,意义非同寻常。历经半个世纪的沧桑风雨,迎来了新的契机——建团50周年!新团员汇报演出、兄弟乐团恳谈会、老干部书画展,一系列的庆典活动盛况空前。尤为引人注目的是分别于9月22日、28日晚在西安人民剧院举行的"歌剧之夜"与"交响之夜"音乐会,充分展示了乐团老中青三代演奏家的整体实力,受到古城爱乐人士的热烈追捧。这两场音乐会,还邀请到了诸如卞祖善、高伟春、姜金一、刘云志、王秀芬、杨阳等国内乐坛顶尖级的代表人物,吸引了四川、天津、武汉、山西等地的乐团掌门人前来"取经"。

演出成功　震撼全场

9月28日晚7时,散发着优雅与古典气息的西安人民剧院宾客如云、灯火辉煌。虽然离"庆祝陕西省乐团建团50周年'交响之夜'音乐会"开始还有1个小时,但剧院门前早已集聚起了很多人。记者发现了几个熟悉的身影穿梭其间,他们或兴奋地与人交谈,或神情专注地等待,或热情地招呼来宾——陕西省乐团的领导班子集体上阵。

8点整,随着气势磅礴、节奏明快的《节日序曲》的奏响,音乐会在观众的热烈掌声中开场。

柴科夫斯基的《D大调第一小提琴协奏曲》、肖斯塔科维奇的《d小调第五交响曲》,使现场观众沉醉在美妙的音乐之中。有人聚精会神闭目倾听,有人正襟危坐细细欣赏;时而欢快、时而低沉、时而激昂的音乐声响彻剧场。最后,演出在一曲令人荡气回肠的《山丹丹开花红艳艳》中圆满地落下了帷幕。当全体演奏员与曾经为陕西省乐团的发展成长立下汗马功劳的老艺术家们一起集体谢幕时,台下持续响起了雷鸣般的掌声,长达十余分钟之久。有的听众更是兴奋不已,手捧鲜花飞奔上台,表达自己对艺术家们的感谢和对交响乐的无限喜爱。

剧场安静下来,听众们陆续离去,可仍有一些人,在剧院门前的巨幅宣传牌前流连,议论着当晚的演出,显得极其兴奋。"太精彩、太震撼了,可惜,在西安这样高水准的演出太少了!"一位年轻小伙子说。

演出结束后的剧场灯火阑珊,但陕西省乐团领导班子的各位成员却没有马上离开,他们与前来观摩音乐会的同行和专家们汇聚在了一起,迫切地想听听国内同行对这场音乐会的真实评价。

剧场贵宾室中,天津交响乐团团长肖嘉喜、四川交响乐团团长唐青石、武汉乐团团长周克思、山西交响乐团团长朱建安以及著名乐评家景作人谈起了各自的感受和对陕西省乐团的认知,以及对中国交响乐现状、发展与前途的思考。

同行赞扬　发自肺腑

历经 50 年的努力,陕西省乐团成功地演奏了大量古典、浪漫和近现代乐派的中外交响乐作品,并录制了电影《没有航标的河流》、《人生》、《老井》、《西安事变》等百余部具有广泛影响的影视音乐作品。这些音乐对出生于上世纪五六十年代的人来说,是十分熟悉的。"我们都是看着这些电影、听着这些音乐长大的,尤其是影片《老井》,至今都让我记忆犹新。"肖嘉喜说。谈及当晚的演出,这位乐团领导更是对陕西省乐团称赞有加。"经过 50 年的发展,队伍还这么年轻,还能保持这么高的水平,很不简单。西安的文化底蕴非常深厚,这是其他城市所无法比拟的,乐团的年轻人在这种环境的影响下,潜移默化地学到了很多东西,并将其融入到了日常的生活和演出中,给人一种很有文化味的印象。"

《D 大调第一小提琴协奏曲》和《d 小调第五交响曲》作为世界经典名曲,流传甚广,深得大众喜爱;对于这些乐曲的演奏,也是检验乐团实力的

一个标准。"因为作品本身难度很大,所以要求乐团必须得有一定的实力。从今晚的现场气氛和演奏效果来看,陕西省乐团无疑是很优秀的。"周克思对这位乐团老大哥的表现给予了很高评价。四川交响乐团团长唐青石很早就接到了陕西省乐团团长崔炳元的邀请,可当时并不了解音乐会究竟会选择哪些曲目,直到欣赏完演出后,他内心的疑惑才烟消云散,并大喊出乎意料。"看了演出之后,我觉得很意外,但又在情理之中。之所以感到意外,是因为来西安前我一直以为音乐会会选择西安本土优秀作曲家的作品,可事实并非如此。很快,我便理解了他们这样安排的用意。音乐会所选曲目对乐团演奏水平是一次极大的考验,若没有以往长期的积累,根本无法成功演奏这样的作品。陕西省乐团能够主动接受这项挑战,充分说明了他们的胆量和实力。"

山西交响乐团团长朱建安接到崔炳元的邀请时,按捺不住内心的激动,提前两天便来到了西安。这位团长在欧洲考察期间,被崔炳元厚实的文化积淀和渊博的知识所征服,俩人结下了深厚的友谊。"友谊的根源是大家对交响乐的挚爱和对交响乐事业的执著。"谈及当晚的演出,朱建安说:"今天的音乐会水平之高是出乎我预料的。同样是省级乐团,但和陕西省乐团相比,我们的差距太大了。这也是我来西安的一个目的,向陕西省乐团好好学习。"彩排现场的所见所闻,使得朱建安异常振奋。"陕西省乐团有很多方面值得我们学习。第一,乐队队员敬业精神非常强,为了演出废寝忘食;第二,领导班子非常和谐,有凝聚力。我想,有这样的一个领导班子,陕西省乐团的明天将会更加辉煌。"

长期从事音乐评论的著名乐评家景作人,一直关注着地方乐团的发展,并对他们的整体水平有着一定的了解。他说:"地方乐团的水平虽然参差不齐,但各有特色,而陕西省乐团则是特色比较突出的。今天听到《山丹丹开花红艳艳》时,我眼眶都湿了,因为当年学音乐时,这首曲子给了我很大的触动。今天的演出,我只能用一个词来形容,那就是——震撼!通过演出,我发现陕西省乐团的人员结构很合理,老中青结合得非常完美,各声部的实力也很均衡,这无形中为乐团今后的发展创造了便利条件。"

坚定信心　共创辉煌

时间一分一秒地流逝,贵宾室里的钟表指针慢慢地向"11"靠近。在座的乐团领导和专家们似乎并没有意识到已时近午夜,仍然是意犹未尽、相谈甚欢。

聊到交响乐美好的明天时,每个人的脸上都充盈着兴奋与激动之情;可当触及到中国交响乐目前的现状时,各自心中的无奈与为难又溢于言表。"现在交响乐团的生存很困难,作为一团之长,我们倍感艰难。我们虽有满腔热忱,但这是远远不够的。"肖嘉喜道出了交响乐团目前最大的困境。他说:"一场好的交响乐演出,不只是乐队水平高低的问题,剧场环境、观众素质也非常重要,然而就目前情况来看,很多城市并没有一个良好的剧场环境。"

肖团长的话引起了在座者的共鸣。武汉乐团团长周克思说:"从某种角度而言,一个城市是否拥有一个高水平的交响乐团,不仅标志着这个城市的经济实力,也代表着她的文化水准。乐团就是城市的一张名片、一个对外的窗口。但乐团是要靠钱养的,现在完全靠市场根本行不通。所以我们希望媒体帮我们呼吁,以引起社会各界对交响乐的关注。"四川交响乐团团长唐青石认为,地方乐团之间应当建立起一种联系,而这种联系又不仅仅局限于对乐团发展的了解,"更重要的是谋求一种精神上的支撑,形成一种前进中的合力。"景作人认为,地方交响乐团是中国交响乐的重要组成部分,他们的实力代表着中国交响乐的整体实力和发展前景;若想让交响乐在中国发展得更好,就必须关注地方交响乐团的发展,"通过资源共享、增强合作、寻求支持等一系列具体措施,来扩大交响乐在中国的影响。俗话说:众人拾柴火焰高。只有地方乐团齐心协力,交响乐事业才会'红红火火',犹如崔团长那张作品专辑的名字一样。"

近两个小时的座谈,崔炳元一直在认真倾听着,并不时低头沉思。对于同行的赞美之辞,他谦虚地回应:"尽管各位团长和老师对今晚的演出给了诸多的慰勉之词,但是客观地说,问题还是不少。让我庆幸和欣慰的是,不同年龄的演奏家所呈现出的心态和状态是近几年来比较好的。非常感谢各位团长能在百忙之中抽时间来西安,我代表陕西省乐团和陕西省广大交响乐爱好者表示感谢。借团庆这个契机,我相信陕西省乐团会脚踏实地往前走!让我们一起为交响乐美好的明天而不懈努力!"

(见报时间:2007 年 10 月 10 日)

激情燃烧的岁月

"战争会造就英雄豪杰。" （巴顿语）
"有些人想到人类'最高贵'的品质，其中包括协作、利他主义、爱国主义、领土战斗中的英勇等等，都是战争的遗传成果。" （爱德华语）

毋庸讳言，军人因战争而生。

缘由这一生成前提对于个体生命之超极限性与超理性状态的严酷要求，作为一名标准型的、合格的军人，其内涵便须包含以下元素：忠诚、智慧、守纪、合作、激情，以及拼搏与冒险精神，百折不挠、坚忍不拔、无所畏惧、永不放弃的勇气，还有责任感、荣誉感，等等。

和平年代的人民军人，是在用青春和生命保卫着这个民族和这个国家的和平生活。但他们仍然是"随时准备厮杀的战神"，是"背负着民族沉重历史的骏马"，所有军人所必具备的品质当凝聚一身，成为共和国之钢浇铁铸的脊梁。

崔炳元，一个突出的具备着典型军人品格的人。

他是音乐王国里的骄子，一部厚厚的作品目录给人以目不暇接、眼花缭乱之感；他是具有强势人格的组织领导者，激情如火，点石成金，指挥策划了一场场辉煌典雅的音乐盛宴；他谈锋极健，蕴含哲理，逻辑严密，气势如虹；他的文章优美、深情，如草原上长长的流水、高高的白杨。更重要的是,在拥有上述一切的同时,他还谦逊、温和、平易近人,使每一位走近他的人,都会感知到他热血与心灵的温度。

用崔炳元自己的话说,"如果说我也算是一位成功者的话,那么这一切都应当归功于十年的军旅生涯。"

大漠与长河的交响

1977年白雪皑皑的冬天,年方17岁的青年崔炳元穿上了军装,来到中国人民解放军兰州军区歌舞团。

这一建制始于战火纷飞的解放战争年代、原名西北野战文工团的部队专业文艺团体,是在彭德怀司令员、肖华将军的亲自培育下成长发展起来的。

参军之前,天资聪颖的崔炳元已是所在单位中小有名气的中提琴手。在兰州军区歌舞团,他的主要工作是担任演奏员,并进而从事作曲及乐曲编配等工作。

军营十年,崔炳元与其所在的兰州军区歌舞团,足迹几乎遍及祖国西北的每一处关隘。从桐柏山林木苍翠的革命老区,到抗战时拒敌于潼关之外的黄河风陵渡口;从南疆喀什,到巴丹吉林沙漠;从有着浓郁中亚风情的伊犁河谷,到八百里秦川的华山脚下,一场场的巡回演出,一次次的风餐露宿,崔炳元从中获取到了无穷的精神财富。

1981年深冬季节,又一次赴驻军进行慰问演出。在中蒙边界一带的沙漠腹地,同行的两辆车相继抛锚。寒风刺骨,滴水成冰。战友们捡来许多骆驼刺烧火取暖,女同志们则把自己随身带来的食物拿出与大家分享;战友们的歌声冲破了沉沉夜幕,在浩渺无际的沙海上翱翔。在几十年后的今天,当崔炳元深情地回想起当年那一幕时,仍然十分激动:"部队生活培养了我的合作意识、上下级意识、战友间的相互友爱以及与同志们齐心协力办好演出活动的团队意识,还有能征善战、不辞劳苦的拼搏意识,这些都极大地丰富和滋养了我的精神世界。"

采访崔炳元时,他刚刚接到了由中共陕西省委宣传部颁发的"四个一批"人才的通知,这彪炳着他在音乐事业上所取得的成绩,并且预示了他未来发展的广阔空间与前景。这让他的思绪又回到了遥远的军营,对那些精心栽培与扶植他的部队领导充满着感念。这种栽培与扶

植是纯正无私的,晶莹到无法挑剔。这种革命队伍中完全从党的利益、革命工作出发的人才选拔思路,是在严酷的战争年代保证我军之立于不败之地的治军原则。

崔炳元永远不能忘怀的是他的直接领导、兰州军区歌舞团的乐队队长蔡宪理。蔡队长是陕西三原人,有着秦川汉豪爽挚朴的性格。让崔炳元至今铭记于心的,是凝聚在其身上的标准的、典型的军人特征:严谨——不管是多么热的天气,多么不经意的场合,他军装的风纪扣总是扣得紧紧的,军容风纪一丝不苟;无私——当他发现了崔炳元的音乐才华后,便多方奔走,力排众议,在乐曲编配人员紧缺的条件下,选送崔炳元去中国音乐学院学习;友爱——崔炳元绘声绘色地向我们讲述了一个小故事:

十万火急的军令下达。团里指派崔炳元挑灯夜战,赶写赶编一出大型秦腔音乐曲牌。时间紧迫,接受了任务的崔炳元埋头干了起来。寂静的夜半时分,房门被轻轻敲响,蔡队长一手端着满满一碗热腾腾、香喷喷、黄灿灿的葱花炒鸡蛋、一手用木筷串着两个馒头,送到了崔炳元面前……

"部队生活对我专业素质的培养起了很大作用。兰州军区歌舞团是专业的部队文艺团体。在这个团体中的生活学习,使我一方面能够进行初步的专业实践,另一方面,对文艺团体的组织结构与规划运作也有所认识与把握。""经过在中国音乐学院的学习回到团里后,感到自己比以往更加胜任工作了。在乐曲编配方面,我根据不同的演出配器和每个演员的特点对同一首歌曲进行不同的编配,从而使工作更为深入。有一年我编配了200多首歌曲,年终获得了嘉奖。"崔炳元回顾说:"那段时期是我专业生命力最旺盛的时期。正是那时候的大量实践,以及在中国音乐学院系统的专业学习,使我做一名职业作曲家成为可能。"

崔炳元服役的地方,有着苍凉雄浑的大漠与日行千里、气势磅礴的黄河,他在部队谱写的一曲曲乐章,便汇聚成了大漠与长河的交响。

此情长留心间

名垂中国音乐史的著名音乐家、"西部歌王"、"民歌之父"王洛宾,是使崔炳元羽化成蝶,从而有今日之卓著功绩的主要锻造者。

1979年4月,应兰州军区政委肖华将军之请,刚刚出狱、尚未完全平反的王洛宾来到兰州军区歌舞团(那时名为"兰州军区战斗文工团"),创作大型歌剧《带血的项链》。这是一部反映边疆各民族团结的七幕歌剧,在1980年全国文艺汇演中获得二等奖。

这段时期,崔炳元伴随在王洛宾的身边,帮助这位年已62岁的老人编撰、誊抄,与他一起在黄河边交谈、上街吃牛肉面,这样父子般亲密的生活大约有一年之久。

然而,在这一年时间里,王洛宾所给予崔炳元的言传身教,却如信息密码般,储存在了崔炳元的心底。在其后几十年的人生岁月中,崔炳元不断地破解、领悟、反刍、咀嚼着这些贵如珍宝般的琼浆玉露,并以它们来浸润、浇灌着自己的人生之花,使之愈开愈加娇艳。

在接受采访的过程中,崔炳元经常会沉浸在对王洛宾的回忆之中。"在与王洛宾接触时,我学到了对于人生痛苦的一种看法。王洛宾一生几乎遍尝人间苦难,然而他做人仍然是一不抱怨,二不设防,始终以一颗纯真的童稚之心,来拥抱着这个有些苍凉的世界。同时,他对民间艺术、民间音乐那种执著的追求,也让人永生难忘。"崔炳元说,这种执著的追求与热爱,导致他在中国音乐学院上学时,对民歌音乐的学习格外重视。民歌音乐是作曲家赖以生存的基本养分,这是王洛宾所给予他的一个基本的理念。

青春和梦开始的地方

当兵的岁月,对于崔炳元来讲,是生命中的花季,绽放中承受着无穷的雨露滋润;是成长中的熔炉,千磨万击,百炼成钢;是永远魂牵梦绕的所在,历久弥醇。

新近获得"五个一工程"奖殊荣的电视连续剧《热血兵团》,由崔炳元担纲作曲。这部电视剧是我国首部反映新疆生产建设兵团全景生活的剧作,再现了兵团风雨沧桑几十年的历史,展现了兵团三代开拓者蕴含血泪的生活历程。该剧在全国各地热播时,许多退伍老兵,尤其是老兵团战士们是含着眼泪看完的。剧中苍凉、恢弘的音乐,与画面中巍峨高耸的雪山、辽阔无际的草原相互映衬、相得益彰,使该剧获得了极

大的成功。

　　崔炳元说,这部电视剧音乐的创作,触动了他心灵深处的军人情结。西北的大漠,戈壁深处的胡杨,广袤草原上繁星般的野花,白云下兵团垦区一望无际的棉田。崔炳元落泪了,一个个音符从心中升起,一节节乐曲跃然纸上,他回忆起了那激情燃烧的岁月,那青春和梦开始的地方……

(见报时间:2007年9月19日)

报告文学篇

坚　守

　　秋雨初霁。因忙于团庆的诸多事务,采访被安排在了晚上8点。记者提前半小时来到了陕西省乐团二楼会议室。洁净、明亮的会议室虽不是很大,但处处洋溢着喜悦的气氛。全国20多家兄弟院团发来的贺信、贺电贴满了墙壁一角;红色的"S"字母犹如跳动的音符,显得格外鲜艳夺目;浮雕般的"激情、历练、灵动、和谐"八个大字,仿若音符般奏响着乐团领导班子前进的步履;会议桌上摆放的一沓沓色彩亮丽的节目单、宣传册,好似在向记者讲述着乐团以往的成就。

　　8点整,乐团领导班子集体出场。4位领导的脸上虽有些疲惫之态,但也掩饰不住内心的激动与兴奋。短暂的寒暄之后,采访正式开始。

　　作为全国最早建立的、具有广泛影响的职业交响乐团之一,陕西省乐团堪称大西北乐坛之翘楚。后来随着社会环境的变化和自身弊端,乐团逐步走入低谷。2005年7月,崔炳元临危受命,出任陕西省乐团团长一职。自此,陕西省乐团开始奏响其新世纪的华彩乐章。

　　谈及举办50周年团庆活动的意义时,崔炳元说:"团庆只是一个使乐团更加积极、健康发展的契机,而不是最终目的。通过团庆举办的一系列活动,使乐团整体的精神风貌和演奏实力都有所提高。尤其是即将在9月22日和28日举行的两场音乐会,我们不仅对曲目进行了整合、筛选,还邀请了一些著名音乐家。两场音乐会不仅可以让喜欢交响乐的朋友欣赏到高水准的演奏,还为我们提供了一个千载难逢的学习机会,因为音乐家

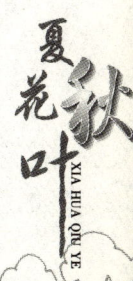

将他们精湛的艺术和严谨的作风带到了西安，带到了我们乐团。所以，团庆这个机会我们一定要抓住。我也坚信，通过团庆，一个全新的乐团形象将会展现在社会各界面前。同时，为实现'文化强省'作出自己的贡献。"

在当代社会从计划经济体制向市场经济体制转型的过程中，以传播高雅艺术为主的艺术团体都经历了诸多阵痛，陕西省乐团也是如此。崔炳元谈到六七年前，这样的问题非常尖锐。"没有市场、人员流失、设备老套、经费不足等等。今天的文化氛围要比那时好了很多。首先是人民群众的精神文化需求日益增长，越来越多的人对高雅艺术产生了兴趣，市场扩大了。其次因为有了市场，那些无奈离开乐团的音乐工作者又回到了岗位，继续着自己喜爱的交响乐事业。再就是政府加大了对高雅艺术的投资力度，因为交响乐在全世界范围内单靠门票收入是很难生存的，必须得有政府、社会各界的支持。"言谈间，崔炳元的脸上写满了自信。"从生存来讲，我们的问题不大，基本上能做到安居乐业。我们现在的队伍非常团结，而且正在稳健地向繁荣迈进。"

即使存在有这样那样的问题，崔炳元仍旧是一副泰然处之的心态。"我不乐观，但也不悲观。我们要看到阳光、热情的一面，而不能总是抱怨这个、抱怨那个，有问题，咱们就想各种办法去化解。"

采访进行得很顺利，只是时不时地被手机铃声打断。崔炳元也很无奈，略带歉意地对记者说："没办法，都是为了团庆。"为了不影响采访，崔炳元让其他领导和骨干都将手机铃声设置为震动，当然，也包括他。

采访中，崔炳元很是健谈，而且思路清晰、感染力极强。其他领导、业务骨干都静静地听着他的谈话，默默地做着记录。作为现任省乐团党总支副书记，白文到乐团已有20余年了。他对现任团长崔炳元可谓是佩服至极。没等记者开口，白文便向我们展示了一张红色的节目单——"纪念中国人民抗日战争暨世界反法西斯战争胜利60周年大型交响音乐会《黄河交响》"。从这场音乐会开始，陕西省乐团迎来了久违的欢欣与辉煌。"这场音乐会是中共陕西省委、省政府交给乐团的一件大事，也是乐团50年来第一次单独承办的大型音乐会，所以团里非常重视。尤其是崔团长，从策划、编曲到排演，废寝忘食地拼了两个月。最终获得了空前的成功，乐团也重新焕发光彩。通过密切的协调配合，班子建设也取得了很大成绩，积极性高了，分工也明确了，我们干起来也更有劲了。此外，我们还非常重视党建工作。乐团现在有4个党支部、82名党员。无论是排练，还是联系演出业务,或是协助其他部门工作,党员们都发挥了积极的作用。"

2007年6月中旬,崔炳元跟随中国音乐家赴德奥考察团出国考察、交流。还没等崔炳元开口,白文就迫不及待地向记者说起了此行的意义。"去欧洲考察、学习,一直是我们乐团的共同梦想,乐团团长更应该走出去。不看别人先进的东西,咱们就学不到新鲜的理念和管理模式。"如今,陕西省乐团已然走上了稳定的前进之路,这得益于其先进的管理模式——哑铃式管理,即一头是专业,一头是销售,中间则是经营管理。"正是这一点救了乐团。"白文感慨地说。"崔团长回来后,还召集中层干部就业务专题进行汇报,这在其他单位是没有过的。"

与以往乐团步履维艰的境况相比,如今的乐团可谓朝气蓬勃、活力十足。"以前只是在维持,可越维持就越艰难,根本看不到前途。现在不同了,我们是主动出击、寻找机会。以前团里是没有销售部门的,现在意识到了市场的重要性,我们就成立了演出中心,专门负责联系市场。这次为了团庆,我们不惜一切代价策划了两场音乐会,为的就是展示乐团的实力,同时也向社会各界证明:陕西省乐团还存在,而且正在逐步走向繁荣。"说此话时,刘希秋显得有些激动。

陕西省乐团从建团发展到现在,培养了一大批出色的交响乐演奏家。如今,有很多优秀的人才早已是耄耋老人。可乐团并没有忘记他们,更没有忘记他们为乐团的发展所作出的贡献。俗语说:温故知新。早在去年,乐团的领导班子就提议说出一本记录陕西省乐团历史的书,如今,书出来了,被定名为《交响50》。

分管业务的副团长张进军告诉记者,50年来,有那么多交响乐的忠诚守望者坚守在自己挚爱的音乐事业上,为了不忘记他们,不忘记他们所作的贡献,不忘记乐团艰难发展的历史,团里准备出书来记录这些难忘的经历。"这个建议,大家是不谋而合。可当真正实施的时候,才发现困难太大了,文字水平参差不齐是首先面临的问题。后来,团里决定只要能真实记录乐团发展中的点点滴滴,能为乐团今后的发展起到一定的激励作用,文字上可以请人处理。"就这样,乐团收到了第一批约稿。"有一个老同志把他几十年来每场重大音乐会后所做的笔记经过整理、筛选,给我们寄了过来。这对于年轻人的培养,以及对今后乐团艺术作风的建设都将起到很大的作用。"经过近一年的筹划,一本名为《交响50》的书出版了。当乐团领导将这些书亲自送到那些音乐老人手中时,老人们被感动得泪水涟涟。

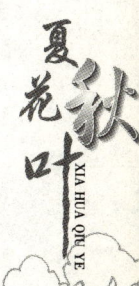

此刻的会议室里充满着感慨、感叹、感动、感奋的气氛,短暂的沉默之后,崔炳元提议:中秋节马上要到了,咱们要和老干部们好好地聚聚……话还没说完,掌声已经响了起来。

作为团庆系列活动之一的"2007年新队员业务汇报音乐会",从筹备之初就广受刚刚进入乐团的大学生们的青睐。排练虽然辛苦,可他们却深深地感受到了乐团领导班子对青年人的重视和信任。"让新队员感受乐团这个大家庭对他们的关怀,为他们提供一个展示自己才华的舞台!"崔炳元如是说。

陕西省乐团与中央乐团、上海乐团、广州乐团,曾被誉为"中国四大乐团"。经历了数十年的风风雨雨,它们都在艰难的困境中奋力前行。有失落,也有欢乐;有困境,也有顺境;有迷惘,也有自信。

当聊到陕西省乐团与其他兄弟院团之间的差距和优势时,崔炳元从文件夹中翻出一张剪报,上面披露了国内各大乐团每年的经费情况,数字令人惊讶不已:香港管弦乐团1亿港币、广州交响乐团3200万人民币、中国爱乐交响乐团3000万人民币、上海交响乐团860万人民币、陕西省乐团则只有200万人民币。面对这么大的差距,崔炳元倒觉得很不以为然,"不能因为钱少我们就等靠要,不思进取,关键还是要靠自己,要自强不息!除了这个差距之外,我还有一个遗憾,就是咱西安到现在还没有一个公益性的音乐厅。每次演出都要租场地,费用高不说,大多数剧场还不具备交响乐演奏的硬件设施。"

谈到陕西省乐团的优势时,崔炳元一扫刚才的沉闷,自豪地说:"第一,我们团有着50年的历史,无论是专业实力,还是管理经验,都是其他团所缺乏的;第二,我们地处西安这座古老而又现代的城市,拥有着其他乐团所不具备的文化资源优势。只要依靠这两个优势,我们就一定能找到适合陕西省乐团发展的路子!当然,也希望政府和社会各界的朋友更加关注、支持我们,帮助我们建立一个完善的运作机制,为提高全民族文化素质、推广高雅音乐、建设文化强省而努力。"

(见报时间:2007年9月19日)

西地平线上驰来骑骏马的老兵

当代著名作家高建群上世纪 70 年代曾在新疆北湾边防站服役 5 年，做过六九式四〇火箭筒射手、八二无后坐力炮炮长。服役期间的 1976 年，他在《解放军文艺》8 月号发表处女作《边防线上》。当兵的经历给高建群留下了刻骨铭心的记忆，他笔下很多生动的故事都是当年部队生活的再现，如《遥远的白房子》《西地平线》《愁容骑士》等。他是中国文坛罕见的具有崇高感、古典精神和理想主义色彩的写作者，被誉为"陕军东征"的"三驾马车"之一，其长篇小说《最后一个匈奴》出版后在中国文坛引起轰动。

成为"最可爱的人"

1972 年 12 月 16 日，珍宝岛和铁列克提的硝烟刚刚散去，高建群和一群陕西籍新兵便一起乘坐一列闷罐子车进入新疆。高建群至今仍清楚地记得，那是一列刚运过马匹的车辆，车厢里遗有马粪和刺鼻的骚味。大伙略事清理，铺一层干草，再把床单一铺，然后就一个挨一个地坐下来，保家卫国的崇高理想让年轻人对遥远的边境充满了向往。没有厕所，小便就在车厢的缝隙里解决，大便要等到火车停下来后，有人吹着哨子大喊："男左女右，男左女右！"这时高建群才发现火车上还有女兵。

到了乌鲁木齐换乘汽车，一辆卡车坐一个排。每人打一个背包，37 个人的毡筒交叉着，腿夹到了一块，不能动。"在汽车上我吐了一路。但不能

吐到对面人的身上,于是我急中生智,把脏物吐到皮手套里。白天时吐的脏物会冻成一团,晚上到了克拉玛依,把皮手套放在火墙边,等到融化后,把脏物倒掉,因为第二天晕车吐时还要用。"

在卡车上经历了五天四夜后到达哈巴河县城。这里位于中苏边境的边防线上,部队的番号是301部队。

接下来进行了3个月艰苦的新兵训练。恶劣的气候让人始料未及。之后开赴白房子。到达边防站时天下着大雪,地上积雪很厚,前面有压土机压雪……冬天站岗时两个人一组,一人站哨,一人带哨。带哨的士兵在周围巡逻,每岗一个半小时,时间一到,就要换岗。晚上的气温在零下40多度,站岗的士兵皮大衣和毡筒的外面还套着蒙古皮大衣,深一脚浅一脚地走着,如果一脚踩在战壕里,雪都能把人埋没,但还得往前走,如果不去换另一个站岗的士兵,他就有可能被冻死。在边防部队的5年中,高建群和战友们大都落下了关节炎、坐骨神经痛等疾病。

高建群服役的地方地处戈壁滩,天气热的时候太阳毫无遮拦,光线像银蛇一样盘旋在天空;到了冬天,这里却成为中国最冷的地方。冰雪4月中旬才融化,10月份就又开始下雪。当年的艰苦生活高建群记忆犹新。就说蚊子吧,那里是世界上的四大毒蚊区之一,据说每立方米有3400多个蚊子。日落时分,白房子的上空密密麻麻,最多的地方是在草丛中,一脚下去仿佛踩响一个地雷,蚊子"轰"地一声被惊起,落在衣服上,绿军装变成了灰军装。有蚊子的季节,白房子的每个门口都要生一堆牛粪火,用浓烟将门罩严。即使这样,第二天早晨墙上还会趴着几个挺着血红色肚子的蚊子。上厕所是件困难事,必须先点燃一张报纸,趁火最旺的时候把报纸踩灭,在升起的浓烟里一屁股蹲下去。就这样还是防不胜防。蚊子的毒性可真大,高建群当新兵的第一个夏天,被一只蚊子咬了一口,竟昏迷了三天三夜。

当兵前,高建群的心里总想着好男儿应该去当兵,但对于真正的军营生活却并没有概念。当兵后,"觉得在边防上保卫祖国很崇高,我们是最可爱的人。我们的背后就是伟大的祖国。"

为自己准备了18颗火箭弹

"灰蒙蒙的戈壁滩上一座孤零零的白房子,白房子上竖着一根烟囱,一日三次,烟囱里升起细直的炊烟,哨所用炊烟扬起手臂,向祖国问安——早安、午安、晚安。"高建群不止一次地用诗的语言描绘他心中的白房子。那时,年轻的高建群抱着枪站在碉堡前,长着芨芨草的戈壁滩上白光闪闪,一只母刺猬领着一群小刺猬从他脚下大摇大摆地走过去。

虽然当时珍宝岛、铁列克提事件已经结束,但漫长的中苏边界还处于一种剑拔弩张的紧张气氛中。高建群曾在小说中描绘过这样的情景。最紧张的一次是在 1973 年,谁也无法预料形势会如何发展。边防站里的人全部剃成了光头,大家趴在战壕里,轻重武器的枪口齐刷刷地对准界河。黑夜白昼都守着,吃饭时炊事员用行军锅将饭抬来。所有人的旧军装和日常零用,则打成一个小包袱,用针线包缝好,上面写上家乡地址和自己的名字,集体放在班里的小库房。高建群当时是六九式四〇火箭筒射手。这种武器是专门对付坦克的。他趴在一个丁字型的碉堡里,将火箭弹弹头安装好,从射击孔里伸出去,火箭筒则扛在肩上。按照教科书上的说法,一个射手在发射到第 18 颗火箭弹的时候,心脏就会因为剧烈震动而破裂。然而,高建群还是毫不犹豫地为自己准备了 18 颗。"事情后来终于没有发生。受惠的是我们这些当兵的,是这些拖家带口的兵团人,是这些唱着凄凉歌曲的兵团孩子。"

多年后,高建群在一篇文章中写到:"我的 18 颗火箭弹没有派上用场,我也终于没有战死在白房子。要不,新时期文坛,也许会少了一个不算太蹩脚的小说家。"

"边防线上"放飞的文学梦

1975 年冬天,北疆军区政治部主任那狄来边防站检查工作,因为大雪封路,他在边防站滞留了半个月。一天晚上高建群站第一班岗,11 点到 12 点半,站完岗后回到营房,便在一个本子上记录一天的工作情况,还要写诗歌、散文等。那主任来查铺,推开门进来,看到这么晚了还有人在写东西,于是就要看。"是我胡写的。"高建群心里充满了惊惶,将军硬要了过去,看过后脸色却变得很严峻。因为他很惊奇在这种荒凉的地方,居然还有对文学如此执著的人。将军指示其下属在小本上抄下了这 3 首组诗,寄到《解放军文艺》。1976 年 10 月,边防线上的形势已日渐严峻,高建群和战友们都在战壕里待命。一天,邮递员骑着大马跑来,老远就喊:"高建群,

有你的信!"这是两本用牛皮纸包着的 8 月份的《解放军文艺》,封面已经磨得破旧了,上面有高建群的处女作——《边防线上》。当时所有的人都很激动。

高建群后来动情地说,这件事对那位将军来说,也许是一件小事,但对我的一生却产生了重大影响。因此他在当编辑时,也特别认真地对待每一篇稿子,也许这也会对一个人的一生产生重大影响。

永远的白房子

高建群是 1977 年 4 月退役的。多年了,新疆边防线上的战友们总是如期寄杂志给高建群,每一期杂志都会激起他好些天莫名的激动和惆怅。"时过境迁,那一段日子已经不复存在,并且日渐为历史所尘封,后来的人们已经不会知道那些为共和国承担过巨大责任的普通人们的事情了。但是我们有责任让人们知道这段过去的历史。"

2000 年,阿勒泰军分区派车将高建群送往他曾服役了 5 年的白房子——北湾边防站。途经 185 团团部,高建群被兵团人盛情留住,他们用丰盛的菜肴和甘醇的美酒招待自己的知心朋友。作陪的军官羡慕地望着这个两鬓斑白的老兵被人们簇拥着,兵团人大段地背诵着高建群的文章为喝酒助兴。中国的作家很多,可没有哪一个能像高建群这样理解边防军人并曾和他们并肩战斗。酒醉中的高建群在半为现实半为梦境的状态下到达白房子——北湾边防站。边防站的三栋白房子,如今只剩下连部的那一栋还在,另两栋已翻修成砖混结构的房屋。变化最大的是人——北湾边防站的连长和指导员都是在 1990 年前后入伍的,按年龄推算,应是高建群当兵的那几年出生的。高建群激动地搂着连长和指导员的肩膀说:"我是一个老兵,我来报到。"

那一晚高建群彻夜难眠,索性穿衣起床,登上当年阻敌修建的土围子四处转悠。晨曦微微时,高建群站在边防站的瞭望塔上举目向界河对岸望去,空旷荒凉的原野,一如 28 年前见到的情形。不同的是界河两边的土地已经变得非常宁静。没有了装满士兵的卡车、黑压压的坦克装甲车,天空中也没有了撕裂空气的军用飞机。

高建群在白房子呆了 21 天。他的心情是复杂的,当年他和战友们在这里卧冰爬雪,充满了危险;现在,边防站的景象很安静,和平来之不易。

高建群认真地看着这里的一草一木,遥想当年,一群小伙子在这里保卫边防,保卫共和国的领土不受侵犯,今天,这些人都在哪里呢?

部队"团史馆"的人对高建群说,这个部队出过两个名人,一个是歌唱家李双江,一个是作家高建群。李双江是当时新疆军区文工团送到这里来劳动锻炼的。后来西哈努克来新疆,李双江唱了一曲《怀念祖国》,之后名声大噪,被调回北京。老兵们还记得当年劳动时往房顶上扔土坯,大家叫着"老李再来一个",李双江便挺着个粗脖子,又唱了一曲《阿曼都尔拉骆驼》。高建群的中篇小说《伊犁马》中,那个"一夜的天才"就是他。

高建群在部队骑过5年马,掉过4次马,虽然骑兵建制没有了,但边防站里还有一些马。这些马仍然用于巡逻和值勤。在重返白房子的一天早晨,高建群从马号里抓了一匹好马,在这片大草原上驰骋了很久。战士们说这个大肚皮的老兵马术还可以。

(见报时间:2007年8月1日)

与陕西省作家协会副主席、陕西省文联副主席高建群(中),陕西省作协秘书长王芳闻(右)

和谐盛世的艺术狂欢

"云垂雨疏柳如烟,荷芙含苞竹枝繁。"在 2007 年 7 月 18 日晚的濛濛夏雨中,Z20 次列车缓缓驶离西安车站,载着百余位秦地书画名家及文化艺术界人士前往北京,参加在首都中国美术馆举办的大型展览——"长安雅集·陕西书画三百年"活动。

7 月 19 日上午,位于北京五四大街与王府井大街交汇处的中国美术馆门前,艳阳高照,绿槐如盖,月季绽放,篁风送爽。美术馆前厅里,人头攒动,名流云集。10 时,开幕式正式开始。开幕后,众多来宾一起兴致勃勃地参观了展览。

穿越 300 年的时光隧道

古都长安,史有周、秦、汉、唐之盛,是中国书法与绘画的重要发祥地。唐、宋以来的阎立本、颜真卿、柳公权、周昉、韩滉、王维、范宽等先贤均为书画大师。此后的陕西历年亦是名家辈出,功业长久。

此次"长安雅集·陕西书画三百年"展出的作品,横跨 307 个春秋,堪称气势磅礴。从清代"文盖三江、字冠中原"的东阁大学士王杰状元,到鸦片战争中的名臣主将王鼎与林则徐师生的真迹;从"戊戌变法"时,请求"明定国是"推行新政的"西北诗书画三绝"宋伯鲁,到辛亥革命中被孙中山称为"西北革命巨柱"的井勿幕墨宝;从爱国诗人、旷代草圣于右任的巨幅大作,到邵力子、杨虎城支持下创立"西京金石书画学会"的寇遐精品;从中国画坛独树一帜的"长安画派"大师赵望云、石鲁、何海霞,到"西安终南印社"陈泽秦、卫俊秀、刘自椟、宫葆诚、邱星及中国书协第一任主席舒同,直到今日活跃在长安书坛画界的实力派人物刘文西、陈忠志、王子武、李世南、崔振宽、王有政、郭全忠、王西京、江文湛、杨晓阳、苗重安、赵振川、陈国勇、王炎林、戴希斌、张立柱、萧焕、钟明善、吴三大、茹桂、薛铸、雷珍民等100多位书画大家的130余幅精品佳作,为北京乃至全国的书画爱好者提供了全面认知陕西、认知长安文化的"视觉盛宴"。

展品多为精品佳作,异彩纷呈。有"长安画派"旗手赵望云的《云横秦岭》,石鲁的代表作《东方欲晓》;有何海霞浓墨重彩的《九寨沟》,方济众的丈二巨幅《古城雪霁图》,刘文西的《祖孙四代》,王西京的《远去的足音》,郭全忠、王有政获全国五届美展银奖的《万语千言》和《悄悄话》,邢庆仁获全国七届美展金奖的《玫瑰色回忆》等。书法作品有中国书协顾问钟明善的丈二尺长联,中华诗词学会名誉会长霍松林的《香港回归赋》,吴三大气势磅礴的行书五言联,陕西书协主席雷珍民的八尺六屏。还有著名作家陈忠实、贾平凹等人的佳作展示。

徜徉于华美典雅的艺术殿堂

在华美典雅、流光溢彩的中国美术馆首层展览大厅中,风格各异、百花齐放的精品佳作使到访的艺术家及书画爱好者们赞叹不已、击掌连连。从王杰、王鼎、林则徐"声华馥似当风桂,气味清于着露兰"的书风,到笔意娴熟、意境苍朴幽远的幅幅山水立轴,大多都坚持着一种平和而且优雅的古典风貌。令人惊叹的是,让这些先辈们名留青史的刚直耿介、勇毅果敢甚至杀身成仁等崇高品性,却是以那种秀丽精妙的学养为载体而形之于绢素。他们个体生命的巨大张力与中国文化传统的渊深保持着一种和谐与平衡的关系,他们的作品充溢着让人惊讶的从容自在、珠圆玉润般的古典美,令今人为中国古典文化的博大精深而震撼。

国画大师赵望云笔下终年积雪的祁连山和塞外辽阔的草原,让参观者们驻足流连;《灞柳飞雪》氤氲清新的意境,《香雪海》《古城雪霁图》隽永典雅的韵致,使凝神于画作前的参观者仿若已幻化入那曼妙唯美的景色之中;从"文心莹澈清如水,剑气峥嵘半倚天"的当代文豪手笔,到"燕草如

碧丝,秦桑低绿枝"的诗情画意,使参观者们尽享着甘饴丰美的艺术盛宴。

素有"西安毕加索"之称的青年画家邢庆仁,是一位对中国新时期的绘画艺术产生过深刻影响的画家。1989年,他那幅获得第七届全国美术作品展览金奖的作品——《玫瑰色回忆》,引发的文艺争鸣风波,至今仍历历在目。这位用充满感伤和悲情的艺术语言,描写那些青春年少、容美姿妍的年轻女军人形象的画家,因为对于人性、异化和人道主义问题的关注,无异于在当时的美术界,投下了一枚重磅炸弹。他用一个虚拟的浪漫传奇悲情故事,全面解构了当时社会上一部分人曾经拥有的光辉革命梦想和美好叙事回忆,这种心理解梦式的艺术文化暗示和分析,无疑是非常残酷的。在与本次展览同一主题的高级研讨会上,中国书法家协会创作委员会委员、中国书协培训中心教授李松以激情的语调和深刻的语言,高度评价了邢庆仁的这幅巨作。认为她仍对现时人们的艺术创作思想具有着非凡的典范意义和深刻的启迪作用,是将革命现实主义与革命浪漫主义高度结合的成功范例。至今观看画作,仍能感受到一种强烈的心灵的震撼,感受到作者讴歌人性美的热情涌动与倾情搏击。当记者第一次零距离地置身于这幅巨作之前时,发现饱含热泪的已不止自己一人……

早年从事油画创作且影响颇大的王炎林,在上世纪80年代中后期转入水墨画。他大胆借鉴西方现代绘画的观念,把西画的表现风格切入水墨,中西融合,画面色彩、造型热烈奔放,给人一种强烈的视觉冲击力。王炎林的画作中,吸收了陕西剪纸、皮影、泥塑、拴马桩等民间艺术的营养,兼具非洲木刻的艺术风格,其独特的手法具有鲜明的表现主义特色。有专家称,"王炎林的水墨不仅继承了徐渭、八大山人以来中国传统文人画悲天悯人的精神,而且还推进了长安画派豪放苦涩的画风。"

在莅临本次大型画展的众多艺术家中,美丽优雅的青年女画家宋亚平与宋郭莲,无疑是一道最为亮丽的风景。她们分别为宋氏书画世家的第四、第六代传人。宋伯鲁,清光绪十一年(1885年)进士,官至翰林院编修,山东道监察御史。"戊戌变法"时,曾力身保荐康、梁等维新志士,多次向光绪皇帝转呈变法奏章,为近代中国维新变法运动奠基人之一,亦是饮誉海内外的著名书画大师。在观者如织的宋伯鲁书画作品展位前,宋亚平与宋郭连心潮澎湃,思绪万千。宋亚平以其特有的委婉轻柔的语调告诉记者,在秉承家学渊源的艺术创作之中,自己已经充分体会到了祖国山水的真实性和无限性,并将自己的人生价值和理想寄寓于山水之间。此次画展中重温先辈宋伯鲁的作品,则使她更为明确地感受到:艺术需要登高望远,行云流水,净化灵魂,使主体意识和客观表象保持和谐。而宋郭莲,这位身姿玲珑的小女子,则羞涩腼腆地在一旁频频点头。

这种对文化脉络的梳理令人惊讶

作为在中国美术馆举办的第一个全面介绍陕西书画艺术的重大展览,《长安雅集·陕西书画三百年》展览以"为陕西书画作史,为长安艺术大家立传,为中国和谐盛世添彩"为主旨。正如与本次展览同时进行的、于中国美术馆七层多功能厅举办的研讨会上,有关专家所高度肯定的那样。

中央美术学院美术史系教授李树声、中国书法家协会创作委员会委员、中国书协培训中心教授李松,北京画院美术馆馆长、著名评论家尚辉,北京画院院长助理、艺委会副主任王志纯,中国艺术研究院研究员、著名艺术评论家水天中,中央美术学院美术史系教授、博士生导师薛永年,中国艺术研究院美术研究所副所长、博士生导师陈绶祥,中国美术馆研究部主任、中央美术学院特邀研究员刘曦林,中国艺术研究院美术研究所研究员、《美术观察》主编吕品田等参加研讨会的专家、学者一致指出,西安在周、秦、汉、唐盛极一时,成为世界的中心地带,各种艺术门类的创作亦进入巅峰状态,尤其是中国书法的高峰是以长安为中心展开的。然学界对宋、元、明、清乃至民国时期陕西地区艺术发展的研究却不够充盈与丰满,显现出了许多空白与缺失。陕西省文史馆举办此次大型展览,是作了一件功德无量的好事。这种对近现代以来陕西文化艺术脉络的梳理是令人惊讶的。近百年来,陕西地域曾在两个时期极富色彩。一个是清末民初时期,另一个是抗日战争时期。在后一时期,国画大师赵望云落户于西安;而圣地延安的革命岁月,更是令人们所不能忘怀的,那时的陕北是对全国产生最大影响的地域。陕西省文史馆此次对陕西地区文化发展脉络的勾勒,可以使学界从过去被人们所忽视的线索中发现许多有价值的东西,比如说,对爱国变法志士王杰、王鼎、林则徐、宋伯鲁书画作品深入细致的研究,对长安画派的源头、流变等的梳理等。这样,可使近代陕西枝繁叶茂的文化艺术发展历史,不致于被远古的成就所淹没。

(见报时间:2007年7月25日)

黄河滩放歌

采访著名歌唱家张智斌教授,是在他那书香氛围十分浓厚的客厅里进行的。眼前的张智斌谦虚而儒雅,严谨而热情,一派学者气度、大家风范。翻看着 2006 年由人民出版社出版的张智斌学术专著《声乐教学理论与实践》和中国唱片总公司出版发行的《〈黄河滩放歌〉张智斌演唱专辑之三》,记者不无钦佩地与他聊起来。

高考改变命运

"张老师,听说您的老家在农村。请问您是怎样从乡间散发着泥土芬芳的田埂,一步步走向艺术的殿堂,走向大学讲坛的?"

"说起来,是 1977 年那场不同寻常的高考,打通了我通向艺术殿堂的路。"

那年,张智斌在专业艺术团体——铜川市歌舞团当演员。当时,演出的剧目屈指可数,就那几个样板戏里的角色,老演员都轮不过来,初出茅庐的毛头小子只有看的份。难得团里排演《长征组歌》,有独唱、领唱、对唱……他们合唱的一大帮人,在台下的乐池里站着唱。别说领导没给他安排露脸的机会,就是安排了,他肯定也是萎萎缩缩,甚至胆战心惊,不敢上前。他明知自己虽有一副天生的好嗓子,但和专业歌手的差距仍然很明显。他挤在合唱队伍里,表面安稳但心里多少有点儿别扭、有些苦涩,甚至感到了压力——几乎每个年轻人都在编织自己的理想,张智斌也不例外。土生土长的他从骨子里热爱民族声乐艺术,渴望自己能洒洒脱脱、声情并茂地登台表演。他做梦都想有深造的机会,尤其渴望系统地学习声乐,掌握变化无穷的声音色彩、节奏、旋律……让自己的歌声插上翅膀、穿越时空,尽情抒发对生养他的黄土地的热爱,对伟大祖国海一样的深情!

1977年秋,邓小平同志主持工作以后,国家的脉搏开始正常跳动,已经停止招生10年的中国高等院校重新恢复招生了。喜讯传来,张智斌同千百万青年一样,激动的心情难以形容。他兴冲冲地报了名,继而玩命一样啃起文化课本,满脑子复习备考。然而他最担心的是自己过不了专业课考试的第一关。于是,他不辞辛苦虔诚地到西安求教……

"复习备考,您印象最深的是哪件事?"

"就是扒上开往省城的运煤车,到百里之外的西安去拜师。"原来那时的张智斌拿的学员薪水,每月仅有18元,勉强够吃饭,根本无钱坐车。每到周末,他往怀里揣上几块干粮,便去扒火车——铜川通往省城西安的铁路上,一辆辆运煤的火车老牛似的轰轰驶过。22岁的张智斌就是扒在这样的车上,顾不得满面、满身煤灰,抱着几本借来的声乐资料,盼望早点儿赶到西安,接受老师的专业辅导。天寒地冻,他浑身哆哆嗦嗦地缩在车厢角落里背歌词,若是赶上大雪天,啃几口饼子舔几片雪花……他咬着牙,一直坚持到高考的前夕。

"选择读书深造在当时您觉得值得吗?"

"当时,在歌舞团当合唱演员是比较安稳,起码是生活无忧。但歌唱是情感传播的艺术,努力多学一些声乐基础理论知识,掌握高超的演唱技巧,对于完美充分的情感表达有莫大好处。上大学是我无悔的选择,用心唱歌是我执著的追求。即使付出再多,我也认了!"

工夫不负有心人。高考成绩公布了,张智斌的专业课成绩优秀,随后的文化课考试也顺利过关。收到《录取通知书》的那晚,他望着窗外的星空思潮翻滚,难以入睡……提起那场高考,而今已年过50的张智斌感慨万端,他由衷地感激党和国家,感激邓小平同志,说他老人家给老百姓办了大好事,给像他一样追求知识的青年人提供了改变命运的机遇。

"假如不上音乐学院,我可能还在铜川工作。当年的铜川市歌舞团早已解散,那些同事们干啥的都有,最好的是在艺术馆、电影院工作,而当独唱演员驰骋舞台多年并且在全国获奖的,只有我一个。30年前的那场高考确确实实改变了我的人生轨迹!没有那场高考,就没有今天的我!"

勤奋创造成功

他的家乡陕西周至县,在隋唐时期是京华之郊,历来有好古乐的传统。乡党们爱唱戏,幼小的张智斌也爱听戏、哼戏、哼歌。然而家境贫寒的他,小小年纪就在家干农活,尝尽了生活的艰辛。他曾经徒步拉架子车从周至县到西安,给高压电瓷厂送自家编的竹筐,为自个儿挣学费。勉强高中毕业,勤奋好学的他被乾县师范学校录取。那时的师范毕业生按规定是"社来社去"。张智斌还算幸运,当上歌舞团的合唱演员,又从那里考入音乐高等学府。

来之不易的机会让他特别珍惜在大学深造的日子,星期日也常常守在琴房苦练。他深知,农村的苦孩子能有读大学的机会实在不容易,他绝不能荒废光阴!在音乐学院系统地学习声乐专业知识,他的演唱水平有了扎实的进步和提高。

他还没毕业时,就赶上一次绝好的表现机会。当时省广播艺术团拍摄电视节目《秦苑春》——是歌颂陕西的组曲,其中有个男女声对唱。"导演挑中了我来演唱。这个节目表演成功,广播艺术团的团长就来学校要我,一毕业,我就成了广播艺术团的独唱演员。"

在广播艺术团期间,他又赴上海音乐学院师从著名声乐教授谢绍曾先生,经过一年的学习,演唱功底更为扎实,逐渐积累了比较丰富的实践经验。

"请问,您的成名曲是……"

"《唱起号子走汉江》,是电视组歌《秦巴新曲》里的一首插曲。"张智斌回忆说,当时他身穿船工常穿的红背心,面对滔滔的汉江水,激情满怀地唱出了船工的豪迈心声。1984年,他以这首歌夺得第一届全国青年歌手电视大奖赛陕西赛区专业组第一名。谈到成绩,张智斌感慨地总结说,事业心、责任心是成功的动力,勤奋加毅力则是成功的基础。

执著成就辉煌

张智斌说，调到陕西师范大学以后，他的工作主要是三部分。而做好这些分内的工作，都离不开在大学里所学的知识。

一是教学任务。他教授声乐课，招收西北民歌方向的硕士研究生。作为教师，他刻苦钻研、不断丰富理论知识，在长期的教学实践中总结出了"运用科学方法与技巧创造美妙歌声、掌握民族风格以心灵咏叹作品神韵"的声乐理念。每学期120学时的教学任务他总是超额完成，严谨的治学态度、良好的师德风范、过硬的教学功力受到学生广泛赞誉。

二是科研任务。科学研究必须以扎实过硬的理论知识做基础，同时把在长期演唱中的体会、把娴熟的歌唱技巧技能上升到理论层面来认识、来提炼。就说2006年吧，他在权威期刊——《中国音乐学》等国家级学术杂志发表论文2篇、在核心期刊发表论文5篇、在重要期刊发表论文10多篇。同时，力求经过缜密思考形成自己的学术观点，对所论述的问题尽可能做到周详全面、逻辑严密，自成一家。

三是服务社会。他将知识与演唱实践融会贯通，努力使理论知识实践化，使感性认识理性化，满腔热情地服务社会。比如暑假里带学生到外县、乡下慰问演出。还有，最近参加省上"纪念毛泽东同志《在延安文艺座谈会上的讲话》发表65周年"赴榆林采风活动。他认为，我国的民族声乐艺术博大精深，歌唱演员只有在实践中提高，艺术才能朝着完美的境地发展。"我每年演出近百场吧！"张老师说，他还要继续为家乡父老演出，回报他们的养育之恩。

多年来，张智斌努力钻研民族声乐，在演唱风格与真假声结合及运用上，显示出自己独具特色的优势。他所走的是一条汇各种唱法之长，并富有个性特色的歌唱"成功之路"。他先后为广播、电视剧录制了数百首歌曲；出版了三盒个人专辑录音带；十多次在全国及陕西的重大声乐比赛中获奖。

应记者的要求，张智斌在客厅一侧的钢琴前坐下，静默了几秒钟，然后猛然地抬起胳膊，十指欢快地点击键盘，随着美妙的钢琴声，热情奔放的歌声便回荡在客厅内外：

"水拍那个滩头波连波，黄河那个滩上来放歌。嫩草草铺出了连天绿，

枣树那个燃起遍地火……"

听得出,他的歌具有浓郁的时代气息,蕴涵着独特的陕西地方的乡土气味,特别亲切悦耳。他还演唱了一首自己作词、作曲的舒展豪放的《难忘妈妈的爱》。他的澎湃激情,他的全神贯注,他的极具穿透力的嗓音,使在场的人深受感染。曾有专家说,张智斌的音域宽广、音质纯正,演唱富于激情,具有很强的艺术感染力,是演唱民歌不可多得的人才。在记者看来,这个评论还是挺贴切的。这些年,他应邀为《天宝轶事》《大漠英魂》《平静的山村》等几十部影视片演唱主题歌;又在陕西电视台主讲了40集声乐教学讲座《歌唱一点通》;2006年,在陕西电视台录制了《张智斌师生演唱会》,陕西师范大学校长房喻教授亲临现场致辞祝贺,文学艺术界许多知名人士观看了演出盛况……

临别,张智斌说,1990年他获得中央电视台全国青年歌手电视大奖赛决赛优胜奖后,他的恩师李双江曾题词勉励说:"谨以诚挚的心,祝智斌在艰辛的声乐道路上取得优异成绩。"恩师的题词正是他执著追求的目标——无论民族声乐道路有多么艰辛,一定要坚定不移地走下去!

(见报时间:2007年6月20日)

参加张智斌独唱音乐会

他从煤层深处走来

刘普选的办公桌前,摆着一盆洒满阳光、枝条舒展的文竹。办公桌后,是并排摆放着的两个大书柜。文竹和书的主人——陕西省委国防工委副书记兼纪工委书记刘普选,个儿高高的,有挺直的身板、明亮的眼睛、浅浅的笑容,以及政治工作者的谦和、严谨。访谈是从30年前的那场改变他命运的高考说起的。

"1977年参加高考之前,您从事什么工作?"

"我是矿工,陕西铜川东坡煤矿的矿工。"

尽管知道恢复高考前那些年中学毕业生几乎都生活在基层,但刘普选的回答仍然使记者吃惊不小。很难让人相信,儒雅、白净的他,曾经有着被煤灰烟尘熏得像铁铸一般黑的面孔,曾经是在井下干着最繁重、最累人工作的掘煤工!

上世纪70年代中期,在铜川东坡煤矿,刘普选整天穿着皂色的矿工服,冬日里则是一身破棉衣,跟身边的矿工兄弟们一样,在没有启明的清晨下井,在一个落尽了霞光的夜晚出来。换班,也是两头黑。若是冬季,冻得人浑身直打哆嗦。一个班下来,胶鞋里积满了煤渣。厚重的黑色世界留给他的印象太深太深:皮带溜子像黑色的蛟龙在脚下奔涌,闪闪的矿灯像星星般眨着眼睛,风钻像机关枪似的吼叫,放炮声时而隆隆响起,稍不留神,就会出事故……井下的艰苦条件、恶劣环境,加之冬季寒冷的气候,让

人很难适应。那里潜在的危险更令多少人望而却步!然而刘普选走到这一步并不容易。

老家在渭南农村的刘普选,自小聪明好学,但家境艰难,常常靠着借粮度日。初中毕业后他考上了高中,却因经济原因不得不回家种地。没多久赶上部队来招兵。16岁的他满怀梦想,兴冲冲地奔赴解放军空降兵部队,开始了全新的生活。在军营,紧张的训练之余,他从文书那里借了很多世界名著来读,有时甚至熬夜读书。他第一次尝试着写了一段反映空降兵生活的相声段子投给《解放军文艺》,结果却等来了编辑部的退稿。不过他并未死心,看书的热情丝毫未减。部队生活五年后,已是中共党员的他退伍了,仍旧回到渭南老家当农民。血气方刚的他自然不甘心命运的安排。其时,公社组织从盐碱地里往外排水,他带领村里二十几个小伙子连夜奋战,夺得了第一名。公社领导看上了他,便抽调他去搞"方田规划"。短短几个月,他掌握了测量、放线的技术。接着,他顺理成章地被推荐招工——尽管是当了一名矿工。

在部队,他很要强,曾经因夺取过两项业务竞赛的第一名而引人注目;在矿上,不起眼的他踊跃办板报、搞宣传,虽然影响不是很大,却使自己的小小才能得以发挥并有所收获。他希望煤矿发展,而发展煤矿没有科学技术是不行的。他渴求学习文化科学知识,但这样的机会似乎很渺茫。若真有这样的机会,他是不会放过的。他要做从煤海深处锤炼出来的一块"精煤",哪怕燃烧自己,也要放出光来。

毕竟是年轻人,靠着创造新生活、实现人生价值的理想,他干活非常卖力,经常是汗水顺着脸颊往下淌,但也有点儿不甘心,或说是有点儿消沉。此时的神州大地刚刚结束了十年动乱,百废待兴。然而,当时中国煤矿的开采技术大多仍处于炮采人工攉煤的半原始水平。机械化程度低而要实现高效,就客观地决定了工人劳动强度的增大,也使这一本来就艰苦的行业更多出一份悲壮的意味。刘普选深知,人类的温暖、光明、文明大都来自这里。他只不过是千千万万矿工中的普通一员。那段时间,他把苦尝遍了。但他毕竟年轻。热血青年,谁无自己的理想?谁不对新生活充满无尽的希望和向往?在他看来,从农村到部队,从部队返乡,再到当矿工,就好像翻过一个山头,又想着另一个山头一样。翻不过这个山头,就自我安慰、满足现状的人,没有多大出息;翻过这个山头,那将是一个全新世界的开始,会令人眼界大开,甚至体会到伸展自如的味道呢!

东坡煤矿是个小矿,条件很差,几乎年年出事故。刘普选才干了一年,就被矿车伤了腿,医生让他休息两个月。就在他疗伤养伤的当儿,改变命运、实现理想的机会来临了。

那是1977年,是成千上万青年人生道路上出现重大转折的一年。一声惊雷驱散阴霾,粉碎了"四人帮",拨云见日,拨乱反正,万民欢欣。中国高等院校在封闭了10年之后首次开门重新招生了!消息传来时,他和千百万中学毕业生一样,欣喜若狂。那年初冬,年方22岁,只有初中文化的他毅然报名参加高考。一个终日在井下出苦力的挖煤小伙儿,竟然异想天开地做起了大学梦——他周围的人没有一个相信他能够成功。毕竟难度太大太大。

刘普选没有退路。仅剩一个月复习时间,他豁出去了!好在他爱看书,经常写稿子搞宣传,既练脑筋又练笔头,多多少少有点基础、有些准备。啥话都不说了,只有认真备考,争取考中,命运得靠自己把握啊!

凭着坚韧的毅力,他终于演绎出了矿区的神话:一个初中毕业的地道的矿工,越过高中的阶梯,直接跨进了大学的门槛!而且是570多万人同场竞争,其中许多是"老三届"的高中生!西北大学的录取通知书是寄到矿上的。接到录取通知书,刘普选一夜没睡,心情难以平静的他索性到附近的小河沟边散步。从矿工到大学生,简直是地下天上的差别!邓小平同志主持工作,恢复中断了11年的大学招生,天大的喜事降临,机会让自己赶上了。看来机会对人是平等的,就看你能否抓得住。你是有准备的人,一旦来了机会你才能抓得住!而孜孜不倦的学习、多年知识的积累就是在做着腾跃的准备啊!

经过黑暗的人,更知光明的可贵。从煤层深处走出来的他,特别珍惜上大学深造的机会。他如饥似渴地学习,几乎没有空闲的时间。他的同学中,多数年龄比他大,功底比他强——"老三届"的高中生基础就是好嘛!然而经过部队锻炼的他,经过矿井下摸爬滚打的他,铸炼成了善于钻研、埋头苦干、不怕多花几倍工夫的顽强性格。大学四年本科的学习,为刘普选打下了坚实的理论基础。毕业时,适逢陕西省人大来挑选干部,他有幸被选中了。

在省人大机关这个全新的环境里,他又一次领略了学习、拼搏、奉献、收获的感觉。他先是分配在代表联络处工作,接着到法制组,又给某副主任当秘书,再调去人大报刊社做副主编……

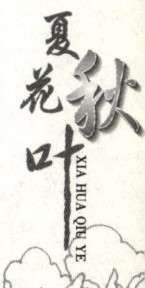

"当干部应该是很轻松了吧？"

"当矿工不易，当干部也不轻松。"刘普选说，虽在同一机关，但接连变换部门，新的工作岗位对他不啻是新的挑战。不服输的他，努力把压力变为动力，很快便适应了工作，继而成为行家里手。似乎是战士的勇往直前和矿工的坚韧、倔强精神支撑着他，他丝毫不敢懈怠，边学习边工作，一步一个脚印地充实着自己的知识，也充实着自己的人生。花开花落，几度夕阳。1989年底，他任省人大财经委办公室副主任；1999年任省人大常委会农业和农村工作委员会委员、办公室主任；2007年4月调到陕西省委国防工委，任副书记兼纪工委书记。作为厅级领导干部，他不图奢华，朴素如常，本色依旧；搞纪检工作，他更讲求克己奉公，艰苦敬业，严于律己。他很干练，看起来也显年轻。他说，是多年的实践使他懂得了人生的真正意义，更加明确了自己的社会责任，决心坚定不移地走好今后的路。

"从政的生活是否很单调？能谈谈您作为纪检工作者的业余生活吗？"

刘普选笑了，拿出一个馒头大小、黑瓷闪亮的乐器，说，这叫埙，是泥捏的，随即用手指头按着埙上的几个小孔，轻轻地吹了起来，一曲不知名的小调便悠悠扬扬地飘出……他告诉记者，他跟同乡、省文化厅的刘宽忍副厅长还学会了吹箫呢！"业余时间看书是少不了的。乐在其中嘛！"

在采访过程中，记者心中一直有一个疑团：年轻时的他不满足于随波逐流，不满足于吃饱穿暖，从不放弃进取、发展的机会；当干部以来却几十年如一日兢兢业业埋头工作，这是否意味着性格上出现了很大的反差？现在，这个问题总算有了一个答案：刘普选是一个很实际的人，一切不着边际的空想从不去刻意追求；他又是一个有志向的人，锲而不舍追求的是知识、拼搏和奉献。是那场非同寻常的高考，为他插上了翱翔知识天空的翅膀，是我们的时代赋予了他能够发挥才能的机遇。多年来在工作中，他默默地奉献，只问耕耘、不问收获，是实实在在地向养育了他的人民、向为他提供了发展机遇的伟大时代，奉献着赤子之心和报恩之情啊！

(见报时间:2007年6月6日)

在刚刚结束的第57届柏林电影节上,由王全安执导、余男主演的影片《图雅的婚事》一举夺得本届电影节最高奖项——金熊奖,这是中国电影继《红高粱》《香魂女》之后,再次将金熊奖揽入怀中。《图雅的婚事》原名《萨仁图雅》,在蒙古族语中意为"月亮"。影片讲述了内蒙古草原上一个凄美真实的故事:美丽的草原女牧民图雅为了照顾残疾的丈夫和孩子,不得不改嫁他人,由此引发了一系列让人感动的故事。该片在柏林首映时,得到了当地观众和影评人的一致好评。作为本届电影节评委会中唯一一位华人评委,施南生对这部影片可谓赞赏有加:"这部电影无论是剧情、导演、演员,甚至摄影等技术方面,都是最突出的,所以评委会7位评委一致认为金熊奖非《图雅》莫属,可见大家对它印象之深刻。"

与那些不惜耗费巨资拍摄的"豪华大片"不同,《图雅的婚事》投资仅500多万元,而且除余男是专业演员外,其他演员均是制作方在无意间相中的普通牧民。更值得一提的是,这部影片是地地道道的"陕西制造",无论是制作公司,还是总策划、导演、编剧,都与陕西有着密不可分的关系。

草原上的月光清澈明亮

春节的欢庆气氛还没有完全散去,古城西安的大街小巷依旧色彩斑斓,人们脸上洋溢着阳光般的微笑。对于《图雅的婚事》主创人员而言,这个春节显得格外灿烂。

经过多方联络,《图雅的婚事》主创人员接受了本报的专访。

总策划巩德顺:

脚踏实地地反映大众生活

曾任陕西省副省长、现任陕西省人大常委会副主任的巩德顺同志,一直非常关注文化产业和文化事业的发展,此次他身体力行于文化产业之中,担任了《图雅的婚事》一片的总策划,使得该片有了今天的成果。

记者早就知晓,巩德顺同志还是中国摄影家协会会员、陕西省摄影家协会顾问,并在中国武术领域有着深厚的造诣。多年来,巩德顺坚持深入秦岭腹地,用相机记录了秦岭美丽的风光和珍稀的动植物,先后出版了《秦岭》、《秦岭金丝猴》、《秦岭大熊猫》等摄影专集,在社会上引起了强烈的反响。《图雅的婚事》此次在柏林斩获"金熊",作为影片的总策划,该片从投资、创意,乃至拍摄场景的选择,都倾注了他的心血和努力。在接受专访时,巩德顺对记者说,这部影片之所以能够征服柏林观众,最大的原因就在于它脚踏实地地反映了人民大众的真实生活,再现了能够引起共鸣的人类情愫,这就是巩德顺应邀担任影片总策划的最主要原因。"《图雅的婚事》与时下一些动辄数千万、上亿元投资的大制作影片形成了鲜明的对照。当今中国电影总是一味地追求市场炒作,一味地以票房价值、获取效益为主要目的,从而造成了影片脱离现实生活的尴尬境地,甚至出现了肆意歪曲历史、脱离现实生活、格调低俗的现象。在市场经济下,这种追求是有危害的。电影不仅是文化艺术的载体,还要给人以潜移默化的影响和启示,这就要求电影人必须创作出积极向上的反映大众生活的作品,不断挖掘出潜藏在人民大众中的真善美。《图雅的婚事》正是把握住了这点。事实也证明了这种倡导是正确的。"

采访过程中,巩德顺还向记者透露了他组织策划《图雅的婚事》的初衷。从最初与王全安、芦苇相识,直到决定拍摄《图雅的婚事》,是因为对影片《白鹿原》拍摄的安排与期待。"长篇小说《白鹿原》是一部史诗性巨著,很多人都想把它搬上银幕。当时芦苇的剧本虽然得到了广电总局的批准,但因为客观原因,一直没有开拍,大家都很着急。我就在想:能不能在开拍《白鹿原》之前,找一部低成本的影片来拍摄,考验一下编剧、导演对电影的掌控能力。这时,芦苇提供了一个线索,也就是《图雅的婚事》最初的素材——发表在《人民日报》上的一篇题为《背着丈夫去离婚》

的报道，写的是一个女人'招夫养夫'的故事。这篇报道我也读过，非常让人感动。最终我们决定以这个题材来拍摄一部立足现实、反映人民大众生活的电影。"

除了为拍摄《白鹿原》积累经验之外，拍摄《图雅的婚事》还有一个重要目的：参加国际电影节。巩德顺对此说出了自己的想法："虽然是为了参加国际电影节，但绝不是为了拿奖而拍摄，更不是为了迎合外国人的口味，而是立足于我们老百姓的生活。因为只有民族的，才是世界的，真善美是人类共同追求的境界。"

拍摄完成后，《图雅的婚事》便在陕西省人大礼堂进行了放映。在将近两个小时的时间里，全场观众没有一个中途离场，大家都被主人公的命运和故事感染着。随后，影片报送到国家电影局进行审查，一刀未剪，顺利通过，并被推荐参加柏林电影节。同时，这部影片的拷贝还被送进了中南海。紧接着，国家电影局还拨了80万给《图雅的婚事》制作方，作为在全国农村放映的资金支持。

巩德顺说："文化产业是当今中国发展空间最大的产业之一，与美国、日本等国家相比，我国的文化产业在经济中所占比例还很小。正因为小，才有了巨大的发展空间。2005年，中共陕西省委、省政府作出了发展陕西文化产业的决定，为陕西的文化产业带来了新的机遇。而民营企业的涉足，更为陕西文化产业的发展注入了新的活力，《图雅的婚事》便是其中的典型。这部由本土民营企业投资制作的影片意味着陕西的文化产业已达到了一个较高的水准。"巩德顺接着指出："国家允许民营企业拍摄电影，是国家政策一个很大的进步，对中国文化产业的发展大有好处。《图雅的婚事》的成功，表明了在国家政策的引导和省委、省政府发展文化产业的决定的指导下，众多的民营企业开始关注文化产业，并投入自己的力量支持文化产业的发展，也表明了陕西影视业已有了长足的进步。从这点来说，《图雅的婚事》带有一定的标志性。它的成功是陕西影视事业，乃至中国影视事业的一个重大转折。"

出品人王乐：

亲身体验"图雅"火爆场面

作为影片出品人之一的王乐，与导演王全安、主演余男一同亲身体会了《图雅的婚事》在柏林电影节上映时的火爆场面。去柏林后的第二

天,就赶上《图雅的婚事》首映,当天还下着雪。于是,王全安回忆起《图雅的婚事》开机时,天空也是飘着雪花。"王全安便说,这可能是一个好兆头!"据王乐介绍,首映当天的气氛非常热烈,世界各大媒体的记者云集现场。当身穿白色晚礼服的余男走上红地毯时,这位在片中"土得掉渣"的女主角以其时尚、灵动、成熟的东方女性形象征服了现场的每一位人士,他们不敢相信眼前的这位时尚女郎就是片中的女主角!在踏上红地毯之前,剧组还为余男以何种形象出现而苦恼了一阵。"是朴实无华,还是时尚青春?最后,大家一致决定让余男以自身本来的面目出现在大众眼前。"强烈的反差让所有记者的镜头全部对准了余男,那一刻,余男成了全场的焦点。

对于余男在片中的表现,巩德顺与王乐均给予了较高的评价。"余男虽然年轻,但绝对称得上是艺术家,特别能吃苦。""女性题材的影片,给了余男充分发挥的空间。从观众的反响来看,影片无疑是成功的,而余男的表现也让人称赞。"

据王乐介绍,《图雅的婚事》最初的拍摄场地是在陕北靖边,后来在寻找外景地时,他们驱车来到了内蒙古阿拉善左旗。贺兰山脚下,茫茫的草原,朴实的蒙古族牧人,悠扬的马头琴声……主创人员被眼前的景色迷住了。最终,影片的拍摄场地就改在了这里。

拍摄影片之前,主创人员必须了解当地老百姓的生活现状以及他们的日常生活习惯。所以,王乐和编剧芦苇亲自驾车去内蒙古草原采风,偶然间遇到了正在放羊的巴特尔。在王乐和芦苇眼里,微笑着的巴特尔像极了蒙古族歌手腾格尔,于是两人便给巴特尔拍了一组照片。采风结束后,两人将拍摄的照片给导演看,导演立刻被照片中的人物所感染,当下就决定让他出演影片男主角。可问题马上就来了,因为是偶然间拍摄的照片,王乐并不知道巴特尔的详细地址,要想在茫茫大草原上寻找一个人,困难可想而知。好事多磨,最终剧组找到了巴特尔。拍摄时,专业演员有剧本在手,可导演并不把剧本给巴特尔他们。因为导演深知,不经任何修饰的表演才是最真实、最能打动观众的。这或许就是《图雅的婚事》夺得金熊奖的原因之一。

谈起导演王全安对非专业演员的调度能力,王乐向记者竖起了大拇指。他说:"拍摄之初,王全安下了很大决心。他表示如果不成功,今后就不再拍电影了,颇有一番破釜沉舟的意思。"

导演王全安：
电影真正的意义是交流

当记者问及王全安获得金熊奖对他本人意味着什么时，王全安不无感慨地说："20年前，张艺谋导演就是在柏林获得了金熊奖，这不但给他带来了荣誉，更让中国电影得到了世界的重视，从而使中国电影业受益匪浅。20年后，我们在这里又获得了这个荣誉，我希望这次也能为中国未来的电影事业发展带来好运，希望中国电影能借'熊威'迎来新的繁荣。"

谈起拍摄《图雅的婚事》初衷时，王全安说："这部电影反映的是在一个经济高速发展的国家里可能出现的一些问题。在发展经济的同时，我们可能会失去一些非常珍贵的、非常有自己个性的文化。这部电影所提出的问题并不仅仅是针对影片中所提到的蒙古族的问题，现在在北京以及中国所有的大城市都在经历类似的事情。所以我们更要经常思索一下，在发展经济的同时，我们失去了什么，这是非常重要的。而一旦这种东西丢失了，就再也找不回来了。"虽然是一部人人称道的电影，但对广大观众来说，《图雅的婚事》还很陌生。对此，王全安也觉得有些无奈："《图雅的婚事》在中国文艺片中是一种全新的类型，好看的故事、饱满的人物，是可以在电影院让更多普通观众欣赏和接受的。我认为最好的电影并不是要解答问题，而是要提出问题，我们把生活中最真实的东西呈现出来，由此引发对生活的思考和感慨。电影真正的意义是交流，没有和观众交流主张的电影是遗憾的。能够让不同地域的观众进行没有障碍地、愉悦地观看，这是我最大的收获。"得奖的肯定，令王全安决定要坚持自己的电影理想。他说："关注女性，关注小人物是我表达对生活看法的方式，有了'金熊'在手，我现在更有条件，也更加自信，坚持自己的表达。"

主演余男：
无比幸福　没有遗憾

由于余男在《图雅的婚事》中的精彩表现，她曾被认为是本届柏林电影节最佳女演员银熊奖的有力争夺者，但没想到却被《耶拉》中的尼娜·霍斯获得。对此，余男并不遗憾："我的心情好得不能再好了，最佳女演员的奖杯再好，也是银的。我没有遗憾，只有高兴！"导演王全安也开玩笑似的说："在这部影片中，我认为最具品质的部分就是余男的表演，我认为她具备争夺影后的实力。这次拿了'金熊'，没有最佳女演员的'银熊'，但是OK，金的总比银的好，下次我们继续合作，最佳女演员迟早是你的。"余

男认为此次参加柏林电影节令她非常欣慰,"这里的观众读懂了图雅的美,虽然她生活的环境如此恶劣,虽然她的衣装如此破旧,但是她的内心无比强悍,她有我们很少在类似影片中看到的女人身上的那种风情,当他们赞美'图雅太美了'的时候,我觉得自己无比幸福。"

与非专业演员演对手戏,余男并不感到有什么困难,反而会带动她的情绪:"他们虽不是专业演员,但演得更真实,很原生态的东西只有在他们身上才能看到,毕竟很多事情都是他们生活中经历过的。"据余男介绍,在内蒙古拍戏时,每天都会让她感动不已。"记得与演我丈夫的那个非职业演员在拍一场医院的戏时,我还没哭,没想到他早已失声痛哭。对于一个从没演过戏的人来说,真是太不容易了,他的那种投入让我感动。"

采访行将结束,主创人员与记者聊起了他们下一步的打算:在西安拍摄《纺织姑娘》。这部影片依旧延续了《图雅的婚事》的主题风格。王乐说:"《图雅的婚事》获奖,我们信心大增,因此决定再拍摄一部反映现实生活的作品。"《图雅的婚事》《纺织姑娘》……甚至——《白鹿原》。看来,这个本土化的制作团队要将现实主义题材的作品拍摄到底了。我们期待着该制作班底有更多更好的作品问世。

(见报时间:2007年2月21日、28日)

采访《图雅的婚事》总策划巩德顺(中)、出品人王乐(左)

长征精神 与世长存

2006年9月23日下午,金风送爽,霜天澄澈,在西北大学出版社与陕西毛泽东书法研究会共同举办的"纪念红军长征胜利70周年座谈会暨书画笔会"上,记者第一次见到了久仰其名的毛泽东主席生前的机要秘书高智老人。

精神矍铄,谈笑风生,诙谐幽默,鉴古观今,这是记者对高智的第一印象。

难忘在主席身边的日子

高智出生于《东方红》的故乡陕西佳县,少年时听到过很多关于毛泽东的传说。17岁时他从绥德师范去了延安,进入了中央机要科,并见到了自己做梦都想见到的人。

1947年3月,高智与其所在的中央机要科,开始跟随毛泽东主席转战陕北。"1947年12月25日,中共中央在米脂县的杨家沟召开扩大会议,毛泽东主席在会上做了《目前形势和我们的任务》的主题报告,提出了著名的十大军事原则,为人民解放战争在全国进入战略反攻阶段做好了充足的准备。"

"1948年3月23日,主席和中央前委离开杨家沟,在吴堡的川口东渡黄河,结束了他在陕北长达13年之久的艰苦奋斗历程。"

在以后的岁月中,高智跟随着中央机关和毛泽东主席到了西柏坡,又

进了北平城。1952年,上级正式调他到毛泽东主席身边做机要秘书。

高智达到了自己理想的目标。通过和毛泽东主席的深入接触,他看到了这位伟人生活中平凡的一面,并深受其幽默风格的感染。尤其是感受到了毛泽东主席对陕北这块土地的深厚情结。

1958年3月,中央工作会议在成都召开。一架苏制伊尔18型飞机在西安西郊机场降落,飞机上乘坐的是毛泽东主席和前去成都开会的工作人员。飞机在这里要停半小时加油。利用这有限的时间,毛泽东在飞机上接见了陕西省、西安市、西北局以及兰州军区的负责人。

1959年七八月间,中共中央政治局在庐山召开政治局扩大会议。闲暇之余,毛泽东主席到庐山水库游泳。看着满山翠绿,毛泽东主席问身边的高智:庐山这么多树好不好?高智答:好哇!主席话锋一转,深有感慨地说:要是陕北有这么多树就好了。

1962年4月,高智离开中南海回陕西工作。那段在梦中都挥之不去的对伟人的深切怀念,一直在他的身上延续下来,而且永远不会泯灭。

要用长征的精神教育后人

在此次"纪念红军长征胜利70周年座谈会"上,西北大学出版社社长兼总编辑马来深情讴歌长征"挽狂澜于既倒,扶大厦于将倾。"是的,任何熟知中国革命历史的人,都会深悟其中的涵义。

美国作家索尔兹伯里在他的《长征——闻所未闻的故事》中写道:"阅读长征的故事使人们再次认识到,人类的精神一旦被唤起,其威力是无穷无尽的。"

就长征这一激动人心的主题展开座谈时,高智老人情绪激昂地引用毛泽东主席的话说:"'长征是历史纪录上的第一次,长征是宣言书,长征是宣传队,长征是播种机。'在我的革命生涯中,曾与5位亲历过长征的同志共同工作过,在他们的身上,具备着由长征精神所砥砺而出的不屈不挠的意志品格,以及对理想信仰所不懈追求的激情。2004年,他们中的最后一位都已离我而去。这些老同志虽然离去了,但是,由长征的热血和勇气所培育出的那种精神,却如浩浩长天,与世长存。我们要用长征的精神育人,让长征的精神一代代地传承下去。"

(见报时间:2006年9月27日)

美丽塞上古城,正是秋高气爽时

2000余年前,这里,曾遍布着一望无际的榆树林;今日,所拥有的超级大煤田和天然气田,使她被誉为"中国的科威特"。GDP总值飞速增长,财源滚滚;这里,跨越长城内外,大漠草原与黄土沟壑之风光交汇,游牧与农耕之文化风情融合。2006年9月,秋高气爽的时节,这里举行了迄今为止历史上最大规模的旅游文化艺术节庆活动。这里,有一个韵味袅然的名字——榆林。

使节篇

镜头一:镇北台

"驻华使节走长城——榆林行"活动,是本届旅游文化艺术节中最大的亮点。

9月8日上午,来自孟加拉、以色列、印度尼西亚、加蓬、阿根廷、伊拉克、白俄罗斯、马达加斯加、阿富汗、美国、赞比亚等国家的驻华使节登临榆林城北红山之巅的镇北台。使节们放眼四野,方圆几十里风光尽收眼底,北望千里草原,南望百里河川,东面群山起伏,西面大漠茫茫。在这雄浑壮美的"万里长城第一台"上,使节们兴致高昂、驻足流连。印度尼西亚驻华大使馆公使衔参赞胡祖光先生对本

报记者说:"在中国有世界七大奇迹之一的长城,在印尼也有世界最大的庙宇。对于长城的保护与榆林的发展,我认为有三句话非常重要,即革新、合作与贡献。"紧接着,胡祖光公使还对上述三点做了较为详细的阐述。

"驻华使节走长城"活动,旨在使各国使节真正了解中国的长城,了解中国的地方经济发展和地方特色文化,有效提升榆林的城市形象与知名度,推动榆林对外开放和旅游事业的发展。

镜头二:唢呐·剪纸

唢呐与剪纸,这些陕北民俗民间文化的精华,承载了异常丰厚的民俗风情和文化底蕴。接触到它们的人,无不为之迷醉与倾倒。

9月8日临近正午的红石峡畔,一群头缠着白羊肚手巾吹奏唢呐的汉子,吸引了使节们的目光。一曲曲或悠扬婉转、或高亢嘹亮的唢呐曲牌,使得客人们不由得手舞足蹈、欢欣雀跃起来。他们有的拿起了铜钹,有的敲起了锣鼓,现场气氛十分火暴。本报记者问美国驻华大使馆副领事孙芝芬女士,听到中国陕北的唢呐演奏,是否会联想起美国的爵士乐时,她赞同道,唢呐音乐与爵士乐有所不同,但它们的共同点是,都能带给人们快乐与放松,使人感到欢欣鼓舞。

在一处花香馥郁、树篱环绕的农家院落中,精巧别致的民间剪纸,亦使这些远方来客们津津生趣。孟加拉国驻华大使夫人拉赫曼夫人拿过婆姨们手中的剪刀,有模有样地试了起来,居然剪出了一幅"抓髻娃娃"!顿时,现场一片欢声笑语。

镜头三:六里华街

历史上的"九边重镇"榆林,曾经是"南塔北台中古城,六楼骑街天下名"。这六楼从南到北,分别是文昌阁、万佛楼、星明楼、钟楼、凯歌楼和鼓楼。它们斗拱飞檐、雕梁画栋,骑跨于明清风貌的步行街上。

9月7日晚,月上柳梢,软风拂面,驻华使节们同榆林城的老百姓一起,漫步步行街头,观看在各个骑楼上展演的陕北民歌、戏曲、陕北说书、定边皮影、榆林小曲、清涧道情。街道上的秧歌队载歌载舞,驻华使节及夫人们也热情洋溢地与群众一起起舞,灯光璀璨的步行街已然成为了欢乐的海洋。

大 展 篇

9月10日上午,榆林市世纪广场。"纪念红军长征胜利70周年全国书法篆刻展"隆重开幕。

70年前,中国工农红军为北上抗日,开始了举世闻名的二万五千里长征,于1935年10月17日胜利到达了榆林。这里是红军到达陕北的第一站,也是党中央指挥解放战争离开陕北东渡黄河的最后一站。因此,在榆林举办"纪念红军长征胜利70周年全国书法篆刻展"具有特殊的意义。榆林历史悠久,文化底蕴深厚,黄土文化、草原文化和红色革命文化的汇聚交融,荟萃了众多风姿独特、雄奇壮美的自然和人文景观,赢得了国家级历史文化名城的盛誉。近年来,榆林的经济社会文化事业进入了全面协调可持续发展的新阶段,成为全省经济发展最活跃的地区之一。

榆林市在经济快速发展的同时,坚持文化兴市。此次书展是榆林市历史上规格最高、规模最大的国家级的书法艺术活动,得到了全国及海内外书家和书法爱好者的广泛支持与关注,共收到书法篆刻作品14300多件。经过认真评审,共评出获奖和入展作品451件。这些作品主题突出,形式新颖,风格各异,抒发了广大书家和书法爱好者对革命先辈的崇敬和缅怀,也代表了当今书法创作的总体水平和发展趋势。

当日下午,"翰墨榆林"大型笔会继而在世纪广场举行。"纪念红军长征胜利70周年全国书法篆刻展"评审委员会的专家们、榆林市的老、中、青及少儿书法爱好者,在秋日的艳阳下一同泼墨挥毫。

晚 会 篇

9月10晚,榆林实验中学操场,首届"陕北民歌艺术节·放歌信天游文艺晚会"拉开帷幕。中央电视台著名节目主持人赵忠祥、周涛与榆林电视台主持人王倩、李鸿莉共同主持晚会。著名歌唱家李谷一和汤灿、花儿乐队以及来自台湾地区的著名歌手黄安等数十位歌手倾情演唱。西部歌王王向荣的《天下黄河九十九道弯》,使家乡的父老乡亲们热泪盈眶、热血沸腾。最后,著名歌唱家韩红令人荡气回肠的一曲《天路》,将全场气氛带入最高潮。

　9月11日,"百名农民歌手擂台赛"在榆林市凌霄广场举办,100名来自各区县的农民歌手采用无伴奏原生态清唱,展示陕北民间艺术和民俗文化。现场气氛,火暴异常。

　9月20日,将由10家市直机关、事业单位组队参加"陕北民歌大家唱",每队采取多种形式演唱一首经典陕北民歌。

(见报时间:2006年9月13日)

与伊拉克驻华大使在榆林镇北台　　　　　　　　　　屈渭华/摄

长空雁叫霜晨月

对西安美术学院副院长、著名油画家王胜利教授的专访,于一个仲夏的午后进行。窗外静谧的庭院中,杜鹃、月季红得耀眼,兀自孤独且寂寞地怒放着,菖蒲与绿萝枝叶婆娑。

王胜利形象儒雅,谈起话来条分缕析,针对问题鞭辟入理、步步深入。他目光深邃明亮,声音沉稳低缓,更像是一位满腹经纶、世事洞明的大师级学者,或者是一位在沙盘前运筹帷幄、决胜千里、身经百战的将军。只有当你把目光投向他的艺术作品——那一幅幅灵光闪烁、震撼人心,渗透着对祖国之爱、民族之爱与人文情怀,使人流连忘返的油画时,你便会真切地感受到艺术之光的热力所在,真切地感受到他是一位用自己的艺术结晶来说话的艺术家。

枣花未落桐叶长

在西安市郊的原野上,王胜利度过了他的童年与少年时代。

小胜利出生、成长的村庄,距离千古名刹大慈恩寺(大雁塔)仅数步之遥。那时,这座千年古刹还没有如今这样严格的旅游门票制度,小胜利时常溜到这里玩耍。夏日的寺院,菩提树在青灰色的砖阶上投下浓重的绿影,散发着沁人心脾的凉意。古色古香的建筑、合抱的古柏与古银杏树,带着小胜利返回到了渺远的过去。望着那些

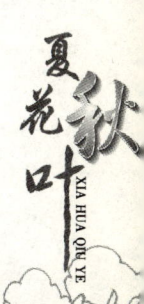

相貌高古、静坐冥思的僧人,小胜利那小小的、红尘中的心顿感清凉无比。

出得寺庙山门,走不多远,横亘着一道铺满青绿色苔藓的石台残垣。它的下面,是唐长安城墙的遗址。从这里,绿色的原野向远方舒展,沉静的终南山在蓝色的雾霭中飘浮。

幼时的小胜利,一直是一个伶俐乖巧、懂事听话、备受邻里亲友夸赞的孩子。在瓦胡同小学读书的他,是家里5个孩子中的老大。在学校,他功课完成得出色;回到家里,便帮着妈妈干那些永远也干不完的家务活,包括给小弟妹们换洗尿布等。小小的他,少见那个年龄的无拘无束,更不会散漫与浮躁。除了规整好自己的课业外,他最大的奢侈,便是坐在那座石台上,眺望着远方的终南山,欣赏着原野上的四季变幻,浮想联翩。

这个自律、检点,具有超常感悟与内省力的孩子,有着一种与自己的年龄不相称的成熟。

小学三年级时,一位青年教师进入了小胜利的视野。这位穿着一身藏蓝色中山装的青年,脖颈上围着雪白的围巾,并像"五四"青年那样一前一后地悬挂着,长相打扮像极了影片《早春二月》中的萧涧秋。这位青年教师把江南水乡的粉墙青瓦与杏花春雨,带到了古城长安的这个小学校里。"萧涧秋"是学校里的美术教师,清明时节烈士陵园里肃穆的斜雨,有着姣好面容的音乐老师婀娜的倩影,以及校园里盛开的白槐、紫桐与红色的绒花,在他的水彩笔下,均呈现出了绚烂夺目的色彩……小胜利被迷住了,未来的艺术世界,在他眼前,展示出了无比璀璨、引人入胜的奇景。他向那个所在走去,并永远地浸淫于其中,一生一世。

女作家素素曾经问过已故的油画大师陈逸飞,不是美术世家,甚至家族中无人学画,你怎么会从小就立下了绘画的志向。陈逸飞认为,"因为我母亲的关系吧。我母亲曾是个修女,很虔诚的天主教徒,常带子女去教堂做礼拜。宗教礼仪,教堂内的玻璃彩画、雕塑、管风琴等等都在我心里留下深刻印象,也可以说是启蒙了我最初的艺术感觉。"

那么,在王胜利,同样是家族中再无一人从事艺术,是谁给了他最初的启蒙与艺术熏陶呢?应该是那每临黄昏便雁缭雀绕的古刹、那在远方的烟岚中起伏的终南山,以及那位酷似"萧涧秋"的美术老师吧?!

金戈铁马入梦来

对王胜利的访谈,话题总是在不知不觉中,按照访谈者与被访者的兴趣与爱好所在,向着一个方向倾斜,仿若两道流淌的小溪,汇入了一条澎湃的河流。这样的情景,数次出现;这个话题,便是中共的党史与军史:湘江之战、娄山关战役、遵义会议、十二月会议……每每触及此类话题,王胜利便如数家珍,侃侃而谈;而作为访谈者的我,则听得津津有味,意犹未尽。笔者历史专业出身,当迷醉于此;而王胜利教授,则是一位走过了长达20年之久的军旅生涯,又在当代中国的最高美术学府中熔冶锻炼的画家。

军旅生涯20年,是王胜利确立自己人生观、为毕生所从事的艺术事业奠基的重要时期。

1968年,16岁的王胜利被特招入伍,成为西北大漠兵营汽车团里一位从事文化工作的小战士。

经过新兵连培训,战士王胜利接下了他的第一份工作——在各连队间奔跑的电影放映员。

那时正是夏末秋初的季节,巴丹吉林沙漠边缘的戈壁滩上骄阳似火、酷热难耐,地表温度高达40~50摄氏度。极目望去,无边的戈壁滩上看不到一棵树,遍地的沙石中,只有稀稀落落的芨芨草与骆驼刺,透出点点的绿意。王胜利驾驶装载着电影拷贝的车辆奔跑着,他的头顶上,是湛蓝湛蓝、一碧如洗的天空。在这热浪烧灼、泥沙扑面之时,也许别的人只看到了茫茫戈壁的寂寞荒凉,而王胜利,则看到了它历经亿万年沧桑之后一成不变的博大雄怀。

戈壁滩的夜晚,宝石般晶亮的星星缀满了头顶的苍穹。战士王胜利常独自一人,在星空下久久地思索艺术之境的深邃、神秘与苍茫。在许多人感到其苦不堪言状的戈壁滩上,王胜利凭借着自己不懈的追求与超常的努力,取得了一个个突出的成绩。也许王胜利并不是一个生来就有着强大体力与心力的人,但他确实竭尽全力地让自己时时刻刻都燃烧到了极致。

1970年初,王胜利在部队政治工作与战备教育中所辛勤绘就的大量幻灯作品与宣传画,引起了上级领导的关注。于是,已在基层部队小有名气的他,被选调到兰州军区后勤部协助工作。

半年后，一次大型展览的举办，再次使王胜利成为众人瞩目的焦点。在这次展览中，王胜利以数个昼夜不眠不休为代价而创作的巨幅油画，显示出了这位年轻小战士的超常天分、巨大潜力、旺盛激情，以及孜孜不倦的进取精神。虽然这幅油画还无法摆脱那个年代所具有的浓厚的意识形态色彩，但仍不失为画家王胜利艺术征程中的一次精彩的亮相。

在兰州军区已初具盛名的王胜利被破格提干，并被选调入军区政治部宣传部。自此，从千里戈壁起飞的雄鹰王胜利，开始在军中蓝天展翅翱翔。1973 年，王胜利被选入解放军总政治部在济南军区举办的美术学习班学习。这是全军最高水平的美术学习班，何孔德、董辰生等著名画家担任老师。在这部队首届美术学习班的大讲堂里，王胜利接触了部队著名画家的教诲，也结识了一批军队的美术骨干人才，使他的美术基础和专业水平有了很大提高。1975 年，他又被选送到中央美术学院学习。

艰苦磨砺的军营生活，在王胜利身上，留下了永生不可湮灭的深刻印记。"大荒阴沉飞雪白"，"千山万水皆白草"。军营中声播辽远的军号，至今仍在王胜利的耳畔回响；沙石漫天时得得响过的马蹄，仿佛还在撞击着王胜利的心扉。如今的王胜利还常常忆起，戈壁草场深处，那片片挺拔的白杨林带，仿若生命海洋中的艺术之舟，给了他无限的憧憬与遐想！

如今，已成为知名高等艺术学府的领导与管理者、著名油画家、博士生导师的王胜利，他一直具备的、为人所称道的包容性、吸纳性以及刚毅、果断等优秀品质，便是在那遥远的戈壁军营铸就而成。

一片冰心在玉壶

"成功的人士，总能亲切地回忆起自己的引路人。人生，尤其是成功的人生，是需要最初的引路人的，引路人的作用往往就是精神和行为的向导。"（杨长勋《视觉人生——陈逸飞传》）谈到自己艺海人生中的导航者与支持者，王胜利怀有一颗感恩的心。情到深处，语调每每几近哽咽。

艺术生命的天赐——苏体乾

小学三年级，王胜利遇到自己艺术生涯的启蒙者——美术老师"萧润秋"。1964 年，13 岁的王胜利考取具有浓厚艺术气息的重点中学——西安市第十中学。学校里 50 多岁的美术老师苏体乾，是当时西安颇具名望的国画家,与长安画派的创始人石鲁、赵望云关系密切。中学阶段,便能有这样一个高水平的画家作为美术教师,无疑是王胜利艺术生命的天赐,使他有了特殊的起点。王胜利如饥似渴地向苏老师学习绘画技巧,学习艺术知识。名师的点拨使其天赋不断得以开发,不断有让人惊叹的美术作品参加大型交流活动,并且作为学校的礼品赠送给外国朋友。

慈爱的护佑——外公

王胜利出生在西安市井屋檐下一户最为普通的家庭里。在饭馆中跑堂的父亲,虽然解放后成为小有名气的宴会设计师,但对小胜利所苦苦追求的艺术理想却颇不以为然。为制止小胜利偷偷学画,父亲甚至会突如其来地搜检他的书包;奶奶也常不停地念叨着:学个木匠也比画画强。只有外公一人暗暗地支持他。小胜利的学校离家十几里,每周日回家,慈祥的外公便会向依偎在身旁的小外孙,悄悄地塞上零星坐车钱。小胜利把它们一点点儿地积攒下来,用以购买学习绘画的用品。而学校到家的往返几十里,不管风霜雨雪,都是用双脚一步步地踏过。

沙海绿荫——谭岚、贺长青

谭岚,出生于椰风蕉雨的泰国,曾是解放军艺术学院舞蹈系政委,丈夫贺长青,红军战士出身、解放军艺术学院副院长、少将军衔。

"文化大革命"开始后,解放军艺术学院撤销,谭岚与贺长青一起调到兰州军区。贺长青任兰州军区后勤部部长,谭岚任兰州军区后勤部政治部副主任。

来到戈壁军营不久,在基层部队崭露头角的王胜利,便受到了谭岚与贺长青的关注。从事了半辈子艺术工作的两位军队文艺事业的老前辈,非常欣赏年轻战士王胜利的艺术才能,在展览设计、画册编绘等重要工作中,时时注意全面发挥王胜利的作用,并鼓励他在美术创作上坚持不懈,有所作为。

艺术殿堂里的导师——靳尚谊、谌北新等

站在巨人的肩膀上起步,是王胜利对自身的成长历程所作的描绘。1975年,王胜利进入中央美术学院学习。当时的中央美院,虽然还没有恢复高等教育的正常秩序,但是,一批中国美术界的著名画家已在执掌着各

专业的教学。油画有罗工柳、林岗、靳尚谊、詹建俊、赵友萍、杜健、闻立鹏、尹戎生、潘世勋、罗尔纯、王征骅等教授执教。师从这些中国油画界赫赫有名的画家,是这些工农兵学员的历史机遇,使他们有幸能够在名师的指导下起步。

1976年,军事博物馆组织创作一批军事历史画,中央美院有罗工柳、林岗、靳尚谊等教授参加创作。靳尚谊先生承担了创作《毛主席在十二月会议上》的创作任务。这是在他原来这个题材肖像画的基础上重新创作展现当时十二月会议历史场面的大作品。王胜利和同学尚丁有幸被学院派去跟随靳先生学习。这是王胜利一生最重要的学习机遇。他随同靳先生到延安、米脂、杨家沟等地深入生活、写生、采访,跟随靳先生画了大量的写生、速写,还采访了当时参加会议的历史人物和毛主席的警卫员等,从搜集素材,深入生活,构思草图,设计色彩稿,到上油画创作,整个过程的学习,使王胜利的专业技巧学习和创作思想都有了质的飞跃。这个起点,使他的油画艺术道路终生受到靳尚谊学派的影响。

王胜利还得到了著名画家罗工柳的帮助和教诲。罗老师曾作为专家去苏联学习,深得俄罗斯油画之精华。在学习中,罗先生不仅将王胜利带至家中观看他在苏联的写生和临摹作品,还具体指导他临摹学习。当时学校还有工宣队,罗先生不怕扣帽子和批判,他的正直和胆识受到学生们的敬重。林岗教授和李天祥教授是留苏专家里最懂得色彩的画家,林岗先生在课堂、下乡、实习写生的言传身教中,使王胜利在油画色彩上有了根本性的认识。这些中国油画界著名画家的教诲,使王胜利的油画专业知识有了很大的飞跃。

虚心学习和诚恳待人,王胜利赢得了友谊和信任。1977年毕业时,靳尚谊先生为自己的学生王胜利画了幅肖像,王胜利终生感激并视为珍宝,这幅画体现了靳先生高尚的师德和这份珍贵的师生情谊。靳先生在《我的油画之路》专著中,也写到他带领王胜利等人深入生活的历史回忆。2005年4月,靳先生回顾展在中国美术馆举行,王胜利应邀参加开幕式,当他在展厅中观看到1976年跟随靳先生在陕北写生的那些作品时,感慨万千,激动不已,勾起了无限深情的回忆。

1986年,王胜利考取西安美术学院硕士研究生,师从谌北新教授。谌北新教授书香门第出身,其父为北师大教授,外公沈尹默是北大著名教授,是北大"三沈"之一。谌北新和靳尚谊在中央美术学院同为徐悲鸿的学生,50年代又是苏联著名画家马克西莫夫油画训练班的同学。

王胜利考取研究生之前,已是中国美术家协会会员,作品多次参加全国美展,1985年,《军校新秀》在国际青年美展中获得三等奖,因此,他以优异成绩考上研究生。三年的研究生学习,使他的创作水平突飞猛进。1989年,他的毕业创作《瑰宝》,一举夺得第七届全国美展铜牌奖,为陕西油画在全国美展中夺得的第一枚奖牌,在陕西美术界引起轰动。

长空雁叫霜晨月

观看王胜利创作的油画作品,人们的心,便会飞向寥远的高原。

中国的高原,与王胜利血肉相连。他的生命中,有着永远无法割舍的高原情结。

中国的四大高原:青藏高原、内蒙古高原、黄土高原、云贵高原,都在王胜利那精美典雅的画作中得到了展现。水草丰茂、地势坦荡的内蒙古高原,拥抱着一泻千里的黄河大峡谷、世界文化四大发源地之一的黄土高原,还有那遥远神秘的雪域青藏高原,都是王胜利所无限向往、在岁月中长久驻足盘桓的所在。

对于王胜利而言,高原的召唤来自于她的文化价值与精神内涵。"因为,高原文化似乎比海洋文化更深厚、更雄浑、更博大、更具哲学价值。"多年来,王胜利在高原的艰苦而辛勤的采撷,收获了甘甜且丰美的果实。

1996年,他精心创作的《黄河谣》参加"中国油画肖像百年展"获得广泛好评,中国油画学会副主席、著名油画家尚扬撰文《王胜利和他的<黄河谣>》。其中写道:"这是一幅使我留下深刻印象的作品。看到王胜利所画的这位陕北老人,我感到如此熟悉,悠久岁月塑造出陕北人共有的品质和画中老人特有的个性风貌全在画上,我似乎能叫得出老人的名字。从《黄河谣》中可以看出王胜利对陕北农民的了解和对他们性格的贴切把握,油画技巧运用的恰到好处,画面简洁、朴实无华、含而不露,寓巧于拙的写实风格比那些风格华美的作品更能使人感受到艺术的魅力。"

王胜利长期生活在陕北,又经常到黄河一带进行采访和体验生活。沿着黄河,到处都是又大又红又甜的红枣。红枣是陕北农民生存的主要依靠和经济来源,人们在枣林中摘取红枣的画面,也代表着典型的陕北人的形象与生活特色。每一次看到这些画面,他都会拿出自己的画笔,把它们描

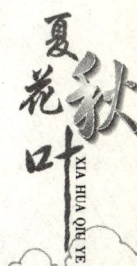

绘下来。1998年的10月份，王胜利再次去黄河边采风，这次的采风，强化了他创作《红枣》的感受。改革开放后的陕北人，承包了大量的枣林，10月份，刚好是摘取红枣的季节，到处都是成堆的红枣。这次，王胜利的主题思想得到了升华。他决定马上动手，创作一幅老人、妇女、小孩共同摘取红枣的壮观画面。1999年，全国举办第九届美术展览，这是全国大展。当年的3月份，王胜利就开始创作《红枣》，两个月的精心描绘，作品的基本面貌已经完成。在创作观摩会上，大家赞赏画面的气氛和人物生动的形象。谌北新教授认为画面追求的东西太多，主题不够鲜明突出。是重新创作，还是将就一下？他果断决策：重新构思，重新创作。5年一次的全国大展是中国美术界最权威的美术大展，一定要创作出完美的作品夺得大奖。距离展览截稿时间只有一个半月，他对原先的构思进行重新调整，很快就创作出了一幅他自己感到十分满意的作品：画面上，只有一个大姑娘和一个小姑娘，大姑娘穿着蓝色花布衣服，给人以质朴、纯洁、美丽、成熟的形象；而那个小姑娘，穿着红色衣服，长得丑丑的，给人以调皮、可爱、讨人喜爱的形象。一大一小俩姑娘形成鲜明的对比，加上她们正在摘取的又大又肥的红枣，给人以强烈的视觉冲击力和心理感染力，突出表现了黄土浓郁的西部艺术特色。这次，《红枣》不仅顺利入选了第九届全国美展，还获得了铜牌奖。获得大奖的《红枣》，引起了国际国内油画家和收藏家的广泛关注。在全国许多饭店、宾馆和酒家的显眼部位，都挂上了大幅的《红枣》照片。

著名评论家赵农曾浓墨重彩地评论王胜利的艺术作品。他说：王胜利的绘画没有采取太多的戏剧情节性的文学叙述方式，而是注重画面本身的技术语言，用一种自然随意的视觉，去获得瞬间的却不乏深刻的心理感受。因而笔触是圆润平和的，构图也是轻松闲适的。与一般当代画家不同的是，他一直描写着生活在普通社会的人们，散发的是乐观积极的人生态度。画面没有通常意义的沉重感，而是人们亲切熟悉的一种生活。

王胜利的绘画语言，是在写实主义的立场上，汲取了印象主义某些技巧，甚至有意将中国写意性的语言，尝试性地融入一些画面中，如《藏北驮队》（1998年）、《桑科卓玛》（2002年）、《祝福》（2003年）、《故乡》（2005年）等，这些有益的探索，一方面增加了油画的斑斓多姿的肌理效果，而色彩的点划亦浓缩了画面的时空，凝聚着饱满的艺术张力；另一方面也使画家的艺术激情得以宣泄，增加着画面的艺术深度，也加强了油画色彩的真实意义。

王胜利的油画语言的探索十分注重人物形象的刻画,细心地把握着人物的神态,往往从人物造型入手,将光感、色彩、构图合理地构成严谨别致的绘画语言,使人物生活在真实的环境之中,并注入了"以形写神"的艺术理念,使画面语言与人物性格合理地统一在一起,表现出华贵亮丽的人物精神气质,从而具有强烈的艺术感染力。这是在写生色彩的基础上,将内心的艺术意象,通过笔触的准确表达,拓展着油画的艺术感染力,合理地传达出人物所具有的精神风貌。

王胜利不断地寻找着动人的画面,因而高原上的人事景物,无论是田园牧歌的回忆,还是漫长旅途的一瞥,点点滴滴地进入到自己的绘画语言中,他也从容不迫地把握着人物的神态以至内心世界,构成了一种优雅的充满生气的艺术风格。因此,画面中的高原汉子在沉稳寡言的表面下,蕴藏着刚烈坚强的心性,山村姑娘的美丽动人更是一种淳朴的生活品质。乡土情怀的表达,也使王胜利积极寻找着人与自然的和谐,在辽阔广袤的高原地带,人们的生存方式,是积极乐观的,甚至是清澈透明的,这种未经现代文明浸染的乡村,又何尝不是一种人间美好的向往与回归。因此无论是黄土高原的老树、土墙、石碾、篱笆;还是青藏高原的牦牛、雪山、帐篷、寺院,这些乡土人物生活的环境,不但构成了画面语言的真实性和丰富性,也注入了画家个人的深厚情感。

著名评论家殷双喜评论:王胜利的油画受业于靳尚谊和谌北新先生,他的作品不论是表现城市知识女性还是乡村少女,不论是陕北老农还是西藏牧民,都具有他两位老师作品中健康向上的审美情趣,都表现出一种东方式的审美情趣。

著名画家高泉评论:王胜利作品形成了质朴、简练、明快、刚健的鲜活风格。他爱生活、爱世界、爱他身边一切美好的东西,似乎这世界提供给予他的尽是甜美的乳汁,使他能用如此美好的目光去采撷如此众多的优美画面,使人读之欲醉,甜透心扉。他远离消沉、排除苦涩,摈弃繁缛浮华,力拒怪奥玄虚,不搬不似,不仿不移,完全是自己心灵的倾吐,情感的袒露,表现出直面人生的直觉感的视觉艺术真谛。

著名画家陈云岗评论:王胜利作品的审美规范是和美的、理想的。人物形象纯美,色彩清新而富有节奏,显示出画家自身的品格和他用中国文化精神审视油画的艺术主张。他多年来矢志不移,坚持自己的艺术追求,一步一个脚印地创造出一幅幅充满暖意,具有金光普照般的美丽画面,向

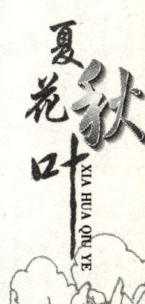

人们吟唱着他那具有温情特色的赞美诗。他的代表作品《瑰宝》、《红枣》、《黄河谣》、《六月的阳光》、《桑科卓玛》、《秋阳》、《夏河妆》、《清风》等等,这些作品都体现了他的这一创作思想,每一幅都能让人感受到心灵与自然的无比和谐,每一幅都能以东方式的美感而使人赏心悦目。

访谈进入尾声。王胜利向笔者描摹起中国油画的发展历程、当前的发展态势及今后的发展前景;以激昂的语调谈起了中国油画的先驱者刘海粟、林风眠、徐悲鸿,谈到了他的导师靳尚谊、谌北新、罗工柳等。作为世界上沟通人类情感的重要艺术语言之一,富有表现力的油画,其在中国的发展,正在展示出美好壮观的前景。"西风烈,长空雁叫霜晨月"。这无比绮丽的景观之中,凝聚着当代中国多少油画艺术家的心血啊!

(见报时间:2006年7月19日)

采访王胜利(右)

和谐之风　吹过山谷

青山翠谷,淙淙泉鸣。5月的商洛地区,正是春末夏初的美好季节,满目青葱,麦穗飘香。随着陕西省文艺界"5·23走进新农村"采风团的到来,这里处处洋溢着喜庆与欢乐的气氛。

这是一片充满着生机的文化绿洲和红色沃土,集北方的粗犷与南方的灵秀于一身。饱经沧桑,久经洗礼,具有数千年丰厚的文化底蕴。商鞅受封,四皓隐居,闯王屯兵,加之革命先驱李先念、徐向前、贺龙等老一辈无产阶级革命家的浴血奋战,使这块古老而神奇的土地充满了令人神往的浓厚色彩。

2006年5月15日至19日,为纪念毛泽东《在延安文艺座谈会上的讲话》发表64周年,由中共陕西省委宣传部、陕西省文联、商洛市委、市政府主办的陕西省文艺界"5·23走进新农村"采风慰问活动在位于陕西省东南端的商洛地区隆重举行。

山风的呼唤

陕西省文艺界的"5·23"采风活动已经坚持了14年之久。今年的此次采风,除成功地秉持了以往每年的优良传统之外,更是具有着与往年不同的显著亮点。对于此,中共陕西省委宣传部副部长、陕西省文联党组书记、采风团团长刘斌同志对采访他的本报记者说:"今年采风与往年的不同之处在于,往年侧重于其示范性,侧重于慰问演出。所到之处,通过慰问演出

的形式,与当地的党政部门、文艺团体及人民群众进行互动,达到采风的目的。而今年,则添加了一项极为重要的内容,即注重于采风活动的品牌塑造。不仅保留这项活动的示范性,而且要通过其在每年的举行,将其打造为一个响亮的品牌。从今年开始,将逐年在全省的每个地、市进行采风。就这样,通过十余年一以贯之的坚持,逐步使其成为陕西省文艺界,首先是陕西省文联的一个品牌。通过文艺采风、慰问演出、书画赠送、采访报道等多种形式,为建设社会主义新农村和市、县文化建设完成五项任务,即:传唱一首歌,建立一个室,创作一组画,撰写一篇赋,演好一台戏(简称"五个一")。比如,在今年的采风活动中,便产生了由著名作家贾平凹书丹、王盛华撰文的《商洛赋》。今后,我们将会通过逐年在榆林、延安、安康、汉中等地区的采风活动,产生以歌颂各地区历史文化与社会经济发展为主题的优美赋文,最终撷英荟萃,形成描绘我们陕西大好河山与悠久人文历史的《三秦大赋》,并将历次采风中所形成的描绘各地代表性名胜的100幅画卷组成大型画册,使其成为陕西文化艺术发展史上浓墨重彩的一笔。同时,这也是在推介陕西、宣传陕西,为陕西营造一个良好的外宣环境。"

刘斌副部长接着指出:"此行的另外一个重要目的,是乡村图书室的建立。众所周知,长期以来,农村的文化建设一直是我们宣传文化战线上的一个薄弱环节,中央很重视。中宣部已在全国开始广泛开展建立健全乡、村文化站、馆的重要工作。省文联的此次活动是对党中央这一号召的积极响应与实际践行。目前,乡村文化生活相对匮乏,文化书籍相对缺少,特别是有关农业科普知识方面的书籍很少,因而,省文联的此次行动,也是一种拾遗补缺,主要是想活跃一下村级文化生活。"

当记者问及刘斌副部长,将此次创建文化品牌的首站选在商洛,是一般性的、随机的选择,还是有其特殊的考虑时,刘斌副部长深情地说:"应该是有着其特殊考虑的。首先,商洛是一个革命老区,是一片红色的土地,曾经是鄂豫陕革命根据地的所在地;她也是一块英雄的土地,为了新中国的建立,无数革命英烈的鲜血洒遍了这里的崇山峻岭。我们有责任、有义务来到这里,送文艺下乡。其次,一般来讲,革命老区往往处于经济发展的边缘地带,人民生活水平不高,特别是一些山区和农村,条件更加艰苦,不仅是经济条件落后,而且文化娱乐的条件,相对于经济发达地区来说,也显得非常贫瘠。党中央提出'建设社会主义新农村'后,我们就感到,一定要围绕着这个主题,到老区去,到老区的农村去。群众需要文化,文化更需要群众；一方面依靠人民群众来创造文艺，促进文艺工作的繁荣与发展；另一方面，也要用文艺为广大人民群众服务。这二者之间是一个辩证的、相辅相成的关系。作为陕西文艺界来讲，建设社会主义新农村，特别是新农村的文化建设，应该是责无旁贷、义不容辞的。"

对于此次以"走进新农村"为主题的采风活动的直接意义，陕西省文联专职副主席、采风团副团长肖云儒对本报记者说："陕西文艺界素来以为农村服务、为农民服务见长，陕西的作家也多从田野间走出。日前，《文艺报》给我来电话，约我写一篇评介陕西农业题材作品的文章。但从目前状况来看，陕西作家群所描写的农村，基本上以旧时代的农村，以及计划经济时代的农村居多，反映新农村以及市场经济条件下农村的作品相对较少。所以我们这次'走进新农村'的采风活动，对于作家、艺术家们来说，其最大的意义在于：使他们了解在市场经济与城市文明背景下的农村，从而创作出崭新的作品，把新农村、新农民的形象推向前台。"

山风讲述的故事

秦岭腹地，山川纵横。在覆盖着北亚热带与暖温带特有植被的青峰夹峙下，美丽的丹江清澈而温婉地流淌着，仿佛在述说着一个久远的故事。

60年前的1946年6月，在中国革命处于战略决战的转折时期，老一辈无产阶级革命家李先念同志率领中原部队主力突围西进。同年9月24日，李先念同志在丹凤县大屿丰地沟主持召开了中共鄂豫陕边区委员会扩大会议，郑重宣布鄂豫陕边区革命根据地成立，为配合全国大反攻做出了重大贡献。

如今，在静静流淌的丹江边，人们仍在述说着这个神奇的故事。2006年5月16日，陕西省文艺界采风团在抵达丹凤的次日，便与商洛市和丹凤县的有关领导，以及老红军、老战士代表、机关干部代表、部分少先队员一起，参加了李先念同志雕像纪念碑的揭幕仪式。

这尊李先念同志的雕像高10米，重8吨，矗立在丹凤县滨江路上。瞻仰着这尊巍峨地俯瞰着丹江两岸的雕像，采风团的团员们无不心潮翻滚，他们在这里，与丹凤县的党政军领导、各级干部与人民群众一起，重温了老一辈无产阶级革命家出生入死、浴血奋战的光辉业绩。他们表示，要继承发扬老一辈无产阶级革命家的优良传统，弘扬艰苦创业的老区精神。

丹江，相传因产"得者多寿"之"丹鱼"而得名。自商州城至丹凤龙驹寨河段俗称"州河"，龙驹寨至河南荆紫关河段俗称"寨河"。丹江自古多险滩，龙驹寨到竹林关，名"流岭峡"或"月日峡"，谷底狭窄，乱山夹峙，奔流若沸，为丹江著名险段。"没奈何，走寨河，手把舵，腿哆嗦。四百水路三百滩，龙王争来阎王夺。"这首船工吟唱的民谣，就是对旧时代此处险峻环境的生动写照。

2006年5月16日下午，就在这江水湍急奔流的月日峡畔，在夏日的骄阳下，采风团在丹凤县月日乡保仓村举行了赠书仪式，并向该村授予了"陕西省文联·保仓村图书室"铜牌。

于是，不再闻旧时船工悲苦的吟唱，朗朗书声与奔腾的江水声交织回响，古老的传说外又增加了新的动人篇章。

山风中飞翔的歌声

"山清水秀，我们的家园/风调雨顺，我们的家园/春华秋实，我们的家园/人寿年丰，我们的家园/我们的家园，在希望的田野上/我们的家园，幸福和谐。"这首由著名音乐家赵季平作曲、著名作家肖云儒和尚飞林作词的歌唱社会主义新农村的群众歌曲《和谐家园》，朗朗上口，旋律动听。就是这首流畅悦耳的歌曲，作为本次采风的主题歌，已在所到之处的村寨中广为流传，飞翔在商洛山区的崇山峻岭、竹篱瓦舍、田间地头……

在商州区牧护关秦茂村村口的石桥旁，村民们聚集在一起，盛装迎接采风团成员，并放开歌喉，与他们一起高歌《和谐家园》；在商南县太子坪村，采风团员与村民一起歌唱《和谐家园》的优美歌声，与四周山峦中的美景一起，构成了一幅立体的景观，将长久地留存于所有在场人士的心里……

山风传播的心声

在陕西省文艺界采风团奔走于商洛的5天时间里，商山丹水间到处洋溢着喜庆欢乐的气氛。艺术家们满怀深情地向商洛人民奉献出了他们最拿手的节目：田伟、李小聪、杨永安抒情而欢快的歌曲、弓永生惟妙惟肖的口技、刘远与石国庆的小品、乔慷慨的独角戏、陈明颇具功力的坛技、杨彬、刘小红入神入化的魔术、冯健雪、贠恩凤的女声独唱等，都使在场的观众沉浸其中,感受到了艺术的魅力。

在文艺演出中成功地表演了快板书《八荣八耻要牢记》的陕西省曲艺家协会副主席、国家一级演员、著名相声表演艺术家白海臣,在历年来的采风活动中,一直以其积极、踊跃、向上的姿态而为大家所称道。在奔赴演出地点的山道上,他颇有感触地对记者说:我们陕西省的文艺界,长期以来始终秉承在每年的'5·23'前夕奔赴边远农村、厂矿、军营的优良传统,是对我党文艺工作'二为方向'与'双百方针'富有成效的履行。这样的采风慰问活动,一方面让文艺工作者把戏送往农村,送到基层;另一方面,也加强了各个艺术门类、艺术流派,以及艺术团体之间的了解与交流。最为重要的一点在于,采风慰问活动,给艺术家们提供了一个极好的贴近实际、贴近群众、贴近生活的机会。通过采风慰问活动,使艺术家们在与基层群众的互动中汲取创作素材与创作营养,从而能够通过进一步的艺术加工,创作出为人民所喜闻乐见的艺术作品。"

面对着记者的追问,白海臣举例说,"我曾经创作过几个在全国获得大奖的作品,如《越活越潇洒》、《扭大妈》、《变化》等,都是以在采风中所收集的素材改编创作而成的。《扭大妈》与《越活越潇洒》是姊妹篇,是描写新农村的老年人,老了以后不但没有成为拖累,而且在发挥着余热;不光给家庭、国家减轻负担,而且竭尽全力地支持子女们投入国家建设的故事。这几个颇受好评的作品,都离不开采风活动中素材的攫取与积累。到基层采风,是艺术家们必须走的道路,我们要永远走下去。这也一定是我们大家共同的心声。"

(见报时间:2006 年 5 月 24 日)

感受山风

麦香中,我走过平原

　　冬日的夜色来得很快,刚刚下午四、五点钟,就一片暮色苍茫了。

　　坐在房间里的书桌前,可以看到外面闪烁的街灯。窗前的冬树,疏影横斜,在寒风中摇曳,如一幅写意的水墨,倾诉着冬日的成熟、稳重与简洁。

　　凄清、静谧的冬日,落木萧萧,绿草皆靡,天高云淡,苍凉恢廓。在这个让人沉静的季节,我要与《拳客五哥》告别了。

　　还是那个夏木阴阴的七月天,我刚刚接手《文化艺术报·综合版》的执行主编不久,正为尚未找到中意的具有浓郁陕西地域特色并适合于连载的文学作品而发愁。一个偶然的机会,也算是机缘巧合,我与《拳客五哥》相识。一年多的光阴,近百期报纸,我与读者一道,跟着"五哥"走过了风霜雨雪,品尝了人生的喜怒哀愁。我们声气相通,心灵交融,从风雪夜归智战双狼,到古镇晓行力擒盗贼;从山村献艺技惊四野,到武馆授徒美名传扬;"我"的锐敏聪慧、"五嫂"的慈心柔肠、"十八妹"的义薄云天、"五哥"的剑心侠骨……一颗颗善良美丽的心灵,一段段引人入胜的故事,随着日月轮转、物换星移,而感天动地,让人荡气回肠。

　　在这充满着感伤与忧思的告别冬日,我纪录下了自己在二度编辑(该书此前由太白文艺出版社出版)这部作品时的一些零星的感受的碎片。

一个久远的故事

因了这个久远的故事,《拳客五哥》拨动了我的心弦,让我与之产生了共鸣。

异乡归来,与母亲曾一起住过一段时间。

那段时间里,每天一大早,大约是五点钟左右吧,总会有着若有若无的音乐声,漂浮在清晨湿润清新的空气里。

一天,被音乐声唤醒的我,顺着它飘来的方向进入客厅——电视屏幕上,一群表演杂技的民间艺人正在上下翻飞——是中央电视台的某档节目。怕吵着家人,母亲把电视音量调到很小,静静地坐在那儿看着,眼中似乎还闪现着若隐若现的泪光。

我感到,年迈的母亲,记忆中的某朵浪花,在这些民间艺人的表演面前被激活了……

上个世纪的30年代末,山海关外的沈阳城里,母亲还是个在街头巷尾间四处乱窜的小丫头,仿若《城南旧事》中的英子。每天,看着住在大杂院里的拉车的高丽人金大爷边吃橡子面就腌菜边哭诉自己的国恨家仇后,便开始出门满世界地追逐起那些游走于四方的流浪艺人。场子中央的艺人们,珠环翠绕,锦衣华服。一日突降大雨,狼奔虎突至小树林中躲雨的他们,被母亲看到竟一个个都光着脚,有的只穿着破烂的鞋子。艺人们呈现给世人的光彩夺目之下的,是漂泊无依的困顿、离难与愁苦。

一两年后,跟随爹娘从关外辗转来到古城西安的母亲,突然在钟楼旁的场子上见到了这群艺人。站在围绕着场子的人群中间,小女孩的心中满是"八千里路云和月"后邂逅相遇的喜悦,尽管在场子中表演的艺人们却浑然不知。

时光流转到50年代。已成为一位新中国干部的母亲,来到黄河流域的石滩农场劳动锻炼。在这野旷天低、江清月近之处,一对来自县杂技团的夫妇吸引了所有人的目光。这对"天仙配"似的小夫妻,男的精干结实、英气逼人;女的则双辫垂落腰际,大眼睛里波光潋滟。他们善解人意、乐于助人,曾帮无法回城的母亲去看望贫寒且孤独中的姥姥。后来,这对小夫妻随着杂技团的解散返回乡间,听说此后再也没有上过舞台。这不就是实际生活中的"五哥"与"五嫂"吗?

70年代的陕南山地,随父母下放在这里的我,有时会偷偷地翻看母亲遗落在灶间的笔记本。在被窗前竹叶筛动得闪闪烁烁的日影下,在那个封皮被金银丝线装饰得精致华美的笔记本里,我看到了许多来自碧野乡间的山歌小曲和民间故事。这中间,还有一份鼓词《铁脖子》的手稿。这首在抗美援朝期间由年轻的母亲创作的曲艺作品,经无数民间艺人演唱后,曾流传到了很远的地方。

如今,当我一页页地翻阅着《拳客五哥》时,黄河岸边农场里那对民间艺人小夫妻的身影,山海关外沈阳城中因年代久远而显得苍茫迷离的街景,便与书中的人物、情节交织缠绕在了一起,须臾未曾分离。相似的命运,相近的情景,显示出了作者忠实地描摹生活的功力。

一曲凄婉的哀歌

《拳客五哥》在第一人称的娓娓叙述中展开。主人公是叙述者同门的"五哥"。在"五哥"二字之前,作者又冠以了极具民间江湖色彩的两个字——"拳客"——应该是对主人公的身份及其职业生涯的指定。在编辑过程中,我曾翻阅了字典、辞源等工具书,想找到对这一称谓的准确而详尽的权威化的解释,然而却没有找到。我想,这应该是关中地区对习武者及有武艺在身者的一种略带轻快、诙谐的称谓。"拳客"、"刀客"、"麦客"……"客"者,一种在旷野大地、在江湖中行走的状态,神龙见首不见尾,来如风去如闪电。"拳"者,中国武术中的一种套路,可以归入"艺"的范畴。看过了弓保安先生为我们所描绘的引人入胜的"五哥"的故事,无法不为其中的主人公掬一捧同情的泪水,从心田里流出一曲凄婉哀怨的歌。

"五哥"长相非凡。"留着偏分头,麦黄色的脸";"额头狭窄,两道又宽又黑的浓眉,像两把单刀左右悬挂;眼睛不算太大,却很圆,闪着亮光,非常有神,配上黑长的睫毛,极像猫眼;圆大的鼻子,像一头大蒜;颧骨高耸,瘦削的脸上很少有肉;嘴很大,嘴部向前凸出,嘴一张,露出一口往前龇的牙,上门牙还是金的,闪着光。这副长相乍一看,令人吃惊害怕,如同见了雷公。但细看却很耐看,觉得那奇丑的模样显出了强悍、猛烈、威武和精明、机智,丑中竟有一种难以形容的美或英俊的感觉。特别是他一笑,还显出令人心热的和善。"

"五哥"身怀绝技。"他伴着一匹枣红马,在急风骤雨般的鼓乐声中,忽而上马,忽而下马,忽而跳到马那边,忽而跳到马这边,然后飞身上马,在马背上时而朝前坐,时而朝后坐,时而翻跟头,时而倒立,动作刚劲、有力、快捷,如虎扑跃,似龙翻腾。""他脚刚一沾地,便又弹了起来,'咚!咚!咚!'用头连翻了三个跟头,还是先前那种只用头足着地,身不打弯,硬直如棍般的怪异跟头。接着,拾起一块砖,'啪!'拍在窄窄的前额上,将砖拍得粉碎;又拾起一块砖,'啪!'又拍得粉碎;又拾起一块砖,又'啪!'一声拍得粉碎;一连拍碎了三块砖。紧接着,他又拾起一块砖,一个箭步跳到台边,一手将砖高高举起,对着观众,一手伸出食指,电钻一般嗤嗤地钻砖头,砖的粉末唰唰唰地从食指入砖处涌出、落下,升起一团薄薄的红雾。一眨眼的工夫,就将砖钻透了。紧接着,拔出手指,将砖往空中一抛,双掌一合,拍在了落下的砖上,将砖拍了个粉碎,扬开一团砖粉砖雾。"

然而,"五哥"却命运多舛,身世凄凉。"五哥家是贫农,而且是赤贫,他爹(父亲)解放前要饭、给人拉长工、打短工,房无一间,地无一垅,穷得尻子上挂席片;他解放前很小就出去要饭、流浪;解放后政治上翻了身,经济上虽有改善但情况不大,顶多是从炕上强到了席篾上;他在马戏团也没挣下钱,回来又是白手起家,生的娃还多,所以穷得叮当响,不出去挣两个钱,光剩下饿死了。"改革开放后,五哥"日近黄昏,染霜犹健。孤胆制服众霸,救弱女、追贼擒顽。"但老年丧子的巨大悲痛却又无情地压在了"五哥"的身上。

最后,整篇故事在压抑、惆怅的气氛中结束:经历九九八十一难而百折不弯的"五哥",在筹建武校的过程中又遭逢新的困难。"我""心里沉沉的",想起了多年前的情景:"那年我们背着装满棉籽的大背篓去榨油,路上遇见狂风暴雨,雨像从天上斜射而来的水箭,密集地不间断地残酷地射遍我的全身,风呼啸着拼命地推我,推我的背篓,风吹雨打的我睁不开眼,身子光向一边倒,背篓里的棉籽浸泡在雨水里,像大山一样沉重,压得我喘不过气来,由不得生出了身处绝境的恐惧的情景,耳边也响起了饱经苦难、饱经坎坷的五哥那哲人一般的话语:'时也,运也,命也!……'"

具有一定生活阅历的人都能体会到,人生是一个不断承受痛苦的过程;痛苦与生命的关系如影随形,与生俱来。然而,套用一句常用的句式,可以这么说:做一个人,痛苦;做一个民间艺人,更痛苦;做一个身怀绝技的民间艺人,格外痛苦。浮萍般的生活状态,生存的艰辛,无时无刻不在伴随着他们。

人类是从蛮荒中走出来的。悠悠几千年,漫漫求索路,苍茫大地上天灾人祸时有降临,安居乐业、歌舞升平的日子其实无多。人类顽强地生存下来,

从大自然与社会的荆棘丛中走了出来。这其间,慰藉人类心灵的、给无边苦难中的人类以快乐与放松的,便是那些具有超常艺术悟性与天分的精灵。

这些人类成长暗夜中最为活跃的精灵,他们敏感而远离浑浑噩噩,聪慧而近于"妖道",多情善感而接近于生命的本真。对他们的描写,曾构成了中外文学史上最为优美动人的篇章。广袤的俄罗斯草原上茨冈人的大篷车里、普罗旺斯绿叶成荫的无花果树下、南中国江边古镇的水陆码头、晋陕高原莽莽苍苍的沟壑峁梁,他们的歌声,曾伴着日夜的清辉播散;维泰利斯(《苦儿流浪记》)、叶塞尼娅、埃斯美拉达(《巴黎圣母院》)、"满天红"、"红牡丹"、"飞刀华",他们的足迹,曾洒在金色秋阳下的马帮山道、夏雨淅沥的蔷薇架旁……

弓保安先生笔下的"拳客五哥",则是我们关中平原——这片在温淳的初夏里终日漂浮着麦香的平原——上那些生于斯、长于斯、于斯练就浑身武艺的民间艺人的文学典型。"五哥"的形象,生动、亲切、惟妙惟肖;"五哥"的故事,真实、感人,仿佛就发生在身边,伴随着我们成长中的生活。伸手可及,触手可得。弓保安先生以其内敛而不张扬的笔触,向中国文学人物的画廊,呈示出了他的贡献。

一缕怀乡的情思

这一幕发生在很多年前了,相信大部分曾远离故乡的游子,都会有过类似的感受。

那是一个春日,蒙特利公园市鲜花盛开,空气中暗香浮动。正匆匆赶路的我突然站住,是因为,何方飘来了一声秦腔的旋律?

刹那间,我的思绪飞到了几十年前的关中平原——那片在温淳的初夏里终日漂浮着麦香的平原——那时,我还是个下乡参加麦收的十来岁的小姑娘。行走在田野上,目力所及,麦浪涌动。远方,出现了绿树掩映下的村庄。高大的白杨在风中起舞,阔大的枝叶在阳光照射下闪耀着银白与碧绿相间的光泽。突然,一声高亢的秦腔从树下传出,接着,此起彼伏,田野与远山亦陶醉其中……

顿时,我发现自己已泪流满面。

在远离故乡的日子里,这样的情景,曾多次在午夜梦回中出现,滋润着我几近干涸的心田。

我原先以为,自己不是太亲近高亢嘹亮的秦腔;祖籍巴山蜀水的人,也不大能与率性耿直的关中人士交融。此时此刻,我才得知,故乡——这片在温淳的初夏里终日漂浮着麦香的平原——的一切,已在成长中融入了我的骨髓,与我血肉交融。亲爱的、养育了我的故乡,在你少不更事、不知天高地厚,对她疏忽、冷漠时,却并未将你抛弃,当你需要她时,便在不经意中悄然出现,来滋润、温暖着你。

于是,在远离与几近失却之后,故乡在我眼前呈现出了她宏伟与博大的美。而《拳客五哥》,更向读者展示出了这幅长卷中瑰丽的一页,并由此与我一见如故,成为连载栏目的首选。

翻阅《拳客五哥》,感时伤怀的怀乡之情,仿若孤鸟在时光的烟雾中沉浮。故乡屋檐下淅沥的雨声,故乡晴朗而安静的夜晚、黑蓝的夜空中闪烁的星斗,以及洒在故乡原野上的那层薄薄的秋霜……,触目可及。

怀乡,是人类家园意识的表现。"床前明月光,疑是地上霜。举头望明月,低头思故乡。"(李白《静夜思》)"昔年移柳,依依汉南。今看摇落,凄怆江潭。树犹如此,人何以堪?"(庾信《枯树赋》)人是要有所皈依的。心灵归依的三大处所是故乡、爱情与宗教。或许,相对于爱情的变幻与宗教的缥缈,家园是最可给人以安静的所在。

怀乡,是对生命来路与意义的追溯。怀乡之时,人们会心怀悲悯,思考生命原本的脆弱与崇高。弓保安先生的怀乡,则在最为原生的大地上找到了自己——一个善良的自然的儿子。

(见报时间:2006 年 3 月 8 日)

你听，黄河在怒吼

2005年8月10日，民族史诗《黄河大合唱》的演出史上又增添了浓墨重彩的一笔。为纪念中国人民抗日战争胜利60周年暨人民音乐家冼星海诞辰100周年，由中国文联、中共陕西省委宣传部、延安市委、市政府主办，陕西省文联、宜川县委、县政府承办的大型文艺演出《黄河颂》，在《黄河大合唱》的诞生地延安壶口隆重举行。

这是一台超越了时空限制的演出。舞台上响彻云霄的歌声，飞腾激荡的舞蹈，与黄河岸边方圆数里漫山遍野红旗猎猎、黄河船夫扛起巨船的行为艺术，与壶口瀑布烟雾弥漫的滔天巨澜浑然天成、交相辉映，熔铸成一幕幕撼山震岳的立体画面！近万名观众的心穿越了60多年的时光，仿佛又回到了烽火连天的抗战岁月，回到了民族存亡危在旦夕的时刻，伴着黄河的咆哮，伴着雄壮激越的歌声，人们的民族自豪感、责任感油然而生，感受到了《黄河大合唱》那与山河共存的超越时空的永远的魅力！

一种富有表现力的艺术形式

大合唱是一种声乐体裁，指大型多乐章声乐套曲，又称"康塔塔"（Cantata）。它包括领唱、独唱、重唱、对唱、齐唱和合唱等，有时穿插朗诵，一般用来表现重大历史或现实题材，内容富于史诗性和戏剧性。是最富有表现力、最震撼人心的艺术形式之一。

一位伟大的人和他不朽的作品

《黄河大合唱》诞生于1939年春天。冼星海在凝神倾听了著名诗人光未然刚刚写成的长诗《黄河吟》后,立刻决定为她谱上音乐! 1939年3月31日,《黄河大合唱》脱稿。1939年4月13日,《黄河大合唱》在延安首演。从此以后,随着抗敌的烽火,伴着复仇的巨澜,《黄河大合唱》响彻在万山丛中,长城内外。周恩来说:《黄河大合唱》是"为抗日发出怒吼,为大众谱出呼声";观众们说:"每次听到她,都会体验到一种作为中国人的崇高和自豪。"

诞生于珠江流域的冼星海,谱就了"黄河"的伟大诗篇。他是中华民族解放斗争的杰出战士,是20世纪最有影响力的中国音乐家,他的代表作《黄河大合唱》是凝聚中华民族精神的伟大音乐篇章,代表了当代中华民族音乐的最高成就。

一页具有历史意义的日历和一次一流的策划

在纪念中国人民伟大的抗日战争胜利60周年之际,选取一位伟大的人民音乐家在民族危亡之际所造就的天才不朽之作,在孕育了这部伟大作品并为其命名的壮美山河演出,无疑是有独到眼光的。正如陕西省委宣传部副部长、省文联党组书记、常务副主席刘斌所说,在特殊的地方演出《黄河大合唱》,是适逢其时、适逢其地,具有特殊的意义。

一场"伟大坚强"精神的展示

酷暑八月,赤日炎炎。在日行千里、奔流不止的黄河岸边,2000余名演职人员挥汗如雨地排练着。七旬高龄的著名指挥艺术家刘大冬先生,连续数日与乐团、合唱、配乐进行着一次次的合练,力求把每一个音符落在最准确的音律上。他被汗水浸透的后背一直没有干过。他的行动感化着现场的每一个人。

在烈日下的排练场地上,还活跃着演出总策划肖云儒、演出总导演王宏以及来自中国文联的林平女士等人的身影。他们以精心策划、一丝不苟

的创作态度,指导着排练既壮怀激烈又有条不紊地进行。

在彩排间隙接受采访时,总导演王宏说:当我在演出筹备阶段来到壶口时,望着黄河扑天的巨浪、震耳的涛声,我深深地被震撼了。因此我力求在演出中展示出一种精神,即像《黄河颂》中所唱的那样:"我们中华民族的优秀儿女,将要学习你的榜样。像你一样的伟大、坚强!像你一样的伟大、坚强!"

一幕气势恢弘的演出

当日,雄健刚毅的宜川斗鼓、胸鼓拉开了整个演出的序幕。气势磅礴,曾经激发亿万中华儿女满腔爱国热情、万众一心奋勇抗击日寇的《黄河大合唱》,伴随着黄河壶口瀑布汹涌的涛声激越奏响。这是这部伟大作品第一次在其诞生地演出。我们再一次真切地听到了黄河的怒吼,在这怒吼中,响彻着爱国主义和中华民族复兴的呐喊……

(见报时间:2005 年 8 月 17 日)

狂飙为我从天落！

这是一场令人难忘的演出！这是一场气势恢弘的演出！这是一场振聋发聩的演出！这是一场催人泪下的演出！

8月10日，为纪念世界反法西斯战争暨中国人民抗日战争胜利60周年，纪念人民音乐家冼星海诞辰100周年，大型文艺演出《黄河颂》在延安壶口举行。

延安壶口，是传世之作、不朽名篇《黄河大合唱》的词作者光未然产生创作灵感的地方。60多年前，在中华民族祸深寇亟、山河沦丧之际，是诞生于壶口的《黄河大合唱》，向着全中国被压迫的人民、向着全世界被压迫的人民发出了战斗的警号！"黄河"壮歌歌一曲，狂飚为我从天落！从此，濒于危亡的中华民族的儿女们，英勇投身到抗击敌寇、抵御外侮的血火之中。宛若凤凰，浴火涅槃！

在中国，《黄河大合唱》已唱响了60多年。伴随着《黄河大合唱》撼山震岳的旋律，中华民族从弱小走向了强大；虽然，她已唱响了60多年，但向孕育了她的山河演示展现、伴着黄河的滔天巨浪回响，还是史无前例的第一次！

正如本次大型演出的总策划、著名文学评论家、陕西省文联党组成员、专职副主席肖云儒所画龙点睛指出的："本次活动的典型意义在于，是在一个重要的时刻——抗战胜利60周年，上演一部著名的艺术作品——《黄河大合唱》，缅怀一个伟大的艺术家——人民音乐家冼星海。"

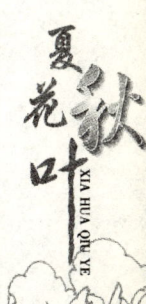

　　本次大型演出的规模空前,阵容庞大,号称千人大合唱,演职人员达2300多人,这在《黄河大合唱》的演出史上是罕见的。在本次大型演出中,也是有史以来第一次为红色经典《黄河大合唱》进行伴舞,美轮美奂、威武有力的舞蹈语汇,再现了黄河船夫与惊涛骇浪搏斗的情景,再现了"风在吼,马在叫",黄河儿女们在万山丛中、青纱帐里与日寇血战的身影……演出中,黄河船工的号子声,壶口民间的斗鼓、胸鼓声,扣人心弦的伴舞与《黄河大合唱》交织在一起,使黄河、黄土文化和民间艺术与红色经典动人地融为了一体。

　　本台演出由中央电视台著名节目主持人赵忠祥担任主持人,著名音乐家、指挥艺术家刘大冬担任指挥,著名朗诵艺术家郭碧川担纲本台演出的朗诵。西安音乐学院、陕西省歌舞剧院、陕西省戏曲研究院、西安邮政艺术团均派出了强大阵容参加了此次盛大演出。同时,宜川壶口斗鼓队,宜川千人合唱团、宜川县教师舞蹈团的激情表演,也为此台演出增色不少。

(见报时间:2005年8月10日)

《黄河颂》演出现场采访

硝烟中飞出的百灵

我是通过一张泛黄的老照片认识莎莱的。这张照片是莎莱在冀察热辽鲁迅艺术学院的学生、现陕西乐团的离休干部、小提琴演奏家何漫老师拿给我的。那是早春的一个日子,我刚与报社同仁拜谒人民艺术家、歌曲《松花江上》的作者张寒晖的雕像回来。

在这张年代久远的照片上,十几岁的莎莱身穿粗布的八路军制服,姣好的面容,苗条的身姿,乌黑的短发在黄土高原的劲风吹拂下高高扬起,英姿飒爽中透着些许妩媚,从容淡定中又交织着几分坚毅果敢。

这时的莎莱,年方十五六岁,是延安鲁迅艺术学院冼星海麾下的一名学员兼独唱演员。在中国人民抗击日寇的岁月里,莎莱那高亢激越的歌声,曾经久不息,在延安上空回响。她曾在冼星海的《黄河大合唱》首演中担任独唱;在《生产大合唱》首演中扮演重要角色;先后演唱各类抗战歌曲90余首。她是硝烟中飞出的百灵,以文艺为枪,战斗在抵御外侮、救亡图存的第一线。

7月7日,在中国人民抗击侵略的伟大抗日战争爆发68周年的日子里,我拨通了远在江城的莎莱老师的电话,听她娓娓述说那烽火连天岁月里的感人故事。

烽火连三月　辗转千里行

莎莱,原名李如琳,祖籍河北省磁县,1923年11月17日生于安徽省蚌埠市郊的一个小镇。上小学时随父母家人迁入北京(当时叫北平)。

莎莱生长在一个革命家庭里,外祖父李锡九是河北省地下党的建党人之一,父亲李新波与母亲李之光,都是党的地下工作者。父辈们的革命活动和对莎莱良好的教育,为莎莱早期投身革命,并成长为一名优秀的革命文艺工作者打下了良好的基础。

1935年,莎莱以优异的成绩考上了北平师大女附中。那时的中国,"风雨如晦,鸡鸣不已"。灾难深重的中华民族发出了抗日的怒吼。莎莱通过参加地下党领导的"一二·九"学生运动,懂得了不少革命道理。1936年,她秘密加入了中华民族解放先锋队,成为地下党、学联的交通员。她站岗放哨,张贴标语,散发传单和教唱救亡歌曲。

1937年7月7日,"卢沟桥事变"爆发。8月10日,日军进入北平。面临着山河破碎、国土沦亡的惨景,莎莱全家毅然做出决定:抛弃全部家产,举家奔赴延安,奔赴抗日的根据地!翌日,家人在销毁了所有党的重要文件后,藏身于教堂之中,随后又在浓浓夜色的掩护下来到天津,从天津开始了在烽火连天中,辗转数省、行程千里的旅程。

盛夏的中华大地,本应洋溢着丰收的喜悦,充盈着丰美的果实,可是,这一次烽火中的旅程,在莎莱,却留下了永远难以磨灭的、惨痛的记忆。

一路上,跟随着两个姐姐同行的莎莱,经历了无数次日本飞机的狂轰滥炸,亲眼目睹了一出出在日军炸弹下血肉横飞、家破人亡的人间惨剧。在处处狼烟的中原大地,她曾看到怀抱爱儿支离破碎的小小遗骸哭天抢地的母亲,也曾看到趴在已然断气的妈妈身上找奶吃的幼婴……一路上,莎莱的泪流了干,干了又流,战火硝烟中的一幕幕令她刻骨难忘。

生命的基调　奠定在桥儿沟畔

1937年秋,莎莱与姐姐一行到达古城西安,来到了位于七贤庄的八路军驻西安办事处。

当时的西安,处处燃烧着抗日的烈焰,莎莱积极地投身到西安民众的抗日救亡活动中。10月19日,在易俗社露天广场举行的西安学生纪念鲁迅逝世一周年大会上,在高唱着响彻云霄的救亡歌曲游行请愿的学生队伍中,都可见到一位梳着童花头、穿着月白色旗袍的小姑娘。这个小姑娘就是莎莱。

1938年的早春,莎莱到达延安。从西安到延安的一路上,不知经过了多少关卡,然而都在她们的精心化装、巧妙应对之下有惊无险地通过。当她与两个姐姐,以及来自平津的十几个青年学生,沿着崎岖的山路,翻过一座座崄梁,眼前出现了梦寐已久的宝塔山时,顿时激动无比。大家唱呵,跳呵,许多人都流出了热泪。

到延安后,莎莱进入陕北公学学习,随即加入中国共产党,并且在各种组织活动及工作学习中崭露头角。组织上为了进一步培养莎莱,将其调入当时对外尚称为"中山图书馆"、位于桥儿沟的中共中央党校学习深造。

就在桥儿沟的窑洞里,发生了一件影响了莎莱一生的事情。

那天,莎莱去看望刚刚到达延安的母亲和妹妹,母亲不在。等待之时,莎莱便同妹妹一起,高声唱起了一首列宁生前喜爱的歌曲《太阳出来又落山》。正唱之间,门帘一掀,一个身材高高,皮肤黑黑,眼睛深邃明亮的人来到面前。他怀抱一把小提琴,一边说:"唱下去!唱下去!"一边挥弓伴奏。就这样,一首接着一首,一直唱了许多歌曲。

歌声停下后,这个人兴致很高地对莎莱说:"小姑娘,你很有音乐才华,希望在鲁艺能见到你。唱歌也能打鬼子呀!"

这个人就是人民音乐家冼星海。

1939年1月9日,经组织调动到鲁艺学习的莎莱,在办完报名手续、安顿好自己的床位后,就去找冼星海老师。俩人一见面,都不约而同地唱起:"太阳出来又落山……",唱完便一起哈哈大笑。

看黄河的怒涛 掀起万丈狂澜

1939年初,冼星海与《黄河大合唱》的词作者光未然相遇于延安。当冼星海说他想创作一部大型作品时,光未然将自己在壶口一带东渡黄河

时所作的长诗《黄河吟》交给了他。

当光未然最后完成诗作的朗诵后,冼星海将稿子一把夺在手上,说了八个字:"我有把握能写好它。"

正是春寒料峭之时,延安的窑洞里和土炕上都非常寒冷。冼星海的夫人钱韵玲找来一块木板搁在炕上,光未然则向一位领导夫人借了二斤白糖,以确保冼星海创作时的热量补给。

冼星海在窑洞里写,莎莱她们在窑洞外的树下等。这是冼星海创作时的一贯作风。作品甫一出炉,便第一时间拿到学生们的手中,让他们试唱,说直感、谈看法、提意见,并说:"这是最宝贵的意见"。冼星海在创作时十分认真,精益求精,甚至在处理一个装饰音时,都非常慎重,毫不马虎。

在大家的兴奋、期待之中,这部传世之作在经过六天六夜、三易其稿后,终告完成。

考虑到莎莱在乐感、识谱能力、节奏感、共鸣感以及音乐理解力方面的出色才华,冼星海选择她担任女高音《黄河怨》的独唱。

得知这个消息后,莎莱不知所措。她感到十分荣幸,但同时心也提了起来。那时的她,尚未及16岁,从某些方面来说,还是一个不谙世事的孩子。《黄河怨》这首女高音独唱,在情感要求上、音乐上难度都较大,莎莱担心自己完成不了。

开始排练了,冼星海一面鼓励莎莱,给她打气,一面耐心地给她讲解歌词的意思。顿时,流亡途中,在日机轰炸之下尸横大地、哀鸿遍野的惨景一幕幕浮现在莎莱眼前,泪水模糊了她的双眼。

"风啊,你不要叫喊;乌云啊,你不要躲闪;黄河,你不要呜咽。今天,我要站在你面前,诉诉我的愁和怨……"歌声从她的心里一句句地流淌了出来。

1939年4月13日,《黄河大合唱》在陕北公学大礼堂正式演出。演出获得巨大成功,毛主席等中央领导多次鼓掌。在5月11日的晚上,由冼星海亲自担任指挥,举行了公开演出。这支精神素质、文化修养、音乐水平都很高的大合唱队伍在舞台上整整齐齐、英姿焕发地一站,他们以男声合唱、男声独唱、朗诵歌词、女声齐唱、男声对唱、女声独唱、男女声轮唱、混声合唱等8种体裁不同的8首歌曲组成的大合唱,轰动了延安党政军文等各界领导和群众。几十分钟将尽,当《怒吼吧,黄河》的尾音落下的一刹那,掌声、叫好声和抗日的口号声像雷声一样从大礼堂的后部滚向了台前。观众们沸腾了!他们从那发自肺腑的歌声中听到了自己想唱的歌、想说的话、想向全世界宣布的民族自己的誓言!人们永远也难以忘怀这部作品,他们久久地生活在战斗在《黄河大合唱》的歌声中。

从此,莎莱便与《黄河大合唱》结下了一生的不解之缘。

(见报时间:2005年7月20日)

在枣园

月照西城

从市中心的钟楼西去,便是独具风格与特色的西安西城了。穿过雕梁画栋的鼓楼的门洞,就进入了西安回民历史街区。曾经听说有的地区的穆斯林存在以西为上的风俗。圣地麦加在西方,丝绸之路向西延伸,我国清真寺殿内正墙一律坐西面东。伊斯兰民族与"西"有着悠远的不解之缘。

徜徉在西城,首先映入眼帘的是一座规模宏大、楼台亭殿布局紧凑和谐、庄严肃穆的具有明清风格的巨大古建筑群——化觉巷清真大寺。在西城,像这样在建筑风格上体现了伊斯兰文化与中国传统艺术有机统一的、大小形态各异、年代不一的清真寺约有十余座,约三万多名穆斯林群众依寺而居,维持着原有的宗教传统与生活习惯,著名的北院门小吃一条街、中国三大城隍庙之一的西安城隍庙都在区内,以汉族和回族为主的多个民族于此居住生活,呈现出多元化的文化氛围。

在西城,提起乌思尧的名字,几乎尽人皆知。当你在主人的邀请下,不经意地步入那些依寺而居的回民民居时,会发现在他们整洁的墙壁上,大多悬挂着一些遒劲有力、龙飞凤舞的汉字书法作品,这些作品大部分出自于乌思尧之手。

初次见到乌思尧时,我惊奇不已。他的容貌,融会了典型的古罗马人与中亚人的特征:高鼻深目、光洁明亮的额头、富有韵味的下颌、高大伟岸的身材……难怪他随团出访欧洲时,在当地一些城市的大街上,竟然会被别人拦住问路。在这巷壁琉瓦随处可见藻井彩绘蔓草花纹的西城,望着他，我感觉时光开始倒流，我仿佛置身于盛唐时的古长安城。那时，"中国盛强，自安远门以西尽唐境凡万二千里"（《资治通鉴》）。人口已逾百万的唐长安城内，处处可闻西域来的驼铃与弦丝声，沿着遥远的丝绸之路或海上香料之路而来的穆斯林兄弟，便在这里繁衍生息，成为了信仰伊斯兰教的中国人。现任西安市莲湖区人大常委会副主任的著名书法家乌思尧，就是他们后代中的杰出代表与优秀分子。

我们的采访，是在一个初夏和煦的午后，穿过密密匝匝的槐花夹径的甬道，于西城开始的。

家学渊源　学养深厚

回忆起童年时光，留在乌思尧记忆中最为深刻的，是父亲的慈爱与教诲。

那时他的家，在坊上的一座四合院中。院中佳木繁荫、花草葱茏。

1950年，当院中妩媚的菊、梅开始喷香吐蕊、羞怯地开放时，乌思尧降生了，成为这个穆斯林书香门第中的第8个孩子。

"真主以你们的家为你们安居之所"（《古兰经》第16章第80节）。在家里，幼小的思尧得到了上至爷爷奶奶、父亲母亲，下至兄长姐姐们的无微不至的关爱与呵护。

乌思尧的爷爷是阿訇（伊斯兰教主持教仪、讲授经典的人），当他去清真寺做礼拜或讲经时，有时会将小思尧一起带去。经常来大清真寺的乌思尧，已深深地喜欢上了这座金碧辉煌、丹楹雕栋、异角飞檐、巧夺天工的古寺，沉沉地沉浸与陶醉在其中所展示出的中国传统与伊斯兰风格交相融会的艺术氛围之中。在大清真寺第二进院落的南北两侧碑上，镌刻有宋代大书法家米芾和明代大书法家董其昌的书法真迹，乌思尧每次来到这里，都会在这两帧笔力飘逸、走笔遒劲的书法杰作前久久注目、流连忘返。

在毕业于北京大学的父亲的指导下，6岁的乌思尧开始学习书法。他乐此不疲，终日临摹。每有小小收获，高兴不已的父亲便将他的作品装进镜框悬挂起来，向宾朋及左邻右舍展示夸耀。小思尧深受鼓舞，兴趣日浓。他潜心熟习楷、篆、隶等诸体，日后又独研小篆。

年纪稍长，父亲又将其带到北京，接受肖劳、胡絜青的指点。在本城则师从于程克刚、张义潜先生。肖劳先生评价他的字说：间架稳健得体，且疏

密有度,显得宽绰而又活脱,肃穆中不见呆板。用笔能以中锋为主,变化有序,做到前后左右回环呼应,均给人一种笔力遒劲,风骨灿然和纯正的意境。

光阴荏苒,岁月悠悠。从童年时起,乌思尧已不知将多少磨秃的笔头丢在了岁月的长河之中。

与人为善 播撒爱心

才华横溢的乌思尧,成长过程中一直受到党和政府的关爱与支持。上个世纪的80年代初,在改革开放的春风拂触下,正当盛年的乌思尧从数百人的民族干部招考中脱颖而出,离开了曾历经18载沧桑的工厂中车工、钳工、统计、采购的岗位,来到了莲湖区民政局工作;80年代中期经组织挑选,先后到中央民族大学、陕西省委党校学习深造;回来后历任民族宗教事务局副局长、局长,莲湖区政协副主席,陕西省八届政协委员,现任西安市政协常委、莲湖区人大常委会副主任等职。

"凡行微粒重的善事者,将见其善报"(《古兰经》第99章第7—8节)。采访乌思尧的初衷,缘起于许多领导、朋友对他的赞誉之辞充溢耳边。我们报社的总编辑曾对我说:"如果你有幸结识乌主任,你就会见识到一个真正的好人。"朋友们说他"襟怀坦白,作风正派,勤政爱民,一尘不染";说他"严以律己,宽以待人,刚直不阿,心地良善";说他"虚怀若谷,严谨治学"……他一贯坚持守正和自洁,即自我约束,持之以恒,胸怀坦荡,仰不愧于天,俯不怍于人,正正直直,清清白白,无惧无忧地生活于人间。"守正的人,将来既无恐惧,也无忧愁。"(《古兰经》第46章第13—14节)乌思尧就是这样,顺其自然,与人为善,平平淡淡、坦坦荡荡地走着自己的人生之路。他数十年如一日,爱岗敬业,不贪不占。酷爱书法、笔耕不辍的他,从未在机关练过一张字,更未向机关领过一张纸、一支笔。他的家中,水泥地、白粉墙,干净整齐,简单大方,没有豪华的装饰和炫目的家什,只有家传的竹制圆柜与古色古香的木雕隔扇,还有那满墙的书画,显示出几分古朴淡雅,飘散着几缕幽香。

莲湖是一个多民族聚居的区域,在长期担任区级领导的过程中,乌思尧一直在为促进各民族之间的团结而倾心尽力,将浓浓的爱意投注在工作中,播撒在各民族之间,为构建和谐社会而不懈地努力。

很多年前,还在乌思尧担任区民族宗教事务局副局长时,佛教协会的一位老太太前来反映,说她所在的庵堂年久失修,几成危房。乌思尧闻言,立即从有限的经费中拨出款项予以维修,后又多次前去查看,终至此事完满解决。

桃李不言　下自成蹊

多年来,乌思尧一直政务繁忙,但却时有大量的书法作品问世。尤其是几大系列巨作的推出,更成为我国文化艺术界的盛事,留下了久远的佳话。

1993年,乌思尧开始酝酿用汉字抄写《古兰经》;1994年至1995年,冬去春来,这项以硬笔书法抄写40余万字的汉译《古兰经》的宏大之作宣告完成。在向中国伊斯兰教协会捐赠这件鸿篇巨作的隆重仪式中,全国政协常委、中国伊斯兰教协会会长希拉伦丁·陈广元夸赞乌思尧道:"你是中国穆斯林的骄傲。"陈广元会长在北京的国宾级伊斯兰餐厅宴请乌思尧时,称这次捐赠手抄汉译《古兰经》的活动为中国伊斯兰教界与中国宗教界的一件盛事。对于此项活动,全国的多家媒体均予以了全方位的报道。

捐赠仪式之后,中国伊协奖励给乌思尧5000元人民币,乐善好施的他将其中的2000元又捐给了中国伊斯兰教协会;又将另外1000元并多幅书法作品捐给了中国残疾人联合会。中国残联主席邓朴方高兴地说:"在即将步入新世纪、新千年之际,陕西省政协委员乌思尧做了一件令我们感动之事!"旋即,中央电视台在《新闻联播》的"中华魂"栏目中对此事进行了报道。

世纪之交,乌思尧还做了一件在陕西文化艺术界引起轰动的大事。当时适逢举国上下迎接建党80周年,乌思尧作为一位在领袖和党的雨露滋润下蓬勃成长的民族干部,决心以篆书的形式来表现毛泽东诗词。一载寒暑,这项巨大的工程在乌思尧的夜以继日、废寝忘食中完成。这一系列作品(大小不一、风格各异,装裱各具特色)完成后,在西安图书大厦总经理的盛邀之下,于此地隆重展出。开展后一时观者如堵,人流云集。人们指点文字,唏嘘不已,无不见词思人,沉浸在对已逝伟人的缅怀、追忆之中。

乌思尧用篆字书写的长45米,高2.1米的巨型《长恨歌》,不仅在全国书画大赛中荣获特别奖,还颇受时任中共中央政治局常委、全国政协主席

李瑞环的赞赏……

朋友们在评价乌思尧的书品时说,"遒劲有力,龙飞凤舞,溢彩增辉,集书法、信仰、文化于一炉,肃穆而不呆板,严整而又灵活,意诚心静溢洒笔墨之中,给人一种清丽流畅,风骨高洁和纯正的意气,古朴庄重,仪态万千。"

桃李不言,下自成蹊。就是这样,一向低调的乌思尧,其高尚、杰出的人品暨书品在圈子内外、社会大众中形成了极好的口碑,各种赞誉之辞不胫而走。

乌思尧深知,他的路在脚下,同时也在笔下。前一条路必须抬起头向前走,一步一个脚印踩结实了;而后一条路则可以腾飞,可以超越时空,可以超越一切。深知此理的他,已将自己从事政务之外的全部生命,都融会于研习书法与创作之中。他每日清晨即起,坚持练字1-2个小时,天天如此,从无间断。几次出访归来,他也要利用饭后、晚上、节假日,把落下的任务补上。家里的几部《金石大字典》(四部)、《四体大字典》(四部)和《古籀归编》,已被主人无数次地翻阅。

这条路,乌思尧还将一如既往地走下去。

当我们结束采访,拜别乌思尧时,夜色已笼罩古城。平时庄严肃穆的古城墙,在皎洁月色的勾勒下,呈现出几分柔和的色彩。古老的西城,愈发显得美丽起来。

(见报时间:2005年7月13日)

采访乌思尧(右)

报告文学篇

刻骨铭心之旅

2005年的春日,在毛泽东《在延安文艺座谈会上的讲话》发表即将63周年的日子里,文化艺术报社的工作人员赴革命圣地延安参观学习。瞻望着延安的山山水水,抚触着延安的一草一木,他们感受着、思考着,震动的心弦诉说着:这是一次——

崖畔上金灿灿的迎春花谢了又开,川道里笼着绿纱的小白杨长成了排。新中国成立以来,延安已不知迎来送往了多少批从四面八方奔来的队伍。曾有无数的人,在白雪覆盖的窑洞前凝眸,在沙柳摇曳的坡岭上流连,在油灯闪烁的书桌前沉思……这是一片极为神奇的土地,她以极度贫瘠与穷困的自然条件,孕育了中国民族与民主革命的伟大胜利。

神奇的延安

延安之神奇亘古罕见。

半个世纪前,在国难当头,民族危亡的时候,她曾吸引着成千上万的青年人不畏艰险地奔赴到这片黄土地。在这穷乡僻壤的13年,中国共产党奇迹般地壮大,长征后留下的3万精英遍地生根,发展为拥有19个解放区,总面积达95万平方公里,人口9550余万,正规军91万,民兵220万的庞大家业。在此期间,中国共产党也成为一个安定团结、统一、成熟,拥有120万党员的大党,并有了一个才华横溢、叱咤风云的领袖群体。他

们在这片黄土地上演出了一幕幕精彩纷呈、威武雄壮的历史活剧,赢得了人民的衷心拥护,由此走向全国、走向世界、走向辉煌。

到达延安后的第一站,是登临宝塔山。在点缀着簇簇冬青与榆树的宝塔山顶,呼吸着混合着青草与黄土味道的气息,俯瞰着夕阳笼罩下的延安城,回顾着中国革命历程中的一幕又一幕,感慨与惊叹着延安的神奇。

要探索这一神奇的奥秘,在于以后旅程中每一站的领悟与思索。

聆听杨家岭上的谈话

到访延安的人,中央大礼堂是一个必去之地。可是,来到这里的人,又有几人会留意到礼堂后面的那间会客室呢?这间会客室呈正方形,光线充足,中间是一张长桌,四周各式椅子约可容纳20人。四壁悬挂着的几幅画,使室内呈现出几分淡雅的气氛。

1945年7月,毛泽东与从重庆飞赴延安访问的黄炎培,在这里进行了为时3日的长谈。

当时,黄炎培走进会客室,目光停留在了挂于墙壁的一幅画上。这幅画为沈均儒次子沈叔羊所画。画上画着一把酒壶,上写"茅台"二字,壶边几只杯子。画上有黄炎培题的一首七绝:"宣传有客过茅台,酿酒池中洗脚来。是假是真我不管,天寒且饮两三杯。"

这幅画是1943年当国民党掀起第三次反共高潮时,沈叔羊为他父亲"画以娱之"。在请黄炎培题词时,他想起传说长征中红军在茅台池里洗脚。针对这个谣传,题出这首七绝以讽喻。料不到,这幅画竟挂在中共领袖的客厅里。顿时,一股知遇之情暖流般地流遍全身。在3天中,他完全敞开心扉,与毛泽东促膝长谈。

在交谈中,黄炎培坦率地说:"我生60年,耳闻的不说,所亲眼看到的,真所谓'其兴也勃焉,其亡也忽焉'。一人、一家、一团体、一地方乃至一国,不少单位都没有能跳出这周期率的支配的。大凡初时聚精会神,没有一事不用心,没有一人不卖力,也许那时艰难困苦,只有从万死中觅取一生。继而环境渐渐好转了,精神也渐渐放下了。有时因为历时长久,自然地惰性发作,由少数演为多数,到风气养成,虽有大力,无法扭转,并且无法补救。也有因为区域一步步扩大了,它的扩大,有的出于自然发展;有的为功业欲驱使,强求发展,到干部人才渐渐竭蹶、艰于应付的时候,环境倒越加复杂起来了,控制力不免薄弱了。一部历史,'政怠宦成'的也有,'人亡政息'的也有,'求荣取辱'的也有。总之,没有能跳出这个周期率的。中共诸君从过去到现在,我略了解了的,就是希望找出一条新路,来跳出这个周期率的支配。"

毛泽东想了想,自信地说:"我们已经找到了新路,我们能跳出这周期率。这条新路,就是民主。只有让人民来监督政府,政府才不敢松懈;只有人人起来负责,才不会人亡政息。"

毛泽东的一番话,给了黄炎培很大的启发,使他看到了中国光明灿烂的前景。

当时,延安已成为中国共产党建设新民主主义政治的实验场。民主,以其最简朴最原始的形式,给几千年深受压迫的庄稼汉蜕去了心灵上的老茧,为他们找回了忘却的尊严。同时,也使中国共产党获得了中国历史上从未有过的人民的拥戴。延安时期是我们党在局部地区建立人民政权并不断扩大执政区域的重要时期。在延安时期,陕甘宁边区政府被誉为"民主的政治,廉洁的政府"。当年驻延安的美军观察组成员说:"这里不存在铺张粉饰和礼节俗套,没有乞丐,也没有令人绝望的贫困现象,人们的衣着和生活都很俭朴,人民之间的关系是坦诚、直率和友好的。这里也没有贴身保镖、宪兵和重庆官僚阶层的哗众取宠的夸夸其谈。""中国共产党就是以对人民的无限忠诚赢得了人民的拥护和支持。"

时至今日,中国共产党的领导集体大力倡导弘扬延安精神,其主旨即号召全党全心全意地为人民服务,立党为公,执政为民,做到权为民所用,情为民所系,利为民所谋,始终同人民群众同呼吸,共命运,心连心。这就是中国共产党得以取得政权、巩固政权、强党兴国,永远受到人民拥戴的奥秘。

在枣园的油灯前遐想

在延安各革命遗址纪念馆所陈列的照片中,我们见到最多的,是毛泽东伏案写作的身影。

在参观过程中,大家注意到了一盏小小的油灯。油灯用铁皮制成,表面上涂了一层褐红色的防锈漆,由于高度不够,下面还垫了一个圆柱形的木座。当年,毛泽东的写作,就是在一盏盏这样的油灯下完成的。

在延安时期,毛泽东所写的《实践论》、《矛盾论》、《抗日游击战争的战略问题》、《论持久战》、《中国革命与中国共产党》、《论联合政府》、《新民主主义论》等一系列伟大著作,对抗日战争的胜利与新中国的建立起到了决定性的指导作用。

然而,这皇皇巨著,又是如何写出的呢?

毛泽东曾自述 10 多岁才出山求学,读了几年孔夫子的书,又读了几年资产阶级的书,到 1920 年才第一次读到马克思、恩格斯的《共产党宣言》。1927 年大革命失败后,他和红军将士又长期在山沟里打游击,接触的马克思主义的书也不太多。因此,教条主义者进入中央苏区夺权时,就把一顶"狭隘经验主义"的帽子扣在毛泽东的头上;军事顾问李德也曾嘲笑毛泽东是"无知的乡巴佬"。甚至在遵义会议以后,对毛泽东不服气的教条主义者还在讲一些不好听的话。有的人说:"毛泽东是精通孔孟之道的人,有这方面的学问,也精通国情,善于在农村活动,所以,他只能用孔孟的所谓'修身,齐家,治国,平天下'的方法去治国办事。""他的马列主义理论不够,不能够成为党的领袖。"

这些一直让毛泽东耿耿于怀,他曾多次说:"我因此,到延安后就发愤读书。"

正是基于对革命事业的巨大责任感和强烈的挑战意识,毛泽东到陕北后,就利用西北大联合后陕北局势相对平静的良好时机,阅读可以搜索到的马列原著和其他哲学著作,以极大的精力从事理论研究。

仅仅是 1937 年写作《矛盾论》和《实践论》,毛泽东就引用过 12 本著作。从 1936 年 8 月至 1941 年,毛泽东 5 年读书 200 多万字,并写出了 27000 字的批注。

毛泽东不仅自己发愤读书,还组织中央其他同志一起读书,提倡党的干部都来读书。在毛泽东的倡议下,"延安新哲学会"与《资本论》小组相继成立,讨论中国革命中的哲学问题,研究政治经济学与中国革命的关系。

在延安,虽然生活清贫,条件艰苦,但学习、读书却成为一种时尚,蔚然成风。

这种读书时尚对中国共产党马克思主义理论水平的提高,对党的成长的作用是非同小可的。在 1938 年,毛泽东就满怀信心地预言:"如果我们党有 100 个至 200 个系统地而不是零碎地、实际地而不是空洞地学会了马克思、列宁主义的同志,就会大大地提高我们党的战斗力量。"

那时,在凤凰山麓的抗日军政大学,在桥儿沟畔的鲁迅艺术学院,在杨家湾上的陕北公学,随时可见孜孜不倦的学习身影,他们在沙盘里练字,在白桦树皮上撰文,如饥似渴地攫取着革命知识。

正是在这一时期,在革命领袖与全党同志的努力学习与苦苦求索之下,才使我们党科学地总结了正反两方面的经验,成功地推进了马克思主义中国化,在理论上实现了第一次历史性的飞跃。

抚今追昔,在进入21世纪的新形势下,我们仍然要理论联系实践,与时俱进,发奋学习,不断开拓创新。

南泥湾徜徉

旅程的最后一站是南泥湾。

车近南泥湾,窗外沟壑纵横的黄土岭,开始变得郁郁葱葱起来。稻田里的碧水,倒映着蓝天,俨然一派江南之景。

在八路军到来之前,南泥湾还是一片荒山野岭。1941年初春的一天,一支浩浩荡荡的军队开进了这片荒寂的土地。英雄的八路军359旅官兵,离开前线,又上"战场",一手拿枪杆,一手拿锄头,把昔日荒凉的南泥湾变成了"陕北的好江南"。

当时,日军的疯狂"扫荡"和国民党的严密封锁,使中国共产党领导的陕甘宁边区和各抗日根据地处于包围封锁之中,财政拮据,粮弹匮乏,形势十分严峻。

毛泽东在谈到当时的困难情景时说:"我们曾弄到几乎没有衣穿,没有油吃,没有纸,没有菜,战士没有鞋袜,工作人员在冬天没有被盖"的艰辛境地。这一时期毛泽东留给人们的印象是:面容清瘦,衣衫简朴,神情坚毅。

面对着空前的困境,一贯乐观的毛泽东以他特有的幽默说:"是饿死呢?解散呢?还是自己动手呢?饿死是没有一个人赞成的,解散也是没有一个人赞成的,还是自己动手吧!"

在大生产运动中,毛主席、朱总司令亲自开荒种地。1942年6月,毛泽东送给斯大林一份不同寻常的礼物——他亲手种的红辣椒;周恩来、任弼时被评为中直机关的纺线能手;边区政府主席林伯渠、边区参议会副议长谢觉哉两位革命老人亲自制订了生产节约计划。

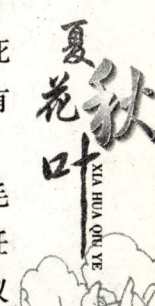

领袖们躬耕田亩,与其说是要力行一种亲民勤俭之风,不如说他们希望以此为激励,开辟出一条自力更生、艰苦奋斗的新路。

"艰难困苦,玉汝于成。"这是毛泽东常爱引用的一段话,这句话出自北宋著名的理学家张载。毛泽东爱说艰苦奋斗,中国共产党人最讲艰苦奋斗。毛泽东说,艰苦奋斗,"这条是足,没有足不能走路,没有这一条,就不能实行我们的政治方向。"

艰苦奋斗,使延安的人们经历了一场精神的洗礼。艰苦奋斗,为中国革命开辟出了一片崭新的天地。

美国记者安娜·路易斯·斯特朗在访问了延安的窑洞后,曾发出这样的感叹:"这里没有讲究的陈设,很少物质享受,但住着头脑敏锐、思想深刻,具有世界眼光的人。"

在很多来延安参观的人们眼中:这是一个与重庆迥然不同的世界。这里没有洋楼广厦,没有灯红酒绿。虽然延安的物质条件无法和重庆相提并论,但在延安却洋溢着一种震撼人心、催人向上的清新而浓烈的气息。

当我们走进一间间熟悉的窑洞,走进清凉山上、万佛洞中简陋的印刷厂,走进延安鲁迅艺术学院的旧址,站在冼星海创造《黄河大合唱》的小瓦房前,走进中央党校残破的窑洞里……我们就会理解,为什么中国共产党在中华民族最危难的时刻能够承担起领导中国革命走向胜利的重任?为什么延安这样一座衣食贫乏、条件艰苦的地方能够吸纳当时中华民族最优秀的儿女?为什么这样一支靠种地纺线自给自足的军队能够肩负起并实现了抗日救国的历史重任?为什么在如此艰苦的条件下,人们还会有那么乐观的情绪,那么高涨的士气,那么融洽的民气?为什么斯诺会称赞共产党领导人朴素的作风是东方魔力、兴国之光?

延安的历史告诉我们:一个没有艰苦奋斗精神作支撑的民族,是难以自立自强的;一个没有艰苦奋斗精神作支撑的国家,是难以发展进步的;一个没有艰苦奋斗精神作支撑的政党,是难以兴旺发达的。这就是延安时代和延安精神留给我们的最宝贵的财富!

毛泽东曾说:延安精神就是艰苦奋斗的精神。中国共产党在延安特定的环境和条件下,把艰苦奋斗升华到了前所未有的高度,成为共产党人世代相传的政治本色。

徜徉在南泥湾,眼前仿佛出现了八路军耕田垦荒的身影,耳畔仿佛响起了当年大生产的歌声。中国共产党是靠艰苦奋斗起家的,也是靠艰苦奋斗发展壮大、成就伟业的。艰苦奋斗作为我们党的优良传统和作风,作为马克思主义政党的政治本色,是凝聚党心民心,激励全党和全体人民为实现国家富强、民族振兴而共同奋斗的强大精神力量,是我们党保持同人民群众血肉联系的一个重要法宝。越是改革开放和发展社会主义市场经济,越要弘扬艰苦奋斗的精神。

　　车子驶向了回程路。暮色四合。窗外的山川田园急速地向后退去。恍惚中,时间仿佛开始倒流,我们已置身于60多年前的延安。眼前白色闪亮的柏油路幻化成为轻尘飞扬的山间土路,路上,正络绎不绝地走着从全国各地来投身革命的男女青年,间或有身着戎装的抗日将士策马飞奔而过。他们目光坚定,神色刚毅,直视前方,勇往直前。啊!延安,虽然我们已无数次地领会、感知过你以少胜多,以弱胜强,置之死地而后生以及在最为贫瘠之地崛起的神奇,你名垂千古、光照千秋的不朽,你启迪心智砥砺意志的永恒,然而,这一次的旅程依然是刻骨铭心的。延安精神是含义深邃、刻度精确的思想坐标,是中国共产党人理想的旗,精神的歌,是我们中华民族不断的根,不灭的魂。延安精神,将与中华民族伟大复兴的进程同行!

(见报时间:2005年5月18日)

参观杨家岭革命旧址

五月的鲜花

2002年12月的一天,古城西安落下了当年冬天的第一场雪。在陕西师范大学附中的校园里,人民艺术家张寒晖的半身雕像在鲜花与翠柏丛中落成。在雕像揭幕的那一刻,身着整齐校服的陕师大附中的两千余名师生,在纷纷飘落的雪花中,齐声唱起了那首中华民族的不朽歌曲——《松花江上》……

《松花江上》

时间在歌声中回到了60多年前。1936年,日寇占领了东北,几十万东北军和人民流亡关内。西安街头也出现了大批东北军和东北的流亡者,他们中的许多人流离失所,啼饥号寒。当时在陕西省立西安二中(陕师大附中的前身)任教的张寒晖,耳闻目睹他们的悲苦惨痛,心弦被深深地触动了,产生了诉说他们悲惨故事的创作激情。

和着泪水,张寒晖开始创作。他一边唱,一边哭,当唱到"爹娘啊"时,竟呜咽得唱不下去了。这是一首满怀离乡之思,国难之痛的悲歌,歌词充满悲愤,曲调如哭似泣,听者无不动容。

1936年底,在西安纪念"12·9"运动一周年的游行队伍中,西安二中的同学们唱起这首歌曲走上街头,很快这首歌便从西安唱到华北,再唱到东北,唱到燃遍抗日烽火的每一寸土地上。

1937年除夕,周恩来在论述《现阶段青年运动的性质与任务时》,也提到:"一支名叫《松花江上》的歌曲,真使人伤心断肠。"可见当年这首歌的流传程度与感人力量。

这首歌曲传遍了长城内外,大江南北,歌声所至,莫不唏嘘,成为中华民族刻骨难忘的抗日歌曲之一。

《五月的鲜花》

那个初夏,留在我记忆中的,是苹果园里萋萋青草的味道,和在苹果树枝头摇曳的粉红色花朵。在坐落于苹果园中的一栋鹅黄色楼房里,我与几位抗日战争年代参加革命的阿姨相处了许多日子。我阅读她们身着戎装的老照片,听她们口齿不清地叙说那久远年代的故事,并学会了她们每个人最爱唱的一首歌——《五月的鲜花》。

阿姨们说:我们那个年代(指上个世纪30年代中期之后)的青年男女,最爱唱的就是《五月的鲜花》。我们就是唱着这支歌,从长城脚下的燕赵平原,从白山黑水的关外,从纵贯国土的大运河边,以及从九省通衢的江汉三镇,来到了延安,来到了太行山,以及其他敌后抗日根据地,投身到抵御日寇、抗日救国的伟大事业之中。正是这支歌召唤着我们走入了革命队伍,引导我们成就了一生的为理想而奋斗的事业。是啊,以后我还听说,与她们为同代人的著名作家韦君宜临终前就是吟唱着这首歌离开的。

当年,写作这首歌的张光年,仅仅是位20余岁的青年。

老河口。起于汉水边的路家巷是一条窄窄的长巷,至今依然残存着古街的风韵。张光年就是在这里枕着汉江的涛声长大的。他13岁入团、15岁入党,书店小店员的身份,使他萌发了强烈的文学创作欲望。后来,党组织委派他进入武汉华中大学学习,之后担任中学教师,从事进步的文学活动和戏剧活动。

1935年,当日寇兵进山海关、威胁平津时,张光年开始为日益加深的民族危亡所揪心,他满怀强烈的爱国主义激情,以笔名"光未然"写下了独幕剧《阿银姑娘》。在该剧的序歌《五月的鲜花》中,他写道:"五月的鲜花开遍了原野,鲜花掩盖着志士的鲜血,为了挽救这垂危的民族,他们曾顽强地抗战不歇……"紧接着,作曲家阎述诗为她谱了曲,安上了双翅,使这支歌颂抗日志士、反对卖国投降的爱国抒情歌曲飞遍了全国,飞到了千千万

万的爱国青年男女的心中。

《大刀进行曲》

在辽阔的科尔沁草原上，有一座以人民艺术家麦新的名字所命名的小镇——"麦新镇"。闻名遐迩的《大刀进行曲》的作者，就是麦新。

上个世纪的30年代，是"风雨如晦，鸡鸣不已"的不平凡年代，是亿万人民觉醒、愤怒、团结、奋斗的伟大时代。

卢沟桥事变发生后，处在前线的国民党第二十九军的大刀队，英勇杀敌，大显神威。年方19岁的战士陈永德一人就杀死日军9名，缴获13支枪，威名大震。同年7月12日的《世界日报》以"二十九军大刀杀日贼"的大幅标题报道："11日，日军200余名进攻大王庙，被宋(哲元)部大刀队迎头痛击。昨日(日军)围攻南苑，大刀队急向日军冲锋，相与肉搏，白刃下处，日军头颅落地，遂获全胜。"

二十九军大刀队英勇抗日的事迹，极大地鼓舞了全国人民。当时在上海工作的进步青年麦新(原名孙培元)，以满腔的爱国热情创作了一首歌曲，开始在里弄间咏唱。不久此歌即传遍了整个上海，后来又传遍了全中国，成为抗战时期家喻户晓的一支名歌，此歌即《大刀进行曲》。

《大刀进行曲》最初发表时有个副题："献给二十九军大刀队"。歌词的第二句原为"二十九军的弟兄们"，后因已传遍全国，遂改为"全国武装的弟兄们"。1937年8月8日，当时的国民救亡歌咏协会在上海文庙成立"音乐会"。自发而来的1000多名群众以激昂的情绪高唱《大刀进行曲》，越唱人越多，越唱越是激动。亲自指挥唱歌的麦新更是激动，指挥棒被挥断了，他就攥起拳头指挥，歌手们也唱得热血沸腾。后来，这支表达了中国人民抗击日本侵略者的强烈感情与必胜信心的歌曲，在抗战中发挥了巨大的鼓舞作用。

《歌唱二小放牛郎》

"秋风吹遍了每个村庄，
它把这个动人的故事传扬，
每个村庄都含着眼泪，

歌唱着二小放牛郎。"

大学毕业刚参加工作那年,我被单位派去参与筹办西安的"百灵鸟音乐节"。

音乐节中,留给大家印象最深的节目,是童声表演唱《歌唱二小放牛郎》。台上的十几位男女小演员,穿着上白下紫的肃穆服装,用娓娓动听的歌声诉说了一个抗日小英雄的故事。民歌旋律的铺陈,使这支歌像阵阵清风,感染了台上台下的每一个人。当孩子们悲凉地唱到二小被鬼子挑死在枪尖的时候,许多人流下了热泪……

抗日少年英雄王二小的故事是真实的,它发生在河北省涞源县。

涞源县位于河北西部,与山西交界。王二小带日军走进的山谷叫做西北沟,两山夹峙一沟,十分险要。山谷的尽头是一个叫做"石湖旮瘩"的小盆地,两侧立崖高达数十米,似刀砍斧削。这里只有进口,没有出口,二小舍生忘死,把日本鬼子引入了这块死地。

鬼子发现上当后,先是残忍地剁去了二小右手的五个手指,又用刺刀刺向二小的胸膛,把他摔到大石头上。八路军一举全歼了此股日寇。战斗结束后,几个战士冲向二小。当时二小还活着,战士们便把他送往刘家庄抢救。终因伤重不治,二小便永远长眠在了青山翠谷之中。

事后,涞源县青救会干部张士奎写了一份材料,讲述了王二小在反"扫荡"斗争中,把敌人引入埋伏圈而壮烈牺牲的事迹。《晋察冀日报》在第一版发表了这条消息。根据这篇报道,词作家方冰(著名演员方青卓的父亲)与曲作家劫夫,于1942年创作了歌曲《歌唱二小放牛郎》。

这首歌曲的曲调采用了以民间分节歌为基础的叙事曲形式;歌词以起承转合的四句体结构,以经过精心锤炼,富有概括力的多段歌词,完整地叙述了王二小的故事。在清新的旋律中,略带悲凉地寄托着人们对抗日小英雄的哀思。在歌声中,人民永远地记住了十三岁的放牛孩子王二小。

在我们记忆深处,那些永远难忘的抗日歌曲还有:

《义勇军进行曲》。这是1935年,田汉、聂耳为左翼进步电影《风云儿女》所创作的主题曲。

《长城谣》。这是1937年,毕业于上海国立音专的刘雪庵为左翼电影《关山万里》创作的,以长城为主题的插曲。

《游击队歌》。这是1937年,贺渌汀由上海随团赴山西访问演出时,为

英勇作战的八路军战士而创作。

《保卫黄河》。这是1939年,冼星海根据诗人光未然的长诗《黄河吟》创作的《黄河大合唱》中的一首齐唱曲。

《团结就是力量》。这是1943年,边区反"扫荡"胜利后,卢肃、牧虹创作的独幕话剧《团结就是力量》的同名剧中曲。

……

这些歌曲,以特有的艺术形式,高昂的爱国主义旋律,真实生动地再现了抗日战争波澜壮阔的历史画卷,使人们永远不会忘记抗日战争那段惊心动魄、威武悲壮的历史。

这些歌曲,永远地留在了我们的记忆深处。

(见报时间:2005年3月9日)

向人民艺术家张寒晖雕像献花

为了忘却的纪念

"任脚下响着沉重的铁镣,
任你把皮鞭举得高高,
我不需要什么自白,
哪怕胸口对着带血的刺刀。
毒刑拷打算得了什么?
死亡也无法叫我开口。
对着死亡我放声大笑,
魔鬼的宫殿在笑声中动摇。"

这掷地有声的金石之言,这展现了中国共产党人崇高气节的诗篇,出自牺牲于重庆歌乐山的陈然烈士笔下。那时,他正在敌人的刑讯室里,九死一生,遍体鳞伤,"胸口对着带血的刺刀"。

在松嫩平原奔腾的乌斯浑河畔,每逢夏秋季节,漫山遍野便开满了妍丽的花朵,那是洒满热血的大地,在把我们中华民族的英雄女儿缅怀追想。冷云,一个我们永远都不能忘记的名字,抗日联军的女指导员,她带领着八位女战士,在与日寇战至弹尽之际,面对逼降,誓死不屈,毁掉枪支,壮烈赴死,毅然投江。

这一行行慷慨激昂的诗句,这一幕幕壮怀激烈的场景,每每想起,总会使人热血沸腾,不能自己。然而,曾几何时,时间冲淡了我们对此情此景

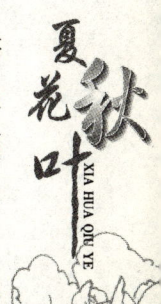

的记忆;市场经济大潮中人们对利益的追逐,淹没了以往对理想的渴求。

在这时,《国魂——为了忘却的纪念》,出现了……

"我们将镜头移入历史的长河,

挖掘英雄故事背后,不为人知的一幕,

一个个热血沸腾,可歌可泣的故事,

无数人民英雄的不朽赞歌,

国魂,两千年中华儿女永恒精神所在。"

先驱故园中的思考

五年前,广东文化界、电影界的几位中青年影视创作者在革命先行者孙中山的故乡欢聚,回忆青少年时代"激情燃烧的岁月"之际,痛感今日爱国主义、理想主义和英雄主义教育的缺席,尤其是青少年教育的贫乏。于是,由资深的电影人赵军提出,甄选全国各地一批具有代表性的著名烈士塑像、纪念碑、烈士陵(墓)园等景点为背景和线索,创作一部中国革命英烈题材的电影纪录片,以此讴歌中华民族品质的最高境界,激励国人的爱国精神,传播人类精神火种。

为这部影片所进行的立意创思中,赵军写道:"汤姆斯·L·弗里德曼,普立策国际报道奖多次得主,写了一本新书《凌志汽车与橄榄树》,霎时间便以它介绍全球化国家形态的魅力风靡了世界。

书中介绍了当代世界风格与传统的民族国家意识形态之间的冲突。它说,凌志汽车代表当代世界,而橄榄树代表民族文化传统,前者是强势形态,后者是遭遇挑战的前景模糊的存在。冲突不可避免,民族的东西将居于下风。

我们要问的是,民族的东西,真的只能像橄榄树一样只有美感而承受不住'凌志汽车'的冲击吗?

我们相信,一种叫做'国魂'的东西,不是'橄榄树'。'9·11'之后,美国大小商站最走俏的东西是美国国旗。它并不像征凌志汽车,而是象征'国魂',但它同样不是'橄榄树'。

由此我们想起一种更有力量的,并且以固守的姿态沉默地宣誓其精神价值的东西。

它就是每一个国家所必然有,也必须要有的纪念碑和烈士陵墓。

中国，五千年文明生生不息的国度，它的国魂就飘香在静静地矗立在960万平方公里大地上数不清的纪念碑和烈士墓中。

凌志汽车后面是跨国公司，跨国公司的进军队列中，走着期望两年后边驾驶宝马、奔驰、凌志的大小买办们。未来的中国将会由他们来塑造吗？我们不信。

让我们离开展示着无数现代化橱窗的大都市，走向广袤的国土，在群山峻岭和千万年飞奔的大河间寻觅往日的精魂吧！在不朽的纪念碑与烈士墓前，我们会找到历史告诉未来的答案：不要等到被压迫、被侮辱、被攻击、被损害时，才想到寻找民族昨天的灵魂！

正如不要像那些美国骄子，发现美国也会变得脆弱时才高呼英雄归来！

我们要放下许多历史的包袱，包括那些落后过时的观念和积习，大无畏地走向全球化时代。但我们不能放弃国魂。

——为民族独立、人民自由、世界大同而奋斗不息的精神；

——天下为公、精忠报国、舍身成仁是民族传统，也是文化中的灵魂！"

这部影片的副标题是"为了忘却的纪念"，是为了警醒在红旗下成长、在优渥环境中生活的人们：每一个中国人应该记住，那些为换取我们今天的和平生活而抛头颅、洒热血的民族英灵，是永远值得历史铭记的"国魂"，这种精神将代代相传。

八千里路云和月

从策划到拍摄，九易其稿，摄制组沿着先烈们的足迹，走过了十几个省市，历经五载寒暑春秋。从古代爱国者的塑像到近代孙中山铜像、中山大学十八先贤铜像，再到现代的广州黄花岗七十二烈士墓、上海龙华烈士陵园大门、吉林省靖宇县杨靖宇殉国地、哈尔滨烈士陵园、狼牙山五壮士跳崖处碑石、广州十九路军坟园、牡丹江畔的八女投江群雕像、山西刘胡兰烈士陵园、临汾烈士陵园、淮海战役烈士陵园、董存瑞烈士陵园、渣滓洞、白公馆烈士陵园、湘西剿匪纪念碑、抗美援朝纪念塔、罗盛教广场、汉白玉雷锋塑像、焦裕禄纪念馆、荆州抗洪纪念亭、邓练贤烈士雕像、南京雨花台、人民英雄纪念碑，一个个惊天地、泣鬼神的故事，一段段剖心沥胆的

英雄经历。短短80分钟,浓缩了几个世纪的革命史。郑成功、戚继光、林则徐、方志敏、杨靖宇、刘胡兰、董存瑞、林觉民、赵一曼、周文雍陈铁军、龙华监狱烈士、八女投江、狼牙山五壮士、重庆歌乐山先烈……从"留取丹心照汗青"的文天祥,到中国共产党毛主席创立的井冈山和红军;从人民解放军威名赫赫的临汾旅,到蓑衣大刀共赴国难的英勇十九路军;从淮海战役到湘西剿匪,从抗美援朝到和平时期;从雷锋、焦裕禄到李向群和抗非典英雄邓练贤、叶欣。一个又一个个体和群体的爱国英雄,浓墨淡抒,荡气回肠,这是对"国魂"内涵的阐释!影片采用追踪叙述的手法,借助这些陵园墓碑揭开藏在背后的一个个或脍炙人口、或鲜为人知的故事,运用大量的历史资料,还原出一段段感人肺腑的故事,凸现纪录片的真实感。英烈们的身躯长眠了,浩然正气却长存天地。在哈尔滨烈士陵园,影片还拍摄到了一座世界上独一无二的"头颅墓",抗日名将汪亚辰、陈翰章被日军残暴地割下头颅,浸泡于玻璃药瓶内,几十年过去了,二位将军当年怒斥日寇大义凛然的神态一如往昔,令人动容。

广东热血男儿,策划银幕"忠魂谱"

该片由北京东方新青年文化发展有限公司、广东肖尔斯影视娱乐有限公司和广东翰园文化策划有限公司联合出品,广东省电影公司发行,是第一部由广东自己出品的爱国主义教育影片。

该片的特色之一,是主创人员都是土生土长或者在广东生活了十几年的"广东佬"。在拍摄外景时,不少景点的工作人员甚至不相信"只会做生意赚钱"的老广们居然会拍这种理想主义爱国主义教育影片。此外,该片还有另外一个特色,就是走了一条由民间集资,以民营的形式进行创作和拍摄的路径。这有别于以往内地所投拍的主旋律影片或者爱国主义教育片无一不是由政府出资或以国有企业为主体的特点,为今后民营企业投身于主旋律影片拍摄提供了一次示范作用。

影片送审国家电影局时,由中宣部、团中央、全总、总政、教育部、文化部、广电总局等部门的专家组成的审查委员会对该片给予了很高的评价。在国家电影局的看片会上,童刚局长对该片主创人员说:你们干了一件好事,你们拍的《国魂》,主题构思我觉得非常好。这部片子出现得非常及时,与"未成年人的若干意见"(附注:指中共中央国务院8号文件《中共中央国务院关于进一步加强和改进未成年人思想道德建设的若干意见》)跟得好。童局长还说:现在我们的天上有《神州五号》,水上有《三峡》,地上有《国魂》,都齐了,好事。吴克副局长说:这部片子生逢其时,在这个时候拿出来,是一个成果。现在(中央强调的)主要的精神文明都贯穿在这个片子里。

此前,这部由教育部办公厅,国家广电总局办公厅和文化部联合发文推荐组织观看的影片,在全国隆重上映。

影片的公映取得了明显的效果,许多地区的电影公司和电影院经理非常激动,纷纷要求取得第一轮上映权。应邀前来观映的教育界人士也十分感动,认为这是一部值得每一个中国人尤其是青少年观看的爱国主义教育影片。南京军区政治学院的将军们获知广东拍了这样一部影片后,也要求在南京首映。

《国魂》,一部每个中国人都应看的电影,她点燃了我们心中的理想主义激情,使我们的心灵承受了一次伟大的洗礼!

(见报时间:2005年3月2日)

采访毛泽东主席生前的机要秘书高智老人(右)

穿越乡野的思索

从我们谈话房间的窗口望出去,古老的灰色城墙,在冬日的雾霭中勾勒出淡淡的剪影;萧索的冬树,努力地向空中伸展着青黛色的枝丫。

温暖的房间里,盘旋在灯光下的话题,在深沉的思索中,呈现出几分凝重的色彩。

在十多年前的一次出版活动中,曾被南开大学教务长朱光华称为"秀气的小伙子"的马来,已然不复昔日年轻的神采。刚届40的他,一头乱发中已夹杂着些许斑白。深沉替代了轻快,淡定的成熟将曾以机敏表现出的轻率驱赶得无影无踪。我们在谈论中国当下的农村问题,以及着眼于此,转型期的社会问题有无路径依赖?由此出发,究竟能走多远?其实我们的谈话是从轻松的话题开始的,至此也是有所为有所不为。这是一个很有趣的话题,我们的思维在持续,谈话中凝重不时充斥期间。

近年来,在世纪之交的中国社会转型期,涉及社会发展稳定的伦理、道德,以及文化、经济、政治体制的诸多重大社会问题不断突现。勇于面对和致力于此,是中国学人特别是社会科学理论和实践工作者的使命所在,而对这些重大选题的前瞻性把握和相应的出版跟进,则是出版工作者的社会责任所在。西北大学出版社为此付出了努力,作出了不俗的业绩。

风声、雨声，声声入耳

20世纪前半期，中国政治经历了大变革大动荡时期。在这一非常规时期，不少英雄豪杰登上政治舞台，并叱咤风云。谁能想像，如果不是风云激荡的年代，韶山冲里怎会出现毛泽东这样的一代天骄呢？但是，当尘埃落定、江山一统之时，中国政治是否会陷入其兴也勃，其衰也忽的历史周期率之中呢？老资格的民主人士黄炎培在中国革命胜利之时，郑重地向毛泽东提出了这一严峻的问题。领导民主革命的毛泽东对此作出了明确的回答：共产党不会陷入历史的周期率。因为共产党找到了一条新路，这就是由人民监督政府，使政府不敢懈怠。

新世纪开始，中国共产党的高层领导人，将加强党的执政能力建设，提到了一个前所未有的高度。坚持和加强党的执政地位，是我们党所面临的一个执政考验的问题。一个政党，取得政权不易，巩固执政地位更难。执政地位的巩固程度，来源于执政的基础怎样，来源于执政的能力和领导水平的高低，来源于是否认真履行切实贯彻好"三个代表"的要求。执政能力建设，是围绕巩固党的执政地位而展开的。从当前中国社会的具体实际来看，如何看待"三农"问题？"三农"问题的出路究竟何在？则是党和政府在实践中努力探索的重要问题。

中国社会的城市化发展也不过是近几十年的事情，城里人不论身份地位如何，不是农民的儿子就是农民的孙子，所以对农村农民的关注应该是人人有责。中国社会最基层的农村的状况，学术界有关农村问题的研究，也应该有相应的出版跟进。然而在世纪之交，马来不无忧虑地看到，出版界的目光对此一领域的关注不够，严肃而认真的著作少有出版。

"21世纪中国农村问题的重要性是基于以下两大事件而彰显的。一是国家现代化的紧迫需要。因为，没有农村的现代化，中国的现代化就无从谈起。二是20世纪末的1998年，村民自治作为一种新的民主政治程序，正式以法律的形式引入乡村社会。然而与这两大事件并行的农村现实是，乡村治理中明显存在着农业的脆弱、农民税费的繁重、农村教育的不稳定、乡村建设的滞后，以及村民自治在一些地方极度扭曲等这些至大至要的令人堪忧的问题。我国的工业化和城市化是由在广大农村长期从事农业的农民积累出来的，然而农民从城市和工业中得到了什么？当农业的

现代化提到议事日程上的时候,回想过去,面对今日农业之难、农民之苦、农村之落后,我们能不心情沉重?"(马来:《一个沉重的话题,一个不能回避的话题》)在长久观察和不断思考的基础上,在广大学界专家的响应下,关于乡村社会治理和村民自治下的民主选举为主题的丛书构想产生了,这就是截至目前已出版三辑的《当代中国乡村治理与选举观察研究丛书》。

乡村的治理一目了然,但需要有乡村治理当事人对治理过程内在感受的经验表述,特别是事件的或人物的案例,以为解决问题提供内在的印证;问题的最终解决,在体制安排前提下又是一个社会的民主的过程,所以对国家依法推进的村民自治程序下的民主选举的关注也就成为丛书出版必然要关照的另一个主题。

到了2002年春节前后,在马来的主持下,西北大学出版社已经组到了《无声的革命——村民直选的历史、现实和未来》、《宗族、乡村权利与选举》、《对农民让利——一个乡镇党委书记的工作笔记》等书稿。这时,一个偶然的机会,他去拜访省委政策研究室的一位领导,这位领导向他推荐了作为陕西省农村工作干部内部学习资料的"手记"——《向农民道歉》。

——2000年11月25日,白水县西固镇因税费征缴发生了器休村村民打砸镇政府和派出所的"11.25"事件;2001年4月,根据中央有关部门的批示,按照省市安排,中共白水县委组织部长马银录带领工作组深入西固镇器休村,驻村入户,解决问题。《向农民道歉》是马银录同志撰写的驻村手记,书中真实地记录了工作组以"三个代表"重要思想为指导,深入实际,走访群众、听取意见、调查研究,针对县乡工作中存在的农民税费负担过重,国家政策、法规落实不到位,干部思想认识不足,作风简单粗暴等问题,向农民道歉,圆满解决"11.25"事件的经过。书中还记录了工作组驻村期间依靠党员和群众,清理村级财务,重建村级基层组织和村委会,以及扶贫帮困,为民解难,解决器休村广大村民长期难以解决的老大难问题的感人事例。这是县乡基层干部以"三个代表"重要思想为指导,深入农村解决具体问题成功实践的真实记录。

这本书虽然反映的问题敏感,但大方向是正确的,符合党的原则。这本书中所反映的问题,"构成农村社会的一个焦点。这个焦点是我们不能回避的,因为它关系到我们党执政为民之宗旨,党性和人民性在现行体制下能否统一的问题,抑或乡村社会的稳定和对现行治理体制的绩效评价问题。构成这个焦点的事件是棘手的,每个棘手的问题都牵扯着一个沉重的话题。沉重是话题的意义所在,同样,不回避沉重的话题是我们以及我们现行制度存在的意义之所在。"(马来:《一个沉重的话题,一个不能回避的话题》)

当西大出版社将此书向陕西省新闻出版局上报出版选题计划后,陕西省新闻出版局高度重视,立即向国家新闻出版署请示,得到的回答是,只要方向、目的正确,可以出版。值得一提的是,国家民政部基层政权和社区建设司的司长詹成付同志以极大的热情支持这一工作,并亲自审稿把关。

2002年7月,《向农民道歉——一个县委组织部长的驻村手记》作为《当代中国乡村治理与选举观察研究丛书》首批8本图书之一出版了,西大出版社在北京人民大会堂举行了首发式。中央农村工作领导小组、国家民政部、国家新闻出版署、全国人大等有关部门的领导及中共中央党校、中共中央编译局、中国社会科学院、清华大学、中国人民大学等单位的专家学者参加了会议。

此书的出版,在社会上造成了巨大的冲击波。各级领导和普通读者同时对这本书及其作者给予了高度的肯定和好评。中央电视台"新闻调查"、"讲述"栏目以及陕西电视台对马银录进行了专访;《人民日报》、《半月谈》、《新华文摘》、《中国青年报》、《南方周末》、《陕西日报》、《三秦都市报》、《西安晚报》、《博览群书》、《美文》等20多家平面媒体也对这部作品进行了报道,发表评论或进行连载;搜狐网等电子媒体则开辟了论坛,众多网友参与讨论,创下点击率新高……2003年,该书获陕西省"五个一工程"奖、全国高校出版社优秀畅销书一等奖,在国家新闻出版总署"农村读者受欢迎的图书"评选中,该书也榜上有名。目前,该书已再版3次,销售近2万册。作为一本介于政治、学术及纪实之间的书籍,这样的销量实属难能可贵。

2004年6月13日,当第三辑《当代中国乡村治理与选举观察研究丛书》8种图书出齐之时,西大出版社在北京中国人民大学召开出版座谈会和有近20家媒体参加的记者读书会。丛书的主题也不断体现发展变化的实践,对相关问题做出更深入地探讨。用中共中央党校研究室主任李秀潭的话来说,这套丛书的出版"极具政治意义、学术意义、实践意义。""这项工作随着时间的流逝,将不仅在中国出版史上,而且在中国政治改革史上

显示它独特的价值、作用和意义。"民政部基层政权和社区建设司詹成副司长讲道,"基层政治改革是现阶段中国政治改革的一个实践场,也是当前唯一的现实选择。中国农村政治改革事关9亿农村人口,是世界上规模最大也是最难的一场政治演练。能够为这场世界上规模最大难度最大的政治实验进行探索,进行铺路,的的确确是一件有意义的事情。"

灯火阑珊处

1984年,马来毕业于西北大学经济系,进入陕西人民出版社担任编辑。在出版社,一直以其勤奋好学和乐于求索,而为大家所称道。当时,一位编辑刚刚调入陕西人民出版社,第一次见面,马来便认真地同人家探讨起了五种社会发展形态及所有制等理论问题,令这位编辑如今想起,还有忍俊不禁之感。

上个世纪的90年代初,针对当时中国社会经济发展中的一系列问题,马来作为一名青年编辑,以"初生牛犊不怕虎"的勇气,上京入沪,遍访名家,在社领导的支持下组织出版了一套《中国经济发展研究丛书》,在业内产生了一定的反响。该丛书荣获陕西省"五个一工程"奖。

在20世纪的帷幕就要落下之时,人们一边面临着历史的传承,一边又面临着另一个千年的风云变幻,难免会产生种种忧虑、困惑与迷茫。在这样的时刻,人类非常有必要清理与总结过去千年中自身在思想史、文化史方面的诸多成果,尤其是在人类历史的每个重大转折时期发挥重大作用的思想成果,给新的千年提供借鉴与参考的思路。从1997年开始,马来即和社内其他同志开始组织有关专家、学者,翻译、编辑并出版《影响世界历史进程的十种书》。

这套大型丛书自1997年开始设计,在北京经由人大、北大、中国科学院、中国社会科学院数十位专家论证,历时三年的翻译、编辑工作准备之后,于2000年陆续出版,内容涉及政治学、经济学、伦理学、哲学、心理学、语言学等诸多方面,由于她荟萃了一大批在当时历史阶段反映历史新动向、新观念与新理论的优秀世界名著,因而吸引了社会读者的广泛注意;其中许多著作甚至一版再版,创下了几万册的销量。作为一种纯学术理论著作而言,这样的销售业绩已然不俗。同时,这套丛书中所收编的一些世界名著,由于在重新翻译时或依据了最新的版本,或由于技术处理等方面的原因,对原先所出译本中的一些错误均进行了更正,使之更臻完善与完美。因此,在对人类珍贵的文化遗产所作出的积累与传承方面,这套丛书也做出了不可忽视的贡献。

"独上高楼,望断天涯路;衣带渐宽终不悔,为伊消得人憔悴;众里寻他千百度,蓦然回首,那人却在灯火阑珊处。"这是清代的王国维,为苦心向学之士所勾勒的三种境界。沉浸于此境中的马来,常人眼中的成功亦或不成功,于他又有何重要呢?

(见报时间:2004年12月29日)

毕其一生的追求

"杂粮膳团"里的穷学生

上个世纪40年代末,位于北平沙滩红楼的北京大学教室里,默默地坐进了一个操浓重四川口音,身穿灰竹布长衫,面目清癯的瘦削青年。他是辗转从边陲崇山峻岭中的西南联大,而随校复员回京的。他的学长中,有后来成为中华人民共和国驻突尼斯大使与对外友协副会长的谢邦定,成为新华社资深记者与国际部副主任的王纬;而他的学友中,则有后来成为中国哲学界名家的张岂之与汤一介。北大的校园中群贤毕至,名流云集,任继愈、汤用彤、冯至、张岱年、贺麟,如璀璨的群星,闪耀在这位青年的眼前。他如饥似渴地吮吸着醇厚的学术甘露,浸淫于其中,忘乎所以。他,就是后来被老师和同学们戏称为"红格尔"的陈世夫。

当时北大的学生食堂,按伙食标准的高低不同,分为两个"膳团"——"白面膳团"和"杂粮膳团"。家境贫寒的陈世夫,从西南联大到北大,一直是"杂粮膳团"的成员,后来成为中国外交界、新闻界与学术界名人的许多同学,都曾不同程度地接济过他。只不过随着岁月的更替,周末的"牙祭",则从昆明那飘满黄叶街头的羊肉拐骨汤,而演变为早春北京胡同里的热馄饨了。

幸遇人生导师

陈世夫的学业是在北大期间完成的,而其人生观与世界观的最终奠定,则是在他有幸遇到我国伟大的马克思主义理论家、翻译家,时任中共中央马列编译局领导的张仲实同志之后。

张仲实,原名张安人,1903年出生于陕西陇县。他一生孜孜不倦地翻译、研究马列主义著作,为马克思主义在中国的传播和党的理论建设呕心沥血,奋斗了60个春秋,做出了巨大的贡献。

解放初期,陈世夫从北京大学毕业后,便来到张仲实同志的身边工作,先在中共中央宣传部,后来在西北局宣传部。从北京到陕西,从中央到地方,跟随张仲实同志的岁月,成为决定陈世夫一生的关键性时期。

许多年后,谈及那段时期,陈世夫这样回忆道:"仲老在陕期间,工作之余常叫上我一起去西安的邻野,观赏自然风光或做日光浴,多次对我畅谈他的革命生涯和思想历程,使我终身受益。高山仰止,景行行之;虽不能至,心向往之。仲老譬如一颗大树,我们只能可望而不可即,但我们可以学习,学习他的勤奋精神,学习他的工作态度,学习他对于治学的严谨和翻译的认真,学习他对于党的忠诚和敬业的精神。""仲老的文章和著作,全是亲自动手写的。他每写一个东西,总是深思熟虑后才下笔,在动笔过程中,仍不断地在思想逻辑上切磋琢磨,力求严密,练达,深彻,在遣词行文上字斟句酌,以求清晰、醒目、得体,而且字迹工整,标点符号也用得讲究。"

没有这位人生导师的指引,就没有后来陈世夫在马列哲学史的翻译领域中所做出的享誉中外、在中国学术界引起巨大反响的贡献。"文革"在"牛棚"中时,陈世夫所手不释卷的,是德文版的《毛主席语录》;下放劳动于陕南的青山绿水时,他时常带在身边的,是德文原版的《小逻辑》与《论费尔巴哈和对德国古典哲学的批判》,且时常念念有词。这种状态,使得陈世夫在离开北大校园多年之后,都不致于荒废与丢弃他的德文基础,为他在以后的短短几年中,迅速而准确精到地主编与翻译马克思主义的哲学史论著,奠定了良好的基础。

哲乡行

80年代中叶,受德国洪堡基金会的邀请,受中国社会科学院的委派,陈世夫对当时的联邦德国和民主德国进行了学术访问,取得了成功,当时德国的报刊与电视台还对其此行进行了报道。

陈世夫这次学术访问的主题,是关于黑格尔辩证法的学说。他先后访问了波鸿鲁尔大学的黑格尔文献室,柏林自由大学的哲学研究所,艾尔兰根和萨尔布鲁肯大学的哲学系等,与当时联邦德国的国际知名学者托里森、李德、维茨莫克、尹亭根等教授就哲学问题进行了深入的讨论,并与萨尔布鲁肯大学哲学系主任、写论黑格尔著述较多的尹亭根教授结下了深厚的友谊。当时,尹亭根教授指着图书馆中陈列的《毛泽东选集》对陈世夫说:毛泽东既是一位伟大的哲学家,又是一位伟大的政治家,欧洲过去和现在尚未曾有过像他这样的一位伟大人物。正在波鸿鲁尔大学访问的韩国黑格尔协会主席林锡珍教授则对陈世夫说:他极为推崇与赞扬毛泽东哲学思想,并送给陈世夫一本书,说明在他的著作中就引用了欧洲一位学者写的《伟大的毛泽东、伟大的方法》一书中的论述。

其实,这次学术访问的最大收获,则是在东德访问时,陈世夫如获至宝地得到了这样几本书——《马克思恩格斯论哲学史》与《马克思论人》等。

慧眼识珠

马克思恩格斯没有留给我们一本关于论哲学史的书,但却留下了许多关于哲学史的精辟论述和深刻见解。以德意志民主共和国哲学专家格尔德·伊尔尼茨和狄特·吕布克承头的一个精干的工作小组,经过多年的搜集、查阅、择选等工作,详尽地将马克思恩格斯在专著、论文、手稿、笔记、评注和注释中关于哲学史的精辟论述,以及在书信中和在某些场合下发表的关于哲学史的深刻见解,按人类认识发展历史进程,哲学家整理汇编成了一个马克思主义体系中绝对必要的专题:哲学史,并撰写了统摄全书主旨的前言,完成了这部贯穿历史唯物主义和马克思主义哲学史编纂原则的哲学巨著,从而填补了马克思主义哲学专著中哲学史这个空白。这部著作,于 1982 年由德意志民主共和国柏林莱克拉姆(Reclam)出版社出版。

得到这本书后,陈世夫认为:研究这部著作,将使人们切实而卓有成效地探讨两位伟大思想家研究哲学史的方法和重点,以及对于若干世纪的重大问题的始终一致看法,了解他们的哲学史观点,了解他们对历史上的哲学家在哲学发展史上的地位和作用的评价,了解他们唯物辩证地批判、继承和发展前人哲学思想的过程,他们的哲学思想体系和辩证唯物主义世界观的形成和发展过程,了解他们关于哲学作为世界观和方法论对探索自然科学和社会科学具有重要理论意义问题的精辟论述,从而创造性地进行哲学、社会科学和自然科学的研究,自觉地运用哲学为实现改造和开拓客观世界的任务而改造和开拓主观世界,极大地发展主体对客体的作用,亦即人的作用。因此,将这部哲学著作译编出版,不仅对我国哲学界,甚至对社会科学和自然科学界的专家学者,乃至广大各级干部所从事的各项事业,都是大有裨益的。

因此,陈世夫开始贯注其全部的精力,来组织译编这部鸿篇巨制。

夜以继日,殚精竭虑。历经几个寒暑,在陈世夫的主持下,这部著作的译编工作终于在滴滴汗水中完成。洽谈出版成为当时一个迫不及待地需要解决的问题。

在当时有些人的心中,浮动着所谓"马克思主义过时了"的想法。当陈世夫抱着厚厚的书稿,在严寒酷暑中敲开这些编辑的门时,得到的经常是一些冷漠的目光。陈世夫并未气馁,在北京举行的一次学术研讨会上,他又不遗余力地向上海一家出版社的负责人推荐这部书稿,终于得到了接受出版的喜讯。返陕之后,就在赴沪启程前的短暂几日里,他偶然碰见了昔日省委宣传部的同事,时任陕西人民出版社政治编辑部主任的魏克忠同志。魏克忠一见到这部书稿,马上就以一个老哲学家的敏锐嗅觉与匠心独具,在短短的半个小时内,敲定出版。

此书出版后,获得了巨大成功。先后荣获诸多奖项;在德国法兰克福书展、英国伦敦书展等国际大型书展上,备受关注与获得好评;时任中国社会科学院院长、党委书记的李铁映同志及多位中央领导同志均委托其办公室来函、来电索要此书;《新华文摘》《人文杂志》《广州日报》《长江日报》等多家报刊也都发表评论文章予以高度赞扬。后来,此书已成为哲学史研究者的必备书籍。

我心永恒

在《马克思恩格斯论哲学史》获得巨大成功的基础上,陈世夫又与魏克忠携手,相继推出了《马克思论人》、《方法论》等两部著作。

与此同时,陈世夫还陆续撰写并发表了《黑格尔辩证法的历史地位和作用——纪念黑格尔逝世一百五十周年》、《形而上学还是辩证法——略论有关矛盾的几个问题》、《略论人的本质》、《论事物发展过程与实践标准的辩证关系》、《论中国特色的社会主义》等长篇论文。上述论文都被《新华文摘》和《中国哲学年鉴》作为重要学术论文收列要目,中国人民大学复印社全文复印,取得了一定的社会效果。其中《黑格尔辩证法的历史地位和作用》和《形而上学还是辩证法》两篇论文分获陕西省社会科学优秀成果奖。而《略论人的本质问题》则先在红旗杂志的《内部文稿》发表后,又被陕西省省委宣传部嘱《人文杂志》重新发表。

在《用辩证的方法进行科研》的文章中,陈世夫直抒胸臆:我研究哲学,就是为了要"继承黑格尔和马克思的事业。"记者采写本文时,陈世夫正因病重住院。在病房里,他向记者回忆起了访德时在雨雪霏霏中瞻仰马克思故居的情景,谈起了他感到欣慰的几部著作,他说:"我可以无愧地去见马克思他老人家了。"

(见报日期:2004年10月13日)

与陈世夫夫妇(坐者)

大别山上草青青

2004年夏末秋初的一天,空气中透着沁人心脾的清凉,褐绿色的梧桐枝叶上雨珠晶莹。我怀着爱戴的心情,去看望父母多年的好友胡征伯伯。

胡征是中国当代的著名诗人、作家。1917年出生于河南的罗山县。1938年初奔赴延安,同年加入中国共产党。先在抗大学军事,后毕业于"鲁艺"文学系。抗日战争时期在八路军115师任团技术书记,"鲁艺"教务处科长。解放战争时期,先任晋冀鲁豫边区文联研究员及《北方杂志》编辑,后任晋冀鲁豫野战军(即刘邓大军)随军记者,深入鲁西南战场采访,并随军挺进大别山和大西南。全国解放后,胡征担任《解放军文艺》编辑组长。

我们一家同胡伯伯的相识,是在50年代后期,他从北京调到陕西,担任《延河》编辑部主任之后。当时,我家住在建国路省委大院,胡伯伯家则住在不远处的省作协。两家人的相识,缔结了其后长达半个世纪的友谊。

从河南老家,经湖北、西安到达革命圣地延安时,胡征年方20,只是一个血气方刚的小伙子;而到全国解放时,他已成为一位写作并发表了《七月的战争》、《大进军》等英雄史诗的著名诗人。这两部诗作以旋风似的激情,一种无可抵挡的气势,气势磅礴地把中国人民解放军向南方大进军的声威和魂魄活灵活现地反映了出来,在中国战争文学

史上奠定了其不朽的地位。这样一个从蛹到蝶的过程,主要是在风雨如磐、战火如织的第3次国内革命战争时期完成的,而在这一时期中,胡征的身份,是刘邓大军的随军记者。

"跟随刘邓大军转战南北的年代,是我生命中的黄金时期。"在纪念邓小平诞辰100周年的日子里,与我谈起这位伟人时,胡伯伯眼里泪光闪烁。我知道,他是回忆起了风雪弥漫的大别山,回忆起了渡江前线那永生难忘的日子……

胜利后的欢宴

"第一次见到邓政委,是在'8.15'之后。"

1945年8月15日,是日本帝国主义宣布投降的日子。八年抗战胜利结束,举国欢腾。在胜利的形势下,胡征以及其他几位鲁艺的干部,挥手告别宝塔山,来到晋冀鲁豫边区。在这里,他们创立了边区文联,创办了《北方杂志》。

在一个秋高气爽的日子里,胡征突然接到命令——马上赶赴驻扎于河北省武安县伯延镇的军区司令部,接受刘伯承司令员和邓小平政委的宴请。

在收拾得干净整齐的简陋的农家小院里,摆开了三张八仙桌,桌面上布满了丰盛的饭菜,其中甚至还有为胡征等几位南方同志所喜爱的、在此地难得一见的米饭。第一张桌旁,坐着刘伯承司令员,客人是胡征和葛洛;邓小平政委则同陈荒煤与赵起扬坐在居中的第二张桌旁;第三张桌旁坐着薄一波副政委,其他两人一位是计桂森,另一位也是鲁艺来的干部。刘司令员与邓政委在席上不停地向大家劝酒劝菜,让大家放开肚皮吃,吃饱吃好;刘司令员谈笑风生,妙语连珠。相比起刘司令员来,邓政委与薄一波副政委说话则相对少一些,但是他们那目光洞明、睿智过人的形象,则在胡征心中留下了永远难以磨灭的回忆。

鲁西南炎热的午后

在中国革命战争史上,第3次国内革命战争时期的鲁西南会战,揭开了解放战争大反攻的序幕。这一战,也是刘邓大军的得意之作。1947年7月,解放战争由内线转向外线作战。当时敌强我弱,蒋介石军队倾巢出动,以其庞大主力作剪形攻势,直趋山东战场与陕北战场,欲踏平我解放区。在此黑云压顶之际,我刘邓大军遵照中央军委、毛主席的战略意图,决心突破黄河天险,部署鲁西南战役,粉碎蒋介石的战略计划。此役从1947年6月30日强渡黄河开始,历时28天,连克郓城、定陶等县城,以破竹之势歼敌九个半旅四个整编师师部,俘获蒋军中将军长陈颐鼎、宋瑞珂等以下官兵六万余人,为挺进大别山打开了通道。

国际著名军事家对此役评价很高,认为如果没有鲁西南战役的胜利,那就既不会有南征大别山之壮举,更不可能出现淮海战役渡江战役等震惊中外之决战。此役作为中共将帅军事指挥艺术之杰作,将永垂青史。

在这次著名的会战中,作为随军记者的胡征,由于其职务的特点,常进出司令部与刘邓首长对话;也常深入基层,与战士们一起冲锋陷阵。

作为一位叱咤风云、运筹帷幄的千古英雄,邓小平在鲁西南火线上,留在胡征这位随军记者心目中最为深刻的形象,不是在满布着地图、沙盘、电话和放大镜,在照明弹忽明忽灭摇曳下的军事指挥部里,而是在两次子战役的间隙,在鲁西南炎热的午后,一座林木青翠的小山边上。

那天,天空湛蓝,一碧如洗,正是一场恶战后休整的时刻。胡征步出部队驻地,向山边的树林走来。突然,他看到了自己敬爱的邓政委,正独自坐在一棵大树下向远方眺望。胡征心中一阵激动,正想上前去问声好,同首长攀谈,但同时又理智地止住了自己的脚步。他想到自会战开始以来,刘司令员和邓政委为取得这场以极少之我军,战胜极多之敌人的战役的胜利,日以继夜,殚精竭虑,艰苦备尝。在这炎热的夏日的午后,邓政委独坐于这树冠浓郁、绿阴覆地的树下,一定是想放松一下自己紧张的心情,并对马上就要发起的新的战役做深入思考。他不忍心去打扰首长,便依依不舍地悄悄离去。

大别山上草青青

"大别山,高过天,小路弯弯上云天。"大别山坚守,是胡征革命生

涯中最为艰苦卓绝的一段。

鲁西南战役后,刘伯承、邓小平召集团以上干部开会,研究下一步的行动。在会上,邓小平强调说,要不怕疲劳,不怕困难,不怕牺牲;要避免与敌人主动纠缠,千方百计直奔大别山腹地,"走到大别山就是胜利。"

到大别山时已经入冬,山里很冷,但部队的粮食、被服、弹药等物资十分紧缺。从司令员、政委到普通战士,身上穿得还都是单衣,睡觉盖得只有毯子和夹被。野战军决定自己动手,解决全军寒衣。

穷山沟里没有布匹,棉花也很少。邓小平指示说要跟老百姓借棉花,都得打借条。野战军全军动手自己纺棉花。刘伯承和邓小平告诉大家,没有工具,可以用树枝弹棉花。为了教大家弹棉花,邓小平经常带着警卫团下到基层,给大家做示范。他还带来自己缝补的棉衣,让大家试着穿。做这身棉衣用的粗布,稀得和纱布差不多,外面连棉花都可以看见,颜色是用稻草灰染的。邓小平幽默地说自己的棉衣是"彻头彻尾、彻里彻外的中国工艺品"。

在邓小平的带领下,全军上下人人动手自己做衣服,度过了大别山风雪漫天的寒冷岁月。

当青青芳草染绿了大别山麓,1948年的春天到来时,这些在寒冷岁月中亲手做棉衣御寒,以板栗柿子等野生植物果腹的革命将士们,无不露出了胜利的微笑。

捷报飞来时

"实行毛主席战略突破,由内线转到外线,推进了自己的革命车轮,使之走向胜利的道路。"这是刘伯承同志1951年国庆节为胡征长诗《大进军》所写的题词。

从1947年7月开始,我人民解放军对国民党反动派展开战略进攻,大军于7月初由黄河北岸挺进鲁西南,揭开了我军战略进攻的序幕。工作在刘邓首长身边的胡征在戎马倥偬之际,写下了其成名作——《七月的战争》与《大进军》。《七月的战争》,是写刘邓大军强渡黄河及鲁西南战斗胜利的。《大进军》则是以我军到达大别山,从而在南京武汉间插进"利刀"的过程为背景的。1953年,这两部作品以及胡征的另外两篇小说《红土乡记事》与《盐》,一起获得由邓小平、贺龙两位首长共同签署的中国人民解放军西南军区文艺创作一等奖的嘉奖证书。

在今晚,这个湿润的雨夜里,当我在胡伯伯家中看到老人家所珍存的这份嘉奖令时,我发现,老人的泪水已潸然而下。

(见报时间:2004年8月18日)

采访胡征老人(右)

山打根——那望眼欲穿的乡愁

从上个世纪 80 年代经过的中国人，几乎都知道一部颇具影响力的日本影片——《望乡》。这部由熊井启导演，田中娟代、栗原小卷主演的影片，在日本电影史上占有一定的地位。其中由栗原小卷扮演的那位挺拔干练、善良正直的女记者川谷圭子，赢得了无数中国观众、尤其是女性观众的喜爱。她的原型，便是在日本享有盛名的女性史学家——山崎朋子女士。电影《望乡》，就是根据其早年的一次真实采访经历而改编的。

水面下的冰山

山崎朋子是日本历史上第一位系统而全面地研究"南洋姐"的学者。所谓"南洋姐"，是指从幕府末年经过明治期直至第一次世界大战结束的大正中期，背井离乡到外国去卖身的日本妓女。她们北至西伯利亚、中国内地，南到东南亚各国，甚至有人到达印度和非洲。她们的故乡遍及日本全国，以九州的天草岛、岛原半岛为最多。天草、岛原地方自然的、社会的贫困使得这里产生了许多妓女。

许多人不理解山崎为何要执拗地研究人们已淡忘的"南洋姐"？山崎认为：这些在过去年代中，从乡村被卖出去当妓女的女孩子，集中地代表了在阶级和性的压迫下长期受苦受难的日本女性。她们象征着日本女性的地位。

以前日本的历史文献,多出自占统治地位的男性之手。直到1945年日本帝国主义崩溃后,女性在政治上社会上的各种权利才有了一些保障,才有了女性史。但这些女性史却几乎都是精英人物的历史,它们只反映布尔乔亚或小资的思想与活动。从这些女性史中读不到无数活着或死去的底层女性的生活和苦闷心态。如果把女性史比喻为北极的冰山,女性精英就是那浮在海面上的部分,而底层女性则是深深地埋在下面的巨大冰块。了解这些底层女性的实际生活,书写她们悲欢的历史,才是一部真正的女性历史。

山崎认为:近代日本百年历史上作为资本与男性的附属物被损害的民众女性。民众女性中处境最惨的是妓女,而妓女中特别悲惨的则是"南洋姐",因此在某种意义上她们可以作为日本女性的"原点"。因而山崎选中了她们。

在这种观念支配下,山崎朋子开始了她孤身一人,作为没有任何背景的女人,深入岛原和天草乡村去考察的旅行。

邂逅相遇

1968年的一个秋日,日薄西山,余光横照。山崎怀着忐忑不安的心情来到了天草。在晚祷的钟声里,她走到高耸着暗灰色尖塔的天主教堂前。小镇死一样的寂静。天主堂的后边是蔚蓝的大海,尖塔上的十字架倒映在像镜子一样平静的海湾里。

好一派天青水碧的景色。但是,想到自己远道而来的目的,是亲自探访那些曾流浪海外被迫卖身的同性们,倾听她们真实的声音,会见她们真实的面容,这幅静穆而瑰丽的风景,更使山崎感到了一种难以诉说的悲凉。

该吃饭了。在小镇上的一家冰水屋里,山崎点了份炒饭。这是她听从了一位老婆婆的指点才要的。炒饭很实惠,山崎心中油生谢意,遂打量起眼前的这位老人:她瘦骨嶙峋,黑色的脸上爬满皱纹,穿着极粗糙的半旧裙子和洗褪色的衬衣(后来得知,这还是她老人家出门才舍得穿的衣服),花白头发整整齐齐地绾在脑后。

山崎看到,她正在一个个地从烟灰缸里捡着那些揉皱的烟头,抖抖上面的烟灰后,便放进她的新生牌烟盒里。

这景象让山崎心中一悸。在当时的日本,捡烟头的人已很少看见了,

可这位连廉价香烟都买不起的老婆婆却在忙着一心一意地捡烟头!

山崎递给老人一支好烟,帮她点着了,老人诚惶诚恐地接受了。山崎一边装着若无其事,一边小心翼翼地同老人攀谈。她逐步确信,这位个子矮小、服饰简陋的老婆婆,一定是位从小就被卖到南洋的老年妓女。于是,她决心找个理由与其交往。

同住——在阿崎婆家里

在坚定了研究海外妓女史的决心后,山崎朋子摒弃了所有的犹豫与彷徨,在一个星光依稀的晚上,又来到了南日本的天草岛,住进了那位名叫阿崎的老人破旧不堪的家里。

阿崎婆的家,位于一座小山村的尽头。房子的周围,浓绿的藤蔓茂密地生长着。走进家门,那凄惨的景象让朋子心中酸楚不已。墙壁处处崩落。隔扇和拉门只剩下了骨架。起居间的草席几乎完全腐烂了,已然成为蜈蚣的巢穴。

就在这样恶劣的生活环境里,山崎朋子与阿崎婆共同生活了三周的时光。白天,她吃着极端贫穷的阿崎婆用稞麦烧的硬饭,拌着盐水煮的土豆泥咽下;夜晚,则睡在阿崎婆特意为她铺就的,用婆罗洲木棉做的褥子上。虽然她时刻在担心,这褥子上还会不会残留着那时的病菌,但她又觉得:能躺在作为阿崎婆妓女时代见证物的这条褥子上,对于要亲手书写她们隐匿历史的自己,是最有意义的体验,是值得纪念的一件事。

在这段对于山崎朋子来说具有决定性意义的三周时光里,她时刻提醒自己:你打算与阿崎婆同吃同住,才来天草访问的。如果你不能每天三顿吃麦饭、坐在腐烂的踢踢米上、睡在几千个异国男人躺过的棉褥子上,不能在崖下挖坑大小便的话,她能把你看成是同一立场的人吗?虽然你的生活如地狱一般苦不堪言,但唯有如此,才能得到前往阿崎婆心灵的通行证。

度过了这样一段与阿崎婆同甘共苦的时光后,老人便逐渐向朋子打开了心扉。

就这样,在每个山风徐来、秋虫啾鸣的夜晚,朋子仔细地听着阿崎婆讲自己的故事,然后又反复回味,把每一个细节都记在脑子里。第二天她一人独处时,便拼命地写在信纸上,然后投入村中的邮筒,寄给远在东京的丈夫。

复员一个海外妓女的故事

阿崎婆原名山川崎,约出生于 1898 年。4 岁时父亲病故,不到 10 岁的哥哥便到附近的农民家里当小长工,为的是家中少个人吃饭。尽管这样,生活也还是没能得到改善,每天仅依靠凉水和薯秧度日。

从 6、7 岁时起,为了每天能勉强填饱肚子,小阿崎便开始给别人家背孩子,做小女佣人,整日累死累活。

后来,哥哥为了能盖起房子,娶上媳妇,便以 300 日元的价格,将小阿崎卖给了附近一个从南洋回来的人贩子。那时,阿崎还不满 10 岁。

离乡背井的日子到了。妈妈走遍全村借来棉线,先用织机把线织成布,接着又彻夜不眠地缝制,终于给小阿崎穿上了有生以来的第一件新衣。这是一件黑地白条纹的棉和服,也就是那条婆罗洲木棉褥子的里儿和面儿。

穿着妈妈辛苦缝制的和服,阿崎坐上船,被人贩子辗转带到了婆罗州的山打根——东南亚一座濒临太平洋的港口小城。同去的,还有村中贫穷人家的其他一些女孩子。

在酷热的山打根那些凄苦的日子里,为了能早日回到家乡,这些女孩子日复一日、年复一年地葬送了自己尚未绽放的花季,葬送了自己的青春乃至一生……

在以后的岁月中,阿崎曾一度回到日本,因无法被哥嫂及村里的人们所接纳,便又来到中国东北。在东北,她嫁了一个日本男人,生下一个叫勇治的儿子。可勇治在即将结婚时,就把阿崎婆赶回了老家,从此再没来看望过她。

生活在极度贫困中的阿崎婆,还收养了 9 只因主人搬迁而被丢弃的小猫。对于为研究海外妓女在天草岛上与自己偶然相识的朋子,甚至连理由都不问就留住下,一连三周都从自己的碗中分出一份饭来,给这位素昧平生的客人。

无论是人还是猫,只要对方需要就尽力去帮助,对他人的自由始终保持尊重,这就是阿崎婆身上所体现出的那种出污泥而不染的莲花般的美好人生。

灿若星辰

为了不对阿崎婆的生活产生影响，4年后，山崎朋子才将根据这次采访写就的纪实文学作品《山打根八号娼馆》出版付梓。

本书出版后，在日本和东南亚引起了极大反响，第二年便荣获第四届大宅壮一纪实文学奖，不久又被改变成电影和话剧，相继在日本和世界各国上演。这一切，不光是由于作为一名女性史研究者的山崎女士出于对广大底层妇女的真挚同情和对历史真实的执著追求，将从未受到世人关注的"南洋姐"的悲惨历史，在即将因失去证人和证词而永远消失的情况下整理出来公诸于众，还历史于真实，还在于她以纪实的手法把"阿崎婆"这位饱经苦难的底层妇女身上可贵的人格美传给了读者，给物欲横流人心日趋冷漠的世风注入了一股清泉。

几十年来，山崎朋子通过大量无可辩驳的事实，深刻地揭露和批判了近百年来日本帝国主义对亚洲的侵略以及在此过程中将本国广大底层妇女作为肉体资本加以利用的卑鄙行径，呼吁同样曾经沦为日本侵略亚洲政策牺牲品的日本底层妇女和亚洲妇女联合起来，为世界和平和妇女自身的解放而斗争。

山崎朋子女士所作出的长期不懈的努力和所发出的正直呼声，将永远灿烂地闪烁在历史的星河之中。

电话采访　　　　　　　　　　　　　　　　王矿林/摄

报告文学篇

生命在舞蹈中绚烂

入夜,华灯初上,金碧辉煌的唐乐宫里流光溢彩。一场气势磅礴、场面壮观,以展示我国历史上的盛唐气象为主旨的大型歌舞剧——唐宫乐舞,正在这里举行。舞台上的演员们吹、奏、弹、唱、舞,融钟、鼓、琴、瑟于轻歌曼舞之中。乐曲高亢悠扬,动作舒展流畅,服饰华丽多姿,在场的中外宾朋无不深深地陶醉于这绝妙的艺术享受之中。饰演唐明皇的演员出场了,他俊朗的扮相,挺拔优美的舞姿,使台下的观众为之倾倒,全场报之以热烈的掌声。他,就是西安歌舞剧院舞蹈团团长程鹏民。

可以毫不夸张地说,程鹏民是翱翔于我国西部舞蹈艺术舞台上的一只矫健的雄鹰,他以自己坚强的毅力和持之以恒的勇气与信心,创造了艺术生命的奇迹,创造了自己事业的辉煌。

梅花香自苦寒来

程鹏民出生时,西安古城内的梅花正在春寒料峭中喷香吐蕊。从此,他命运的轨迹便与这美丽的梅花结下了不解之缘。

上世纪的 60 年代末,西安市中学生宣传队演出《收租院》的舞台上,出现了一位气质不凡的男孩子,他扮演给大地主刘文彩扛活儿的小长工。每次演出中,这位"小长工"总是情不自禁地泪珠滚滚,动情而投入的表演,吸引了每一位在场者的目光。在次年举行的"西安市文艺战士训练班"

的考场上,这个小男孩甜甜的一笑,又打动了每一位评委,由此开始了他的舞蹈生涯。当时是 1970 年,程鹏民年仅 13 岁。

以舞蹈专家的眼光来看,程鹏民从事舞蹈事业,其天生的条件并不是很好,身高不够标准,软开度也远未达到完美的程度。可就是这样一位自身基础条件不是很好的程鹏民,却在自己的事业征程上创造出了许多奇迹,极长的艺术生命(35 年之久,而且仍在优美地延续);自始至终使自己的舞台表现力与创造力处于近乎完美的巅峰状态;在年近 45 岁时,又获得了全省比赛中的大奖,是获奖选手中年龄最大的一位……

这些令人赏心悦目的结果,它们的诠释,尽在其实现过程的艰苦备尝之中。在一篇阐释舞蹈演员的艺术职责与任务的论文中,程鹏民这样写道:"演员要成功地展示舞蹈作品,必须首先具备应有的专业技能,专业技能包括基本功训练和对舞蹈语言的熟练掌握,以及有关的高难度技巧;另一方面还包括演员的艺术修养,要求演员善于表演,以及具有丰富的实践经验和塑造人物形象。表达角色内在思想感情的表演技能,技巧是演员的外部技艺,思想感情是演员的素质内涵水平的一种表现。技能技巧的掌握和提高,必须依靠演员长期的坚韧不拔的刻苦训练、排练;思想感情和艺术表演的水平,必须依靠文化理论基础和个人的审美修养,以及对生活的长期积累和对生活本质的认识和理解。"(此论文已被收入由陕西旅游出版社所出版的《舞蹈新论》一书之中)文章的字里行间渗透着程鹏民对舞蹈事业的高度责任心及其良好的艺术感情。在实践中,他也是这样去身体力行的。

少年时期曾带给他极大精神重创的自身先天条件的不足,反而使他异乎寻常地受益终生,这在一般人看来是非常难以理解的。在程鹏民身上,有一种超乎常人的坚韧。从开始舞蹈生涯之日起,他便下定决心要战胜自我,开始了一种长期的、各个方面的自我磨砺。几十年来,他比别人多吃的苦,多流的汗,是任何人也无法说清楚的。在演出的间隙,经常还能看到他在后台不懈地练功,分分秒秒都不放松;外出演出归来,无论时间有多晚,只要是自己所规定的额外计划未完成,都要到练功房去补上。1976 年唐山大地震,影响波及到全国,许多具有轻微震感的地区,人们都是在临时搭建的防震棚中度过的,西安也不例外。可就是在那样的日子里,程鹏民也是一年 365 日,天天在练功房里,在汗水的浸泡中度过。

程鹏民聪敏好学,广览博采,在中国古典舞、民族民间舞以及芭蕾舞等方面均有较为深厚的造诣。在 35 年的舞蹈生涯中,他主演过 10 多部舞剧,在上百个舞蹈节目中担任独舞、双人舞、领舞角色。他曾在《红色娘子军》中饰演洪常青、《白毛女》中饰演杨白劳、《草原儿女》中饰演巴颜、《沂蒙颂》中饰演鲁英、《骄杨》中饰演吴刚、《小刀会》中担任领舞。在西安歌舞剧院创造的舞剧《海螺姑娘》中饰渔郎、《秦俑魂》中饰秦始皇、《长恨歌》中饰唐明皇、《王贵与李香香》中饰王贵,在陕西省歌舞剧院创作的舞剧《红高粱》中饰"我爷爷",在大型歌舞《信天游》中饰文艺工作者。此外,还在《抢亲》中饰猎人,在《堂吉诃德》、《葛蓓莉亚》、《西班牙舞》、《农夫与蛇》、《惊变》、《渡口》、《仙鹤的故事》、《迎红军》、《洗衣歌》、《打酸枣》、《唱支山歌给党听》等节目中担任领舞和双人舞表演。

程鹏民功底扎实、技艺娴熟、训练刻苦、表演认真,在年已 48 岁的今天,他仍然活跃在舞台上并担纲主要角色,甚至还能表演许多技艺高超的双人舞,比如《长恨歌》中唐明皇与杨贵妃的双人舞、《东方红》中的双人舞。更为令人惊叹的是,在《秦王破阵乐》中,程鹏民还能做出诸如拧旋子、翻蛮子等具有高难技巧的动作,在《唐宫乐舞》中的主要舞段《秦王破阵乐》、《傩面舞》中担任领舞和大踏歌中的唐明皇。这,不能不说是舞坛上的一个奇迹,是难能可贵的非常罕见的现象。充沛的精力、高超的技能与体能使他至今仍保持着艺术的青春与活力。冰冻三尺非一日之寒,滴水穿石非一时之功,程鹏民永不衰竭的艺术青春,难道不是来自于在漫长岁月中他十倍、百倍于常人的艰苦付出吗?

艺不惊人誓不休

"你 32 岁,在舞台上塑造这个(指余占鳌)不容易,你把我在电影中想说而没有说出的话给表现出来了。"这是 1990 年,著名电影导演张艺谋在观看由电影《红高粱》所改编的舞剧《高粱情》后,握着程鹏民的手,对他在剧中的动人表演所做出的评价。

艺术评论家周知在为《高粱情》一剧所写的评论文章中说到:"他(指程鹏民笔者注)凭借自己的艺术功力,无论在对美好往事的回忆、对儿子急切的呼唤还是在与九儿最后决别的舞段中,每一个托举,每一个旋转,每一个大跳,每一个亮相和舞姿,都注入了浓重的感情色彩,准确地把握着戏剧节奏和舞蹈节奏,用近乎'白描'的表演把全场推向高潮,给人留下

了十分强烈的印象,不能不认为是由于程鹏民在这里发挥了主要作用,才收到了良好的艺术效果。"

"艺不惊人誓不休!要做就要做到最好。"这是程鹏民对艺术创作的不懈追求。程鹏民具有谦虚好学的作风和严肃的敬业精神,排练时一丝不苟,演出时则全身心地投入,舞蹈中的一招一式、一举一动、一跳一转都非常认真地去完成,并十分注重人物形象的塑造以及角色内在情感的刻画和表现。因此,程鹏民多次在省、市舞蹈比赛中获得金奖、银奖、特等奖以及一、二等奖。

1989年,电影《红高粱》获柏林影节金熊奖后在全球热映,陕西省歌舞剧院随之编排了舞剧《高粱情》。通过在全省各文艺团体中的反复筛选,饰演"我爷爷"余占鳌的任务落在了程鹏民身上。

接受这一角色后,程鹏民将自己的全部身心都投注于半个世纪前的鲁南乡村,投注于烽火连天的抗日战场。他反复阅读剧本,逐段逐字地去理解其中的内容与真正的涵义。他一遍又一遍地阅读莫言小说的原著,一遍又一遍地播放《红高粱》电影录像带,无数次地放,无数次地观看,无数次地思考,从感性上升到理性,从而去体会男主角的喜怒哀乐与酸甜苦辣,把握准确的人物性格和基本要求。

自小在城市中长大的程鹏民,为使自己加深对乡下人的生活状态及心态的理解,还专程跑到农村住下,在那里,细心观察农民的一举一动,了解农民的生活习性。经过提炼发挥,程鹏民在剧中设计了余占鳌遭遇困境时,默然低首下蹲的动作,因其生活气息十分浓郁,因而在公演时获得了极大反响。

在《高粱情》的第二场戏中,有一段"我爷爷"背着九儿向高粱地走去的情节。这段戏的分量重,分寸较难把握。程鹏民与导演在排练场上几十次地反复推敲,反复试验,因而在最后公演时,这段表演完成得十分到位与出色,显得准确、生动、优美,给观众留下了难忘的印象。

在同一出剧中,程鹏民采用了"拉腿蹦子"的技巧,表现"我爷爷"对苦难生活的憎恨和对美好生活的追求与向往。他还把许多舞蹈技巧中的古典风格与现代构思巧妙地结合起来,将东方与西洋舞蹈的展现形式结合起来,把"变身跳"与"什字水平跳法"相结合,使人物的气质更加充实,外表更为强悍。程鹏民还大胆采用了女演员常用的"倒踢紫金冠",以增强舞姿的优美度,让主人公似雄鹰一般在空中翱翔。

在排练《高粱情》一剧的 5 个月中,程鹏民坚持天天到场,在排练室一呆就是一天,反复地试动作,反复排练;往往为了一个动作的准确,几十次、上百次地试排,直到能完美地表达男主角的内心活动为止。当时正值寒风凛冽的冬天,排练室里没有暖气,外面北风呼啸、大雪纷飞,可排练室里的艺术创作气氛却无比热烈。程鹏民上身只穿一件单衫,下面穿了一条尼龙裤,即使这样,浑身上下也是整日浸泡在汗水之中。当一天排练结束,程鹏民推着自行车回家时,平时只需几分钟的路程,他那时却要走半个小时。当他疲惫地推开家门时,往往已是万家灯火了。

辛勤的付出终于获取了丰美的收获。在其后举行的西安市第二届艺术节中,《高粱情》荣获特别演出大奖,程鹏民荣获演员表演一等奖;随后,《高粱情》又被选定参加了中国艺术节第二届西北文艺荟萃的演出,荣获集体一等奖(本次艺术节不设个人表演奖)。

艺术舞台上的一盏长明灯

"老老实实做人,认认真真演戏。"这是程鹏民一以贯之的座右铭。自 1970 年加入文艺队伍以来,程鹏民一直遵循着这一原则,严格要求自己,工作上从不耍奸取滑。1989 年排练舞剧《高粱情》时,他积极与该剧导演配合,时时处处起模范带头作用。在排练"颠轿"这场戏时,小演员们嫌地上太凉,都不愿躺下,程鹏民二话不说,第一个躺在了冰冷的地板上。年轻的演员们见状,便纷纷效仿,从而使排练得以顺利地进行了下去。程鹏民就是这样的一个不计劳苦、以身作则的典范。类似这样的情景发生过多少次,已经多得谁也记不清了。

程鹏民外形俊美,身姿挺拔,在海内外也具有一定的影响,因而他曾多次接到邀请他去拍摄电影、电视剧的邀请;可每次都被他婉言谢绝了。在任何时候、任何情况下,他都是以团里的演出大计为重,服从分配,不讲价钱,拒绝与排除了无数次金钱名利的诱惑与困扰。

长期的舞台实践,连年累月超大负荷地运动,使程鹏民的腰、膝等关节机能严重损伤。在 1991 年排演《长恨歌》时,由于"杨贵妃"一时定不下来,饰演唐明皇的程鹏民便要与四个"贵妃"轮番合作。《长恨歌》里本来就有大量需高难技巧方能完成的双人舞,需要付出极大的体力;现在又要和四个女伴同时排练,所耗的体力更是空前的。当时正值盛夏,坐着不动都

让人热得受不了，更何况程鹏民还要在极度闷热的排练场里，陪着四个"贵妃"一遍又一遍地练，一遍又一遍地托举。女演员的高低胖瘦不同，托举中的把位也不同，程鹏民一边忍受着腰腿上的剧烈疼痛，一边细心琢磨，调动起自己多年来所积累的双人舞技术与经验，按照导演的要求，腾空起跳，快速旋转，一遍又一遍地托举，一丝不苟。当每天的排练结束时，大家都明白，程鹏民是汗流得最多的人，也是忍受身体上的痛苦最多的人。

与程鹏民接触，让人有一种如沐春风的感觉。与他接触过的许多人都说，他的心如一泓清泉，清澈见底；又像大海般宽广而深厚。在西安歌舞剧院巡回演出的路上，谁的行李拿不了了，总会有他帮助的身影出现。一次出国演出归来，到达上海机场时，因正值酷暑，加上20几个小时的飞行疲劳，团里的一位同事不幸昏倒在地。炎热的天气，繁重的行李，烦躁的心情，使得许多平时还算得上热心的人，也在这时表现出了一种不耐烦和无奈。这时，又是程鹏民站了出来，背起病人跑到医院。他不顾自己的劳累，楼上楼下地跑着查病取药，顾不上自己出国回来贵重的东西，顾不上被汗湿得能拧出水来的衣服。

对刚刚踏入艺术大门的学员，程鹏民亲如兄长，代课、排练，恨不得把自己的心都掏出来；对于一些业余艺术爱好者，他也从不居高临下，而是手把手地辅导。因为他平易近人，没有架子，热心诚恳，使得许多人都对他终身难忘。

在舞蹈团里，程鹏民是一个具有巨大凝聚力的好团长。在工作中，哪里最累，哪里就有他的身影，遇到倒台、装台，他总是搬得最快最多，根本不知道爱惜自己的身体。在他的带动下，舞蹈团中的许多人都能配合工作，服从指挥，很好地完成各项演出任务。自1978年以来，程鹏民连续10多次被评为省、市及文化系统的先进工作者，曾荣获"新长征突击手"、"优秀辅导教师"、"优秀团员"、"学习先进分子"、"五讲四美先进个人"、"德艺双馨"艺术家等称号，这是党和人民所给予自己辛勤耕耘的艺术家的崇高荣誉。

(见报时间：2004年9月15日)

报告文学篇

一个叛逆者的生涯

在每年绿草如茵、林木葱翠的夏秋季节,都会有如织的游人来到美国名闻遐迩的拉什莫尔山谷。阳光辉映下,居于群山之上的拉什莫尔四巨头群雕与周围的山峰浑然一体,形成十分壮观的场景。这四巨头便是:美国的开国元勋华盛顿、《独立宣言》的起草者杰斐逊、解放黑奴的领导者林肯以及奠定20世纪美国之基础的西奥多·罗斯福。他们就如璀璨的群星般,照亮了美国200余年的历史天空。

与华盛顿和杰斐逊同时期,出现过一位与其二人形成鲜明对照的人物。在他的一生中,聪慧狡黠与执迷不悟交织,奇功卓著与离经叛道并存,曾流亡于海外的凄风苦雨,后终老于母国奢华却苍凉的故园。他的一生,起伏跌宕,颠沛流离,既享有过财富与地位巅峰的奇谲瑰异,亦品尝了衣食无继、仰人鼻息的孤舟飘零;他的才华横溢与睿智过人,与他无限膨胀的政治野心与无所顾忌的极端方式,造就了他臭名昭著的叛逆者生涯。他,就是美国历史上林彪式的人物——艾伦·伯尔。

风流倜傥的少年才俊

18世纪的美国,是其社会形成的襁褓时期,一批批从英国及欧洲大陆涌入的移民,就在美利坚国土的东北角上,那个被他们称为新英格兰的地方,开拓垦殖,生存繁衍。那时的阿巴拉契亚山以西地区及密西西比河

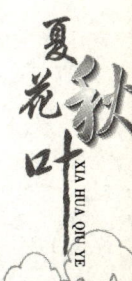

流域,还多是一片片人迹罕至的荒野。

就在这个世纪的中叶,即1757年的2月6日,艾伦·伯尔出生于一位来自英格兰的神职人员家庭。艾伦4岁时,一场热病吞噬了父母的性命,年幼的孤儿被带到姥爷家抚养。艾伦自小身体瘦弱,但天资却异常聪颖,学校按部就班的教学无法满足他超乎寻常的接受能力,他开始从阅读中搜寻那些使他兴奋的东西,每天都有数小时沉溺于其中。7岁时,家中的佣人和家庭教师又教给他射击与剑术。他在院中设置了靶场,很快便会娴熟地使用手枪和步枪,并逐渐成为一个日臻完美的剑客。

1769年,12岁的艾伦便进入新泽西大学。这段时期,他在语言方面的造诣愈益驾轻就熟,同时掌握了法语、西班牙语、希腊语和拉丁语。在这里,艾伦步入了他的青春期,逐渐出落为一个英俊优雅的男子。这样的外表,使其备受普林斯顿贵妇们的青睐。传说他的出现,会对异性产生催眠般的影响。

艾伦的形象为他罩上了一轮富有影响力的光环,他成为同学中的领袖人物。以他出类拔萃的能力,艾伦一边轻松地获取知识,一边去小酒馆进行愉悦性的论辩,或去城中那些名媛闺秀家走走。

这段时期,正是美国社会风云激荡的年代,殖民地人民试图摆脱英殖民者的呼声日益高涨。艾伦的许多校友都积极地投身于这场解放运动之中,其中就包括后任美国总统的詹姆斯·麦迪逊。而艾伦对这一切却置身事外,充耳不闻,只全神贯注于自己的生活。他所撰写的论文,全都围绕着诸如"荣誉"、"激情"等话题展开,勃勃野心渗透了每页纸张。

奇功卓著的青年军官

在这种悠闲舒适的时光中,艾伦大学毕业了。此时,他原先那些被深深卷入抗英事业的同窗校友,都参加了独立战争,在军中谋得了较高的职位。懊悔、难堪困扰着艾伦,他转变态度,奋力争取,参加了将长途跋涉、去占领魁北克小城的远征军。当时,在华盛顿领导下的大陆军队,武器弹药短缺,军需给养也极度匮乏,而且几乎无任何军事经验。他们面临的是一支在全世界首屈一指的、训练有素、装备精良的武装。面对加拿大茫茫无际的林海雪原,艾伦这个从降生伊始就享受奢华生活的人,对密林做战一无所知,几乎成为队伍中的首批减员者。

可艾伦却使每个人都吃惊不小。当远征军的余部到达魁北克时,他已成为军中荒野求生与作战的专家。他无坚不摧,屡建奇功。充沛的精力,使他从未显示过倦怠。他以不竭的勇气、取之不尽的锦囊妙计以及在长距离征战中为求生存而练就的狡黠,使自己迅速成为军中颇具影响力的青年军官,成为名声大振的孤胆英雄。未满20岁的他,已居于军中令人尊重的显要位置,参加了高层指挥会议,从而参与了对未来军事行动的决策。

1776年,从一场场险恶战役中脱颖而出的艾伦,被任命为华盛顿总司令的军事秘书。但他喜悦的心情没过多久便骤然退潮。因他发现自己的工作只是不断地为总司令誊誊抄抄;而总司令,这位来自弗吉尼亚的农庄主屡屡出错的拼写与标点,则使艾伦对将军的敬意逐渐降低。

郁郁沉思的艾伦不久便感觉到了将军对他的不满,青云直上的路被阻断。艾伦考虑到了离开军队的必要。这时,他遇到了特丽西亚。

享受纸醉金迷

特丽西亚是位英国军官的遗孀,年长艾伦10岁,已有5个孩子。她优雅美丽,魅力迷人,且富有母性情怀。她与艾伦在相识几年后结婚,艾伦亦同时拥有了自己的律师事务所。

其时,美国开始从饱受战争之苦的岁月中解脱出来,光彩夺目的繁荣时期开始了。艾伦的法律事务红红火火,发展异常迅捷,被公认为最负盛名的律师之一。艾伦有在辩论中探查对方弱点的能力,他对案件的敏锐判断,以及他在学校就崭露才华的雄辩能力,使他打赢了一个又一个的官司,收入愈益丰厚。

钱财滚滚而来,如同一条金色的溪流。艾伦购置了富丽堂皇的豪宅;特丽西亚收藏了不计其数的珠宝。他们经常乘坐着当时纽约最为豪华的四轮马车,从铺满鹅卵石的街道上疾驰而过。

艾伦有一座位于郊野的宅邸,已然成为纽约最为典雅的庄园。它的私人图书馆拥有5000多册藏书,绝大部分家具都是以昂贵的价格从英国和法国购置。各个房间布满了精美的画像、雕塑、装饰品和古典工艺品,坚固结实的马厩里养着纯种好马。

这儿是纽约的社交中心,许多重要的政治人物,都愿意到这儿来享受他及特丽西亚的盛情款待。一些欧洲国家的外驻使节及作家、艺术家、音

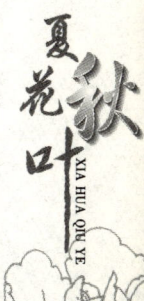

乐家,也是经常光临的访客,他们在这儿享受新大陆最好的美味、美酒与服务。

劣迹昭彰的政治生涯

到了1787年,法律事务已成为一种例行公事,不再对31岁的艾伦具有挑战性,但仍是他的基本收入来源。他真正的兴趣正往另一个方向转移:希望参与政府机构的工作,因为这是权利的基本来源。艾伦开始全身心地介入政治活动,想在国家事务中充当一个强有力的角色。

当艾伦参与高层政治活动,站在聚光灯下崭露头角时,便带着某种扑朔迷离和投机冒险的味道。他虽贵为公众人物,掌管选举事物和任用大权,却从未对一些重大问题发表见解。他是一只潇洒的、狡猾的、孤独的狼,无人能探究出他的立场所在,谜一般的浓雾笼罩在他的周围。

在艾伦的政治生涯中,充斥着翻手为云覆手为雨、见风使舵、恣意背叛等字眼。他具备敏捷的思维、非凡的理解力、用之不竭的旺盛精力以及影响他人的能力,这些超凡的天赋使其在选举中步步高攀,最后位居副总统的宝座。但其品格中的致命缺陷——对顶峰位置须臾不待的渴求及对荣耀的极度向往,却引导他走上了一条万劫不复的不归途。

杀人·阴谋·受审

在艾伦仕途中,美国历史上的杰出人物乔治·华盛顿和亚历山大·汉密尔顿一直是他不可逾越的障碍。1804年盛夏的一个清晨,在纽约郊外一座小山坡上的密林中,艾伦以决斗的方式,残忍地杀害了后者,引发了美国社会的轩然大波。他遭到了最高法院以谋杀罪名的通缉。在隐匿于佛罗里达海滨,度过了数年打猎、钓鱼、划船的闲适生活后,便打算将自己的狂妄梦想付诸实施。这个在逃的副总统开始积聚兵力、土地和财富,认真地计划着征服整个国家,建立私人王朝。他设想能从大不列颠、法兰西及西班牙等国获得资金及其他方面的支持,而让他们从自己国家的解体中获得利益。

艾伦建造了一艘设施齐备的大船,开始他沿俄亥俄河顺流而下的航行。抵达沿途每座城镇时,他会到岸上发表演讲,同拥挤的民众交流,显得十分和蔼可亲与平易近人。他频繁地同富商巨贾、高层官员与军队首脑接触,灌输其分裂主张并怂恿他们予以实施。

许多人识破了他的居心,没过多久,他的阴谋便遭到败露。华盛顿方面发出对他的通缉令。疯狂的梦想灰飞烟灭,艾伦销声匿迹。

1807年冬末春初的一天,落日时分。在路易斯安那的一座小镇酒馆门前,一个陌生人正在向人们询问东去的路。酒馆里的一位客人是乡村律师班金斯,他看到陌生人穿着褪色的皮裤和垦荒者的衬衣,一件土著人的外套搭在肩上,脸上的胡子足有两个星期未刮。一眼望去,真像是这地方无数垦荒者中的一个。

但有两件东西引起了班金斯的注意:此人穿着一双贵族光头靴;眼光炽热。这令他想起了悬赏捉拿的公告,那份传单着重强调了逃亡者眼睛的特点。两小时后,军队将艾伦抓捕归案。

1807年7月,是弗吉尼亚州多年来最热的一个夏天。在郁闷的法庭上,即使最为端庄的律师也在法官的允许下,摘掉了厚重的发套。

对艾伦·伯尔叛国罪的审判在这里进行。

经过为期近一个月的庭审,依仗其多年律师业务的丰富经验及其所邀请的强有力的律师团,艾伦赢得了这场官司。最后陪审团宣布无罪成立,艾伦以自由人的身份步出法庭。

在全国,艾伦企图建立自身帝国的阴谋家喻户晓。即使最为普通的民众也知道,他之所以逃脱了法律的惩罚,是由于这阴谋在付诸实施前便土崩瓦解。

审判进行前后,艾伦所激起的愤怒、仇恨与厌恶的情绪持久不衰。公众无法原有一个身居高位的人,为一己私利,而醉心于分裂祖国的阴谋。

艾伦开始东躲西藏。他的所有财产都被拍卖,用于抚慰汉密尔顿的遗孀。他现在一文不名,债台高筑,栖身于费城的一间小阁楼中。每当夜幕降临后,他才敢冒险出去,在为海员和其他体力劳动者提供饮食的廉价小酒馆中,草草吞下每天的唯一一顿饭。这时,他开始想到去欧洲,为其疯狂的冒险寻求外国政府的支持。

1808年夏,艾伦52岁时,他孤注一掷地借了女婿2000美元,装扮成一个英国商人前往伦敦。当时,他无论如何都意识不到,从此再也见不到自己唯一的女儿和外孙了。

流亡于海外的凄风苦雨

艾伦甫到伦敦,便游走周旋于他在美时的座上佳宾、当时的英国驻美公使马利的周围,开始说明他新的设想,实施他征服新大陆的计划。艾伦巡行于伦敦的社交圈中,利用各种机会,大谈如果英国资助远征军征服新大陆将会享受到的利益。他时常会接到请他喝茶、吃饭和庆祝节日等诸多邀请,甚至有些应接不暇。其时,艾伦甚至陶醉地感到,他最终找到了自己真正的精神家园,一个他自己的灵魂能够安宁的地方。

他所不知道的是,这种洋溢着极大幸福感的生存只是表象而已。时过不久,他便被作为不受欢迎的人而被驱逐出英伦三岛。

之后,他辗转于瑞典、法兰西等国。他的声誉已破碎不堪,而且还在向着一个优雅的乞丐形象滑落。开始他依靠别人的宴请过活,一次就可以吃下能够维持24小时的食物,数量惊人,逐渐变成了一个饕餮之徒,与前判若两人。后来,即使最热心的主人也对陪伴他用餐产生了厌倦。无奈的他只好依靠借贷不还与赌桌上的胜算度日。

他的钱囊空空如也,面临着可怕的饥饿境地。本来,依靠自己聪颖的天资,他可通过许多途径挣钱,过宽裕的生活。但他拒绝这样做。他总在虚妄地空想,如果其征服计划被拿破仑青睐,他就会占领整个北美西部,成为这个法属殖民地的总督。

到了1811年,56岁的艾伦沦落入其人生的最低谷,陷入真正绝望的状态,身体与精神的痛苦愈益沉重。他被迫当掉大衣以付房租,也没钱去赎回自己的靴子。他一贫如洗,买不起木柴,房间里冻得要命,只得躺在床上熬过一个个不眠之夜。

他的身体状况急剧恶化,头上仅剩的一点儿头发全变白了;胃里疼痛难忍,这是只能用硬面包角和苦咖啡来填饱肚子所遗留的后果;走路也不利索,这是脚踝摔伤未愈所造成的。夜不能寐,急火攻心;冰冷的肌体,经久的疼痛。绝望的情形迫使他面对现实。他彻底且永远放弃了自己的全部妄想。

艾伦最终认识到:他的根在美国,他的女儿和外孙也在那里;他已厌倦了这种寒酸的、居无定所的飘泊生活。他只想到一个地方:故乡。

晚年的苍凉悲歌

1812年,艾伦历尽周折回到祖国。这时,他的老朋友和校友詹姆斯·麦迪逊已成为总统。由于麦迪逊的协调,以及社会公众对早年岁月的忘怀,艾伦不再引起大家的关注。他得以平静的生活,重操旧业。

旅欧的经历教会艾伦简单生活,他花费极少,收入很多。女儿和外孙在意外事件中的先后丧生,夺走了他生活中仅余的一点点儿快乐,也使他丧失了赚钱的动力。

在艾伦晚年,唯一能够带给他些微满足的,是他先后资助了4、5个贫寒人家的子女,使他(她)们得以进入普林斯顿和耶鲁读书,毕业后还在父母的陪伴下赴欧留学,从而进入上流社会。

1835年秋,艾伦走完了其狂乱的一生。

(见报时间:2003年4月16日)

快乐圣诞

——若星报告文学散文随笔选

（下）

陈若星　著

西安出版社

图书在版编目(CIP)数据

夏花秋叶:若星报告文学散文随笔选(上下)/陈若星著
—西安:西安出版社,2011.9
ISBN 978-7-80712-833-5

Ⅰ.①夏… Ⅱ.①陈… Ⅲ.①报告文学—作品集—中国—当代②散文集—中国—当代③随笔—作品集—中国—当代 Ⅳ.①I217.2

中国版本图书馆 CIP 数据核字(2011)第 197704 号

夏花秋叶　若星报告文学散文随笔选(上、下)

著　　者：陈若星
出版发行：西安出版社
社　　址：西安市长安北路 56 号
电　　话：(029)85253740　85234426
邮政编码：710061
印　　刷：西安交通大学印刷厂
开　　本：787mm×1092mm　1/16
印　　张：44.25
字　　数：660 千
版　　次：2011 年 9 月第 1 版　2011 年 9 月第 1 次印刷
印　　数：1—1500
书　　号：ISBN 978-7-80712-833-5
定　　价：68.00 元

本书如有缺页、误装,请寄回另换。

目录

访谈篇

为大写的人树文字丰碑 / 3

树一块正身的"明镜" / 7

兰叶春葳蕤 桂华秋皎洁 / 11

《逃离》——一部剖析人性的力作 / 17

"本山现象"的正负效应 / 23

历史深处的红色岁月 / 27

一路书香 / 37

改革、创新 陕西出版集团科学快速发展之路 / 42

荣获俄罗斯文学大奖之后的思考 / 53

这里的一切,牵动我心 / 59
倾听高鸿吐露心扉 / 63
千秋家国梦 / 68
书籍点亮我世界 / 80
解密《大秦岭》/ 88
历史鸿篇　山水画卷　文化长卷 / 94
开启拉动内需的文化引擎 / 97
逆势崛起　抢占文化制高点 / 103
标识陕西大地博物馆 / 107
文化需梳理　品牌要推广 / 111
转经济之危为文化之机 / 114
商业土壤令艺术奇葩更加夺目 / 118
陕西文化产业和经济发展的对接 / 122
奏响盛世中国的文化经济交响曲 / 126
文化很浪漫又很现实 / 130
经济构图　文化着色 / 134
《风云人物》是无数人物的传记 / 138
一部厚重的传统文化普及精品 / 145
为什么战旗美如画 / 149
钢铁就是这样炼成的 / 156
高点,及其之后…… / 164
让绚烂的文化遗产在西部文化强省的建设中异彩纷呈 / 169
麦田守望者 / 175
当我回首往事…… / 182
我对这片土地爱得深沉 / 188
走近抽象艺术 / 191

散文随笔篇

白夜中的《天鹅湖》/ 197
你的名字无人知晓 你的功勋与世长存 / 200
巴拉莱卡 / 204
绽放在广袤大地上的美丽 / 207
远帆 / 210
麦田间的端午 / 214
小飞侠 / 216
空谷幽兰 / 218
音乐的力量 / 222
我躺会儿…… / 224
饱含着亲情与思念的时光 / 227
雪落无痕 / 230
高山平湖 / 234
等待维果 / 236
畅叙《保卫延安》/ 238
射击情缘 / 240
此剧已然成追忆 / 242
烽火连天的岁月 在那遥远的边陲 / 243
在海岛上飞翔 / 245
旅途中的记忆 / 247
一曲难忘 / 250
公路边,那间草房 / 252
天草的钟声 曼哈顿的灯光 / 254

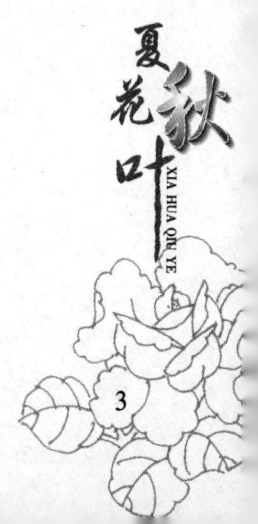

日暮乡关 / 257
辛德勒——历史的真实 / 260

苍茫时刻（代后记）/ 265

附录一：以责任诠释天职的践行者 / 270
附录二：以责任诠释天职的践行者 / 272
附录三：从边缘到主流 / 273

跋：感恩的心 / 283

访谈篇

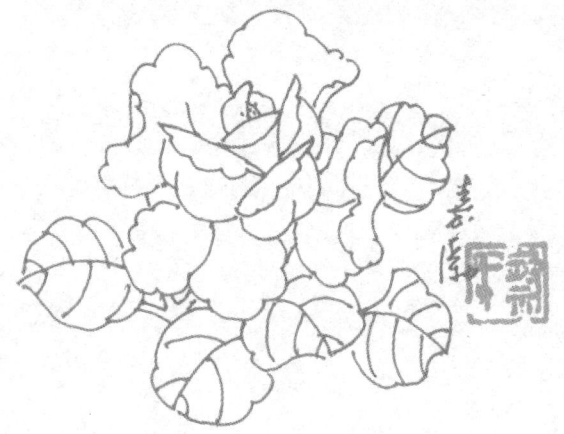

讨论篇

陕西省作家协会副主席、著名作家王蓬的传记文学选《中国的西北角——多位学人生涯的探寻与展示》新近由西安出版社出版。这部作品上下两卷,五十余万字,收入了10部中篇人物传记和10篇人物写真,系作者多年探幽发微、寻呷访问、独辟蹊径写出的一批历史不能也不应该忘记的大写的人,其中有开发大西北的先驱安汉,有在修筑第一条穿越秦岭的现代公路中,保护石门石刻的工程师张佐周,最早对敦煌进行研究的王子云、何正璜夫妇,破译西夏"天书"的李范文教授,最后一位章草大师王世镗,延续五代的拓印世家,以及在抗日战争危急关头,写出《放下你的鞭子》的作者左明,台儿庄敢死队队长王范堂等。另外,对王汶石、路遥、陈忠实、方济众、查舜、卢惠杰等大家鲜为人知的生活情况、性格特征有真切精彩的描述。整部作品史料详尽、内涵宏富、人物性格鲜明,史诗色彩浓烈。6月11日,西安出版社与西安嘉汇汉唐书城联合为该书举办了隆重热烈的签售活动,引发了广大读者对这部作品的关注。为使读者对这部独具特色的作品有更真切深入的了解,本报记者独家采访了王蓬。

为大写的人树文字丰碑

记者:首先祝贺您《中国的西北角》这部著作的出版!能向读者概略地介绍一下您的这部著作,以及她为什么叫做《中国的西北角》这个名称吗?

王蓬:《中国的西北角——多位学人生涯的探寻与展示》要这样连同副题同时展示才比较完整。其实副题已经对这本书的内容做了诠释。回顾起来,我一共写作并发表了17部中篇传记文学,选了与学人相关的10部,另外就篇幅和规模上说还不能称为中篇传记,多为万字上下,所以归

为"人物写真",这20篇作品的传主大多为学人或与文化艺术相关,本书的内容也主要是探寻和展示这些传主在不同的历史时期,不同的工作岗位,为中国西部的经济与文化事业所做的贡献。至于书名,还颇费周折,上世纪30年代中国有位名记者叫范长江,他曾经深入中国西部内蒙、甘肃、宁夏、青海等地,写了本通讯集就叫《中国的西北角》,影响很大,为了避免同名,我这部书稿最初叫《历史的西北角》,已经送出版社了。一天与朋友聊天说起书名,朋友说这20位传主的主要贡献或成就都与西部相关,韩梅村教授在长达万字的序言中已经讲得十分清楚。再说范长江的书只有十几万字,内容为通讯,已经过去七八十年,而这本书内容是20位人物,再加一个副题用来区分,应该说是两码事情。我接受了朋友的建议,所以就用了现在的书名,显然比《历史的西北角》要准确、到位,也响亮。

记者:这部著作的写作过程是怎样的?这些传主的遴选,有着怎样的取舍标准?

王蓬:这部作品中,最早是1987年所写的《台儿庄敢死队队长沉浮录》,最晚一篇《破译'天书'——记著名西夏学专家李范文》则完成于2009年,前后历时二十余年,这就有一个较长的时间来进行选择、酝酿和采访,比较集中写的是收入本书的前4部人物传记,《功在千秋》、《百年沧桑》、《墨林风云》、《风雨人生》是我在踏访蜀道时获取的线索,本能地感觉到这几位人物的所作所为和命运中蕴含的深层社会意义,既有文化艺术在传承过程中遭遇的规划或潜规则,又能折射社会与时代对文化艺术发展所起的作用或反作用。历史的基本功能是提供教训,而我写的这几位传主大都是半个世纪之前的事情,已经成为历史,也具备提供经验和教训的可能。正是在这个思想指导下,我在选择写作对象时,也尽可能这样考虑,比如破译西夏"天书"的李范文教授,我国最早研究敦煌学的王子云、何正璜夫妇,开发大西北的先驱安汉,至于王汶石、路遥、陈忠实、左明、方济众、查舜、蔡如桂等,本身都堪称人家,为他们立传的意义是不言而喻的,可以说他们的名字就是取舍的标准。

记者:您最早是以小说成名的。可最近几年却经常读到您的一批文化著作以及传记文学。这可以说,您的创作方向转型了。可我们知道,从事这方面的创作是非常辛苦的。请问,自己明知创作转型很辛苦,为什么还要坚持下去?

王蓬:这与我的阅历或者说兴趣相关,由于大家可以理解的原因,我童年受父亲历史错案影响,10岁由城市到了乡村,16岁初中毕业开始务农,历时18年,直到1982年出版了第一个短篇集《油菜花开的夜晚》,才被破格录用到汉中群艺馆,后又去北京鲁迅文学院和北大中文系学习4年。截止1992年创作出版长篇小说《山祭》、《水葬》,中篇小说12部、短篇小说五十余篇,散文一百多篇。这些作品都是诚实劳动的结果,获得过10项省级以上的奖励,有的翻译至国外。也可以说把二十多年的农村生活积累用光了,再继续写作小说,很难突破;于是我审势度时,再三思考,下一步怎么走?由于父亲喜爱文史,受其影响,我对历史的兴趣并不亚于文学。1998年,从北京学习回来,就有全程踏访蜀道或汉水的想法,正好汉中市政府(今汉台区)想拍蜀道,朋友邀我撰稿,双方一拍即合。有了这个契机,我用10年时间全程踏访七条蜀道,之后又20次西行,考察从长安到罗马的丝绸之路,结集于《中国的西北角》中的人物也大都是这个时间写出来的。这个转型也正好应合山西作家韩石山倡导的观点:青春作赋,中年治学,晚年研究多邦文献。意思年青时富于激情和想象,可以搞文学创作,中年阅历增加,不妨研究一门学问,晚年关注方志典籍,也对家乡做点贡献,我觉得这是有道理的。至于辛苦,如果你对做的事情深感兴趣且有意义,辛苦中也会充满乐趣。再说,要做成任何一件事情,离开辛苦就无从谈起。

记者:《中国的西北角》记述了20位传主的命运和生活遭际。而您今年也六十多岁了,当您从事传记创作时,自己一定也有很多深刻的体会。请问,您是如何真实地展现主人公的人生经历的?

王蓬:这仍然与我的阅历相关,我出生于一个城市知识分子家庭,祖父与父亲均在邮局从事技术工作,母亲出生在一个大家庭,受过高等教育,之后做教师,亲戚中有一些称得上"历史人物",比如外祖父曾在杨虎城的西北军中任过团长、警备司令,还有一位长辈毕业于北大历史系,做过省财政厅长和行署专员。我儿时就常听到他们的故事,我父亲酷爱文史,这自然影响到我。我喜欢读人物传记,觉得有些历史人物性格独特丰满,蕴含着深厚的社会内涵,比小说中虚构的人物更具光彩,这种想法一旦形成便挥之不去,甚至成为我写人物传记时的一条法则,即集中笔墨写主人公最具历史文化内涵的行为,其实也是最光彩的部分,我写的基本是中篇,五六万字以下居多。这也得力于写小说时打下的基础,知道塑造人物的规律,抓住要害,尤其是传主所处的时代,所遇的问题,所思所想的心路历程,环环相扣,写深写透,人物活起来,作品也就成了。当然,这也要下

功夫,我了解一位传主,常常花几年时间,比如《功在千秋——记一位保护石门石刻的公路专家》中的主人公张佐周,比我父亲还年长,学贯中西,如何理解他?我邮购了文史出版社出版的全套文史资料,了解民国史、抗战史、交通史,访问所有能找到的知情人,几乎用了三年时间,这其中有些人物的时代背景是相通相关相联的,比如本书前四部作品的主人公差不多生活在同一时代,都与古褒口相关,他们之前还有交往,调查采访就觉得此塞彼通,很有意思,写作时有通达之感,也增加了写作时的信心和乐趣。

记者:读了《中国的西北角》后,我们都非常为主人公的事迹能够通过您的笔传承下来而感到庆幸。请问,您今后还有哪些文化著作的打算?

王蓬:在完成了《中国的西北角——多位学人生涯的探寻与展示》和《从长安到罗马——汉唐丝绸之路全程探行纪实》之后,目前正在酝酿和创作的是《从长安到拉萨——唐蕃古道全程探行纪实》。我在考察丝绸之路时,也曾多次沿着青藏线、滇藏线、川藏线踏访过唐蕃古道,去过前藏和后藏,看过藏传佛教六大寺院和许多重要建筑,同时也采访过几位藏学专家。这条古道的历史文化内涵也非常丰富。西藏是除月亮外最神秘的地方,也由于地域、历史、宗教、民族,是当今世界最敏感的地方,这就需要下功夫去了解和认识,更需要足够的真诚和勇气去面对。近年写西藏的行走类作品不少,浮光掠影,猎奇观光居多,很少从根本上说透,比如青藏高原如何形成?藏人到底有哪些族源?达赖、班禅两大活佛、灵童转世,金瓶掣签的起始缘由,近代西藏经历了哪些风险?明清改土归流的历史作用,川边、滇边过渡地段藏区的独特的史地文化等等。近几年我一直在阅读这方面的史料,发现一批可称为我国藏学先驱的学人,比如任乃强、朱绣、马鹤天、庄学本、孙鸣经等位,这些从上世纪初就深入藏区的史学家、教育家、摄影家等无不学有专长、术有专攻、性格光彩、阅历传奇,具备中国知识分子执著认真、坚韧负责,历经坎坷,百折不改其志的优秀品质,均为中国的民族史、边疆史做出过填补空白式的贡献,这些都激励起我的探索和写作兴趣。

我对他们怀着一种虔诚的敬意,阅读间每每扼腕击节、感叹不已。动手写作时更是诚恐诚惶、小心翼翼,尽可能减少遗憾地做着这件事情,力争能够做好,尽可能交给读者一份满意的答卷。

(见报日期:2011 年 6 月 22 日)

树一块正身的"明镜"

几乎所有会写字的人都知道不朽的颜体书法,但却只有很少的人知道构成他书法人格底蕴的那个以身许国、忠君爱民、疾恶如仇、刚直不阿的真实而全面的颜真卿。作者以高山仰止的崇敬、澎湃的情、严正的历史眼光和文学叙述,让这个中华文化巨人形象,巍然矗立于当代读者面前,其意义不只在于怀古,更在于今人的文化人格建设,可谓立意高远,用心良苦。

——李星(中国小说学会副会长、茅盾文学奖评委)

我们在北京一家酒店的咖啡厅与权海帆老师如约相见。从中午到傍晚,阳光沿着落地玻璃窗向下滑落,直到室内的灯光忽然间亮起,我们相视而笑,似乎还没有听够他的娓娓道来。《颜真卿》的出版可谓几经周折,一个作者跨越了世纪的等待,终于在陕西省重大文化精品项目"西风烈·陕西百名作家集体出征"的推动与撮合下圆满。然而,权海帆老师的语气始终平静,只有谈到创作上的快感时,他的脸上才微微泛起红晕。

"西风烈"成全20年夙愿

记者(以下简称"记"):权老师,首先祝贺您的作品《颜真卿》作为"西风烈·陕西百名作家集体出征"系列图书顺利出版!您是什么时候开始创

作《颜真卿》这部著作的呢?

权海帆(以下简称"权"):谢谢!我在退休前就开始写《颜真卿》了,那是1980年代后期,当时我在陕西省委宣传部当巡视员,那时初稿就基本完成了。后来,出版得却很坎坷,因为我国当时正处于激烈的社会转型期,所有书籍的出版都要看经济效益,出版社经验亦不足,结果稿件便长期地搁置在编辑那里,压了一年又一年……我都打算要放弃了。一个偶然的机会,陕西省作协了解到了我的情况,作为陕西创作出版的重点题材上报,没想到,还得到了省上资助,终于得以出版了!

前阵子,我从北京回西安,上午和老伴到老孙家吃羊肉泡馍,对面就是钟楼书店。老伴说:"进去看看有没有你的书!"我们便进去转了一圈,没有发现,找服务员问了问,她也不太清楚,我也很纳闷。后来才知道,钟楼书店订的《颜真卿》,半个月时间就卖得没几本了。看来发行得还不错!

从"安史之乱"写起

记:据了解,您的这部作品算是首部涉及描写颜真卿历史地位、书法艺术的长篇小说,可以说填补了这一领域的空白。

权:确实是这样的。我有一种想法,别人写过的尽量不写;只写别人没写过的。"颜真卿"就是这样,没人写过。但是,查寻资料真是颇费时光。一方面查正史。新旧唐书,围绕着颜真卿统统看了一遍。另外,很偶然的机会,我得到了一本名为《颜真卿行状》的小册子,这是历史资料,是明末的一个人写的,很短,不到1万字。跟正史实际上差不多,采用的是正史笔法。我将其与两个颜真卿传,即新旧唐书的两个颜真卿传比较了一下,稍微能详细一些,但基本一致。不管怎么样,毕竟能更细致一些。这就是我得到的史料了。其他就是穿插一些唐史中的东西,也虚构了相当一些情节,因为小说不虚构是不可能的。

记:大家都了解颜真卿是一位大政治家,同时又是一位杰出的书法家,那您在书的内容中是怎样把他的这两种身份凸显出来的?各自的比重又是怎样分配的?

权:我侧重写他的政治生涯。他平定"安禄山之乱"、"安史之乱",正面写这个。关于书法的艺术成就,则作为穿插。因为"安史之乱"爆发的时候,他正在山东平原郡做太守,那时候他已经凭借自己的书法成就名满天下了。

记:为什么选择从"安史之乱"写起呢?

权：有几个原因。第一，从"安史之乱"这儿写起，故事情节、矛盾冲突比较激烈，比较吸引人；第二，大家提到颜真卿，就会想到他的书法。这是众所周知的内容，如果还单纯写他的书法，不但难写而且情节比较平。所以我一开始就把他的书法成就立在那儿，然后主要写他的政治生涯，在这个过程中用书法艺术进行穿插。

树一块正身的"明镜"

记：为什么要选择"颜真卿"这个创作题材呢？

权：我曾经写过一本《丝路之父——张骞》，那是我的第一部长篇小说。自己觉得那个作品不是很成熟，但毕竟是一次试笔，证明自己是可以驾驭这个题材的，心里便慢慢地产生了一个想法——写一个陕西历史文化名人系列。我便在陕西历史文化名人里边遴选，就发现颜真卿的事迹相当生动，具有故事性；所以，我决定就从他开始写。另一方面，我感到中国书法艺术在全世界掀起了一股热潮，而颜真卿则是中国书法中"颜体"的开山始祖，大家对他的故事会比较感兴趣。再者，颜真卿也是一位爱国爱民的赤子，我也想把古代封建官吏的这种精神境界描绘出来，给那些对群众冷漠不羁、只顾个人不顾群众的官员树一块正身的"明镜"。

记：如何立起这块"明镜"呢？

权：这本书我突出的是"爱民情怀"，对百姓疾苦的关心，我觉得同现实联系起来，是很有现实意义的。爱民情怀对目前的党政工作来说，很有价值；老百姓对这一点，反映自然也会比较强烈。现在的党群关系，政府和群众的关系，还有一定的隔膜。我在政府机构工作了很多年，以官谋私的人不少，归根结底考虑的总是自己，停留在"小我"层面。我在小说中写道，"安史之乱"爆发后，平原郡最后守不住的时候，颜真卿毅然选择对抗，宁愿引火烧身，也绝不向叛贼投降。他一辈子都是被贬来贬去，在颠沛流离中度过，但他为什么不选择妥协，与腐败势力同流合污，而选择一心为民请命？我试图在书中挖掘这方面的深层原因。

大人物背后的小人物

记：本书的写作中，您基本上采用的是现实主义手法，您同意这种说

法吗？

权：基本上都是现实主义的手法，当然也使用了一些象征性的手法。比如说，用古槐来象征颜真卿。在他所在的每个地方都有一颗高大的古槐；颜真卿在遭难，古槐也遭难，类似这样的象征性的手法。我认为肖云儒写的评论比较中肯："写实、象征、心理透视的作用。"这本书主要写的是人性。对人性的描写，没有心理透视是不行的，在这方面我下了点儿功夫。

记：您认为通过这本书，完成了哪些艺术方面的突破？

权：如果能谈到艺术突破的话，主要有两条，一个是对颜真卿高尚人格的刻画，用了写实的、象征的、心理透视的笔法来写。我是有意识地进行了一些探索和努力；第二是在这本书的文化意蕴上也做了些努力。文化意蕴主要表现在书中有一些代表人物所持的儒家与道家的观点，在社会现实激烈的不同矛盾中体现出来。这里面有几个人物，第一个是李萼，在安史之乱爆发之后，他代表清河县向平原郡借兵。当时平原郡的官员反对，因为平原郡的兵力也才2万，安禄山20万大军要是围攻过来怎么办。最后还是颜真卿力排众议借给了李萼。后来李萼因为贺兰进明（唐）窃取功劳，一气之下归隐。之后，颜真卿到许昌平定李希烈叛变的时候，在路上两人相见，颜真卿对他的那一番话，体现了道家思想，特别是道家对当时社会的态度。

第二个是李泌。李泌是唐肃宗的朋友，在平定安史之乱中给唐肃宗提了很多有用的建议，是个很正直的人。战乱平定后，唐肃宗回到长安，李泌却挂官隐退，其实他已经看出大唐大势已去了。后来颜真卿在平叛的路上也遇到了李泌，两人之间的谈话把当时的那种文化氛围一一展示开来。评论家都说这段写得非常好。还有两个人物，实际上是暗连着颜真卿故事的一个女将，这个人物叫刘媚娘，是虚构的，在安史之乱中出力不小。后来颜真卿从平原郡逃出来后过黄河，叫刘媚娘去投靠李光弼将军，而刘媚娘却削发为尼，另外一个是颜威明的媳妇儿，在颜威明死后也削发为尼。这两个小人物的人生态度写得比较充分，我把当时的儒释道有关观点都写了进去，虽然在文化意蕴上不是很充分，但自己觉得还可以，值得品味。

（本报刘昭、邵鹏飞、魏欣、李明睿、张媛对本文亦有贡献）

（见报日期：2011年5月18日）

访 谈 篇

兰叶春葳蕤　桂华秋皎洁

有人说
前进的路上
总是阻着高山
成功的目标
总是路途遥远

是的
若是你只想在家门口转悠
不会有高山阻挡
不过永远也不会有
迷人的风景

如果你把目标定在
蹲下就能够着的地方
也不会感觉遥远
只是一生也不会体验到
什么叫排除万难的快感

一位诗人说过

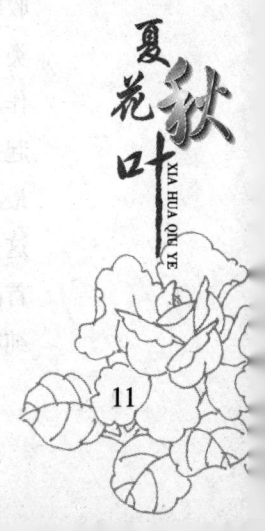

11

比山高的是人

比路长的是腿

拿出这种气概

是不是感觉人生如此豪迈?

伴随着这首朴素直白且又参悟人生、尽观世事的小诗出现的,是一幅清新隽永、构思巧妙、构图奇异的画作,唯其拙雅清奇,方饱含深邃的哲理,又直抵人的心灵。

我国著名美术评论家陈履生先生认为,这一诞生于本世纪初叶的"哲理中国画","显然不是追求审美上的境界或者意趣,他是通过哲学的境界和意趣去唤醒人们在审美上的新的感受。这种视觉的或观念的转换,超越了一般绘画审美的范围。如果说,一般画家的绘画是愉悦,那家春的画就是思考。学哲学出身的他,在人生的历程中有很多哲学的感悟,这些感悟是他在哲学的基础理论之外的一种人生的思考。他在画面中所呈现的哲学思想,并不是哲学教科书中的深奥的学问,而是非常浅显和通俗的道理"。"可见他是以一种大众哲学的方式来推展那些深奥的道理。"

陈履生先生所说的家春,即哲理中国画的创始人王家春。

近日来,围绕着王家春的哲理中国画,许多消息纷至沓来,荡起了画坛中朵朵涟漪。

镜头一

2011年4月13日至15日,北京保利国际拍卖有限公司,第14期精品拍卖会。

收藏品:《太阳每天都是新的》,镜心设色,68cm×68cm;

类别:中国画;

作者:王家春。

起拍价:15,000至25,000元人民币。

最后以32,000元人民币被买家竞拍成功。

这是哲理中国画首次进入国家顶级拍卖市场。

首战告捷!

纯粹市场行为中,哲理中国画的成功,恰恰印证了陈履生先生的评论:"家春在审美功能之外将绘画中的哲学思考传授给人们,使那些图像具有教化功能和教育意义,这种功能上的追求有着积极的社会意义,尤其是在当下,可能具有一般的说教所难以实现的功能,因为它的一目了然往往会使处于迷惑中的人们豁然开朗。""他的艺术能够让人顿悟,让人看到新的希望。就功能意义上来说,绘画如果能实现上述的目的,就是有益于人民的,有益于社会的,有益于绘画发展的。"

镜头二

2011年4月19日下午,西北大学艺术与社工学院。

五十余名在艺术及志愿精神方面有突出表现的大学生,获得了奖学金五万元整,每人一千元。

该笔奖学金由陕西纯山教育基金会——哲理中国画大学生奖学金项目所提供。

该奖学金项目自2011年成立起,以后每年,哲理中国画作者将向纯山教育基金会捐赠"哲理中国画"十幅,作品的销售款项,将通过"陕西纯山教育基金会——哲理中国画大学生奖学金项目",对表现突出的大学生提供资助,以示奖励。

有关媒体在报道此次公益捐赠活动时写道:"'哲理中国画'是由中共陕西省委统战部副部长、陕西海外联谊会常务副会长王家春先生利用业余时间创作的绘画作品。'哲理中国画'境界高远,内涵深刻,在质朴的画作中蕴含着耐人寻味的哲理,用幽默的方式启迪生灵。多年来,他的画受众达百万之多,成为了陕西画坛的一道独特的风景线。"

近日,为了使广大读者更好地解读备受赞誉的"哲理中国画"的创作过程,本报记者对王家春进行了专访,王家春畅谈了他所秉持的美学理念与创作思路。

一、书画作品的气场、气息

"兰叶春葳蕤,桂华秋皎洁。
欣欣此生意,自尔为佳节。"

——唐·张九龄

"鹤令人逸,马令人俊,兰令人幽,松令人古。"

"蝶使之俊,蜂使之雅,露使之艳,月使之温,庭中花斡旋造化者也。使名士增情,使美人增态,使香炉茗碗增奇光,使书画书籍增活色,室中花附益造化者也。"

——清·《幽梦影》

从哲学角度而言,万事万物都有联系。

书画与人也有联系。

一幅书画作品静静地展示在那里,无论其艺术水准如何,都会存在着特有的气场。或积极、消极;或健康、颓废,或明亮、阴晦……

具有着正面意义气场的书画作品,无论在哪里展示,都会令人赏心悦目、励志抚心、运藉鸿运、延年益寿;相反,有些携带着负面气场的书画,则会对人们生活、健康不利,令人心情烦躁、郁闷。

古人对于艺术品气场的感知非常敏查洞明。宋时便出现过"东墙挂范宽,西墙挂马远"这样的说法;民间还流传有画师晋献《雪竹》一幅治愈皇帝沉疴的故事。

明朝曾出现"劝人养老"的教化画;民国时的丰子恺先生也创作过"劝人向善"的小品画;从远古时期的"吉祥图",到齐白石老人的"柿柿(事事)如意"、"喜鹊登枝",莫不是以心理暗示的作用而动力于人的艺术行为。

书画作品的气场,来源于三个方面:

首先,来自于书画创作者本身在从事创作时所携孕的气息。

素有"文如其人"的说法,实际上"画亦如其人"。

笔迹学认为,书写所表现出的笔迹符号的形态特征,可以反映出书写者的生理、心理状态和行为个性特点。西汉杨雄说:"言,心声也;书,心画也;声画者,君子小人之所以动情乎?"唐代韩愈在评论张旭的草书时说:"喜怒窘穷,忧悲,愉逸怨恨,思慕,酣醉,无聊,不平,有动于心,必不草书焉发之。"清代文学家刘熙载在《艺概》中说:"书,如也。如其字,如其木,如其志。总之曰:如其人而已。"我国民间也流传着"相人不如相字"、"见字如见面"的说法。

因此,从事书画创作的人,在创作时,自己的意念、气息、情绪,必然会通过笔墨线条,渗透进作品中去。因而,卑鄙猥琐者便很难创作出大气磅礴的作品。

其次,是书画作品本身的表现内容所传达与承载的气场。

天人合一是中国传统文化中的重要内容。人与自然密不可分,人是自然界的一部分,是自然界发展过程中的必然产物。表现美好事物的作品,其所散发出的气场也是美好的。

所以,作为书画创作者,心中应念兹在兹,哪些东西可以画,哪些东西则不能画。

梅、兰、竹、菊,创作者便是通过作品呈现、抒写着自己的内心世界。

曾经有种观点,认为现代社会,任何东西均可入画;实际上,人们要表现的,应该是美好的东西,恐怖的、凶恶的、令人作呕的画面,是不应当出现的。

当然,描绘并表现战争场面与情景的,当因情特殊而不在此列。

再次,书画作品以其点、线、面、色多体构成所形成的整体意象,而使其自身的气场得以蕴积、产生并呈现、流淌而出。

线,沉稳,如锥落沙;点,敦厚;色,清新,清雅。

二、我心观艺术

"欲书,先散怀抱,任情恣性,然后书之。"

——汉·蔡邕《笔论》

"意在笔前,然后作字。"

——晋·王羲之

"雨窗作画,笔端便染烟云;雪夜哦诗,纸上如洒冰霜。"

——清·《幽梦影》

劳动创造艺术,先民们在丰厚的狩猎之后,欢喜而舞蹈;宗教创造艺术,在庄严肃穆的仪式上,信仰者以歌颂表达自己内心的虔诚;休闲产生艺术,日日年年疲于奔命的巨大压力之后,人们品茗赏花,赋诗作画。

凡艺术总是美的,有清秀的美,亦有丑美;有喜剧,亦有悲剧;悲是美,丑是美,壮烈是美;但丑恶绝不是美。

当代书画艺术之百花齐放,万紫千红,是中国历史上最为繁盛的历史时期。但也难免泥沙俱下,鱼龙混杂,难免有各种丑恶肮脏的现象混迹其中,招摇过市。有些书画作品,呈现出的是狰厉、阴晦之气。有画家作品中的人物,面目狰狞;有的画作阴气森森,充满肃杀之感。

一日与友人在某机场大厅候机,友无意中去观赏厅中悬挂的大型画

作。稍顷,他忽感不适,言其观画时突有万箭穿心之感;吾观亦如是。还有人在朋友大婚时,录送唐代风月场所的艳诗以示贺意。这些都是艺术品未能传递美好、表达美好的实例。

因而,在进行艺术创作时,应切记要做一个具有道德感的艺术家,要对艺术品的受众负责任;要摒弃反社会、反民众、反常态的创作状态。

东西方艺术的区别在于:东方讲求内心的修炼、自省,内在境界的提高;而西方则更加突出于去抒发并传递出自己内心的情感与激情。

作品的风格即人格;画品即人品。

意境,由创作者修炼而出;意境是描画不出来的。

看画读画如读人,老人、壮年人、女人……

三、笔墨与思想

"风神骨气者居上,妍美功用者居下。"

——唐·张怀瓘

"点画皆有筋骨,字体自然雄媚。" ——唐·颜真卿

"心正则笔正。" ——唐·苏轼

"能读无字之书,方可得警人妙句;能会难通之解,方可参最上之禅机。"

"笔苍者学为古,笔隽者学为词,笔丽者学为赋,笔肆者学为文。" ——清·《幽梦影》

笔墨,如同人的长相衣裳;内涵与意境,如同人的气质。

有些书画,虽笔墨精到,线条老辣,但观之却仿佛巫师、巫婆跳神时的画符一般,程式化的动作,空洞无内容的比划、咒语,无法使他人感动。所以,吴冠中大师有"笔墨等于零"这样的惊人之语。理解这句话,即无内容的笔墨,未及诉诸心灵、情感的笔墨,无论如何精致、老道,都等同于无。笔墨要为内容服务。能找出一种最适合自己表情达意的笔墨,就是上好的、合适的笔墨。犹如人之服饰,穿之在身,与身份、面容、气质相吻合的笔墨,堪称好笔墨。

我的艺术追求:拙、雅、简、清。

对自己作品的评价:唱传统戏,穿粗布衣(笔墨),说心里话(哲理)。

(见报日期:2011年5月11日)

《逃离》——一部剖析人性的力作

他被称为陕西的"短篇之王","西部最重要的作家之一"。读者都称他为冯老师。他笔耕不辍,出版了近600万字的文学作品。陈忠实说,他是闷着头义无反顾地进行着自己独特的艺术体验的实践,执意创造出自己艺术理想中的长篇小说景观。而今,他依旧坚持在长篇和短篇两条道上跋涉。他就是著名作家、陕西省作协副主席冯积岐。最近,他的长篇小说《逃离》由太白文艺出版社出版发行。近日,本报记者专访了这位深受读者关注的作家。

我不能把自己的价值建立在别人的判断上

《文化艺术报》:首先祝贺冯老师新作《逃离》出版上架。冯老师,结合您之前的一系列作品如长篇小说《村子》、《沉默的季节》、《大树底下》等以及很多中短篇小说,您在读者心目中的形象是一位不断创作又不断创新的,兼属多产派与实力派的作家,您是怎样看待这一形象定位的?

冯积岐(以下简称"冯"):关于我的创作,陈忠实老师在给中国作家协会《长篇小说选刊》写的评论中,有一段话是这么说的:"他在闷着头又是义无反顾地进行着自己独特的艺术体验的实践,既不轻易吹牛式的表态,更不向任何时兴的流派靠拢,而是执意要创造出自己艺术理想里的长篇小

说景观。《村子》是一部确凿令我感受到心理震撼的长篇小说,震撼来自于作品丝毫不见矫饰的巨大的真实感。我尤其看重冯积岐在这部作品里对生活和社会的姿态:直面。"

贾平凹在我的作品研讨会上说:"冯积岐是我省一个重要作家、优秀作家,因为他的创作在新世纪以来,不但没有衰落,反倒很坚挺。他在陕西作家里是吸收现代小说成分较多的一位,而他又是极传统写作的一位,他的写作是用心写的,事关痛痒。他是一个不断追求的人,他的思考不停止,包括社会思考,艺术思考。他是具有几套笔墨的人,写实写得很到位,人物刻画得很细腻动人;议论则有哲理,闪烁着泥土一样的智慧;抒情又出乎意料,有诗人气质。"

我从1983年开始在《延河》杂志发表短篇小说,近三十年来,已在《人民文学》、《当代》、《北京文学》、《作家》、《山花》、《小说界》等杂志发表短篇小说二百多篇,中篇小说三十多部。小说多次被《小说月报》、《小说选刊》等杂志转载,多次入选各种年选。中短篇小说发表数量在全国文坛据估计也是前几名。2010年,我就发表了17篇短篇,《小说选刊》选载了一篇,中国作协2010年的年选本中选入了一篇。有读者撰文说,我是真正的"短篇王"。我不敢称王的。按照官方的评价标准,我没有获得鲁迅文学奖,没有进入"优秀"的行列,怎敢为"王"?我的短篇小说《我们村里的最后一个地主》入围第四届鲁迅文学奖,后来,他们要出一本《鲁迅文学奖获奖作品集》,要把我的作品选进去。我先是拒绝了,最后想了想还是答应了。我知道,我的小说在读者中享有一定的声誉。作家寇挥说,我在2010年发表的《今年她才四十岁》就是经典。青年作家高涛、宁可等人读后大加赞赏。评论家李星给予短篇小说《一双布鞋》高度评价。

我发表了二百多部短篇,这些短篇小说要有不同的面目,谈何容易?可以说,在中短篇领域,我进行了多次探索,尝试着用"几套笔墨"去写:现实主义的,现代主义的,后现代主义的,荒诞的,意识流的,魔幻的等等。毫不谦虚地说,我已创造了自己中短篇小说的景观。惋惜的是,评论界研究、评论我的专家没有几个。然而,民间的小人物的评论不断,评论家杨柳岸就曾给我写过几篇作品;上海大学中文系一位研究生的硕士论文就是研究我的作品。我自信,我不会永远被埋没。但我常常觉得悲哀,十分悲哀。当然,我不能把自己的价值建立在别人的判断上。如果艺术家的心态是那样的脆弱,艺术史上就不会出现凡·高、布尔加科夫等大师。我甚至觉得,写作是自己的事情,与别人无关。别人怎么评价都无所谓。至关重要的是,自己写出好作品没有。

十多年前,在长篇小说《沉默的季节》研讨会上,作家朱鸿说,我的小说无论怎么说,放在书架上都是一部艺术品。评论家李建军也曾说,我是走在正路上的作家。所谓正路,就是艺术之路。我虽然熟读了中国的四大名著,熟读了鲁迅和沈从文,可是,我的艺术是师承福克纳、卡夫卡、卡尔维洛等人。因此,我形成了自己顽固的小说观,按照自己的理解去操作小说。我不管外面的风浪有多大,依旧"独钓寒江雪",真诚、执著,甚至十分顽固。我的艺术资源有三部分:一是青少年时期的苦难;二是故乡的民间文化;三是大量的欧美小说和哲学、心理学的书籍。

从90年代初,我开始了长篇小说创作,至今已出版了《沉默的季节》、《村子》、《大树底下》、《逃离》等七部。像我这样的"老"作家,大都不写中短篇了,但是,我至今没有放弃短篇写作。在长篇和短篇两条道上跋涉。因为,短篇最见作者的艺术功底和洞察力,而长篇则是力气活儿,是艰苦的劳动。

我希望有人从思想、艺术方面对我的作品进行研究,并不需要吹牛式的"宣传"。我觉得,有人称我为"实力派"是对我的安慰,其实,这很虚伪,没有这种必要。我相信读者,不仅相信当代读者,也相信未来的读者。

我尽量做到,每一部长篇在内容、结构、思想艺术等方面都有所不同。

《文化艺术报》:我相信上面这段话能让读者更深切地了解您对写作、对生活的姿态:直面。您提到,您是一位不断探索,不断尝试不同笔墨去写作的作家,那么与之前的几部长篇小说相比,您觉得《逃离》有哪些新的探索和创新呢?

冯:我赞同陈忠实老师的观点,作家不需要刻意去解释自己的作品。至于《逃离》写了什么,读者是能够读出来的,不需要作者多嘴多舌。在这里需要陈述的是,这部篇幅并不是很长的长篇小说,动笔于1996年11月间,构思于90年代初。当时,心中的残败感已经萌生,觉得自己的人生、自己的写作失败得一塌糊涂。这种感触催生了这部小说。写了三稿,拿出了九万字,在1999年的《当代作家》杂志上发表了。时隔14年才得以全文出版。一部长篇搁置这么长的时间,依旧有读者喜欢,真是我的幸运。我的小说不会速朽的。

我尽量做到,每一部长篇在内容、结构、思想艺术等方面都有所不同。《沉默的季节》是强烈的个人体验,你、我、他三种人称交叉,时间、空间打乱了,是一部现代文本;《村子》则很写实,结构上是多线条。《逃离》采用了多角度、多人称叙述,采用了内心独白和心理分析。我对每个人的心理把握尽量做到准确无误。比如田登科,这个憨厚、老实的农民,在抬着南兰去县医院的途中表现得很豪爽,但他关心的是他的牲口,是他脚上的那一双解放鞋。危在旦夕的南兰被抬到医院,他关心的还是那双丢失的解放牌胶鞋——这就是农民田登科当时的心理状态。十年以后的田登科变得势力而奸诈了。

我尽量做到在整体上夸张、变形,而在细节上、情节上精细、周到、写实。将现实主义和现代主义糅合在一起。

在这部小说中,我用暗示的手法,特别强调了时间,把1989年、1990年和1999年三个不同年代发生的故事连接在一起,放置在同一空间,使故事读起来感觉是一个整体。而且,对时间的确定很具体,具体到某月某日。对于作品中的空间,也是有意识安排的。

"亮出伤疤,是为了治疗"

《文化艺术报》:初读这部小说,能感受到作品对人物内心善与恶的交锋的展现以及对人性的反思。这种对人性的揭露是有意而为的还是一种不自觉的显露?

冯:我以为,中国当代作家的长篇小说依旧以追求史诗和传奇为目标。这是19世纪和20世纪初欧美作家的追求,同时也出现了几座丰碑,比如《堂吉诃德》、《九三年》、《静静的顿河》等等。中国的四大名著算得上是最好的传奇故事。我注意到,当代欧美大师已经不这样写小说了,无论是多丽丝·莱辛、麦克尤恩,还是菲利普·罗斯,他们不再致力于编一部美丽动人的故事,而是把精力全部放在对人性的解剖上。对于情节的发展、故事的因果关系已不太在乎,在乎的是人物的内心世界。他们对人物内心的剖析用了大量的笔墨——就像上了手术台的医生,只关注刀下的病灶。这就是中西小说的差别。当下大多数长篇使人觉得陈旧、老套,仍以讲故事为支撑,以空间的转换、时间的推进为代价,而欧美小说以探索人的精神层面为目的。小说中不是没有故事,故事虽然讲得很好,但只是一个载体。欧美小说向深度进军,我们的小说则在广度上停留。中国的小说家大都在功利、时尚的包围之中,所以,难得出好作品。即是那些成功者,也将荣誉兑换成权力,不再纯粹了。一副媚态、俗态。

《逃离》是探索人性的。我觉得,小说家的任务不只是写真善美,一个有勇气的小说家,一个真正的小说家,要把笔触深入到人物内心去,探究连人物自己也没有觉察到的最隐秘的部分。要做到这一点很难,但这是我的目标。《逃离》中写出了人性中险恶的那一部分。当然,这是作者的小说观所决定的。如鲁迅所说:亮出伤疤,是为了治疗。

对于个体来说,如果不"修身",就是逃到井里去,也会被污染

《文化艺术报》:小说《逃离》的大背景是城市文化向农村文化、山区文化的渗透,您对这一现象持怎样的看法呢?

冯:牛天星总以为山里是纯净的,是干净的,所以,他逃离的方向是山区。结果呢?农民也守不住一方净土了。我笔下的山区和城市是一种比照。其实,通讯的发达,交通的发展,现代化的进程使山区和城市有了共通的地方。城市文化还在向山区渗透,农村和山区最终将被另一种文化形态所代替,这是很可悲的事情。我们所搞的现代化,其实是技术化。大城市里的建筑和小城市的建筑,和农村的建筑有什么区别呢?国人的价值观都趋于功利了。对于个体来说,如果不"修身",就是逃到井里去,也会被污染,也会一身伤痕的。

《文化艺术报》:从一个创作者的角度来看,《逃离》最想告诉读者的或者希望向读者展示的是什么?

冯:《逃离》究竟向读者展示了什么? 也许,一百个读者会有一百种理解。我想要说的是,我之所以数易其稿,在背景和时间上下工夫,是为了让读者明白,故事发生在什么境况下。牛天星为什么选择逃离,逃离是出路吗? 那么,出路在哪里? 读者会思考的。

"前不见古人,后不见来者,念天地之悠悠,独怆然而涕下。"

《文化艺术报》:评论家畅广元说您是"一位难得的'孤独者'"。写作与孤独,您是怎么看的呢?

冯：畅老师摸准了我的精神脉络。他所说的孤独，不是普遍意义上的孤独，不是寂寞难耐，而是精神上的不合时宜。因为我的写作脱离了文坛的大合唱，我的作品大都是揭示人性的弱点的。对于人，我很悲观。我的老师威廉·福克纳就是走的这条路。不被评价，不被认可，发表出版都有困难。有些年轻作家不止一次地说，我是被遮蔽了的一个，他们为我而叹息。我只能一笑了之。几十年来，我忍受了，我按照自己对艺术的理解去追求，去探索，义无反顾地向前走。我已这般年纪了，还奢望什么呢？"前不见古人，后不见来者，念天地之悠悠，独怆然而涕下。"可以说，陈子昂的这首诗，是我的心境的写照。

《文化艺术报》：感谢冯老师在辛勤写作的间隙接受我们的采访，相信此次采访能让更多的读者更加深入地了解您的作品，您的写作姿态以及您本人的心境。期待您下一部新作的面世，我们会一直关注的。

（本报记者侯亚莉、刘玲对此文亦有贡献，感谢太白文艺出版社马凤霞协助采访。）

（见报日期：2011年4月27日）

西塘老街

每年央视春晚，几乎全国所有的观众都围在电视机前等待一个极其熟悉的面孔。曾经有观众说："春晚要是没有他，就不算是春晚！"

这个"头上拍手、脚底冒灰"，土得不能再土的二人转演员以他特有的表演风格，赢得了东北"民间笑星"的桂冠；在小品的世界里，他是一颗最耀眼的明珠，二十多年的舞台演出生涯，使他逐渐走出了一条属于自己的"幽默路线"。他就是赵本山。现如今，面对观众越来越多的质疑与挑剔，事业如日中天的他似乎也面临着"难以为继"的局面。他和他的团队所建立的"本山效应"也引起了国内外众多专家学者的关注。本报记者有幸就"本山效应"这一话题，采访了中国喜剧美学研究会会长陈孝英。

"本山现象"的正负效应

一、友谊和争论

记　者(以下称"记")：陈老师，听说您和赵本山结缘于20年前？

陈孝英(以下称"陈")：对。1990年，本山在东北已经有了不小的知名度，但处境还是相当艰难，正如他本人所说："我听到的不只是观众的掌声，还有挺多的骂声。"有人说："赵本山'用低层次、庸俗化的东西，迎合了观众的低级趣味'"，"'赵本山现象'就是中华民族文化大倒退的现象。"甚至还有人说："喜欢赵本山艺术的观众不过是一批'文盲加流氓'。"为了声援和支持本山，我与中国曲艺家协会副主席、赵本山小品开山人崔凯等人在广西桂林主办了一次"赵本山喜剧研讨会"，余秋雨、沙叶新、钟艺兵、王云缦等几十位京、沪、陕专家出席，谢添、洪民生寄来了书面发言。这次研讨会在全国产生了不小的影响，还结集出版了《笑星赵本山》一书。

记：听说您不仅赞扬了赵本山,也给他提了不少批评意见？

陈：是的。一方面我指出,他的喜剧"占据着任何人都无法替代的一席之地",并将其喜剧小品的特征概括为："小中见大,平中见巧,丑中见美,俗中见雅"。与此同时也提出,希望他在继续保持通俗化的同时,进一步提高审美情趣和文化品位,更加有效地做到"俗中见雅"。

记：赵本山本人对此有何看法？

陈：本山对我这个意见的理解,有一个有趣的演变过程。我发言当晚,他和崔凯特地登门道谢,索要发言稿。并表示：陈老师的这一批评,是对我创作的最大爱护。12年后,我和崔凯又在本山的故乡——辽宁省开原市举办了一次"赵本山小品艺术研讨会",我感到"俗中见雅"的问题并未从根本上得到解决,于是在大会发言中旧话重提。不料本山这回对此并不认同,他在会后坦率地对我说："陈老师,我很感谢您对我的一贯支持。但我认为,大俗就是大雅,如果要我赵本山'俗中见雅',就没有我的个性了。"

记：您现在还坚持自己的看法吗？

陈：当然。我们的这次争论过了5年,我担心的事情终于发生了。2007年春,本山率团赴美巡演,纽约有些华人看后尖锐地批评其"节目内容庸俗,言辞粗鄙,嘲笑生理缺陷","一是讽刺残疾人,二是讽刺肥胖者,三是讽刺精神病患,把自己的快乐建立在别人的痛苦之上"。

记：前不久听到一种说法：有人批评赵本山把嘲笑指向有生理缺陷的弱势群体,这种批评是"没有文艺常识",是"幼儿园水平的脸谱艺术思维",是"极左艺术幼稚病的后遗症",是"无限上纲、乱扣帽子"。您怎么看？

陈：劝别人不要"乱扣帽子",自己却又忍不住给对方扣了好几顶帽子,这本身就不乏喜剧性。在文明社会中,弱势群体有权利要求得到应有的尊重,讽刺的矛头决不能指向他们身上理应受到同情和保护的东西。西方有那么多伶牙俐齿的脱口秀,他们天天都在电视上、剧场中口无遮拦地调侃总统和名人,因为在他们看来,这些人作为公众人物,应该有足够的承受力,何况这种调侃本身也是一种社会监督。但是,即便借他们10个胆,这些脱口秀也不敢去嘲讽残疾人等弱势群体。这恐怕不能归之为"幼儿园水平"和"幼稚病后遗症",而应该说是"人类文明的成熟吧"？

记：那么,为什么嘲笑弱者在我们这里还会有某种市场呢？

陈：这或许是一种历史的因袭。嘲笑弱者和弱者自嘲,本来就是我们民族、我们国民的一个劣根性,阿Q即为典型一例。它反映了千百年皇权专制下底层百姓的怯懦和扭曲。在新的世纪和新的历史条件下,难道我们还要继承这笔"遗产"吗?

二、优势与局限

记:赵本山一连13年荣膺"小品王",您觉得主要靠的是什么?

陈:首先,当然是他的个人魅力。我认为,本山是一个难得的喜剧天才,他对喜剧的感悟力、表现力、创造力、爆发力都是一流的、独特的,是其他人很难企及的。此外,他的组织能力和经营能力在演艺圈中也是出类拔萃的。但仅靠这些还不够,还需要具备一些客观的条件。

记:那么,在您看来,本山背后究竟有哪些其他笑星难以具备的客观优势呢?

陈:首先,本山的脚下,是肥沃的黑土地文化。作为东北地方曲艺演员,他的表演艺术是以东北黑土地上生长了200年之久的丑角艺术这种独特的民间喜剧形态为基础的。因此可以说,赵本山是在东北地方戏这一母体中孕育了200年之后的一次辉煌的分娩,他的喜剧艺术是东北喜剧文化整体发展过程中一次成功的腾飞。

此外,本山的身后有一个庞大的团队。崔凯早在十多年前就告诉我,赵本山决不是他一个人,而是整个一个庞大、坚强、稳定的团队。对本山,省上支持,文联支持,曲协支持;不仅从精神上全力支持,而且从物质上鼎力相助。仅为本山写本子的班子,就包括若干知名度甚高的作家,如崔凯、张超、何庆魁,以及徐正超、尹琪等,还有"本山传媒"的一大批写手。"赵本山"这一品牌,是由政府、编剧、演员和媒体共同打造出来的;赵本山的成功,是其团队合力的成功,是辽宁省政府文化产业政策的成功。

记:在我的印象里,多年来您一直不忘提醒赵本山要克服他所存在的种种局限性。

陈:是的。首先是二人转的局限。本山的小品对二人转的继承过多,改造较少,有些本子和表演甚至像是去掉了唱词和手巾、扇子的二人转本。比如,合辙押韵的"说口"在本山的小品中俯拾即是,几乎是无"说口"便难开口,这就使人对本应尽量贴近生活的小品产生了距离感乃至逆反心理。

其次,是自我的局限。本山不管扮演什么人物,都自觉不自觉地"化人为我"。与其说他在演人物,不如说在演他自己;与其说是人物的个性,不

如说是他本色的性格。于是，观众所欢迎的不是他所塑造的艺术形象，而是笑星本人；人们记住的也不是人物的姓名，而是笑星的大名。有时我甚至觉得，不是本山所创造的喜剧形象在使观众发笑，而是这位喜剧演员卸下了人物的面具，直接逗观众笑了。

三、成也春晚，败也春晚

记：尽管赵本山有不少主观和客观的优势是其他笑星难以企及的，但有的笑星也自有其出类拔萃的喜剧天赋和背景优势，比如陈佩斯，为什么单单是赵本山独领风骚呢？

陈：我觉得，这恐怕与央视媒体、特别是春晚这个全世界受众最多的独一无二的传播平台的巨大影响力密不可分。赵本山蝉连13届"小品王"，这一现象既是喜剧，也是悲剧；既有客观因素，也不排除人为因素。

比如，为什么在极其严格的央视春晚审查过程中，唯有赵本山的节目可以一次次地享受"免检权"？

为什么不管其剧本和表演的实际水平如何，"小品王"的桂冠绝不会旁落？

记：您指的是不是今年春晚的《同桌的你》？

陈：这是最典型的一次。同本山本人纵向比，尽管《同桌的你》的编剧尹琪本人认为"从小品结构和喜剧效果来说"，是近3年春晚作品中"最成功的"一个，但在我看来，恐怕是本山历届春晚作品中较弱的一个；同本届春晚的其他小品比，好像也很难找到什么赢人的亮点。人物演绎得生硬，观众笑得勉强，结尾更是显得匆忙突兀，被有些人称为"时下流行语"的"此处略去××个字"，不过是早已被《金瓶梅》和贾平凹用滥了的老套路。既然如此，广大观众不能不发出怀疑的呼声：它究竟凭什么继续独占鳌头？

本山与春晚可谓共进共荣13载。本山曾使春晚屡屡增分添彩，但现今似乎已到难以为继的时刻了；春晚曾为本山提供了绝好的平台，而如今已成为本山显露其内存不足，难以固守的"马其诺防线"了。

据此，不知能否这样说：对央视来说，"成也本山，败也本山"；而对本山来说，则是"成也春晚，败也春晚"。

(见报日期：2011年3月16日)

访 谈 篇

为迎接建党 90 周年,2010 年春,中国作协组织了中国作家"走进红色岁月"的采访采风活动。作为哺育了中国革命的圣地——延安,自然成了本次活动的一个重点。红色经典文学作品经久不衰,卷帙浩繁,但要创作出富有新意的作品则不易。报告文学作家裔兆宏通过本次活动的采访采风,经过深入挖掘,以翔实的史料、新颖的视角,在较短的时间内创作出了长篇报告文学《张闻天在延安》。对这部厚重的革命历史题材的作品,中国作家重点作品扶持办公室给予了充分肯定。为了解《张闻天在延安》这部作品创作的背后故事,本报记者对作者裔兆宏进行了专访。

历史深处的红色岁月

一

滚滚延河水,巍巍宝塔山。

"打断骨头还有筋,扒了皮肉还有心;只要还有一口气,爬也爬到延安城。"

革命圣地延安,曾是上个世纪三四十年代优秀中华儿女心中向往的地方。何时自己也能去朝圣一次?因为工作等多种原因,裔兆宏的这个愿望始终也未能变成现实。

2010 年 4 月,中国作协组织"走进红色岁月"采访采风活动,裔兆宏有幸参加了。

当他接到这个通知时,在欣喜、兴奋之余,内心同时有一种难以名状的困惑。党中央在延安 13 年,反映红色摇篮延安的文学影视作品实在太

多,几乎涉及方方面面,可谓用"层出不穷"四字来形容。中国作协组织"走进红色岁月"采访采风活动,目的是为了迎接建党90周年。此次奔赴延安,自己能写什么?如果写不出新意,岂不枉费了中国作协邀请自己的诚意?但究竟如何才能创作出富有新意的作品?裔兆宏的心中实在没底。

裔兆宏始终感觉,作为作家就应该以作品说话,没有作品何以称之为"作家"?至于作品能否畅销?能否获奖?能否成为经典?那完全是作家本人的"造化"了。

爱好与责任,可能是作家灵感的催化剂。

吴起,志丹,瓦窑堡,延河,宝塔山,凤凰山,枣园,杨家岭……

一个个耳熟能详的地名,让裔兆宏浮想联翩:为何过去的中共党史上很少提及他?为何近年来的党史研究中却常常探讨他?

张闻天,一个多世纪的老人,一位中国共产党的重要领袖人物,我们为什么要回避?这让裔兆宏由此联想起了一件事:

韶山毛泽东纪念馆,有一座有关遵义会议陈列的雕塑。2003年,为纪念毛泽东诞辰110周年,该馆对原陈列进行了一番改造,改造后新设计的遵义会议部分的这一雕塑,原来只有毛泽东、周恩来、王稼祥三人,恰恰没有张闻天。在新馆尚未正式开放的该年10月1日,新任中共中央总书记胡锦涛视察了纪念馆。当时,胡锦涛同志看到这一雕塑时,向纪念馆的同志提出,这里怎么没有张闻天?那时候他是总书记呀。接着,胡锦涛指着雕塑说,这里应该还有张闻天。这样,根据胡锦涛的指示进行了修改,将原来的三人雕塑补上了张闻天,成为现在四人的正式陈列。现在,无论是湖南韶山毛泽东纪念馆,还是上海浦东张闻天生平陈列馆,观众在参观遵义会议陈列部分时,都会看到一座四人雕塑,其所列四位历史人物就是上述毛、张、周、王四人,应该说这是符合历史事实的。

由于众所周知的原因,张闻天生前长期遭受打击,其一生的历史也遭到严重的歪曲。1979年,中央为他平反举行的隆重追悼会上,邓小平《悼词》中公布了他在遵义会议的三件大事:一是他在会上做了批"左"倾军事路线报告,二是他受会议委托起草决议,三是他"在这次会上被选为党中央总书记"。

公平地说,实现遵义会议转折最为关键的人物,除了毛泽东以外就是张闻天,而他的当选党中央总书记一职也是决非偶然,是得到大家拥护的,更不是某个领导人"照顾"的结果。毛泽东在延安时期曾对身边的工作人员说过这样的话:"张闻天在中央苏区是颇有影响的人物。这不只是因为他的地位和身份,还有他本身的因素。"毛泽东这里所说的他"本身的因素"用今日的话来说也可以说是一种素质。因此他的被选为总书记,除了其当时党内的地位以及考虑国际等因素之外,还有很重要的一点,就是他对会议的贡献以及他自身的条件。如此重大的史实却在相当长的时期内为党史所讳言。

时至今日,只要一说及遵义会议,总还有人顾忌,宣传张闻天,就会贬低毛泽东。其实,毛泽东对遵义会议的历史贡献是公认的。正是由于毛泽东正确的军事主张,才使得红军扭转了长征危局,从而战胜了错误军事路线,使得这次会议起到了历史转折的作用。

然而,孤掌难鸣。何况,当时的毛泽东遭受打击排挤,在中央尚处于无权的地位。事实上,对遵义会议起了重大历史作用的至少是四人。除了毛泽东之外,就是张闻天、周恩来、王稼祥。其中,张闻天尤为关键,也正是由于他的重大贡献,他才被会议选为总书记。

遵义会议,是中共党史上的一个伟大转折。然而,从党的整个历史命运的转变来看,除遵义会议外,还有瓦窑堡会议和西安事变。可以说,遵义会议、瓦窑堡会议和西安事变这三大事件的前后,构成了中共党史发生大转变的一个极其重要的转变时期。而这一时期,恰恰是张闻天从走上总书记岗位,到担任总书记期间。

毋庸置疑,张闻天这位党的领袖,对于中国共产党和红军在历史关头实在是太重要了。试想,如果当初不是他的力挽狂澜,遵义会议会是什么样的一种情形?

就此,斋兆宏便想从历史真相的出发点,创作一部反映张闻天的报告文学作品。延安的采风采访,让他更加坚定了这样的想法。

二

那么,究竟该从何处着手?如何展现那一段特殊的历史风云?如何将张闻天就任总书记期间的功绩展现出来?

可以说,中国作协组织的"走进红色岁月"活动给了斋兆宏机遇和灵感。众多的史料,党中央在陕北期间保留遗存的史迹,给了他全新的思路。

这是因为,张闻天实际担任党中央总书记的时间,是从1935年遵义

会议后不久到1938年10月党的六届六中全会。虽然3年多的时间在历史的长河中仅是短暂的一瞬，但在中国共产党的历史上则是不同寻常的。正是在这一时期，中国共产党开始走向了成熟。

张闻天接任党中央的总书记，是在党和红军最困难的时期。他受命于危难之际，倾注了全部精力与才智，开展了大量的工作，为中国共产党开始从失败走向胜利做出了卓越的贡献。

延安时期，是张闻天革命生涯极其重要的时期。期间，当代中国的历史上，先后发生了一系列的大事件：在共产党内，要继续与张国焘分裂、叛变进行斗争；要与王明的右倾投降主义斗争。在党外，红军长征抵达陕北至瓦窑堡会议之前，是日本加紧侵略民族危机空前严重的一个历史关头。为了推动全中华民族的抗战，张闻天主持了瓦窑堡会议的召开，履行了一个政治战略家的职责。瓦窑堡会议确定了抗日民族统一战线的策略方针，党从内战转向抗战的战略转变正是从此次会议开始的。不到两年之后，国共合作的全民族抗战局面终于形成。张学良、杨虎城发动的西安事变，是中国从内战转向抗战的一个枢纽，也是中共历史命运的一个重大转折。张闻天从一开始就提出了和平解决的思路。然而，过去长期流传的一个说法是，毛泽东英明决策而和平解决，是张国焘主张要杀蒋介石。至于总书记张闻天则是根本一字不提。至于张闻天在陕北纠正"肃反"扩大化、帮助刘志丹平反等等，那更是不提及了。

正因如此，裔兆宏感到，通过报告文学的形式，还原这段历史具有一定的意义。

当裔兆宏将创作提纲立出之后，他与师长萧立军先生进行了一次电话沟通。萧老师虽然讲得很原则，但裔兆宏还是得到了心灵的安慰，坚定了他最后的决心，并准备迅速投入创作。于是，裔兆宏去张闻天早年在河海大学求学的纪念馆参观，去图书馆、党史研究部门查阅搜集更多的史料，进一步丰富自己的感性认识；去拜访张闻天之子张虹生先生，以获得更多的信息，激发自己的创作热情。当中国作协创联部让他上报"走进红色岁月"活动的创作选题时，他毫不犹豫地舍弃了原打算创作现实题材的选题，上报了《张闻天在延安》的创作计划。

让裔兆宏意想不到的是，《张闻天在延安》竟然通过了中国作家2010年的重点作品扶持计划，这给了他以极大的鼓励和信心。裔兆宏在紧张地阅读了上千万字的史料之外，以极大的热情，迅速投入了报告文学《张闻天在延安》的创作之中。

时值盛夏,裔兆宏每天的写作都在10小时左右,从早晨起床洗漱开始,到晚上熄灯,几乎全都泡在办公室里,吃饭基本上是在单位的食堂。曾有几次,因为过了吃饭的时间而不能吃上饭。于是,干脆买了烧饼之类的东西放在办公室里,如果是实在太饿了,就用开水泡上一下,算是充饥了。因为长时间坐在电脑前,眼睛都红得充血了,腰也常常累得发酸。然而,写作的责任告诫裔兆宏,有创作的辛劳,才会带来果实。因为,裔兆宏始终相信一条原则:天上不会掉陷饼。对于选择了文学创作的人来说,不愿努力,不愿辛劳,即便是天分再高,天资再好,也不会结出好的果实。

辛劳是要付出代价的。果然,因为裔兆宏的长时间伏案,给他的腰带来了严重劳损,初稿快要结束时,腰却在不经意间被扭伤了。于是,他只好佝偻着腰写完了最后的一章和尾声。等到准备修改时,裔兆宏不得不吸取这个教训,请朋友找了一个山庄,排除一切干扰,去静心修改书稿,按时吃饭,累了休息。

经过近20天的连续修改,终于顺利完成了这部40万字的《张闻天在延安》书稿。

此时此刻,裔兆宏如释重负,就像一位雕塑家完成一尊塑像似的。

三

历史是一面镜子。不仅可以观照过去,还可以通过对历史的审视,更好地把握未来。中国共产党从诞生至现在,已经走过了近90年的历史。其中的挫折失败与成功辉煌,可谓是作家创作的不竭之源。

《张闻天在延安》所展现的波澜壮阔的历史、浩如烟海的原始素材等,都是为再现延安时期这个革命烽火的时代,作品除了塑造了张闻天之外,还进而塑造了党和红军的领袖毛泽东、周恩来、朱德等伟人的艺术形象。作品虽然侧重纪实,但并不妨碍采用不同方式,展现那段特殊的历史岁月。

创作革命历史题材的报告文学作品,既是重温党史的过程,也是学习研究中国革命史的过程。裔兆宏曾是一位从事过多年中学历史教学的教师,对当代中国的历史内涵自然很感兴趣。《张闻天在延安》的创作,让他感受到,从事重大革命历史题材创作,不仅要吸收史学家的理性思维新成

果,更为重要的是,要将艺术家所独有的审美思维,与之恰当地融合,形成独特的审美效果。自然艺术创作要按艺术规律办事,那么重大革命历史题材的创作,也必须遵循这个规律。唯有如此,才会真正体现重大革命历史题材的艺术魅力。

当然,进行革命历史题材报告文学作品的创作,最要紧的是除了确定有历史价值的选题之外,还必须要把握好素材的来源。因为报告文学不同于小说等虚构作品,如果源头出了问题,不仅作品缺少了真实性、客观性,而且缺少生命力。即使这样的作品文字再美,语句再动人,也难以展现活力。

记者(以下简称"记"):首先祝贺你的著作《张闻天在延安》进入中国作协有关重点作品扶持项目。我想这也是你与我们陕西的一种缘分。据我了解,这本书开始创作的时间是2010年4月"走进红色岁月"采风活动之时。可能选题早已经有了,但是成熟和完成是在这次采风之后。想请您谈一谈:为什么要选择这个题材?作为南京作家,创作这本书,是不是因为张闻天是江苏人,这个是不是直接原因?

裔兆宏(以下简称"裔"):不是这个原因。革命历史题材,包括很多延安题材,很多的作家,很多的文化人都已经写过,那么我要挖掘新的主题,就必须发掘别人没有写过的,而且是有现实意义、历史意义的题材,这才值得我们来创作。去年得到消息,中国作协准备邀请我参加"走进红色岁月"的采风采访活动,我当时就在思索,自己究竟去写什么。我们建党近90周年了,有关革命历史题材,很多作家、很多大家都已经写过,那么我在这次采风采访活动中,能不能有这个心、写作的心,是我一直在思考的问题。否则我来采风采访就失去意义了,也不会有这样的选题,所以我就希望能有所突破。以往党的历史上,这样的文献公布的比较少,十一届三中全会以后,随着党的历史的逐步公开,很多原先不为人所知的历史,少有的历史遗迹、历史真相公布了,我才能有效地选择这个题材。

张闻天在历史上有着特殊的地位。之所以要写张闻天,有这样几个原因:第一,在我们党的历史上,在中国新民主主义革命历史上,如果没有张闻天,中国革命的历史可能改写;党和红军的历史可能改写。因为,从遵义会议到确立抗日民族统一战线、瓦窑堡会议,以及和平解决西安事变,张闻天为中国人民和中国革命立下了汗马功劳。第二,在党和红军的历史上,从遵义会议开始到张闻天把党中央的领导权交给毛泽东,可以这么说:中国革命的成功,张闻天与毛泽东缺一不可,张离不开毛,毛离不开张。在党的历史上,在延安时期,张闻天和毛泽东处理党中央重大事务时,两人联合签发的中央文件占到三分之二。第三,遵义会议之后,毛泽东的作战方针,起初都要经过中央政治局常委的讨论。张闻天知道这样不利于前方作战,因为,不能前面发生战争了,还要经过讨论,那么战争的最佳时机就可能错过了。所以张闻天在长征途中通过中央政治局会议决定,可以先斩后奏;到达陕北吴起镇之后,张闻天提议,由毛泽东任军委主席。张闻天有句名言:真理在谁手上,我就跟谁走。他有伟人的风范,能勇于纠正错误,所以他是马克思主义的践行者,他始终是毛泽东军事路线的支持者。

记:中国的人民大众,对张闻天了解最多的是长征时期。张闻天、毛泽东、王稼祥形成的三人小组,使他对毛泽东从初步认识,到深入了解。这本书中有否对这段历史过程展开描述?

裔:这个在书中是有交代的。在长征之前,张闻天对王明和博古的左倾路线就很反感,有意见。通过与毛泽东交谈、交流之后,两人有同样的感受。毛泽东得以参加长征,是因为张闻天和周恩来的坚持,当时也是张闻天安排的。因为王明、博古他们一直在排斥毛泽东还有张闻天。在长征途中,他们俩,还有王稼祥,一直就在讨论这个问题。

在这种情况下,到了遵义的时候,他们包括朱德,对博古和李德的军事路线反对之极,所以支持要开会。在会上,博古做完报告之后,第一个站出来做反报告的就是张闻天。张闻天是中央政治局常委,他的讲话是很有分量的。王稼祥在长征途中受伤得病,躺在担架上参加了会议,所以主要提反对意见的就是张闻天。遵义会议决议也是由他做的,按照当时我们党的历史惯例,谁主持做决议,谁的权力就是最大的,就是主持中央工作的。我们党的文件中便体现出,决议是由张闻天做的,包括后来陈云同志关于贯彻遵义会议决议的记录上面也有所反映。虽然遵义会议当时起草的手稿找不到了,但是陈云同志传达的意见在中央党史的文献上有。张闻天在历史上,像遵义会议、确立抗日民族统一战线等,是他最大的贡献。

记:长征、延安时期,是张闻天人生中最为辉煌的时期。你是如何在这本书中体现出来的?

裔:我以历史事实为根据。张闻天和毛泽东的关系是党中央总书记和我们红军的最高军事指挥统帅的关系,为了中国革命他们心心相印、互相

配合,若没有他们俩人的默契配合,中国革命是不会成功的,不可能形成抗日民族统一战线。他如果是一个像王明那样心胸狭隘的人,党的历史上的投机分子,那就不会有毛泽东展示军事才能的机会,也就不会有中国革命的不断前进。在党的历史上,1938年到1939年很多热血青年投奔延安,那时就是张闻天当党中央总书记的时候,还有包括他亲自为刘志丹、习仲勋平反。党中央总书记主持平反大会,这个是有历史事实的。所以说张闻天是一个以天下为公的人,他很民主。

抗日战争初期,毛泽东发表了著作《论持久战》,影响极为深远,对抗日战争的胜利起到了极为重要的指导作用。在这之前,张闻天也写过很多有关持久战的文章,发表在我们党的刊物如《解放》、《群众》等上。毛泽东后来写《论持久战》,就是在张闻天、朱德、周恩来等领导人的支持下,进行了进一步的集中和深化,从而形成了这一辉煌巨著。应该这么说,他们对丰富毛泽东《论持久战》的军事思想,起到了很大的作用。

毛泽东讲:"改造我们的学习。"张闻天就是一位善于学习、勇于纠正错误的人。他认为自己没有中国革命的实践经验,对中国革命实际情况和农村情况不了解,而中国革命又是从农村包围城市开始的。所以他认为自己缺少农村革命实践这一课,便主动提出来到陕北、晋西北农村去进行调查。他调查了陕北榆林米脂杨家沟的那个大户人家。可以这么说,他这次调研的成果非常大,做的工作也非常深入,刘英、邓力群都参加了这次调查,做得非常好,很有名,毛泽东也非常满意。

张闻天是很懂马克思主义的,他早年在南京河海水利学校读书的时候,就开始初读马克思主义了。他很早也办刊物、写文章,在北京《新青年》、北大报刊上都很有影响;《湘江评论》上面也发表过他的文章。张闻天是很有文学才华的,早年,还创作了长篇小说《旅途》。

记:这部书的风格怎样?

裔:文学性占到30%左右吧,但主要注重的是历史事实,用文学的语言表达出来。改变历史史实是不行的,不存在虚构。我这个是报告文学,不能虚构,是长篇纪实。

记:那你的创作过程主要就是查阅资料?

裔:我注重历史史实的运用,会通过文学的语言,把它正确地表达出来。写这本书,主要使用中央党史研究室或是中央档案馆的资料,还有我们国家公开出版的、经过审批的,就是经国家新闻出版总署认可的这些出版社公开出版的著作。我身边有很多的资料和书,像《张闻天传》、《张闻天年谱》,这都是中共中央党史研究部门所出的书,很权威的历史史实,还有《毛泽东传》、《张国焘传》、《王明传》等。

记:谈一下这本书的现实意义和历史意义?

商:今年是中国共产党诞辰90周年。对于张闻天可以这么说,他是党的历史上的第五任总书记、总负责人,那么他在中共党史上占有非常重要的地位,是中国革命处于重大转折关头的重要人物。所以,展现这部历史,会让我们对中国共产党党史、中国革命有更深层次的认识,因为它也是中国共产党逐步走向成熟的开始。

记:因为我们是陕西的媒体,所以话题肯定离不开陕西。2010年4月,你在陕西延安的采风采访,对这次创作的完成有什么样的启发?

商:有很大的启发,有现实主义的教育。具体说就是,张闻天在延安做了许多对党、对中国革命有重大贡献的事,他提出很多重大战略,比如对抗日民族统一战线的形成以及西安事变的和平解决,都起了很重要的作用。例如,对西安事变。当时,政治局开会,毛泽东、周恩来还有其他一些领导包括博古都来参加,有一些意见特别提出要审蒋、除蒋,要公开地审蒋。但当时,张闻天就很有政治眼光地提出来"不能除蒋"。并且,还有些观点是要建立以西安为中心的控制全国的政治中心,张闻天却不同意。为什么张闻天不同意呢?因为这样会导致内战开战,不利于中华民族一致对外。随着西安事变事态的扩大、发展,就印证了张闻天当初的主张,那是一种建设性的政治主张,而且是在西安事变最关键的时候。所以说,张闻天是很有政治眼光、很英明的。

因为蒋介石被释放之后回南京,这时西安事变出现了一种形式,即要求释放张学良,反对蒋介石,特别是东北军也发生了内乱。就在西安事变继续恶化的时候,张闻天亲自赴西安。在当时,周恩来是公开来的,张闻天是秘密来的,他住在国民党一位将领的家里。这个时候博古和周恩来商量赶紧找到张闻天,让他赶快离开。为什么呢?因为周恩来是公开的,是张学良邀请来的,作为中共代表、代表团团长住在西安,大家都会保护他。那么你(张闻天)党中央总书记来了却没有被邀请,国民党对你有所察觉,就会采用各种手段进行暗杀。所以就赶紧送他去云阳的红军总指挥部。党中央总书记在关键时刻临危不惧,很是了不起啊。

张闻天说:我们(他对王稼祥讲的)打仗不如老毛,这是很现实的问

题。这是张闻天讲的,为什么推崇毛泽东呢,就是这个原因。毛泽东确实是杰出的政治家与军事家,像四渡赤水等一些军事战役,林彪他们当时都是持反对意见的,一致认为这是劳民伤财嘛。结果四渡赤水最终却取得了巨大成功,当时是上有飞机后有追兵啊,毛泽东善用"神兵",最终确立了他在党内的领导地位。而且毛泽东不同意南下,向张闻天坚持要坚决北上。事实证明这个北上的路线是正确的,这一点是无与伦比的。

记:对于《张闻天在延安》投拍电视剧,在这个方面有什么设想?是那种政论式的文献影片还是带有文学色彩的专题片?

裔:文学色彩的,以这个报告文学为蓝本。张闻天在延安、在陕北,很多历史大事就是在这里完成的,中国革命的转折就是在这里实现的。像红军长征,转战到陕北,从陕北走向全国,从延安走向全国,延安成了革命圣地,张闻天功不可没。

毛泽东在一次会议上说,我们反对过去的左倾错误,如果革命历史上没有张闻天、王稼祥两个人,勇于纠正错误,从左倾错误中摆脱出来,中国革命不会有今天。现在,大家把功劳都树在我的头上,这是为了党内的需要。这不是原话,但基本上是这个意思。他当时讲的话就是对张闻天历史地位的充分肯定。

(见报日期:2011年2月23日)

在关中民俗博物院(中为裔兆宏)

一 路 书 香

惠西平,毕业于西北大学中文系。1982年起从事编辑出版工作,1993年任太白文艺出版社副社长兼副总编辑,2001年任陕西科技出版社社长,2007年任陕西人民出版社社长。

先后被评为"陕西省优秀中青年编辑"、"陕西省三五人才——经营管理人才"、"全国百佳出版工作者"、"全国出版行业领军人才",2004年被评为"享受国务院特殊津贴专家",2009年获新中国60年"百名有突出贡献的新闻出版专业技术人才"称号。

2011年新年伊始,冬日的暖阳将陕西人民出版社的办公楼外壁涂抹成了淡淡的暖橘色,阳光洒进宽阔的玻璃窗,照亮了编辑们的书桌,书的芳香仿佛瞬间溢了出来。惠西平坐在社长办公桌前,向窗外望去。西安北城墙上,一群喜鹊悠然扇动翅膀,划破了浅蓝色天空的静谧。萧瑟劲拔的苍苍冬树,疏影横斜,纷纭交错,恰似天色水墨的晕染。

将近三十年了,惠西平已然从翩翩少年,成长为我国出版界的行业翘楚。然而,当他回望自己所率领的、正奋力拼搏于文化体制改革浪潮之间的陕西人民出版社时——一甲子,也不过弹指一挥间!面对辉煌的陕西出版史和苍茫的文化体制变迁过程,每一位投身其中的出版人,都宛如少年。这位"少年"不断创新,不断自我砥砺,孜孜不倦地追求着出版事业的发展、繁荣和与国际接轨。惠西平以他多年埋头实干所积累的经验以及对

出版业深入的思考和辽阔的视野,回答了记者的提问。

映日荷花别样红
坚持主旋律塑造陕西品牌

记者(以下简称"记"):陕西人民出版社是西北地区成立最早的出版单位,60年的光辉历史使她有了深厚的生长根基。您认为作为一家地方出版社,她具有哪些优势和特色呢?

惠西平(以下简称"惠"):陕西人民出版社地处人文历史厚重的西北大地,首先,她占据着得天独厚的出版资源,出版工作得到政府部门的大力支持;其次,她继承了陕西出版行业的光荣传统,始终贴近人民群众;再次,她还拥有一大批具有文化消费品味和消费习惯的读者朋友,从农村到城市,从西安到全国各地甚至海外。我们始终要感谢一直以来支持我们的读者们。

在打造出版行业地方特色方面,我们坚持两大方向。一是坚持主旋律的出版方向。60年来,陕西人民出版社始终把弘扬主旋律,配合党和国家的中心工作,服务大局,作为义不容辞的责任。在各个发展时期,陕西人民出版社都始终坚持社会效益第一的原则,自觉围绕党和国家的中心工作开展出版工作。从早期的《跟着共产党前进》、《坚决取缔一贯道》、《共产党员标准的八项条件讲话》,到改革开放以来的《中共党史人物传》(50卷)、《延安精神与社会主义精神文明建设》、《'98长江大决战》、《共产党员的人生观》,乃至近年来出版的《科学发展观学习全书》、《"三个代表"——新世纪党的建设的科学指南》等,都反映了这一种思考和努力。

二是坚持品牌塑造之路。自建社以来,陕西人民出版社就始终以出版高质量图书,服务地方文化建设和广大读者为己任,经过几代人的努力,陕西人民出版社在全国图书市场上创出了一定的影响力。进入新世纪以来,图书市场竞争日趋激烈。在这一背景下,陕西人民出版社发挥传统优势,明确工作思路,不断优化图书结构,制定了非常明确的出版方向:以通俗政治理论和文史类大众阅读精品图书为核心,教育教材类图书为两翼打造陕西人民出版社精品图书品牌。围绕这一出版方向,逐渐形成了通俗政治理论读物、党史党建读物、中外学术精品、大众文史读物和教育教材类读物五个出版模块,品牌效应逐渐明显。

记：您刚才提到的"通俗政治理论读物"是陕西人民出版社的一大特色产品,请您谈谈对出版这类读物的定位好吗?

惠："通俗政治理论读物"我认为不在于要通过它让读者掌握政治理论,而在于对人们发生潜移默化的影响,让大家学会应用理论来指导实际工作生活。比如,我社出版的《延安精神与精神文明建设》、《科学发展观学习全书》、《时代之印——中国媒介30年》、《中国经验——改革开放30年》等,这些政治读物通俗化,但坚持以科学理论为指导,大量地联系实际,深入浅出地帮助人民群众在实际中运用科学的理论。

在出版此类读物时,我们鼓励编辑多深入生活,体察群众的所想所思,培养一双能够发现干部群众在工作和生活中困惑的"慧眼",挖掘他们希望得到解答的社会上的热点、难点问题,找准政治理论通俗化读物的切入点。找准了切入点,才会受欢迎。

在编排方面,我们希望编辑发挥一切智慧,让更多的人看到我们的科学理论,并让人最大程度地看懂这些理论。因此,编排体例不断在创新,问答式啊,知识点式啊等的编排方式都在这类书中大量运用,还有图说式,这一类书籍一般都比较受欢迎。此外,还让编辑根据实际情况增加一些与读者互动的栏目等等。总之,就是让人读得懂,爱读,读后有收获。

予人玫瑰手有余香
改革的落脚点在于人
要在创造中享受精神愉悦

记：2007年12月28日,陕西出版集团正式挂牌成立,作为陕西出版行业的旗舰单位,陕西出版集团公司集合了陕西人民出版社、陕西人民教育出版社、未来出版社、陕西科学技术出版社、陕西人民美术出版社、三秦出版社、太白文艺出版社、旅游出版社等8家老牌出版社。8家拥有丰富的版权资源和雄厚的创意研发实力的成员单位合成一股绳,将为陕西的出版事业开辟一片新天地。您认为,陕西人民出版社在整个出版集团中的自我定位是怎样的?

惠：2008年初,陕西出版集团全面启动了劳动、用人、分配三项制度

改革,尤其在用人制度上迈出了新的一步。社长、总编公开选拔,竞聘上岗。并公开择优选聘了成员单位的16名领导干部和6名集团本部工作人员。这种选拔和目标考核在陕西出版史上可以说是第一次,不但使管理层的年轻化、知识化、专业化水平大大改观,而且给能人搭建了一个施展才华的舞台。

陕西人民出版社因其使命和责任不同而有自己的工作中心和重点。我们紧紧围绕一个中心,即围绕认真学习宣传贯彻落实党和国家的政策精神,集中精力做好相关选题的组织开发和编辑出版工作,抓住一个关键,即以改革创新精神积极推进公益性出版事业的建设,全力深化体制机制的改革与创新。我们高度重视人才的培育和成长,拥有一大批学有所长、术有专攻的专业技术人员,占职工总数七成以上,是陕西出版人才最为集中的单位。人才是我们参与市场竞争与合作的最核心要素,当然也是我们在整个陕西出版集团中扮演好自身角色的最核心的竞争与合作的要素。

记:2010年10月,按照国家文化体制改革的要求,陕西人民出版社正式由事业单位转为企业,这意味着什么?

惠:首先是内部资源的进一步优化配置,出版社作为重要传播媒介的渠道被一一打通。目前,陕西人民出版社综合出版能力在全国近600家出版单位中排名第36位,社科类图书出版能力排名第12位。除总编办、出版部等16个社直属机构外,另拥有文化艺术报社、阳光报社、陕西电子音像出版社、博文春秋文化公司等5个全资子公司,已从单一的图书出版发展成为陕西省具有图书、报纸、杂志、电子音像、电子读物等多种出版能力,以及经营中小学教材、物流、房地产开发项目等功能最齐全的综合出版单位,总资产达3.3亿元,年图书销售码洋2.6亿元。

其次是内部机构的科学化、高效化改制,人才、资金以及各种无形资产的利用效率将大大提高。今年以来,陕西人民出版社开始对社内机构设置、人员配置、薪酬体系等进行大刀阔斧的改革。我们聘请咨询公司对我社运营情况进行了分析、研究,按照现代企业制度和法人治理结构建社、兴社,今后我们将重点建设陕西人民出版社的企业文化,因为只有企业文化根基扎牢了,才能将我们的智慧凝聚起来,我们将更加充分地尊重每一位员工的劳动,体察他们的心声,让他们能够充分享受创造所带来的巨大精神愉悦。

待到山花烂漫时
实现传统出版业
向现代传媒业转型是改革根本

记：据我们了解，由陕西人民出版社出版的《西安市"十二五"规划重大问题研究》在刚刚开幕的北京图书订货会上备受关注。此外，本届图书订货会上"数字出版"成为新亮点，您是如何看待"数字出版"的？

惠：我关注了本届北京图书订货会的高层论坛，论坛主要就当前数字出版的版权纠纷、产业链断裂提出相应对策，为促进业内业外的整合、上游内容与下游发行的整合提供平台。并针对数字出版的现状，探索分析了一些新的商业模式，可以看出，全国的出版从业者在寻求一种更为科学的传统出版与数字出版合作竞争的新型产业格局。

数字出版的发展符合国内外出版传媒产业发展的总趋势。按照《国家十一五规划纲要》、《国家十一五文化发展规划纲要》文件精神，发展数字出版已经成为国家发展战略的重要组成部分。在这一背景下，建立陕西国家级数字出版产业基地，是培育陕西新的经济增长点、提高陕西文化创意产业竞争力、实现全省"文化强"发展目标的客观要求。

记：请您具体谈谈对"数字出版"发展前景的观察与预期？

惠：目前，中国的网民已经达到4亿多，各种调查数据显示，传统的图书、期刊、报纸整体发展增速不及数字出版，数字出版迎来了最佳发展时期。这体现在三个方面：一是发展速度很快、发展空间很大；二是技术进步，尤其是3G技术的普及，为数字出版的快速发展奠定了良好的基础；三是数字出版方面，大家都处于探索阶段。

我们作为陕西出版集团所属的8家出版社之一，首先将按照集团的统一协调部署，适时地将传统出版物以纸质和数字媒介两种形式同期发布；进一步，以点带面，将在省委宣传部、省新闻出版局的支持和协调下，以经济关系为纽带，与全省的出版单位图书、报纸、期刊的纸质、数字媒介资源共同实现同期发布，形成媒介传播的合力。我相信，当运营模式成熟后，周边的省份也将被带动进来，陕西的数字出版，将引领中国西部数字出版的发展，最终达到整合掌控资源、扩大产业效益、实现由传统出版业向现代传媒业转型的根本目的。

(见报时间：2011年1月12日)

改革、创新
陕西出版集团科学快速发展之路

我们需要大发展

记　者(以下简称"记")：目前,全国文化体制改革正处于"深水"期,文化产业得以快速发展,各大出版集团风起云跃。陕西出版集团作为我国西部地区文化产业的排头兵,成立三年来,各项经济指标和社会影响力引人关注,取得了瞩目成就。陈董事长,您最大的体会是什么？

陈建国(以下简称"陈")：总的一句话,我们要发展,要大发展,要快速发展。这个话题不是老生常谈。对于陕西出版集团来说,发展永远是一个毋庸置疑、无须争辩的永恒主题。

陕西出版集团成立于2007年12月28日,下属8家出版社、1家物资公司、4家报社、4家杂志社、1家电子音像出版社和1个控股公司。自成立以来,集团及各子公司不断解放思想,转变观念,积极探索,克服了重重困难,推动了主业的快速发展。2008年,集团销售码洋突破7个亿,增长14%；实现销售收入4.3亿元,增长13%；实现营业利润3201万元,增长33%。2009年,集团销售码洋突破8.5亿元,同比增长23%；实现销售收入5个亿,利润总额3751万元,均比2008年增长17%。2010年,预计销售码洋将超过10亿元,销售收入超6亿元,实现利润4000万元。三年来,所实现利润额一直居于全省所有国有控股文化产业集团的前列。

记：陈董事长，以上几组数字，呈现出集团发展的"跨越式"势头，令人激动、兴奋，作为集团的法人代表和决策者之一，您一定非常满意吧？

陈：实事求是地说，既满意也不满意，满意大于不满意。纵向比较，我很满意。数据充分显示，比起集团成立之前的几年，我们8家出版社都取得长足的进步，摆脱了过去"竞争能力不强、抗风险能力较弱"，甚至"一潭死水"的局面，发展都上了新的台阶。如陕西目前共有18家图书出版社，而陕西出版集团旗下只有8家出版社，2009年的销售收入却达到5个亿，占据了全省图书出版销售收入的近2/3。

不满意的地方在于横向比较：由于陕西出版集团成立时间短、规模小、底子薄，出版、发行、印刷等产业链断裂，纵然我们已经取得了长足的进步，但与国内兄弟单位相比较，我们体量很小，还处于相对靠后的位置。

因而，虽然我们的发展取得了一定成绩，但不能沾沾自喜，我们的发展还是要有速度。这有几个方面的原因：一是自身发展的需要。二是省上有考核，这是硬指标，在这方面没有余地。三是大势所趋，因为到2015年，文化产业要成为支柱产业，要求我们每年必须以30％以上的速度发展；而且其他集团改制后发展速度都在30％以上，别人能做到，我们一样能做到。

所以，高速度、跨越式发展永远是我们的第一要务。集团及各子公司不能小富即安、见好就收，不能总是高调唱秦腔，唱得歌舞升平、国泰民安，要有危机感，要真正认识到"发展才是硬道理"，树立信心，自加压力。

发展要有大思维，就是改革

记：董事长，听了您以上谈话，感觉集团的发展是稳步的、快速的。那么您认为，集团能有这么高的发展速度，最主要原因是什么？

陈：归纳这几年发展的经验，就是：发展要有新思维、大思维，就是改革。这已经不是点的问题，而是面的问题，是全面改革的问题。特别是党的十六大以来，从中央到省上多次召开工作会议、下发系列文件，要求进行文化体制改革，并做了专门部署、明确要求。刚刚结束的十七届五中全会更是提出要"深入推进文化体制改革"，"推动文化产业成为国民经济支柱性产业"。

按照中、省要求，集团成立之初，就确立了"三步走"的发展改革战略：

第一步转企,从思想观念、组织结构、企业管理上理顺、调整,建立现代企业制度,使出版社真正成为市场竞争的主体;第二步改制,尝试在大型国企、强势民企中寻找战略合作伙伴,进行资产的战略性重组,将集团和各社真正改造为股份制公司;第三步上市,即条件成熟时,实现整体或部分优良资产上市。

"三步走"的第一步就是"事转企"改革。2009年,按照陕西省文化体制改革领导小组的批复意见和要求,集团展开了一系列行动。9月9日,隆重召开了陕西出版集团"事转企"改革动员大会;9月10日,集团第一届职工代表大会第二次全体会议集中审议了"事转企"改革工作总体方案;10月底,完成了除人民社外的7家出版社的转制工作。2010年11月初,集团又顺利完成了陕西人民出版社的转制工作。同时,按照相关要求,集团系统配套完成了新企业的工商注册登记手续,与所有原事业身份的在岗人员签订了劳动合同,建立健全了签约人员的社会保障体系。至此,陕西出版集团整体转制为企业。

记:陈董事长,改革是新的变革,集团的"事转企"改革是否有其必然性?在实施中有什么具体措施?

陈:我们总结了一下,可以这么说,陕西出版集团的"事转企"改革,一是贯彻落实中央深化文化体制改革的需要和要求,是大局所定;二是实现全省"文化强"战略发展目标的需要和要求,是省情所使;三是基于国内出版产业快速、迅猛发展的需要和要求,是形势所迫;四是实现陕西出版集团做大做强、科学发展的需要和要求,是发展所需。

当然,"事转企"改革也具有相当的复杂性和敏感性,最核心的问题就是"钱从哪里来,人往哪里去"。为此,我们多次派专人去安徽、江苏、吉林等地拥有丰富"事转企"改革成功经验的兄弟单位"取经"。撰写了《陕西出版集团建设发展的问题及建议》等,呈报给省委、省政府。加强与总署、省上有关部门的密切联系,及时了解中、省有关文化体制改革的最新政策,以保证"事转企"改革的顺利进行。

这里要说一点:省上两个"50%"政策的给予,一定程度上解决了"钱从哪里来,人往哪里去"的问题,最大限度地保障职工,特别是提前办理退休手续人员的个人利益,体现了省委、省政府对于集团"事转企"改革工作的高度重视。经努力,我们集团成为我省第一家按照省上要求按时、圆满完成"事转企"改革的文化单位,实现了集团"转企、改制、上市"三步走的第一步,受到上级领导的肯定和表扬。

记:董事长,"三步走"的第一步是"事转企",已经完成,那么第二步、第三步是不是改革?如何实施?

陈:应该说,改革的目的不是为了改革,而是为了发展。事实证明,"事转企"改革后,职工的工作积极性和主动性明显提高,特别是经营管理人员,增强了忧患意识,开始想谋事、想干事,积极研究市场,规划发展战略,从根本上改变了过去责任意识不强的状况。

但要使改革更上一层楼,我们还必须要把"事转企"改革向纵深发展,进行"改制"和"上市"。所谓"改制",也就是"股份制改造"。今年9月,我们召开了股改中介机构招标选聘会,确定了海通证券、北京金杜律师事务所以及希格玛会计师事务所三家中介机构作为集团股改的中介机构。10月,集团股改工作正式启动,目前相关中介机构人员已入场并全面展开尽职调查工作,财务审计、资产评估等后续工作也在周密规划、有条不紊地进行当中。目标是:进一步深化改革,通过股份制改造,打造西北首家出版企业上市公司。

创新是企业发展的灵魂

记:董事长,大的方面讲,集团的改革已经取得了一定成绩。那么,在内部管理上还有什么措施?并取得了哪些成效?

陈:我们经常说"改革创新",应该这么讲,就是"体制改革,机制创新"。"机制创新"就是在内部管理机制上进行创新,以提高效率,增强整个企业的竞争能力。无论体制改革与否,机制创新永远是企业发展的灵魂。例如,在完成"事转企"改革之前的2008年,内部管理机制创新比较好的教育社销售码洋就达2.4亿元,比2007年增长38.2%。

三年来,我们一方面进行体制改革,另一方面大力推行内部管理机制创新。一是全力改革用人机制。制定了《陕西出版集团各成员单位领导人员选拔任用暂行办法》,通过公开选拔社长、总编,实现竞聘上岗。二是实行目标考核管理。制订了《陕西出版集团目标管理办法》,使目标考核管理成为既激发领导班子和员工潜能,同时又促进国有资产保值增值的一个重要手段。三是深化三项制度改革。实行定员、定岗,打破大锅饭,按岗位、目标、业绩定酬,鼓励创新、多劳多得,调动了员工工作积极性,工作效率

和经济效益大幅提升。

机制创新永远没有尽头。只有不断创新,不断地使管理模式精细化,才能不断推动集团的快速发展。下一步,我们还要继续深化人事、劳动、分配制度改革;加强团队建设,对经营管理人员、编辑、发行人员定期培训,引进急需人才,打造人才团队;推动制度体系重建,对各项业务进行整体规划和重构,创新管理方式,再造业务流程。

精益求精,多出精品书

记:据我所了解,国内众多的文化产业集团产业经营多式多样,从而拉动了图书主业产值的上升。在您看来,陕西出版集团图书主业该走怎样一条发展之路?

陈:产业的发展,我们讲究一要有速度,二要有质量。速度问题,我们已经谈了。在质量问题上,我们认为必须走精品之路。这是因为:优化产品结构,多出精品图书,是图书出版工作的"重中之重",是提升企业核心竞争力的必由之路,是做大做强陕西出版产业的必然选择。

几年来,我们以"做足教育出版、做强大众出版、做精专业出版、做优数字出版"为主业奋斗目标,确立了"产品结构调整、精品项目带动,做强出版主业、重塑陕版形象"的发展思路,制订、实施了《集团精品图书、重大出版项目论证管理实施办法》,出台了《集团精品图书和品牌畅销书评选、奖励办法》,每年投入200万元的精品图书资助基金,全面推进精品建设。目标是:力争在全国零售市场占有率的集团排名中,由目前的排名第十,冲进前五,打造在全国具有竞争力、西部最有影响力的出版集团。

经努力,我们的图书品牌影响力不断提升,所获图书大奖不断攀高。以2010年为例,在国家级奖项层面,在第三届中华优秀出版物奖评选中,《出版传媒产业发展与实现价值增值的研究》荣获全国优秀出版科研论文奖;《法门寺》(六集大型文化纪录片)喜获音像出版物奖;《中国法制60年(1949—2009)》、《中国美术分类全集·中国陵墓雕塑全集·3·东汉三国》获图书提名奖。所获奖项居于全国出版集团前列。

在中央部委和国家行业协会层面,《土天堂》、《我的陕北》获第四届冰心散文奖;《洛阳古代铭刻文献研究》、《商周金文编——宝鸡出土商周青铜器铭文汇编》分别获全国优秀古籍图书一、二等奖;《09'中国陕西》被中央对外宣传办公室、国务院新闻办公室评为优秀外宣图书一等奖;《客死长安》获首届"紫禁城杯"全国文化遗产最佳普及图书奖。

在省级层面,首届陕西图书奖入选名单揭晓并公示。陕西出版集团共有18种作品入围,占所公示33个品种总量的半壁江山还多。

当然,所有这些,都是各子公司努力践行集团精品图书战略举措的重大成果,离不开他们的不懈努力和辛勤劳动。

记:成绩相当喜人,令人鼓舞。董事长,精品图书品牌的提升确实能够带动企业影响。那么,集团的出版能力是否也得以提高?

陈:日前,《中国图书商报》在中国实力出版集团荣誉榜(2009~2010)中对陕西出版集团近两年来文化体制改革的阶段性成果进行了集中勾勒,各种荣誉和奖项居于全国出版集团前列,出版能力已经上了一个新的台阶。

除过以上图书产品奖项外,在机构部分,我们被中共中央宣传部、科技部、中国科协授予2010年"全国科普工作先进集体"荣誉称号,为全国唯一受到此表彰的出版传媒集团;被中共陕西省委宣传部评选为全省宣传思想文化调研工作先进单位。在人物部分,禹鸿斌被评为"享受国务院特殊津贴专家",张炜、惠西平被评为"全国百名有突出贡献的新闻出版专业技术人才";李丽玮被评为"陕西省突出贡献专家";黄平利被中宣部授予"四个一批"优秀管理人才;宋亚萍、李郁被评为"全国新闻出版行业第二批领军人才"。

同时,《中国图书商报》还揭晓了"2010全国出版能力"排行,陕西人民教育出版社以强劲的实力在全国561家进入监测的出版社中排名第31;太白文艺出版社表现突出,跻身文艺类出版社全国10强,在41家文艺类出版社中荣登第7名。在各地区图书出版能力排行中,陕西依旧稳坐西部头把交椅,位列全国第13名,彰显了较强的出版实力。

数字创新出版,科技改变业态

记:图书主业快速发展了,企业才会快速发展。据我们了解,现在在国内外,数字出版已成为一个新的、很热的话题,陕西出版集团也将建设国家级数字出版基地。董事长,就目前而言,数字出版是否属于图书主业范畴?陕西出版集团的数字出版是如何规划的?已经做了哪些工作?

陈：我们的图书出版主业分为传统出版和数字出版两部分。数字出版属于新兴业态，是传统出版的创新结果，是出版科技进步的必然趋势，代表着21世纪出版传媒业的发展方向，已成为我国文化产业重要的经济增长点。《文化产业振兴规划》指出：要"积极发展纸质有声读物、电子书、手机报和网络出版物等新兴出版发行业态"。对于数字出版，谁具有远见卓识，谁具有战略眼光，谁能把握住这一机遇，谁就有可能在未来的市场竞争中赢得发展主动权。

2008年初，我们集团成立不久，就确立了"要以筹建国家级数字出版基地为突破口，形成陕西出版业乃至我国西部文化产业新的经济增长点"的战略思路。就建设国家级数字出版这一问题，我们曾专文呈送中、省有关领导，均得到肯定答复。2009年9月，省发改委做出批复，陕西数字出版基地项目正式立项。接着，又被中共陕西省委宣传部列为2010年全省文化产业重点建设项目，并进入2010年度国家新闻出版改革发展项目库。2010年6月，经中共陕西省委宣传部、省财政厅同意，组建了陕西出版集团数字出版基地开发建设公司。10月，基地公司代表集团与西安浐灞生态园区签署了战略合作意向书，筹划年内开工建设，这标志着集团迈出了发展数字出版最坚实的一步。

在业务开展方面，我们以基地公司和文化公司为两大平台，分别推进手机阅读和MPR有声读物业务，取得了较好的效果。基地公司已与中国移动全国阅读平台成功对接，并在中国移动7月份电子图书上线目录中占到了70%的比重；基地公司与省内外多家出版社展开了广泛合作；自主研发生产了"云想"阅读器，产品之一的"国学图书馆"，在西部文博会上受到了郑小明副省长的肯定与赞扬。集团文化公司研发的"幼儿园渗透式小主题领域课程"系列和"幼小衔接课程——拼音"系列幼儿图书于今年7月成功上市，这是我省乃至西部出版单位首批自主开发的纸质有声读物，入选了"第二届中国出版政府奖图书、音像、电子出版物"陕西参评目录。同时，文化公司还储备了大量的数字出版资源，与台湾无国界文化公司、兵马俑博物馆、西安世园会主管部门就有关MPR出版物达成了合作意向。

数字出版并不神秘，"数字"就是我们新的发行渠道和市场，"出版"仍然是我们的老本行。所以说，数字出版就是我们找到了新的市场和渠道，只要技术和观念这两个关键问题解决了，我们就一定会大有所为。

大项目,战略性的大谋划

记：董事长,陕西数字出版基地项目是经省上批准的重大文化产业项目,直接关系到集团未来若干年的发展与繁荣。那么,我们集团在重大项目带动战略上是否还有其他表现?

陈：坚定不移实施重大项目带动战略,是集团成立之初就确定的基本方针。项目是发展的关键,项目是发展的载体,项目是发展的后劲,重大项目就是集团出于快速发展目的而实施的战略性大谋划。

除过陕西数字出版基地项目外,我们还策划了"出版传媒产业基地项目"、"重点图书出版项目"等。其中,"重点图书出版项目"计划投入2000万元,拟推出5个大类、总量为100种(套)左右的在全国产生重大影响的图书;"数字出版基地项目"拟投入5亿元,拟于2011年正式开工,项目建设周期30个月(不含项目前期工作),到"十二五"末,陕西数字出版基地将成为西部最大的专业化出版基地;"出版传媒产业基地项目"建成后将成为国内一流、全方位、立体化、融图书、报纸、期刊、电子音像、网络等出版功能于一体的数字出版产业基地。

人才建设是根本保障

记：董事长,我们已经谈了很多大规划、大项目,在这些项目的制定和实施中,您认为让您最操心的是什么?

陈：是人才问题。有人没人才,一般性人才多,高端的、真正能用得上的人才缺,这是很多行业都存在的问题,但在出版产业正在走向大发展大繁荣的今天,这个问题对于我们来说非常严重。

出版业是内容产业,是智力经济,人才建设是根本保障。集团目前人才结构极不合理,尽管不乏高学历高职称人员,但是真正懂管理、懂经营的人少,能创新、能策划的编辑缺,懂数字出版新兴科学的人更寥寥无几。

自集团成立以后,我们对人才的选拔使用坚持了"四个注重"原则:一是注重德才,不唯资历;二是注重一贯,不唯一时;三是注重综合素质,不论社会背景;四是注重绩效贡献,不论关系亲疏。

在实际工作中，一是严把入口关，从进人的质量抓起，先要从学历上卡起，要真正做到编辑岗位非硕莫进，经营管理岗位非本莫进。二是舍得培养人才。包括学习机会、出国的机会、锻炼的机会，都为人才让路。三是创造人才生存的环境。真正树立起以人为本的思想，为人才的工作学习生活创造了好的条件。四是不拘一格使用人才。只要能在某一方面、某一个领域、某一项工作干出成绩，我们就不管他什么资历、什么年龄，尽早发现、尽快使用。

总之，我们人才建设的目标是，让文化人活得更加体面，真正建立起一个尊重人才、培养人才、引进人才、留住人才的环境和机制，为集团的科学、快速发展提供坚实保障。

党风正，则事业兴

记：出版集团肩负着全省舆论宣传的重要职责，起着党和政府重要的喉舌作用，因而党风建设对于集团来说，应该是一项长期的重要任务。董事长，能否介绍一下我们集团党风建设的基本情况？

陈：在这三年，我们的党风建设扎实平稳。一是及时传达、贯彻落实中、省有关党风廉政建设工作会议精神。每年年初，在有职工代表参加的工作会上，同各单位负责人签订《年度党风廉政建设责任书》，把反腐倡廉建设纳入集团全局工作，与中心工作一同部署，一同落实。二是举行了以科学发展观活动为统领的党风廉政建设工作。三是制定了支部学习制度和中心组学习制度。四是每年召开一次专题民主生活会。找准在改革发展中存在的突出问题，以及职工关心的热点问题，将党风廉政建设贯穿于厂务公开的各项工作中。

特别是在各子公司的队伍建设上我们做到了公开透明。2008年以来，集团通过公开竞聘的方式，择优选聘了20多名子公司领导干部，在全省新闻出版系统引起了很大的反响。同时，还坚持实行民主评议干部制度，对满意率达不到60%的，坚决进行调整。在干部的选拔任用上采取民主推荐、考察预告、组织考察、党委会研究、任前公示等方式，民主推荐、考察公告、任前公示等环节面向全体员工公开；选拔任用结果面向全体员工公开。

事实证明，我们在党风方面采取的一系列措施是正确的、有效的，客观上也推进了集团各项事业的发展。

影响力、知名度,日渐增长

记:昨天,为了准备这次采访,我用"陕西出版集团"进行网络检索,百度网约 4107996 篇相关网页,谷歌网约 347000 条结果。董事长,是不是可以这样认为,我们集团的影响力和知名度正在不断扩大?

陈:的确是这样,数字确实惊人。据不完全统计,自成立以来,经努力集团受到中央级媒体关注的新闻近 50 条,受到省级媒体关注近 200 条,集团的品牌影响力在全国范围日渐增长。我们的成员单位"事转企"改革授牌大会,就得到了陕西电视台、《陕西日报》、《中国新闻出版报》等多家媒体的报道。我们在深圳文博会举办的"陕西数字出版展望"仪式,第一时间就得到《中国新闻出版报》、《陕西日报》、《中国图书商报》、《三秦都市报》、省政府门户网站等重要媒体的报道。我们举办的"十二五"重点图书出版规划系列研讨会,就受到了陕西电视台、《西安晚报》的关注。

特别是中央领导非常关注陕西出版集团的改革与发展。中央政治局常委李长春、中央宣传部长刘云山、国家新闻出版总署署长柳斌杰同志先后来集团视察、指导工作;赵乐际书记、赵正永代省长、胡悦部长、郑小明副省长也曾多次专门听取集团的工作汇报。

改革、发展,"十二五"关键词

记:"十一五"马上要告一段落,"十二五"就要踏上新的征程。董事长,在即将到来的"十二五"时期,我们集团的规划及设想如何?

陈:"十二五"时期将是陕西出版集团深入贯彻落实科学发展观,深化改革,加强创新,不断开创各项事业新局面的关键五年,也是推动集团主业快速发展的关键时期。科学编制、认真实施"十二五"重点图书出版规划,对于全面提升陕西出版集团的出版实力具有十分重要的意义。

因而,从今年 6 月份开始,我们就立足当前股份制改造这一主要任务,深入分析新形势、新问题,从实际出发,组织专门人员编制《陕西出版

集团"十二五"发展规划》。目前已数易其稿,进入讨论、定稿阶段。

展望"十二五",集团战略规划的关键词还应该是:改革、发展。

要想推进经济发展方式的实质性和根本性转变,不改革是没有出路的。虽然我们已经完成了"事转企"改革,但部分领导和员工的改革创新意识还是不够,安于现状的思想严重。"十二五"时期,我们还是要把"体制改革、机制创新"作为重要任务,继续深入下去。

关于发展的问题,我是这样看待的。虽然我们在过去的三年取得了较大的成绩,但仍然存在着体量小、市场意识不够、产业结构不平衡、主业核心竞争力不强等问题,内外部环境与主客观因素要求我们还必须大发展、快速发展。因而,在"十二五"时期,发展仍然是我们的头等大事。我们在十二五期间的发展战略是:以成为"最具成长性的出版集团"为目标,以"传承历史文明、传播优秀文化"为使命,凸显"内容运营商"的定位,打造"体制规范、机制灵活、充满活力、持续增长"的出版企业;形成"两个格局"——传统主业、数字出版、多元经营三大利润支柱的格局和以持续的发展吸引人才、以人才支撑持续发展的良性循环格局;力争以每年25%的增速发展,在2015年跻身国内出版传媒集团15强的行列。

目标很重,任务也很重。任重而道远,最主要的还是如何落实与实施。我们一定会树立高度的历史责任感,增强机遇意识和忧患意识,坚持科学发展观,深化改革,着力提高创新能力,全力抓好重点突破,增强抗风险能力和竞争实力,力争在"十二五"时期推动企业的科学、快速发展,把集团做大做强,为我省文化产业的大发展大繁荣做出新的贡献!

(见报日期:2010年12月22日)

荣获俄罗斯文学大奖之后的思考

"契诃夫文学奖"系俄罗斯联邦政府特设的政府文学大奖,今年是契诃夫诞辰150周年,将此奖第一次颁发给中国作家雷涛、陈孝英,是为了表彰他们为加强俄中文学交流、增进俄中友谊作出的杰出贡献。

(2010.11.9《陕西日报》 记者 李向红)

雷涛和陈孝英曾因《情系俄罗斯》获得"伟大卫国战争胜利65周年"纪念勋章,此次再次获得以俄罗斯文学巨匠契诃夫名字命名的文学奖章,不仅是对陕西对外文学交流工作的充分肯定,也是中国文学界与俄罗斯文学界的一次沟通与融合。

(2010.11.9《三秦都市报》 记者 黄小春)

史拉布诺夫告诉记者,契诃夫文学奖是由俄罗斯联邦政府特设、俄罗斯城市作家协会主办的政府类文学奖项,在俄罗斯有着非常崇高的地位,"类似于中国的鲁迅文学奖"。"要获得此奖必须具备两个条件,其一是为文学特别是俄罗斯文学做出了巨大贡献的知名作家;其二是要求获奖者必须心怀慈悲之心,以爱心去对待文学事业以及所有热爱文学的人。

(2010.11.9《西安晚报》 记者 张静)

2010年11月8日下午,在北京中国作协附近的香樟园宾馆驻地,本报记者专访了获奖者雷涛。

记者: 这个奖项,对于我们陕西文学事业的发展,或者说对于从事、促进陕西文学繁荣发展的具体工作者,包括组织者、领导者,意义何在?

雷涛: 从2008年开始,陕西省作家协会成立了一个"文学翻译专业委员会"。这是我们省作家协会和省翻译家协会联合起来成立的一个专业委员会。并且开始实施SLOT计划。SLOT计划是把陕西当下作家、作品逐步推向世界的一个计划。如果这个计划得到长期实施,会激发我们陕西广大作家进一步投入到自己的写作当中去。他们都有一个希望,就是不但把自己的作品介绍给外省的同行同仁,也希望把自己的作品介绍到国外去。那么我们实施这个计划就是满足他们这种愿望。那这个话反过来讲,要实现这个愿望,他们就必须以自己的精品,以自己好的作品面世,才能加入到我们推荐的行列。这是第一个意义。第二个意义,就是通过中外文学交流,会更加营造陕西文学创作的浓厚气氛,同时也会更进一步加强我们作家队伍的和谐和团结,形成一个新的氛围。更重要的是,在实施西部文学大省、文化强省建设过程中,文学作为艺术资源,应起到一个排头兵的作用,为陕西文学大省的建设做出我们应有的贡献。

记者: 陕西作家有很多好的作品。这些好的作品,从某种角度来说,可能希望获得更大的、更多的公众的认可。这种机遇比较少。通过实施SLOT计划,会不会将这些作品,尤其是一些处于未出名或者正在成名的这些中青年作家,包括我们现在签约的这些中青年作家的作品,把他们也推向国外去?

雷涛: 你说得非常好。在文学评比、评奖包括SLOT计划的实施等等这些方面,我们有一个启示,就是不但要把著名的、已经出名的作家的作品向外推介,更重要的是发现新的人才、新的创作者,尤其是处于社会低层的、一线的工人、农民、打工族、漂族,以及残疾人作家。我们要把他们中间的佼佼者及时地予以发现和推介,这也是我们陕西文学发展的一股不可忽视的力量。我们采取的另一个措施,已经看到曙光,就是陕西文学发展基金会的建立。省政府已经批准我们的基金会。而且,我今天可以郑重地宣布,400万的资金已经到了我们陕西省作家协会的账号。我们目前正在和工商、文化,以及有关部门办理有关手续,渴望明年初宣告正式成立。

这个基金会还会不断地发展壮大。这个基金主要用于两个方面,一方面就是我们大家公认的在文学不同样态创作上的佼佼者;另一方面就是用于"救助"我刚才所列举的工人、农民等一线作家,包括打工族、漂族、残疾人作家。当然,这个"救助"是带引号的,实际是帮助他们解决创作难出书难的问题。我想这也应该是一个善举,一个慈善的事业,文学的慈善事业。

我们的眼光一定要面向基层。在这十余年的工作实践中,我经常有一种很痛苦的感觉。就是在下乡、走访的过程中,发现很多处于社会低层的人极其爱好文学,他们甚至不愿意去做生意,不愿意去干其他挣钱的活儿,就痴迷于文学。当然我也曾经劝他们,我说你们首先为了生存,你们放弃吧。但是他们就爱,就不放弃,可是生活又比较窘迫,他还想出自己的文学集子,还想让自己的作品面世,我们无能为力。由于体制的原因,由于我们经费短缺的原因,没有这部分专门的经费。文学发展基金会的建立,就给我们提供了这方面的可能和保障。

这样也就给这些处于底层的创作者,使他们看到了文学的希望;坚守文学也感到有了希望。

在国内的省级作协,我们这是第一家,也是唯一一家。

陕西文学基金会是第一家;实施SLOT计划是第一家;成立专门的文学翻译委员会在全国各地作协也是第一家。四个第一。

文学发展基金会成立以后,我有一个想法,在3年内要准备把它由400万提升到3000万。我要把包括国营、民营等一大批企业家或老板吸引过来,逐步地增加咱们这个基数。

记者:获奖的感受,要点您在致辞里都讲了,但是我们的读者还想听到一些更加真切具体的内容。

雷涛:我长期从事文化、文学工作。虽然也写了一些东西,但是大量的时间是从事组织、协调、服务工作,契诃夫奖能够给我,尤其是俄罗斯国家作协在契诃夫逝世150周年之际,也就是今年,设立这个奖项,而且在俄罗斯境外把第一个奖给了我,我感到很欣慰、很激动,这也是对我长期从事文学组织、协调、服务工作的一个肯定吧!其次,我想到的就是我的幼年。在我上小学和中学的时候,老师在给我们讲文学知识中,提到最多的就是高尔基、奥斯特洛夫斯基;稍大进入中学以后,我也认真阅读了奥斯特洛夫斯基的《钢铁是怎样炼成的》、高尔基的《母亲》等。要说我接触文学、感触文学,除了中国的几部古典名著以外,国外的就是苏联文学,也就

是俄罗斯文学。在《情系俄罗斯》酝酿之中,我写了一部长篇散文《在寻访冬妮娅的路上》。那个年代,一般不太提爱情两个字,因为是以阶级斗争为纲吧,很多年轻人,或者说是绝大多数年轻人,把自己的情感深深地压在心里,不敢吐露,一谈这些东西你就是资产阶级思想,或者说是小资产阶级思想。可是我看《钢铁是怎样炼成的》,看保尔·柯察金和冬妮娅的爱情,我就非常感叹,在那个国度,为什么年轻人的爱情就那么舒张,那么敢于表达、敢于暴露?而我们,为什么不敢?心里很矛盾。

越矛盾,读《钢铁是怎样炼成的》的时候就越向往,觉得那是一个很幸福的国度。尤其是保尔作为一个普通下层民众的后代,能够爱上一个林务官的女儿,而且爱得那么深沉、那么无私。首先给我的冲击,心灵深处的冲击,就是爱是伟大的、是无私的、是甜美的,这就是最早引发我对爱情的最初的冲动。这部小说读到最后,保尔患上重病,身体残疾,一度失去了自信心。我记得有一章里,保尔似乎已经绝望了,他认为自己已经成为一个废人了,生活不能自理,完全靠别人来帮助。所以他习惯性地从枕头底下摸出了勃朗宁手枪,对准自己的太阳穴,干脆结束自己的生命吧!但是突然又一想,自言自语地说,你是个懦夫,只有懦夫才能产生自杀的念头,而真正的英雄,就必须活下去,再大的苦难都要克服,都要坚强地活下去。

其实我在读这本书的时候,读到这里,已经由原来对爱情两个字的理解和冲动,上升到了一个新的高度。这个高度就是人的一生,很可能遇到这样那样的困难和挫折,包括爱情,更重要的是包括事业。你要成就一番事业,可能会遇到种种困难,甚至挫折,你怎么办?所以读到这一刻,我突然有一个思想升华,就是我这一生一定要像保尔·柯察金一样,像奥斯特洛夫斯基一样,再大的困难挫折我都要克服,我一定要实现我一生的远大理想!我抱定的决心,用今天的话来讲就是,一定要干一番大事,一定要干一些出众的事。有困难就克服困难,再大的困难都要克服。只要生命没有完结,我这个奋斗就不能停止。

记者: 我觉得这次获奖,是对您长期致力于中俄文化交流工作的肯定和褒奖。如果把这一文化交流工作的组织实施比喻为绵延不绝的河流,那么这个河流里面有两朵璀璨的浪花,一个是您所率领的中国作家代表团对俄罗斯的访问,另外一个就是《情系俄罗斯》这本书的出版。

雷涛: 2008年,我作为团长率领中国作家代表团访问了俄罗斯。先后到了莫斯科和圣彼得堡。在莫斯科,我和我的团员和俄罗斯作家协会的同仁,举行了一个非常好的座谈会。大家敞开心扉谈作家协会的体制,谈如何促进文学新人的成长,也谈到两个国家如何进行文学交流,以及和文学有关的事项,彼此都有很重要的收获。因为苏联解体后,俄罗斯作家协会体制发生了微妙的变化。相比较之下,我可以负责任地讲,我们中国作家协会以及各省作家协会,以及市县所成立的作家协会,这样一个组织在全世界是独一无二的。这也是我们中国特色的社会主义体制,决定了我们文学作为群众团体、文学专业团体的一种必然。这种体制能够很大地团结协调所有的作家,也可以给作家提供很多方便,解决他们创作难、出书难的问题;也可以通过这个组织,上上下下营造浓厚的文学创作氛围,它的优势它的优点确实很多。但是俄罗斯作家协会受到一些影响,他们觉得我们这种体制很好,值得他们借鉴。我们还到圣彼得堡,和东方大学的师生进行了深入的交谈,其中他们的一席话对我很有刺激,也促成我们一定要把SLOT 计划搞好。

他们说在东方大学东方语系,很少能看到中国作家的作品,包括陕西作家的作品,反而日本的、韩国的,甚至越南一些作家的作品都能看到。当时我就很震惊,很受刺激,就想我们这样一个泱泱大国,我们的作品为什么不能进入他们的书架,进入他们的课堂?所以这个交流是非常重要的。

大家也知道,陕西文学创作从某种意义上讲,代表了中国汉语言文学创作的最前沿。陕西三位作家获得茅盾文学奖,他们是路遥《平凡的世界》、陈忠实《白鹿原》、贾平凹《秦腔》;还有 6 位作家获得鲁迅文学奖;还有一大批作家获得骏马奖、冰心散文奖、庄重文文学奖以及全国其他刊物设立的大的文学奖项。我们陕西作家的作品,真实地、艺术地记录了我们中国实行改革开放后,经济社会的发展,人们生产方式生活方式的变化,尤其是我们精神风貌的变化。前面那些东西能看得见,精神上的变化我们看不见,但是更深刻。所以如果把这件事情做好,不但是提高陕西的软实力;也是对建立西部文学大省、强省的一个贡献,甚或对整个中国文学走上世界作出积极的探索。这就是最早的这个想法,后来我们了解到,我们省翻译家协会有很多老、中、青的翻译人才,也是一个优势,所以我们两家就联合来搞这个事情。

具体的办法就是在省作家协会内,专门成立文学翻译专业委员会,我给自己封的是文学翻译委员会的主任。我觉得我应该承担这个责任,而且一定要把这项工作做好。恰好当时陈孝英先生就提出我们能不能从中俄

文学交流开始,我说好。因为他是学俄文的,也是搞戏剧美学的,也出了很多专著,我们一拍即合。我们就发动包括陈忠实、叶广芩这么一大批作家,来回忆中俄友谊文学交流。因为这里很多人访问过俄罗斯,而且他们从小接受的也是苏联、俄罗斯文学艺术的影响。这种熏陶,应该说感情很深厚。所以他们写这种缅怀、怀念的文章很顺手,很快就写出来了。当然,我后来率中国作家代表团到俄罗斯访问,我也写了《在寻访冬妮娅的路上》长篇散文。很快我们就组织专家翻译出来,然后请俄方最后校正。同时这个工作也得到了中国作协及社会各方面的支持。尤其是国家政协主席贾庆林、中苏友好协会陈昊苏等领导的支持,他们看到这本书之后大加赞赏,认为我们为中俄文化交流、文学交流作出了贡献。

(见报日期:2010 年 11 月 17 日)

与陕西省作协雷涛书记

这里的一切,牵动我心

历时两年零八月,搜获古寨五十九,拍摄照片一百二,核对史料百万言,高宝军走遍家乡的峁峁梁梁,踏访无数残垣断壁,最终成就了他的"考古"梦——《吴起古城寨堡初考》。无数座被岁月剥蚀得近乎没有本来面目的古城寨堡,在作者的笔下得到了完美的还原。那一段段注入了陕北人思想、血肉与灵魂的历史,那一座座曾经蒸腾着无数光辉梦想的城池,再次重现于人们的视野。但正如高宝军在书的自序中所言,"半尺薄纸,怎载得千古风流;三寸秃笔,何穷尽一域春秋",陕北那耐人寻味的浑厚与苍劲,还需后人继续触摸,不断记录。

记者(以下简称"记"):首先,祝贺您在不久前荣获中国散文最高奖——冰心散文奖,并成为中国作家协会的一员。这两项成就的取得,是否意味着您在文学创作事业上迈上了更高的台阶?

高宝军(以下简称"高"):首先,感谢《文化艺术报》长期以来对我的关心和支持。获得"冰心散文奖"并成为中国作家协会的一员,可以说是我在文学创作上的一大进步,至少说它坚定了我今后在文学创作这条道路上走下去的信心。要说迈上更高的台阶,我认为这只是与自己相比较而言。陕西是一个文化大省,优秀的作家和作品数不胜数。就拿第四届"冰心散文奖"来说,全国只有87篇(部)获奖作品,陕西就有11篇(部),这一点充分证明了陕西在全国的文化地位。我之所以获得"冰心散文奖"并成为中国

作家协会的一员,主要是在某些方面积极性高了一些,机遇好了一些。因为有很多作家可能已经获殊荣,也有未重视机会最终错过荣誉的,最终把这样的一流荣誉让给了我这个二流甚至三流的作家。

记:本报曾两次以专题形式刊登了您的陕北民俗散文,得到读者的热烈反响,他们纷纷来信询问,高宝军是怎样的一个人,他饱含深情的文字将陕北的美淋漓尽致地展现出来,读来令人潸然泪下。这里,我们想代读者问您:您是如何走上文学创作之路的?

高:我很感谢有这么多读者关注陕北,关注我的作品。我的文学创作之路,其实走得并不早,也并不远,作品也都是一些说明文,我本人也只是个文学爱好者。我之所以热爱文学创作,主要缘于家乡陕北饱经沧桑的高天厚土。这块土地给予了我生命,喝着她的乳汁长大成人,枕着她的歌声进入梦乡,沐着她的清风走南闯北,带着她的嘱托为人处世。我的血管里有她的血液,我的脑海里有她的思想,我的身体里有她的印记。在这块土地上,一砾沙子动,一株小草摇,都能牵动我的心。时间越长,情味越浓,日久积成一块垒,不吐不舒心,最终形成了这些描写家乡的豆腐块短文。

记:您是如何平衡文学创作与本职工作关系的?

高:许多人认为,搞文学创作的人基本没有更多的时间与精力去顾及本职工作。我其实不这么想。原因有二:一是无论从事什么工作,都需要学习、研究。只有不断地学习和研究,才能开拓思路,提高工作能力。凡从事文学创作的,都要学习了解各方面的知识。这个学习了解的机会越多,你的知识面就越广,对本职工作的帮助也就越大。二是对于一个有本职工作的人而言,要在你的第二职业上有所作为,就一定得减少平时的应酬交际,牺牲休息时间,把文学创作作为一种休息、放松去对待,这样才能处理好本职工作和文学创作的关系。我是这样认为的,也是这样平衡的。

记:您曾说您是一个喜欢寻幽探胜的人,可您并不是历史学家,是哪里来的勇气和动力,让您历尽艰辛,去探究吴起古城寨堡的呢?

高:关于这个问题,说来还真有点一言难尽。我确实既非考古专家,又乏历史知识,要说勇气和动力,一是缘于自己的责任,二是得益于领导的鼓励。我是一个土生土长的吴起人,且长期从事文字工作,对吴起的历史文化多少有所了解。在吴起县委、政府部门工作期间,看到吴起县在历史文化资料的整理和研究方面有一种明显的倾向——重现代革命史,轻古代发展史。特别是看到历朝历代在吴起这块边塞战地上修筑的古城寨堡不断遭到破坏时,我滋生了写这本书的念头。2007年,正在我思谋着如何下笔时,我的原任领导冯振东书记从宝塔区调往吴起,在一次下乡中发现了宁塞城。他鼓励我写这本书,并亲自策划,帮我拍摄照片,在工作中给我腾出不少时间让我写作,从而使我更加坚定了信心。县长王彦龙、人大主任蔺治东、政协主席闫占堂以及几位县领导,都给予了我极大的鼓励和帮助。在长达两年多的考察、考证、写作过程中,也得到了一些专家的指导和同事的帮助,才使我的写作得以顺利完成。

记:《吴起古城寨堡初考》涉及了大量的历史、地理乃至人文考古细节,您在处理这些细节时,在将考察印证的事实写成文字时,遇到的最大的困难是什么?有没有感到过力不从心?在这个过程中,您又有哪些收获?哪些遗憾?

高:要说最大的困难,就是查找这些古城寨堡的佐证资料。吴起的古城寨堡涉及的历史时期久远漫长,涉及的历史事件纷繁复杂,历史人物形形色色,需要翻阅的资料浩如烟海。更重要的是,本人才疏学浅,要说清这些几千年残存下来的古城寨堡,困难确实不小。但困难归困难,写作依然要坚持。我这个人有一个钻牛角的毛病,只要自己想做的事,不论做好做坏,非得有个结果不可。至于力不从心,还没有感觉到,那只是个时间问题。写作是一种自由状态,一项茶余饭后的业余爱好,没有谁规定我何时必须完成。论及收获,那就是这本书的出版,它不仅填补了吴起古城寨堡的历史空白,也为今后吴起编撰志书提供了一些可靠的依据。至于遗憾,主要表现在两个方面:一是由于历史资料中没有系统的记载,一些古城寨堡已很难找到其详尽资料,特别是西夏时期的寨堡,因西夏无史料可查,致使书中的古城寨堡有的介绍得很细,缺少资料的则非常粗略,有的甚至只写了一些传说,这是一个很大的遗憾。二是在写作快完稿的时候,我因工作由吴起调往延安,没有经过认真的推敲,就仓促地交给了出版社,这是这本书的另一个遗憾。

记:您想通过《吴起古城寨堡初考》传达给读者哪些思想内容?

高:其实,我写这本书的目的只有一个,就是想让读者了解吴起的厚重历史和文化积淀,让更多人了解这块热土上发生过的重大历史事件,清楚它在历史上的战略地位,为宣传吴起、推介吴起尽一份微薄之力。

记:您认为陕北民俗文化在陕西整个文化资源当中,占有怎样的分量?据您的观察和思考,陕北近些年在文化资源继承、保护、挖掘以及开发

上,取得了哪些成果,还存在哪些不足?如果要打造陕北文化产业资源平台,您认为这个平台的核心因素与灵魂是什么?

高: 陕北地区作为华夏文明的发祥地之一,既是中国东西部的结合带,又是草原、沙漠和黄土高原的融合区,也是历史上汉族与北方少数民族频繁往来的交会地。这种特殊的地理环境,经过长期的历史积淀,形成了独特的、多元的陕北民俗文化特点,它不仅在陕西民俗文化中占有主要地位,也是全中国民俗文化的重要组成部分。近年来,陕北地区把文化资源的继承、保护、挖掘和开发作为经济和各项社会事业建设的重要内容,取得了显著成效,特别在历史文物保护、革命文化挖掘、民俗风情开发方面取得了突破性进展。不足的方面,由于地理、自然等原因,陕北地区在文化资源的继承、保护、挖掘和开发上还存在资源过于分散、开发力度不大、管理层次偏低、宣传营销不够等问题。要打造陕北文化产业资源平台,核心因素就在于永久的历史文化、红色革命文化和黄土风情文化。只要把陕北厚重的炎黄文化、古老的黄河文化、光荣的革命文化、独特的风情文化继承好、保护好、宣传好,陕北这个文化产业平台就像高亢激越的信天游、热情奔放的大秧歌、铿锵有力的陕北说书一样,散发着它的独特魅力。

记: 您下一步的创作计划,能否透露给关注着您的读者?

高: 下一步的创作计划,依旧是写我熟悉的人、熟悉的事,写我脚下这片熟悉的土地。我最新撰写的一本专门描写陕北风土人情的散文集《大美陕北》,已由人民文学出版社出版发行。在这本散文集面世后,我想把写作重点放在小说上,兼顾写一些散文诗歌,但这仅仅是一个计划而已。

(见报日期:2010年10月20日)

倾听高鸿吐露心扉

继以柳青、王汶石、杜鹏程为代表的彪炳于中国文学史册的陕西老一代文学家,以路遥、陈忠实、贾平凹为代表的享誉海内外的陕西文学巨擘,以高建群、冯积岐、叶广芩、红柯等为代表的陕西文学中坚力量之后,高鸿,正在成为陕西文学高地上冉冉上升的一颗璀璨夺目的新星!

一路走来,高鸿已出版长篇小说《一路呻吟》、《沉重的房子》、《农民父亲》,中篇小说《女人》、《家事》、《情孽》等,短篇小说集《雪地上的灵魂》,散文集《我的小屋》等200余万字。而今,他又为读者呈现了一部极为精彩的现实主义力作——《血色高原》。与之前的数部佳作相比,《血色高原》可以称作《农民父亲》的姊妹篇,书中对深植于中国农民内心深处的真挚、善良的优秀品质的肯定和张扬,通俗中见真情,让这部新作有了厚重的时代气息和现实意义。

记者(以下简称"记"):之前的作品已取得了很大的成功,在网上受到读者的热捧,你个人对这些作品满意吗?

高鸿(以下简称"高"):在写第一部作品《沉重的房子》的时候,并没有想到能够出版,因此写得有些散漫,有些随意,缺少写作前必要的准备。小说的起因源于一篇一万字左右关于房子的随笔。当时

这篇随笔发在一个大型文学网站上,掀起了巨大的波澜。许多人对此噙着眼泪写了很长的评论,散文在几天内点击率过十万,评论数百条。网站编辑为此写了一篇评论,给予了高度的评价,文章被加为精华,顶置在首页。可以说是受这篇文章的鼓舞,我觉得自己还有很多话想说,不如写出来让大家看,与广大的读者分享。于是开始了《沉重的房子》的写作,写作的同时网络也开始连载,很快引起了读者的高度关注,点击率居高不下。接下来的日子,我几乎是在读者的鼓励与支持下完成这部作品的,在半年多时间里写了六十多万字。作品随后被新浪、搜狐、网易等门户网站转载,引起图书公司的关注,最终在上海文汇出版社出版。《沉重的房子》首印3万册,市场上很快出现多种盗版。小说2月份出版,10月份再版,印数仍为3万册。

这部小说出版后,引起文学界的高度关注,许多著名评论家撰写评论文章,认为这是一部"显示了作者生活积累和非同一般的艺术修养,厚重而大气的优秀作品,其生活内涵,文化内涵,艺术高度都不可小视。这是继路遥《平凡的世界》之后,又一部值得重视的关于陕北题材,农村题材,表现"城乡交叉"地带生活的重要作品。"(李星《对乡土中国现实和人生的生动抒写——读高鸿长篇小说<沉重的房子>》)。

虽然这部作品得到专家及媒体的高度肯定,但由于准备不足,叙述上存在一些问题,所以本人并不是十分满意。

第二部小说《农民父亲》在准备上要比第一部小说充分很多。因此这部作品无论是结构还是叙述都比《沉重的房子》好一些。记得这部小说在网上连载的时候,有几十家出版社竞相出版。小说最后荣获"吉林省第二届新闻出版精品奖",这是对我很大的鼓励。

第三部小说《血色高原》修改了很长时间,也是我最用心的一部作品。我觉得,在艺术层面上,《血色高原》超越了《农民父亲》。

宸之韬写了一篇评论,(《宽容铸就大爱精神——读高鸿长篇小说<血色高原>有感》),里面说"不仅仅是跌宕起伏的曲折故事,不仅仅是黄土高原浓厚的生活气息,不仅仅是反复咏叹的信天游,不仅仅是生动优美的文学语言,不仅仅是有血有肉的外婆与母亲的人物刻画,更是宽容铸就的大爱精神!"。这正是我的心声。《血色高原》倾注了我很多的感情,也希望得到大家的认可。

记:你以为,写作成功的背景是什么?是苦难?是对文学人生的热爱?或是黄土高原风土人情的熏染?亦或,几者兼有,或都不是?

高:说实话,对于我目前的状态来说,尚谈不上成功。只能说有些收获罢了。我觉得自己创作的主要源泉首先是对文学的热爱,其次是黄土高原人情的熏染,再次是自己特殊的人生经历。在黄土高原上生活的人们有很多很多,有特殊经历的人也不在少数,但如果没有对文学的执著,是很难完成自己的文学事业的。热爱文字的人很多,许多人都有写作的冲动,但是为何成功者寥寥无几?因为文字的创作过程是非常枯燥的,有时甚至是残酷的。作者在创作一部作品的时候,除了必须全身心地投入,还需要和自己做艰苦卓绝的斗争——矛盾的心态、生活的影响、惰性的思维、主题的延伸……未来的文学创作,能否突破自我,能否超越自己,这都是需要考虑的问题。

记:以后还会延续以前的创作题材和风格吗?会否进行一种新的尝试。比如对都市风情的描绘?

高:这个问题不是没有考虑过。《沉重的房子》、《农民父亲》及《血色高原》几乎可以说是我的"陕北三部曲",小说的结构和背景都比较相似,特别是后面两部作品,几乎可以看作是姊妹篇。写完这三部作品后,我会休息一段时间,集中在中短篇小说的创作,为后面的长篇作准备。我从小生活在农村,对农村有深厚的感情,特别是童年和青年的一些往事,这几乎确定了我一生的归属。无论我在城市生活多久,我还是一个农民的儿子,这种感觉就像人的 DNA 一样,不会被改变。像路遥、陈忠实、贾平凹、高建群等作家,大半生都生活在城市中,作品多以农村为题材。而王蒙、王朔、池莉等虽然有农村经历,但作品几乎以城市内容为主。所以一切都是未知的。我可能会进行这方面的尝试(目前有写城市生活的短篇小说)。但觉得自己真正满意的作品还没有

创作出来。当然,这部作品也是以陕北农村为背景的。陕北是我的故乡,也是我的创作源泉。

记:你毕业于中央工艺美术学院,在书画、工艺美术方面造诣颇深,并取得了令人瞩目的成就,比如说,《血色高原》中那些颇具特色且传神的插图,就是你自己绘制的。在当今社会,相比文学而言,书画方面的成就,或许会获得更可观、甚至丰厚得多的物质收益,而文学却要艰辛、清苦许多。许多文学家,在这种情况之下,都将自己的热情,更多地投注到了文学之外的书画领域,而你却恰得其反。你是陕西省工艺美术大师,但目前却将更多的精力放在了文学事业的营造上。对此,想知道你的个人想法?

高:作家是我从小就向往的职业。上初中时,我的一篇作文轰动全校,从此每篇作文几乎都成了各班级的范文。高年级的同学下课后蜂拥而至,对着衣着土气的我品头论足,但更多投来的是羡慕的目光。那时候我的美术作品在当地也很有名,县文化馆甚至专门给我办了几次个人画展,引起全县轰动。一时各种传说纷纭,说我是天才,前途不可限量。那个时候,我的理想是当个画家,像文化馆的干部一样,背着画夹到处走。后来我参加了工作,职业是陶瓷工艺,从普通工人做起,一直到技术厂长。期间我去过很多陶瓷产地,如江苏宜兴,湖南醴陵,江西景德镇,山东淄博,河北唐山等。我设计的陶瓷工艺产品多次参加全国博览会并获金、银大奖;陶瓷论文获陕西省优秀科技论文奖;陶瓷项目荣获陕西省重大科技成果二等奖;"半坡陶瓶"荣获全国旅游纪念品设计大赛银奖……2005年,被陕西省人民政府、省发改委授予"陕西省工艺美术大师"称号。

当下,有很多著名作家的字画比作品更赚钱。这些书画作品陶冶了作家的性情,也成了他们文学之外的最大副业。近年来,我从事文学创作,几乎与钟爱的美术、陶艺事业绝缘。许多人慕名而来,希望我能继续从事陶瓷工艺,资金方面有他们的资助;更有宜兴的朋友希望通过我在工艺美术领域的专业权威,让我提供设计方案,然后利润分成进行合作……说实话,我现在还是个上班族,上有老,下有小,仅靠工资无以养家,几部小说的稿费也非常有限，因此如果能从事陶艺事业，收入肯定比文学可观。但我知道，鱼和熊掌不可兼得，自己正处在文学创作的高峰期，正是出作品的时候，如果在这个时候把温度降下来，便很难再回到现在的这种高度。而美术、书法和陶艺则不同，它们可以作为我晚年的一项爱好，那时候我也许江郎才尽，就可一心一意地搞美术、书法和陶艺的创作了。

（见报日期：2010年6月16日）

绿荫深处

千秋家国梦

日前,由三十多位国内知名专家学者参与撰稿,历时16年完成,以周、秦、汉、隋、唐为主体,集学术性、可读性为一体,涉及总论、都城、政治、经济、军事、文化、人物、宗教、域外交流、文献等10个类别,系统地反映古都长安时期基本历史的学术文化工程,共30卷本800万字的大型丛书——《古都西安》,由西安出版社出版发行。

该丛书自1994年倡仪启动并撰写;1996年2月,《古都西安》丛书撰写工作动员会议正式召开。经过参与撰写的专家学者们7年的筹备努力,《古都西安》首批5卷本《长安吏治》、《西安科技文明》、《长安道教与道观》、《西安的军事与战争》、《长安戏曲》于2002年2月出版;接着又于2003年12月出版了《长安与南海诸国》等第二批6本;于2005年3月推出了《长安商业》等第三批5本;于2007年6月出版了《长安胜迹》等第四批8本;同年7月出版了《武则天》一书;2008年11月出版了《隋唐长安城》;2009年1月出版了《汉长安城》与《唐太宗与贞观盛世》;今年3月出版了《秦都咸阳》;5月出版了《长安与丝绸之路》。至此,整套丛书撰写出版工作宣告圆满完成。就此套大型丛书的出版,记者近日对有关人士进行了专访。

朱士光(历史学家、《古都西安》丛书编委会副主任):

首先,对于西安三千多年的建城史而言,对于现在正在建设国际化大都市的西安提升城市文化魅力而言,出版这部大型丛书都是十分必要的。这套丛书可以满足广大读者认识西安的愿望,使其从中获得一定的文史知识,提升自身的文化素养。

其次,作者们通过参与撰写工作,推进了自己所从事的相关领域的学术研究。如何超越与创新,是很多作者需要解决的关键问题。丛书编委会邀请的学者,在前人著作的基础上,通过自己的研究,推出了不少新内容。这些作者对西安的人文背景、山水背景,进行了外在描绘并探讨了其文化内涵。总之,整套丛书的每一本都融入了作者的心血,在进行深入浅出、形象生动的撰写时付出了艰辛。充分说明了这是一部力求用心撰著的著作,而非一般性的编写。

再次,通过组织撰著这套图书,激发了大家参与西安地区历史文化研究的热情。16年来,参与这套大型丛书的作者甚多,虽然我们看到的只有35位,但实际的参与者达五十多人。审稿专家、出版社责任编辑人数众多,有西北大学、西安文理学院、陕西省社科院、秦俑博物馆、陕西省图书馆等单位的学者,其中有著名的专家,他们生活工作在西安,对西安充满热爱。我们的专家队伍,具有相当好的开拓创新精神。

张军孝(西安出版社社长):

《古都西安》的隆重推出,既是西安文化建设过程中的一件大事,也是陕西出版界的一件盛事。西安出版社出版有关西安的图书,是我们义不容辞的责任;出版《古都西安》丛书更是我们一项责无旁贷的重要工作。这套丛书从启动到完成,历时16年,修成正果30卷,从出版市场经济、追求效率等多角度讲,可能感觉时间跨度长了一些,但从学术研究"十年磨一卷"的要求看,应该是很不错的,是非常喜人的。这套大型丛书是由当时的西安市委书记与历史地理学家共同倡议策划,由西安出版社陆续编辑出版的,给我们留下了许多值得赞美的东西,弥足珍贵:

一是图书策划者富有前瞻性的视野。西安是陕西的,也是中国的,同时也是世界的。立足于这样一个视角,策划、组织、编写《古都西安》,16年前在全国省会城市绝无仅有,到现在也不多见。《古都西安》丛书这项功在当代、惠及千秋的工程,一定会载入西安的史册。

二是丛书的出版发行,为西安文化建设创造了成功的范例。其核心内容就是党政主要领导直接倡议和亲自策划、组织重大文化工程的实施。我认为这种经验值得效法和推广。

三是丛书的隆重出版,使我们出版社的同志们进一步强化了利用西安历史和西安众多资源优势,有效地提升策划出版精品的质量。无论是古代还是当代,西安都在中国社会变迁中发挥着举足轻重的作用。《古都西安》对周、秦、汉、隋、唐等王朝建都时期的历史概貌、全景建设的描绘,将极大地拓展西安出版人的文化精神生产的事业,激励我们不断进取和努力,在提升陕西文化软实力方面尽一份自己的责任。

四是这套丛书今日的推出并非是其终结,它并没有完成倡议者和策划组织者完整的构想,我们将会继续做这项工作。我们要在此基础上,通过西安的专家学者、文化艺术家的智慧,把西安出版产业做出特色、做出优势、做出强势,为西安出版产业走向世界奠定基础。

最后,请允许我利用今天出版座谈会的机会,代表西安出版社的全体职工,对省市党政新老领导长期以来对西安出版社《古都西安》大型丛书的大力支持,表示衷心的感谢!对崔林涛主任以及各位作者的辛勤劳动表示敬意!

赵世超(历史学家、陕西省社科联主席):

这套丛书,是西安市当时的市委书记崔林涛同志和著名的历史地理学家共同策划、共同发起的。今天,省委、市委的老领导,还有省委、市委现任的领导、省委宣传部的领导,都到这里来参加隆重的首发式,这是很少见的,让我联想到了前几天在陕西宾馆举行的陕西省社会科学联合会的换届会议。省委书记、省长、人大主任、政协主席、市委书记一起来参加,省委、省政府还给14位社科方面的专家授予"社科名家"的称号,这是对我们陕西省社科界以往工作的充分肯定,也是对我们最大的鞭策和鼓励。陕西省的领导对社科、文化建设特别关注。社科工作者在陕西工作、在西安工作,应该感到幸运,我们有一个良好的工作环境,有领导在后面坚强地支持、做我们的后盾,所以我们没有理由不努力,没有理由不把陕西的工作做好。

这部书的第一个优点是规模宏大。30卷800万字,内容涵盖面很广。其中有一部应该说是把西安的历史发展做了细致的表述,其他29部是专题性的研究,用专题性研究和纲领性的研究相互配合,能够使读者对西安的历史、自然、现状有一个细致地了解;如果你对哪一方面有兴趣的话,你还可以根据自己的需要进行专门的研究。所以我觉得这样的布局应该坚持下去,今后还可以再补充一些专题,使这部书变得更加丰满。

第二个优点,是该丛书将科学性、学术性和可读性结合得比较完美。不是一般的戏说,做到了叙述有真、理论有据,也做到了文字通畅、生动,引人入胜,让人爱不释手,可以一口气地读完,我觉得,这一点可以证明这部书的作者下了很大的工夫,这是不容易的。

第三个优点,虽然这是一套编著的著作,但其中有很多通过个人研究得出的新见解。

最后,这部书还要继续修订。我建议:这部书还要有一些专题,比如西周,因为西安的文明严格来说是从西周开始的。还有一个不成熟的意见,介绍西安除了从材料上进行描述以外,是否应该多做一些深入的分析,探索其背后的原因。出现这样的政治现象、经济现象,甚至这个城市发生了变迁,原因是什么?我认为这一点可能是该丛书今后修订时应注意的地方。总之,我觉得这部书是西安文化建设方面的一个重点,它的推出,即将推动西安地区精神文明建设走上一个新台阶。

薛保勤(陕西省新闻出版局局长):

倾注了我省著名专家、学者、出版者16年辛勤劳动的《古都西安》大型丛书的出版,是我省新闻界、出版界的一件文化盛事。

首先,积累文化,传承文明,普及知识,启迪后人,是出版工作者的核心价值追求,这套丛书生动地体现了这一追求。一座城市的历史,就是一个民族的历史。西安作为一个建城三千多年,建都一千

百多年的古老城市,见证了中华民族的沧桑剧变和灿烂辉煌,在中华文明的史册上,西安是一座值得回望、值得梳理、值得回味的城市。挖掘、整理、抒写西安的历史文化,就是守护和寻找中华文明。《古都西安》较为系统、全面地记载了这片土地上发生的英雄史诗,梳理了西安悠久的历史、地理、政治、教育、宗教、文学、艺术、军事、文化,全方位地勾画了古代西安多个领域的发展内容。回望过去是为了展望未来,它的出版对于国家和西安的发展都有着重要的借鉴意义,对于今天的人们继承中华文明有着文化奠基的功能。所以说,西安作为著名的历史文化名城,应该有这么一套书,西安的文化人、出版人做了一件值得我们庆贺和钦佩的大好事、大实事。

其次,这套丛书有着很高的文化价值。现在我们讲"以文化人",就是要通过内涵丰富、形式多样、有感召力和影响力的文化,让广大人民群众在阅读中增加修养、提升境界,升华出一种对曾经光照千秋的灿烂文明的向往,对丰富美好未来、美好人生的自觉。《古都西安》从广度和深度上达到了这个目的。这套丛书利用西安的文化积累,发掘丰富的历史,邀请本土的文化学者,将西安的历史文化进行梳理,整理西安的文化资源,由西安人叙说西安曾经的人和事,编写了一枚彰显西安的名片。这是一套让人在回望历史的同时还能借鉴得失教训的书籍;是一套雅俗共赏、了解西安的书籍,它为了解西安的人提供了认识西安的文本,它将产生知识奠基、文化引领和精神支撑的效应。

谈谈对这部丛书的建议。可能是由于时间过长,本书在点的选取和面的布局上不够周全,使得该书的系统性、全面性受到了一定的影响。比如史前文明和周武文明没有进入该书,周武文明应该是西安的奠基;比如关于秦王朝深邃的发掘,形而下的多,形而上的少;比如书里面对开元盛世的表述不够;再比如在对西安宗教的回望中,忽视了西安的佛教在西安历史上的影响地位。不管怎样,这是一套让我们心仪的好书,希望这套书继续编下去,在以后编撰的过程中,进一步地完善、进一步地科学,相信这套丛书的出版,会有助于读者对中华文化、西安历史的了解。

石兴邦（著名历史学家、考古学家）：

我想就陕西的历史特点讲几点。这30本书在全国尚属先例,还没有一个省能做出这么一套读物来。所以,我要向出版界的负责同志、向领导表示感谢和敬意。陕西这个地方与全国比较起来,有其特殊性,它是在黄河流域发展起来的。黄河流域是当时最发达的一个区域,陕西这一块神奇的土地,是自然界孕育中华文化的摇篮,就是说中华文化的摇篮就在陕西,这点引起了世界学界的注意。从新石器时代开始,炎黄文化的发祥,秦始皇统一全国,奠定了中华文化的规模,给三秦大地留下了丰富的文化载体。书里面的内容都是重事、大事、要事。

贾平凹（著名作家、陕西省作协主席）：

"上天把最好的东西给了西安。"在我了解的范围内,还没有一部对西安作很完整介绍的书。《古都西安》这套书确实有它的现实意义和历史意义,而且能够传承久远。这套书的最初设想是100卷,花了16年推出30卷。我看了以后,认为这确实是大功于西安的。参与编纂的专家、学者有些我认识,有些不太认识,但是名字都知道,确实是集中了陕西学术界的精华。关于西安的历史,零零碎碎写过不少,但是系统的书,这是我第一次看到。作为西安人,作为中国人,应该知道西安的"家境"。西安是一个古都,西安的历史多么辉煌,但了解得不多。大家都知道西安历史悠久,但是具体怎么悠久了,这部丛书就作了清晰的梳理。从这个角度讲,《古都西安》确实是西安的文化传承,而且要传承得久远。

西安出版社严格地说,在全国是一个小出版社,但能作出这么一个大工程,这么大的气派,让我们惊讶!我有一个建议:希望这一套书能继续出下去,目标在100卷,不要变,只要有能力,就继续往下编。

张勃兴（中共陕西省委原书记、省人大常委会原主任）：

"盛世盛文,末世哀文"。我们处在盛世,无论其规模、发展速度和程度,以及在世界上的影响,都应该是非同寻常的。所以我们西安能在盛世出这样一部巨著,很有意义!上世纪80年代,在省委领导之下,由陕西师范大学出版社出版了一套书,从蓝田猿人的原始时

期一直延续着写。后来,《古都西安》发起编撰,在崔林涛同志主持下,原计划出 100 部,后来由于种种原因,计划出 50 部,现在出了 30 部,也很了不起!

现在全国的经济蓬勃发展,陕西的经济也进入了一个新的历史发展时期,各方面的力量都在增强,所以出这么一部巨著很有必要。书拿到手后,我还没有详细地读,但比较认真地读了朱教授编的《西安历史变迁与发展》。从这部书联系到其他的书,我感觉非常有意义。经济发展了,就要重视文化,在西部强省建设中,就包括文化强。一个民族的发展、昌盛,国家的强盛,不仅仅体现在政治上、军事上,更重要的是体现在文化、科学、技术、教育等方面,没有一个完善的教育事业,没有发达的科学,没有昌盛的文化,这个民族就不能称其为昌盛。像西安这样一个历史悠久的文化名城,更应该重视这件事。《古都西安》出了 30 部著作,不应该结束,而应该作为开始,里面还有一些东西需要充实。"抓文化"就应该从传统文化抓起,现代文化也不能忽视,陕西西安周秦汉唐,拥有灿烂的文化、历史,要用我们灿烂的文化、光辉的历史,教育子孙后代,始终发扬中华文化的辉煌。

我建议:第一,纲领性的东西应该列为第一。《西安历史变迁与发展》比较全面,从远古一直说到现代,把这个列为第一,以下按照周秦汉唐朝代顺序往下排。

第二,《长安地志》这部书,截止到新中国成立 50 年,我认为这部书将来要补充到 60 年,因为近 10 年是中国变迁最大的时期,也是西安变化最大的时期。最近西安市有些构想,包括泾渭新区,我认为这是个了不起的设想,将对西安国际化大城市的发展前景,以及将来在中国的重要地位,乃至于西安整个城市的构成和景观的变化,起到巨大的影响;渭河贯穿于城市,成为"城市之河",那将是了不起的作为。历史上的名河都是贯穿整个城市的,巴黎的塞纳河、波恩的莱茵河、维也纳的多瑙河、伦敦的泰晤士河、彼得堡的涅瓦河等等,我们中国北京、上海、天津都是这样,所以"八水绕长安"、渭河两岸的建设等构想要融入书中去。

《古都西安》是一部很好的教科书,对于我们的青少年教育有很大帮助。读了这部书之后,对古都西安的整个概貌和发展将会产生深入的认识和理解,这是非常有意义的。总而言之,我祝贺这部书的出版,也希望我们陕西的出版界要有一种雄心壮志,宏观陕西辉煌的过去和灿烂的未来,通过著书立说,歌颂我们的西安。

孙清云(中共陕西省委常委、西安市委书记):

《古都西安》这部丛书的出版历经十几年,凝聚了西安市各级领导和专家、学者的心血。从整部书的编辑出版,我受到很多启示。

第一,从西安来讲,在经济社会发展加快的新时期,要特别重视文化建设。文化是一个城市的灵魂,没有文化的城市就是一片荒漠。西安有着悠久的历史、灿烂的文化,文化底蕴非常深厚,更应该把文化建设放在一个非常突出的地位。这部书从编辑到出版给我们做出了榜样和示范,我觉得应该把文化建设摆在西安发展的一个特别重要的位置而加以突出。

第二,按照党中央国务院、省委省政府对西安的定位,就是要把西安建设成为国际化大都市。我想,在谋划西安国际化大都市发展的目标、重点和路径的时候,要很好地谋划发展文化。前一段时间,我就西安国际化大都市的命题做了一个专题,对被称为世界公认的国际化大都市进行调研,让我形成了一篇关于西安建设成为国际化大都市的思考。现在我们安排西安市社科院正在写一本关于国际化大都市的专门的规划提纲。现在来看,这个战略研究对经济指标比较重视,对文化方面的指标重视不够;就是说我们重视了硬实力,忽视了软实力,文化发展的目标应该成为西安国际化大都市的重要特色,所以我们提出了要把西安建设成为具有历史文化特色的国际化大都市,当然还可以加上专业性、区域性的特色;西安要建成国际化大都市从哪儿部署,或者以什么来区别于其他的大都市,我觉得文化是一个重要的方面。特别是如何弘扬我们的历史文化,这是一个重点。所以这部书的出版,对谋划西安国际化大都市的问题,是有所裨益的;应该把西安的文化特色充分地体现出来。

第三,做好西安的工作,做好西安的发展工作,应该更多地听取和吸收各方面专家的意见。实际上这部书对我们今天的核心工作会有很多的借鉴,对我们做好今天的工作是非常有利的。做好今天西安的工作,应该更多地听取各方面专家的意见,要集中各方面的智

慧,致力于西安的发展、致力于西安发展的工作。我认为编书的过程就是一个听取各方面专家意见的过程,一个集中各方面专家意见的过程,在这方面我们还需要进一步的加强。我也希望在座的各位领导、各位专家学者对西安的工作多提建议,我们将认真采纳和吸收。

郑小明(陕西省副省长):

作为陕西省分管文化方面的负责人,我可以肯定地说,这套丛书的出版,是对陕西文化的贡献。

第一,《古都西安》30卷本800万字,凝聚了多位专家学者辛勤的劳动和汗水,对此,我表示感谢!

第二,要把这部书继续做好,这是一个开始,还没有结束。西安出版社社长谈了,也表态了,要把这件事情当做大的工程来完成。

第三,要把这套书应用好,我们出书的目的是要更多地从中吸取经验和教训。

我谈三个方面的意见:一、针对生长在西安的人。每年有很多党校干部来学习,应该把这部书给他们看,让他们学习。二、针对生活在西安的人。让这部书进入大学讲堂。三、针对工作在西安的人。把这部书给领导每人送一本,让大家通过这部书了解历史、了解中国、了解西安。

崔林涛(《古都西安》丛书编委会主任、陕西省人大常委会原代主任):

作为这件事的筹划、组织者,作为编委会的主任,讲几点回顾性的话:

第一,《古都西安》大型丛书的撰著及其出版情况。众所周知,我们生活、工作的这座城市——西安,是我国历史文化名城和八大古都之一,也是"世界五大古都"之一。西安建城史有三千多年,作为最辉煌时期的国都达一千一百五十多年,在当时的规模最大、时间最长。在我国的古代历史上,西周、秦、西汉等13个王朝都把西安作为都城,它在中外历史发展的进程中曾发挥过重要的作用,它那丰厚的文化底蕴和久远的历史传承,不仅是我们中华民族的财富,也是世界的文化财富;西安的历史就是我们民族的历史,既见证了我们民族的辉煌,也经历了诸多历史沧桑变化。我们有幸在西安工作,深切地感受到西安这座城市的一个最大的魅力点就在于它深厚、广博、丰富多彩的历史文化。我们在研究文化建设的时候,很多专家说西安在"两头"都比较拔尖,一是古代文化、历史文化,二是现代的文化资源。在改革开放的新形势下,要推进西安的现代化建设,就必须深入地研究和认识西安历史文化,为西安的文化发展提供强大的精神动力。上世纪90年代,我曾在西安工作过十多年,还兼任过中国历史文化名城委员会主任,中国历史文化名城书记处就设在西安。当时有关古都西安的著述也有不少,但都比较专题、比较零碎,尚未有全面系统地展现西安历史文化的大型丛书。我们当时提出的"文明城市建设"中有文化建设,因此要出一套《古都西安》大型丛书,是把它作为文化工程中的一个项目。因而,研究决定组织一批西安的专家学者撰著一套尽可能详尽地介绍古都西安的书籍,一方面使西安的广大市民与国内外读者能够知道西安的历史脉络和文化特征;另一方面,搭建与国内外的桥梁,让西安走向世界,让世界认识西安。

  在这样的背景下,我们找到我国著名的历史学家史念海,史念海老先生是我国著名的历史地理学家之一,他对西安这座城市的历史及研究贡献极大,感情也很深。我们共同策划,对这套大型丛书的性质与撰著的宗旨,对撰稿的程序以及出版和资金保证等等,都提出了明确的要求。这项工作的启动从1994年开始,当时,正在研究西安城市规划修编,在规划修编的时候就有一个文物保护、遗址保护的问题,又有一个城市规划和遗址保护、城市发展建设相统一的问题,这就需要把西安的历史遗址、文化遗产搞清楚,这是一个很重要的专著,有很强的学术性。这本专著出版以后,就很快筹划转入到《古都西安》丛书的编撰工作中。1996年,召开了一个大型的撰写会议。刚才谈到100个书目,就是史老先生及其助手听取各方面意见后所拟定的,曾为此论证多次,最后是50册,每一个书目的作者,市政府给予其经济资助,当时的城建委等有关规划部门拿出专款,财政也拿出专款,而且明确了由西安出版社出版,成立了这部大型丛书的编委会,我作为主任,史念海先生作为副主任。2001年3月27日,史念海先生逝世,我们提议请陕西师范大学、历史环境发展研究中心主任朱士光教授为副主任,编委会的委员也

进行了竞选,有 15 位,主要包括了当时市委宣传部、文化局、出版局、规划局、城建委、旅游局,还有几位专家。经过参与撰写的专家学者共同努力,于 2002 年 2 月出版了首批共 5 本书:《长安吏治》、《西安科技文明》、《长安道教与道观》、《西安的军事与战争》;接着又于 2003 年 12 月出版了第二批共 6 本书,其中《西安的历史变迁与发展》是由朱士光教授承担的;2005 年 3 月又推出了 5 本书,《秦始皇》等;2007 年 6 月第四批出了 8 本书,《汉唐长安名相》等;2009 年 1 月出版了《汉长安城》与《唐太宗》,今年又陆续把其他的书出版了。

第二,《古都西安》大型丛书的性质、特点与社会功效。《古都西安》大型丛书开始撰写时,我们就明确要求,丛书要既具科学性,又具人文性:(一)比较全面系统地反映西安文化,撰写的内容和时间上起西周时期,侧重点则放在古都一千多年的辉煌时期,以及近代;以政治、经济、历史、文化、宗教、对外交流等为主,基本上达到了历史全景式地展现西安,为国内外呈现了一套深入认识西安历史文化的最可靠、最基本的读物;(二)兼具可读性和通俗性,以学术界公认为主,对有争议的问题,集中意见并存,或者以一种观点为主,兼述其他观点,始终坚持追求科学性,史料采用原始资料,引用的内容都标注说明,认真核对,力求无误,基本做到了崇尚真实,杜绝敷衍。在坚持学术性的前提下,充分注重可读性,做到了雅俗共赏。

第三,这是一套富有创新性的读物。西安是历史上的文化古都,从多方面向世人展示东方古都的发展,为今天西安的精神文明与现代化都市建设,为国际化大都市建设提供历史的借鉴。在中国发展最兴盛的时期,西安就是一个在当时国际上规模最大、最繁荣的国际化大都市,研究这本书,对于我们现在也有重要的借鉴,我们对列入选题的每一位作者,都要求他写出西安的特点,同时也提出了创新的要求。

最后,在《古都西安》大型丛书出版工作圆满告一段落之际,我要感谢参与和支持丛书编撰出版的人员。并特别要对现在的孙清云书记和陈宝根市长对这部书的关心和支持表示感谢!还要对今天参加座谈会的著名专家学者对这套丛书的赞美和肯定以及所提出的意见表示感谢!也感谢丛书编委会的人员,特别是已故的我国著名历史学家史念海老先生,他对书目的选定、撰写与细则的拟定倾注了大量的心血;还有朱士光教授,他在繁忙的工作中不辞辛劳地做了许多深入细致的工作;还要感谢西安市的有关领导同志,特别是担任丛书编辑的同志,他们为丛书的编校、印制、发行做了大量工作;更要衷心地感谢参加丛书撰写的专家学者;还要感谢张书记和其他省市的领导同志对本书的关心与支持,你们今天的到会就是对这部书的关心和肯定。

(见报日期:2010年10月13日)

观看民间皮影后与民间艺术家们合影

书籍点亮我世界

千年以前,我们的祖先,有人从书中读出了"三十功名尘与土,八千路云和月";也有人读出了"千钟粟"、"黄金屋"、"颜如玉"。

千年之后,我们手拿i-Phone,随时了解世界每个角落发生的新鲜事儿;喝着啤酒,为地球另一端的足球赛摇旗呐喊;端坐星巴克,一边敲击无线上网本一边听着八国语言交响……我们正在与全世界分享故事,然而分享之后,新的故事又将如何被创造?

2006年,我国提出开展全民阅读活动,4年以来,在这项活动的感召下,持之以恒的阅读已经融入越来越多中国人的生活当中。2010年初夏,以"书香漫润三秦、阅读改变人生"为主题的陕西全民阅读活动声势浩荡,方兴未艾。活动倡议大家继承"崇文重教、诗书传家"的传统,多读书、读好书。

读书究竟为了什么?吟"大江东去",知中国君子何以坚守;读《物种起源》,明白世界大同而又大不同;叹《悲惨世界》,因为世界本来就属于你和我……阅读,蕴藏着精神的炼金术;阅读,让痛苦并快乐,让快乐更深邃,让深邃拓展了人类短暂而清淡的生与死,让生死铭刻下永恒而迷人的光芒。

阎　肃(著名剧作家、词作家；中国剧协副主席，中国音协委员)

从古典诗词中认识中国文化

我看书看得很杂，我这个"穷秀才"家里边别的没有，就有点儿书——差不多有一万多册藏书。我始终觉得开卷有益。虽然现在许多人喜欢在电脑上看电子书，可是读传统的纸质书籍比较方便，走到哪儿都能看，看多久都可以，阅读对我来说是一种享受。

选择什么书读？首先要根据自己的专业来选择相关领域进行阅读。我是搞文艺工作的，从念中学起，我就喜欢看中外经典小说，后来写戏，就把中外戏剧家的著作看遍了，比如高尔基、易卜生、戈尔多尼，有些剧本我都能背下来。

不论搞什么专业，最起码都要多看点儿小说。另外，我建议青少年多看看古典诗词。古文反映了咱们中国文化，古文底子越厚，你将来在事业上就会发展得越好。我小时候，教书的老师是一位前清秀才，他只会说古文，因此我从小打下了比较扎实的古文基础。一个人的古文学得好，写文章才能言简意赅，比如毛主席的题词，大都是急就章，但是却规规矩矩，漂漂亮亮，因为他的古文功底特别深厚。

学古文要从《四书》、《五经》入手，但是，我还要告诉大家一条捷径，那就是读诗、读韵文。当然，说是捷径，也需要细水长流的功夫，比如我读《红楼梦》，一直读到第四遍，才明白了《葬花词》的含义，所以学习古文还是需要循序渐进。要想有所成就，可以每天抽出一点儿时间，起码背上一首诗和一首词，一年积累300首，第二年再积累300首，有这600首在心里，咱们温家宝总理的讲话你就真的能听懂啦！

陈忠实(著名作家；中国作协副主席，陕西省作协名誉主席)

《王国》激发我创作《白鹿原》

我理解、了解世界主要是通过阅读来完成的。记得自己最早阅读

的一本书,是初中二年级时读的《静静的顿河》。第一次把眼界从我们家门前那条小小的灞河投向了顿河,又因为看不到顿河,就总把顿河想象成家门前的灞河,把顿河草原想象成我们家后面白鹿原上的那片草地。我后来想,和那些同我一起在山坡上割草的孩子相比,我们的区别就在于他们眼前的灞河就是灞河,而我眼中的灞河已经和遥远的顿河联系在一块儿了。这是我首次接触外国文学作品,她对我产生的影响,使我的眼界远远超出灞河流域,而进入了俄罗斯文学的天地。

文革期间,外国文学被全部禁绝。我夜里到学校的图书馆,打着手电筒,在一个被学生挑剩下的书堆中,找到了名著《悲惨世界》、《无名的裘德》。每天晚上,关起门来读这些小说,不带有任何功利目的。后来我才意识到,正是这种最纯粹的欣赏式的阅读,对我关于艺术、关于文学的看法产生了影响,而这种来自于阅读的影响,是一些概念和口号所无法改变的。

到了80年代初中期,拉美的魔幻现实主义不仅影响世界,也影响了刚刚开放的中国。我也读了魔幻现实主义的代表作,像《百年孤独》。但对我影响最深的,倒不是《百年孤独》,而是魔幻现实主义的创始人、古巴人卡朋铁尔的《王国》。这部作品对我的启发非常大。在卡朋铁尔之前,拉美文学主要是模仿欧洲文坛,卡朋将眼界转向了自己的国土,他说了一句对我影响极深的话:"在现实主义的旗帜下,容不得我。"所以他挑选了海地这个纯黑人国家,深入生活,最后写出了篇幅并不大的长篇小说《王国》,不仅震撼了拉美文坛,而且震撼了欧洲文坛,并被冠以"神奇现实主义"。从这部作品开始,拉美作家纷纷将眼界转向自己的国家,最终形成了"魔幻现实主义"流派。卡朋铁尔到海地深入生活这点给我很大启发,我意识到当时的自己了解的仅仅是1950年之后的关中农村,而对这之前的历史留有很大的空白。于是我开始作社会调查,查阅县志,逐渐熟悉历史,在这个基础上,才开始了《白鹿原》的构思。

最近,我读到一部好书,是天津作家蒋子龙的长篇小说《农民帝国》。它写了几代农民的生活,像我这个年龄的读者,能从中感受到一种生活到艺术的真实,所以推荐给大家阅读。

肖云儒(著名文化学者、文艺评论家;陕西省文联副主席)

读图时代更应该读书

"书乃心之烛",书是心灵的烛光,点亮我们。我们每个人都有很多聪明才智,生下来时并没有太大差距,但为什么后来的生活状况、感情境界、事业成果会差那么大呢?主要就是文化是否点亮了你,燃烧了你。

在音像时代以前,没有书就没有今天的一切。没有书,人类必须不停地在黑暗中摸索。我觉得当今时代读书更为重要。当下许多人更偏重于视听感受,但是读图和读书是有根本区别的。虽然都是信息传播,但是图是确定的,不可能引发无限的创造空间,而书籍是通过文字符号来刺激想象力,最后达到传递信息的目的。因此,在这个意义上,读书教人善于思考,充分调动你的想象力。所以,在读图时代,不反对读图,但更要提倡读书,要保持从读书中锻炼我们的创造能力、思考能力、联想能力的习惯。

一个人要读两本书,第一个要读印刷品、写在纸上的书,但是同时要善于读写在大地上的书籍,就是行走、实践。把大地当做书页,把行走中的感想转化为自己内心的感受和财富,这样跟读书结合起来,也就是理论和实践结合,个人感受和社会实践的结合,这样的读书效果最好,这样读书的人才是一个完整的人,才是一个完整的读书境界。

推荐大家读《道德经》。《道德经》虽然短短五千字,但出版量和传播量都是世界第一!有各种语种翻译版本,对人类的影响位趋世界前列。在五千个字里面,通过中国浑一性思维(即整体性思维),把人生道理、自然规律概括得非常凝炼,巨大的涵盖量适用于很多领域。它写得很"虚",让读者用自己的思维和经历去填充其中的文字。所以,《道德经》是一本人人要读、而且不只要读一遍的书。理论书籍我推荐李泽厚的《美的历程》,这本书把中国文学问题、中国艺术问题概括得远远超越了文学和艺术的范畴。中国艺术、中国文学都是观察中国人心灵、中国历史文化的窗口,书中谈的是从细节窥视当时历史时代人

的文化心理，以及这种心理在中国历史进程中所起的作用，那种格局、气派、深度，都是我们应该学习的。

雷 涛（陕西省作协党组书记、常务副主席）

文学真挚 哲学开阔 史学辩证

人生就好像一场旅行，而书籍就是照耀人远行的灯。每读一本新书，就照亮一处风景，引导我们从黑暗、虚空、狭隘的地方走向明亮、丰富、广阔的新世界。

读书可以增长知识。古人讲，开卷有益。所谓开卷有益，人凡是读书，就可以从各方面获取不同的知识。这些知识，也可能在当下体现不出意义和作用，但从长远来讲，总会用得上。

读书可以开阔视野。人读书，吸收的是各个方面的知识，那样你的思维是开阔而不是封闭的。比如，政治、经济、历史、文化、考古、文学艺术，以及涉及到社会生活的方方面面，吸取了这些营养，你内在知识变得丰富了，思维也容易开阔了。

读书可以陶冶情操。书给予人力量的同时，也给予人智慧，给予人操守。所以，读书可以陶冶情操。我最大的体会，读书一定能修身养性。你在读一些文学艺术的书，可以提高你的审美能力与情趣。另外，就全民族而言，当社会中形成浓厚的读书风气后，可以在一定程度上改变社会浮躁的状态，建造出一个民族的理性思维，和一种奋发上进的心理趋势。

我学的是文学，一直以来喜欢读三类书：文、史、哲。文学，使我们能看见现实背面更贴近生活本质的一种现实，除了理性的深刻以外，还有一种直觉的美感；哲学，则是在人生充满了迷惘和彷徨时，抬头望天看到了满天星座；史学，就是让我们鉴往知来，知道每样事物不是孤立存在的。

我最喜欢读《老子》和《庄子》，前者文约意丰、思想深邃，是修身、齐家、治国、平天下的精神圭臬。后者亦庄亦谐无拘无囿，乘物以游心，独与天地精神之往来。这两本值得放在枕边，反复品味。

最近我在重读《史记》，我感触颇深，也发现了一些疑惑，作了很多笔记,也作了一些考证。例如书中的一些人名、地名,以及一些人物在位与退位的年代。

古今中外智者给我们留下了浩瀚的书籍海洋,是人类文化非常重要的遗产与结晶。尤其是文学艺术经典书籍,是全世界的作家留给人类丰富的精神遗产。如果让我推荐,我一定要建议我们年轻的读者阅读古今中外的名著、经典。

高建群(著名作家;陕西省文联副主席,陕西省作协副主席)

读书使我的写作吸收了绘画技巧

我小时候很爱读书,上课时,给桌子上刻了条缝缝,假装对着桌子看,其实是在透过那条缝缝看小说。我记得,当时看的是八卷本的《中国民间故事集成》,所以我的作品里有很多民间文学的因素。到了文革时期,县图书馆被抢了,我和弟弟趁乱把图书馆的书往家里搬,就把自己的上衣脱下来,把书一捆,抱着,背着,搬回来。四大名著、《七侠五义》、《兴唐传》、《地宫传》、《封神榜》都是那时候读的。后来又读苏联文学,《静静的顿河》、《被开垦的处女地》等。

文革结束,我从部队回来,在报社工作,开始了大量的阅读。1979年陕西省作家协会成立了一个读书会,推荐必读书目之一是罗曼·罗兰的《约翰·克里斯朵夫》,读后我感到很震撼,明白了真正的文学作品是一种人和人、作者和读者进行的灵魂对话!明白了原来人生可以变得如此崇高,如此真诚!

有几年,俄罗斯文学热,我便从普希金开始,把陀思妥耶夫斯基、屠格涅夫、托尔斯泰等俄罗斯作家的作品读了一遍,这对我有决定性的影响,还有高尔基、叶赛宁、阿赫玛托娃、佐琴科。后来我接触了欧美文学,一度非常喜爱美国文学和欧洲文学。日本作家中,我最喜欢芥川龙之介,我认为他是日本最伟大的作家,鲁迅的小说中可以看到他的影子。

再后来,我读书就读得杂了,我写《最后一个匈奴》时,案头备了两本书,一本是拜伦的《唐璜》,这是一本天才的书;第二本是《印象派

的绘画技法》，从莫奈、德嘉、塞尚，到后来的高更、梵高，我从中吸收了很多。所以，我的《最后一个匈奴》的结构不是小说结构，而是印象派绘画的结构——怎么规则，怎么和谐，艺术的那种冲击力究竟应该放在哪里，才能达到高潮。

人文方面的书，我推荐英国人类学家汤恩比的著作，他写了两本书，一本叫《历史研究》，一本叫《人类与地球母亲》。后者是一部小说体的世界历史，写的是人类定居文明的历史，从两河流域文明开始，然后到埃及文明、叙利亚文明、中华文明、古希腊文明、古罗马文明、古印度文明，写一些文明板块的发生、发展、强盛、盛极而衰到最后消亡的过程，把这些一看，人的胸襟就开阔起来了。

宋亚萍（陕西人民出版社总编辑）

阅读让书香浸润我的人生

对我们这个年代的人来说，读书最初是为了求知。我小时候生活在小县城里，孩子的心总是向外走，想看到更多、了解更多。稍微有了一点思想，就觉得从书中可以得到很多美好的东西。书的世界不同于现实生活，会让现实生活更加有意义，让我产生了对美的追求，但这都是很朦胧的。

读书对我的影响不仅很大，而且非常直接。首先，读书使我考上了大学。恢复高考时，我发现自己没学什么东西，可是之前读了很多书，一方面培养了悟性，一方面有一个庞杂的知识体系，稍微作一些梳理、提升，就考上了大学。当时，我们年级一百多位文科生，连我就两个考上大学的。现在想想，我们两个的共同点就是爱读书。第二个影响就是我现在所选择的职业。我学的是法律，从事过司法工作、立法工作，但是直到到了陕西人民出版社，才感到找到了我人生的位置和社会角色。我在这里成天和书籍打交道，一辈子都不会感到厌烦。只有身处这样一个行业中，我才感到能够对社会作点贡献。

我其实是一个比较散漫的人，读书的目的性不强。记得十二三岁的时候，家里有一本《唐诗300首》，读着读着发现这句子怎么能写得这么美,感情表达得那么委婉,那么真挚!因为我们生活的那个年代,对感情的表达是一种意识形态下的,你不知道到底什么才是真的东西,通过读唐诗,我才明白了许多。我印象深刻的还有《西游记》。父亲是一位知识分子,对古典文学掌握得较多,他总是给我们讲《西游记》,从头讲到尾,那种变幻莫测、天马行空,在那个年代孩子的心灵里,留下的痕迹是非常深的,我上小学时,甚至总在想我什么时候能变成孙悟空啊?考大学前,我接触到了一些世界名著,对我影响最深的是《安娜·卡列尼娜》,当一个生活在小圈子里的女孩儿,突然看到了另一个世界当中生活着一个心灵受到压抑而不能排解的人,那感觉是很奇妙的。

读书对整个人生是一种熏陶,一种浸润,读书不会使你太功利,太世俗。因为读书,你对生活的理解可达到更高的高度,你对生活的追求不一定很高,但你会很明白你想要的。最近我读的《光荣与梦想》《自由的孔子和不自由的苏格拉底》《中国有个李鸿章》《中国有个曾国藩》,这些书不错,推荐给大家。

(见报日期:2010年6月17日)

给灾区送书

解密《大秦岭》
——对话王渭林

记者(以下简称"记"):八集电视系列片《大秦岭》是继《望长安》之后,陕西电视台推出的又一部大型纪录片,并正在中央电视台十套热播,这部片子可以称作2010年的扛鼎之作,当初为何计划拍摄这样一部作品?

王渭林(以下简称"王"):秦岭可以算作我们陕西人的福气,也可以算作中国人的福气。秦岭本身是一个地理的标志,如果从地理学的眼光来看,他就是划定中国南北分界线的中央山脉,他使得黄河流域和长江流域自然分成了两界,他的自然价值和生态价值在今天来看怎么评价都不为过。专家们说过,秦岭和欧洲的阿尔卑斯山、北美的落基山是三个同根的姐妹,他的重要性并不亚于这两座山脉在欧洲和北美洲的重要性。

秦岭山中无闲草,秦岭是一座巨大的自然宝库。他的植物种类、动物种类也是非常丰富的,而且生态保护得非常好,中国的四大国宝:朱鹮、羚牛、金丝猴、熊猫在秦岭山中都有大量的自然栖息地,应该说陕西人为秦岭的保护做出了巨大的贡献。

南水北调工程的中路引水工程,其源就在秦岭山中,虽然出水口丹江口水库在湖北,但丹江口水库70%以上的水来自汉江,而汉江的源头就在我们的秦岭山中。这是保护得非常好的一支水系,而且水质都在二类水以上,相当于欧三标准,就是跟欧洲非常严格的标准一样,甚至可以直接饮用。因此,我们说南水北调往北京调水,往环渤海湾地区调水,这对我们中国下一个世纪的政治、经济、文化,可持续发展应该说是最为重要的一条命脉。因此,对这条山脉,我们要提高他的知名度,而提高知名度的目的,就是要认识到这条山脉的重要性,让大家更好地呵护他、保护他、管护他、珍惜他。

记:秦岭是一座巨大的山系,创作之初,是怎么给这部作品定位的?

王:把秦岭作为拍摄对象,首要问题就是给秦岭定位。大家知道,中国有众多的名山大川,中国人朗朗上口的就是"五岳归来不看山,黄山归来不看岳"。各个地方的人都会把自己家乡的大山称作最美的山,把从自己家乡流过的河流称为母亲河,这是中国人对大自然的一种热爱,是对天人合一的理念的信奉。那么,对秦岭我们应该怎样定位?大家知道,嵩山因为少林寺而出名,普陀、峨眉、五台、九华这些又都是佛教的四大名山,是不同菩萨的道场。虽然我们没有以臧否其他山脉的意思来推崇秦岭,但是从历史的角度、从文明的角度来审视秦岭,应该说,秦岭是中华文明基因埋藏得最深、渗透得最广泛、也表现得最顽强的一座山脉,他跟中华民族的文明进程紧密相连。中华民族几千年的历史,大家说起来最灿烂、最辉煌的周、秦、汉、唐,都在秦岭南北两麓展开,因此,秦岭这座山脉中就埋藏了孕育着中华民族的文化基因,也就是中华民族文明的 DNA。我们认为,这样给秦岭定位,是比较准确的。而且,我们通过对 101 位不同领域专家的采访,从他们对秦岭的研究中,不同领域的研究——有的是地理、历史,有的是自然,有的是动物,有的是植物,有的是文化史、思想史,无论从哪个角度来说,他们都认同这样一个观点,那就是秦岭的高度应该是中华文明高度的象征和符号。

记:这次在纪录片中采访了 100 多位专家、学者,并且许多都是蜚声国际的,为什么要用这样的眼光和视角来解读秦岭?

王:秦岭是陕西的一个象征。秦岭从陕西境内向东、西延伸到甘肃、河南一带,但是他的主峰在陕西,主要历史事件也发生在陕西境内;同时,陕西的别号叫"秦",而中国的第一个统一的王朝是大秦帝国。我们认为,虽然秦岭在陕西,但是他又不仅仅属于陕西,他应该属于全国甚至全人类。因此对于秦岭,在解读他的时候,应该从历史的横向坐标和未来的纵向坐标出发,在这样的坐标体系中来解读这座山脉。因为他和发生在中华民族历史上的王朝文明,甚至战争、冲突事件都是紧密相连的,所以我们想在这个坐标体系中,把他的内涵挖掘出来。因此,我们不仅采访了陕西的专家、学者,同时采访了全国各个领域、不同方面的顶级专家、学者,乃至采

访了国际上对中国文化研究或者气象、山脉方面研究的专家、学者,我们就是要把陕西,把秦岭放在整个中华民族的大坐标体系中,整个人类这样一个大视野中去解读、去表现。

记:在一般人的概念中,秦岭是自然的、风光的、生态的,为什么这部纪录片表现的不仅仅是自然的、生态的这些方面,而是从历史的、文化的角度去解读秦岭,去探究秦岭与中华文明的渊源?为什么会是这样的一个基调?

王:这跟定位有关。我们以往拍摄一座山,就要表现一种主题,那么我们发现,秦岭用一种主题,单一的一个主题是没办法归纳的。他是自然的,山体是自然形成的,但是,自然和人的关系是密不可分的,而且像中国这样一个古老的民族,她的文化、文明是在儒、释、道三种文化交织中延续下来的。采访中也有很多专家谈到这个观点。很多古老的文明,像古印度文明、古埃及文明,甚至南美的玛雅文明,曾经很辉煌很灿烂,但是不久就中断了,而中华文明之所以能不间断地从几千年前延续到今天,并且不断走向复兴、发扬光大,就是因为我们的文明基因中有儒、释、道这样的文化互相补充,双峰并峙或者三峰并峙,使得我们的文化不断向前发展,而不至于在某一个阶段因为某一种文化的偏激而戛然而止。

现在,很多专家、学者总结出中华文明源源不断的几大原因,主要有几种流派:美国芝加哥大学的何柄棣先生,提出一个观点,认为中华文明之所以源源不断地延续到今天,首先是因为农耕文明;第二是汉字的统一;第三是宗法关系。也有把第三点解释为中医中药的,还有解释成其他的,但是无论哪三点,其中的前两点就是农耕文明和汉字统一,这两点,几乎所有的研究专家,包括外国的汉学专家都认同。而这两点又恰恰是和秦岭分不开的。秦岭南北两麓,他的山系,他对古代文明、农耕文明所做出的贡献是巨大的。

比如,秦能统一六国,当然其军事实力、变革变法是很重要的原因,但是根本原因是它有了强大的农耕文明的支撑,有了强大的军事后勤力量。古人说"兵马未动,粮草先行"。能打败六国,用黄仁宇先生的观点来说就是"灭六国者,非秦之兵力也,乃秦之农耕也"。从这一点讲,秦统一六国与秦岭的山系灌溉乃至秦人对农耕文明的发展是分不开的。这一点是非常重要的。而秦统一之后,也做了很多制度上的规定,包括书同文、车同轨、度量衡,尤其是文字的统一,使得我们整个文明的进程能够大大向前推进一步。

　　再比如纸的发明,在我们秦岭南麓,蔡伦所发明的纸,是用那里的树皮做成的非常粗糙的书写工具,又使得文明大大向前推进了一步。而欧洲的纸张发明非常晚,当时中国蔡伦发明纸的时候,欧洲人还在羊皮上写字,那时候羊皮是非常贵重的,所以不利于文明的传播,后来经过战争和文明的交融冲突,纸张逐步传播到西方,应该说纸对世界文明作出了巨大贡献,四大发明中纸的发明是中国人的一大发明,这也跟秦岭分不开。

　　所以,我们就认为,这个片子所表现的不仅仅是一般的风光山水,它要蕴含民族文化发展的脉络。

　　记:以往,人们更关注黄土高坡、关中平原、陕南水乡,是不是在某种程度上对秦岭的认识还不够?对秦岭的价值挖掘得还不够充分?

　　王:陕西的资源很多,尤其是陕北延安对中国革命的贡献功不可没,所以以往的宣传,大家的焦点更多的是聚集在那一块地方。对秦岭的宣传,我们做的不如以上地方多,当然陕北延安光耀千秋,非常值得大书特书,我们下一步还要做《大陕北》。不过正是因为原来陕北那种恶劣的生态,给大家造成了陕西是黄土高原、沟壑纵横的印象,其实现在的陕北在西部开发、退耕还林的进程中,也已经由黄变绿了,我们就是要扭转外界对陕西的固有印象。这次我们对秦岭的表现,应该说是全方位地表现秦岭、宣传秦岭、展示秦岭,而且和中央台联手,把《大秦岭》放在央视十套的黄金栏目《探索·发现》中播出,放在国家电视台这样一个平台上,我觉得是非常必要的,既是替陕西人宣传了秦岭,也是向全国人民介绍了秦岭。毕竟秦岭是一条非常有魅力、有内涵、有价值的山系。

　　记:为什么八集系列片中要单独成立一个篇章——《感恩秦岭》,想在作品中向观众传递什么样的信息?

　　王:秦岭赋予了人类很多的资源,而且是慷慨地付出,那么,我们作为人类,现在对自然的认识应该提升一步,就是我们不能再是以往的那种单纯地征服自然,我们在索取自然的同时,应该感恩自然,应该回馈自然。因此,我们就有了这么一集《感恩秦岭》。感恩秦岭的什么呢?感恩他的巨大山脉中原始森林所吸纳的二氧化碳,感恩他无私的奉献,奉献出他的涓涓细流所汇成的汉江、嘉陵江,感恩他赋予我们所熟知的七十二峪,使得我们陕西人民、西安人民能喝上非常优质的纯净水,同时还不断向北京、向环渤海湾地区输送优质的水源。翻过秦岭,大家可以看到"一江清水送北

京"的标语,我们认为,秦岭为我们人类付出了这么多,那么,我们就应该更好地感恩他,呵护他。

记：为什么专门有两个篇章写动物和人之间的和谐关系呢？

王：据动物学家考证,秦岭山中有上千种动物,作为国宝的动物就有羚牛、朱鹮、金丝猴、熊猫。它们在这个地方有一块栖息地,说明这个地方还没有遭到人类工业化进程或者所谓的现代化进程的破坏或者毁灭。朱鹮那一集的例子就非常明显。当时发现朱鹮的时候仅仅只有7只,7只在动物学上算是灭绝了。但是,秦岭人民、陕西人民,秦岭山中的老百姓就像对待他们的眼珠子一样呵护、保护着朱鹮,他们将朱鹮视为"东方的宝石",视为吉祥鸟,不施化肥,不施农药,宁可自己粮食减产也要让这个物种保存下来,经过10年努力,朱鹮这样一种已经濒临灭绝的物种现在繁衍成几千只的种群,而且成为中国的友好使者,分送到日本、韩国和其他国家和地区。所以,我们就认为,秦岭养育了我们陕西人民,甚至给中华民族的文明贡献出了无数的政治精英、文化精英,养育了我们世世代代的百姓,因此我们在物质文明相对发达的今天,就要特意表现一下秦岭的自然生态,把他作为珍稀动物的一个符号来表现,要感谢他,要爱护他、珍惜他。

记：这部系列片让我们不仅欣赏到秦岭是一幅山水画卷,而且是一部历史长卷。那么您认为这部片子在艺术上的特色有哪些？

王：《大秦岭》这部纪录片,我们把握得还是平实、朴素、大气的,用我们现在很多圈内人的话来说,我们不做过多的花里胡哨的包装,不用太多的3D技术,因为那样很容易陷入所谓的新技术主义的陷阱之中。秦岭就是一座朴素的大山,我们朴朴实实地去表现他,他自身就有无限的魅力。应该说,大家只要静下心来,就会读懂他。因为这是一个非常喧嚣的时代,一个非常浮躁的时代,人们连文章长一点都懒得读,电影也是几秒钟一个高潮。那么,在这样一个非常浮躁的时代内,稍微静下心来歇一歇,坐下来平平和和地看一看这样的纪录片,我认为对人们思考我们的生活,甚至反思一下我们现代化进程中一些过分的掠夺式的开发,我认为都是有好处的,对于我们下一步的可持续发展也是有好处的,这是第一点。

第二点,我们是作为省里的精品工程项目来做的,省委、省政府、省委宣传部都给予了非常大的支持和投入,因此,我们用了我们最好的设备,最好的精英团队和一流的总编导来打造这样一部片子,让这部片子尽量雅俗共赏,宏大叙事和细节诉说相结合。虽然它是一部带有政论色彩的纪录片,但是我们尽量给予它平和的、非常朴实的基调,让老百姓易于接受,而不是枯燥地给大家宣讲,或者给大家做一种高台教化式的教训,我命令你看这个看那个,不是这样。它是自然打开的一幅山水画,这是我们最基本的诉求。

记:片子独具匠心,用唐诗来诠释秦岭,您怎么评价这个创意?

王:这也是我们总编导和整个摄制组的匠心独运。因为在诗歌的历史上,唐诗应该是我们的骄傲,全唐诗有多少万首,唐代出的大诗人李白、杜甫、王维,数也数不清。而且,唐诗所营造的那种艺术氛围和意境,后人也只能揣摩其中之一二,因此我们想通过集纳唐诗中表现秦岭的句子,用现代音乐的谱曲,做以全新的诠释,尝试让现代人体会一下唐代诗人对秦岭的那种吟诵。让伟大诗人的诗句能够在我们的纪录片中与今人、现在的观众进行一次交流和沟通、对话。

注:陈忠实语:"我将秦岭比作我们中华民族的'父亲山'。"所以在本篇采访中,我们以男性第三人称——"他"来指代秦岭。

(见报日期:2010年1月6日)

乐山

历史鸿篇 山水画卷 文化长卷
——对话杨光

记　者(以下简称"记"):作为执行总导演,请您谈谈《大秦岭》较之于国内外同类题材的纪录片,在拍摄构思和拍摄手法方面有哪些不同?

杨　光(以下简称"杨"):作为执行总导演,我主要是在贯彻、执行和落实总导演的整体安排部署与实施拍摄。八集系列片《大秦岭》的总导演康健宁,被誉为"中国纪录片第一人",他的大作誉满全国。近年的大型系列片《大国崛起》、《复兴之路》、《百年世博梦》,在央视热播并轰动全国,可以说,康导的电视作品始终引领和影响着中国纪录片的潮流!所以,在拍摄构思《大秦岭》时康导就说过,要拍一部不一样的《大秦岭》。

康导常给我讲起他心目中的"大秦岭",他说秦岭是一座长期被人忽视的文化名山,我们不仅要表现秦岭的自然风光、地理地貌,更重要的是呈现秦岭与华夏文明的渊源。没有什么比文明更重要。秦岭孕育了大地湾人、半坡人、蓝田猿人;孕育了周秦汉唐;孕育了黄河长江最大支流渭河和汉江。你想想,在中国还有哪一座山能比得上秦岭对孕育中华文明的意义呢?

正是基于这样的立意,《大秦岭》的基本框架结构和布局就大致确定下来了。于是,以与秦岭关系密切的历史事件及文化、动植物、地质地理、自然生态作为创作元素,共同构成了今天大家看到的八集系列片——《大秦岭》。

我和康导是多年的好友,我们亲如兄弟,同时他又是我的良师益友。

但是，在工作中，他从不讲情面，严厉、认真、富有极强的责任心。他常讲，他最害怕的就是辜负别人的信任，因此，才有了在一年之内就完成拍摄制作的八集系列片《大秦岭》，这在业内是绝无先例的。

记：据了解，《大秦岭》拍摄一年，摄制了9000多分钟的素材，采访了百余位专家学者，这个过程必定充满艰辛与困难。在具体的拍摄过程中，您是如何调度各个摄制组的，这样安排和调度是出于哪些考虑？这些摄制组分别承担了哪些拍摄任务？遭遇了哪些体力和智力上的考验？他们是如何应对这些考验的？

杨：拍摄9000多分钟的素材这个说法不准确，我们拍了120多盘磁带，每盘40多分钟，采访了101位国内著名专家。康导把握大片的能力非常强，他的理念是齐头并进，所以各工种要同时起步：解说、音乐、专访、拍摄都要在一定高度上向前推进，这样才能保证进度。我们一共有3个摄制组：1个专访组和2个外景组，每一个拍摄环节都是在高标准、严要求下进行，拍摄是在不断学习和提高中进行的。康导非常看重专访，他经常讲，一部结实完整有思想性的片子好比一座大桥，而专家的访谈就好比桥墩，可见访谈的重要性。

访谈整理也是一件工作量巨大的事情。100多位专家的访谈，共整理文字100多万字，都是专访组亲手一个字一个字地在电脑上打出来的，再加上他们在国内多个城市奔波拍摄，可想而知其中的艰辛。两个外景组就更不用说了，跋山涉水、爬雪山钻森林、酷暑严寒、历经磨难，都是为了拍出一个不一样的秦岭。

想起去年5月下旬拍摄太白山时候的情景，至今令人心颤。上山时没有任何变天的迹象，我们的目的地是秦岭主峰拔仙台——大爷海，摄制组身负摄制器材攀登近4000米高峰，历经8小时的体力和毅力的考验，行程40多里无人开拓的荒路，天擦黑才艰难地到达主峰。在山上过夜更加痛苦，刺骨的寒风、恶劣的环境加上缺氧，我真想用头碰墙！当晚，我们就遇到太白山几十年不遇的大雪，大家又惊又喜，惊的是害怕大雪封路下不了山，喜的是我们遇到几十年不遇的大雪，这对拍摄工作来讲算得上是从苦难中得到了回报。大家冒着近膝盖深的雪返回，拍摄到了难得一见的关中八景之一——"太白六月雪"，这可算得上运气，顿时，一切艰辛全抛到脑后，我们忘却了危险，投入到拍摄中去。

在《大秦岭》的拍摄中，我们遵循康导的精神——画面为内容服务，努

力地去解读真正的内涵,才有了今天如诗如画的精美画面。回望过去一年的经历,心里还有些酸楚,难忘的一年,难得的机会,难得受大师的指点,这才是最大最大的收获!

记:在《大秦岭》的后期制作过程中,您和您的团队是如何从120多盘磁带的素材中遴选、制作出如今的280分钟剧集的?这中间有哪些特别难以取舍的地方?有没有令您感到遗憾的地方?

杨:《大秦岭》后期制作是在西安北郊新桃花源山庄一个简单的四合院内完成的。历时两个月。封闭式的工作,惊人的速度,都取决于康导超强的掌控大片的能力。他从来不打无准备之战,面对剪辑室一百多盘素材早已胸有成竹,使画面为内容服务达到极致,如何用合体极致的画面令人绞尽脑汁,那种煎熬无法言语。

谈不上遗憾,只是说还有很多不错的画面没有篇幅展示。

记:《大秦岭》刚刚结束了在央视十套的首轮热播,马上要在陕西卫视播出了,您认为这部片子最值得观众收看的亮点或最想传达给观众的东西是什么?

杨:《大秦岭》在央视十套首轮热播,使央视十套在陕西的收视率从排名20名一下提前到了第7名,由此可见其备受关注的程度。

可以说,把一座山用这样的手法来拍几乎没有过,非常好看,是一部史诗般的历史鸿篇、山水画卷、文化长卷。我生在西安、长在西安,也算是在秦岭脚下生活了几十年,但对秦岭的了解只是表面的一些东西。通过《大秦岭》的拍摄,才知道我面前的这座山是那么的伟大、神秘,它一直以来都在默默无私地滋养着我们。《大秦岭》的再次播出,一定会加深我们去热爱它、保护它的意识,我想应该会有更多的观众以实际行动关爱秦岭这座"父亲山"。

记:您下一步还有哪些拍摄打算?

杨:目前还没有。这两天,搞完《大秦岭》在陕西电视台首播仪式的录制工作后,准备好好休息休息。

(见报日期:2010年1月13日)

开启拉动内需的文化引擎
——对话陈忠实

当前,全球性经济危机的严重冲击和影响已迅速波及中国社会经济的各行各业,企业生产经营面临的困难和压力空前巨大。刺激消费、拉动内需,为企业鼓劲加油、群策群力、共克时艰,已成为举国上下全社会的共识和行动,文化艺术界和文化主流媒体也自然责无旁贷。本报创刊于1985年元月,是中国西北地区唯一一份省级文化艺术类综合报刊。主要受众面向文化艺术界专业精英人群和政界、学界、企业商界文化品位高端人群及都市现代时尚人群。立足陕西,面向全国,现已辐射影响到我国港澳台地区和日本、韩国、东南亚及全球华人世界。为了积极响应中共陕西省委关于当前文化宣传工作"保民生、保增长、保稳定"的安排部署,践行科学发展观,发挥文化主流媒体的文化纽带和沟通桥梁作用,聚拢社会各界精英和商界领袖,实现高层次、全方位、跨行业、跨地域的文化经济合作交流及名人名企名牌联动效应,以携手拓展市场、创造商机、推动企业产品服务升级与品牌升级,引导和鼓舞居民消费信心,本报从2009年3月开始首家重磅推出"文化经济名人堂"高端对话栏目,约请在我国富有影响力的文化名人和政界、学界、传媒界及工商企业界名流陆续在本栏目登台亮相,擂鼓发声,魅力联动,传递信心。

记者(以下简称"记"):众所周知,您是从关中黄土地走出的一位享誉中外的著名作家,也是陕西的一张"文化名片"。今天在这里

与您谈论一个有关文化产业和市场消费的经济话题,是否会感到一些诧异和俗气?

陈忠实(以下简称"陈"):俗气倒未必,诧异是肯定的。接受这个话题采访,我确有不敢开口的感觉,生怕自己不懂经济,说些外行话让人见笑,更怕误导读者,误导社会;至于雅俗,我倒认为每个人都要面对柴米油盐酱醋茶,都会为经济所困所惑,除非是神仙,否则都不可能免俗。

作家、艺术家是精神产品的生产者,也是物质产品的消费者,在举国上下全力应对经济危机的关口,见仁见智,建言献策,作家也不能失语,要体现出自己的责任和担当。基于此,我仅就个人的认识和感受,表达一些个人的观点和看法,权作是抛砖引玉,或是场外拉拉队的鼓励加油。

记:那我们就从文化开始吧!您怎样看待文化在国家之间、地区之间和企业之间发展竞争中的地位和作用?

陈:文化是个大概念,泛指人类在社会历史实践中所创造的物质财富和精神财富的总和,从字面上可以理解为"人文教化"的简称,文化的前提是人,有人才会有文化,文化的核心是其符号系统。如文字:各文字之间是有相应的认知心理,体现共有概念,价值观和行为准则。

就精神意义来说,文化是软实力;就物质意义而言,文化是硬实力。先进的文化物化为经济,就形成了强大的硬实力。

文化在国家之间、地区之间和企业之间发展竞争中的决定作用自不待言。但在现实生活中,文化这个综合体中精神层面和物质层面的界限与比重很难分清。强势文化中夹杂消极精神成分,弱势文化中却可能存在积极精神的因素。我们在对西方文化"洋为中用",甚至是在对本民族传统文化"古为今用"的过程中,曾经经历的"折腾",所付出的高昂的"学费",关键恐怕就在于此。

当然,企业之间的文化竞争和学习借鉴,道理也一样。

文化是一个动态过程,只有不被眼下静态的表象所迷惑,积极进行先进文化精神的提炼和重塑,才能在处于强势时保持长盛不衰、处于弱势时后来居上。

记:从文化到文化生产力、文化产业,再到文化竞争力,您如何看待中国与西方发达国家之间的差距，实现突破的关键点又在哪里？

陈：人是文化的前提和基础，也是生产力的根本要素。文化生产力是国家与社会以人为主体的核心竞争力。但这个文化生产力也必须通过产业化经营，才能实现和体现出市场的价值。这方面的市场运作经验和能力，西方发达国家比我们要娴熟得多。我们与他们在文化产业规模和实力上的差距，也根源于此。如西方的好莱坞大片、迪斯尼乐园、足球俱乐部、篮球俱乐部、肯德基快餐、动漫产业，以至于出版社畅销书的策划推广等，都对我们构成了极大的压力和冲击。

我个人认为就竞争力而言，我们现在的短板和突破重点，应是文化产业的市场运营人才和运营技能。当然国家相关政策环境的配套支持也很重要。

记：您对陕西文化产业的资源潜力、发展现状和发展前景及发展策略，有何评价和建议？

陈："关中自古帝王都"，陕西的历史文化积淀和遗存，在中国乃至世界上都是最大的"文化金矿"和财富，代表了中国农业文明最强盛时期的精华，以延安为代表的"红色文化"，又是照耀中国现在和未来的一座灯塔。陕西的历史文化资源可以说是得天独厚、潜力无限。

陕西的作家、艺术家和文化学者的阵容也构成了中国文化的一方高地。陕西的文化旅游业、演艺影视业、文化出版业、美术工艺品业，以及文教科技行业等，在全国也有举足轻重的地位。

但客观来讲，陕西文化产业整体水平还不是很高，与陕西得天独厚的文化资源潜力还不相称，离文化强省的目标还有相当长的路要走。当然，制约陕西文化产业发展的因素很多，有体制机制上的，有资金、技术、人才方面的，但我个人认为最重要的还是人的因素，是文化人自身的观念问题，特别是陕西文化人受儒家传统文化影响较深，对市场、对商场、对经济，在潜意识里还需完成自觉的梳理。只有文化人自身的观念解放和更新，才能推动陕西文化生产力的根本解放，进而推动陕西文化产业大跨越和大发展。

记：对于当前企业经济和企业经营遭遇的困难和压力，您认为

文化艺术界、文化学界和文化主流媒体应发挥怎样的作用?

陈:企业是市场经济的主体,企业兴旺,经济自然兴旺。从一定意义上来说,帮助企业就是在促进就业,就是在改善和造福民生。

老百姓手里没钱,不敢花钱,生意清冷,企业也缺乏开工生产的信心。经济专业问题需要专业解决或政策解决。我是外行,不敢乱讲,也插不上手,帮不上忙。但我要说的是,越是危难之时,信心和勇气尤为重要。老百姓也好,企业家也好,他们在这个时候都需要有精神慰藉,需要有积极的、乐观的社会气象和氛围。

安慰、鼓励、鼓劲、加油,为百姓生活消费和企业生产经营提供强大的精神支援和精神动力,这是我们文化艺术界能够做而且也是必须做好的。

当然,若能献计献策,或是提供信息疏通帮助,也应该是义不容辞的。

记:对于本报为此专门开辟关注和服务于民生经济的资讯专刊栏目,搭建文化艺术界与企业商界的高端互动交流平台,发挥名人名企的联动效应和市场引导作用,您有何评价和建议?

陈:《文化艺术报》作为"中国行业媒体十强"和西北地区唯一一份文化艺术类综合报刊,多年以来在文化艺术界专业人群和政界、学界、企业商界、文化品位高端及现代都市时尚人群中,已形成权威影响力和品牌号召力。在促进文化产业发展和应对经济危机的关键时刻,不惜版面开设经济资讯专刊栏目,既可为文化艺术界主流读者提供经济生活资讯,丰富报纸版面内容,增强服务功能,同时也可以通过报纸及时了解市场动态和企业的意见、需求,加强不同行业领域人群之间的彼此了解、理解和互动交流。应该说是利国利民的大好事,而且意义深远。

由文化主流媒体搭建这个信息平台,也有独到的优势和条件。建议能在媒体栏目平台报道信息交流的基础上,根据企业的要求适时组织相关方面力量进行专题研讨,加强深层次的交流互动,为企业定向解决一些具体问题。

记:生活消费有物质层面的,也有文化精神享受层面的,这特别体现在文化旅游和风景观光方面,拜读《凭什么活着》这部作品时,发现您到合阳洽川就引出了"关关雎鸠,在河之洲"的曼妙情思;在秦岭看朱鹮会联想起昭君出塞；从蓝田公王岭到灞桥白鹿原又会展开一幅中华民族繁衍生息的历史图景。您也曾到关山牧场感知草原秋色，策马信步，如果让您为陕西文化旅游代言，像这样能够触动心灵的历史文化遗址和旅游名胜景区，您还会举出哪几处？

陈："三月三日空气新，长安水边多丽人"，在陕西放飞心灵，发思古之幽情的名山大川、景区、景点可以说是俯拾皆是，美不胜收。我能随口报出来的也只是极少部分。

在陕北如佳县的白云山、榆林的红碱淖、延安的革命圣地、黄陵县的黄帝陵等；在陕南如汉中拜将台、勉县武侯祠、留坝紫柏山张良庙、安康瀛湖、商南金丝峡等；西安周边及关中地区如华阴的华山、韩城的司马祠和党家村、富平的陶艺村、铜川的玉华宫、宝鸡的炎帝祠和钓鱼台、眉县的太白山、岐山的周公庙、乾县的乾陵、泾阳汉阳陵、陇县关山牧场等。

西安市内和近郊的名胜古迹、景区、景点就更是琳琅满目，多不胜数了。

值得一提的是，近年来一些新兴的景区景点也很有特色和魅力。

记：从《凭什么活着》一书我还发现，您的很多生活记忆都与吃有关，如"咖啡茶香"的编辑部、"火晶柿子"、第一次"吃鳝鱼"等，要让您谈美食餐饮，羊肉泡馍恐怕自不必说，那么给您印象较深的陕西餐饮店和风味特色店还有哪几家？

陈："民以食为天"。饮食是人生活的必需，同时肯定会带有个人情感和精神享受的色彩。就我个人而言，对风味特色店更情有独钟，除色、香、味外，还包括气氛、环境、意境的感受体验。

记：就当前应对危机，刺激消费，您对地方与企业品牌形象的文化突围和文化营销，还有哪些建议和忠告？

陈：我很欣赏"抢占高端，文化制胜"这句话。生产也好，消费也好，都是人的活动，都是以人为本体的，有人就有文化，这是一个社会联系的纽带，地方形象的文化提升、企业形象和品牌文化的升级，在当前市场疲软的形势下，或许正是化危为机、拉动消费、提升人民物质与文化生活品位的突破点。

就企业文化而言，诚信、责任、友爱、追求至善至美，应是不可

或缺的核心精神内涵，并应和谐地渗透于企业的产品和服务与营销宣传之中，为社会提供新的产品与服务，也传递新的精神与文化。

（陈忠实系中国作家协会副主席、著名作家）

（见报日期：2009年3月4日）

与著名作家陈忠实老师合影

逆势崛起 抢占文化制高点
——对话齐勇锋

记者（以下简称"记"）：作为中国文化产业研究的领军人物，您怎样看待文化在国家、地区和企业之间发展竞争中的地位和作用？

齐勇锋（以下简称"齐"）：上世纪90年代以来，随着信息技术和知识经济的发展，技术进步和资源约束推动国际竞争从传统生产要素的范畴向知识、文化价值和创新能力的方向发展。国家、区域和城市的比较优势，越来越体现为其学习、创新和知识生产的能力，文化经济化、经济文化化成为时代发展的潮流和产业发展的新趋势。消费结构升级和文化功能的扩张促使国际产业结构日益向文化与高新技术相融合的现代服务业转型，生活方式的变化使得人们对文化内容消费、休闲娱乐活动的需求大大增加，催生了文化经济的迅速崛起。

1992年，美国总统克林顿上台伊始，就提出"信息高速公路"计划。1997年，英国布莱尔政府提出"创意产业路径文件"，得到澳大利亚、新西兰、新加坡等英联邦国家的普遍响应。随后，日本提出"旅游观光立国"的口号，韩国为应对亚洲金融危机提出"文化立国"的战略构想。进入21世纪，世界文化产业和文化服务贸易呈现加快发展的趋势，年均增长达8.7%。正如联合国贸发会议在《2008：创意经济报告》中指出：文化经济的核心是创意、知识和信息，作为一种新的发展范式，它连接了经济和文化，在宏观和微观层面上涵盖了经济、文化、科技和社会的发展，是全球化时代推动世界经济增长、促进发展的强大动力。

记：从文化到文化生产力、文化产业，再到文化竞争力，您如何看待中国与西方发达国家的差距，并怎样实现赶超？

齐：作为发展中国家，虽然近年来我国文化产业发展迅速，但与西方发达国家的差距还是显而易见的。首先是规模差距。2007年我国文化产业增加值约为6400亿元，占国民生产总值2.6%，而英、美、日等西方文化产业大国的这一比重在10%以上。美国时代华纳、迪斯尼、新闻集团、维亚卡姆等文化产业集团2007年的销售额在200-400亿美元之间，而我国最大的文化产业集团上海文广、湖南出版的年销售额仅为50-60亿人民币，不到10亿美元。其次，是文化竞争力的差距。这方面的差距其实就是策划创意、市场推广、产业链、版权贸易，以及创业的政策环境之间的综合竞争力。以图书版权贸易为例，2000年，我国进出口贸易为10:1，2005年为8:1，到2007年缩小为5:1。虽然差距逐年缩小，但绝对值仍然较大。

怎样实现赶超？我以为从根本上说，就是要提高我国文化产业的创新能力，正如胡锦涛总书记在十七大报告中所说："在时代的高起点上，推动文化内容形式、体制机制、传播手段创新，是繁荣文化的必由之路。"同时，可以借鉴韩国"后来居上"的经验，结合我国国情，从制定和实施文化产业发展战略、优化市场环境、调整结构、政策扶持、人才培训、资金投入等方面多管齐下，提高我国文化竞争力，逐步缩小与发达国家的差距。

记：文化产业在中国社会发展转型时期有何特殊作用？前景怎样？

齐：作为一个经历了长达2000多年封建社会的发展中国家，我国的现代化进程从根本上说就是一个从传统社会向现代社会的转型过程，这其中既包含了从农业社会向工业社会的转型，也包含了在我国工业化尚未完全实现的时候，就叠加了从工业社会向信息社会和服务型社会迈进、从传统的计划经济体制向社会主义市场经济体制转型的任务。始于1840年的我国经济社会转型，改革开放以来进入加速阶段。一方面，改革开放确立了市场经济改革的方向，极大地解放和发展了我国的生产力，经济建设取得了卓越的成就。另一方面，与世界发达国家比较，我国经济、社会的发展水平还比较落后，市场经济体制尚不完善。我国将长期处于社会主义初级阶段，一些转型期必然出现的深层次问题随着经济快速发展逐步显现出来，如资源、环境与经济发展和人口的矛盾突出；城乡"二元结构"仍未从根本上得到扭转，包括农民工在内的"三农"问题解决难度较大；城乡、区域和不同社会群体之间收入分配的"三大差距"所导致的不稳定因素明显增多;经济建设与社会建设、文化建设不协调;金融危机带来的就业压力等。国际经验表明,发展中国家在人均国民收入从1000美元向5000美元攀升的经济社会急剧转型期,也是各类社会矛盾和利益冲突频繁爆发的"风险凸现期"。我国仍处于社会主义初级阶段和经济社会急剧转型期的国情特点,要求我们按照科学发展观的要求,把文化建设放在更突出的位置,更大程度地发挥文化建设在凝聚人心、化解矛盾、激发民智,以及提高人的素质的独特作用,实现转型期平稳过渡,最终实现"富强、民主、文明、和谐"的社会主义现代化的战略目标。

记:您怎样看待当前金融危机对中国西部内地文化产业的影响?有何对策建议?

齐:金融危机通过投资传导、实体经济传导、消费传导,对文化产业造成多方面的影响。然而,危机既是挑战,也蕴涵着机遇。文化产品毕竟具有不同于物质产品的内容消费特点,因而,往往在经济萧条时期,人们更需要电影、电视、书刊、互联网、娱乐等文化消费,在文化内容消费中寻找心灵安慰和事业再发展的灵感。美国在上世纪30年代经济危机时电影产业大发展,韩国在亚洲金融危机时提出"文化立国",文化产业迅速崛起,就是典型例证。这说明,文化产业由于其自身特点,发展周期与经济周期并非同步。

由于我国资本项目尚未对外开放,人民币不可自由兑换,加之内需市场庞大,所以金融危机对我国金融和实体经济影响有限;同时,由于我国文化产业正处于高速成长期,还具有快速发展的惯性,因而,金融危机对我国文化产业的整体影响并不大。从目前的实际情况看,金融危机对我国广告、传媒、会展、艺术品经营、旅游等与实体经济关联较大的行业有一定程度的影响,而对电影、演出、出版、娱乐等行业影响较小,甚至电影、演出行业还在继续保持快速增长的局面。目前,我国政府已把扶持文化产业发展作为拉动内需、应对金融危机的重要举措。

进一步的建议:一是实行重大文化内容精品项目发展战略,借此机会把制约我国文化产业发展的薄弱环节——节目内容创作和生产大大提升一步,以发展和繁荣文化市场;二是实行惠民戏票、电影票;三是实行国民带薪休假计划。

记:以一个国家级文化学者看陕西的眼光,您对陕西文化产业的资源潜力、发展现状和发展前景及发展策略,有何评价和建议?

齐：陕西作为中华民族的发祥地、周秦汉唐古都和中国革命的摇篮，历史文化资源之丰富世所罕见，文化产业发展潜力巨大，前景广阔，毋庸置疑。问题的关键是如何把资源优势转变为产业优势，使陕西从文化资源大省转变为文化产业强省。应该肯定，近几年来陕西文化产业已经取得了重要进展，如电视剧《西安事变》、《关中男人》，眉户现代戏《迟开的玫瑰》，大型山水情景舞剧《长恨歌》等一批影视和演出精品节目，在全国产生了广泛的影响，西安曲江新区入选首批国家文化产业示范基地。但以目前的成就与巨大的资源潜力相比，还存在着较大的落差；横向比较，陕西与湖南、山西、四川、云南等中西部兄弟省区相比也还有不少差距。

依据陕西的资源和文化条件，我认为要实现科学发展，可以考虑实行文化和旅游产业带动战略。也就是说，陕西不仅要加快发展能源和矿产资源产业、制造业，更重要的是要加快发展具有绿色和可持续发展特点的文化和旅游产业。通过文化和旅游产业的跨越式发展，提升陕西的文化影响力、辐射力和整体形象，同时优化经济结构，带动服务业和相关产业的发展。

记：作为传媒研究专家，对于本报在内容、机制和传播方式上的创新努力，您有何评论和建议？

齐：我一直很关注《文化艺术报》，受益匪浅，我觉得贵报是一份有品位有全国影响力的文化专业媒体。贵报在开辟关注和服务于民生经济的资讯专栏，搭建文化艺术界与企业商界的高端互动交流平台，发挥名人名企的联动效应和市场引导作用，延伸传媒产业的产业链和价值链等举措，很有创意，已经取得了良好的效果。如果说还有什么建议的话，我觉得要依托媒体平台，继续针对市场热点问题，如大学生就业、创业，发展陕西文化和旅游产业拉动内需等，与大学本科、研究生社团、权威文化机构、工商企业和互联网、电视台等大众媒体合作，多策划一些有影响的文化活动，扩大社会影响，同时也可以创造良好的社会经济效益。

（齐勇锋时任国家发改委体改所学术委员会委员、研究员、文化产业研究中心主任，兼任国家文化产业培训基地特聘导师，中国社科院文化研究中心理事，清华大学、中国传媒大学、中央财经大学、上海交通大学、中南大学等高校兼职教授和研究生导师，山东文化产业研究中心首席顾问，北京文化创意产业专家组成员、《中国文化产业评论》常务编委）

（见报日期：2009 年 3 月 11 日）

标识陕西大地博物馆
——对话肖云儒

记者(以下简称"记"):日前,文化部副部长欧阳坚在十一届全国人大二次会议上提到,面对国际金融危机,我国文化产业却异军突起,呈现出较好较快的发展形势。为把握此次发展机遇,文化部将采取以下多项措施,包括尽快培育一批骨干文化企业,建立现代的产业研发和创新基地,建立适应文化产业特点的投融资体系和机制,探索刺激文化消费、扩大文化需求的新途径、新举措,还应积极鼓励有实力的文化企业参与国际竞争,开拓国际市场。您觉得陕西文化产业如何有所作为?

肖云儒(以下简称"肖"):改革开放30年来,我国文化市场以"一手抓繁荣,一手抓管理"的方针为指引,基本形成了由娱乐市场、演出市场、音像市场、电影市场、网络文化市场、艺术品市场等组成的统一、开放、竞争、有序的文化市场体系,初步建立起以综合行政执法、社会监督、行业自律、技术监控为主要内容的文化市场监管体系。"十一五"规划已经把文化产业作为调整经济结构的重要举措,从中央到地方出台了一系列鼓励文化产业发展的政策措施。文化部明确提出在五年内文化产业要实现年均15%的增长。包括陕西在内,北京、上海、浙江、广东、云南、重庆、四川、河南、山西等诸多省、市提出建设文化大省、文化强省的目标,在规划中都提出文化产业的发展要高于GDP的增长速度。

从陕西自身的状况来看,尚存几点误区,阻碍了文化产业的作为。事实上,文化资源与经济资源的融通、整合十分关键。要想实现文化向经济

的顺利转化,必须扔掉三大"包袱",即"周秦汉唐包袱"、"延安革命文化包袱"和"计划经济包袱",这是我在很多场合中反复提到的观点。

记:周秦汉唐文化是陕西被称为"历史底蕴深厚"的依据,延安革命文化更是三秦儿女引以为自豪的"红色旅游资源",为什么是包袱呢?

肖:我所说的扔掉"周秦汉唐包袱",并不是说不去珍惜、宣传周秦汉唐文化,而是说我们一谈到周秦汉唐,就容易局限在对这块文化的研究,现在很少有人像研究汉唐文化一样集中地、认真地研究如何将老祖宗的东西转化成市场经济中的产业资源!

15年前,我作为陕西省政协委员时就提过一个提案,我就以这个提案为例谈谈吧。其实我们都知道历史上的长安是个非常兴盛、在国际上具有影响力的都城。可是这已然成为历史。既然这段历史发生在陕西,那么现在能够做的是从中发掘出能为我们所用的文化内涵来,真正去继承、弘扬她。我当时的提案是说,对全省按照古代"文化园区"划分,再进行标识。比如周文化园区、汉文化园区、唐文化园区、三国文化园区等,再将园区划分路线,标明路线的文化景点,也就是用区、线、点划分文化资源,多树立标识,在园区内统一服装、接待用语等等,将陕西包装成一个大地博物馆。我们有这个资本这样包装啊!何况人家深圳早就做了个世界博物馆!这样的话,一进陕西,就是潼关古战场,沿路走来的标识要让人感受到这个特点。旅游部门要统一着装,设计款式。采用一种"暗示色彩",比如,泰国航空公司所有空姐穿着紫色服装,还送你一朵紫罗兰,因为紫色就是泰国的暗示色彩。还要有简称、别称和主题音乐等等。这些元素介入了,氛围营造出来了,文化内涵才能由内而外地感染人。

这并不会对我们的文化有什么本质影响,而是一种包装手段,在产业社会,不包装就不"存在"。我们一定要转变一点认识,那就是历史是可以被改写的! 目前,云南已经发现了比我们更早的文物,伴随着我们的进一步认识和发现,历史是有可能被改写的,它甚至也是可以被"篡改"的。我举一个例子,难道唐明皇和杨贵妃的爱情就是天下第一吗?如果不是占据了话语平台(皇族)和一首白居易的《长恨歌》,他们的恋爱故事还会流传至今吗? 这就是包装的力量。

同样,我要说我们对延安文化的认识始终停留在政治层面。延安红色文化是文化而不是政治!我们从政治层面称延安为革命圣地,宣传其中的红色文化,这就将它局限于意识形态文化了。如果不挖掘和宣传与延安相关的那一时期的社会风貌和民间民俗，延安的旅游业就只能吸引革命圣地的朝圣者，而失去了更为普遍的人文旅游意义。为什么格瓦拉能够在全世界的年轻人中产生影响？不是因为他是政治领袖，而是因为他身上那种青春的冒险和突击精神。红色政治意识形态一旦转化为社会文化，旅游就从特定人群转化为普遍人群了。

记：作为一个内陆省份，陕西的"计划经济包袱"有什么特点呢？

肖：陕西"十一五"期间还有三线建设方面的重点，像军工业、高新技术产业。但是这些行业并不能直接造福于老百姓，因为他们的消费活动参与不进来。从拉动内需的角度来说，应该多发展非公经济，特别是发展轻工业、服务业。文化产业是一个自主创造和技术含量非常高的门类，因此它的投资回报也非常高，相应的风险也就很高。发展文化产业，需要通过各种渠道来分散风险，这就意味着多元化的民营资本的注入非常必要；从创意本身而言，灵活的民营企业机制有助于激发创造力。总之，无论是陕西经济的整体还是文化产业，都需要抛开"计划经济包袱"。

记：您从很多年前就开始宣传陕西的文化资源，为将这些文化资源转化成经济资源鼓与呼，并身体力行地做了许多工作，请您介绍一下陕西的文化产业有哪些值得我们思考的成功范例？

肖：首先要提到大唐芙蓉园。它起码给我们提供了两点启示。一是宏观回报观，即宏观确定回报的思路。旅游景点的门票属于微观回报，次微观回报是园内消费，这是一个层次。而更高的层次是，通过旅游景点营造一个文化区，用文化提升产业含金量。二是无边界经济观。应该把资源、资产、资金剥离，用文化战略统领资源运营。

其次，华清池推出的《长恨歌》也值得我们借鉴，如用情景再现满足现代观众的文化旅游诉求。其实，陕西旅游业最大的优势就在于情景再现，这种故地演绎的方式是不可复制的。

我们陕西民营影视打造出了不少优秀作品，像《激情燃烧的岁月》、《上门女婿》、《隐形的翅膀》、《陈云在延安》、《图雅的婚事》……但是我还要提醒大家注意一下"都市碎戏"，这个节目抓住了观众的参与心理，开辟了拉动文化内需的一个途径。围绕"都市碎戏"，已经成立了一大批小公司，还培养了一批民间主持人和民间明星。

我还要提一下王勇超。这个原本搞建筑的老板，现在做民俗文化保护，还做成了一定规模，多少让人有些匪夷所思。其实，实业家提升为文化

人之后,多会得到双赢的回报。因为物质产品是一次性消耗的,不可再生。而文化产品,可随着时间的推移不断升值。

记:有人反对"运作"文化、"包装"文化,认为这是对文化的亵渎,您怎么看?

肖:深刻的文化底蕴和延展的文化市场是相辅相成的。俗话说:酒香不怕巷子深,好作品不包装也有市场,但是,包装了市场会更大。文化产品的内涵和文化产品的市场包装不是一对天生的矛盾。虽然,某种程度上人文精神和市场规律是天敌,有时必然要牺牲一些作品的内涵,发展经济的品牌。可是,我们既要有人做好艺术,也要有人做好市场,这二者的价值含量是不一样的。我认为,那些能够带着镣铐跳舞的人是充满智慧的。

(肖云儒时任陕西省文联副主席、著名文化学者)

(见报日期:2009年3月18日)

与著名文化学者肖云儒老师合影

文化需梳理　品牌要推广
——对话赵振川

记者(以下简称"记")：作为陕西文化精英代表，您对刺激消费、拉动内需、促进陕西社会经济又好又快发展有何期待和建议？

赵振川(以下简称"赵")：这次国家投入4万亿来拉动国内经济，是非常好的举措，我希望这4万亿多投入陕西。一是用于促进陕西公路网和铁路网的建设，这对拉动陕西经济很有好处。二是对发展好的陕西地级市、县给予重点扶持，比如有计划地发展和建立当地特色产业，对在当地投资的个人或企业，政府通过政策支持、税费减免、银行补贴、政府奖励等办法来刺激经济发展。三是通过大力投资和开发旅游产业来增加收入。此外，有些举措显得很泛泛，比如在文化积淀的发掘上，山西某些地方的做法就值得我们思考。陕西作为文化大省，作为文化积淀很深厚的省份，不足之处就是对自己的家底缺少梳理，在文化品牌上做得不够，缺乏一支队伍深入调研和组织、指导工作。因此，应该加大投资力度、加快文化产业发展，树立自己的品牌信心和意识，这对拉动陕西经济会起到积极的作用。

记：对于当前民生经济遭遇的严峻形势和政府发出的增强信心、共克时艰的号召，您认为文化艺术界和文化主流媒体应发挥怎样的作用？

赵：作为主流媒体应当发挥主流信心作用，消极报道不要太多，报道太多了会对社会和老百姓产生负面影响，也可能会阻碍社会经济的发展。不要对美国的金融危机大肆报道，毕竟中国与外国遇到的问题还是不一样的。

所以，文化主流媒体应做些正面的积极的宣传，引导社会各界关注陕西的文化发展及动向，多宣传和报道陕西的艺术、文化所取得的成就，并对该时期大学毕业生及农民工自主创业取得的成绩进行及时的宣传和报道。总之，我觉得消极的新闻太多不好，应该显示自信心，突显自强不息的精神。

记：对本报为此专门开设民生经济资讯专刊栏目，组织品牌文化联盟，搭建文化艺术界与地方社会和企业商界之间稳定的高端互动交流平台，您有何评价和建议？

赵：《文化艺术报》开辟这样的专栏，应该说对文化和经济的发展起到了很好的桥梁与连接作用。《文化艺术报》作为文化艺术类专业报纸，是很有特色和品位的，在文化艺术界是很有影响并受普遍欢迎的。

长久以来，我感到陕西文化似乎与陕西的经济没有关系，有钱的人不太关心文化，包括政府的一些官员对文化的重视也不够。所以，我认为政府首先要重视文化，要有在文化上投资的意识和观念，再加上主流媒体的大力宣传和引导，那么社会上的人就真正重视文化了。同时，不仅要重视文化、重视知识、重视艺术，还要在重视的基础上给予相应的资金支持。

文化艺术能使企业品牌升值，为企业注入可持续发展的动力。由于我们的资金有限，所以，还要靠社会力量来支持。另外，还有一些单位一定要放开，要搞活。比如，"长安画派"艺术馆始终未能提到议程上，文化界应该扶持一批高精尖项目，鼓励一些人才出头。因此，贵报的沟通平台对促进政界、文化界和经济界的相互理解与交流，是十分重要的，也是非常及时的。

记：对陕西文化产业的发展现状，您有何评价和建议？

赵：曲江文化示范园区做得很好，很有声色。但不足之处是文化内涵还不够，如果只是搭建了一个"空壳"，没有实际的内容支撑，过些年这个"壳"就有垮掉的危险。我觉得应该从实际产业培养具体的项目、具体的实业，对重点项目给予培养和扶持，发挥其龙头带动效应。马民选的"亮宝楼"也是很有潜力的。

记：从艺术欣赏角度，您对陕西旅游和地方形象有怎样的体会？

赵：我热爱陕西，我觉得陕西每个地方都很有特点。比如，陕南有陕南的美，陕北有陕北的神，关中有关中的气，三秦大地皆是宝地。西安市具有特定的历史中心地位，延安的红色游、榆林的边塞游、安康的汉水游、秦岭的生态游、汉中的巴山游、宝鸡的青铜游等也是很有特色的。

记： 您对陕西饮食文化和餐饮业的发展，又有怎样的评价和建议？

赵： 我认为西安小吃最好，饮料应是醪糟酒（稠酒），白酒应是西凤、太白等。关中有葡萄，我们陕西可以专门开发一个户太八号高级红酒品牌。当然还有东府小吃、西府小吃，这些小吃应该系列化，保持其特色。

记： 面对市场消费不振，就地方与企业品牌形象的文化突围和文化营销，您最想给他们提出的建议和忠告有哪些？

赵： 营销是很重要的，最好是能把钱赚回来，多给老百姓实惠，让老百姓都能享受到改革发展的成果，这是最根本的。主要还是加快发展，老百姓的收入多了，经济自然而然地就上去了。从全国来说，陕西发展是比较缓慢的，还处于初级阶段，政府要给予多方面的支持。比如文化产业，有很多好东西都让其他省份抢了先，这跟决策者有关系。只有空泛的理论，没有具体的实践和行动是不行的。

（赵振川时任中国美术家协会理事、陕西省文联副主席、国家一级美术师）

（见报日期：2009 年 3 月 25 日）

与民间秧歌手（左）

转经济之危为文化之机
——对话赵季平

记者(以下简称"记")：因了文化的历史之悠久、积淀之深厚、形式之多样，陕西堪称华夏文化的一座富矿区。陕西省第十一次党代会明确提出了建设西部强省的目标，其重要任务之一便是实现文化强。就目前来看，您觉得陕西的文化资源与文化开掘力对称吗？在将陕西文化建设做大做强的过程中，我们应当注意哪些问题？

赵季平(以下简称"赵")：可以说，这两者之间是不平衡的。无疑，陕西是个文化资源大省，像历史性的周秦汉唐文化、革命性的红色文化，这些文化资源是其他地区所没有的，有着不可替代、不可复制的地位。此外，我们还有各具特色的民俗文化。但令人遗憾的是，这些灿烂的文化成果，我们并没有给予其相应的重视和充分的挖掘。

上个月，我有幸再次参加全国"两会"，听到、看到、想到很多。给你讲讲我的休息间隙吧！甘肃、宁夏等咱们周边省份的代表找到我，谈有关合作事宜。他们有很多关于文化建设的构想，并且已经做好了相应的准备工作，如河南，政府拨款了20多亿给一个文化投资集团。这不禁让我想到我们省的文化发展建设，是得抓紧时间行动起来了。

要想让陕西从文化资源大省变成文化强省，确实得下大工夫，用实质性的努力、实践来证明，更好地开发、利用文化资源，并将其转化成强大的文化产业内驱力，为进一步宣传陕西，促进经济又好又快发展服务。所有这些，需要我们切实的行动，这是一条由身体力行、自上而下地探索铺就的发展之路。其间还有一个任务,要找到陕西文化的"关键词",即体现地域文化特色的陕西元素。

记:那么,在您看来,确立陕西"关键词"的作用是什么?我们现在有哪些是可以经过大力推广使之成为文化名片的,或者是否已经有这样的品牌树立起来了?

赵:找到"关键词",我们可以扬长避短,有所侧重,树立文化专利和文化专有的理念(属地原则),通过大力宣传,使文化精品真正成为陕西的名片和标志。其实,我们有不少可以打造成品牌的资源。比如"长安画派",它是中国画现代画派之一。建国初,长安画家或寄居于此的画家,"一手伸向传统,一手伸向生活"地进行写生创作。他们致力于中国画的传承与发展,以巧妙的构思和苍厚质朴的笔墨,表现苍茫的西北风光,在当时的中国画坛引起了极大反响。当年的辉煌给我们留下了珍贵的资源,应该做大宣传,并且挖掘、研究、继承其精神实质,使之真正成为陕西书画界的一张亮丽的名片。

近些年来,陕西的文化产业也在谋求发展,虽然尚未到大范围的崛起阶段,但也取得了可喜的成绩。据我所知,西安曲江新区的文化产业发展链条是较为成功的,大雁塔、大唐芙蓉园、曲江遗址公园、曲江海洋世界……将文化、旅游、人文等多种资源充分地调动了起来。我的外地朋友来西安都会问起,可见,名气已经打了出去。从中,我们也能总结出一些可借鉴的经验,那就是深入挖掘具有本土特色的历史文化资源,打造贴近群众的文化产品,这才是提升文化发展水平的根本途径。

在音乐艺术方面,陕西新年音乐会作为省音协新开发的音乐资源和竭力树立的文化品牌,自2007年创立以来,已连续成功举办了3届,得到了社会各方给予的高度评价。作为拉近高雅艺术与受众距离的一个文化符号,新年音乐会在展现西安以及陕西的古老文明和民间文艺资源的同时,也极大地延伸了音乐会的内涵。

记:近几年,陕西省音乐家协会确实做了很多工作,陕西音乐奖器乐大赛、陕西音乐奖声乐大赛、陕南民歌大赛等,在发展交响乐艺术方面也颇有建树。作为一种艺术形式的"舶来品",交响乐传入中国还不到百年,现阶段的市场认可度如何?陕西新年音乐会、交响乐进校园等活动会对陕西交响乐的发展产生怎样的影响?

赵:交响乐是人类文化宝库里一颗璀璨的明珠,在欧洲有着巨大的市

场力,那里的人们常常在一个音乐季到来时购买套票观看演出。随着经济实力的增强,我国交响乐事业的进步也是有目共睹的,在北京、上海等发达地区,这种音乐季已蔚然成风,而且市场销售情况不错。不过不可否认的是,从目前来看,听交响乐仍然是小群体的消费行为。我想有几点原因,首先,虽然我们国家的经济实力得到了稳步提升,但还没有富裕到普通民众都可以消费得起交响乐的阶段;其次,即使有消费能力,也不见得就有这种消费计划和意愿。因此,我们在大学里面进行交响乐的宣传和普及。如此并非反对年轻人听流行歌,而是希望大学生们能多了解交响乐。我想,一方面作曲家们在做民族化的交响乐,另一方面,我们也得引导年轻人去听交响乐,这才会起到一些良性互动的作用。应该说,交响乐的普及是项任重而道远的工作,我们还需不断努力,培育交响乐市场,使其走进更多群众的心田。

记:您刚刚提到民族化交响乐,请谈谈它的现状?如今的经济全球化驱动了文化全球化,如迪斯尼动画片风靡世界,而它的取材既有中东的《阿拉丁》、法国的《美女与野兽》,也有我国的《花木兰》,一经改造包装便成为日进斗金的文化产品,您对包装和资源整合持有怎样的态度?

赵:交响乐是西方艺术,也是世界文化。促进交响乐民族化一直是新中国音乐事业的一个发展目标,几代音乐人为此努力着、付出着,产生了一批在国内外颇有影响力的作品。民族交响乐主要是以西洋交响乐的乐器演绎中国作品,或是西洋交响乐器与中国乐器结合的协奏曲,基本由中国乐器演奏,但是原创的中国民族题材的交响乐并不多。为此,众多音乐人都在不断地进行尝试和开拓,我希望自己也能尽一份力。2005年为纪念中国人民抗日战争暨世界反法西斯战争胜利60周年创作的《和平颂》,便是我交上的一份答卷。

艺术作品的成功,肯定是多方面因素促进的,对于包装,我不反对。阿宝就是被《星光大道》包装并独具自身特色、最终获得肯定的范例。但是我认为包装必须遵循一定原则:创作阶段要保持纯粹的艺术性,保证事件的客观、真实性。实际上,要创新、发展,包装是强有力的推动力,但是我反对也厌恶那种把一说成十的、毫不负责的夸张炒作。

当然,资源整合起到的作用也不可低估。其实,资源是可以共享的。就我的创作来看,像为长篇电视连续剧《大秦帝国》做的配乐,便突出了陕西的地域性,但是我还没有刻意想过为陕西专门创作所谓的音乐名片。我所考虑的是交响乐的民族化问题,如《乔家大院》,便是以民族交响乐的形式表现晋商精神,其中融合了多种音乐元素。

记:面对这场自上世纪30年代以来最严重的金融危机,您个人认为对文化艺术事业而言意味着什么,我们的文化艺术又如何在这场危机中突围呢?

赵:这个是有前例可以参考的。美国在经历了30年代的经济大萧条之后,迎来了文化大发展,东海岸百老汇和西海岸好莱坞等一大批著名的文化企业和品牌诞生,文化、娱乐产业得以不断壮大;90年代后期,日本、韩国则在经历了亚洲经济危机以后,文化产业迅速崛起。

可见,在经济危机之下,文化产业发展孕育着无限可能。事实上,经济危机对文化来说确实存在着机遇,因为文化产业具有逆势而上的特点。认识、抓住这种潜在机遇,便能将经济上的危机转换为文化发展的契机,在我看来有三点是一定要注意的,首先解放思想,加强创新意识。文化产业是创意经济,有文化资源,没有合理的市场运作,就做不成产业;其次,出台与之相对应的政策、措施,文化产业的发展需要政府相关部门牵头,做到有一定的依据可循;最后,要有一种热情,对文化的热爱、对艺术事业的热忱。这里,我特别想强调一下创新,创新是事物发展的根本,可是我们做得不够好。举个例子吧,今年的春节联欢晚会捧红了东北的"小沈阳",很快,我们陕西开始寻找"小西安",为什么我们不在别人没想到或者没做到的时候做,而是当别人已经取得成功时,才开始进行效仿?往往这时已经没有创新可言了,这值得我们深思啊!

(赵季平系中国音乐家协会主席、陕西省文联主席、西安音乐学院院长)

(见报日期:2009年4月15日)

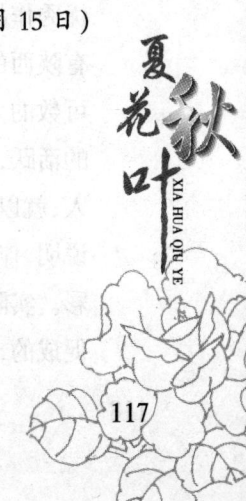

商业土壤令艺术奇葩更加夺目
——对话张山

记者(以下简称"记")：作为陕西文艺界的精英代表之一，您认为陕西文化艺术领域具有哪些特点？陕西文艺界取得过哪些辉煌成就？

张山(以下简称"张")：陕西文艺界在新中国文艺发展的历史长河中起着举足轻重的作用。特别是在延安时期，文艺工作者们开拓进取、精心创作，其作品的影响力在全国文艺界都是毋庸置疑的。其后，长安画派的成就最为引人注目。石鲁、赵望云、何海霞等尝试创新，一手抓创作，一手深入生活，使得新中国成立后，中国画的创作由原来的小桥流水人家转变为轰轰烈烈的生产建设的宏大场面，这可谓是一次飞跃。在长安画派的影响下，陕西书画艺术事业的创作、发展蒸蒸日上，同时也推动了全国新时期的美术创作。

此外，我们在书法、文学、戏曲等方面也涌现出了许多的实力作者和优秀作品。陕西历来被称为文学重镇，除了先辈们留下的宝贵财富外，更有陕西的当代作家如柳青、路遥、陈忠实、贾平凹等在全国文学界都屈指可数的大家的辛苦努力！改革开放以来，陕西文艺界和全国其他地区一样的活跃，这一过程中，我们的民间文化艺术得到了回归与发展。我是西府人，就以我的家乡为例吧：凤翔泥塑连续三四次在国家邮票上推出，足以说明，伴随着改革开放的步伐，民间艺术在市场经济的推波助澜下大放异彩。实际上，农民用泥巴做的手工艺品，能登上大雅之堂是多种因素共同促成的，但最主要的原因还在于这些民间艺术积淀很深，拥有悠久的历史。

记：有人说,历史传统资源是陕西文化发展繁荣的一大生命源泉,您同意这个观点吗?

张：如果我们只是口口声声说陕西是文化大省,积淀多么深厚、有几千年的历史等,但是在发展方向上,却没有让文化人进入经济发展的领域去指导,没有一个统筹的战略规划,那就名不副实了。近几年,陕西省委、省政府一直致力于我省文化产业的平台搭建,引导文化、经济领域向合作共赢的良好局面发展。我们知道,文化的投入是一个漫长的过程,它不像房地产和公路建设那样,一投入马上就有回报。它需要足够的人力、财力、物力、精力,去研讨、去制订一些发展的规划。如果市场经济肯为其提供一个良好的平台。它便不仅能增加经济收入,还能形成扩散影响。泥塑由过去只能在庙会之类的地方看到,到现在可以在文化市场、商场、文化街进行销售,就是一个很好的例证。在这儿,我想说说胡新明,他就是一个把泥塑和市场很好结合的范例。其实,任何事情只要用心,就能成功。

小时候常听"西府小曲"。这种陕西地方小曲,曾经带给我很大的震撼,因为她是从生活中挖掘出来的,很生动。以前的她,曾经很有地位,而现在则似乎纯粹是出自于每个人个人的爱好,而没有人去展开深度的研究与探讨,这样逐渐就会形成无人问津的局面。凤翔锣鼓也很有艺术性,渗透了西周文化,那委婉悠长、气势磅礴、震撼人心的鼓点,那种大幅度的调度、重叠,仿佛代表了一种艺术语言,渗透着一种人生哲理。我想,这些艺术被埋没在民间的一个原因,是没有经济支撑。面对陕西这样一个文化资源大省,我们不能把开发喊在口号上,重要的是要落实到实际行动中去。这些资源不像煤、石油可以保存,必须要开发、传承,不然就会断代。当然,推广民间艺术,不是一朝一夕的事,也不能单纯靠一两个人的力量去完成,必须有机遇、有财力、有方案。

记：很多人质疑,一旦艺术品被市场化了,便会减少、降低其艺术的纯粹性,对此,您作为书画方面的专家,如何看待此问题?面对经济危机,您对文化事业的发展持怎样的态度,艺术家们又能为此做些什么?

张：在书画家、书画经理人的共同努力下,陕西的书画业生机勃勃,甚至在全国也产生了一定的影响。这里,不得不提到"书院门"——这个在全国知名的书画交易场所对陕西书画市场的巨大推动作用。不管现在人们对其如何评价,但它确实在一定程度上推动了陕西书画市场的发展。艺

品通过交易市场到达藏家手中,便实现了艺术品美化、净化群众生活的基本作用。尽管在这里交易的作品质量可能良莠不齐,但是各种层次的作品都承载着一个东西——中国千百年来的书画艺术。这些不同画工、笔力和艺术水准的作品,为人们亲近艺术品提供了最起码的途径。然而,到底是什么促成了这样的结果呢?是经济利益的驱动。是不是这样一来,艺术就不纯粹了?我认为不是的。艺术还是艺术,艺术品只不过进入了商品流通的环节,在交换的过程中,被标记了三六九等。我想,艺术品成为商品,并不代表艺术家要变成为商人,但是,艺术家要想和市场接轨,就必须有职业经理人和正规的交易平台,使艺术品商品化,对于这一点,艺术家们要有清醒的认识。

另外,我认为经济危机会波及到书画市场、文艺事业,但影响不大。经济危机带来的风波,使经济体系有了一些新措施,也使我们反省现有的经济发展模式,这更加有利于我们民族的健康发展。一个将自身命运与国家命运紧密联系的艺术家,会将健康向上、鼓舞人心的好作品奉献给社会,从而推动社会的整体发展。事实上,艺术家们反而可利用这段时间静下心来,研究本领域的东西,也可以深入生活,体会时代的变迁。像去年的北京奥运会,圆了我们民族的百年奥运梦,当时,我就将自己的感动之情变为一幅幅作品,后来,我的书法还获奥林匹克之旅"华夏水墨"书法大赛特等奖,这就是艺术家用心回报社会、社会再反馈给艺术家的一个例子。

记:谈到陕西就不得不说到旅游,请您为《文化艺术报》的读者朋友们聊聊陕西的旅游亮点吧!

张:我比较喜欢人文气息浓厚的地方,如兵马俑、乾陵、楼观台、法门寺等。自然景观也很吸引我,像华山、太白山、翠华山,尤其陕南,能一下子把人带到另一种意境中去,仿佛置身于世外桃源一般。

记:如果将旅游和文化产业联系到一起,您又怎么看待旅游业呢?

张:西安的旅游业这些年直接和经济接轨,做出了一些成绩。我认为,把旅游业做大做强很有必要。但是,我们也不要忽视,若要持续发展旅游业,保护旅游资源也是一个问题。自然景观必须保持它的原貌,人为雕琢太多就破坏了。

就目前来看,陕西的旅游资源开发和升华欠佳,主要是文化内涵的挖掘不够。秦兵马俑被誉为"世界第八大奇迹",上世纪70年代就已经被发现了,但现在如果还停留在仅仅研究兵马俑是谁的陪葬这个问题上,就落伍了。比如，有人将旅游景点串成线，既方便了游客出行，又带动了某些冷门景点的人气，这是推广形式的进步。但是，我们可以进一步提炼景点之间的共同文化特征，让景与景之间，不仅有路线上的串联，还要有精神层面上的统一。

我们也应该在艺术品、饮食、饮品等方面多动脑筋。说到这儿，我想起了我们的"西凤酒"。它始于殷商，盛于唐宋，距今已有近3000多年的历史，在唐代就已被列为珍品。苏轼任职凤翔时，酷爱此酒，要想使其"走出去"，我们就必须树立品牌意识、深究其文化内涵。

（张山时任中国书法家协会鉴定评估委员，陕西省文联委员、副秘书长，陕西省书法家协会驻会副主席，华西大学教授，西安工大北信学院客座教授）

（见报日期：2009年8月5日）

作者与张山（左二）、太白文艺出版社人力资源部主任党晓绒（右二）观看国画家季秀伟作画

陕西文化产业和经济发展的对接
——对话张阿利

记者(以下简称"记")：张教授，您认为陕西文化产业发展的优势和特色是什么？具体表现在哪些方面？

张阿利(以下简称"张")：首先，陕西是一个文化产业发展的资源库。丰富的、多元的文化资源，是陕西发展文化产业的最大优势。第一，历史文化资源丰厚，譬如五洲公司做过的《大秦帝国》就是陕西历史文化一个很好的代表；第二，红色革命文化影响深远，如延安、陕北，包括西安的八路军办事处，陕南的革命根据地等。延安是全国最知名的红色圣地，它在中国红色文化里的排名是第一位的，陕西省拍摄的电视连续剧《保卫延安》就是对红色文化资源的很好的挖掘；第三，民俗文化历史悠久，如陕北的秧歌、剪纸、民歌等，这些都是民俗文化基础之上发展出来的艺术。关中十大怪、秦腔等也是很好的陕西民俗代表；第四，陕西的现代科教文化资源在全国很受瞩目。比如：西高新区综合实力在全国是排在前列的；杨凌农高区代表着中国农业科技的最高水平；我们有经济开发区、有浐灞生态园、有曲江新区，有大专院校四五十家，科研院所上百家；第五，自然文化资源。例如终南山、秦岭、华山、黄河等。秦岭是陕西自然文化遗产的重要代表，不但是南北气候的分界线，也是中国南北地域的分界线；第六，宗教文化资源。陕西是诸多宗教文化的发源地，既有土生土长的道教文化，也有玄奘求学西域带回来的优秀佛教文化，同时西安还有喇嘛寺、伊斯兰教堂等。陕西是一个多民族聚集地,宗教文化对于民族团结、民族融合有着积极的意义。

其次,陕西也是一个人才富库。陕西有一大批受过良好教育受到历史文化熏陶的人才。陕西在人才储备方面表现得特别突出,如:以路遥、杜鹏程、贾平凹、陈忠实等为代表的陕西文学的丰碑;以赵季平为代表的音乐巨擘;影视界走出去的张艺谋等。许多人才都是在陕西成长的。陕西不但是陕西文化产业的人才库,也是中国文化产业重要的人才库之一。

陕西的文化资源丰厚、基础好,但令世界艳羡的文化资源并不等于文化产业。只有将创意、平台搭建和文化资源这三者结合起来才能形成文化产业,而目前陕西对文化平台的搭建和核心创意的形成还有许多不足之处。

记:作为一位高校学者,您对通过刺激消费、拉动内需、促进陕西社会经济又好又快发展有何期待和建议?您认为文化艺术界和文化主流媒体应该发挥怎样的作用?

张:这次经济危机要经历三个阶段:第一个时期,高度的危机和恐慌时期。第二个时期,今年五六月份以来全国范围乃至世界范围已经进入了一个持续发展期,这是一个抗衡期。第三个时期,总结期。经济危机带来的是整个人类社会结构的重建、人类历史的走向、人类文明的发展的问题。经济危机的前台是金融的危机,后台是人类文明危机、社会危机、道德危机和文化危机。

历史上,两次世界大战都是抢夺世界资源引起的,经济危机下,企业家、经济家都在考虑社会经济朝着什么方向发展,但作为高校、人文学者,我们更应该思考的是金融危机的大背景下,经济秩序的重建和文明、道德、法律的进一步完善。我对刺激消费拉动内需的政策是比较赞同的,但是我认为要理性地刺激消费、科学地拉动内需,真正贯彻科学发展观。而不是在没有正确的理论指导或论证不成熟时就上许多新的项目,如果真是这样,产生的后果只能是几年之后又将产生新一轮的经济危机。科学、理性地刺激消费、拉动内需,才能促进陕西的社会经济快速地发展。生产消费是人类生存生活必需的,就是经济情况再不好,也要吃饭、穿衣,也有最低消费。只有在刺激和拉动之中建立真正的消费秩序,才能达到拉动内需的目的,从

而形成真正的产业链和合理的生产结构。

作为文化艺术界的一员,要理解、深刻反思危机的背景,同时理解政府的信心和决心,文化艺术界要拿出像《亮剑》、《保卫延安》一样优秀的文学作品鼓舞、教育、振奋人。比如五洲公司推出的《隐形的翅膀》,表现出了坚强的精神和理念,体现出了人类生存的价值观。当民族和社会出现危机的时候,也正是考验和衡量文学艺术界良知的时候。文学艺术界和主流媒体面对危机时,一定要做到:有良知、有责任感、有新作品。作为媒体的一员,一定要有非常强烈的责任感,全身心地投入到整合文化、艺术资源,关注文化艺术发展的事业中去。同时,文化产业自身也需要规范的管理制度和健全的思想道德建设。

记:张教授,请您谈谈文学与影视对接,该从哪些方面着手?其对于陕西文化资源配置有什么积极意义?

张:文学与影视对接有利于发展文化产业,繁荣文化事业。陕西的文学创作方面在全国都是出了名、争了光的。近年来陕西省每年都有几十部小说问世,却受到了传播方式的局限:一方面,作家们费尽心血创作出来的作品苦于找不到出口,"养在深闺人未识";另一方面,省内影视公司到处为题材奔波,"踏破铁鞋无觅处"。怎样把文学优势嫁接在影视传媒之上,把文字转变为听觉和视觉结合的影视传媒,这是影视剧创作的一个重要渠道。许多"红色经典"电视剧基本上都是由文学名著改编而成的,例如《保卫延安》的成功改编就给我们很好的启示;同时,电视剧的热播,又会进一步扩大小说的传播影响,使陕西省的文化资源得到优化配置、走向全国。"影视陕军"跟"文学陕军"的对接算是强强联手。影视从文学中得到了源泉和故事剧本创意的核心,而文学从影视中得到了推广和品牌扩大,借助这个平台扩大文学自身的影响力、扩大再生产。文学和影视嫁接在文化资源配置方面是一种尝试和创新,我希望多边配置要加强。

记:对于本报专门开设的文化经济名人堂栏目,组织品牌文化联盟,搭建文化艺术界与地方社会和企业商界之间稳定的高端互动交流的平台,您有什么评价和建议?

张:希望《文化艺术报》的名人堂栏目一直做下去,因为它对文化艺术界和文化产业界来说是一个导向,一定要做成一个大品牌、一个大家交流的平台、一个文化产业经济展示的平台。首先,我们选择的采访对象的标准一定要高,确实要是知名的文化、经济名人和知名度高的企业;其次,在问题讨论上,逐步要过渡到对问题深入探讨,专业化程度要高,言论要具有权威性、深刻性;再次,我觉得《文化艺术报》开办这样一个平台,自身也要去很好地包装自己、宣传自己,可以借助网络、广播、电视共同来做,寻求媒体互动交流平台,利用"捆绑"优势取得进一步发展。希望"文化经济名人堂"真正成为"大讲堂"。

(张阿利时任西北大学广播电影电视系主任、陕西省电影家协会副主席)

(见报日期:2009年8月26日)

《保卫延安》剧照

奏响盛世中国的文化经济交响曲
——对话崔炳元

记者（以下简称"记"）：您很乐意、也很善于用作品去贴近群众、拥抱生活，所以您的音乐作品都有很好的群众基础。那么，在您看来，一首乐曲会对人们的日常生活产生怎样的影响呢？

崔炳元（以下简称"崔"）：其实，我们的生活中处处有音乐，她总是"潜伏"着，很多时候我们意识不到，但却在潜移默化中受到影响。举个例子吧。我和我爱人经常去开元商城购物。这家商场每到广播时间，总要先播放一段提示音乐，提醒大家注意收听。但我发现，这个一天之内要播无数次的提示音乐音不准，听着挺不舒服。这不是我个人的感受，一次一位外地来的音乐人，在西安城逛了一圈后告诉我，他印象最深的就是市中心的一家商城播放的音乐竟然跑了调！玩笑归玩笑。后来我亲自创作了3首提示音乐，托人交给开元商城的经理，希望他们能从中选一首，把那段别扭的音乐换掉。大概过了两周，得到的回复是：由于技术问题，暂时不能更换。除此之外，别无他言。

这虽然是一件小事儿，但从中就能看出，咱们陕西的企业在经营管理上做得不够细腻。我觉得我们做音乐，就是做给老百姓听的，这和经营商场有点相似，应当争取更细腻、精致一些，多考虑考虑顾客的感受。

记：生活中音乐确实无处不在，我们也十分期待有一天，在公共场合，音乐不仅仅只是衬托，而是成为一种时时刻刻存在的艺术享受。《文化艺术报》今年推出"文化经济名人堂"栏目以后，一直致力于为文化界和企业界搭建一个沟通、交流的平台,不知您有没有关注到这方面的信息?

崔:虽然我是搞音乐创作的,但同时也领导、管理着一个乐团。文化机构在改革,这是咱们国家改革开放不断深化的一个表现,作为一个管理者,我们的领导班子必须思考如何使乐团与市场挂钩,怎样将乐团经营得有声有色,一刻也不能掉以轻心。所以我十分注重向各行各业的经营者们学习,学习他们的经营手段、观察他们的发展变化。就拿我刚刚提到的百货业来说,据我看到的资料,该行业的发展和国家的宏观经济走向紧密相关。2008年下半年起,百货业总额增速呈现回落态势,但是,随着前段时间国家4万亿经济刺激计划的陆续推进以及宽松的货币环境,国内经济出现了回升走势,百货市场也随之有所回升。

搞经营就得不断观察、学习,而对于一个乐团来说,这里汇集了一大批优秀的交响乐创作者、演奏家,怎样让音乐家们过得好,为他们创造一个舒适、宽松的环境,让他们有更多的精力在音乐上多出精品力作,是我们管理者的一项重任。

不止是我们,文化艺术界都应该学习、了解国家的经济发展情况。这里的学习包括对经济规律的了解、对世界范围内经济格局的认识。陕西省属于经济欠发达的地区,我们又在这个区域内从事着和经济看上去似乎没有联系的工作。但是,通过这次金融危机的侵袭,我们应该意识到,适度地学习经济知识、了解宏观和微观的经济规律,对于我们文艺事业的发展不无裨益。此外,文艺专业领域是文化产业链条的一环,所以,我们还需要大力培育文化市场和培养文化经纪人,进而将产业链条连通。

记:在经济危机的冲击之下,您认为文化艺术界应该如何与商界携起手来共渡难关?

崔:我觉得《文化艺术报》能用这么大的版面,长期地、一如既往地关注、沟通艺术界、商界这两个领域,是在做一件大实事。我想借《文化艺术报》告诉文化艺术界和商界的朋友们,在任何困难面前,我们都要凝聚信心,更重要的就是要多做实事。

我们首先要认识到,正常的文化生活以及艺术带来的精神抚慰对于现今的老百姓而言是不可或缺的。作为文艺工作者,我们应该以真诚的态度对待自己的创作,因为文艺作品除了有娱乐价值外,还会在不经意间,

通过一句歌词、一段旋律,给消费者精神上的抚慰。

另外,要巧用"口红效应",确立低价战略。无论是从商家还是从消费者的立场来看,确立低价战略是可行的。虽然近几年我国经济发展得很快,但是在居民文化消费方面,这一比重还较低,希望国家能够在这方面给我们一些补贴,以便于我们能够将低价的消费券发放到消费者手里。这样,就可以使更多的人有机会去了解音乐、了解艺术,甚至让音乐剧得到进一步的普及。

最后,我们要在保证出精品的前提下,去创作一些"三贴近"作品。陕西省乐团作为省级文艺团体,更应该将这类作品视为主打,通过一些观众们耳熟能详的作品的演出,使其产生共鸣,让他们对交响乐产生好感,从而拉近双方的距离。

在目前的经济大环境下,我们陕西有能力、也有决心去渡过难关,并且能为国家做出更多的贡献。这不是空话。陕西历史悠久,名胜古迹不胜枚举,我们要将省内的文化资源发扬光大,把它的文化作用、经济作用都充分挖掘出来。我想,陕西的地方品牌不亮、不广、不响,是外来品牌的强力竞争造成的。应该重视树立地方品牌,并且在避开地方保护主义的前提下,加大宣传力度,争取年轻的消费群体。这些年轻消费者们不仅掌握着未来的消费资源,而且从世界范围来看,年轻人的审美是民族化的,也是国际化的,对于打造、树立一个品牌尤为重要。最近,陕西成立了咱们自己的文化产业投资公司,公司经营范围几乎涵盖了传统文化产业和新兴文化产业的全部内容,我想,咱们要是能连续做成一系列事儿,陕西的文化产业就成气候了。我有这个信心!

记:最后,请您谈谈自己对陕西消费服务品牌和旅游景点的体会与感受。

崔:来西安购物我推荐金鹰和世纪金花,他们的售后服务特别周到。要购买家居建材,可以去阿姆瑞特,那里的环境舒适、服务也好。如来陕西旅游,除了几大著名景点,可以去曲江遗址公园看看,宝鸡也不要错过。宝鸡的酒店建设很到位,让你丝毫感觉不到是住在一个小城市,市区绿化得也不错,还是"国家级卫生城市"呢!而且,那里有太白山国家森林公园,以及周文化的发祥地岐山。另外,咱们陕西的"红色旅游"也是颇具吸引力的,最近大型电视连续剧《保卫延安》热播,我的有些朋友特别是外国朋友,会指定要我带他们去陕北及延安住几天。还有想去榆林镇北台的,或者去乾陵、去韩城党家村……咱们陕西的文化旅游景点真是数不胜数啊!

(崔炳元系一级作曲、陕西省乐团团长、陕西省音乐家协会副主席、陕西省有突出贡献专家、第十届陕西省政协委员、陕西省宣传文化系统"四个一批"人才)

(见报日期:2009年6月24日)

作者采访崔炳元(中)

文化很浪漫又很现实
——对话邢庆仁

记者（以下简称"记"）：您的好友贾平凹曾说："庆仁的实则生活琐繁，而虚又整体象征、所谓之形而上与形而下结合……"您怎样看待艺术创作中的虚实？文化领域对于经济社会而言，又扮演着怎样的角色？

邢庆仁（以下简称"邢"）：经济是一个很具体的东西。面对当前大的经济环境，政府不遗余力地采取各种措施刺激、发展经济，让我们通过自己的劳动，吃饱穿暖，生活得有滋有味，这是具体的。文化艺术的浪漫也是由具体的事情组合起来的，比如，当桃花和村姑这两个具体的人和物，在具体的时间、具体的地点相遇了，才会有"人面桃花相映红"这样的浪漫诗句，让一代又一代人感怀。

其实，无论是从政府对待文化的态度，还是从实际情况来看，我觉得经济要稳步发展，文化是最为丰厚的根基——就其本身而言，它承载着一个民族的血脉；从其功能来看，文化是与老百姓生活息息相关的、能提供源源不断精神动力的消费品。但是，我们万不能将文化局限于娱乐。政府应该提供一个平台，让艺术家们不光多出作品，更要多出精品。创作美术作品的周期很长，因此，画家要沉下心来，通过长时间的积累和酝酿，创作出生命力强的画作来。那些旷世名作，虽然创作它的艺术家早已不在，但作品却世代流传，这是最真实、最具体的东西。只有这样的艺术品，才承载得起一个民族的血脉，才能在传承与创新的过程中，发挥出艺术品对经济社会、对人类发展的积极影响。

记：那么，在您看来，艺术品对经济社会、对人类发展的积极影响何在？

邢：我同意一个观点："低俗艺术走红，中国人即使不差钱也差灵魂。"当文化被娱乐俘虏，艺术就会变得低俗。当然，我们也不能将娱乐一棒子打死。演出市场是直接与经济挂钩的，看演出得买门票，演出需要花费成本。当文化与经济发生这样那样的关系时，必须保持自身个性，不能一味地迎合市场、媚俗、低俗。举一个极端的例子，有人竟公然拍卖八国联军从我们圆明园抢夺去的宝物，这应该是坚决不允许的，因为这些宝物不仅仅是艺术品，还是我们国家的标志，是文物、是历史！

我们应该宣传和弘扬真正优秀的文化产品，而那些作品是高雅的、有品位的，而并非低俗的。我们还要弘扬我们的传统文化，像道家、儒家、佛家这三大文化体系，他们各自的主张和最终达到的目的是一样的，区别只是他们对于现实的看法。我们应该学习"上敬下和，忍人所不能忍，行人所不能行，成人之美"的美德，这个美德是祖先留给我们的最最传统的东西，但却被我们所冷落。如在公交车上，老人站着，年轻人坐着，这说明我们缺失了传统的礼节。

虽然现在大学的招生人数是过去的好几倍，人们的文化程度也似乎越来越高了，但品位却没能提高。有文化、有知识，不等于有品位。

记：对于文化的地域特色和乡土背景，您怎样看待？

邢：陕西有很多画家关注乡土，是由于他们的背景使然，他们有这样的生活，有一种情结。为什么关注家园题材，首先我们有这种环境体验，我们成为了"活"的家园题材记录者，这就是意义与价值所在。如果一个人在某一个地方生活，那么他在青年时期的世界观已经形成，而且记忆中的东西，很难忘记。

今天站在一个高度看我的故乡，我知道什么可取什么可舍。我会把故乡有意义有价值的东西记住，这是我的选择，就像我只能选择家园题材，所有元素都从乡土情怀中转化过来。自己要把握自己选择的方向。比如，牛是我画面的一个元素，并且被拟人化了，但不能仅仅为了画牛而画牛，我们看到的应是背景、大环境。桃花进入我的画面可能与我的性情有关系，这可能会随着年龄的增长而放开，但变化的可能性不是很大。我一向遵循的原则是宁舍勿取。画家在有共性的同时也要有个性。要按人性、按艺术的角度去发展，而不能教条地去强调。

记：本报为响应省委省政府号召，专门开设的"文化经济名人堂"专

栏,组织品牌文化联盟,搭建文化艺术界与地方社会和企业商界之间稳定的高端互动交流平台,对此您有何评价和建议?

邢:《文化艺术报》是西北地区唯一一份文化艺术类专业报纸,她对提升社会大众的文化素质起了很大作用。我认为《文化艺术报》是一个很好的媒体品牌。她能抓住重大的社会文化事件,关注民生。这个阵地以文化为起点,给我提供了很好的平台,也给了我很多帮助。同时,也为我们这样一些文化艺术的学术单位提供了与其他业界互动交流的一个平台。

在全球金融危机的情况下,你们选择了这样一个新闻话题,首先就是为大众服务。你们以文化为立足点,关注民生、关注老百姓的生活、关注文化与经济的关系。在这一点上,作为新闻专题,你们是走在前面的。你们做这个话题,从文化的角度,首先是及时,其次是很有远见和前瞻。我觉得眼光比具体的措施更重要。文化是要普及的,《文化艺术报》作为专业报纸关注经济危机,这与每个人的生活都有关联,其影响不言而喻。

记:作为陕西文化精英的代表,您对刺激消费、拉动内需,促进陕西社会经济又好又快的发展有何期待和建议?

邢:据我了解,我国沿海城市受经济危机的影响较大,特别是港商和台商。在这种环境下,内陆城市虽然发展得相对稳定一点,但影响还是有的,这与全球经济大环境有关。中国人从古代开始就有经营意识,在没有发生经济危机以前,商人就有这种拉动内需、刺激消费的营销理念了。不同之处在于现在是政府介入,帮大家渡过这个难关。如"家电下乡",让老百姓得到了实惠,反响很好。

我认为,要发展陕西的经济,就要充分考虑国家的大环境。中国人口多,市场也相对广阔,外国人很早就看到了中国这个大的消费群体。所以说,"人多"是我们面临的一大人口问题,但对于消费来说,它却是一个潜在优势。

记:面对经济危机,我们应该怎样看待经济与文化的协同发展?

邢:经济危机有周期性,经济在一定的发展阶段出现滑坡也是一种必然。也就是说当经济落到最底处,缓冲有一定的过程。政府在这方面的措施很得力,这不是官话,我相信大家都能感受到这一点。

二战之后,日本经济彻底垮掉,但他们在发展经济的同时,对文化也做了一定的保护,这是值得我们借鉴的。我们的传统文化需要保护,同时,也要吸收外来文化的优秀部分。今天我们保护传统文化,可能会面临很多困难。也许这与我们的保护只是站在一些不太现实的角度有关。如现在的年轻人大都接受了西方的情人节,却对我们自己的情人节不怎么热衷。这与大环境有关。但是如果我们拘泥于传统,非要把年轻人生拉硬拽到"传统"中,而没有挖掘这个节日本身的令人感动之处,那也是不现实的。

记:您怎样看待旅游的文化品位?

邢:李白之于秦岭,杜甫之于长安,都为陕西的旅游文化留下了许多佳话。如李白曾多次登临太白山,并写下了千古绝唱:

西上太白峰,夕阳穷登攀。太白与我语,为我开天关。

愿乘冷风去,直出浮云间。举手可近月,前行若无山。

这是古代长安留下来的史料,而现在这些地方都保护下来了。我们不需要为古人担忧,而是要通过古人再去思考一些问题,所以我觉得陕西的许多景点既凸显唐长安的文化地理环境元素,也是人文大环境。我们要多比照,古人在做什么,我们在做什么。他们是古长安的名片。我觉得这才是品位,才是高雅。这才是我们的形象。这比跟在"小沈阳"之后去寻找"小西安"更有意义。

记:您对饮食文化有何体会,对陕西食品业又有怎样的印象?

邢:牛奶我比较喜欢"银桥",白酒我倾向于"西凤",红酒则是"长城干红"。鲍鱼鱼翅不合我的胃口。羊肉泡馍才是我们的特色。三原的石头馍也很有特点。

记:面对市场消费不振,就地方与企业品牌形象的文化突围和文化营销,您有哪些建议?

邢:对于今天的经济大环境,不管是大企业还是小商店,任何一个行当,诚信最关键。自然,文化产品也不例外,来不得半点虚假。特别是在经济多元化发展的今天,文化的诚信更显重要,如企业文化、商业文化,再一个就是我们从事文化的这些人。现在艺术领域"大师"泛滥,我们需要出大师,但不要"炒大师"。为什么我们要讲诚信、讲文明,因为我们在这方面有所缺失。总之,文化要讲诚信,这是实实在在的事情。如艺术家的简历,不允许出现胡编乱造的现象。文化要大发展,稳步发展,因为经济的灵魂就是文化。

(邢庆仁系中国美术家协会会员,一级美术师,陕西国画院副院长,创作研究室主任)

(见报日期:2009年6月3日)

经济构图 文化着色
——对话戴希斌

记者(以下简称"记")：作为陕西文化界的代表人物之一，您对我省在文化和文化产业方面如何刺激消费，扩大内需，促进陕西社会经济又快又好的发展有何期待和建议？

戴希斌(以下简称"戴")：对于陕西在文化和文化产业方面如何促进经济的发展，我觉得有以下几点是值得关注的：第一，要进一步解放思想。陕西与沿海开放城市和发达城市相比较，思想解放的程度还有一定的差距，尤其是在发展文化产业方面；第二，要结合实际，彰显陕西文化。陕西在文化和文化产业上有基础，也有优势，应该把它作为重点、亮点来抓。同时要紧密结合陕西的文化优势和文化产业特点的实际来刺激消费，拉动内需，促进经济的发展；第三，要大胆创新。有些在我们看来似乎是微不足道、司空见惯的现象，如果将其扩大到全国或者世界范围去考虑，我们就会发现，陕西的文化和文化产业大有文章可作。比如说，陕西的民间艺术，在中国是一流的，在世界也是一流的，并且很具地域文化特色。如凤翔的泥塑、凤县的木板年画、陕北的剪纸、渭南的皮影、咸阳的刺绣等，应该认真地挖掘。我们要在创新路上大步前进，发挥陕西的文化特色优势，作整体策划，全方位推广，并加大宣传力度，加快发展文化产业，共同打造陕西的文化品牌。我想只有这样，陕西的文化和文化产业才会在全国乃至世界打响。

记：在促进陕西经济发展方面，您认为陕西的文化艺术界和文化主流媒体应发挥怎样的作用？

戴：今年年初，金融危机对我国经济产生了影响，特别是对沿海地区的外向型、加工型企业影响比较大。但是，仍然有企业在不断地发展、不断地前进着，这是什么原因呢？因为这些企业品牌意识强，自主产业内容因素强。陕西的外向型、加工型企业相对较少，所以受到的影响也要小一些。尽管如此，我们也应该有危机感。实际上，经济危机告诉我们，无论是经济产业，还是文化产业，都正在重新洗牌。我们知道，经济危机是影响经济发展的一个毒瘤，同时又是一把双刃剑，在带给我们危机的同时，也带来了新的机遇。如果是件高水平的绘画或是高水平的民间艺术或是其他高水平的非物质文化遗产，那么这个时候它就会立住脚跟，会有持续发展的可能；但如果是件伪劣的产品，劣质的文化艺术水准，那么在这次洗牌中，它就可能被淘汰掉了。文化在陕西是个亮点，因为我们有历史文化的传统血脉，同时我们陕西的群众基础好，大家都热爱艺术。那么，在此基础上，如果我们的相关领导、各个媒体、各位艺术家都树立起文化品牌意识。比如在绘画方面，刘文西、崔振宽、郭全忠、王有政等都可以作为陕西美术的代表。大家拧成一股绳，共同投入精力、物力，并进行很好的包装、宣传，这样才能从真正意义上促进陕西文化和文化产业的发展。所以我们不但要重视文化产业，更要重视我们的艺术家。

记：对本报专门开设民生经济资讯专刊栏目，组织品牌文化联盟，搭建文化艺术界与地方社会和企业商界之间稳定的高端互动交流平台，您有何评价和建议？

戴：最近看到《文化艺术报》在民生经济资讯专栏连续报道一些专家的谈话和建议，我觉得非常好。文化和文化产业这一块应该综合起来，应该形成品牌文化，应该搞我们的联盟，做一块大蛋糕，而不是一块一块的小蛋糕。只有整合我们的人才，整合我们的资源，才可能把我们的文化做上去。所以我们的报纸选择的这个切入点非常好。这里我所说的要做大做强，是指把文化大省打造成文化强省，关键在于以下几点：第一，要加强领导的意识。领导重视了，下级就有方向了，就有干劲了。第二，要有自信心。不是说个人的自信心，而是指对陕西文化的一种自信心。我们不能老谈汉唐的文化传统，而是要谈在当代如何体现出来；不能老谈兵马俑、大雁塔、小雁塔……而是要想怎么把这些文化遗产在当代包装起来，所以说当代性很重要。所谓当代性，就是说我们要看到周边的变化，看到世界的变化，

在继承传统的同时也要创新,凝聚结合,跟世界同步。如果我们还走不出潼关,还只是站在陕西来看我们的文化和文化产业的话,那是不行的。第三,必须要有新的管理模式,用现代的经营管理模式来操作文化产业。第四,鼓励欢迎有眼光的民营企业来投资。这四个方面缺一不可,如果领导重视,资金不够也不行;如果民营企业有了,没有成熟的领军人物也不行;有了领军人物,没有现代经营管理来创造经济利益,没有文化产业也不行。所以一定要联合起来,在加强领导的前提下,把我们的人才整合起来,同时我也希望能够再多听些各个方面的意见。

记:如果让您来推荐点评陕西最具人文精神的知名企业家或职业经理人,您会提名谁呢?

戴:我觉得大唐西市的吕建中是值得赞赏的,因为大唐西市是唐代留下来的一个文物遗产,从道理上来讲是由政府来出钱维护、翻修。但是民营企业家吕建中很有远见,花了两个亿把它保护了下来。

记:陕西文化丰富多彩,包括饮食文化、旅游文化等,您觉得在这些方面最具特色的有哪些?

戴:陕西文化历史悠久,旅游资源丰富。这方面我首先推荐的是华山,在"五岳"里华山独尊。它代表了我们中原文化的一个发祥地,也是我们陕西人格人品的形象代表。此外,还有很多历史遗迹,如兵马俑、大雁塔、小雁塔等;陕西饮食文化花样繁多,如老孙家的羊肉泡馍等,这些都是我们陕西的特色。我最喜欢的是水晶饼,它也是陕西特色糕点,我觉得这些传统的小吃应该跟现代工艺相结合并做出品牌,要让全国人民都知道这不仅是陕西的品牌,而且是全国的一个品牌。我比较喜欢西凤酒,听说东北人也喜欢西凤酒。记得有一次我去台湾,看到当地人也很喜欢西凤酒,当地的那些高粱液都是仿造西凤酒做出来的。把我们的西凤酒推广出去,首先应该提高产品质量。在这些方面我觉得前景很宽广。

记:面对市场消费不振,就地方与企业品牌形象的文化突围和文化营销,您最想给他们提出的建议和忠告有哪些?

戴:我认为品牌形象的树立在目前经济不济的情况下是个很关键的问题。我对民间艺术比较喜欢,像石雕、风俗版画、剪纸皮影等,我觉得现在的陕西观念还是比较落后的,从设计的理念上来讲,还不够新,还没有突破我们陕西那个陈旧的模式。我们在营销方面缺乏与沿海地区和国外接轨的营销管理人员的头脑,我们必须把这些东西拿出去,经过包装加上我们的艺术内涵,比如我们的泥塑,泥塑里面的十二生肖,我们可以把这些东西带到外地举办一个研讨会或者促销会。只是包装比以前稍有改进而已,而宣传范围却不够广泛。这样走不出潼关,走出去了就是参加展销会而已,没有多大的影响。所以我们要多写文章,多做学术研讨,宣传它的历史影响,它的造型特征。同时还必须与企业挂钩、和经济挂钩,采取适当的促销和营销手段。我觉得,我们应该组织一个文化联盟,专门策划这件事,专门营销和宣传这件事情,只有这样,才能把陕西文化做好、做大、做强。

(戴希斌系中国美术家协会会员,中国收藏家协会会员,黄土画派研究会副会长,陕西省文史书画研究会副会长,陕西省体育文化艺术协会主席,陕西国画院兼职画家,中国革命军事博物馆画院兼职画家)

(见报日期:2009年12月9日)

品味

《风云人物》是无数人物的传记

"风云"同行15年

记者(以下简称"记"):首先祝贺您主持的《风云人物》杂志创刊出版15周年!您能向我们的读者概略地介绍一下这部杂志吗?

梁宝仓(以下简称"梁"):衷心感谢贵报的关注和您的鼓励。"弹指一挥间,十五年啦!"《风云人物》从1996年10月开始策划、试刊。1997年正式创刊。至今已出版157期,国家工商局商标局于2010年6月14日正式注册,颁发了商标注册证。一本陕西省新闻出版局批准的内刊,总发行三百多万册。曾两次送阅全国"两会"代表,以宣传陕西两会代表为主。2004年与陕西省人大新闻事业发展中心、《陕西日报》等单位联合成功举办了陕西首届"风云人物"榜大型评选活动。评选出了为陕西的发展和西部大开发作出积极贡献的"陕西首届十大风云人物",陕西首届百名风云人物,影响空前。

《风云人物》是无数人物的传记

记:能向我们的读者朋友描述一下您创办这部杂志的初衷吗?也就是说,这部杂志创办与出版的必要性和其存在的意义?

梁：《风云人物》是改革开放的产物，应运而生。美国人安迪·沃霍尔说过："将来每个人在世界上只能各领风骚15分钟。"这位流行艺术先驱对风云人物的看法，也构成了我们对《风云人物》的坚定信念——"与风云人物同行"，点燃智慧之灯，唤醒热情梦想，讴歌有影响力的人物，就是我们的使命和工作。

《风云人物》创刊15年来，她带给了读者一份温馨与回味，得到了社会各界的支持和帮助，被众多专家们称誉为"一种文化现象"，高度评价她的宏观意义。

中华文明，三秦大地具有永恒的魅力，令人为之歌、为之赞、为之泣。为此，我们寻找了一个最能体现人物价值的切入点，选取了在中国历史上产生过重大影响的古今代表人物，他们都是以"风华正茂"的年龄拥抱生活，在有限的篇幅内书写了不少业绩。《风云人物》生动展示了他们平凡的身世，奇特的经历和神奇的壮举。当代人物，我们则注重时代精神。我们宣传领袖人物、科学家、艺术家、企业家、知识分子，甚至普通的平凡人物，因为是他们谱写了巨变的历史。

刊物不断更新的栏目：千年人物、政治领袖、军事将领、风云巨子、文坛泰斗、艺术巨匠、体坛英豪、商界巨贾、在线人物、代表风采、生命对话、平凡人生。

"平凡人生"则是我们专为普通人设计的栏目。读者固然对历史上的帝王将相、领袖人物感兴趣，但也关心那些平凡人的命运、追求和业绩，在其中寻找自己的影子，读来更觉亲切。这就是"无数成功的人在《风云人物》上只能各领风骚一千字"。从宏观的意义上讲，《风云人物》承担着一种使命，是一座连接陕西和国家与世界、过去和未来的文化桥梁。

15年"梦想成真"

记：15年来，您一定经过了难以计数的风风雨雨，经历了许多难忘的时刻，向我们的读者描述一二好吗？

梁：15年前，创办《风云人物》是我的一个梦想。苏格拉底在2400年前就说过："世界上最快乐的事情莫过于为梦想而奋斗。"透过15年的历程，我们读懂了"科学发展观"，看到了中华的崛起，领略了"风云人物"的成长。

　　人生有涯知无涯。在坎坷的人生道路上,我们做了一些力所能及的探索性尝试,只能说是扬长避短之举,将自己的点滴心得和心血成果奉献给社会,就好比是"月光晒谷"吧。虽然得到了社会的认可,还获得了有关部门授予的"优秀文化工作者"等荣誉,这对我本人也是莫大的鼓舞,使我对自己的编辑之路更加充满信心。但是,我还是感到做得不够。回顾15年来自己的风云历程,风风雨雨从心头掠过,往事并非如烟。经历了许多难忘的时刻,欠下了难以偿还的人情债,留下了不少遗憾,付出了沉重的代价。

　　在《风云人物》艰难起步时,资金不足,多少朋友相助,长时间没有回报,特别一提的是彼特集团前董事长杨春生,鼎立支持《风云人物》的发展,在我们准备采访报道时,闻悉他车祸遇难的噩耗,令人痛心不已,成为永远的遗憾。

　　多少年来,感动的故事不胜枚举。每次回忆,都令人肝肠寸断。美国陕西总商会会长助理任远先生,关爱《风云人物》,把《风云人物》和我的《秦腔千字文》力荐给会长胡焕涛先生,为把秦腔文化传播到海外,策划了一系列活动。胡焕涛会长亲自到《风云人物》杂志社考察,给我颁发文化顾问证书,并以《秦腔千字文》为突破口,代言秦腔文化。任远先生建议,由胡焕涛会长总策划,经过近年的创作、筹备,出版了《典藏九九·梁宝仓书法集》,999幅书法作品面世。胡焕涛会长亲自作序,我的书法作品成为中美文化交流的馈赠大礼,走向大西洋。在西安召开的首发式上,任远先生亲自主持,给予高度赞扬。

　　他讲到,透过梁宝仓的《秦腔千字文》书法系列,看到了秦人的"精、气、神",书法艺术是人格化了的艺术,只有热爱祖国、热爱人民、热爱和平并将生命与之书法融为一体的人,才会把生命对祖国母亲的赞美转化成笔底风光,感谢梁宝仓先生为中美文化交流、为秦腔文化传播的呕心沥血之作,我们相信《秦腔千字文》和《典藏九九·梁宝仓书法集》与其他书法艺术,必将受到包括国际友人在内的所有爱好者的青睐,或成为他们参照、借鉴的范本。

　　这次首发式不久,任远先生因心脏病突发不幸逝世。灵堂前我悲痛不已。每当回忆起来,都很伤情,便动笔写下了一些关于他的文字《风云的祭奠》,"梦为远别啼难唤,书被催成墨未浓",拙笔陋文,难以写出这份感激之情。

　　《风云人物》在人们的视野中,也是一种文化产业,尽管坎坷、艰辛,但也受到各方面的关注。包括省、市领导也时有关照。全国人大副委员秘书长李建国在陕担任省委书记期间，看到送阅的全国两会专刊《风云人物》，阅读后通过秘书给我们提出了具体的批评意见。领导的坦率批评，在我们心里是一种灿烂的宝石。

挑战自己"直面痛苦"

记：15年中，您最深刻的体会有哪些？

梁：在世俗的眼光中，文人办杂志风险大、太寂寞。从创刊起，很多人冷眼旁观，当然也有好心相劝的朋友，让我不要干这个差事。我常常告诉他们，办刊物和当作家一样，"不是为了谋生而写作，而是为了写作而生活。"我对自己的这种生活非常满意。因为喜欢，因此放弃了其他，干起了在别人眼中看似痛苦的行当。创作办刊，在我是最快乐的事情，虽然辛苦、劳累，却也自在。我不太在乎一时的得失，而注重历程，常视《风云人物》的成长才是最重要的。阅读是我的基本状态，写作是我的生命历程，会从痛苦中得到许多意想不到的收获，它们最终会变成自己的生命财富。

如果借用歌德的话："什么是美好的人生，那就是在成年实现少年的梦想。"

那么，我的人生真的很成功，因为我成功实现了我几乎所有的梦想。

我喜欢文字，热爱创作，如今我有自己的一片园地，在《风云人物》这个园地里播种，辛勤耕耘，自得其乐。

只是在某些时刻，当人们回顾往昔，会发现哪怕是成功的人生，在某种意义上说也是一种失败。因为人生不是一桩可以捧在手心，可以仔细端详的东西，说到底，我们并不能真正拥有人生。只有不断挑战自己，才能挖掘些自己的潜能，每个人的潜能都无比巨大。

眼界决定了价值取向。

一个人与一个时代的结合，很大程度取决于眼界。打开眼界，自然就打开了心胸。这是我在创办刊物十年来的深刻体会，每当一本刊物印刷出来，就感到迎来了一个新的生命，阅读起来是办刊人生中的一段无比美妙的时光。编辑部的屋子像是上帝的花房，无时不弥漫着新生命的浓郁的清香。

用赤子之心微笑传播

记：今后您有什么构想？未来的愿景是什么？

梁：与"风云人物"一起成长。

我们《风云人物》眼前虽然是边缘媒体，距离主流媒体的深度和长度，有一个过程，也许是一个永远的过程，我们等待着，始终坚守着一点，即对传播的敬畏。我愿意坚守这种敬畏。我喜欢一句名诗"采菊东篱下，悠然见南山"。这不仅是心情，也是一种境界。秋天是收获的季节，一方面收获自己的耕耘，一方面还能欣赏别人更高的成就，不骄傲、不嫉妒，还是学习的好时机。

关于未来的构想和愿景，我想主要是提高质量，虚心若愚，诲人不倦，向同行业学习。一是建立自己的系统，二是寻找精尖人才。不变的是赤子之心。创刊时，冒着风险，利用业余时间办刊，含泪传播。为什么说当时是含泪传播？我几乎把所有的积蓄都花在这里，多少年来，失去了多少宝贵的时光。曾经沧海难为水。近乎付出了生命的代价。十年后，我看不出自己奔命的价值何在。我不知道这辈子要做什么，也不晓得《风云人物》如何能帮助我找到答案。所以，我决定要下海。

这个决定在当时确实令人心惊胆跳，但回首前尘，那都是我这辈子做过的最好的决定之一。下海后，心无挂碍，一心务自己的风云园子。尽管这件事一点也不浪漫，没有经费，没有装备。单枪匹马，靠自己写稿、写书法作品维护简单的生存。

我热爱这种生活。半天编杂志，半天搞书法。过去搞书法专不下来，现在很纯粹，似乎书法成了自己的专业，更主要的是成为一种习惯，书法是这种优美，具有历史感与艺术感的微妙形式，是科学无法捕捉到的。我觉得它很迷人。

我从未期待这些东西能在我的人生中发挥任何实际作用。然而，15年后，它却点点滴滴地成为一种财富。

而今后的岁月里，我将继续用赤子之心耕耘《风云人物》，不同的是我将"微笑传播"，舒心经营，在《风云人物》成长的过程中，守法诚信，一如既往，努力打造品牌。

我自信、我向往，春天的承诺。

承诺落地,就好比鸟开始飞,河开始流。追求大自然的诚实,一草一木都不失信,岁岁枯而岁岁荣。

与《风云人物》一起成长。

今年是《风云人物》创刊15周年,我们将举办一次纪念活动。我们将通过座谈、回放等形式,为十五年来的封面人物颁奖,扩大在读者中的影响。

创意就是变复杂为简单

记:本报最近接到许多读者的来信来电,谈到他们在世界园艺博览会的演艺活动中,看到了由您的《秦腔千字文》改编的《秦腔颂》在现场演出,受到了来自世界各地游客的热烈欢迎。能谈谈您创作这部作品的初衷和过程吗?

梁:把《秦腔千字文》改编为《秦腔颂》是一个集体的创意结晶。在世界园艺博览会开幕式上的演出,我是在新闻上看到的,据说演了不少场次。

《秦腔颂》首场演出是在欧亚论坛开幕式上的压台节目。当天晚上,我们创作人员应邀观看了演出,很壮观的阵容,诠释了三秦大地的蓬勃升腾,很震撼,引起共鸣。

西安秦腔剧院、易俗社社长惠敏莉承担任务后,谈到如何把《秦腔千字文》搬到舞台上,策划怎样作词、谁来作曲、谁来导演,经过半个月的时间,紧锣密鼓,作词、作曲、排练。

西安文体局领导严彬亲临现场参与策划总导演,文化局杨居礼处长与我一起作词,省戏曲研究院作曲家曹润生作曲,导演王群。"梅花奖"获得者惠敏莉等领衔主演。

《秦腔颂》应该说是一个短小精悍的节目,能成功搬上欧亚论坛大会和世园大会,引起关注,主要得益于省市领导的重视,市文体局领导的创意,从构思上、组织上,紧紧围绕着歌颂、赞美养育我们的黄土地和创造我们伟大民族文化历史的劳动人民这一主题。

西安易俗社,在世界各族人民的心目中像美国的"好莱坞"。这里有历史的呼应,这里面有心灵的颤动,思想的闪光。

《秦腔颂》的作曲很美。

作曲者是陕西省戏曲研究院曹润生先生,著名的《杨七娘》主要作曲

人员。我很尊敬的艺术家。我常戏称他"小人物",任劳任怨,一生未曾闻达,幕后英雄。这些人员最有发言的权利,却很少听到他们的抱怨,以为生来有命,命当如此,无需向人倾诉。要说自在,当然也有他们的自在,一生守着秦腔艺术,看门前桃花流水,无怨无悔。

对于我的拙作《秦腔千字文》,他常常赞誉有加,我总是用"知了"两个字自嘲,时间长了,他理解夏季知了的鸣唱带有一种声嘶力竭的急躁。听后他总是哈哈大笑,心领神会,不言而喻。

唯有这次《秦腔颂》走上世园博览会,他见到我就兴奋地说,兄弟,您现在是"雄鸡啼鸣"。我不由自主地唱起来,

和谐盛世论秦腔,

中华文明四海扬。

雄鸡啼鸣心有愧,

情深似海再起航。

再次感谢贵报对我的关注和勉励。

(见报日期:2011年7月6日)

与《风云人物》总编辑梁宝仓先生

一部厚重的传统文化普及精品

著名史学家、教育家张岂之与著名实业家、教育家叶国华主编的《中国传统文化经典语录》丛书由西安出版社出版。陕西省文化厅厅长余华青,陕西省新闻出版局副局长吴丰宽,中共西安市委常委、宣传部部长王军,中共西安市委宣传部副部长王军民,西安市文化局局长严彬等领导以及霍松林、张岂之、石兴邦、陈忠实、李星、叶广芩等专家学者就此书的出版接受了记者的采访。

《中国传统文化经典语录》丛书,分为《天人之际》《道法自然》《生生不息》等11册。丛书以中华优秀传统文化经典史籍为素材,以普及与提高中华传统的学术素养为目的,采用导读、原文、今译、时析、参考文献等方式,图文并茂地将中华传统文化的核心内涵呈现于读者。丛书的出版是陕西省近年来推出的一部重要的文化精品,也是为人文奥运献上的一份厚礼。

王　军(中共西安市委常委、宣传部部长):党的十七大报告提出,弘扬中华文化,建设中华民族共有精神家园。西安如何建设中华民族共有精神家园,如何构建社会主义和谐价值体系,如何在推动社会主义文化大发展大繁荣中发挥其作用,这些都是我们西安文化宣传部门始终要考虑的问题。因此,我们组织编撰了《中国传统文化经典语录》这套丛书,希望能在中华文化的弘扬和发展中作出应有的贡献。

张岂之(著名史学家、教育家)：《中国传统文化经典语录》的策划者是中共西安市委宣传部部长王军同志，操作者是西安出版社社长张军孝和出版社的同志们。去年春天，王军、张军孝同志和我谈到编撰工作，我觉得这个构想很好，也很及时。我建议要想使这个构想更加完善，需要请省上有关专家一起来讨论。去年7月份，由军孝同志组织了两次专家研讨会，王军同志也参加了，我根据大家的意见进行了归纳，建议第一批要写中国优秀传统文化中的核心价值观念。当时就确定了12个题目(即12本书)，分别为《天人之际》《道法自然》《和而不同》……但在审稿时，有关专家认为《和而不同》一书还达不到出版的要求，需要重新起稿。最终因时间的关系，先出版了11本。

对于聘请的撰稿者，我提出了这样的建议，虽然写的是普及性的作品，但必须有较好的专业知识，才能写出深入浅出的作品来。聘请的撰稿者里除去长期从事科学研究的张应超先生外，其余都是比较年轻的、具有博士学位的学者，他们对中国古代文字的理解有一定的基础，写起来比较容易。

胡锦涛总书记在十七大报告中，提出推动社会主义文化大发展大繁荣，对大家鼓励很大，对我们编撰这本书的现实意义有了很好的指导。十七大之后，这一套书的进度加快了，今年春季初稿写成，后根据众多专家教授提出的意见进行了修改。

今天请各位专家来对丛书的质量提出一个估量，对不足或错误之处加以指正，至少能在将来再印的时候可以加以挖补。

余华青(陕西省文化厅厅长)：这套丛书出版座谈会的隆重举行，是陕西省学术界、文化界和出版界的一桩大事、盛事、喜事。对于这套丛书，我翻阅了一下，感觉有五好。第一，出书选题策划好；第二，各卷主题归纳好；第三，全书体例设计好；第四，基本内容编译好；第五，版式装帧印制好。我觉得这套丛书是近年来我省出版界不可多得的精品。

石兴邦(著名考古学家)：这套丛书汇集了我国经典文化的精华，包括诸子百家的精粹，是对经典文化整理研究的一个创新，这点值得庆贺。据我所知，中华民族的传统文化已受到世界的欢迎和青睐，现在的孔子学院在世界各地都有。因此，我感觉这套丛书现在发行很适时，目前正是经典文化研究蓬勃发展的时代,我们应该利用这个机会使其发扬光大。另外,此书对于指导青年人正确认识和学习经典文化也是一部很好的教材。

陈忠实(中国作协副主席、著名作家):在我求学的过程中,我们社会的主导思想是厚今薄古,批判的是厚古薄今,因此传统文化中最重要的一些经典性著作,与我们这代人是基本隔绝的。所以直到现在,这都是我人生中最大的一个缺憾。此书的出版,对于我来说,可以作为一种弥补,一种对传统的历史、文化、思想的弥补。尽管就我这个年龄来说,已经有点晚,但现在能弥补多少就弥补多少。我认为这套丛书的出版对普及传统文化有着重要的意义。

霍松林(著名文艺理论家、古典文学专家):阅读此书之后我有一个很深切的感受,就是做中华传统文化的普及工作很难,必须由专家来做,要以严肃的学术态度来做。我们采用传统的语录形式,这也是一种实用普及的形式。丛书中的每本书都有一个明确完整的主题,这11个主题合起来基本上可以概括我们传统文化的核心价值观念,而且有很积极的现实意义,对我们繁荣发展社会主义文化、构建和谐社会都会起到促进作用。

彭　林(历史学家、清华大学教授):21世纪,东西方文化的交流、碰撞、博弈和融会,将会在一个更加深入的层面展开。此书既包含了儒家、道家的思想,也包含了中医的养生之道。编者秉持着社会责任心,把浩如烟海的中华文化归纳得井井有条。丛书的推出不仅对陕西有着重要的意义,在推广中国文化方面也有着成功的创举。

李　星(著名文艺评论家、茅盾文学奖评委):这套丛书我看后很兴奋。我认为中国文化建设的基础工程,必须由我们党政机关来做。我们要建设中华民族的共有精神家园,弘扬中国传统文化,就应该抓住民族核心价值的问题。真正弘扬中国传统文化,应该从原著、从根本上打动人的心灵。在过去的历史中,包含着新时代文化的渊源,这就是文化的意义。我觉得,现在就应该准备再版、加印,再向海内外传播。

黄留珠(历史学家、西北大学教授):这套丛书我看完以后,有三点

感受:一是运用语录的形式,弘扬优秀传统文化,这是一个非常成功的范例;二是选录的视野非常开阔,从人与自然的关系到政治文明、人生哲学以及修身养性的方方面面都有所涉及,称得上是一部纵论天地、人生、社会的小百科全书;三是此书雅俗共赏、图文并茂。另外,这套丛书还有一些需要改进的地方,如:语录的选取应再精一些、通俗一些,配图应该多一些,最好加上索引。

叶广芩(陕西省作协副主席、著名作家):我首先感觉这是一套很抢眼的书,是我与西安出版社打交道以来最为精彩的一套丛书,更是一套能够流传下去的书。它不仅是一套丛书,更是中国民族精神的传承。这套丛书让我们知道了什么叫感恩、什么叫敬畏这些最基本的中国传统文化。

李 浩(西北大学文学院院长):丛书的出版体现了陕西的人文学者和西安市领导、西安市出版界的一种文化自觉。我认为此书有三个特点:一是大专家主编小专题;二是这套丛书遵守学术规范;三是给我们人文科学教学提供了样本。

(见报日期:2008 年 7 月 30 日)

怀旧

为什么战旗美如画

一位少将，三位大校，十位在编剧、歌曲、舞蹈、曲艺创作领域功勋卓著的艺术家。牛群、付林、陈嘉陡、张保和、吕建华、沈化方、色尕、赵福玉、唐跃生……在汉中地震灾区，看到这支高级别的队伍、这支闪亮的艺术团队时，记者心里着实吃惊了一把！

"为什么战旗美如画？英雄的鲜血染红了她！为什么大地春常在？英雄的生命开鲜花！"当年，在抗美援朝战场，著名作家巴金作为艺术家访问团的一员，毅然赴战地采访。血与火的洗礼，使他在深刻感受后，创作出了小说《团圆》；由此小说改编的故事影片《英雄儿女》，脍炙人口，深入人心，成为哺育了几代人心灵中革命英雄主义的经典。

在地震灾区现场，记者抓紧时间，采访了几位读者所熟悉的知名艺术家。他们眼含泪花，倾诉了内心的感受。

牛群，著名曲艺家、中国曲协《曲艺》杂志社执行主编。代表作：《明天会更好》、《点子公司》等。

到灾区来，就是想尽一些微薄之力。如果能够写出一些东西来，能够反映灾区抗震救灾的精神面貌，我觉得就是做了一件有意义的事情。

我是第一次到汉中。离震中越近，心里的感受就越强烈，或者说这种创作状态的进入就可能越到位，从这个意义上解释，这也是一种需要。

很多文艺工作者都有着巨大的激情和爱心，到灾区来是组织上的安排，是组织上对我的信任。对于这个机会，我是非常珍惜的。我觉得这是很难得的感受机会，对自己来说，也是一种从精神上、思想上的提升。

在灾区的这些天中，主要是感受，在感受的过程中搜集一些素材，来处理提炼，并在与大家交流的过程中擦出一些火花来！

陈嘉陡，著名剧作家、总政话剧团创作员、一级编剧。代表作：《全都忙》、《梦幻家园》等。曾在电视连续剧《乌龙山剿匪记》中扮演主人公、剿匪连长刘玉堂（东北虎）。

"中宣部和中国文联派我来，是要写一部话剧或者小品，来反映抗震救灾中的英雄人物和英雄事迹，还有我们党在这期间所发挥的中流砥柱作用，这是上级的命令，我是军人，要执行命令！"谈及危险，陈嘉陡说："这里的老百姓、军人、党员比我们危险多了，这点事不算什么。我们来只是搞创作，又不是指挥抗震救灾，我们的任务简单多了。"

陈嘉陡接着说，现场感受与单纯从荧屏上看直播还是有区别的，到现场能够得到更真实的体验。艺术的角度与新闻的角度也有比较大的区别，新闻主要报道的是事实和英雄事迹，而艺术角度则是要更关心人的心态、人的思想、人一种细微的行为，这些在电视机前是很难了解到的。我们想知道的是，在这个时候，你的心态是什么？你的思想状态是什么？更重要的是，你的情感是什么？艺术需要突出这些。其实艺术就是要寻找情感共鸣，这是我对艺术的一种理解。有些人的情感感动了千千万万人。

此行主要是体验生活。我们要多接触具体的人。大的事实，有关新闻和各级党组织都有一个全面的记录；我们的关键是要挖掘每一个具体人的闪光点！

英雄人物很多，我一个人的力量很小，又只有这么点时间，因此是一种可遇而不可求的状态。我现在想分几个方面去感受，比如说武警、警察、党的干部、志愿者、普通老百姓以及医务工作者等这些方面的代表。

目前能够迅速操作起来的，恐怕只有小品。话剧就算是迅速写完了，还有剧组的建立、经费的筹划等等具体事宜，这些事情都需要很长时间的准备。小品可以迅速成型,经费也少,因而能够很快让观众看到。

我是总政话剧团的,我们剧团有个传统,就是只要哪儿打仗,我们部队文工团就到哪儿去!哪儿闹灾,我们也要去!我已经去过很多地方了,自卫反击战时去过老山,唐山大地震时也去过那里。

唐山大地震时,我写过一个小短剧,后来没有演,因为毛主席逝世而中断了。这也是个真实的故事。一个军人,他的家属被压在废墟下,而他奉命去救别人,没有离开自己的岗位。历史有时会惊人的相似。

吕建华,著名剧作家,浙江省戏剧家协会副主席、编剧。
代表作:越剧《红色浪漫》、话剧《周恩来在杭州》等。

我们很希望到最危险的地方去,因为只有在那里,我们才能看到当地抗震救灾的实际情况,才能最真切地了解当地群众在十分危险的情况下,如何发扬我们中华民族不怕困难的英雄气概。

生命是宝贵的。但是我觉得作为一位公民、一位人民艺术家,在这样的时刻,能够到前线去尽自己的一份力量,是最光荣的,也是最应该的责任。在这样的情况下,作为作家,通过看电视,同样可以获取很多信息,但终究不是在前线,与在现场的感觉是不一样的。搞艺术,首先要有真切的感受,才能写出好东西来。我们要特别了解当地老百姓的心理,他们在灾难面前是怎么想的?怎么做的?这种切身的感受只有到了前线才会有,我们只有到他们中间去,才能了解到。所以作为艺术家,我认为应该到第一线去,用最好的方式为创作做准备。

5月12日大地震以来,我们天天看电视,天天在流泪。我在想,我们中华民族在这样一个巨大的灾难面前如何挺住,作为艺术家一定要通过作品,及时将这种现实状况反映出来,鼓舞人民前进,就像国歌里唱的"中华民族到了最危险的时候";在这样的气氛下,艺术家应该具有更大的勇气去做一些事情。因为我是剧作家,我就很想写一些戏剧作品,包括最能反映现实的小品、比较大型的剧本等,这些都是时代的召唤、人民的需要,是我们应该做的。

为纪念"5·23《讲话》"发表60周年,我曾专程去过陕西延安体验生活。曾到召开延安文艺座谈会的那个礼堂,体会当时的情景;也到壶口看过黄河瀑布,一种非常雄伟的民族象征。我对西安、对陕西有一种特殊的

151

崇拜,因为这里是我们中华民族的发祥地。前两天我们又到了宝鸡,宝鸡是古代西周的发源地,在那里我们接受了很多教育。宝鸡人民在抗震救灾中表现出了很好的精神状态。今天我们一到这儿,就感受到了汉中人民的热情,在灾难面前的沉着,所以我们相信这次肯定是不虚此行的。

我一直在想,国家发生了这么大的灾难,如果我不能到达灾区一线的话,内心一辈子都会感到不安的,所以这次我来了,实现了自己内心的真切愿望!

沈化方,著名词作家、北京快乐传媒文化中心艺术总监。
代表作:《宝莲灯》、《兵马俑》等。

汶川大地震牵动了全国人民的心。作为写作者,我们没有太多的能力去帮助受灾的群众,只能借助手中的笔来鼓舞他们,激励全国人民的斗志。地震的消息我们一直都非常关注,可以说我每天都在看直播,陪着灾区人民一起忍受灾难带来的痛苦,尤其是那些感人的场面,经常让我泪流满面,但是我们现在应该从悲痛中振作起来。在中国文联的组织下,几个小分队分头奔赴灾区。5月25日下午4点10分,我们到了宝鸡,不到10分钟便发生了余震,是震中为青川县的6.4级余震,宝鸡有强烈的震感,我们亲身感受到了地震所带来的震颤。

5月12日当天,我的心灵受到很大震撼,有了强烈的创作冲动。13日,我的第一首赈灾歌曲的歌词《天佑中华》就已经出来了,各大报刊、网络均有转载,包括《人民日报》的社论都引用了我的歌词。现在每天的所见所闻都会触动我的心,都会引发我的创作冲动。现在我已经写了20多首歌曲,包括赞颂救灾英雄和总理的《感谢你》、《天佑中华》。到了宝鸡,我又写了一首抗震歌词,已在今天的《宝鸡日报》上刊发。这首歌词,结合了宝鸡的地域特点——青铜之乡,名为《青铜之鼎》。

青铜器可以代表中国文化,而鼎又是和谐、鼎盛和凝聚力的一种象征。我找到了这样一个结合点,灾后我们每个人都像注入鼎的一粒沙;大地震动就像沙子被筛动一样,我们全体凝聚起来铸成了这样一个鼎,在火中拥抱、熔铸、升华,千锤百炼铸成一个鼎,也铸成了我们大国的兴盛,它就是一个民族凝聚力的象征,这是我到了宝鸡之后,确确实实的深切体验。

付林,著名作曲家、海政歌舞团艺术指导、中国音协流行音乐学会常务副主席。代表作:《太阳最红,毛主席最亲》、《小螺号》等。

我在北京经历过唐山大地震,住了大概 2 到 3 个月的防震棚。唐山大地震后,我们海军作为一个代表队参加了一些演出。30 多年了,那些事情仍然历历在目。其实这次地震和唐山地震很相像,而且比唐山地震的影响还要大。我今年 63 岁了,说实话完全可以不来,但最后决定一定要来。我们也许做不了更多事情,但是到抗震救灾第一线,就是对灾区人民的一种安慰,可以表达我们对灾区人民的一种关爱;可以向灾区人民表示,后边有那么多的人在关爱、关心他们。这是我们的第一个任务。第二个任务是亲身感受之后回去写点东西。通过感受去创作反映政府及时救援、灾区人民自救等动人故事。虽然距震中近了,但我没有感觉到危险,因为毕竟是余震。我们主要担心的是,我们的到来是否给灾区政府带来更多困难。所以这次我们只来了 10 人的队伍。到了陕西之后,我们会多看一看、走一走,马不停蹄地赶路,为的就是多到几个地方。

宝鸡是一个厚重的地方,虽然之前我没有来过,但是对这里很熟,宝鸡市是青铜器之乡,许多历史传说也发源于此。老百姓很朴实,我们到达乡村后发现有些房子已经倒塌,多是那些贫穷家庭的房子,这对于他们无疑是雪上加霜。因为在城市之中感受的是一种心理创伤,而不是地震带来的直接损失。然而乡村在震后出现许多危房,大家怀着一种恐惧心理,搬到室外空旷的地方居住。我们来的当天正好下雨,老百姓在这样恶劣的环境中确实不容易。而且有的地震棚相当简陋,里面酷热难耐。我们和灾区人民在一起,就是要感受真实的灾区生活。同时我们也会尽己所能地帮助他们。

"5·12"以来我写了《孩子,你不哭》,献给灾区所有的孩子,目前尚在北京录制。我的创作在孩子身上体现得比较多,因为他们是我们的希望。在电视上看到许多死去的孩子,小手握着书和笔,感触特别深。除了孩子,我还会写一些老师的形象,因为许多老师在地震中,为孩子们做了很多事。目前已完成的有《孩子,你不哭》、《一万个挂牵》等。《一万个挂牵》反映了祖国各地人民对灾区人民的牵挂。

张保和,著名曲艺家、武警总部文工团艺术指导、演员。
代表作:《夸兰州》、《夸西宁》、《拙词笨句续新篇》等。

  从5月12日开始到现在,一直都是在感动和焦急中度过的。地震发生时,中央作出了迅速反应,总理在第一时间赶到了灾区,确实让人从内心深处有种感动,也有一种焦急。我是部队的文艺工作者,从5月15日接到通知参加中央电视台《爱的奉献》晚会演出以来,心情就非常激动。当时由于劳累,我的腰椎病犯了,腰痛得不行,都不能动了。在这种情况下,我让医生加紧给我治疗,输液、打封闭等等。接到演出通知时,我压根就没提自己住院这档事,怕别人让我休息。我想只要我能站起来,就要表达自己这份心意。所以爱人陪着我去了,我们一起参加彩排、演出。5月19日我们到天安门去看举国哀悼的情形,长安街都堵住了。在下午2点28分时,所有的车都停在路边鸣笛,让人特别激动和震撼。我感觉到我们中华民族面对灾难,大家伙的心是那样的齐,连夜我就写了《为什么我的眼里满含泪滴》。尤其让我感动的是,我们的80、90后,他们表现出来的热情让我们感到很欣慰。他们的血脉里流着我们老一辈的血液,我们的国家是非常有希望的。

  来灾区后,我想写一首《抗震民谣》,说出老百姓想说的话,用老百姓的语言来表达老百姓的心情。

色尕,著名舞蹈家、中央民族大学舞蹈学院教授、著名编导。

  我是专门从事教学与创作的,这次来灾区,一直在思考一件事情,怎样创作一部用情来打动观众的比较完整的作品。舞蹈作品是综合性的,包括音乐、灯光、各种舞台设施,再加上我们肢体语言的表现,把我们内在的情感、发自内心的对祖国的爱、对祖国的希望抒发出来。我想站在儿童的角度做一个题材,我一直在思索这件事。

  我们这些专家岁数都不小了,都是怀着一种对艺术的执著而来的。任何艺术创作都需要到第一线去采访、去体验生活,才能发现真正感人的事情,才能创作出好作品,才能够打动观众。我一直力求到这次灾难最严重的地方去。有些灾难真是不可思议的,在家里看电视时一直在流泪,这次来了,一定要创作出具有震撼力的作品。

创作一定要先感动自己,然后才能感动观众。那天我刚到,不到10分钟就地震了,内心有非常强烈的感受,这对我的艺术创作也是一种激发。回去应该好好构思一下,尽我最大努力做一些事,这是我的愿望。

我是藏族人,13岁从青海玉树出来,在北京艺术学校学舞蹈,后来又上大专、本科、研究生,一直忙碌地在北京拼搏着,现在则是回报我们国家与人民的时候了。

赵福玉,著名曲艺家、北京军区政治部战友文工团创作员。代表作:《笑星传奇》、《爸爸的日记》。

现在全国人民最为关注的一件事就是汶川的地震,陕西实际上也是一个重灾区。这次随中国文联采访小分队来陕西汉中,也是作为一个文艺工作者应该做的一点贡献。从个人来讲也表示一下自己对灾区的关注。作为文艺工作者,国家、人民培养我们这么多年,我们总说人民是衣食父母,现在我们的衣食父母遇到灾难,我们应该尽自己的一份心。中宣部组织各协会到地方采访,这是非常好的一个机会。灾区的事,通过电视大家已了解得非常多了。下一步是我们自己该怎么做,怎样创作出好作品来反映抗震救灾。昨晚我跟牛群一直谈到后半夜。相声是用喜剧形式来表现的,首先从艺术形式上要先让观众乐,但抗震救灾又是一个很悲壮的事,创作起来我自己也感觉非常难,但我们有决心,再难也要创作出一个让广大观众满意的作品。用我们的作品去讴歌那些在抗震救灾一线的解放军战士、武警官兵,以及广大人民群众。具体怎么写,从哪个角度去写,还需进一步采访,会有很多感人的事情刺激我们的创作激情。

唐跃生,深圳市群艺馆创作员,著名词作家。代表作:《亲爱的中国我爱你》、《永远的小平》等。

时近午夜,记者的采访对象只剩下唐跃生一人。只是他正忙着写作来到灾区的所感所想,使得记者不忍打扰。望着窗扉上映现出的他的身影,只能默默地说:下次吧!待到灾后重建完成,待到满布废墟的土地,迎来壮丽的重生!

(见报时间:2008年6月4日)

钢铁就是这样炼成的

汶川地震,国人揪心,整个世界为之动容。这场特大的自然灾害,让中国人的心紧紧地连在了一起,血脉相牵,共罹苦难!

这场特大的自然灾害,震裂了大地,揪痛了人心,也唤起了国人的爱心。捐助、捐献、义卖、义演,汹涌澎湃,激情奔流!

哭泣的中国,没有被这场特大的灾难所压倒。灾难,会使懦弱者精神崩溃,理想瓦解;使伪善者毕露原形,贪欲涨满;使愚钝者信天由命,错误地把人世灾难与厄运视作自然力的安排;"具有伟大人格的人则起来斗争"(维尼)。灾难,提醒人们要正视它,从而勇敢地战胜它!

燃起烛光,追思逝者。地震会摧毁房屋、夷平家园,但是在灾难发生的那一刻,它也拆掉了世人心中的樊篱,让每个人重新直面生活中的苦难,思考生命的意义!

"男儿有泪不轻弹,只因未到动情时。"从国家主席、总理到黎民,人们难掩热泪,表露出对灾区人们苦难的伤痛与牵挂。近日,许多陕西文化艺术界的知名人士眼含热泪,在为灾区人民送去深深祝福的同时,也为人类顽强应对灾难、生生不息的历史,为我们同舟共济、众志成城的民族精神而自豪!

陈忠实(中国作协副主席、著名作家):天灾是多种多样的,地震、海啸等等自然灾害是不可抗拒且无法预测的,一旦发生,其破坏程度不可想象。面对这些自然灾害时,我们能够依靠的强大力量就是党和政府,在政府统一的指导下,在解放军部队、医务人员等各行各业人们的努力下,尽快地采取切实可行的救援活动,才能将伤亡的程度降到最低点。

近期我国四川发生的严重地震,受到各界的关注,很多人或者团体纷纷伸出援助之手,让我在感到悲伤的同时很是欣慰,因为灾区的人民并不孤单,他们身后是十几亿的同胞。

肖云儒(陕西省文联副主席、著名文艺评论家):我们的民族是个伟大的民族,这个民族一路走来并不是一帆风顺的,它经历了种种苦难,但是每次我们都能战胜苦难。其实灾害和我们的历史是联系在一起的,从1976年的唐山大地震,到1998年的洪涝灾害,再到2003年的非典袭击,接着是今年年初的雪灾,现在又是四川8.0级的大地震,这些天灾没间断、没征兆地发生着,但是我们都挺了过来。这样的经历对于我们来说都是一次煅打与洗礼,使我们变得更加伟大、坚强,因为钢铁就是这样炼成的。

要战胜自然界中的灾害,就少不了全民族的团结统一、奋力抢险,其中解放军战士、医务人员等很多人的奋不顾身令人敬佩,他们在生死线上竭力地挽回着受灾同胞的生命。因此,我们应该相信只要民族、国家在,个人的力量就会变得无穷大,一切的苦难就都会过去。

苦难中人的命运、心灵都是脆弱的,但同时又是强大的。面对它时,精神上的超越甚为重要,可以帮助减轻身体上的疼痛,虽然也许并不能治疗病痛,但是我们不能失去活着的信心,一定要对生存抱有希望。

如今,面对四川的大地震,全国人民都已行动起来了,纷纷加入到救助的队伍中来,献血、捐款、捐物……能做的大家都在努力去做。是啊,团结的确是一股不可小觑的力量!

无疑,灾难是不可避免的,但是在苦难中成长起来的人,会是坚强、乐观的代言人。当然,精神力量不是万能的,如果不依靠现代的科技力量的支持,很多事是不能做到的。

李 星(著名文艺评论家):此次四川受灾后,国家采取了强有力的措施,立即组织专业救援队伍赶赴受灾地区。其介入速度之快、投入力量之

大、动员力度之广,说明在面对突发性灾难的问题上,国家已经做了一定的准备工作,使得应对能力与救助能力有了明显的提高。我时刻关注着这次地震的消息。武警、解放军、医务人员这些"可爱"的人们都为抗震救灾做出了努力,他们的救助精神常常感动得我落泪,也让我相信灾难虽然可怕,但是"一方有难,八方支援"所迸发出的力量是无穷大的。因此,当灾难来临时,我们应当保持足够的镇定、冷静,在稳中求"生",团结起来,万众一心,战胜灾难。

弓保安(陕西人民出版社副总编、著名作家):在人类发展的历史上存在着各种各样的自然灾害,这其中不乏像这次汶川地震一样对人类生存造成巨大威胁的灾难。人类是在与这些灾难不断地斗争、抗衡的过程中发展起来的。作为一个中国人,首先对于正在遭受苦难的同胞我感到心情沉重,希望他们能够尽快脱离危险。面对造成这样惨重损害的天灾,灾区的重建工作和人民悲痛心情的平复需要一个很长的过程。但是,我们一定要有决心和信心战胜这场巨大的灾难。中华民族万众一心、不怕牺牲的斗争精神是我们的传统美德,我们要继续发扬这种精神,帮助灾区人民渡过难关、创造未来。灾区人民的身心遭受了巨大的重创,希望他们能够在政府的领导下,早日振作起来,化悲痛为力量,重新建设美好的家园。

崔炳元(陕西省乐团团长、著名音乐家):有哲学家认为,人从出生就开始走向死亡。人都有一死。人类从诞生之日起就一直无法脱离死亡这个宿命。由于历史观、价值观的差异,不同地区、民族的人对于死亡的见解各不相同。我国的传统文化中处处渗透着祖先们对于死亡的超然认识。我觉得,人类较之于自然界是渺小的、微不足道的生物,人类对于自然的认识尚处于初浅的程度,无论是个人的出生与死亡,还是整个人类的发展与灾难,都不能凌驾于自然界之上。因此,一个民族对于灾难和死亡的态度是识别这个民族成熟度的标志之一。从人类的高度来讲,理性对待灾难和死亡是必要的。当我们回顾历史,看看那数不清的人类所经历的灾难,我们会发现,在尽力克服灾难的过程中,人类从未停止前进的脚步,灾难留给我们的,除了死亡和毁灭,更多的是一笔精神财富,让我们更成熟地面对未来。

去年,我访问德国,正巧遇见当地的音乐家在学校的音乐课上与小孩谈死亡这个话题,其中一个孩子谈到他死去的祖父,音乐家就启发他写一首诗歌进行缅怀。后来,有类似经历的孩子们的诗被谱上曲子,在一个音乐会上演奏出来,这令我感到震撼。我想,面对死亡,除了战栗和恐惧之外,我们还会获得精神上的安慰,那种来自人类灵魂深处的美好情愫被激发出来,这使得人类成为自然界中独一无二的、不可替代的生物。

最后,我要再次强调保持清醒、保持理性的必要。"祸不单行"在我看来是个心理术语,第一个灾难若造成当事人方寸大乱,必然会导致错误决定,从而引发更多的灾难。我们的政府在灾难面前迅速果断的反应是值得称赞的,我们要相信政府,团结一致克服这场大灾难。作为个人,不仅要理性对待人生中的挫折,还要居安思危,理性对待成就,任何时候都不要慌乱,这样我们的身心生活才会更健康。

孙见喜(著名作家):人类的灾难在时间和空间上有较大的延伸性,如水灾、旱灾、蝗灾、疾灾、海啸等等,灾祸所及,不是一家一村或一城一镇。为了度过灾难,减少损失,受灾者必须联手,未受灾者必须全力施救,这种道德底座上的良性互动是人类度过灾难的最好方法。我有难时人人救我,他有难时我救人人,中华先贤所谓的"仁者爱人"、"兼济天下"也有这个意思,一些宗教教义里讲行善、普度、仁义等,人类在这方面有广博的思想资源和精神基础。所谓苦难,一般指个体性的,除了普遍性灾难给生命个体造成的苦难之外,人们还常常经受一些需要独自承当的痛苦,比如癌症、车祸、雷击、少年丧父母、中年丧配偶等等,这方面就提出人的内心承受能力的问题,有人帮要过去,没人帮也要过去,对于男子更要勇于担当,坚强不仅是身体的,更应该是心灵的。

那么,我们该怎么战胜灾难超越苦难?我建议的公共口号是"避震救灾"。上面讨论的灾难又叫天灾,是自然之力所为,是天地在调整自我过程中的能量释放。人在自然面前,不如小草在牛羊的脚下。应对的办法只有躲避,从生命建设之初就要想到如何避开天灾的问题,比如建房、向阳、避风、近水是中国风水学上的基本原理,外国叫环境科学,中国古人叫勘舆学,这是最积极的避灾。再比如面对地震,我们不但无法抵抗甚至连准确预报都难以做到,所以还是叫"避震救灾"更具科学导向,这是要人们离开房屋崖畔,到空旷地方去躲避,才可能远离灾难。至于超越苦难,仍然是对心灵的要求,一种对自我精神的最新平衡点的寻找,越过了,心灵会搁置在一个稳固之所,生命会重新焕发积极意义。

在普世性灾难到来之前，人类常常津津乐道的是自然的开发和财富聚积，是脱贫致富和第三世界的发展之路。普世性大灾难的发生，其重要原因还在于人与自然间的"征服"和"反征服"。中华先贤告诉我们：先有天地而后有万物，先有万物而后有男女。就是说人是自然之道的产物，人是天地大和谐中的一个因素。由人而发展成"人文"，盖因于"道法自然"。顺应自然，是人与自然和谐的基础，否则人就会失去生存的家园。

赵振川（陕西美协党组成员）：汶川地震发生后，温家宝总理在第一时间赶往灾区，展示了政府"以人为本"的形象。我们必须镇定而充满信心，越是困难时期，越要相信党和政府。全国人民心系灾区同胞。相信灾区人民在党和政府的领导下很快会渡过难关，最终能战胜这次特大灾害。我们陕西美协在第一时间召开会议，决定创作两幅大画，总价值约12万元人民币。这些资金将通过民政部门尽快送往灾区。接下来我们将发动更多的画家参与到献爱心救助活动中来，最大限度地支援灾区。作为一名画家，我惟有献出自己的爱心，为灾区人民早日战胜灾难、重建家园贡献力量。

钟明善（中国书协顾问）：从中国传统文化来看，中国人对于任何灾难都有一个大的认识：否极泰来。所以任何事情都是有尽头的，灾难并非永恒的。道家文化中也有一条："祸兮福所倚，福兮祸所伏。"对于灾难，如果人们提高了认识，加强了提防，那么或许就变成好事。对于地震，也应该从这样一个宏观的角度来认识。人类少一些勾心斗角，多一些团结互助，更多地致力于应对共同的灾难，那么就不存在人类攻不破的难关。通过这次地震可以看到，党和国家反应快速，应变能力大大提高。众志成城，全民救灾，中国、中国人民是大有希望的。

杨晓阳（中国美协副主席、西安美术学院院长）：汶川发生大地震后，党中央、国务院高度重视，全国人民也非常关注。作为艺术家，国家和人民培养了我们，我们有责任和义务服务于国家和人民。大家积极捐款、捐献作品，表现出了高度的社会责任感和深切的人文关怀。

生命敢于同自然做英勇的斗争，这是一种优秀的品质。人，作为一种精神动物，在与自然灾害的斗争中理应表现出更坚强的意志。中华民族是一个多灾多难的民族，尤其是近200年来列强的侵略，我们都没有屈服，凭着一种自强自立的精神,我们都是最终的胜者。

王胜利(西安美术学院副院长):地震是一种难以预料的自然灾害。对于自然灾害,从中央政治局到各省、地区,整个社会融为一体,关切人的生命与生存,充分体现了社会主义制度的优越性。国家在危难之时,调遣数万兵力进行救援,这在世界上是罕见的。人民的政党为人民,人民的军队为人民。中国政府在地震中的作为,直接体现了以人为本的理念和精神,体现了中国传统文化中博爱、真善美的精神,也体现了中国共产党是最优秀的政党,中国政府是最优秀的的政府,中国军队是最优秀的军队。

蔡嘉励(陕西美协主要负责人之一):目前有些自然灾害是不可抗拒的,尤其是地震这种难预料且破坏性极强的自然灾害。这一点我们必须正视。

作为一名普通画家,我可以发挥自己的专业特长,搞一些文艺创作,通过义卖、募捐的形式奉献自己的爱心。我们要和灾区群众团结一致,将同灾难的战斗进行到底,相信困难一定能够克服。

王西京(中国市场联盟副主席、西安中国画院院长):自然灾害有时真的无法抗拒,但是中国政府和人民在面对灾难时表现出来的精神却相当可嘉。地震牵动着全国人民的心,救灾工作在中央的统一部署下迅速而全面地展开。在中华民族伟大复兴的时代,救灾活动充分体现了中国人民的时代精神。我们的国家、民族,就是在与自然、与落后事物艰苦卓绝的斗争中成长壮大起来的。这场灾难绝不会成为中国的障碍,我们不仅要战胜它,而且在战胜它之后还要成功举行奥运会,向世界展示一个崛起的中国、一个坚毅的民族。

郭北平(西安美术学院副院长):在昨天的比利时皇家美院教授布德森接受我院客座教授的仪式上,布德森教授就提到,他从中国的媒体上得知中国的灾难,中国总理亲临现场指挥救援,反应如此迅速,对人民生命如此重视,让他很感动,这反映出中国人民团结一心、勇于战斗的精神。

在天灾面前,我们对受灾同胞献出自己的一份爱心,这是义不容辞的责任。我已经接受来自多家画院的义卖募捐邀请,会尽自己最大的努力满足义卖需求。

崔振宽(国家一级美术师、陕西国画院一级画师):我曾多次到汶川、绵阳等地写生,那里环境很优美。这次突如其来的地震给当地环境尤其给人民的生命财产造成重大损失。作为画家,我们只能用自己的特长,用艺术为灾区人民尽微薄之力,帮助我们的同胞早日渡过难关、重建家园。

茹　桂(西安美术学院教授):这次地震灾害可谓"苍天可畏"。大自然令人敬畏,所以人类一方面要顺应自然规律,另一方面要掌握自然规律,这对于生存是十分必要的。一旦面临自然灾害,人类必须镇定、互助。只有万众一心、团结互助,才能战胜自然灾害。对于我们艺术家来说,必须充满社会责任感,认识到艺术的真谛就是关爱人,艺术家要做的就是利用自己所掌握的本领去帮助自己的同胞,展现艺术的真正内涵。生命不是孤立的,人类需要相互关爱,要将生命的观念融入国家、民族和社会。艺术创作就是要高扬这种可贵的生命,高扬这种充满爱的生命。

邢庆仁(国家一级美术师、陕西国画院副院长):发生这么大的地震,举国悲痛。作为画院的一员,为灾区人民做贡献,是一种责任。赈灾义卖显示了陕西国画院存在的价值:为社会做贡献。为人民做贡献,大家都团结起来,凝聚力更强。中华儿女有责任、有能力重建家园。

姜怡翔(西安美术学院教授、国画系主任):生命的价值就是经历的价值。苦难无论任何时代都会发生,这已经成为人类生命不可逾越的历程。如何面对地震灾害,勇敢和坚定绝不是一句空话。地震后整个灾区的抢险救援工作进程正在谱写人类自立自强的新篇章。救援军民和被救群众,无论哪一方,都有一个坚定的信念:我们必将战胜地震。

王保安(西安美术学院副教授):中国政府是相当负责任的,国家领导人第一时间赶往灾区指挥救援,这本身就具有一种凝聚民心、鼓舞士气的作用。全社会主动为灾区募捐,支援灾区,体现了"一方有难,八方支援"的传统美德,更表现出一种高度的人文观念。中国发展迅速,社会稳定。奥运会的即将举办增强了民族凝聚力,而且体现了中国人民团结一心的精神状态。作为一名画家兼教师,我要尽己之力,义捐义卖,还要把课教好,作好本职工作。

范 华(西安中国画院副院长):灾难对于人类来讲当然是很不幸的,但中华民族团结奋战的精神我们要代代相传。我们虽然无法阻止这场地震灾难,但却可以团结抗灾,将灾害的损失降到最小。这次我义捐了4幅画,其中的6尺古柏是去九寨沟写生途中所作。我要把这些作品回报曾经给予我灵感的土地。

李亚亭(西安中国画院专职画家):地震灾害是一个世界公认的地质难题,我们人类本身就处于一种被动的状态。被动应对最重要的就是要拥有平稳的心态。我们中国在这次地震中可谓一呼百应,上至国家领导亲临第一线,下至全民募捐救助,确实让我感慨良深。我们画家不能前往一线支援,但自己的作品义捐拍卖的资金却可以到达第一线。

(见报时间:2008年5月20日、2008年5月28日)

在地震灾区采访著名艺术家牛群　　　　贺西安/摄

高点,及其之后……

对于古城西安人民来说,与2008年的新年相伴而来的,不只是那漫天飘舞的雪花,还有着一场音乐的饕餮盛宴——由国际顶尖钢琴大师郎朗,携手陕西省乐团的百位音乐家共同演绎的中国经典作品——钢琴协奏曲《黄河》。

时过多日,人们对那场音乐盛典的回味,仍萦绕在古城的街头巷尾、楼群商厦之间,余韵袅袅,经久不息。带着这些热议,我们采访了此次音乐会的艺术总监、著名音乐家、陕西省乐团团长崔炳元。

记者(以下简称"记"):崔团长您好!轰动陕西的"2008年郎朗西安新年音乐会",是由郎朗与贵团携手共同演绎的。作为音乐总监,请您谈谈合作的过程。

崔炳元(以下简称"崔"):音乐会的方案确定后,主办方开始选择乐团。由于陕西省乐团近两年来有一些不俗的表现,比如在2006年"西洽会"上,推出了意大利作曲家雷斯庇基的著名交响诗《罗马的节日》;2007年9月,又在团庆时推出了"歌剧之夜"与"交响之夜"音乐会,特别是推出了肖斯塔科维奇的《第五交响曲》,这些都是有难度的并能说明演奏者职业化和专业化的作品。这些成果经媒体报道后,在社会上产生了良好影响。因此,主办方选择了我们。得知这个消息,我们非常高兴,因为郎朗对于我们而言,几乎可以说是一种梦想的代名词。目前我们全中国学钢琴的孩子应该是数以万计,那么郎朗无疑是一个梦,一个伟大的梦。作为国际上最年轻的钢琴大师,同时作为联合国教科文组织任命的亲善大使,郎朗的形象早已超越了音乐。他曾六次作为胡锦涛主席拜会某些外国元首时的随行人员进行钢琴演奏;同时他在各国政要,特别是西方国家一些政要的心目当中,也是一位超级明星,具有相当高的国际地位。

记:请谈谈排练时的情况。

崔:排练进行了一周左右。我们从北京请来了著名指挥家姜金一,之后就与郎朗合作的曲目及音乐会前的序曲进行了比较细致的排练。

在音乐会当天(元月6日)下午,我团与郎朗彩排时,我们就面对面地、很直观地了解和欣赏了这位国际大师。我们曾跟许多钢琴家合作过《黄河》,对于这部作品非常熟悉。据郎朗本人讲,他和国内其他乐团合作《黄河》时,至少要排两遍,而跟我们只需一遍就完全过了。

我在这里透露一个细节,很能说明郎朗的心态。在第一个乐章排完后,郎朗到指挥跟前小声地耳语了几句。音乐会之后的酒宴上,我问指挥,郎朗跟你说了什么?指挥笑了:"郎朗说:'指挥,你的发型不错,而你的指挥比发型还要好!'"这一点可以说明,郎朗当时是非常松弛的。技术上的超强,带给艺术上巨大的空间。因此说郎朗的《黄河》应该属于热情洋溢版,可能比别人稍短一些,因为他的技术太好了,速度非常快。

在郎朗到来的新闻发布会上,我将自己创作的一部钢琴组曲《西藏素描》送给了他。他一拿到手里,就认真看了起来。演出后,郎爸对我说:"你的谱子作得太好了,我们会很认真地看待这件事情。"

元月12日早晨,我接到著名指挥家卞祖善的电话。卞老师在电话中说,郎朗的行程非常繁忙。在西安这场音乐会结束后,又去了香港,之后去宁波。他刚与卞祖善合作了一场音乐会。提到陕西省乐团时,郎朗说:"陕西省乐团挺好的!"能够使郎朗得到这样的印象,除了我们的努力、内部管理及队伍素质提高等,还有一个重要原因是,我们的100位演奏家,同我的心情一样——非常尊敬这位国际大师。在我们的艺术实践当中,大家始终是抱着一种认真的、对艺术负责的、对此次音乐会负责的、对郎朗负责的态度来进行的,这样才会取得空前的成功。我们团的演奏家是99位,加上指挥,刚好100位。

记：《黄河》一直是陕西省乐团的保留曲目吗？

崔：是的。但是我们缺少一位优秀的钢琴独奏者。今年有位大学生毕业于钢琴专业，我们为了与郎朗的合作，就让她做替身进行先期排练。当郎爸得知后，还主动邀请她与郎朗一起合影。

记：对于《黄河》的演奏，能不能说你们是驾轻就熟？

崔：是的。然而对于郎朗这个版本我们还是颇费心思的。郎朗的技术太好了，他这个版本应该怎样处理，我跟指挥就一再琢磨。指挥说，郎朗这小子不好咬合，别的钢琴演奏家可能这四个音节完全一样，而到他那里就不一样了，他太出色了。演奏员跟他合作很过瘾，因为他是完全按照专业规律进行工作的。

现在想起，那天晚上简直是太令人兴奋了，与郎朗共度的那段时光我真愿意拿秒来计算，每一秒我都在享受。他弹得音头又柔和，又有25岁年轻人的性格。在后半场，他弹了《平湖秋月》和《彩云追月》，这两个曲目对于25岁的年轻人是有难度的。这难度不是在技术上。现在世界上所有的钢琴文献，已经被认同的钢琴文献，对于郎朗而言都没有困难，有困难的就是心灵、灵魂深处的感悟，我觉得他表现得非常好。我们接触过不少二三流、三四流的钢琴家，技术都还可以，可是感觉他们心里是苍白的。而当郎朗演奏一个音时，他会盯住这个音，直到这个音消失在宇宙里……

记：您认为，此次音乐会获得成功的重要因素是什么？

崔：音乐会现场座无虚席但鸦雀无声，这个使我非常感动。在之后的酒会上，郎朗说，他为西安人骄傲。那天我们的5000名观众太棒了。我甚至都想上去给他们鞠一躬。我想强调这句话：观众在音乐厅里给音乐家一个"静"，音乐家就会给观众一个世界！从音乐家手中演奏出的作品，往往是流传多年的经典，是经过无数场音乐会考验的、非常优秀的音乐作品。这些音乐作品饱含了作曲家、演奏家的心血，如果观众当中有一个领悟力很高的人，他(她)便会从中看到自己一生的喜怒哀乐，及自己一生的胜利、失败、挫折、骄傲等等……

记：陕西省乐团的人员素质和演奏水平，已经达到了一个相当高的级别；郎朗在国际上是一位顶级音乐大师，这是否说明我们这个团队是能够与任何一位顶级音乐大师合作呢？

崔：是的，我认为三方面因素很重要。第一，必须具备完备的专业技能。在这一点上我可以骄傲地告诉大家,陕西省乐团的演职人员 80%以上都是音乐学院本科毕业,学历在陕西专业文艺团体中是最高的。第二,必须有默契的合作态度及团队精神。这两点我认为还不难做到,因为交响乐团的这种合作形式是西方二三百年以来发展的比较科学的一个组织结构,所以她本身就带有一种合理性,应该说这是一个职业交响乐团最起码的职责。第三,必须有士气。这一点较难做到。因为每个人的士气是高低不等的。比如,在低潮或低迷的时候,我们即使接到这样的活动,即使我们去承办它,可能也要大打折扣。我觉得士气低落,其心态就会直接影响到交响乐作品的呈现。在这一点上我很欣慰地说陕西省乐团这支队伍的士气是逐年提高的。现在我们处在国家最好的时期,就连我们西部这样比较落后的省份,经济情况都在不断地改善,而我们有什么道理不把这支交响乐团做好,让这支有 50 多年历史的老牌交响乐团焕发出青春、焕发出中年人的魅力呢?!

记:这场音乐会是一次商演。我记得在陕西省乐团的 50 年团庆时,您就说过将来要走出一条新的路子,适应市场经济的发展,这是否可以说是一个新的契机?

崔:这场音乐会是陕西省乐团多年来发展的一个高点。今后也许我们还会和世界范围内的一些知名音乐家合作,现在都正在接触、洽谈当中。我觉得这样说比较确切,这场音乐会是我们用特有的方式走向市场的一个成功范例。交响乐团,它本来就应该是所在城市的一个精神标志,或者说是精神生活中的一个重要内容,不可能每场音乐会都用挣多少亏多少来核算,而应全盘考虑。作为陕西省乐团,现在亟须的实际上是一种形象的推进和社会的认同,特别是社会各界人士的认同,从这一点来讲比我们赚一点点小钱要重要得多。所以我认为,不敢说此次音乐会我们陕西省乐团是最大的赢家;在社会效益方面,我们无疑是很大的受益者。

记:您作为一位专家,对以后举办这种类型的音乐会,有没有一些好的建议?

崔:作为一位业内人士,我建议主办方今后对专业的事务多一点儿了解,对音乐会的规格、风格多一些熟悉,对于国际通行的惯例也应该多一些掌握。

记:比方说原来定好后被取消的伴舞问题。

崔:是。原定音乐会有伴舞,这不符合国际惯例,后来主办方采纳专家意见取消了。这就值得赞赏。排练时现场的电子屏幕不断闪烁,郎朗很不开心地说,把它关了,又不是刘翔在跑步。当时电脑灯也在不断地闪,颜色不停地变幻,影响演奏家看谱子。因此郎朗其实是在为我们说话。

(见报时间:2008年1月23日)

郎朗西安演奏会现场

让绚烂的文化遗产
在西部文化强省的建设中异彩纷呈

初夏五月,古城城南。街心花园碧绿的石榴树丛中,姹红妍白的花朵早已娇艳地绽放;高大悬铃木的树影,为路旁的人行道带来一地清凉。

2005年12月,中华人民共和国国务院为设立"文化遗产日"下发通知。通知指出:"要从对国家和历史负责的高度,从维护国家文化安全的高度,充分认识保护文化遗产的重要性"。通知决定,从2006年6月起,每年6月的第二个星期六为"文化遗产日"。

文化遗产是历史的实证和记忆,是不可再生的珍贵资源。众所周知,我们中华民族拥有5000年璀璨夺目的文明史。在5000年历史文明的长河中,作为周、秦、汉、唐等14个王朝政治、经济、文化中心的陕西,曾经为中国古代文明的发展起到过举足轻重的作用。历朝历代在陕西境内遗存的大量文物,无疑使今天的陕西成为展示中华历史文明的天然博物馆。

在日前闭幕的陕西省第十一次党代会上,省委书记赵乐际提出了把陕西建设成为西部经济强省、科教强省、文化强省的战略目标。在建设"文化强省"方面,如何发挥陕西得天独厚的历史文化遗产的作用,成为全省各界有识之士共同关注的话题。在我国第二个"文化遗产日"到来之际,本报记者走访了陕西省文物局副局长郭宪曾先生——

记者(以下简称"记"):2007年6月9日是我国第二个"文化遗产日"。此前多次联系,得知您一直在北京及我省韩城等地奔波,是在为迎接

"文化遗产日"的到来而忙碌吗？

郭宪曾(以下简称"郭")：最近一段时间我们确实比较忙，主要是围绕"5·18"世界博物馆日和"文化遗产日"的宣传和活动做一些协调工作，同时也利用这次契机，推动文博系统的日常基础工作。这两年的五六月份，我们文博系统都很忙，头绪多。我觉得这两个月的工作可以用"忙碌的5月，收获的6月"来概括。

记：都说陕西是文物大省，文物古迹名扬四海。请您向读者介绍一下本省文物的基本情况。

郭：一般来说，文物分为不可移动文物和可移动文物。不可移动文物方面，据调查，全省共有35750处，其中，古遗址10497处，古墓葬4368处，石窟寺557处，古建筑2604处，石刻14893处，近现代史迹1090处，近现代代表建筑367处，其他文物点1428处。被列为全国重点文物保护单位的有139处，省级文物保护单位415处，县级文物保护单位2090处。就全国而言，陕西的遗址特别是大遗址最多最大，一万多处；自古秦中帝王都，全省境内的帝王陵墓70多座，在全国最多。世界闻名的秦兵马俑博物馆和汉阳陵地下陈列馆也仅仅是帝王陵陪葬坑或丛葬坑的部分。现在一些重要的考古发现，原来并没有进行记载或者被了解。

可移动文物方面，目前全省正在进行博物馆藏品重新登记、鉴定和数字化建设，已经超过100万件组，珍贵文物可超过10万。据国家文物局最新统计，陕西博物馆有153座，数量居31个省份之首，而且历史类、革命类、专题及民俗类齐全。遗址类博物馆最有影响。另外，我省非物质文化遗产也非常丰厚。

我省的文物资源具有完整性，这主要指与中华文明的发源和走向一致，形成完整的链条；具有丰富性，这主要指既有黄河流域文明又有长江流域的文明，物质文化遗产和非物质文化遗产都非常多；具有至高性，这主要指古代繁荣强盛的时期，陕西长期是帝王建都所在，处在历史的制高点上；等等。

所以，悠久的历史使陕西成为得天独厚、独具特色的文物大省，形成文化积淀异常深厚的土地。

记：陕西省文博系统在文化遗产的保护和传承方面取得了哪些成绩？

郭：建国以来，尤其是改革开放以来，我省文化遗产保护事业发展很快，博物馆发展更为显著。我侧重介绍这一方面：到今年4月，全省共有各类博物馆、纪念馆153座,超过全国平均数的一倍。无论是在发展速度、质量、建馆门类与办馆主体方面,还是在文物保护与展示、人才培养与科研方面,均处于全国文博界前列,取得骄人成绩。一是博物馆藏品量大、品位高,管理工作日益规范化和现代化。目前全省文物系统收藏单位的藏品已超过百万件。已确认珍贵文物达11万件(组),居全国前列,我省文物大省的地位由此得到进一步确定。在藏品管理方面,依法建章立制,开展了长达20年的藏品登记、鉴定、建档和规范化管理工作。随着今年文物藏品数据库建设实施,我省的藏品数字化、信息化管理将达到一个新的水平。除加强藏品管理外,文物的修复保护工作也越来越受到重视,保护水平不断提高,如秦俑的彩绘俑保护技术在国内处于领先地位。二是博物馆的社会功能日益凸显。首先是展览数量逐年增加,每年全省举办陈列展览近百个,实施精品陈列工程,不断提高陈列水平和档次,接待国内外游客超过千万人次,门票收入接近3亿元。其次是强化博物馆的宣传教育功能。积极发挥爱国主义教育基地作用,按规定对六大类人群参观博物馆实行减免票优惠政策,以吸引更多的人到博物馆学习知识,接受教育,激发爱国热情;再次是增强社会服务意识,提升知名度和影响力。各地博物馆不断强化"以人为本"的理念,注重营造和谐的人文环境和优美的生态环境,强化服务措施,使博物馆不仅成为汲取知识、陶冶情操的场所,并日渐成为公众文化休闲和旅游消费的上佳选择。三是人才培养成效显著,研究成果颇丰。目前省市级博物馆的人员素质、人才结构趋于合理,显示出较强的发展潜力。随着科研投入加大,加强与高校、科研院所等学术机构的交流与合作,学术科研工作得到快速发展,出现了一批在全国很有影响的学术研究成果,尤其在周秦汉唐历史文化研究、博物馆学研究、文物保护等领域涌现出了一批突出的专家和学科带头人。四是发动群众保护文物成效显著。全省目前有持证文物保护员3800多名,初步形成了覆盖全省的文物保护网络,特别是在广大农村,文物保护员对发现文物、保护文物起到了很大作用。

我省各级、各类博物馆作为先进文化的宣传阵地,坚持"两为"方针,践行"三贴近"要求,通过有力地保护遗产和在国内外富有影响的展览活动,在传承祖国优秀历史与文化,振奋民族精神,宣传陕西,促进陕西经济社会发展等方面发挥了积极作用。取得这些成绩,既是我省拥有丰厚文化遗产客观条件使然,亦是全省文博战线干部职工辛勤努力的结果。

记：今年陕西省在"文化遗产日"期间有哪几项大型活动？

郭：今年的活动内容非常丰富。我先介绍几项大型主题活动：一是"5·18"国际博物馆日活动，主题是"博物馆与我们的共同遗产"。这期间博物馆专家集中在西安举行了"全国博物馆十大精品"评比，咱们陕西的汉阳陵被评为"十大精品陈列之首"，这应当说是博物馆界从历史、艺术、科学价值的展示方面对汉阳陵的一个最高的肯定。同时西安博物院开幕，有2000多件精品文物第一次向社会公众展示。配合博物院开幕，还安排了一些其他方面的活动，如大型宣传、临时陈列等。二是近年宝鸡12批农民捐献的青铜器6月5日在北京首都博物馆展出。宝鸡近年来不断有农民发现并捐献文物，在全国具有典范作用。文化部、国家文物局将予以奖励表彰。这项活动由国家文物局和省政府联合举办，36组、163件精美的青铜器将出现在首都博物馆的展台上。三是参与央视10套"中国记忆——文化遗产博览月"大型活动直播。6月9日对韩城市梁带村两周墓地发掘现场直播，与广州南越王墓、四川金沙遗址的发掘展示互动，陕西承担着主要的部分。四是在"文化遗产日"，陕西省文物局、陕西日报、教育厅、团省委联合举办文化遗产知识竞赛。此外，各地还组织博物馆、纪念馆举办专题展览、临时陈列、以宣传文化遗产为主题的晚会、现场表演、知识竞答等。总之，"文化遗产日"的活动范围很广，载体多样。陕西在全国活动中分量重、影响大。这些活动不仅是文博系统的活动，更是一个广泛的社会活动，目的是使更多的人了解、热爱陕西的文化遗产。

记：文化遗产具有物质文化遗产和非物质文化遗产两重属性，陕西省把非物质文化遗产划归文化部门管理，请您向读者介绍一下在文化遗产的保护和传承方面文物系统和文化系统的关系。

郭：文化遗产包括物质文化遗产和非物质文化遗产两大类。物质文化遗产主要是指具有历史、艺术和科学价值的实物，如古文化遗址、古墓葬、古建筑、石窟寺、石刻、壁画、近现代重要史迹和代表性建筑，还有各时代的重要实物、艺术品、文献、手稿、图书资料、代表性实物等；非物质文化遗产则是指各民族人民世代相承的、与群众生活密切相关的各种传统文化表现形式和文化空间，如民俗活动、表演艺术、传统知识和技能等。由于陕西省是一个文物大省，所以早在1985年，我省就在全国率先成立了正厅级文物局，直到目前，全国也只有3个省市设有这样的建制，大多数省、区把文化、文物两个系统的职能是合在一起的。

在我省，整个文物保护管理是由文物局负责的。但由于非物质文化遗产涉及表演、技艺等需要传承的精神财富，而这些方面，文化部门牵涉较多，根据非物质文化遗产的这一特征，国家和省上把这一块划到文化部门进行管理。但从文化遗产保护的角度来说，物质文化遗产和非物质文化遗产实际上是一个整体，各有侧重、不能割裂。比如具体到一件古乐器，它本身属于物质文化遗产，而它的表演又属于非物质文化遗产，是相互依存的两方面。因此，在保护文化遗产的工作中，文化、文物两个系统的职能有分有合。我个人认为，多年以来我省文化、文物两个系统在对文化遗产的保护传承方面密切合作，颇有共识。

记：陕西省对大型遗址的保护情况怎样？

郭：我们陕西的遗址共有14000多处，占全省文物点的1/3强，其中仅周丰镐遗址、秦阿房宫遗址、汉长安城遗址、唐大明宫遗址，这四大遗址就有108平方公里，秦始皇陵周边发现遗址的就涉及56平方公里。多年来在省政府、国家文物局的支持下，我们积极探索大遗址的保护途径，努力使文物遗址保护与社会经济发展、城乡基本建设、生态环境相协调，取得了令人瞩目的成绩。前年在西安召开了第十五届国际古迹遗址大会，与会专家考查了我省汉阳陵、唐大明宫等古遗址的保护情况后，国际古遗址理事会主席的评价是"陕西的文物保护是最好的"。

记：在日前闭幕的陕西省第十一次党代会上，省委书记赵乐际提出了建设西部强省的奋斗目标，其中包括经济强省、科教强省、文化强省三个方面的内容。请问，在文化强省方面，作为一个省级文物职能部门，省文物局有何举措？

郭：赵乐际书记提出的建设西部经济强省、科教强省、文化强省的口号实在让人振奋。

我们文物系统工作的指导思想是"保护为主，抢救第一，合理利用，加强管理"。围绕建设西部文化强省的奋斗目标，我们文物系统一定要立足于保护好文物，处理好"加强管理"和"合理利用"之间的关系。加强管理，一是要加强依法管理，依据《文物保护法》、国务院、陕西省有关文物保护条例加强管理。二是要加强科学管理，主要是运用现代科技手段使文物"延年益寿"，巩固基地，扩大成果。三是要加强政府管理，进一步落实政府及部门对辖区内文物的保护责任。四是要加强社会各方面的保护，尤其是动员人民群众保护文物。构建和完善以国家保护为主，动员社会各方面广

泛参与的保护格局。

在合理利用方面,我们将主要实施一批文化遗址的建设项目,把文化遗址的保护和人民群众的观光旅游及休闲有机结合起来,通过这些项目建设,尽最大努力开发文物古迹的合理利用价值。已经建成的像汉阳陵博物馆,虽然叫博物馆,而它同时是一个风光靓丽的景区。正在筹建的还有始皇陵遗址公园、延安纪念馆新馆、法门寺文化景区建设等。这些项目的一个显著特点就是在保护好古遗址原真性的前提下,充分发挥文物资源"软实力"和"品牌"作用,合理开发它的社会价值,以期提高陕西在全国乃至世界的知名度,为建设西部文化大省的目标贡献我们文博系统的一份力量,让绚烂的文化遗产在西部文化强省的建设中异彩纷呈。

(见报时间:2007年6月6日)

在博物馆里

麦田守望者

"天放晴了。空气十分鲜嫩,像树枝上刚浸出的叶片儿一样。太阳光很洁净,看不见一丝浮动的尘埃。……这里的地势比较高,地里的大部分小麦已经收割了,大地仿佛卸下了重负,如同疲累的耕牛摆脱了轭头,长长地趴下来喘气。蓝天如同一面镜子,从头顶的蓝天里可以看见,一片一片的麦茬默然而立,舒坦自如。农民们撅着屁股正在进行最后的收割,镰刀挥出的弧线整齐有力。留在他们身后的麦捆子像汗水一样老实、肥大,没有任何虚夸的意思。日复一日,年复一年,农民们把自己的精力、青春乃至健康留在了麦茬地,埋进了泥土里,收获的除了粮食,还有满脸的皱纹、变稀的白发以及弯腰曲背的身躯。超负荷的劳动悄无声息地把一个丰满动人的少妇捏弄成一个皮肤粗糙满脸倦容的老女人了,把一个魁梧英俊的小伙子雕刻成了一个两眼无光行动迟缓的老头子。可是,农民们并没有因此而放弃劳动,他们一代接一代地和土地奋争。直到临下世的那一天,他们也无法分辨,或者不想分辨究竟是土地被他们打败了,还是他们被土地

打败了。我的农民父辈们、我的农民兄妹们是最能承受最能担当的。"——这,就是冯积岐的麦田,一位虔诚的麦田守望者笔下的麦田……

农村和农民是中国文学的"母地"和"高地",其中蕴涵着无穷的创作灵感和素材。一直以来,农村题材创作在中国作家的创作中占据了一个相当重要的位置,从鲁迅的《风波》、《祝福》,茅盾的《春蚕》,叶圣陶的《多收了三五斗》,沈从文的《边城》,柳青的《创业史》,到当代陈忠实的《白鹿原》,路遥《平凡的世界》等,都是从中国农村的沃野上所孕育出的时代巨著、丰美之果。近年来,陕西省作家协会专业作家冯积岐,以其对农村题材的坚守,引起了广大读者的关注,成为描写当代中国农村的作家中的佼佼者。这位土生土长的西北汉子,多年来默默地扎根于乡野,与农村、农民结下了不解之缘。然而,当下农村题材作品的创作却不容乐观,近年来少有这方面的力作问世,其中最重要的原因就在于作家们对正在发生着翻天覆地变革的新农村缺乏了解。2004年,冯积岐赴宝鸡市凤翔县挂职,担任县委副书记。在深入基层的生活中,他认识到,时下文艺作品市场冷清的一个主要原因就是有很多作品把农村生活简单化、粗俗化、概念化、商品化了,和现实生活严重脱节。"一个作家不仅要把发生在农村的点点滴滴真实地记录下来,而且还要全身心地投入到农村生活之中,将自己的情感融入作品,这样才会得到老百姓的欢迎和喜爱。基层锻炼就是一个很好的机会。!"日前,记者专访了著名作家冯积岐。

我是这个世界上最不幸福的人

记者(以下简称记):冯老师您好,从您的处女作《续绳》,到您的第一部长篇小说《大树底下》、散文《人的证明》,再到刚出版的长篇小说《村子》,您的所有作品都是描写农村生活的,请您谈谈您的创作经历。

冯积岐(以下简称冯):我上小学的时候就喜欢读书。当时有一部叫《空印盒》的明清小说给我留下了深刻的印象,作者是谁现在都忘了。故事的大体内容是描写县衙大印被盗后放在一个盒子里,以及其后所发生的离奇故事。因为喜欢读书,同学们给我起了个外号叫"文学家",其实那时候我的作文并不好,不按规矩来写。记得我有一篇描写农村老年人的作文里面这样写着：老汉的胡子和刺猬毛一样硬。老师看了后问我见过刺猬吗？我说没有。老师便说，其实刺猬毛如同钢针一样。

因为家庭出身不好，"文革"刚开始我就回村务农了，当时只有14岁，初中还没毕业。"文革"期间和书便没有了什么缘分。那时农村没吃的，印象最深的就是饿肚子。我家靠山，一次去山里砍柴时太饿了，就跑到附近窑洞里去要吃的。我把一个年轻轻的女人叫了一声姨姨（其实她年龄和我也差不多），她随手就把案上的搅团给我掰了一块。当时也没有什么调料，就狼吞虎咽地吃光了。后来这段悲惨的生活在我的小说中得到了充分的反映。

1982年开始动笔写作，一年内我写了3部小说，其中《续绳》发表在1983年《延河》杂志的第五期上。如果那篇稿子没有发表，也许以后我也就不写了。后来我进县广播站做编辑，每天就在宿舍里写小说。1988年我考进了西北大学作家班。离开的时候，才发现桌子墙根下有一大堆土，能拉一架子车。那是因为冬天冷，晚上写作的时候我把脚在墙上蹬而蹬出的，结果把墙蹬了一个大洞，墙壁都快穿透了。

后来从作家班进了《延河》杂志编辑部，一边上班，一边在学校上课，一边还得照看家里的责任田，三头跑。当时爱人和孩子都在家，孩子还小。1989年春节后，编辑部要腾房子，没地方住了，朋友就让我去南郊住，我骑着自行车去了一看，什么都没有，只有一个办公桌，还有我带的一床被子。那天晚上我拉肚子，厕所比较远，一晚上就跑了十几次厕所，第二天一早又继续去上课。

从1994年开始，我的作品开始在全国许多杂志上发表。从量上来说，我发表的作品在全省是第一，有短篇小说170多篇、中篇小说30多篇，出版了5部长篇小说，好几百篇散文，作品也经常被转载。《延河》杂志的执行主编常智奇说我："你是一个用生命写作的人。"我确实是在用生命写作。2003年我写长篇散文《王者风度》，早上8点前准时到西安南郊朋友开的宾馆里写，中午吃完饭后继续写（我从来没养成过中午休息的习惯）。最后18万字的作品终于写完了。回家的路上，看着街道上熙熙攘攘的人群幸福地享受着都市生活，我失声痛哭。当时心里就想，我是世界上最不幸福的人。长时间的辛苦写作使得我经常生病。写作对我来说虽不具有什么功利性，但我已经上瘾了，不写就难受。

记：您作品的风格受什么影响比较大？

冯：河南南阳有一个读者写信给我说："你的小说我不敢看，读着读着就流眼泪了。"评论家邢小利说我的作品艺术上很有追求，就是说我的作品把艺术本身看的很重。我所有长篇小说的结构、人物、情节等都有所不同。在写作中，我不断地变换着艺术风格，这也许是因为我读的外国文学作品较多，受其熏陶比较大的缘故。中国传统小说的模式是章回小说，而外国小说的哲理味道较浓，手法比较独特。我对很多人说，读了外国小说以后，我发现现代主义在中国，中国的现代主义在西府，西府的现代主义在岐山。岐山是青铜器之乡，我很小的时候就经常去离家3公里外的周原博物馆游览，里面所展示的青铜器上的花纹、人物图案等都很夸张，给我留下了很深刻的印象。

记：从《挂职日记》中可以看出，在您担任凤翔县县委副书记的日子里，几乎走遍了当地的村镇，大部分时间都是在基层度过的，农村给您留下的最深印象是什么？

冯：2004年刚去凤翔县挂职后，我便走访了许多山村，当地一些农村和半个世纪以前或者100年前的生活差不多，仍是点着煤油灯，仍是牛犁地，一代一代地延续着，与我们城市的生活差距太大了。只是近年来，这种状态才在逐渐地发生着变化。

记：有读者提出，您小说中（《敲门》《大树底下》）人物的命运浓缩了中国农村当前的矛盾，这是您当初动笔的初衷吗？

冯：举个例子说吧，我有一篇小说是描写青年生活的，里面的许多人物都是在现实生活中积累起来的，有很多亲历的影子，都有生活中的原型。《大树底下》对我的刺激比较大，因为我们村子里确实有一个人死了。一个作家要千方百计把自己生命的体验写出来，不能跟着潮流走，这点要坚定不移。

记：读您的小说，我们都感觉到里面有一种默默的坚守，一方面是对传统文化的坚守，还有一方面是对乡村的坚守，您将来是否还会继续这种坚守？在这种坚守中您有没有感觉到一种艰难？

冯：从1983年发表第一篇小说算起，20多年过去了。可以说，我一直在忧郁、不安、痛苦、自我煎熬和折磨中朝着一个目标而奔走，时至今日，留在我心底的是苦涩的绝望和凄凉的惨败感。失败的感触中不乏我对世俗意义上的成功的渴望，对我所从事的这种劳动能够被承认的盼望。我不由得怀疑自己，怀疑自己的才华，怀疑自己的能力。怀疑之后又是苦行。

我虽在农村生活了20多年，但随后的城市生活和长期的写作已使我身体的调适性变得很脆弱，在县上分管的事务和经常性的失眠让我疲惫不堪。即便如此，在近两年的挂职期间，我还是发表了《挂职日记》和一些短篇小说。挂职期间我采集的创作素材非常丰富，获取的鲜活人物形象、故事都非常精彩，这令我对自身所驻足的乡村心存感激，而忘却身体的病痛。自己是农民的儿子，近年来虽身居都市，在精神上却游离于其边缘，这注定自己要在农村题材上继续做文章。

但是，我觉得我们无法把现代主义纪实手法变成一种技术层面的东西，所以还要坚守传统。对农村来说，传统的东西非常普遍。我认为一个作家必须是理想主义，文学也是神圣的，作品让人读了要有圣洁感，要有美好的感觉；作品还要让人看到希望，揭这个伤疤是为了把这个伤治好，不是为了展示。如80后一些作家，他们对文学的理解和我们这一代作家截然不同，他们不担当，我觉得一个作家首先要担当，毫不担当的作家是靠不住的。我现在只订两本杂志——《外国文艺》和《世界文学》。外国作家的小说和咱们的不一样，他们的小说以一种很认真、很严肃的态度揭示当代人在生活上的困惑。如日本文学和韩国文学就不乏严肃之作，它们揭示的是当代人对生存的困惑，对人类未来的担忧、命运的忧虑，对人性的剖析。然而城市越来越复杂，人活的却越来越简单，我们把好多东西都简化了，历史简化成博物馆、大自然简化成旅游，这种简化是可怕的。

农村的变化令人欣喜而担忧

记：有评论家这样说，您历时8年完成的长篇小说《沉默的季节》，在沉默中展示了一个民族的集体记忆，今天回过头看，您觉的现在的年轻一代应该了解这些经历吗？

冯：现在很多年轻人都在回避过去这些苦难的历史，年轻人还是要补这一课的。

记：您的这种风格和坚守会不会受到城市生活的影响？

冯：我觉得我现在是个城市的局外人，还没有融入到这个城市里，和城市有一种距离感。

记：冯老师，走在繁华的都市大街上，我们经常会看到一些默默地步行着的农民，背着用来盛放随身物品的化肥袋子，累了就坐在地上靠着袋

子休息一会,有些天色近晚却还没有找到归宿。您看到这些心里有什么样的感受?

冯:每年过完年,农民们外出打工时都是带着化肥袋子,他们在外面打工,建设城市,但又没有经济力量在城市居住,在精神上、人格上失去了很多。他们建设城市却不享受城市!他们身上的许多珍贵的、传统的东西在城市中不得已地丢失了。现在的农村是个空壳子,是空荡荡的,娃们宁愿去偷去抢也不愿意回到农村,这种状况有待在社会主义新农村的建设中去改变。

记:您能介绍一下您刚刚出版的长篇小说《村子》的情况吗?

冯:《村子》是我下工夫最大,也是最写实的一部小说。1979年至1999年间,农村人的生产方式、观念伦理等发生了多层面的、复杂微妙的变化,这些变化是以村子为舞台展开的。村子是农民祖辈生活的地方,也是他们文化心理的依托之所在。小说时间跨度比较长,人物比较多、性格比较复杂。而这段生活在文学上比较空白,目前文坛上还没有这样像编年史一样写实的作品。我多年来一直很关注欧美文学,也从中吸取了很多创作手法和理念。希望用村子的变化来象征农民精神的变化,所以在《村子》里我强调的不是故事性,而注重揭示人物的心理冲突和文化冲突,也试图找到农村的文化传统受到冲击后的文化支撑之所在。

在这部长篇中,我触摸到的是一个"变"字,社会在变革、农民的生活方式、情感方式、价值观和世界观都在变化着。最显著的变化就是分田到户,一些农民开始接受不了这一变化,就闹事。然而,最终还是顺应了。顺应的结果并非仅仅是粮食的大丰收,不仅仅是衣食无忧。生活使他们明白:分田到户并不是百病可治的良药。他们无奈、痛苦、挣扎以至失态;他们难以容忍自尊和尊严的被剥夺,于是,就反抗。

我对村子里的农民有难以割断的情感,我不仅触摸的是农民的兴奋点和痛点,也是自己的兴奋点和痛点。我知道,村子里的农民日子过得很艰辛,但是,有祝义和、赵烈梅、马志敬这样的善良而能干的农民的支撑,农民的生活不会垮掉的。令我最痛心的是村子里的"下一代",像马林科兄弟俩这些年轻农民,面对欲望,他们将经受更多的磨难。

记:综观当今文坛,许多文学作品都以农村农民为题材,这其中有客观的描述,也有片面夸大,您怎样看待这些?对哪些观点您比较赞同?

冯:我觉得这是一个需要自己去把握的问题。对于"客观"和"片面",

关键是看站在什么角度。我比较赞成客观的,因为有强烈的感性认识,就必须有理性的把握。当然,把握是否到位,这就是修养的问题了。

这次去凤翔县以后我发现,农村的变化令人欣喜而担忧。村子里的宗祠文化和体制文化已彻底破产,文化也成为快餐性的东西,一切都简单化了。而好作家是用荒诞的眼睛来看这个荒诞的世界的,但是有些人看不到。

记:贾平凹在作品中定位自己为农民,您也会这样定位自己吗?

冯:贾平凹不是农民,我才是农民。我当农民的时间有20年,有农民情感、农民情结,我的父辈、我的兄妹依然在故乡那块黄土地上为了生计而劳作。作为农民,他们的那一双手从不停歇,除非病倒爬不起来了。劳动对他们来说是一种需要,也是一种安慰。在这一点上,我和他们是相通的,因为,我是他们其中的一个。如今,我依旧在安安静静地写作,就像做农民一样,每天扛着锄头或镢头去上地,并不因为来年薄收或无收成而停止了这种劳动。一个作家,对人类同情怜悯这种大的关怀必须具有。

记:您能描绘一下您心中的社会主义新农村是什么样的景象?

冯:建设社会主义新农村首先要发展生产力,要有支柱产业,要让农民的生活富裕,不光是表面上房子盖得好,街道干净整齐就行了。我认为社会主义新农村的最终目的是要把农村建设得更好,让农民回到自己的和谐家园。

(见报时间:2007年3月7日)

采访陕西省作家协会副主席、著名作家冯积岐

当我回首往事……

"生命属于我们只有一次。一个人的生命应该这样度过：当他回首往事时，不因虚度年华而悔恨，也不因碌碌无为而羞愧……"

——尼古拉·奥斯特洛夫斯基

张继英是一位女检察官：她曾担任某检察机关研究室主任；张继英是一位在我国公检法司新闻系统知名度颇高的女记者、《检察日报》社驻西安记者站站长，她采写的《他拿头担保了什么？》《挪用贪污4.8亿元，陕西西安两金融巨蠹二审仍被判死刑》《朱镕基缘何推介"官箴"》等新闻消息及深度报道曾轰动全国；张继英是笔耕不辍的女作家，在去年下半年短短几个月的时间里，她先后出版了《破译生死密码——传奇女法医冯雪破案实录》与《国法难容》（原名《死缓》）等两部重量级纪实性文学作品。尤为引人注目的是，《破译生死密码》出版后，先后在《检察日报》、《北京青年报》、《南京日报》、《华商报》以及海南、贵州、扬州等地的多家媒体进行连载，一时好评如潮。

我是通过张继英的一系列作品〔除上述两部作品外，张继英尚有《检察心理学》（专著）、《西北打黑第一案》（中篇小说，曾在《三秦都市报》等媒体进行连载）及通讯报道数百篇出版、发表〕而开始关注她的。在数次通话后,我们于采访之日首次见面。电话中的她,声音沉稳、庄重、干练,并有些微的矜持;见面时,出现在我面前的,是一位身着素色休闲装,体态纤巧、轻盈,容貌清秀中略带沉郁、冷峻的中年女子,就像一株淡雅的秋菊,散发着若有若无的馨香。

我们采访的话题,自然从她近期所推出的两部作品谈起。

记者:我是同时拿到《破译生死密码》和《国法难容》这两本书的,习惯性地翻到版权页,发现她们的出版时间前后仅相隔两个多月。在如此短的时间内,推出这样两部沉甸甸的文学作品,在我省的公安、检察文学领域,还是从未有过的。

张继英:《国法难容》一书的写作实际上用了2~3年的时间,在修改过程中,穿插式地写作了《破译生死密码》。当时中国检察出版社要求我以冯雪为主人公,为他们的"当代侦探大师丛书"写作一部纪实文学作品。因要保持人物的鲜活性,因此出版社要求很快截稿。《破译生死密码》的故事是呈系列性的,独立成篇,因而相对好写一些。

当时写得很快,大约两个月的时间就完成了,写完之后又断断续续地修改了几个月。作品付梓后,我心里一直怯怯的,不知社会会有什么样的反响。现在在全国获得如此高的转载率,在我亦是始料未及的。

我以前不认识冯雪,只是看过报纸上对她的报道。但都未认真去看,因我们关注的多是检察方面的,而她是公安战线的先进模范人物。接受中国检察出版社的写作任务后,我与她相识,在交谈中慢慢地了解了她这个人。我去采访的时候,她对媒体非常低调。以前有许多媒体采写过她,包括国务院新闻中心向国际社会所发的通稿,使她的事迹甚至传播到了诸如美国纽约等一些国家和地区。她是一个响亮的人物。但由于这种低调,媒体过去对她的挖掘不很深入,多是渲染她如何的大胆,如孤身进入古墓中的作案现场等等。如何把她写得真实,把她的心理世界写出来,很费了我的一番心思。在接触与采访中,我突然灵感闪现。我对冯雪说,我不会只写你是如何的不怕死人,敢整天摸死人、解剖尸体、到血淋淋的现场去,而是要深入挖掘你在面对尸体时,是怎样用你非凡的智慧、高超的技术来侦破案件,从这个角度来展现你是如何破译生死密码的。作为女人,我愿意写她,因为我能感知她,她并不是一个孙二娘式的风驰

电掣式的女人,内心是非常温婉、细腻,女人味十足的。以前媒体对冯雪的描画,那是男人笔下的女人,是男人眼中的女人,是男人所感知的女人。而我,则是要用女人的眼光去观察她、观察社会。作品完成后,冯雪是非常满意的。

记者:《破译生死密码》一书涉猎面很广,包括犯罪学、犯罪心理学、刑事侦察学、法医学、痕迹学等。感觉你在下笔时,对于上述的各个方面,没有丝毫的生疏之感。书中每一个案例的展开,都是悬念迭生、丝丝入扣、惊心动魄的,情节非常吸引人。

张继英:为了写作《破译生死密码》,我把一部冯雪送我的《法医学》看了好几遍,下笔时这些知识手到擒来,感觉十分自如。书中对古今中外的许多法医理论及案例均有所触及。据出版社的人士讲,目前我国描写法医的书籍已有数部,要数我的这本社会影响最大。

读者感觉这本书好看,或许与我经常写作各种各样的案例报道有关。了解我的人都知道,我所写的案例报道,很少有此篇与彼篇使用着同一种手法的情况出现,而是篇篇均有所不同。从构思、布局、设置悬念,到语言等,每篇都力求有新意。

《破译生死密码》是纪实性作品,其中有许多取自于生活的素材,并不完全具备构成传奇的因素。在写作过程中,我加入了许多自己的再创作。其中不仅有冯雪的生活、工作、阅历,而且加入了许多我个人作为作者的理解、作者的再创作。里面有许多的心理学分析,便是来自于我在心理学知识方面的长期积累。多年来,我比较喜欢法制心理学、犯罪心理学研究,一直在进行着这方面的探讨,累积了一些知识。这些知识都没有白学,都用在书中了。

记者:《国法难容》的主人公、检察官王睿,是一个特别令人感动的人物。从刚开始蒙受不白之冤,又顶着压力办案、带病工作,为了社会的公平、正义,最后献出了宝贵的生命。看完这个故事后,许多人都深受感动。

张继英:描写检察官的工作与生活,是我多年来的愿望。《国法难容》一书,取材于数个真实的案例,每个故事都来自于鲜活的检察生活,又不局限于不同于任何具体的人和事。这本书如同我生命里的一坛陈年老酒,是用生活的纯粮精心酿制的。其实政法战线上有许多像王睿这样默默工作、奉献的人物。王睿这个人物是很多检察官的形象合成的。其中有一个，就是西安市检察院一位叫谢西朝的同志。我曾写过一篇有关他的报道。他长期带病工作，在一次办案中因心脏病突发而去世。当时他的孩子只有1岁，而且他一直在生活中坚守着清贫。

以前《国家公诉》、《良心作证》这些作品都是写检察官的，可是却只反映了一个方面。很少有人关注看守所监督和劳改监督，《国法难容》就是为了更加广泛并深入地展示检察官的真实世界而创作的。

由于我长期进行对大案要案及检察战线英模人物的深度采访与报道，长期积淀、积累，感觉如果不把这些可歌可泣的人物与素材作为文学作品，以一种比较壮观的形式反映出来，感觉自己都与自己过不去。在平时的生活中，那些英模人物的影子、大案要案的情节，总是在我的眼前晃动着，只有把他们写出来，我的心灵才会获得一种轻松感。在检察机关工作的时间越长，这种把检察官的生活反映出来的愿望就越强烈，越让我有一种使命感。

我的作品反映的是和平年代的英雄人物。也许是从小所受教育使然，我始终认为，作为一个新闻媒体的记者，一个文学创作者，这应该是我的一个社会责任。虽说文学反映生活是多角度、多侧面的，但我认为，不管任何时候，讴歌社会中的英雄人物，包括反映正义事业、崇高爱情的，都应当是我们社会的主流文化，是我们宣传工作的导向。我们要大力宣扬与倡导胡锦涛总书记所提出的"坚持以热爱祖国为荣、以危害祖国为耻，以服务人民为荣、以背离人民为耻，以崇尚科学为荣、以愚昧无知为耻，以辛勤劳动为荣、以好逸恶劳为耻，以团结互助为荣、以损人利己为耻，以诚实守信为荣、以见利忘义为耻，以遵纪守法为荣、以违法乱纪为耻，以艰苦奋斗为荣、以骄奢淫逸为耻"的社会主义荣辱观。不管小说是个人思想情绪的宣泄也罢，是个人感觉的记录也罢，都不应忘却自己所肩负的一种社会责任。我长期在政法战线工作，感受到了很多催人泪下的故事，其中有很多为常人所不理解、不了解的故事。我要让社会更多地了解这些政法战线上的英雄。社会需要正义、更多的正气以及对忠诚、对善良的歌颂。平时，作为一个新闻记者，我一个耳朵听着官方的，另一个耳朵听着百姓的，再加上又采访了许多贪官，对社会的阴暗面了解的相当多，丑恶现象看到的也很多。因而才更觉得有义务去宣传、去歌颂正大光明的一面、英雄的一面。其实，我笔下的英雄是政法战线上许多普通得不能再普通的人物。他们活跃在我们每个人的身边。我有

义务将这些最普通的、最容易为人所忽视的东西写出来,并加以升华,让人们对社会有一种美好的向往。

记者:也许你在生活中是一个浪漫的、富有情调的女人,但你的笔下所流露出来的,则是一种飒爽英姿、阳刚之气。通过这两部作品,会让作为观察者、品评者的读者,看到了隐身于作品后的你的形象——勤奋、敬业,十分高大。我感觉,你与你书中的主人公冯雪,在某种气质上是相通的,许多存在于冯雪身上的优秀品质,在你的身上也同样存在着。

张继英:我在北京的军队大院中长大,从小就经常听父亲讲述战斗故事。父亲是山西霍州人,抗战时期参加革命。他的家庭在当地还是一个富庶之家。他幼时上过几年私塾,有些文化。参加抗日后,由于汉奸告密,日本人去抓父亲时扑了空,就把爷爷抓住活埋了。父亲在革命阵营中长大,一直在部队中当教员、搞政治工作等。

我的个人经历比较丰富多彩。下过乡、当过兵;下乡时还做过赤脚医生,代别人教过书;当兵的时候还修理过坦克,因为我在装甲兵学院学的是坦克修理。1985年进入检察系统,一干就是20多年。

我这个人最突出的特点是爱学习,求知欲旺盛。从小学三四年级起就看长篇小说。当时还特别喜欢看电影,或这或那,总是在不停地看啊看的。大概是山西人的特点吧,总想着干一件事就要把它干好,无论是下乡,还是当兵。但从来没有想过要写书。至于现在所取得的成果,也许是长年累积到这个程度了,厚积而薄发吧。更多的时候我只是在默默地耕耘,只求把每件事的过程做得十分的完美。

我是一个不愿意引起别人关注的人,从小到大一直是这样。我就觉得实实在在地干一些事情是最重要的。

多年来,一直以每年百余篇的数量来写作通讯报道,一直是超质超量地完成任务。曾经连续3年被评为《检察日报》的优秀记者和先进个人;在机关还立过几次三等功。许多人都说,我在如此紧张忙碌的情况下,还能够写作出版这样一部又一部影响广泛的作品,真是不可思议的。

也许是家族的革命传统以及从小军队大院氛围的熏陶吧,直到现在,我还是喜欢看一些战争题材的影片,经常在周日租些影碟在家里放,比如说描写苏联卫国战争的,以及《兄弟连》等等。

山西霍州烽火岁月中的惨烈一幕,将悲壮、坚韧的革命种子孕育在了我的心田；北京的军队大院，是我的梦开始的地方。从那时起，我所开始阅读的古今中外的优秀文学作品，给了我人生与文学的深刻启迪，并至今仍使我迷醉。我的自强、勤奋，以及持续并以苦为甜的耕耘，所汲取的养料，或许从那时起，便开始点点滴滴地储存在了我的体内。对良知的推崇和对美德的追逐，是我内心里从未泯灭的呼唤。《钢铁是怎样炼成的》，是当时我所读到的最早的一部书，她的作者奥斯特洛夫斯基的那段名言，将永远铭记于我的心底。

(见报时间：2006 年 3 月 29 日)

采访张继英(右)

我对这片土地爱得深沉

2005年9月8日上午,陕西省民间艺术家代表团赴京参加"首届华夏民俗文化节"的新闻发布会在位于西安市东大街的青年会宾馆举行。为了增加同各位民间艺术家交流的机会,记者提前半个多小时来到会场。进入会场后,记者看到,陕西省文化厅副厅长刘宽忍早已坐在了来自全省各地的民间艺术家们的中间。他们亲切地谈论着,欢声笑语不时迸发而出。这时的刘宽忍副厅长,已不再像是一位出席会议的省上的厅级领导,而更像是这些民间艺术家们的兄弟。

新闻发布会后,记者对刘宽忍副厅长进行了专访。

记者:刘副厅长,在会议开始前,目睹了您同各位民间艺术家们其乐融融、相谈甚欢的情景,便想起了曾耳濡目染的种种有关您的往事。您曾在节假日中,驱车数百里,不打任何招呼地走访民间艺人那贫寒的家中,与他们同吃、同住,彻夜长谈;当听说某位身怀绝技的民间老艺人囊中羞涩、生活难以为继时,您不但从自己的工资中拿出1000元给予资助,还呼吁社会各界对这些老艺人的生活状况予以关注。我感觉,您对陕西民间文化的感情是十分浓烈、发自内心的;在您的身上,有着非常浓厚的"草根情怀"。

刘宽忍:我出生及成长在位于黄河流域的陕西蒲城农村,在中华民族传统民间文化的熏染浸泡中长大。身为老中医的爷爷给我起了这个名字,他让我"宽以待人,克己忍让";毕业于陕西师大中文系、担任乡村教师的父亲拉得一手好二胡,每逢学校假期,在夏夜繁星下的打麦场上,在冬日暖融融的炉火边,常会飘荡起父亲那让人如痴如醉的二胡声。10来岁时,连县城都没进过的我,却以渭南地区第一名的成绩,被西安音乐学院附中所录取,刚到西安的半年时间里,我简直无法适应这城市里的生活,十分想家,想回到村庄边的小河畔,回到那混合着青草与泥土气息的土地上去,以后才逐渐地习惯下来。我是从黄河岸边的黄土地上走出来的,我与来自于这黄土地上的一切是血脉相通的。

到陕西省文化厅后,我主要分管民间及基层文化工作,看到这些民间艺术家们所处的社会地位很低,生活状况也很差,心中十分不忍。其实这些人是在默默无闻地为陕西的文化事业做着贡献,从某些方面来说,是能真正代表陕西的文化水平、为陕西增光的。他们负载着一些真正来自民间的、在时代的长河中传承下来的东西。然而他们中的许多人,却长期以来为社会所鄙视,没有社会地位,大部分非常贫困。也正唯其如此,他们中便能产生出一些真正好的东西,一些富有艺术价值的东西。比如著名的刺绣、布艺、剪纸艺人吕会琴,自幼跟随母亲学习刺绣、布艺和剪纸技艺,其作品造型生动、夸张,富于想像,形成了十分独特的个人风格。她曾随中国文化交流团在法、美、德、澳等国巡回展出,赢得了广泛的国际声誉。就是这样一个备受国内外专家学者高度赞扬的人,却大字不识;可正因为她不识字,所以她的创作才是本真的、原始的,极具原生态的乡间质朴风格。

这些年来,我通过各种渠道以及多种方式,同这些民间艺人交朋友,首先对他们的分布、状况做到心中有数。其次,在安顿及改进他们生活的基础上,对其所怀绝技进行挖掘、保护、整理。如今,在省文化厅的周围,已聚拢了相当多的一批民间艺术家。他们遇上了难事、碰到了难题,总喜欢来向我倾诉、找我解决,经常在我办公室里一谈就是一个通宵。现在,他们很多人都把省文化厅当成了自己的组织和归宿,甚至去外地进行演出活动前,都要来我这里请假,回来后又来销假。也正是这些人,在接到有关演出任务时,往往是不计报酬、非常投入地去完成。我在与这些来自民间的农民艺术家的不断接触中,深感他们的觉悟是很高的。

记者:作为一个专业性的文化媒体,我们亲眼目睹,从你接手陕西省的民间文化工作以来,已使其逐步得到了社会各界的重视,目前这方面的活动做得是风生水起、方兴未艾。读者想了解的是,作为一个省级文化职能部门的官员,你是怎样使我省的民间文化达到了如今的初步兴盛、初具规模的状态?对未来我省民间文化的发展前景有着怎样的展望?

刘宽忍：总的来说，近几年，国家在民族民间文化工作方面的大气候、大环境非常之好，党的十六大提出了扶植优秀民间文化艺术传统的精神，中宣部则要求文艺工作者坚持"三贴近"的原则，加之陕西本身在这方面也有着丰厚的基础和土壤。我崇尚说实话、办实事的实干精神，在民间文化艺术的推广方面，实实在在、踏踏实实地干好每一件事。民间艺术家这个群体对政府的期望值很高，他们不满足于你只是坐在上面发发文件，而到基层就成为一纸空文的状况。因此，作为一位省级职能部门的领导者，个人要在这项工作上投入丰沛的感情，亲自抓重点、抓落实，身先士卒，与民间艺术家们打成一片，解决具体问题，推动民间文化艺术事业扎实稳妥地向前发展。

另外，要举办大型的民俗文化艺术大荟萃的活动，必须是成规模、高水准的，对全省民俗民间文化艺术的状况进行摸底。通过这种活动，以政府的名义，规范民俗民间艺术的市场，如皮影、鼓乐、农民画等。在这些有陕西特点的品种里面，每项评出1至2个大师级的领军人物，如久具盛名的农民画家李凤兰等人，再以这些人物为水准、为带动。这项工作，我准备同文化部与中国艺术研究院合作来搞。

目前，我们工作的重点在于给民间艺人找出路、搭平台、提供场地。下一阶段的目标是实施以城墙、宾馆、酒店为载体的"文化填充工程"，使民俗民间文化渗透到古城的每一个角落。在这方面，充分调动与利用社会力量是十分必要的。

(见报时间：2005年9月14日)

采访刘宽忍(右)

走近抽象艺术

2005年7月28日,继上海、北京之后,由奥地利维也纳现代艺术博物馆路德维希基金会承办的"奥地利新抽象绘画展"在西安的陕西省美术博物馆隆重开展。7月27日上午,本报记者用英语采访了这次画展的倡议者魏勒夫人,借助德语翻译采访了奥方策展人维也纳路德维希基金会的当代艺术博物馆馆长柯普教授。

记者: 奥地利是一个具有着丰富的文化遗产和灿烂的现代艺术的国家。名扬世界的音乐家海顿、莫扎特、舒伯特、施特劳斯,精神分析学派的创始人弗洛伊德,以及著名作家茨威格与卡夫卡等,无不为我国知识界人士及广大民众所知晓。这次"奥地利新抽象绘画展"在中国的举办,是否能从更为扩展和深入的层面上,使中国观众了解奥地利当代艺术家的创造才华?

魏勒夫人: 是的,确实是这样。奥地利的抽象绘画艺术是从上个世纪的50年代开始发展的,从奥地利抽象绘画的传统以及世界现代艺术的发展来看,参加中国巡展的6位艺术家无疑是奥地利最优秀艺术家的组合,他们的作品各具独立的艺术形式,可以使了解奥地利音乐与文学传统的中国观众增进对奥地利绘画艺术的了解。像你刚才所提到的莫扎特、弗洛

伊德、茨威格、卡夫卡等,他们代表着辉煌的过去,而抽象绘画则是具有现实意义的。

记者：从这次的展览中,我们看到,在奥地利,抽象绘画艺术的发展保持着良好的发展势头,您能向中国观众描摹一下抽象绘画艺术在奥地利的发展历程吗？

柯普教授：大约在1900年左右,欧洲艺术家给自己提出了这样的问题,如果除掉历史强加给绘画的种种赘瘤,绘画的本质将会是什么？它的价值又究竟何在？19世纪以来,照相术的发明,印刷、音响和电影媒体的普及,将原本属于绘画的描摹物象的任务给剥夺了,艺术界开始探索绘画除了描摹客观的物象以外还能做些什么？后期印象派、超现实主义、抽象表现主义等等流派都在呼应这个问题。上世纪40年代后期以来抽象艺术成为潮流,它主张绘画通过色彩、线条、画面结构和表层肌理的处理表达本体所具有的一切美学因素,表达艺术家个体对生活的独特感受和态度。

在奥地利的情形比较特殊,"传统的绝对权威"长时间地统治着这个国家。上个世纪的50年代,奥地利抽象艺术的领军人物马克斯·魏勒在维也纳火车站候车大厅的墙壁上画出一幅抽象绘画作品后,就受到了许多报纸等各类媒体的攻击；抽象画派在天主教堂内的绘画作品,甚至受到了来自梵蒂冈罗马教廷的批评。抽象艺术被一些人指斥为是颓废的、病态的、不健康的艺术。马克斯·魏勒则被一些人贬损为"丑闻艺术家"。后来,随着抽象绘画艺术逐渐地被知识界人士及社会大众所理解、所接受,这种情况发生了变化。1974年,马克斯·魏勒成为名闻遐迩的维也纳造型艺术研究院的教授。1986年,奥地利当代绘画展"劈开冰川"在瑞士伯尔尼的艺术展览馆拉开帷幕,随后又在奥地利维也纳的现代艺术博物馆路德维希基金会再一次展出。参加展览的画家——属于"野性派绘画"——被认为是奥地利最具独特风格的画家。

"世界越繁琐,艺术越简约",抽象艺术成为了西方20世纪绘画艺术的主流,不停地讨论"传统艺术与抽象艺术"孰高孰低的时代一去不复返了。

记者：相信在我们古城西安,会有许多热爱艺术的观众前来博物馆欣赏这次画展,那么,您能否给他们一些好的建议呢？

柯普教授：抽象绘画或非具象绘画的实质是个人心理活动寻求自我表现的手段，其直接结果是绘画最原本的形式。描写这一绘画特质的词汇通常有如专注、有力、活泼、充满能量、密集、氛围感强、天然个性的流露等等。这个展览上的奥地利艺术家的作品也都可以以这类词汇来描述。但是，他们的绘画世界是敞开的、试验性的。在过去，他们经历了各自不同的发展过程，在将来，也完全有可能走入新的方向。他们的共同点在于他们的绘画都表现出了高度的对自身的审视和关照，并将这些关照的结果通过绘画材料和技巧传达出来；它们超越了对具体事物的描摹，而在色彩、节奏、韵律、色块转换、线条运动方面下功力，并因画家个性的不同表达出不同的趣味。抽象绘画或非具象绘画对观众的一个不可避免的要求是对画面不同造型形体的联想，幻想画面空间，幻化画面场景等。这一点，可以在中国的文人水墨艺术与书法作品中找到独特的呼应。

记者：这次画展达到了一个很高的规格，这是双方国家的有关人士长期努力的结果，无疑地会进一步地加强中奥两国间的文化交流。请向中国观众回顾一下中奥两国在抽象绘画艺术领域进行交流与合作的发展过程。

柯普教授：谈起这一问题，就不能不提到奥地利抽象绘画艺术的前辈画家马克斯·魏勒。马克斯·魏勒发现，自己对绘画、对自然、对人类的认识和洞见与中国宋代的山水画大师们不谋而合。1998年，他在北京的中国美术馆举办了个人画展览，引起了中国观众的关注与兴趣。这次画展奠定了中奥在美术交流方面的开端，是里程碑式的，开创了中奥文化交流的先河。

通过这个展览的举办，中国和奥地利之间的文化交流协定随之签订，文化高层间的相互关系开始建立。2001年，奥地利的艺术、设计、建筑展览在上海举办。这次新抽象绘画艺术展是第三次的大型文化交流活动。

记者：此次是魏勒夫人第几次来到西安？对这座城市的印象如何？为何选择西安作为举办这次巡展的四座城市之一？

魏勒夫人：此次是我第三次来到西安。西安是一个有着悠久历史的城市，具有深厚的文化积淀，在世界上知名度很高。中国非常之大，我们所选择的四座城市携带着各自不同的地域、环境、文化信息，有着

各自的特点。去年,陕西省美术博物馆的李馆长到访维也纳,我们经过与李馆长的会晤、商讨后,将展览选择在这里举行。奥地利虽然只有800多万人口,但她在文化方面是个大国,中国也是一个文化大国,两国对话的共同点很多。这种大型的展览虽然是第一次在西安举办,但我们感觉陕西省美术博物馆做得较好。中奥两国文化合作的前景非常之广泛。

(见报时间:2005年8月3日)

采访魏勒夫人(中)与柯普教授(右)

散文随笔篇

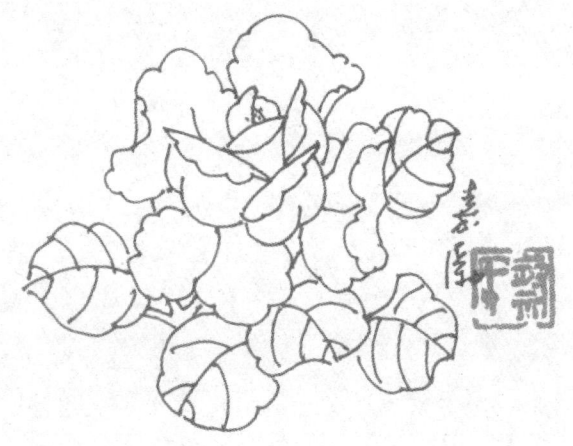

散文朗誦集

白夜中的《天鹅湖》

凡是进入这座剧院的女人,无不薄施粉黛,裙袂款款,环佩叮当。

这是俄罗斯圣彼得堡闻名遐迩的普希金剧院。

这座剧院位于圣彼得堡奥斯特洛夫斯基广场,由建筑家罗西于1832年建成,原名亚历山大剧院。

剧院的建筑极具特色。6根巨大的圆柱,正面两侧壁龛里有舞蹈女神缪斯忒耳普希克拉和悲剧女神缪斯墨尔波墨涅的塑像。楣额上是镶在楼冠里的竖琴,再上面是美神和艺术保护神阿波罗的飞辇。剧院墙壁的四周,装饰着用悲剧面具和花环组成的饰带。

传说这座剧院之所以由亚历山大剧院改称为普希金剧院,是因为果戈理的著名喜剧《钦差大臣》在这座剧院首演;而该剧的情节,则由普希金提供。诗人在去世前不久,还曾到剧院观看了首演。

圣彼得堡是现代芭蕾的发源地。18世纪初,继欧洲将芭蕾艺术发展至巅峰后,彼得大帝本着对欧洲文化的尊崇,将芭蕾引进了俄罗斯,开创了俄罗斯的芭蕾史。彼时,法国舞蹈教师在圣彼得堡创立了俄罗斯第一所芭蕾舞蹈学校。

19世纪,俄罗斯的民族风格逐步融入芭蕾之中。《睡美人》、《天鹅湖》、《胡桃夹子》等六十多出芭蕾舞剧先后问世,俄罗斯芭蕾的声誉逐步攀上国际巅峰,一跃成为全球芭蕾发展的中心。所以可以说,在圣彼得堡观看的芭蕾是最正宗和最具水准的芭蕾。

　　普希金剧院中流光溢彩,金碧辉煌。我们一行被安排在二楼正对着舞台的"沙皇包厢"。想到当年普希金或许就曾坐在此处观看演出,不由得心潮澎湃。

　　幕帷缓缓开启,一泓蓝色的湖水轻漾微波,茂木葳蕤,枝叶婆娑。柴可夫斯基至美的旋律从乐池中向全场流泻迸放。音乐休止时,上千人的剧场鸦雀无声,静得仿佛能听得到一根针落地的声音。听从行家指点,我全心全意地等待着看黑天鹅领先世界的32圈旋转。

　　中场休息时,大部分观众向露台走去。

　　走进通往露台的拱形门后,外面的景色令我大吃一惊!虽然时间已近子夜,然不但未见沉沉夜色,天光还十分的明亮。站在露台向远眺望,剧场前的圆形花圃中绿意葱茏,微微细雨下花影摇曳。剧院广场中央,高高耸立着叶卡捷琳娜二世的雕像。昔日的女皇手持权杖,仪态威严;裙摆下方,一群她的宠臣围聚环绕。而雕像另一边,就是那条举世闻名、历史悠久、繁华美丽的涅瓦大街。

　　目光越过涅瓦大街、女皇雕像,以及翠绿姹红的花园,可以看到伊萨克大教堂、喀山教堂、喋血教堂的巴洛克顶、洋葱头顶,以及五光十色的彩绘顶,在这白色的夜中,闪烁着自己神秘和神圣的奇异之光。这种感觉奇特极了!

　　剧院宽敞的露台上十分热闹。一张大大的长条餐桌摆在那里,上面铺着洁净的红色天鹅绒台布,奶油蛋糕、巧克力饼干、鱼子酱面包片等各式各样的点心;还有伏特加、香槟、格瓦斯等酒水和饮品……人们静静地排队购买,轻轻地咀嚼、啜饮,琥珀色的香槟在晶莹的高脚杯中闪着亮光,酒香四溢。

　　优美考究、整洁漂亮的着装,一丝不苟、仪容焕发的修饰与中场休息时享受美酒美食,是俄罗斯剧院的两大特色。

　　对此现象,著名俄罗斯研究学者闻一分析说:"俄罗斯人的这一番表现实在是体现了他们的观剧观,表明了他们对文化教养的看法和重视。这确实是一种普遍的现象。事实上,我从没有在俄罗斯的剧院里看到过头戴帽子、衣冠不整、大呼小叫、一身懒散气的观众。当今,俄罗斯人的这种观剧观在剧院里表现得尤为明显和强烈,这大概与他们想躲避一个纷乱的外部世界和寻找一个哪怕是短暂的精神上的世外桃源有关。

　　"观看演出是一种精神享受,食用美味是一种物质享受。也许从很久以前,俄罗斯人就把戏剧演出和享受美味联系了起来。所以,在俄罗斯的剧院里,剧场和餐饮厅就成了不可分的整体。在列宁时期,物质供应非常困难,即使在面包定量供应的情况下,他还曾让有关负责人想方设法满足和增加剧院餐饮厅的供应。后来,在整个苏联时期,剧院的餐饮厅总是摆满了美味,而且这里的美味总要比街上商店里的价低物美。高水平的演出就要有高水平的享受,轻松愉快的休息就要有丰富的美味。于是,休息和享受也就不可分了。尽管这里的欢乐和丰富超越于现实生活之上,但人们还是喜欢这种超越,宁愿让这种超越梦幻般地存在下去。即使在今天人们依然喜欢这种超越,愿意到这种超越中来潇洒一次,过一次脱离凡尘俗世的生活。这是一种延续了几代人的传统,在这种传统里将物质享受和精神享受融合在了一起,体现了最普通的人们对安宁、平静、高质量的休息和享受生活的向往与追求。"

观看完《天鹅湖》,回到下榻的酒店,洗漱完毕,已是凌晨2时。天似乎还亮着。拉开百叶窗向外望去,波罗的海芬兰湾烟波浩渺,水天一色。夜未阑,曙欲晓。遥远的海平面尽头,大约是离北极更近的所在吧,那里呈现出暗红、暗绿、暗黄的光彩,绚丽夺目。北极光映照下的天幕,如梦似幻,美不胜收。

(见报时间:2011 年 8 月 31 日)

在普希金剧院　　　　　　张虹/摄

你的名字无人知晓
你的功勋与世长存

"那山下树林烟霭茫茫，
树林后晚霞似火旺，
18个青年，剩下3人，
仍继续守在阵地上。
有多少亲密的战友牺牲，
把热血抛洒在战场。

在一个陌生的山村，
在一座无名的高地上。
在一个陌生的山村，
在一座无名的高地上。"

——《在无名的高地上》，苏联影片《寂静》插曲
米·马都索夫斯基词
维·巴斯得尔曲，薛范译配

2011年"八一"建军节，中国人民解放军建军84周年前夕，一个闪亮的名字在国内的各大媒体频频出现，这是因为《人民日报》上贺捷生女士的一篇文章。

这篇文章中叙写了一位在解放战争中牺牲的烈士周成荣,叙写了与周成荣相关的那场战役以及他那壮烈的献身。

周成荣牺牲于解放战争初期,过程与董存瑞烈士基本相同。但是他没有得到任何荣誉,事迹也未见诸任何报道,因为他参加的那场战役没有取得胜利。当时,对于以失利为结局的战斗,通常是不予报道的。以粉身碎骨为代价参与拼杀的英雄们,也就得不到鲜花、赞歌、荣誉或掌声。人们也无法知道周成荣的年龄、籍贯等相关信息。唯一可以欣慰的是,这场战役的指挥员贺龙记住了这位年轻战士的名字:周成荣。贺龙司令在给上级的报告中提到了周成荣,提到了他牺牲的经过,并对战斗失利承担了责任。贺捷生是贺龙的女儿,她能在战斗结束几十年后发现那份电报,并将周成荣的名字和事迹公之于众,也算是对付出宝贵生命的战士的一点慰藉。

中华人民共和国民政部曾经发布信息:自革命战争年代以来,先后有2000万名烈士为中国革命和建设事业献出了自己宝贵的生命。而目前,有姓名可考、已列入各级政府编纂的烈士英名录中的仅有180万人左右。由于各种原因,这些英雄们,大多默默地牺牲了,人们甚至无法知晓他们的名字,以及来自何方。

在俄罗斯的无名烈士墓前,这样的感受更为强烈。

在俄罗斯,在莫斯科,在克里姆林宫墙外,在红场边上的亚历山大花园内,平立着一大块碑石,在深红色的大理石上面,摆放着青铜铸造的钢盔与战旗。墓前的深灰色大理石地面上镶嵌着一颗青铜的五角星,五角星正中燃烧着永不熄灭的长明火。火光映照着青铜雕铸的铭文:"你的名字无人知晓,你的功勋与世长存。"

无名烈士墓右边,沿着克里姆林宫墙立着一排石碑,下面存放着装有从列宁格勒、基辅、明斯克、斯大林格勒、塞瓦斯托波尔、敖德萨、刻赤、新罗西斯科、摩尔曼斯克、布列斯特要塞、图拉及斯摩棱斯克等各城市收集来的泥土。每块石碑上都刻着城市的名字和模压的金星勋章图案。

这是一处神圣之地,是俄罗斯人心目中永远的圣地。

在1941年至1945年苏联卫国战争时期那血与火的日日夜夜里,在长达3000公里到6000公里的战线上,苏军持续奋战了1418个昼夜,抗击并消灭了606.5个师的法西斯军队。为此,2000多万人在战争中捐躯。当时参战的德国将军汉斯·德尔在他的《斯大林格勒战役》一书中写道:"为了争夺每一幢房屋、每一个车间、每一座水塔、每一段铁路路基、每一

面墙壁、每一间地窖,甚至每一块废墟,都要经过激烈的战斗。战斗的激烈程度,甚至连大量消耗弹药的第一次世界大战都无法与之比拟。"

战争中,无数有名有姓的战士从故土走向悲壮和牺牲,但回归苍穹时,不仅尸骨无存,而且失去了姓名,作为无名烈士魂游天外。

但是,无名烈士墓记得这一切!烈士墓前的长明火记得这一切!

那是在第二次世界大战结束、和平到来之后,人们怀念那些倒在了血泊之中、不再归来、不复有踪影的无数英雄儿女。对无名英烈的追忆与思念,成为了人们描述这段历史的浓墨重彩的一笔。1956年6月14日,朱可夫元帅给苏共中央打了一份报告,要求在莫斯科、列宁格勒、斯大林格勒和塞瓦斯托波尔为牺牲了的战士建造纪念碑,使这些英雄的无畏行为和丰功伟绩流芳百世。于是,在苏联的土地上开始大规模建造战争纪念碑;于是,在莫斯科就有了历经40年才建成的俯首山上的胜利纪念碑;于是,在苏联的所有加盟共和国的首府都有了高耸入云的战争和胜利纪念碑。

最早的一座无名烈士墓地建在列宁格勒的北部、维堡方向的皮斯卡廖夫村。1943年1月,苏联军队在当时的"生命之路——拉多加湖南部地区的狭长地带开始了对德国人的反攻。战争极其激烈,苏军伤亡惨重,但他们坚持到了胜利,坚持到了1944年1月苏军在列宁格勒城下的大反攻。现在,在这座皮斯卡廖夫墓地里安葬着47万名烈士。47万名!这是多么惊心动魄的数字!47万人为了保卫列宁格勒,为了保卫祖国,毅然决然地走向了死亡。这47万人大多是无名的,人们不知道他们来自何方、是哪个民族、家里有什么亲人。无名英雄就是他们的名字,无名烈士就是他们的传略。他们的一切都化做白色的、无声的火焰永存在这宁静的、一望无际的原野上。

长期对俄罗斯进行研究的著名学者闻一,曾在那里遍访无名烈士墓。在波罗金诺战场附近的一个小村庄,奥斯塔舍沃村里,他邂逅了一位历史学家、地方志专家。这位曾在二战时期、在遥远的斯大林格勒负过伤的当年的卫国战士,一直在默默无闻地从事查找无名战士姓名和籍贯的工作。这位历史学家对闻一先生说:"这就是战争啊!战士们参军时都是有名有姓的,都是有家庭和亲人的。地方政府里就有他们的光荣名册,部队花名册上也有他们的姓名。可战士一进入部队,部队一开拔,亲人就再也难得到他们的音讯了;战士们一走上战场,一投入激烈的战斗,许多人倒下了,就再也没有信息了。部队找不到他们,只好把他们归到'失踪'的项下,而亲人们无法承认和接受这种'失踪',就长年累月地等待,等待有朝一日,他们会推门而入！然而，战争是残酷的，'失踪'在绝大部分情况下就是死亡……"

闻一先生接着说道："在神圣的战争中，所有的战士都集合在一面旗帜下，所有的部队都是一个战斗集体。在这种情况下，分割的会聚拢来，失散的会重新结合，回归的会再次出击。在苏联卫国战争的初期，这种分割、失散和回归特别的频繁，而战斗又特别的残酷，所以这种'失踪'的现象就十分严重。"

这位老战士说："历史上常有这样的事，战争越是残酷，失踪的人就越多。我们的土地上有这么多的无名战士是不幸的，可见我们为自己的生存付出了多大的代价！不过，这也是我们的民族的骄傲，他们来自祖国的各个角落，来自100多个民族。正是有了这么多无名的和有名的战士，我们才赢得了这场战争的胜利！"

于是，想到俄罗斯，我们便一定会想到莫斯科克里姆林宫墙下、亚历山大花园中"俄罗斯第一哨"旁的不灭圣火，那圣火里不也有着皮斯卡廖夫村、奥斯塔舍沃村和其他许多村庄的无名战士用生命化成的火焰吗！现在，这圣火在深红色大理石的墓地上空不息地飞舞盘旋，而石上的字却在永惊和永警世人："你的名字无人知晓，你的功勋与世长存！"

这段铭文，不仅传遍了俄罗斯的国土，而且飞扬在更多地方。这是苏联国歌和俄罗斯国歌的作者米哈伊洛夫写的。

(见报时间：2011年8月17日)

与俄罗斯功勋老兵　　　　　　　　　　　　　张虹/摄

巴拉莱卡

这是一座大型水坝。一位位高权重的将军来到了这里。

将军来这里,是要寻找同父异母的哥哥在大革命后的动荡中离散的女儿,也就是他的侄女,已经逝去的医生兼诗人日瓦戈与其爱人拉拉的孩子。

日瓦戈富于思想,充满人道主义情怀,才华横溢;拉拉美丽动人,温柔善良。将军无论如何,也无法将眼前,这位冷漠无语、其貌不扬、面容呆板的女孩儿,与他们二人联系在一起。

没有结果的谈话结束了,女孩儿的男友来接她离去。就在两人渐行渐远时,将军突然看到,女孩儿背着一把十分斑驳破旧的巴拉莱卡琴!将军眼睛一亮,追上去大喊:"你会弹巴拉莱卡琴?"女孩儿男友答:"岂止会弹?她是一位艺术家!""是谁教给她的!""不用教,这是天赋!"

是的,天赋!不会错了。她一定是哥哥和拉拉的亲生女儿!

因为巴拉莱卡!

演奏巴拉莱卡琴,是这个家庭的天赋与遗传。日瓦戈十来岁时,母亲把琴传给了他;与爱人分离时,日瓦戈又把琴留给了拉拉。每一次的馈赠和分手都是永别。留下来的,是对巴拉莱卡琴永远传承的热爱和出神入化地演奏巴拉莱卡的天赋。这是米高梅出品的史诗巨片《日瓦戈医生》中的故事。巴拉莱卡琴在片中,撑起了整部影片的脉络。

巴拉莱卡,也称"三角琴",形状为长颈三角形,三弦拨弦乐器,俄罗斯最主要的民间乐器。巴拉莱卡出现于18世纪初,由大至小分为6种,声音短促、活泼、强劲。巴拉莱卡的俄文字面意思为"玩具",相传是由鞑靼人带入俄国,曾一度受到上流社会的排斥。

到了18世纪末期,巴拉莱卡在俄罗斯民间非常流行。乡村的小伙子们弹奏巴拉莱卡,用她动听的音乐来打动自己心仪的姑娘。不仅如此,宫廷乐师们也逐渐对巴拉莱卡产生好感,如圣彼得堡的男低音歌唱家派特维尤为喜爱弹奏巴拉莱卡。

到了19世纪,上流社会的人都吹口琴,富人也几乎不知道巴拉莱卡的存在;但是穷人买不起口琴,就只有弹奏巴拉莱卡。一个偶然的机会,一位年轻的地主安德维夫,在从圣彼得堡回府邸的时候,不经意间听到他的奴仆安提普弹奏巴拉莱卡的声音。安德维夫自认为是俄罗斯乐器的鉴赏行家,但他却从未听过这么美妙的声音。极大的求知欲使他对这种奇妙的乐器做了仔细的研究,并学会了如何弹奏。并在后来对巴拉莱卡进行了改进,使音色与演奏更加完善。1886年,安德维夫带着自己改进的巴拉莱卡登台演出,他的演出在圣彼得堡家喻户晓,所有的报纸和杂志都纷纷传颂。成功令他大受鼓舞,于是他继续研究并制作了一系列大小不同的巴拉莱卡,还成立了乐队,取名叫"巴拉莱卡业余艺术家"。

安德维夫和他的乐队大受公众的欢迎,可这并不是安德维夫的最终目标。巴拉莱卡来自民间,他还要让更多的人认识她,让每个人都会弹奏巴拉莱卡。他开始教圣彼得堡的士兵弹奏巴拉莱卡,每每士兵回家都要带着巴拉莱卡与阔别的家人欢聚。于是,巴拉莱卡在俄罗斯民间再次得到广泛传播。

到了20世纪末期,圣彼得堡已有两万多人会弹奏巴拉莱卡。1897年11月1日,由安德维夫创立的、使用俄罗斯民间乐器演奏的"俄罗斯大乐团"第一次登台演出,取得了巨大的成功。不仅如此,在法国、德国、英国和美国也大受欢迎。在这些国家有许多小的音乐团体,人们可以方便地学习到巴拉莱卡。逐渐像"俄罗斯大乐团"这样的乐团也越来越多。

20世纪初,安德维夫将所有的精力都放在指挥与音乐启蒙教育上。在这段时期,他的几位才华横溢的助手,如波里斯特洛万斯基、亚力山大、尼古拉奥西波夫等频繁精彩的演出,引起了许多著名作曲家的注意。在20世纪30年代,瓦斯莱恩科创作了一部巴拉莱卡与钢琴组曲和一部巴拉莱卡与交响乐团的协奏曲。M.M.易波里托夫·伊凡诺夫也创作了一部

巴拉莱卡与交响乐的幻想曲,名为《聚集的年轻人》。这些作品都标志着俄罗斯民族音乐趋于走向成熟,巴拉莱卡也在茫茫的音乐海洋中找到了自己的位置。现在,巴拉莱卡已经不再是只有穷人才会去弹奏的乐器,它有着世界各地不同的爱好者。因为音色的与众不同,没有任何一种乐器可以取代它。它不仅可以弹奏俄罗斯的民歌,也可以演绎东、西方的音乐作品。

在俄罗斯的许多著名文学作品中,对于巴拉莱卡的描述,数不胜数:

"从走廊里开始清晰地听到巴拉莱卡琴声,显而易见,是个什么能手在弹奏。娜塔莎静听琴声已经听了很久,现在她走到走廊上,以便听得更清晰。"

"'这是我的马车夫米季卡……我替他买了一把挺好的巴拉莱卡琴,我很喜欢听。'大叔说。大叔有个这样的规矩:他从狩猎归来时,叫米季卡在单身仆人住所里弹奏巴拉莱卡琴。"

"大叔爱听这种音乐。"(列夫·托尔斯泰《战争与和平》)

"每当夜幕降临,一个身穿红衬衫的小伙子对着仆人们弹起巴拉莱卡琴,干了一天活的平民百姓在低声闲谈。"(果戈理《死魂灵》)

很多在俄罗斯听过巴拉莱卡演奏的朋友评价说,"这种琴能使人愉悦,能令人忧伤,表达俄罗斯人复杂的心灵感受和勇敢剽悍的性格。"

我曾带着对巴拉莱卡的憧憬与向往来到俄罗斯。在那里,她的倩影与激越的音色飞奔入怀。阿尔巴特街头,民间艺人们在演奏巴拉莱卡;晚间宇宙大剧院的俄罗斯民族歌舞演出中,有6人一同弹奏起大小不一的巴拉莱卡。

噢!巴拉莱卡!巴拉莱卡!

在回国前的礼品店中,套娃、彩蛋、木雕、琥珀……各式各样,琳琅满目。"巴拉莱卡!"在一个僻静的角落里,我发现了她!只有巴掌大小,大红的底上绘着白色绿色黑色黄色相间的图案,价格十分低廉,是所有商品中最便宜的。是巴拉莱卡状的冰箱贴,几乎无人问津。

一气之下,我拿了好几个。回来后,台灯上、书柜中,举目皆是巴拉莱卡。无声的"巴拉莱卡",在这东方中国,向我传递着遥远的俄罗斯大地冷冽清新的气息。

(见报时间:2011年8月10日)

绽放在广袤大地上的美丽

靠近窗棂的一圈玻璃上满是磨砂般的冰花,透过中间明亮的一块,可以看到外面阴霾暗沉的天空。大片的雪,急速而绵密地飘落着。屋里,是少女拉拉母亲的裁缝作坊,刚刚打烊。案头上,是量衣尺、线圈、剪刀、碎布料。拉拉在这稍显凌乱中,摊开了自己的大学课本。她的前面,是一瓶在这晦暗的冬日黄昏中散发着静寂与美丽的花朵。

战时医院设在一座有着雕像和荒芜花园的庄园里,日瓦戈和拉拉分别在即。在最后的那个景深镜头中,前景是花瓶里花瓣零然飘落的一丛金黄灿烂的向日葵,纵深处是拱门里楼梯上日瓦戈模糊的背影。

这是一部讲述俄罗斯那片广袤大地上人们坎坷命运与多舛爱情的史诗电影——《日瓦戈医生》中的两幅画面。

《日瓦戈医生》拍摄于上世纪60年代,出品国家美国,内景在西班牙搭摄影棚,外景在芬兰、加拿大完成,导演为拍摄过《雾都孤儿》、《桂河大桥》、《阿拉伯的劳伦斯》的英国人大卫·里恩。这部由多国元素融合的影片,却沉郁了深深的浓厚的俄罗斯韵味。广袤沉静的原野,茂密无尽的森林,蓝色天际尽头仿佛亲吻着地平线的朵朵立体状的白云,白雪皑皑中从远方呼啸而来的喷吐着白汽的列车……

尤其是以上两组镜头中,那些绚丽花朵的出现,更是渗透了俄罗斯之魂。

俄罗斯人爱花,他们的生活中,花朵无处不在。

到俄罗斯时,正值明媚的夏日,莫斯科、圣彼得堡、图拉的街心花园

里,到处是鲜花朵朵、五彩缤纷。

我曾向到访俄罗斯的同行问道,俄罗斯给她们最深切的感受是什么,她们不约而同地答复说:"俄罗斯人爱花。"有位曾在俄罗斯长时期生活过的朋友说:"俄罗斯的鲜花之多,确实到了让人吃惊的程度。一个人从出生一直到离开这个世界,终生都生活在送花给别人和接受别人的鲜花这样一个浪漫的环境里!在漫长的冬季里,除了极难见到的阳光之外,我想就剩下这鲜花给人以希望和欣喜了!你可以看到身穿臃肿的棉服蹒跚走在大街上的老妇,她的怀里却抱着一束把幽雅的香味播撒在空气里的康乃馨。"

在"明亮的林中空地"雅斯纳亚·波里亚纳——列夫·托尔斯泰庄园,托翁故居之前,白桦树、橡树、白杨、云杉、菩提、榆树、稠李树、椴树绿荫如织;绿草茵茵,茂盛而松软;各色鲜花盛开的花圃中色彩斑斓,康乃馨、玫瑰、金银花、丁香花、悬钩子、蔷薇花、杜鹃花、合欢、桃金娘、荨麻、接骨木,以及许许多多说不出名字的鲜花,簇拥着、摇曳着,展露着娇妍的笑脸,吐露着醉人的芬芳。

在莫斯科和圣彼得堡的街头,尤其是在莫斯科久负盛名的艺术大街——阿尔巴特街上,有着许多独具特色的咖啡馆。这些咖啡馆大多是半露天的,没有围墙,以花纹蔓草状的铁艺或木栅围着。这些铁艺和木栅之上,每隔1米左右,就悬挂着或圆形或矩形的花蓝,红色的、淡粉色的、白色的、黄色的、紫色的,甚至蓝色的花朵,婉转婀娜,娇美欲滴。咖啡馆内的餐桌上,也铺着印满花朵的台布,与窗外的鲜花相映成画。

在俄罗斯城市的街道上行走,我的目光常在一幢幢姿态独具的建筑物的窗前流连。在各种形状、各种色彩的窗幔中,在窗玻璃与窗内悬垂的蕾丝纱帘之间宽不过一尺的飘窗台面上,我欣赏到了各种各样的风景;这些风景的主角,都是花朵,或一丛丛、或一束束、或一朵朵,千姿百态,展示出一幅幅引人神往、令人遐思的画面。

这样的画面,在托尔斯泰、陀思妥耶夫斯基、高尔基故居,以及莫斯科城市作家协会的窗前,也都无一例外地美丽着。

在许多描写俄罗斯人生活的文学作品中,常常会出现这样的图景:木屋外,大雪纷纷下着,枞树散发着清香;屋内铺着整洁桌布的餐桌上,冒着热气闪着亮光的铜茶炊咕咕作响。无论这个家庭或穷或富,餐桌上的食物或丰盛或清寒,这里永远都会有着一瓶美丽的花朵;在没有鲜花时,替代她的亦或许是绢花、纸花,但美丽的花朵永远会在。

再听听这些在新中国成立初期,为中国百姓所耳熟能详的苏联歌曲,几乎都有着对于花儿的吟唱:

"啊,茂密的山楂树,白花开满枝头;啊,茂密的山楂树,你为何悲伤?"

"正当梨花开遍了天涯,河上飘着柔曼的轻纱。喀秋莎站在峻峭的岸上,歌声好像明媚的春光。"

"田野小河边,红莓花儿开。有一位少年,真是我心爱,可是我不能对他表白,满腹的心里话没法说出来。"

那是在莫斯科到圣彼得堡的夜行列车上。接近北极的圣彼得堡地区,在夏季时光,夜色极短,刚刚清晨4时许,大地就从沉睡中苏醒过来。薄雾笼罩的俄罗斯大平原上,是连绵的森林,橡树、杨树、枫树、柏树、山毛榉,高大稠密;林间小道,深邃静谧;林中池塘,微波盈盈;林中草地,绿意茸茸,亭亭玉立的白桦树,挺拔闪亮。而最为夺人眼目的,是在这林间、池旁、草地上盛情开放的薰衣草花,那一片片飘浮在薄雾中的紫色,如梦似幻。

曾获诺贝尔文学奖的伟大俄罗斯作家蒲宁在其小说《米嘉之恋》中,有一首诗。这首诗仿若闪烁其上的露珠,倾述着俄罗斯人对于花朵的珍爱与眷恋:

玫瑰啊,玫瑰!
你仍有幸福的力量,
你受着甘露的滋养,
把艳丽的花蕾开放——
眼前出现了一个爱情世界,
它无比宽广,
神秘、令人向往,
它充满了幸福,
处处鸟语花香……

这是一个充满鲜花的国度,这是一个爱花到了如痴如醉地步的民族!

(见报时间:2011年8月3日)

远 帆

过儿童节的年龄,早已在岁月中远去。然而,那些充盈着稚嫩与青涩气息的日子,仍然仿若遥远的帆影,在人生记忆的海平面上隐约浮现。

1

虽然小雨淅沥,爸爸还是领着我上街了。今天是六一儿童节,他要带我去小寨工人俱乐部玩,据说这天那里有许多精彩的节目演出。

走过兴善寺斗拱飞檐雕梁画栋的庙堂楼阁,就快到我读书的小寨小学门前了。远远的,看到校门里走出了一队梦幻精灵般的小学生,有男有女。女生们都穿着浅绿色的中式偏襟小褂,淡粉色的喇叭裙,头上戴着大头娃娃。这些服装是用簇新的软缎制作的,颜色非常鲜艳,在初夏的微风中拂动着,闪着耀眼的光;大头娃娃上,还梳着乌黑的小辫子,煞是好看!我简直看呆了,如同走进了童话王国,已然顾不得头发和衣服已经被雨水淋湿。

梦幻世界中的小精灵队伍,在几位老师的带领下,渐行渐远,往小寨工人俱乐部的方向迤逦而去。真让人羡慕啊。什么时候我也可以——

天哪!今天就是我演出的日子!就是我们小寨小学歌舞队演出的日子!《大头娃娃拔萝卜》!为了这场演出,我们,老师带领着我们这些二三年级的小学生们，排练了一个又一个月。每天下午下课之后，在教学楼后面，在那长满了一丛丛木槿花的操场上。操场尽头，还散落着零零星星的乒乓球台、跷跷板、秋千架什么的，排练累了休息时，大家就三三两两地坐在上面。

全想起来了！可我为什么却在这里？

那些排练的日子，没有漂亮的演出服可以穿，排练用的大头娃娃也是旧的，上面油漆斑驳，还有着许多坑坑洼洼的斑点，一点儿也不鲜亮。

可是……

想起了昨天下午放学后，那应该是临近演出前的最后一场排练了。最后时刻下起雨来，我开始担心自己脚上穿的姥姥手工做的布鞋，担心它在雨水的泥泞中踩坏；后来老师交待了什么，我一句也没听进去。

那是我度过的最糟、最尴尬的儿童节。

但是那个儿童节，却教会了我从此认真对待每一件事情，从此，一种责任意识在我的心底萌生。

2

那是一个最平淡、也是最令我难忘的儿童节。至今回想，仍有一缕芬芳的气息沁入心脾，这芬芳中杂糅着丝丝墨香。

已近掌灯时分，我期盼着下班的妈妈。明天是儿童节，她答应我要带一双新鞋给我，这双鞋我从去年冬天盼到了今年夏天。不再想穿姥姥做的手工布鞋，看到其他小朋友穿着的那种鞋，告诉妈妈，我也要。那种鞋，有着红色带小黑白暗格的灯芯绒鞋面，下面是雪白的塑料底，走起路来"啪啪"带响，尤其是"跳房子""跳皮筋"时更带劲；那种鞋，就摆在百货商场亮晶晶的玻璃柜台里面。

妈妈没有给我买那双鞋。后来爸爸回来了，面对着满脸失望之色的我，从包里取出一本薄薄的小书，摊在我面前。

——《小朋友》！

一本图文并茂的儿童读物！我顿时喜出望外。

我用清水洗干净手脸，正襟危坐在暗黄色的灯泡下，轻轻翻起书页。至今还记得那种新鲜的、清香的味道，一种令我沉醉的味道。

书页上，有一株枝叶茂密、盛开着满树繁花的梨树；而我，则仿佛闻到

了暗香阵阵,不知真是书页上那白玉般温润晶莹的梨花的芬芳,还是窗外微风送来的不远处苹果园的香气。

在这弥漫的香气中,我甜甜入梦。

书上的那幅画面,我想是永远也忘不掉了:梨树下,是一位穿着花袄、梳着一根辫子、扎着红头绳的小姑娘,手中捧着一把用白毛巾包着的红色花生米,旁边配着二首童谣:

"梨树花开白哇哇,/八路爱我我爱他,/八路爱我好孩子,/我爱八路保国家。"

"花生米,香喷喷,/妈妈给我一手巾,/放在柜里藏起来,/留着慰劳八路军。"

3

最后一个儿童节,也是最"远征"的一个儿童节,迈过它,我也迈向了生命中的成熟。

那时,因为父母去汉中盆地下放劳动,我来到姨妈家居住,也就从小寨小学转学到后村小学。临近毕业,班里悄悄流传着这样几句话:这是人生中自己过的最后一个儿童节了。过了这个节,度过漫长的暑期,就是初中生了;适逢"文革",学校里没有六一庆祝活动,我们就自己庆祝。

三两成群的好友,设计了这场庆典的内容:每人拿出积攒了很久的1元零花钱,坐公共汽车到钟楼下车,去案板街旁边的平安市场,去下平生的第一次馆子——那里有着美味无比的馄饨。

为这次庆典,我精心挑选出了要穿的服装:白色的的确良裙子、白底小绿圆点儿的的确良短袖上衣、白色的塑料凉鞋;早早就洗干净、叠整齐,在枕头下面压了好几天。

那天真是太热了。在平安市场内落座时,正是中午,饥渴难耐的我们,先喝了一大碗又酸又甜的鸡蛋醪糟,最后,期待已久的馄饨隆重登场:绿白相间的葱花、香菜,切成细丝的摊鸡蛋,闪着金黄色光泽的榨菜、虾皮,就飘浮在雪白的馄饨汤碗中,在袅袅的热汽里,喷香扑鼻!

因为每人比计划多喝了一碗鸡蛋醪糟,回程的路费用没了。几个小女孩,便从钟楼步行走回大雁塔旁的家中。

还记得,笔直的柏油路上,槐树茂密的枝叶洒下一路清凉,我们一边走一边小声哼着诗句,那是最近在好友间传诵的俄罗斯诗人莱蒙托夫的《帆》:

"在那大海上淡蓝色的云雾里,/有一片孤帆在闪耀着白光!/它寻求着什么,在遥远的异地?/它抛下什么,在可爱的故乡?……"

忽地,不知为什么,眼泪就流了下来。

(见报日期:2011年5月31日)

告别

麦田间的端午

那个端午,没有百舸争流的龙舟,没有号角齐鸣锣鼓喧天的沸腾;没有门口斜斜摇曳的艾叶,没有雄黄酒氤氲的醇香;没有南国浓郁的鲜鱼、肉粽,也没有北方香甜的豆沙枣粽、绿豆糕,更没有四处悬挂的美丽的香包。

那是几十年前关中平原上麦田间的端午,尽管十分简陋,但却充盈着亲情、善良,特别是那种令人感动的,在物质条件极度匮乏的贫瘠中所守护的尊严。

如同《山楂树之恋》中的静秋去西村坪一样,那时,学校也会经常组织起我们这些中学生,以各种主题或名目,到不太遥远的乡村去生活一段时间。

我们来到这座长安与蓝田交界处的村庄,已经快一周了。村庄就在沪河河谷边的台塬上,四处是金黄色的麦田,空气中浮动着成熟小麦的味道。与静秋他们不同的是,我们没有住在村民家里,而只是在村民家中吃饭,晚上就在村小学的教室里打地铺睡觉。

我吃饭的村民家中有大叔大妈和他们的两个孩子,大女儿已嫁往外村,从来没有见到过;小儿子也很难见到影子;每天同我一起吃饭聊天的是与我年纪相仿的二女儿。

我们是来参加夏收劳动的。一天割完麦子吃晚饭时,大妈走过来,带点儿骄傲地告诉我说:明天是端午节,他们的大女婿会来看望他们,还会帮着家里收麦子。

　　第二天快近正午,正在麦田里收割麦子时,远远地,我们看到一位年轻人从田陇上走过。他穿着浅蓝色的布褂,灰色的裤子,戴着麦秆编成的草帽,整整齐齐的,一看就是出门做客的样子。年轻人的模样周周正正,右手里还提着一方用纸绳捆扎得四四方方的鼓鼓的褐色的纸包,是那个年代典型的作为礼品的点心包。我想,这一定是大妈大叔的女婿来了。不一会儿,就看到他已经换掉了那身做客的衣服,穿着汗衫短裤,挥舞着镰刀,一头扎进了麦田中去。

　　转眼就到了晚饭时光。大妈的家中有了一些与往日不同的气氛。晚饭端上来了,汤面条比往日稠得多,里面还有着许多切得碎碎的肉皮丁;同时,每个人,都分到了一块儿呈现着金黄色油亮色泽的、松软的、梅花状的鸡蛋糕,这可是当时那个年代,在城里都难得吃到的美食啊!这一定是大女婿来时所提的点心包里包着的内容。

　　现在还记得大妈把饭端来给我时的眼神,有些骄傲,还有些纠结。我看到,她的二女儿,还有小儿子,碗里几乎就见不到几星儿肉皮丁。我忙告诉大妈,自己不大喜欢吃肉,忙把碗里的肉皮丁拨给了她的女儿。我看到了大妈如释重负的笑容,看到了在房屋的角落里,正捧着一个大腕吃面的她的女婿;同时我还注意到,他的碗里,也有着同我一样多的肉皮丁。

苗寨过端午

小 飞 侠

虽然是一家媒体单位的同事,但见到禹治夏,却往往是在每个周二的子夜时分。这时,我们的报纸即将付印,而禹治夏,会在这时,带着他的疑问,拿着一个版面的大样,来与我切磋那些已经过初、复审,有时还是终审通过的文章中的个把问题。

这些个问题往往不太明显,所以逃过了几审几校的眼睛,然而如果将它们遗留在了付梓出版的报纸中,确乎会形成永远都无法抹去的瑕疵。但是,它们被禹治夏,这位年仅20余岁的年轻的编辑、记者,从浩浩长文、洋洋版面中,以他那双被他的编辑、记者小朋友们称为"火眼金睛"的双目,筛捡了出来。而在此时,禹治夏宽博的中国文化的功底,他的一丝不苟的治学态度与工作精神,就这样一点一滴地得以凸显。

而在这样的子夜时分,禹治夏的出现,有时会使我产生一种恍惚中的幻觉,尤其是看到他那双闪烁着灵气与聪慧的大眼睛时;这种幻觉,使我仿佛置身在遥远而美好的诗意的动漫世界中,一位全身披挂的卡通少年,带着或轻盈或凝滞的子夜的气息,在朦胧的光影中,从一座座楼宇的窗槛露台边掠过。

子夜时分的降临(治夏所在的编辑部在总编室的楼上一层,所以戏称为"降临")、聪慧明亮的大眼睛,并非使我将禹治夏与动漫角色联系起来的主要元素,更多的,这种联想,来自于大家对禹治夏内在情怀的一种了解,一种窥探。2010年国庆报社同仁聚餐会上,大家即兴开展了一出很有意义和创意的活动——"回忆童年时的一则故事"。禹治夏的讲述,则描绘了他心中的梦想:

"小时候,整天梦想着当超人,但超人只不过是电影中的一个虚幻人物罢了。直到长大后,进入报社,我才发现电影中的超人其实是真实存在的,他们隐藏在报社中,用舆论的力量——也就是超人的力量,来正确引导舆论、揭露社会黑暗、维护社会稳定。所以每一个好记者都是超人,我要努力工作,争取也能做一名好的记者,加入超人的行列。"

再看看在这部即将出版的小书中,禹治夏的吟诵:

"用寂寞夯出一座城,我就是最傲慢的王。我带着对世俗的偏见,在人群中开疆辟壤,播种着我的怜悯,传教着我的哀伤。我有迷雾一样的气息,我有风一样的翅膀,月亮是我的宝座,而黑夜就是我的殿堂。我驱使着恒星的光芒,在地图上流浪,在幽谷中彷徨。"

超人、如风的翅膀、暗夜中的飞翔,无法不让人将眼前这位青涩的少年,与诸多动漫作品中的人物形象连缀在一起,由此,也可窥得少年禹治夏,他心中的英雄主义情结。

渴望象征希望和力量的超级英雄出现,是每个人与生俱来的一个梦。人们渴望捍卫正义,除暴安良,而现实生活中又不可能有绝对的公平和正义,找不到这样的人物,所以便会在梦想中寻求精神寄托,通过梦想中的超级英雄进行角色置换,从而实现心中梦想,满足潜意识中的愿望。

于是,禹治夏就变身成了大家心目中的小飞侠。

只是,梦幻岛上的小飞侠彼得·潘永远也长不大,而我们的禹治夏,则会逐渐成熟,成长为一个怀揣千秋家国梦,具有着深厚中国传统文化造诣,熟读千百篇古诗文,吟诗作赋出口成章的小飞侠。但是,希望他永远也不要丢弃曾经拥有的纯真与真诚。

报社部分员工合影(后排右四为禹治夏)

空谷幽兰

往 事

第一次知道田明这个人,是在母亲讲给我的老故事中。

那是在上个世纪的 40 年代,西安老城的一条古巷内,枝叶茂密的槐树荫下,暗自芬芳的玉簪花旁,经常有两位身着白衣黑裙或阴丹士林布旗袍、留着齐肩浓发、背着书包的少女携手走过。许多时候,她们是刚刚参加完由河北同乡会发起的各类公益、义卖等慈善活动归来。

那时,伟大的抗日战争刚刚胜利不久,祖国山河破碎,满目疮痍,许多在抗战岁月中从河北、东北流亡到西安的河北同乡们便聚集在一起,互助、自救,更多地是举办各种公益慈善活动,去救助那些家无资产恒业、拖儿带女、因战乱中的迢迢逃亡之路而几近流离失所的同乡。河北同乡会中这些公益慈善活动的发起者,在早期,是伟大的革命音乐家、在国难中的中华大地家喻户晓的歌曲《松花江上》的创作者、河北定县人张寒晖;继张寒晖先生奔赴抗日根据地后,他的继续者,就是著名画家与艺术教育家、河北束鹿人(现辛集市)赵望云先生。同样为河北束鹿人的母亲,随着她的父母从东北流亡到西安后,与同样是河北同乡的田文真,两个豆蔻年华的女孩子,自然也就都成为了河北同乡会中各类公益活动的积极参与者。

两位少女的方口布鞋,踏在由青石板铺就、被挑水人溅落下一路水花的巷道里,穿过黑漆油刷青砖雕刻、小石狮蹲守的门楼,就进了田文真家花木扶疏的院落。院子不大,几尾小鱼在藤萝下白底蓝花的瓷缸里浮出浮入。正房一溜三间,里面支着田文真父亲的画案,透过拉开着窗帘的玻璃,可以看到画案的主人正在伏案作画。

这位气度威严的画家其实是位将军。姓田名韵清(1893-1963),号云青,河北深县人。1936年卢沟桥事变爆发后,身为国民革命军第68师师长的田韵清先生,胸怀满腔爱国热血,投身于轰轰烈烈的抗日救亡洪流中,参加过重创日军的平型关、忻口、晋西等重大战役;田先生还主动积极协同八路军并肩英勇杀敌,立下赫赫战功。

抗日战争结束后,因不满于国民党的腐败,不愿参与针对共产党的内战,田韵清先生托辞退役,远离军政界,赋闲隐居于古城家中,以鬻字卖画养家。

田先生幼年酷爱绘画,深受朱耷、边寿民、吴昌硕等名家影响。他颇爱大雁,家中养大雁数只,每日观察写生,笔下大雁姿态各异,栩栩如生,是继清代画家边寿民以来,专画大雁的著名画家。

田先生的作品清新明快,格调高雅。画中有题字和诗词,是其夫人薛志元先生所作,夫妇配合意远情深。

抗战期间,田先生还在战斗间隙,作习字,举办过为抗日募捐的义卖画展,并多次举办个人书画展览,还同赵望云等大师举办过联合画展。

解放后,田先生加入了美协,两位少女也成长为风华正茂的西北军政大学学员,她们依然保留着时时造访田先生画室的习惯。那时,或逢正午与傍晚放学时光,在田先生家院中张望、逡巡的那两位女学生,总是会被一个抱着小花猫、还穿着开裆裤、用怯生生的稚嫩童声向她们问好的小不点儿女孩儿追随。两位女学生将小不点儿女孩儿称为咪咪,也许是因为她总是抱着小花猫,也许是她发出的声音与小猫相近……

当时的小不点儿女孩儿咪咪,就是后来的田明。

还是往事

第一次见到田明这个人,是在上世纪80年代的一次大型笔会上。

那是一次中外友人的文化交流活动,大学毕业不久的我,还是首次见识这种场面。那天,给我留下深刻印象的,是一位年轻女子的书法现场创

作表演。当时,只见这位黑发茂密、刘海覆额、文雅秀气、面容姣美的女子,气定神闲、沉稳淡定地亭亭玉立于会场中心,国内外友人以及后来成为陕西书界大腕的吴三大、杜中信等,还有她当时的丈夫薛铸均环伺周围,目不转睛地盯着她挥毫泼墨。大气、流畅,苍劲有力的书法作品,从她的笔下流泻而出,笔惊四座。

这个场面,这位女子那种强大的气场,给当时身为青年记者的我,留下了十分深刻的印象;同时也得知,这位美丽且书艺精湛的女子,就是我久闻其名的、母亲同乡兼闺蜜的田文真阿姨的小妹咪咪,大名田明。

其时,田明已经完成了幼承家学、专业深造的诸多过程,成为陕西书学院的一位职业书画家,多次受邀参加各类外事文化交流活动,颇负盛名。卢森堡王后来西安访问时,就是由田明为王后作画,一幅《喜咪咪》花猫图,几分钟便栩栩跃然于纸上,备受尊贵的王后赞叹。

当年,陕西省著名剧作家与词作家王黎琦先生去北京,拜访我国人民音乐家施光南先生,便在光南先生家的客厅里,看到了经过精裱的署名"咪咪"的田明的画作——《小猫咪》。这幅《小猫咪》,深得施光南先生及其夫人洪如丁女士的喜爱。施夫人还让黎琦先生回西安设法找寻"咪咪",并且转交她赠予"咪咪"的施光南先生的音乐光盘和一封信。

真情真品

真正与田明接触,并产生思想上的交流与业务上的合作,还是在我来到《文化艺术报》之后。

近几年,经常在一些书画展览、书画笔会、书画挂历上见到田明及其作品。虽然时光已然过去了几十年,但感觉田明,仍旧是当年故事中所呈现与笔会上所亲见的那个温柔善良、单纯天真的女子。其实,又有谁知,这些年来,她在感情、事业及心灵上,承受了许多重大的打击。

看似柔弱的田明,实则非常坚强。在经受了一个又一个挫折与悲伤之后,她擦干眼泪,坚强地站立起来,并自赋小诗以激励自己:"管它酷暑与严冬,躲进画中也成仙。"

几十年来,她忍受着长期的孤独与寂寞,刻苦研习书画名家作品,从中汲取传统艺术的精髓以滋养身心,在墨海中默默耕耘,淡泊名利,与音乐、文学为伴,追求宁静,保持天真。她用心血、情感来创作书画作品,用智者未泯的童心来观察一切,她的画继承父亲及边寿民之画风、吸取八大山人之神韵,既传统,又有创新,笔下大雁或飞或卧,姿态各异,情景交融,栩栩如生,画面格调高雅,寓意深远。

  黎琦先生与陕西省文艺评论家子墨曾评价田明说:她的书法功底深厚,结构大方,刚柔相济,草书笔笔龙飞凤舞,字字法度严谨;她的隶书秀美,变化自然,不落俗套;而她的"爨宝子"书法用笔方圆结合、大小错落、拙中见巧,金石味十足,从中可看出她的艺术修养及才气。

  造访田明,是早春的一个傍晚,在远离西安市区、临近终南山的一所宅邸里。斜雨脉脉,空气清新湿润,间有暗香阵阵伴着夜风袭来。田明与我品茗而坐,长方形餐桌上方的吊灯,笼罩我们于一团温暖氤氲的光晕里;餐桌中央,是一盆翠绿欲滴的香兰,婀娜多姿的枝叶顶端,已有白瓣黄蕊的小小花朵在静悄悄地绽放;南窗外,是在早春的细雨中舒展着绿意的原野,终南山的朦胧剪影在暮霭中忽隐忽现……

  身旁的田明,真如眼前的这株幽兰,散发着真挚与纯洁的馨香。

(见报日期:2011年5月11日)

幽兰

音乐的力量

一家名为"池塘之底"的学校,一群爱逃学、爱撒谎斗殴、迷茫叛逆的孩子。因为"池塘之底",就是河流泥沙淤积的最底层,是被遗忘被埋没的。一位似降落凡间的天使老师的到来,使这里产生了生机。在天籁般的音乐中,少年们慢慢地产生了变化,喜欢上了这位老师,爱上了音乐。因为爱上了音乐,孩子们的心中开始有了梦想,"池塘之底"慢慢春意盎然。老师从失意中感受到了自己的价值;合唱团更让闭塞灰心的孩子们看到了美好和希望。

因为音乐,孩子们懂得了什么是爱,什么是美好,什么是感恩。音乐可以感化所有心中有爱的心灵。

这是一部根据真实故事改编的影片。这样感动了我们的电影,还有《钢琴家》、《海上钢琴师》、《一曲难忘》、《音乐之声》……她们使我们感受到:音乐,是一种亘古的、无比伟大的力量!

音乐如风,无处不在;音乐如水,千古长流。在人类漫长的发展史上,音乐,一直在拯救着人类的灵魂,滋润着人类的心灵,给予着人类生存与战胜任何灾难的力量!

东方先哲与伟大诗人纪伯伦曾说:

"音乐是心灵的语言,曲调是撩拨感情之弦的阵阵和风。她又是叩击感觉门扉的纤纤素手。"

"作为来自上苍的一种语言。和其他语言不同,她讲述的是心灵的隐蕴,在一颗心对另一颗心之间,因为她是心灵的私语。她像爱,其影响遍及人寰。"

"音乐好似明灯,驱赶着心中的黑暗,照亮了心房,使心底隐藏的一切呈现出来。"

"音乐陪伴着我们的灵魂,和我们一起越过生活的各个阶段,和我们同悲共欢,同甘共苦。音乐,在我们快乐的日子像一位天使,在我们艰难困苦的日子里,又像一位怜恤的亲人。"

祖宾·梅塔也曾说过:不要忽视音乐能带来的力量。她能缓解困惑;她可以进入人类的心灵,能让人们联合在一起,互相赠与微笑。

儿时的电影《英雄儿女》,女战士王芳的一首《英雄赞歌》,蕴涵着无尽的有关那段逝去岁月的记忆:露天电影场四周阑珊的光影,草地上青葱的气息,空气中弥漫着的喧嚷以及影片开始后的屏声静气,更多的,是每位观影者胸中充溢的万丈豪情,以及为这种融注于中华血脉中的豪情所一路陪伴的人生。

每每,当念及到此,就会设身处地、无比真切地体味到:音乐,一段音乐,她那如同密码般的、氛围般的、随风潜入夜般的……那种无处不在的、深入骨髓的力量。

换作当今人们经常使用的语言:音乐,具有无限强大的气场;这就是音乐的力量。

(见报时间:2011 年 1 月 5 日)

参加西安人民广播电台《周六会客厅》节目与著名主持人伊兰　　张星利/摄

我躺会儿……

"我躺会儿……"

当我们几位女同学,在史铁生夫人陈希米的陪伴下,来到史铁生面前时,他微抬起身,轻声地说道。

说话时,他的眼睛中闪烁着柔和的、慈善的、如婴儿般清澈的光芒。

当时,他刚刚被我们的几位男同学,安置在随车带来的帆布行军床上,身着浅草黄色的夹克外套,下穿粗布长裤,脚上是厚实的户外胶鞋。

当时,我首先看到的是他双手的整个手背,因为长年累月的输液,已然全部呈现出厚厚的角质化的树皮样的粗糙。

瞬间,我的泪水几欲夺眶而出。这位降落凡尘间的精灵,这位永远对人世间的苦难怀揣着一颗悲悯、洞察、救赎之心的大地之子,自己首先在承受着怎样的无边无际的苦难啊!

那是2008年的春天,我们几个西北大学的同学接到同为同学的史铁生夫人陈希米的电话,说是史铁生打算回到阔别多年的陕西看看,特别是要去黄帝陵拜谒,大家便做好了接待的准备。

后来,5·12特大地震发生,全国人民一同在悲痛与苦难的烈焰中煎熬,史铁生的身体亦愈加不适,陕西之行便搁置下来。

待见到史铁生时,已是秋天,去陕北的一路上幽谷尽染,密林成排。

当他对我们说"我躺会儿……"时,是在黄陵的一家饭店厅堂里,正准备与大家一道用餐并午间小憩。一路上车马劳顿,他体力不支。

饭间,大家不断地把各色陕北饭食、小吃攘到史铁生的盘子里,山野菜、小米糕、洋芋擦擦、碗坨、荞麦饸饹、钱钱饭、小白菜烩豆腐……史铁生吃得十分香甜,还好几次问起一种叫做"沙棘籽"的野菜。

因为特殊原因,我们的车子一直开到桥山半山腰一块小小的停车坪处泊下。前方立有一方石碑,上书"文官下轿,武官下马"。同学们开始轮流推着史铁生的轮椅,怀着虔诚的心情往桥山山顶的黄帝陵走去。

焚香、顶礼,拜谒完毕,史铁生心情非常之好,不时与我们合影留念,还拿过我们的相机,为大家分别拍照。

最后,到达举行祭陵大典的广场时,史铁生撤动了电动轮椅车的按钮,车子便在宽阔平展的广场上纵横驰骋起来。轮椅车上的他高举双臂,向着湛蓝幽远的秋日的天空做出拥抱的姿势,开怀大笑,仿佛在展翅飞翔!

现在,正值2011年的新年。绵密的雪花飘落大地。楼房、街道、树林、湖溪,四处皆白。然而,史铁生的生命,却永远地留在了昨天,留在了2010年。

想着两年多前的那一幕,泪不能禁,心中肃然起敬。

总在想着见到他时,他对我们说出的第一句话:

"我躺会儿……"

语气间还有着微微的歉意。

其实,史铁生大可不必这样在意。他是那样的著名,深受我们大家爱戴与敬仰;且又病魔缠身,我们唯恐长途的奔波使他身体劳累,唯恐安排照顾他不周。在说这句话时,可以看出,他已疲倦、不适非常;然而,仍在努力地抬起身来,向我们说出了这句语含歉意的话。

不知其他同学有否注意到这句话,而当时的我,如果不是顾忌到史铁生与陈希米的感觉,一定早已潸然泪下。一位伟大作家礼贤下士、对待他者谦逊有加的高尚人格与崇高风范,令人动容。

如今,想到史铁生,就会想到他的那句话:

"我躺会儿……"

同时,也会想起一位先哲的不朽诗章:

"我们将穿过薄暮,

或许在另一个世界的黎明醒来。

但爱会长存,

它的指纹将不会被抹去。
对于我们,最正确、最明智之举是:
寻得一个浓阴遮蔽的角落,并在大地的神性中睡去,
让爱,人类的和脆弱的,去支配即将到来的日子。"

躺会儿吧,铁生老师!

(见报时间:2011年1月5日)

与著名作家史铁生夫妇

饱含着亲情与思念的时光

每次见到著名作家朱文杰老师,他的神态、头颅的轮廓,都有些让人忍俊不禁;总觉得这种轮廓与神态,颇有些相似于曾在某些艺术史教科书中看到的石膏雕像,特别是那些具有思辨意味的雕像。

就是这位朱文杰老师,他让我在 2010 年的秋天,重新捡拾起了岁月深处,那一段有关邮票、集邮的温馨的记忆。

那时,我刚刚远涉重洋,来到了一个陌生的国度。每日紧张的学习、工作之后,总让人放不下的,就是对远方家中亲人的不绝于缕的缝缝挂念;最大的享受,莫过于在极为有限的闲暇时光,在氤氲着袅袅热气的咖啡香味中,铺展信笺,缓缓地抒写这些牵挂与思念。然后,将它们投入邮筒,插上一枚枚票面内涵各异、色彩斑斓的邮票的翅膀,飞越千山万水,飞回故乡。

那时,各类资讯远不如现在发达与便捷,最经济可靠的沟通联络方式就是邮政通信。

尽管如此,厚厚的一叠叠信,却从未得到宝宝哪怕是寥寥数字的回信。大概,宝宝是以此,来表示自己对妈妈,将自己留在家中而远涉重洋的,一种小小的不满的。

一个周日,蕙如表妹驾车过来。她与我先期 10 年来到这个国家,已在邻近城市嫁人、生子,成为操持一大家子而成功的主妇。高

大美丽的蕙如表妹，曾经是台北校园内引人瞩目的京剧小生；喜爱音乐的她，正是在当地一年一度的夏季摇滚、爵士音乐节上，结识了他现在的先生，并与之相爱。她与德裔先生及全家，都是流行音乐的超级发烧友。这个周日里，她给我带来两版邮票，票面上是她喜爱的两位伟大的音乐家：埃尔维斯·普雷斯利（"猫王"）与杰克逊。

当时，名为歌星"猫王"的纪念邮票刚刚发行不久，在当地广受欢迎；而票名为"美国摇滚歌星杰克逊"的那套邮票，则已发行有年，票面是青年时期的迈克尔·杰克逊，是他身着各式服饰的肖像，并印有杰克逊的签名，采用平板印制。

不知道是不是巧合，那封贴有"猫王"邮票的信件寄回家后，我第一次收到了宝宝的回复。他在信中告诉妈妈：收到贴有"猫王"邮票的来信了；他已经开始学着集邮；非常高兴妈妈能寄来贴有他所喜爱并珍贵的邮票的来信！

从此以后，一切都变得那么好！那多姿多彩、绚丽迷人的各类邮票，随同那些翩翩轻舞着飞越大洋的鸿雁传书，载着亲情、关爱，在原野皆绿的成熟季节，在雪地全白的圣诞夜晚，飘然而至，抚慰着游子饱含思念的心灵。

前些年，回到故乡家人身边定居后，去老宅收拾东西。那天似乎也是一个周日，午后的时光。阳光透过窗外纷披的枝叶，透过雪青色的蕾丝纱缦，在放置于窗前的小书桌的玻璃台板上闪闪烁烁。这个小书桌，正是宝宝在中小学生时代每天所使用的，他每天伏身在上，写作业、看书，也会在这里阅读妈妈充盈着浓浓爱意的来信……

我轻轻拉开小书桌的抽屉，铅笔盒、书本、圆规、橡皮、钢笔、小刀，甚至还有钥匙链、闪着陈年幽暗光泽的礼品包装纸……各类物品摆放井然。

仿佛有所引导，我的手伸向最下层——一本集邮册！依稀记得是离家前，一位朋友送我的；不经意间，我随手将它转送给了宝宝。

轻轻翻开，我看到了那些印有"猫王"与迈克尔·杰克逊形象的邮票；看到了后来，经我一次次静心挑选，又一次次小心地贴在一只只信封之上的，那寄托着爱的思念的一枚枚邮票。

隔着集邮册的透明纸页，我轻轻地摩挲着这些经历了岁月与沧桑的邮票，仿佛在摩挲着那远逝的、饱含着亲情与思念的时光……

(见报时间:2010年11月24日)

宝宝小时候

雪落无痕

"岁暮市声重,日晏灯影深。雪落冬树梢,烟黛覆幽林。"去年隆冬,周日黄昏,窗外雪花纷纷扬扬。

手机铃音突响,是画家王维果的号码。

"我在汉中,我在华阳。你能听到落雪的声音吗?这里静极了!你能听到飞鸟掠过树梢的声音吗?我的相机镜头正在捕捉着它们的身影!你能嗅到这山间冷冽清澈的气息吗?我都沉醉了!"

感觉得到,电话那端,王维果痴迷的样子,一提到华阳,他就是这种神态。

被父母从安徽桐城老家带到终南山下时,王维果尚未及垂髫。父母身为军人,供职于军队的研究所。那个年代,这家机构就藏身于这座亘古大山脚下的一个小折皱里。当时的王维果,怎么都不会想到,自己会与这座大山,结下如此深厚的渊源。

上中学时,王维果功课偏科得厉害。他每天最迷恋的,就是坐在一块大青石上,拿着画板,描摹四周重峦叠嶂、苍翠起伏的群山;或是登上高处,勾勒远方在雾霭中飘浮的河流、村庄、林莽。终有一天,沉迷于作画的王维果被一位在旁观察审视他良久的首长带到了部队。在那里,他的专职是电影放映员,其实更多的时间是在画画。

部队转业后,经过专业深造的他,选择自己成为一位体制外的职业画家。

很长一段时间里,他的绘画创作风格是工笔重彩。多是林木葳蕤、花木扶疏的亚热带丛林,身着筒裙的少女婀娜妖娆。这样的作品曾漂洋过海,数度在荷兰的斯蒂芬市布展。曾经一度,这座小城里的中产阶级主妇,都以在飘拂着雪白蕾丝纱缦的窗边、在古色古香的装饰壁炉上方,悬挂出自这位异国青年画家的、具有浓郁东方色泽的作品,来显示自己的艺术品鉴眼光。

类似风格的创作,在1998年时达到了高峰:一幅名为《生命之火》的作品,被联合国粮农组织定期出版的书籍选为封面。

然而,就在此时,王维果却开始进行别样风格的尝试;他艺术探索的触角,如同撞鹿般的左冲右突,试图着寻求新的突破。

为此,他曾只身前往滇西南秘境的原始森林,披着长发,身着筒裙,脚蹬麻鞋,举着火把,徒步走过一座座芭蕉林掩映中的村寨。

一次次游历,一回回灵魂的历练。

如今,当王维果重温起当时的情景时,他会想起世界美术史上著名的画家高更,他说自己能够体会、感受到,在寻觅并抵达大溪地之前,高更所经历的那种无所适从、无处皈依,烦闷甚至厌世……,种种无法安适自己那颗躁动的心灵的痛苦状态。

实际上,此时,王维果也在寻觅着自己的"大溪地"。

直到……

直到他遇到、结识、走进华阳。

华阳?

记者有一个习惯,但凡遇到有关汉中的山川风物、历史地理、文化文物等方面的问题时,都会翻开陕西省作家协会副主席、著名作家、有着"汉中名片"之称的王蓬老师的著作,去其中寻根究底、沿波讨源。在《中国蜀道》之《秦岭深处话古镇》一章,对于华阳,有着这样的描述:

"古人有许多称谓与说法,今日已需借助于典籍或方志才能理解。比如出生于1700年前的东晋学者常璩所著的那部享有盛誉的《华阳国志》,便不能仅从书名字面上理解。因为华夏民族在几千年的文明史中,并不曾建立以'华阳'命名的国家。"

"古人以'山南水北'为阳,常以名山大江为坐标,比如华山,位于八百里秦川东部。周、秦、汉、唐在关中建都时,地处京畿重地的西岳华山自然成为区划地理的坐标。约定俗成,陕西、甘肃、湖北的南部以及

四川、云南、贵州,举凡华山之南的大片山河均被称为'华阳国'。有点类似因盛产芙蓉而被誉为'芙蓉国'的湖南。"

"我要介绍的华阳古镇,虽属于被《华阳国志》表述的范围,但与'华阳国'所包容的无垠山水相比,委实是沧海一粟。但这小镇因一条穿越秦岭的古道必经,与历史、与各类人物事件,乃至于二位皇帝发生牵连;再者,这小镇位于秦岭南麓万山丛中,是一个极美丽,带着几分神秘的去处,值得去寻访、去认识。"

"万山丛中,豁然闪出偌大一块平原。田畴烟村、鸡啼犬吠。一条青灰的街市,喧嚷着赶集的山民,有红砖楼屋的机关、学校点缀其间,跟刚刚告别的汉江原野上的集镇几乎没有什么区别。有一瞬间竟让人忘却这是在大山深处。待到再看见四周山峦上飘拂的云雾,矗立的丛林;看到在镇前交会的两条哗哗奔窜、清洌得让人惊讶的溪水;一阵清风掠过,满含大山区才会有的草木苦蒿气息;这才又提醒人这确实是在万山丛中,这独具风姿的街市便是古镇华阳。"

高更从巴黎来到大溪地,心灵得以安适,创作激情奔涌,一发而不可收。大溪地山水风光的侵染沐浴,使高更从对印象主义的模仿与亦步亦趋中挣脱而出,尝试并成功地探索出后印象主义的作品风格。

华阳是王维果的"大溪地"吗?

我只知道,在华阳,王维果宛如徐徐山风,在山野林间穿梭飞翔,他喜爱着那里的波岭涧谷、茂密植被、溪流满溢,喜爱着那里的河谷中密密匝匝的亚热带阔叶混交林,喜爱着那里躯干高大的泡桐、核桃、麻柳、白杨;还有山腰的冷杉、青松、板栗;以及耐寒的红桦、白桦与高山杜鹃;还有大面积的原始竹林,生长着终年长青又密不透风的毛竹、箭竹……

"悠悠晚钟里,渺渺凝寂岑。"通话早已结束,手机静静地躺在窗台上。透过玻璃窗,向南望去,我仿佛看到,在华阳山谷漫天飞舞的雪花中,王维果或奔跑拍摄、或伫立作画的身影。

就此,映着窗前雪光,翻阅起王蓬老师的书,竟然发现了这样一段文字:

"最早去华阳要追溯到十多年前,去时是冬日,赶到天色已晚,没来得及看清四周模样。当夜,突降大雪,清晨出门,发觉完全置身于一个冰雪世界。极目所见,山峦、河流、丛林、古镇全被皑皑白雪覆盖,天地间一片银白,白得刺眼。""我们爬上的山峦积雪足有半尺,满坡的松树四撑开去的树冠举着大团白雪,宛如盛开的银菊。不时有雪团散开,'扑'地跌落在地,悄无声息。整个华阳古镇的那种远离尘嚣、与世隔绝般的沉寂;那种晶莹剔透、纯情处女般的洁净给人留下铭心刻骨的印象。"

是啊,雪落无声,却覆盖山野,撼人魂魄,荡涤肺腑,刻骨铭心。

(见报时间:2010 年 10 月 20 日)

冬天

高山平湖

但凡见过这一景观的人,都会暗暗称奇不已。

崇山峻岭中,高山巍峨耸立,突岩兀石,峰峦雄伟。而簇拥着这高山的,却是一泓深邃静谧的湖水,清亮莹碧,澄澈透明,波光粼粼地涌动,远离世俗与繁嚣。

到文化艺术报不久,便认识他了。依稀记得那是个春末夏初的时节,前来报社造访的他,穿着件浅咖啡色的夹克衫,举手投足儒雅潇洒,语气平淡冲和,唇启齿合极为有度。

那个季节的人们,刚刚经受了春的清爽润泽的洗礼,又被初夏氤氲的绿意所笼罩,因而是愉悦的,而见到他,更使这愉悦又添加了几分。这愉悦,来自于他向周围所传递出的那种湖泊的气息。

有一年,本省地界内发生了一件引发全国、乃至世界媒体关注的"虎"事。待省级权威部门向大众揭晓秘底之日,却见到着正装领带,赫然威坐于各路媒体的闪光灯下,陈述若定,极尽从容沉稳之态的他。知道他身居省级重要部门的领导岗位,位高权重,滴水不露,宛如高山般壁立千仞,冷峻而神秘。

这几年,我一直在家中的客厅里悬挂着他的书法挂历,每临静时,便细细地端详琢磨。此时,在党政各界、文化艺术圈内,以及市井坊间所流传的有关他的清誉便一一浮上心际。在政界,大家说他是"谦慎敬事独具魅力的领导,刚柔相济,严谨公正";在文化艺术界,众人皆推崇他为"才情四溢卓尔不群的书法家,博览群书,熔古铸今"。这其中,成为口碑的,是说他"人品出书品,书品映人品。"著名文化学者肖云儒老师认为其"书法作品,无论是宏幅巨制还是扇面小品,都洋溢着清、刚、雅、正之气",并且直指精邃——"那清刚雅正之气,正是其学问、人品及处事风格的显现。"观其笔走龙蛇,豪放磅礴之处,是"登山俯平野,万壑皆白云"的气象;沉静委婉之时,又有着"风收云散波忽平,倒转青天作湖底"的韵致。

山势浩荡峥嵘,平湖内敛如镜。自然界中这对比鲜明的景观意象,就这样在他的人品与书艺中,水乳交融、浑然天成地交织在了一起,浓墨重彩,相得益彰,熠熠生辉。

他的名字——岳崇。

(见报时间:2009年12月16日)

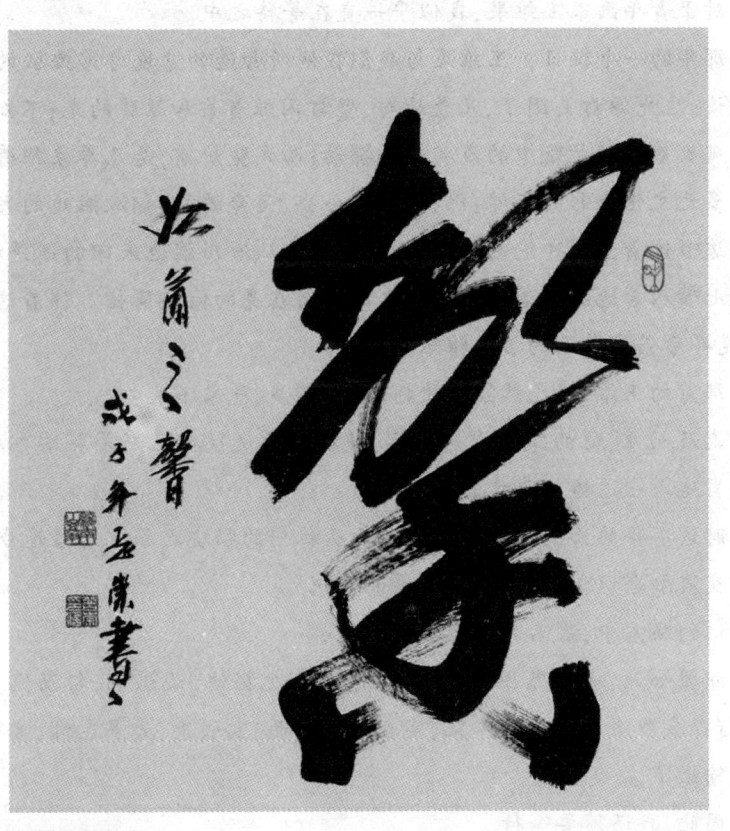

岳崇书法作品

等待维果

对于青年画家王维果,我似乎一直在等待之中。

那年的一个秋日,王维果与我们在他所营造的意境淳厚斑驳的画室中交谈。主光源灯关闭了,几盏地灯、壁灯闪烁着柔和朦胧的光;不知何处来的风吹着琉璃紫瓶中的雀羽轻轻拂动;西式壁炉前,是几尊象征着东方中国多元文化色彩的石雕:佛祖、土地公公、飞奔的马、翻滚撒欢的犬。我们一边啜饮着主人冲泡的红茶,一边观赏他从洽川湿地采回的莲蓬枯荷,一边七嘴八舌地品评着他从彩云之南穿回在身的傣族筒裙。伴着这一切的,是耳旁若有若无的古琴雅乐悠悠⋯⋯

那时的王维果,已然经历坎坷、传奇颇多、气象不凡:

未及而立,他的工笔重彩作品,便被三次送往荷兰斯蒂芬举办展览,深得当地人士追捧与喜爱。

时达半年的云南西双版纳及滇西丛林中的秘境之旅,与当地少数民族的交流融合,使他对人生有了新的认识。

他的画室中,慕名而来索画者盈门⋯⋯

即便如此,我依然困惑,不知该怎样去把握他、认识他、勾勒他、刻画他。留在我脑海中的他的印象,实在是太多面、太驳杂、太多色调,亦或说,太过绚烂了。

因此,我还须要等待。

今年春天,如同是春风中送来的一个声音,呼唤着我们去寻找他;又经过了一个漫长夏日的等待,陕西省的新闻官禹剑锋先生见到我,既兴奋又感动地谈到了他在"走三秦看变化"活动中偶遇的一位画家:

在秦岭南坡腹地的长青华阳自然保护区里,有一位青年画家,像当地的农人一样生活着,每天住着简陋的房屋,穿着粗糙的衣服,有一顿没一顿地吃着农户家的饭食,奔波、追逐、守候在崇山峻岭、苍苍林莽、珍禽异兽出没的保护区中。他不停歇地用画笔去描摹、去再现、去讴歌着秦岭大山中这块瑰宝之地的山山水水、草木植被、一花一叶、一石一鸟,并以他力所能及的影响力向社会各界鼎力推介,寻求保护赞助资金,争取政府有关部门的政策倾斜……这位见过许多动人场面的禹先生被感动了。随着禹先生的讲述,我知道,我多年的等待终于有了结果。

几年等待之后,他飘逸的马尾被齐耳的短发取代,一身皱巴巴的布衣换下了那有着异地风格并引来许多惊奇目光的筒裙,白皙的脸色变得黧黑……然而,从他充满内容的目光中,从他如数家珍般谈论着自然保护区的话语中,我感觉,他终于在多年的上下求索、苦苦寻觅中,找到了使自身的艺术之路得以恢弘、壮阔、久远,以至于永不衰竭的根。

等待中,一位小资品格的青年画家王维果,变身为厚重沧桑的成熟艺术家。他依托着这深深地栽植在大秦岭中的根系,终于长成了一棵虬枝苍劲、枝繁叶茂的参天大树。

(见报时间:2009年9月2日)

王维果早期重彩作品

畅叙《保卫延安》

回望60多年前的延安,从中国革命的心脏,倏忽间,成了一座空城,被敌方攻陷。可以想象,在当时国际国内人士心中,会形成怎样的一个巨大的心理落差。而奇迹般的,就在延安失守两年之后,一个崭新的中国,如旭日般的,在东方的地平线上冉冉升起,这又是一段怎样的惊心动魄的历史!其间所涵蕴的,又是怎样的一种运筹帷幄、运兵帐中而决胜千里、进退有据的大智慧、大谋略、大气魄、大胆识!无论从人类政治史、中国革命史;还是从人类战争史、中国革命战争史;亦或是从人类攻略篇、人类智慧篇而言,都是值得大书特书的。

50多年前,杜鹏程老将这一可歌可泣、可歌可赞的壮阔场景,用其具有社会历史责任感的笔记录了下来,可以说是居功至伟!因为当我们回溯历史时,经常可以看到,有多少伟大的历史事件,就是由于缺乏即时的记录,而湮灭于浩瀚历史的苍茫烟雨之中。杜老不愧是从史圣故乡走出来的伟大文学家,他对这一伟大历史事件的记录与把握,使我们感到,他深得史圣故乡日光月华的浸润与熏陶。

今日,当中共陕西省委宣传部、省广电局、省电视台、西影集团、兰州军区等单位,将这一壮阔的历史用电视剧的雄伟画卷展示给现代中国观众时,同样居功至伟!

正如《保卫延安》的总制片人王渭林副台长所言:由于当时历史条件制约,小说故事显得不够生动,悬念设置不强,其可读性与今天很多文学作品相比有一定差距,直接改编成影视剧,观赏性与当代观众的审美恐有相当距离。对比《红岩》的复杂性、《红日》的故事性、《林海雪原》的传奇性、《青春之歌》的浪漫性,《保卫延安》都力有不逮,使得众多影视剧编导对它总是敬而远之。所以小说《保卫延安》作为红色经典的开山之作,反倒是藏在深闺人未识,对于生活在今天的青少年来说尤其如此。因此,要与现代观念,特别是中青年观众的欣赏习惯实现成功的对接,我们的编剧、导演、制片人,进行了成功的再创作。

对于《保卫延安》的宣传,我们根据自身专业媒体的特点,设计了三个层面,三大板块。

三个层面:首先是拥抱大地、贴近大众,从视听娱乐的层面,向广大电视观众讲故事,介绍《保卫延安》的剧情和故事梗概,介绍参演艺术家与艺员;第二层面,从旅游文化的角度,向读者介绍延安以及发生几大战役的地点,如青化砭、羊马河、蟠龙等地的行政沿革、地域景观、地理特征、人文风貌等。同时,我报与有关机构接洽,欲结合电视剧,合作出版有关延安红色旅游的页面;第三个层面,是从相对高端去解读《保卫延安》。延安保卫战除昭彰了中国共产党和中国人民为革命事业慷慨赴战、以鲜血换取和平的伟大精神外,还在于其浓缩了集中国传统军事文化与西方军事战略为一体的无限玄机与无限智慧,非常值得反复推敲与品评。从延安保卫战中,可以看出围点打援、调虎离山、声东击西、瞒天过海等中国古代军事谋略,同时自始至终闪耀着毛泽东哲学思想、军事思想的光辉。所以在这一层面,我们主要针对党史迷、军史迷及一些军事发烧友展开,结合电视剧,讲述并分析每次战役的时间、地点及军事闪光点。

三大板块:第一是各方评说,如领导说、专家说、编导说、演员说、老百姓说;第二板块是从文学角度展开,杜老生平创作回顾、小说《保卫延安》创作过程、从小说到电视剧的跨越等;第三板块,则着重探讨电视剧《保卫延安》的成功点。

(见报时间:2009年6月19日)

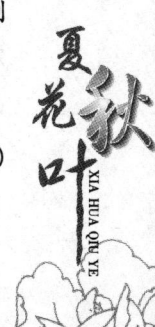

射击情缘

芳闻秘书长打来电话：作协组织作家们去省射击场采风、打靶。蓦地，我眼前出现了夏坚德的鹅蛋脸和她闪烁流转着聪颖机警的眼波。她是陕西文学界的体育大使。她写过的一些人物也曾在我的人生之旅中出现过："玻璃莉莉"。当年我的出国护照就是这位莉莉一路绿灯地办下来的，我对她充满好感；孙立平。我高中时班里的男篮队长，西安体院篮球专业毕业后，官至国家体育总局国体公司老总。

持枪，瞄准，屏住呼吸，击发。"砰！"！子弹飞出去了。期待的喜悦开始甜蜜地浸泡着你。第二发！第三发！一枪又一枪，一个又一个未知。等待，看靶时的回味、品评、惊喜。就是这么的充满着诱惑。

自从学生时代学军（现在称之为军训），解放军教官带我们打过几枪后，就不可遏止地爱上了射击运动。以后但凡有机会，总要想方设法去打上几枪。参加过代表队，打过业余比赛，最好的成绩是西北大学女子射击冠军。当然是团体冠军，是代表我所就读的历史系拿的，队员有我、现任陕西省宗教局副局长的姜晓阳和现任中国政法大学宣教部长、新闻发言人的刘长敏。这次冠军的收获是因训练、比赛缺了几节课，奖品是一个笔记本，淡蓝色的塑料封皮仿佛我们卧射时身体上所覆盖着的蓝天。

现在豆蔻年华女孩子们的青春偶像，大多是这位歌星那位影星，而我当时的则是李亚敏、杜宁生，还有一位挑头的叫什么忘掉了，只记得她名字的最后一个字是"岑"。她们三人组合参加世界军事射击锦标赛拿到冠军。大约是1978年的《解放军画报》上,三人合影的大幅照片一直让我爱不释手。

手枪射击时,晓渭与我在同一靶位。我俩的教练窦云霞有着匀称的身材、亭亭玉立的身姿;后来才知道,一直在旁边帮忙的1.85米的帅小伙竟然是她的宝贝儿子,看起来二人真像姐弟俩!一定是射击运动给了窦导永不逝去的青春!谈起伴随其长大的射击场上的运动员爸爸妈妈、叔叔阿姨与哥哥姐姐,小伙儿有着太多太多的浓得化不开的情结。

在射击场上,还见到了我小学时的同桌于吉平。上世纪70年代初,因父母下放而跟着姥姥来姨妈家生活的我,从小寨小学转学到后村小学,一年后又转走。这期间,共坐过多少位同桌已记不清了,只记住了家在西影厂的于吉平。缘由有三:一是上世纪80年代,我读大学时,经常在各大媒体上看到他代表陕西队参加全国移动靶的各类比赛屡获冠军、代表国家队参加世界锦标赛,平、破世界纪录的报道;二是小学时全校同学集体看电影,《列宁在1918》、《智取威虎山》等前放映的是中央新闻电影制片厂拍摄的《新闻简报》。有一次,《新闻简报》的内容是党和国家领导人欢迎西哈努克亲王。欢迎仪式上有国家体操队的表演,表演者们上下翻转,翩然飞舞,摄人心魄,其中就有于吉平的姐姐——国家体操队队员于娟娟;三是于吉平功课好,尤其是算术好,我偶尔做不出题时会抄他的,他也很大气地随你抄。当时就存了一份感激在心底。

当窦导从会议桌前叫来了现在陕西省射击射箭运动管理中心担任移动靶教练的这位同桌时,他已不认识我,对烟雨般的往事也浑然忘却。那是自然的。经历了运动场上摘金夺银的人生之巅,品尝了人类竞技体育千钧一发的高峰体验,谁还会记得人生路途上那琐琐碎碎的点点滴滴。那是"海到尽头天作岸,山临绝顶我为峰"的极限境界啊!

积岐老师、莫伸老师、丁晨老师,这些平时拿惯了笔的手,握起枪来也有模有样。晓渭被评为最佳持枪姿态奖。《西安之子》年轻的总编张星利获手枪射击第一。我呢?唉,才是个并列第二名!

暮霭升起。惜别中,看到了80年代参加射击比赛时到过的老旧的苏式办公楼。依稀回忆中,想起了当时射击场上的离离蓁草和蓁草上积满彤云的天空。就从这里,走出了我们陕西射击界一代又一代的英豪!

(见报时间:2009年2月25日)

此剧已然成追忆

那时，我和弟弟都还在上学的年龄。一天深夜，弟弟从外返家，兴奋不已，絮絮不休，身上犹带着户外夜的凉气。"姐姐，你不知道我刚刚看了一出多么好的戏哇！真是太好看了！《屠夫状元》！"在此后很长一段时间里，背诵《屠夫状元》中的台词，描述剧中的情节，模拟剧中人物的表情、动作，然后捧腹哈哈大笑，成了弟弟在我们家的主要娱乐节目。从那时起，我便记住了那出充满民间智慧的、令我们全家津津乐道的好戏，她使我仿佛找到了阅读莎翁《仲夏夜之梦》与布莱希特《四川好人》时的感觉……

不久前，报社总编室任主任与小杨编辑告我，著名剧作家陈正庆先生逝世。而陈先生，正是那出脍炙人口的好剧——《屠夫状元》的创作者。我马上把这个令人悲伤的消息告诉了远在美国的弟弟。电话那头，弟弟哭了。

(见报时间:2008年1月23日)

烽火连天的岁月　在那遥远的边陲

在中国教育史的长河中,存在于抗战年月中的西南联大,无疑是一朵异常璀璨的美丽浪花,一段旖旎瑰丽的风景。她不同于岳麓书院的长留天际与"唯楚有材,于斯为盛"的霸气,亦不同于燕园辅仁的贵气华美,她是"中华民族到了最危险的时候",绝死拼搏中踞守边陲的惊鸿一瞥。一个人暨一个民族在濒临绝境时被激发出的惊天力量,与抗日军民在前线的殊死战斗相同,在西南联大的存在中亦得到了印证。西南联大创造了中国教育史上的奇迹。对于这点,本文不再赘述。

人们将目光投向西南联大时,每每如数家珍的,是她在自然科学与社会科学事业上的成就。其实,西南联大的师生们在二战中投笔从戎、奔赴疆场的壮举,亦是不应被我们的民族所遗忘的。

家父曾是西南联大的最后一届学生,在昆明未及一年便随校复员回京。然而,烽火连天岁月中那边陲的回忆,已深深地烙在了老人的心上。在他的眼睛尚可清晰视物时,他常常摩挲着一本《国立西南联合大学史料》,指点着上面的一个个名字告诉家人,哪位哪位同学在校期间便从军奔赴滇缅战区,哪位哪位同学战死疆场、马革裹尸还……他还向我们描摹起这些同学是如何如何的机灵聪颖,慷慨赴战时又是如何如何的谈笑自若、豪气干云……

每当回忆起这些早年的情景,我的心情,便如同流淌在滇缅之地的伊

洛瓦底江般,奔腾不已。民族的英雄啊,我们不应忘记你,不管你是从哪里奔赴战场!

为此,我从家父所珍存的史料中搜检整理出这版文字,在纪念抗战胜利 60 周年的日子里,奉献给我们亲爱的读者。

(见报时间:2005 年 4 月 8 日)

与父亲

在海岛上飞翔

长夏无冬的海之南,赤道带炽热的阳光,照耀着青翠欲滴的岛屿。见惯了露重霜浓的古塔残垣和斜阳下废都的古朴苍凉,这芳草萋萋、花团锦簇、林木蓊郁的海岛,让人感受到的是清新的气息。乘车在环岛公路,以及岛内那些纵横交错的公路上飞翔,是行旅于这里的我,身心所倍感轻松惬意的时刻。

大部分的旅行团和旅人上岛,从北部的海口赶往南端的三亚时,都会走环岛东线的高速公路,这是一条沿着东部海岸线伸展的道路。刚起程时,道路两边尽是葱绿茂密的亚热带乔木,车子宛如在一条绿色的通道中行走。绿廊中,那酷似松树的是木麻黄,生着像柳树叶儿的是小叶桉,还有诗意浓郁的苦楝和台湾相思。这些树相互缠绕,勾肩搭臂,密密匝匝,叶片在阳光下闪着晶亮的光,散发出青青的味道。

不一会儿,树线开始向后退去,视野中出现了大片开阔地,点缀其间的,是块块插着绿色秧苗的稻田,有水牛憩息的池塘,一簇簇、一丛丛的槟榔林、香蕉林、荔枝林和芒果林,以及依偎在白色农舍旁的椰树。平展的原野中,精致的佳景参参差差、错落有致,颇有几分清末西方来的宫廷画师郎世宁之作的风致。

当车驶过亚热带与热带分界点所在地——牛岭时,路旁出现了大片白雾般的芒草。向东望去,在摇曳多姿的芒草尽头,是蔚蓝色的大海,岸边礁石错落,间有浪涛拍击,白色的浪花飞溅,如玉如雪,斜斜挺立的椰树摆

动着羽叶,头顶着南中国海上湛蓝湛蓝的天空。

　　车近三亚,路旁的花树开始使人目不暇接,那端庄娇媚的紫荆花,争妍斗奇的三角梅、夹竹桃,以及最为雍容华贵、花开似火的木棉花,在铁色高大躯干的映衬下,分外地引人注目。

　　西线的环岛高速便有所不同。路旁最多的,是成片的橡胶林,在热风的吹拂下,发出哗啦哗啦的声响。丛生的仙人掌象篱笆墙般,开着黄色的花朵,结着红色的果实。不像东部沿海有着丰沛的降雨,这一线的气候有点儿沙漠的意味。若在正午时走过,便可见所有的植物在烈日的烘烤下,将影子缩成小小的一团,围裹着自己的根。

　　中线是通往五指山麓的普通等级公路,走这里,你可以领略海岛中部的乡俗民情。临近五指山中的一个小村寨时,先要经过一座古色古香的小石桥,桥下流水潺潺,桥边生长着刺叶铁、蒲葵、凤凰树、鸡毛松等各色各样的树木,巨大的树冠交结缠绕,在桥的上方形成了一个绿色的穹顶,细碎的阳光从叶隙间洒下,陡增一种宁静幽邃的气氛。

　　稍大些的乡镇,入夜时分则是另外一幅图景。公路两侧,餐馆、发廊、水果店和杂货铺鳞次栉比,卖炒田螺、腌粉、烤鱿鱼的排档灯火通明,人来人往。抬眼望去,星空下的五指山,早已隐没于宝蓝色的天幕中了。

(见报时间:2002年3月22日)

在海岛上

旅途中的记忆

多年前的一个深秋时节,我与家人曾从祖国南方回归故乡。途中,清丽温婉的漓江、氤氲着伟大而神秘气息的韶山冲与花明楼,都在明丽的秋阳中拥抱了我们,那山野中清亮的风、那边城古镇吊脚楼上斑驳的光影,以及那在陕西南部山地飒飒作响的玉米枝叶,都会突然地,在某一日的午夜梦回中,在某次的心灵干涩枯萎时,悄悄地展现在你的面前,轻轻抚慰着你,像清泉淙淙,细腻而温润。

夕阳下的湘江

午后从桂林出发,黄昏时分,车子行驶到桂北全州一带。但见此地,山势峥嵘,湘水从山谷间奔涌而下,水流湍急。森森林木之上,是暮色四合的苍穹,漫山松涛鸣吟,山脊间依稀可见巨石雕塑的身形。回首来路,银灰色的公路蜿蜒伸展,与其尽头衔接的地平线上,在已呈现出暗色的天幕映衬下,是一轮又大又圆又亮又血红的夕阳!大自然的奇异景观,使我驻足留恋,久久不忍离去。心中暗叹:冥冥之中,似乎谁在告诉我什么?为什么此山此水此景让我如此怦然心动?

回家后翻阅史料与地图,知道了那让自己心灵产生奇特感应的

地方,便是第二次国内革命战争时期,红军长征初期湘江之战的发生之地!在半个多世纪前那场以惨烈著称的战役中,红军由8万锐减至3万,山野上遍撒着红军战士的尸体,滔滔湘江奔流放缓,江水也变得血红。然而,苍穹有灵,15年后,正是这支当年在湘江边濒临绝境的队伍,打败了拥有420万军队的旧政权,这其中蕴涵着多么深刻的哲理啊!多年来,各种研究著作和文艺作品中,对湘江之战的叙述与描写讳莫如深,只是在近年来才有所表现。但湘江记得一切,湘江边的山水草木也记得这一切。当我于这层林尽染的深秋(湘江之战也发生于此季节)、在这样的晨昏交替时分走进你时,莫不是已感受到了空灵之中你的呼唤?

桃花源中行

旅途中,我们没有选择与京广线同向伸展的宽畅大衢207国道,而多穿行于崇山峻岭之间。那时,这些地方的路况经常不好,但民俗民风浓郁,景色秀丽,常见小桥流水,竹篱瓦舍、炊烟袅袅、林木依依。一日清晨,从一家小客栈留宿上路的我们,前方是高耸的两山夹峙中狭窄的公路。突然间,随着一个拐弯,眼前豁然开朗。山谷间出现了一块约十亩见方的平坝,在远方依山处,可见屋舍俨然,绿树葱茏,虽值深秋,却山花烂漫,一片灿然之色;近处则田亩纵横,鸭嬉荷塘,细雨蒙蒙中,有持锄的农夫身披蓑衣在田间劳作,空气中漂浮着,泥土混合着雨雾的清新气息,它浸润着你的身心和每一根神经,留存在你的记忆深处。

乡野的味道

沿路宿于农家开设的小客店,亦多在农舍中吃饭。乡野中的味道,令人回味无穷。

广东化州一带河汊纵横,鲜鱼众多,在路旁小店用餐,仅用大鱼一条,做一鱼三吃:雪白晶莹的溜鱼片、焦黄香酥的糖醋鱼块,以及配以青菜豆腐的鱼头汤,米饭随意,好吃又便宜。

南岭中的小县东安,有一道源于农家的名菜:"东安子鸡"。在美国一些城市中餐馆的食谱中,这道菜也时有出现。我们抵临东安县城已是傍晚,虽然还要匆忙赶路,也不失时机地在昏黄的灯光下,围着粗木制的饭桌品尝了一顿正宗的"东安子鸡"。它是把小鸡现宰洗净后,斩块以旺火快炒,烹间加入大量的青蒜、红辣椒与米醋,其味喷香。

车过邓州,进入陕南地界。商州的一碗洋芋面条满含着故乡的味道。时近午夜,迎接我们的,是古城节日之夜那一片璀璨的火树银花。

(见报时间:2002年3月29日)

拜谒苏东坡

一曲难忘

那时,我人生的旅途上正满布泥浆,心境也如同从寓所8楼的窗口上望出去一般,那阴云低垂的异域的天空:浓重的灰色,沉甸甸的,仿佛轻轻一触,就会有连绵的水珠滴落下来。在这样的心境中,一段旋律陪伴着我。她是一首弦乐重奏,惆怅、低回、久远、悠长,柔情绵绵。在这段旋律的引领下,我的身躯在星空下的辽阔原野上游弋,我的魂灵在雨雪霏霏中,伴着教堂晚祷的钟声蒸腾。随着旋律,我思绪信马由缰,任意驰骋,忽而是在萧索寒风中颤抖的苏格兰高地,踟躅的旅人步履蹒跚;忽而是远方的游子,追思着故乡的白云,缱绻眷念不绝于缕……

一个冬日和煦的午后,我悸动的心被一种温暖惆怅的感觉所攫住——是那支旋律,她在我耳边低萦。那时,我因游学暂住在加大物理系胡继渝教授的家里。博学而勤勉的胡教授经常在休憩时欣赏音乐,今天她在听世界各国的民歌。我静静地坐在后园里,一动也不动,听着胡教授房间中飘出的歌声,深深地沉浸在久别重逢亲人般无比温暖的感觉之中。这时我才知道,这旋律来自于一首民歌,但她是男中音用英文演唱的,我无法听清楚她的词意。

多年过去了,生活中的阳光又重新充满了我的心扉。对于往日的"愁苦",已是"却道天凉好个秋!"经常希望自己的心境亦如同所栖身的天地般明丽怡人。心存着对那支旋律的珍爱,一直在寻找着她词曲俱全的"原身",并深深地渴望着当亲睹她时的豁然开朗,脑海里已对她进行了无数种意象的猜测与揣摩。

灯火阑珊处,我找到了她。原来她是首爱情歌曲——同许多的民歌一样。可我在她身上,感受到了多么广阔而宏大多样的情感啊!我枯竭的心灵,曾无数次地被她所滋润。是的,她惆怅、忧伤,一如我一直的感觉;但同时也饱含浓情,甜美欲滴——当果实剥开后,她所呈现出的那般模样。

在我的生活中,这首歌已远远超出了她本身所具有的内容与涵意,她就像部小小的寓意宝典:当我以多年凝视所积淀的深沉和忧郁翻开她时,才发现她也平和、真实、芬芳且甘美异常。她的名字是《伦敦德里小调》。

(见报时间:2002年4月8日)

后园

公路边，那间草房

公路边的那间草房，它依傍在一座一明两暗的旧瓦屋（房东的家）旁边，门前一簇不算茂盛的竹子。屋场有十米见方，过去就是那条走过了许多人与车的公路。跨过公路可见稻田，中有窄窄的田埂蜿蜒伸向一条不知名的小河。埂上桐树依依，河中水流清澈。坐在河边青石上洗衣裳时，对面高高的山影便压了下来。山的那边还是山，绵延无际，直到人迹罕至的原始森林——当地人叫老山万林。

房东王家婆婆，精瘦的身板，脸上还有一道不明显的疤痕。她心地善良，相处几年，一直善待我们全家。初到此地，我在屋场前刚刚下车，就看到她正坐在廊檐下的石阶上冲我微笑，饱经沧桑的脸庞被和善的光辉照亮。她的儿子王兴才，中等的个儿，皮肤黝黑，明亮的眼睛配一副厚厚的嘴唇，很像一个非洲人。我第一次见他时，他正在伤心地找着自家丢失的花母鸡，嘴里"咕咕"地在暮色苍茫中满世界转悠。听妈妈说，王家婆婆和王兴才原先并不是这个坝子里的人，有年大山里闹饥荒，婆婆便带着自己的儿子逃了出来，投奔了这里一位会木匠手艺的王姓汉子。

一年夏天，爸爸上了阳安铁路工地，弟弟还小，挑水便成了我每日必修的功课。可是家里的扁担又厚又硬，我顺着田埂一路挑回时便出尽了洋相。恍惚之间，眼睛的余光瞥到荷田中有一身影正手柱锄杖向这边观望。傍晚时分，就见王兴才拿着根嫩竹扁担站在草房门口对妈妈说："用这根，这根好用。"说罢就走了。还有一次，我正在屋场上劈柴，大约他听见了吧，二话不说就冲过来帮忙,我于是呆立于一旁观望。忽然,却见他丢了斧头,直奔桃树下,撕扯片叶子贴在手上后,就闷着头离开了。我有些纳闷,直到预备烧饭去捡拾劈好的柴禾时,看到木柴上有斑斑血迹,才发现原来他将手砍破了。这样寡言且羞涩异常的人,我还是头一次见到!

爸爸是西南联大的最后一届学生,妈妈是新中国成立后西北军政大学的第一批学生。可当我们家住在路边草房的那些岁月里,他们除了下田,劳作结束后便忙着起个绝早去老城赶集,采买些柴米油盐。我常常见到他们,和他们的下放"战友",或为着一捆青冈木的价钱与小贩讨价还价,或排着长长的队伍等着割几斤定量供给的猪肉,有时还会在路人——其实是乔装的小贩,因那个年代不允许私人贸易——云集的大桥上同他们打着暗号,然后领到家来买下他们的几瓶菜油或几斤鸡蛋。岁月蹉跎,蹉跎岁月。爸爸妈妈就这样度过了他们生命中的黄金时代。以后我读帕斯捷尔纳克的《日瓦戈医生》,看到主人公同拉拉一起躲避到西伯利亚瓦雷金诺的一所废弃的庄园里,在那里忙着铲雪、劈木柴、生炉子、烫被单、搜寻食物与烧煮食品时,就感触特别多。

倒是小弟,下乡前,脑袋大大的,身子瘦瘦的,三天两头感冒咳嗽,吃药打针,是家里的重点保护对象。几度春秋,他像小鹿一样满山遍野地疯跑,柿子、核桃、李子、枇杷,什么熟了吃什么,回来时,俨然成了个结结实实的小伙子。

许多年了,我远走他乡,再无机会去陕南一行。妈妈曾托人给王家婆婆捎过包裹,也不知她收到没有?"蜀江水碧蜀山青",公路边的那间草房,不知还在不在?

(见报日期:1994年12月《西安晚报》)

天草的钟声　曼哈顿的灯光

我记得那是一个雪雾弥漫的冬天。父母弟弟全家人都去秦岭与巴山之间那片柔美的盆地下放落户了,只有我和姥姥一起,寄居在西安城里的姨姨家中。当年的西安,还不像现在这般,几乎每个居室里都安装了暖气,使人几乎感觉不到自己是处于北温带寒冷的冬季里。那时百姓们的住家,很多是用煤炉取暖的。姥姥的煤炉,一向是一物多用:煮饭、取暖、烧开水。所以,那个年代的冬季,在我的心中,总是凝结成一团雾状的船儿,飘呀飘的。屋外,是冷冽清澈的雪雾;屋内,是暖意融融的水雾……

煤炉上的开水"咕嘟嘟"作响,桌上的荧光台灯布下一片迷离的光晕。我坐在旁边,手握一本好容易"搞"来的书——《日本当代电影文学剧本选》,"大快朵颐"。书的扉页上,还印着"供研究批判时参考"这样几个字。书是新书,却已揉皱,且其味多矣,显然经过了不少双手翻阅。书中的文学剧本有《砂器》《忍川》《约会》等,其中一些我在以后的银幕上也看到过;但是给我以最深刻印象的,却是一个年轻的妇女社会史研究者跋山涉水、餐简陋宿,去寻访日本历史上最悲惨、最可耻、最令人心酸,因而也最想被当代国民所遗忘的妓女史的故事。

——圭子抬起头来,亚热带刺目的阳光照射得她的眼睛急速闭起,无法睁开。圭子再次抬起头来,酷烈的阳光下,白色建筑上金色的门楣闪闪发亮……

这道阳光不但刺痛了圭子的眼睛,也深深地刺入了我心中。几天中,我的情绪便不断地进行着这样的时空变换：从中国内陆的西安到南日本的天草岛；从银装素裹、冷气流盘旋的土地到乔木蓊郁、被湿热海风吹拂的南洋。我怀着一丝酸楚、一丝悲凉，跟随着这位妇女史研究者三谷圭子女士走遍了天草岛到婆罗洲的一街一镇、一村一里。圭子女士对自己研究对象的那份洞察入微、理解体恤有加的感情，那种对世界与日本经济发展史及其对日本国民生活，尤其是妇女生活之影响的深刻理解，都令我深深地迷恋，唏嘘不已。后来，我才知道，这部电影文学剧本是根据真实的寻访故事所创作的；再后来，我又看到了由日本著名电影演员田中绢代、栗原小卷担任主演的这部影片。从此，在我的记忆中，总会浮现出在南日本的天草岛，在鸟噪鸦啼的薄暮时分，在似隐似现的晚祷钟声里，挺拔潇洒、坚定干练的女记者三谷圭子与屈背偻腰、善良悲切的阿崎婆含泪交谈的情景……

从那时，我依稀感受到了，什么叫做历史的眼光，什么叫做田野调查（有着更广泛外延的），以及要真正地研究一项社会问题所需要持有的执著及付出的艰辛。

带着这束亚热带酷热与内陆平原冷寒交织的若浮若现的情结，我步出大学校门，进入了一家妇女工作机构。在此，我接触了成百上千个前来求助咨询的女性，并写下了不少论文与调查报告，对这些现象及其社会原因进行分析探讨。同时，我也有幸借助通信认识了当代著名妇女社会史学家、美国纽约新社会科学研究院的路易丝·梯利教授，并收到了她寄赠的《女性·职业·家庭》一书。

梯利教授所工作与执教的学院在纽约市曼哈顿区的格林威治村，是文学家、艺术家以及社会科学工作者荟萃之地，著名短篇小说《最后一片叶子》的故事背景就在这里。在这楼群林立、灯火璀璨的学术与艺术园区里，多少个追求者在灯光下的漫漫长夜中，度过了他们艰苦跋涉的日子，最终到达成功的彼岸。

梯利教授长期专注并致力于世界妇女史，尤其是英法妇女史的研究，在女性社会学方面亦颇多建树。读她的书，会令我不时地惊叹。不止因其文笔之优美，见解之新颖。真正撞击我心扉的，是她极其严谨与审慎的研究态度。为对18至19世纪英法的女性生活状况及其社会、家庭地位有所了解，梯利教授查阅了大量的历史资料，包括各类游记、考察报告，甚至教区记录、统计税单等等，并参考了不少文学作品，作为其背景资料。从她的

书中,我看到了"苔丝姑娘"的身影,也嗅到了巴黎绣花女工房的气息。从她如诗如画的笔下所流泻出的,是对女性当时所处历史状况与社会状况的深刻理解与同情,其眼光的机敏,其心机的犀利,其分析的入木三分,令我叹为观止。

这份探索的无怠与行者的历练感染了我,那遥远年代的情结又浮现了出来,附着在了我的身上。——我必须把它翻译成中文并出版,为了中国的妇女问题研究工作者,也为了那束寒暑交往的情结,使它能够在异香氤氲的妇女学研究花园里得以释放与蒸腾。

此刻,在这遥远的星空下,我追忆着那束遥远的情结——它已渐渐地被我及与我一同奋斗者的足迹所熨平。良久,良久……

(原刊载于1995年6月《女友》杂志)

出航

日暮乡关

那年到粤南,同友人一起去新会市,到距梁启超先生故居不远处的"小鸟天堂"游玩。那其实是一颗巨大的榕树,其蔓延的气根和枝丫几乎笼罩了方圆数百米的一片水面。适逢骤雨初歇,道路蜿蜒泥泞,待我们骑着自行车到达时,已是薄暮时分了。而这正是"小鸟天堂"最诱人的时刻——数千万只小鸟聒噪着,扇动着轻捷的翅膀,往来穿梭,翻飞起伏,在南国的黄昏里,回归着自己的家园,那片翠意盎然的绿荫。

这是一幅极其壮观的图画,我的心为之怦然而动。榕荫荡荡,百鸟归分,几百年矣。此时此刻,无数古诗中的意象麇集脑际,如"柴门鸟雀噪,日脚下平西。"如"月落乌啼霜满天",甚至"枯藤、老树、昏鸦……夕阳西下,断肠人在天涯。"等等,等等,不一而足,且久久不肯散去。

不尽是自然界中的飞禽。这种在日与夜的交接时分觅巢的习性,从浩浩逝去的久远年代就伴随着我们人类的脚步,一直走到了现在。山顶洞人进居了洞穴,点燃了篝火;半坡人构筑了房屋,盘造了炉膛,就是为了能够在无边无际的夜色中,在漫天飘洒的急风骤雨里,在眈眈而视的兽群追逐下,找到自己的依泊。在那空远无际的旷古,在文明出现前的洪荒,人类就是这样,为自己的躯体、自己的心灵,营造着归宿。

在人欲横流、灯红酒绿的今日大都市里,虽然四处可见五彩缤纷的霓虹灯不绝地闪烁,有豪华的夜总会彻夜不息的喧嚣,然而我们仍然可以从周围的人群中,找到这根通往亘古时光的血脉。曾有一位朋友对我说,他

从童年起,每逢黄昏时分,就有一种惆怅的心绪笼罩了全身。尽管家居的隔壁就是所学校,那里的篮球场上龙腾虎跃,一片欢闹;村街上也是人声鼎沸,鸡鸣狗吠,正是一天劳作结束最轻松愉快的时光。可是这一切却无法改变他的心境。这位朋友心质细腻,返祖现象出现在他身上,我想,或许是他常常静坐思禅,能在冥冥之中与遥遥往昔相通吧。

还有一年我从西安赴上海,对面铺上有位姑娘,据她自己讲,她间或在电视上露面,主持过个把节目。她谈话起来潇洒气派,豪言壮语不绝于口,一副睥睨天下笑傲江湖的势头。当时正值隆冬,140次列车抵达上海站时,已是夜色浓浓了。车上的不少旅客也在沿途苏、锡、常等各站陆续下车,车厢内只有寥寥几人,在昏黄摇曳的灯光下低声交谈。姑娘全没了上车伊始的豪气,她瑟缩在床角,喃喃地对我说:"真想现在就回去。我错打了主意,要来这里。在西安,天再晚我也不怕……"我想着西安的家对于她的意义。离开有所依傍的家,人会变得十分脆弱。

也许,少年时的记忆给我的印象最为深刻。我是跟着慈爱的姥姥长大的,从小便极少见到父母的面。他们在政府机关工作,常常今日下放,明日锻炼,很少归家。后来"文革"开始,不得已之下就干脆带着小弟,搬迁到巴山汉水间的山地去了,一去就是十年。那时的我,在西安念书,却无自己的家在西安。每每傍晚放学,走在南郊小寨一线那条由法国梧桐排列成的林荫道上时,望着路旁幢幢修建于50年代的浑厚结实的苏式楼房,望着在枝叶婆娑间闪烁着奶白色柔和灯光的窗棂,心中便有一种渴望在蠕动:如果我有一座淡光飘柔的房间,绿色的窗扇后是素色轻拂的纱帘,干净书几上的高脚玻璃杯中插一朵带露的玫瑰……那么,我将如何珍爱我的家!

然而上帝却赐予我一个奔波的命运。雨雪霏霏的沉沉夜色中,拖着一副沉重的行囊,抵达一个完全陌生的城市,于我已不是一次二次的经历。去年,疼爱我们姐弟几个的姥姥辞世,我却身在异国他乡,不及回来奔丧。如今每每在更深人静时想起,便似万箭穿心,不能自已。

刚刚过去的那个圣诞节的前夕,我因为会有更好的机会出现,又要飞往一个新的环境。此时芝加哥downtown(市中心)的街头,座座店铺都摆出了满缀着小金星和小银铃的流光溢彩的圣诞树,唐人街的餐馆门口,也个个都"大红灯笼高高挂"了。说实在话,在这样的日子里,我渴求着一份温暖和安宁,即使要强地离去,心底深处也会有一线的无奈与怅然。此时,一位朋友不顾我表面的倔强,而执意将我留下。她来美20余年,现已担任了芝加哥华人工商联合会的副会长。我惊诧她在成功的骄盛之下,还有着一颗体恤漂泊中游子的心怀。事后她告诉我,刚来美时,相似之情形不知经过了几许。每个浪迹天涯的行者,都有着一颗浸透泪的心。

忘不了当年登临"黄鹤楼",一边默默在心中勾勒千年前的长亭古道与残笛夕阳,一边情思万千地吟诵着那首千古绝唱的情景。"昔人已乘黄鹤去,此地空余黄鹤楼。黄鹤一去不复返,白云千载空悠悠。晴川历历汉阳树,芳草萋萋鹦鹉洲。日暮乡关何处是,烟波江上使人愁。"

是啊!日暮乡关。

(原刊载于《家庭之友》1995年第1期)

心中楷模

　　一个名叫辛德勒的德国人，一个靠战争发财的投机商人，却成功地用智慧和金钱使上千名犹太人逃过大屠杀。

　　一部低成本的黑白电影，一条不动用大明星的拍片原则，却赢得横扫角逐者独夺七项奥斯卡大奖的荣光。

　　《辛德勒的名单》震撼洛杉矶影城，斯皮尔伯格了却多年心愿。

　　历史，仿佛在这一刻凝固，探寻那被时光尘封已久的无辜者的呐喊与挣扎……

辛德勒——历史的真实

　　一只颤抖的手点燃了祷告的蜡烛，蜡烛象生命一样静静地燃烧、燃烧，直到燃尽后化作两缕青烟飞腾而上。随后，叠印成喘息着的火车头上的浓烟，车厢里外，到处是喧嚷、纷乱的要被赶到集中营去的犹太人。这一静一动，一下子把观众由今天平静的世界带到了那个骚动、命运多舛的时代。

　　这是由史蒂文·斯皮尔伯格(Steven Spielberg)导演的，以犹太人在二次大战中被屠杀为题材的影片《辛德勒的名单》(Schindler's List)一开始的两组镜头。

　　在这部长达三小时十五分钟的黑白影片中，斯皮尔伯格以他的艺术创造力和对人类苦难的敏感之心，用洗练简洁的电影语言和极富故事性的情节，以历史真实与艺术超越的融铸，震撼了世界影艺界和成千上万的观众。美国电影评论界交口称誉其为"一部史诗性的作品"。由此，它获得了第66届奥斯卡金像奖的最佳影片、最佳导演、最佳剧本改编、最佳摄影等七项大奖。

边缘性的人物

奥斯卡·辛德勒1908年4月28日生于捷克的摩拉维亚地区,该地区有不少德裔居民。1938年希特勒曾利用他们的民族情绪炮制了所谓的苏台德问题,迫使捷克政府出让了该地区。因此,从国籍上讲,辛德勒生为捷克公民,可在文化语言上他又是德裔。他还参加过亲希特勒的"苏台德人党",带着"卐"字党徽跳进跳出,但他的志趣却是经商而不是从政。辛德勒读过技术学校,经营过农业机械,当过电气产品的推销经理,商场上学来的圆滑后来搬到政界,同官场中人打交道也一样游刃有余,任何对手,他都可以宴饮融洽。他的婚姻可说是"郎貌女财"的不幸结合,他一表人才富于魅力,她庄重单纯近乎修女。当翩翩少年来到殷实农家推销拖拉机时,两人一见钟情,不顾双方家长的一致反对。岳父看不上这个女婿,辛德勒对此耿耿于怀,决心自己闯荡天下。他来到德国占领的波兰克拉科夫,完全是为了发财。

地狱中的"天堂"

辛德勒的事业得益于一位名叫史登的犹太人(影片中有其化身)。史登具有犹太传教士的严谨,同时又有着欧洲知识分子的聪睿。他为辛德勒接管一家濒于破产的工厂出谋划策,因为他非常敏锐地意识到:对辛德勒这是发财的机会,对犹太人这是活命的出路。于是一笔交易引出了一种互相依存的关系:辛德勒充分利用犹太人的资金、技术,管理才能;廉价劳力,赚取了高额利润;同时利用自己纵横捭阖的才能争取到大量军方的订单,生产战地炊具。而犹太人则借着工厂的保护,得以延续自己的生命。当时纳粹德国最大的集中营——奥斯威辛集中营就是建立于克拉科夫,这儿有100万犹太人丧生于饥饿、疾病、折磨、枪决、绞刑和毒气。辛德勒的工厂就与此人间地狱毗邻,但是辛德勒不允许党卫军随意闯入工厂,不允许毒打和随意枪决,这儿至少还有热汤和面包。犹太人将他的工厂誉为"天堂",进去就意味着有了一线生机。

与魔鬼共舞

影片中有个令人不寒而栗的党卫军阿蒙(Amon)，也是实有其人。他与辛德勒的家庭出身与所修学业大体相同，然而历史注定辛德勒扮演天使，阿蒙则扮演魔鬼。他是维也纳人，然而维也纳委婉细腻的文化修养在他身上却不见踪影。他每天的晨课是用望远镜搜寻目标射击(如影片中再现)，并唆使狼狗将犹太妇女的乳房撕拉下来。有天他路过厨房，看到一对母女在削土豆皮，他嫌他们手脚太慢，隔窗一枪一个毙命了事。阿蒙还策划了一场耸人听闻的"健康行动"。在影片中，这是一场重头戏：在集中营庭院，男女囚禁者都被强迫脱得精光，接受健康检查。这些瘦骨嶙峋的躯体在身穿白服的纳粹医生面前拼命奔跑，唯恐被视为不健康而送去毒气室。年纪稍大一点的女性，划破手指，以血涂抹脸颊，使其红润以显得年轻，而不被淘汰。在这场所谓的"健康行动"中，有1400名成年人，268名儿童丧生。犹太人说："见到阿蒙就是见到死亡。"辛德勒一方面花天酒地，寻欢作乐，与阿蒙大宴小宴，混同一体，一方面又十分担心阿蒙会反咬一口，说自己贿赂他，好让他对犹太人网开一面，人性与罪恶纠缠，地狱与天堂并存，辛德勒故事的传奇性正在于此。

"辛德勒名单"的由来

1944年秋，苏军步步进逼，纳粹德国败象已露。当时苏军已解放部分集中营，掌握了德国党卫军屠犹的证据。希姆莱下令消灭痕迹(影片中再现了挖出浅埋尸体焚尸扬灰的情景)。辛德勒的工厂就在奥斯威辛集中营眼皮底下，犹太工人生命危在旦夕，辛德勒决心带着他的工人迁厂回家乡——捷克的伯因利兹。于是，辛德勒开列了一个名单（电影即以此命名），名单上共有801名男子，297名女子，他们完全由辛德勒靠自己的财力和机智从纳粹手里赎买下来，他将自己从犹太人身上赚得的大量金钱又完全投入到了挽救犹太人生命的活动中。

迁厂时，男工顺利到达伯因利兹，而300名女工却阴差阳错地被拉到了奥斯威辛集中营，关进了死牢：破败的板棚，渗水的草席，50万死囚曾在此度过人生的最后一夜。于是，辛德勒开始了他的营救活动。这段史实亦成为影片中最为动人的一幕。

营救屡遭挫败。在最后的关键时刻,辛德勒亲自出马,他直逼奥斯威辛集中营的军吏:"她们都是熟练工人,小孩的手磨出的活特别精细,对于生产秘密武器的至关重要,……"这是最荒唐的、也是最勇敢的、最崇高的谎言,它使营救获得成功。

从这时起,辛德勒就完全看透了战争,完全和纳粹政权对立了起来。1945年辛德勒生日那天,收到军需部发来的电报,严厉责备他生产的反坦克炮弹全是废品,辛德勒说:"这是我最快乐的生日,因为我终于知道我的炮弹打不死人。"据史登回忆,1945年3月,辛德勒购置了枪枝弹药由犹太人掌管,为犹太人准备了最后的退路。

"辛德勒犹太人"

战后的1949年,身无分文的辛德勒带着太太和情妇去阿根廷开办养殖场,美国的"犹太人联合救济总会"资助其15000美元,附加一封推荐信:"辛德勒的工厂是纳粹德国犹太人唯一未遭到杀害和殴打的地方,在那里,他们是人,让我们帮助他就象他帮助过我们的兄弟。"但也许是他个性不定,也许是因为他再未找到象史登那样的好帮手,1957年养殖场破产,夫妇俩迁入布宜诺斯艾利斯,当地犹太人组织为他们提供了一所平房。后来,辛德勒不辞而别回到德国,撇下的太太和情妇倒由此成了莫逆之交。他先是开水泥厂,后来是向政府要求财产赔偿,但都失败了。1961年,被他拯救过的犹太人——报界为此创设了一个新名词:"辛德勒犹太人Schindlerjuden"——向穷困潦倒的辛德勒伸出了救援之手。

1972年,由三位在美国新泽西州从事建筑业的"辛德勒犹太人"领头,联合了其他75人(其中两人当年在辛德勒工厂里还是16岁的少年)集资120000美元,在以色列希伯来大学杜鲁门研究中心,购置了一层楼献给辛德勒,为"辛德勒名单"和他的业绩做永久的纪念。

平凡人的不凡潜能

一位被辛德勒拯救过的人这样评价他:"他是天生的冒险家,一位以舞台为中心的演员,一旦进入角色,他便忘乎所以。"战后的辛德勒再也找

不到这样的舞台了。在种种荣誉的背后他依然孤独,依然嗜酒如命,依然风流不羁,依然穷困潦倒。

1974年10月9日,辛德勒在法兰克福的一家医院去世。耶路撒冷的天主教墓地接受了这位归来的游子,下葬时有500人参加。去年到今年(1993-1994),那多年冷落的墓地成了朝圣的去处,有人也专门在墓前放上一小块卵石,以模仿影片中的情节。

如今,87岁的辛德勒太太还住在阿根廷,讲一口德国腔的西班牙语。1993年有记者访问她,她没有丝毫弃妇的幽怨,依然雍容自尊。关于辛德勒的人生,她的诠释似乎最富于哲理:"我丈夫在战前只是一个平庸之辈,他有幸遇到那些犹太人,是他们激发出了他深层的潜能。"

(原刊载于1994年7月《电视剧》)

在涅瓦河波罗的海入海口　　　　　　　　　王芳闻/摄

苍茫时刻（代后记）

宽大的玻璃窗外，是清晨的空气，清新、清凉、温润。

橘黄色的街灯还亮着，悬铃木浓密的树冠，投下一簇簇的暗影。

每天，这个时候，我都要在这窗前，站一小会儿。

东方天际渐渐变白，空旷着车厢的公交车开始驶过仍然寂静着的街道；车厢里的灯亮着；树影、路灯、通透的车辆，营造出仿佛宫崎骏动画中的影像。

路灯渐次熄灭，红绿相间的"放心早餐"车出现在婆娑摇曳的绿荫下，已有三三两两的行人走过街头。

再过一会儿，年轻的护士要来量体温、抽血，继而，陈熹主任医师会来查房、开药。待挂上吊瓶，漫长的输液就开始了。

青年时代曾经喜爱过的一位国外的歌唱家，在她为自己所作的传记自序中，曾将黎明时的这个时刻，称为"苍"或"苍茫"。

（一）

这个手术是非做不可了。

去医院检验科拿报告时，一位看上去很有经验的老大夫，反复看着我的钼靶造影片子，在检验报告上写下"考虑Ca"几个字，然后，目光凝重地上下打量着我。

无论怎样,都要面对。

传媒行业,一年到头,冬去春来,周而复始,没有片刻的停顿。

先把下一期报纸出完。

几十个版面排好、审完;发往印刷厂后,已是子夜时分,夜阑星稀。

黎明起身,如同往常一样,开始为家人准备这一天的饭菜。照例是蒸米饭、一荤两素、一个凉拌菜,有时还有一个汤。中午和下午,他们用微波炉热热就可以吃了。明天住院后,会有请来的大姐帮忙做饭。

夏季已到,把一直没顾得拿出来的凉席为全家人铺上,用湿布擦干净。告诉老妈,自己要出差了。

收拾整理起住院要带的洗漱用品、随身衣物等,先往报社。

上班后召集会议,告诉大家,因为要去参加一个会议,会离开一段时间,大家要辛苦了。

在医院住下后,已是夜晚,外面细雨纷纷,是酷暑中难得的清凉,空气中漂浮着湿润的草叶混合着泥土的气息。送我前来的亲友们走了,病房中安静下来。我关上窗户,拉上淡绿色的窗帘,打开床头莹白色的灯。

所有的事情,都有条不紊地处理完了,现在只需要按照主管医生的安排,平心静气地等待手术了。

(二)

手术结果,证实了检验报告上的推测。

宛如樱桃汁般的药液,非常缓慢地注入静脉。"缓慢"是必须的,否则,这种艳丽晶莹的药液,会不知不觉地悄悄溢出,灼伤并吞噬你的血管,以及血管周围的肌肤。

化疗期间,每个疗程中每天必须服用 10 粒以上的激素药片,这是最低的量;因此,许多病友,虽然因化疗的反应而无法进食,还是显得胖乎乎的,而且红光满面。

看到我的手臂上,因静脉输液渗漏引发的大片红肿,陈熹主任的脸,立马沉了下来;护士长飞快地拿来溃疡膏,为我敷在患处。这是昨日输液留下的痕迹。每天化疗,吊瓶都要挂到凌晨。陈主任踏入病房时,刚刚清晨 7 时许,而头天他从病区离开,都已是晚间了。他每日从南郊的家中往返奔波,有时碰到急诊手术,要夜里很晚才能离开。自我住进这家医院,总是能在病区中见到他的身影,无论晨昏,无论节假日。更不消说,每天还有一台台手术,在等待着他去完成。

　　正值盛夏,却见病区中常有一些头戴帽子的女病号,过不久才发现,自己也同她们一样了,原来是掉光没了头发。我找出了几方小丝巾:鹅黄底色上缀着墨竹的、红黑底缀小白米花的、金黄色方格的,我像少数民族女子那样,轮换着把这些小丝巾包在头上,见到的人都说很好。这也成为我病中的乐趣。

（三）

"炎炎赤阳照远疆,
依依林影百鸟藏。
十载辛劳成今事,
五年挚友要商量。
蓄力但求平生志,
豁达人间灵丹方。
指日可待痊愈夜,
清樽几盅醉一场!"

　　"这几天一定要吃好点儿,化疗以后就不想吃饭了,身体全靠这几天的积累撑着。"

　　"化疗期间恐怕要加强营养多喝水。"

　　"化疗期间:一,补充维生素C、A、E;二,吃蛋类、乳类、瘦肉、禽肉、豆制品;三,吃西红柿、胡萝卜、绿黄色蔬菜,水果;四,必要时,嚼冰块或果汁冰块;五,……"

　　当我辗转在病床上的痛苦时刻,这些我所挚爱的亲人、朋友们送来的关爱的笑靥、抚慰的话语、关切的嘱咐、温暖的目光,我会永远珍藏。虽然时光已然过去一年,但我至今仍然能够清晰、真切地找到,在那个酷暑的7月,在那夜不成寐的晚上、度日如年的白昼,当手机玲珑清脆的铃音响起,我心中的那种充盈着温暖与感动的感觉。情深意重,永生难忘!

（四）

尽管人在医院，一则则动人的故事，还是从四面八方传到我的耳中，激起了我采访的热情。从陕西的新闻官禹剑锋先生处，知道了青年画家王维果，长期深入大秦岭山中的长青华阳自然保护区，与山风为伴，与山泉为邻，摹写并创作了一幅幅美术佳作。他融入大自然，将艺术追求与环境保护事业结合，不遗余力地向各界宣传、推介这颗秦岭山中的明珠，令人不禁想起杰出的艺术大师吴冠中之于湘西张家界；专栏作家与摄影家王矿林，也将一份份感动，不时地送达至我病房的窗前：这里，有新中国华诞60周年大阅兵，第二炮兵徒步方队副队长、总指挥梁军中校的故事；有西安医学院党委书记叶孟理教授，以美学熏染医学校园，以摄影陶冶医学生艺术情怀的图景……

一位位令人感动的人物、一桩桩催人泪下的事情，已无法让我安躺在了病床上。于是，我剃光头发，戴上发套，开始去进行面对面的采访。这个过程，是一种痛苦中的拼命挣扎，至今回忆，仍令我不堪。是许许多多的亲人和朋友，给我保持欢乐的源泉，和努力抗争的力量；采访后写就的篇篇作品，也贯注着他们的关切与心血，在出版这部文集、整理这些文章时，那一通通与病床上的我进行讨论的电话，一帧帧沟通思绪的来往信件，仍宛在耳边、眼前……

（五）

人的一生中，或许，会出现这样的时刻，你站在通往彼岸世界的边上，四周苍茫无际、混沌迷离。当感召的光照耀，温暖的力给予，方可使你有所皈依。这光与力，来自于亲情、友情，以及所追求的那份事业的支撑。

10年前，刚来到这家报社时，心中也是一片迷茫与悲凉。当时报社的经营与采编状况都十分不好，员工人均月工资只有数百元。这个时候，我的许多曾经的同窗、同事，大都功成意满，已是"闲庭坐看摇落花"了；而自己却半生蹉跎，流年逝水，还要在这方残破的舞台上，"重打锣鼓另开张"。

当时的我，真正是埋下了头来，抛却了所有功名利禄，一切都不去想，只认准了两个字：珍惜。珍惜自己尚可把握的人生年华，珍惜领导、亲人、朋友对自己的信任、依赖、友情,珍惜别人对自己的托付,即使当其本人也并未十分看重这份托付时。

当时,沉甸甸压在心上的,就是由这种珍惜而衍生出的责任与担当;心灵要为此而承载一诺千金的份量。

那时,我常把这则小段子讲给报社员工听:鹰,虽然长着有力的翅膀与双爪,有着锋利而尖硬的喙。然而,要让它在丛林中、平原上,同猎豹、狮子、老虎一同奔驰、角逐,那并非鹰的所长。但是,鹰的领域在长空。在或湛蓝如洗、或风雨交加的长空之中,鹰,却可以展翅翱翔,划出闪电般的英姿。

相比起陕西报业的龙头老大《陕西日报》与叱咤中国报界江湖的《华商报》等,我们虽小,但我们可以以鹰自勉,从而在我们独特的领域中,展翅飞翔。

面对报业市场中同质化、同类化日益严重的趋向,我在报社中提出了"在都市报、大报夹缝中生存与扩展"的口号,并身体力行。于是,也便有了本报独特的视角,与一篇篇富有深度的报道。

(六)

斯拉沃热·齐泽克在其哲学著述中曾经说道:在某种意义上说,每个人都必须经历两次死亡。一次是生理性死亡,一次是符号性死亡。第一种是自然死亡,它是创生与腐烂的自然循环的一部分,是自然连续转换的必然结果;第二种是循环自身的毁灭和根除,是生命的绝对死亡,即生命符号意义的消失。

当你站在人生苍茫的边上,上述这段话的启示在于,人的真正死亡并不是自然生命的死亡,而是生命价值的泯灭。

自知者明。我很清楚地知道,自己日常的操劳,是多么的不足称道;自己平日里的孜孜追求,是何等的些微渺小。然而,正是这份微小与不足道的追求与操劳,成为了自己生命之树坚韧不拔蓬勃伸展的根基。

于是,我便将近些年来,发表在《文化艺术报》及其他报刊上的部分作品,进行翻检、整理,付梓出版,也就有了这部文集。

若　星

2010 年 7 月 16 日于西安

附录一

优秀新闻工作者风采
以责任诠释天职的践行者

陈若星,文化艺术报社总编辑。她不仅是报社领导,而且是身先士卒的一线记者。从业多年来,她长期每天工作16小时,采写和创作了近200余万字的新闻稿件和文学作品,并获得诸多奖项,连续8年获陕西新闻奖、陕西新闻媒体文化宣传工作先进个人奖。

陈若星作为报社改革创业的带头人之一,以开拓者的智慧和埋头苦干的精神,使一家濒临破产的报纸起死回生。她首创的"文化经济名人堂"、"人物论坛"、"文化聚焦"、"时事纵横"、"文化前沿"栏目,着力促进社会的文化进步与和谐,使报纸成为知名品牌,获得广泛的社会影响。由于她精心策划和勤奋工作,使该报加入全国文化艺术类报刊的第一方阵。不仅如此,该报的改革创新还深刻地影响着全国文化艺术类报刊的创新、导向与发展。由于陈若星的不懈努力,该报2006年荣膺"中国创新专业报10强",2008年荣膺"中国行业媒体10强"以及精神文明单位称号,其《动漫周刊》连续4年荣获全国唯一的"最佳动漫平面媒体金翎奖",受到国家新闻出版总署的表彰和奖励。

陈若星是以责任诠释天职的践行者。去年"5·12"特大地震发生后,时任副总编的她,叮咛好在成都上学的孩子,安顿好长年卧病在床的父亲,带病三赴灾区。白天,她踩着余震频发的土地,顶着不时袭来的飞石,去受灾农户、帐蓬学校、帐蓬医院、宝成铁路沿线采访,回到驻地后便彻夜整理文字与图片资料。在灾区期间,她采写了大量的报告文学及新闻稿件,拍摄了上千幅图片,于第一时间传回报社刊发,其中多部作品被收入国家级出版的抗震救灾优秀作品集中。由此,她获得"全国新闻出版行业抗震救灾先进个人"的荣誉称号。

"天空未留痕迹,鸟儿却已飞过。"东方先哲泰戈尔《飞鸟集》中"生如夏花之绚烂,死如秋叶之静美"是陈若星所秉持的生命理念。癌症袭来之时,她瞒着同事,忍受着手术和放化疗的痛苦,以乐观的状态,一如既往地拼命工作。她热爱新闻事业的生命,宛若绚丽饱满的夏花,在我们这个伟大的时代绽放。**(记者 杨月清)**

(原刊载于 2009 年 11 月 3 日《陕西日报》)

2008 年 5 月在汉中灾区采访著名艺术家陈嘉陡大校　　贺西安/摄

附录二

以责任诠释天职的践行者

陈若星现任文化艺术报社总编辑。从业多年来,她长期一天工作16小时,采写和创作了200余万字的新闻报道和文学作品,并获得许多奖项。

陈若星作为报社改革创业的带头人之一,以开拓者的智慧和埋头苦干的精神,使一家濒临破产的报纸起死回生。她首创的"文化经济名人堂"、"文化聚焦"、"文化前沿"等栏目,着力促进社会的文化进步与和谐,使报纸成为知名品牌,获得广泛的社会影响。

陈若星是以责任诠释天职的践行者。2008年"5·12"汶川大地震发生后,她带病三赴灾区。白天,她踩着余震频发的土地,到受灾户、帐篷学校、帐篷医院、宝成铁路沿线采访,回到驻地后便彻夜整理文字与图片资料。在灾区期间,她写作了大量的报告文学及通讯作品,拍摄了上千张图片,于第一时间传回报社刊发,其中多部作品被收入国家级出版的抗震救灾优秀作品集中。由此,她获得"全国新闻出版行业抗震救灾先进个人"的荣誉称号。

陈若星先后11次受到省委宣传部、省文联、省文化厅和省文物局表彰。连续8年获陕西优秀新闻奖,陕西新闻媒体文化宣传工作先进个人奖。 (记者 李治燕)

(原刊载于2009年11月6日《华商报》)

附录三

从边缘到主流

我是21世纪初来到文化艺术报的。当时报社的状况非常不好。京剧《沙家浜》中胡传魁有一句唱段,"十几个人、七八条枪"。当时的文化艺术报就是如此。十几个人的月薪只有三四百到六七百元。在这种状态下,报纸的社会效益和经济效益根本就无从谈起,报社内部和媒体界,对文化艺术报的生存和未来发展持一种悲观态度。如何在这种绝境中寻求突破?就像莎翁剧中哈姆雷特说的那句话:"to be or not to be。"这句话仿佛一把利剑,时刻悬在我的心头。不知道明天的早餐在哪里?下个月的工资在哪里?我们这个报社还能生存多久?当时的时代背景是,以前报纸由政府职能部门主办、主管,办报经费由国家财政拨付;从2000年开始,全国报刊业大改革,叫停政府主管部门办报,所有报纸都走向了市场,几乎在几天之间,陕西的许多家报纸就关门了。当时有一说,报社的老总最怕的就是见到太阳,新的一天意味着新的支出,但没有收入,不知道下一步该怎么办?身为一家具有浓厚专业性的媒体,在这些年的不断思索和拼搏中,在艰辛的实践摸索中,我们终于总结出了自己的办报思路。

我们的感悟主要有三点:

第一,"馒头和诗歌"

几年前,内蒙古的鄂尔多斯市搞了一次诗歌大奖赛,前三名获奖者得

到了鄂尔多斯市给他们的奖励,终生享有鄂尔多斯市周边200亩牧场的支配权,可以在那里放牧,也可以搭起蒙古包体验草原风情。在当时的颁奖典礼上,主办方邀请中国著名诗歌评论家张柠点评。张柠说:"能够给社会带来好处的东西太多了,在这一点上诗歌还不如一个馒头。"而当时的文化艺术报,最先要解决的问题就是"诗歌"和"馒头"的关系。

美国心理学家亚伯拉罕·马斯洛的需求层次理论,把需求分为生理需求、安全需求、社交需求、尊重需求、自我实现需求这样五类,依次由较低到较高层次排列。比方说人类维持生存的最基本的需求就是呼吸、水、食物、睡眠、生理平衡、分泌等,如果这些需要没有得到满足的话,人类个人的生理机能便无法正常运转,换而言之人类的生命就会受到威胁。从这个意义上说,生理需要是推动人类行动的最重要的动力,只有最基本的需要满足后,其他需要才能成为新的激励因素。当时我们就考虑,如果一个人,当他在社会上立足未稳时,当他还没有获得固定的收入来源,或者尚未取得其价值展现平台的时候,那么他每天需要做的当务之急是什么呢?可能他上街后的第一件事,会是去买一份早餐;第二件事就是到离得最近的报刊亭去买一份都市报,从上面获取求职招聘的各类信息。这是毋庸置疑的。实际上我们每个人的生命中都走过这一段,这些行为主要是为了满足自身安全上的需要,构成安全需要的因素就是人身安全,健康保障,资源所有性,财产所有性、道德保障与工作职位的保障和家庭安全,但是,即使在力图获得生存温饱和争取个人价值的社会实现的过程中,文化的力量又何尝不是在与我们潜移默化地一路同行?

一家晚报刊登过一篇通讯,我当时看过后把它剪了下来。通讯讲的是一位农妇,名叫李万碧,34岁,只有1米3高,像一个小学生。她全身的关节都是僵硬的,所能够由自己支配的肢体,只有食指突出的两个关节。从小重病缠身的她,人生靠什么支撑呢?实际上就是靠诗歌支撑起来的。15岁那年,她在村委会得到了一本可能是别人丢弃的《星星诗刊》,看过以后,她觉得,诗歌可以成为她的生命!因为身体的原因她一直没有上学,因为妈妈每次背她上学的路上,都非常艰难,而且妈妈还要做工、做家务,照顾全家人的生活,养活全家。李万碧在看到家里这样的一种艰难状况后,就放弃了求学。看到《星星诗刊》后,她就开始坚持不懈地写诗,实际上与其说她是为了写诗,为了使她的诗歌变成铅字发表,不如更准确地说,应该是她在用诗歌的力量点亮自己的心灵,支撑着自己一路前行。所以,因为诗歌,她参加了诗歌的函授学校,花15元报了名,学了半年,去离得最近的市里参加诗友笔会。在诗友笔会的7天里,她写了很多诗歌,其中有一首诗叫《阳光河》,那是她第一次在当地的文学刊物上发表诗作。李万碧当时就说:"诗写得不太好,但是很有成就感。我在诗歌中找回了自信。"对李万碧来说,如果没有诗歌,生活中就完全都是痛苦,是不见天日的,是诗歌给她打开了光亮的门,一个通往幸福的光明的窗。紧接着,她买了别人淘汰的电脑,开始用指关节敲击键盘,写出了更多的诗歌。在这个过程中,她有了爱情,结婚了,同时还怀孕了,生下了自己的小宝宝。实际上,以前,她曾被村子里的人称作是"死了,但没有埋的人"。如果没有诗歌,很可能她在15岁后过不了几年就不在了,但现在,她的生活充满了阳光。

2009年,陕西最具文化影响力人物评选活动,我在撰写颁奖词时这样写道:文化以润物细无声的巨大力量,在潜移默化中改变着时代的风尚和精神的生态。在古希腊与古罗马,文化是徜徉在雅典卫城与奥林匹亚山上古典哲学家的智慧,是深刻隽永的荷马史诗,是特洛伊的传说和雅典娜的雕像;在古代中国,文化是蒹葭苍苍、白露为霜,是秦时明月汉时关,是云横秦岭家何在,试登秦岭望秦川的熠熠光华与盛世气魄……我写这段话的意义在于,文化是一种亘古的力量,它会穿越岁月的沧桑,积淀在一代又一代人生命的基因之中。文化就像丹柯的那颗心,在洪荒和物欲的林莽中照亮、带领着人类一路前行。文化大革命时期,中国历史上最禁锢的岁月,阅读物特别少。为了这种阅读的饥渴,我在家里的书架上翻到了一本精装的高尔基文集,高尔基是苏联作家,他的书是可以摆在书架上的。阅读中,给我印象最深的就是丹柯的故事。他们那个族群的人在原始密林中走不出去了,林莽中都是瘴气、落叶,没有光亮,大家不知道怎么走。丹柯就剖开了自己的胸膛,抓出了自己的那颗心,他的心一直发亮、燃烧,引领着他的族群走出了林莽。之后,丹柯一头倒在地上,离开了世界,但是他的族人却获得了新生。文化也就是这样引导着人类前行。

拉美作家聂鲁达写过一部小说《邮差》,后来被好莱坞拍成了电影,曾经获得奥斯卡奖五项提名。《邮差》一开始是一个非常炎热的中午,渔民的儿子马里奥收到了朋友聂鲁达给他的来信和包裹,包裹中是一个录音机。当时录音机非常稀少而珍贵。当马里奥按下播放键时,听到聂鲁达深情款款且忧伤地说:请把家里的声音寄给我。你到花园中去,让风铃作响;然后再拉拉那只大钟的绳子,让我听听钟的声音,五次、六次;如果你听到了海

鸥的叫声,你把它录下来;如果你听到了恒星的寂寞,你也把它录下来……马里奥生活在一个叫作"黑岛"的小岛上,聂鲁达也曾经在那里居住过,他让马里奥帮他录下岛上的声音。这部电影在很多地方对诗歌进行了诠释,特别感人。但是大家知道这部小说是怎么产生的么?

这部小说实际上是一个不入流的报社的记者,可能是连三四流都算不上的报社的记者,名叫荷马内斯,他被派去采访聂鲁达的爱情生活,当时应该是在聂鲁达从黑岛回到巴黎的时候。浪漫、细腻的巴黎,聂鲁达称其为"过分肥硕的衣服",他觉得巴黎不适合他,而更喜欢他曾经的居住地——黑岛。记者荷马内斯和聂鲁达产生了深厚的友谊。后来聂鲁达便创作了这部小说。

还有波兰斯基的《钢琴家》。《钢琴家》的主角是一位犹太人,是享誉波兰的钢琴演奏家,每天都在电台上向全国听众弹奏钢琴,传递艺术的享受。直到德国人一夜占领波兰,犹太人被戴上了袖标。他们不能在人行道上行走,也不能去餐馆和公园,最后被赶入集中营里,面临的是灭顶之灾。钢琴家先是做苦力,后来被解救了出来。因为他是艺术家,喜爱艺术的人到处都有,他幸免于难,但是从此和他的亲人生死相隔。他在一对日耳曼演员夫妇崇拜者的帮助下,藏匿在街区的中心,在东躲西藏、食不果腹的状况中生存了下来。最后这个街区全部变成了废墟,他就藏匿在废墟中。这个时候,他被一个德国军官发现了。通常情况下,钢琴师肯定是要被射杀的,但是这个德国军官是肖邦乐曲的爱好者,他让钢琴师弹奏肖邦的乐曲,自己在那里静静地享受。看到电影时,有几个镜头深入肺腑,也就是《钢琴家》的题头语。音乐是他一生的热情,求生是他生命的杰作。钢琴是用音乐与强权进行征服和反征服,严格来说,这部影片不仅仅是一个逃离集中营的传奇,一种求生信念,和对纳粹暴行的揭露。实际上,波兰斯基更讲述了一个在极度痛苦和压抑中,依然保持着充盈和完整灵魂的人性的故事。音乐、文学是人类永远不可缺少的,虽然它不是空气、水,但是在某些状态下,它比空气和水更加重要。所以,我们会在思考时自问:当今文化的力量何在?可以用我们喜欢的诗人叶芝的一句话做以解答:每天读一句泰戈尔的诗,可以让我忘记世上一切苦痛。在我们国家文化史上产生过深刻影响的郑振铎在翻译泰戈尔诗作时候,有一段感悟:"我喜欢《新月集》,如我之喜欢安徒生的童话。安徒生的文字美丽而富有诗趣,它有一种不可测的魔力,能把我们从忙扰的人世间带到美丽和平的花的世界、虫的世界、人鱼的世界里去;能使我们忘了一切艰苦的境遇,随了他走进有静的方池的绿水,有美的挂在黄昏的天空的雨后弧虹等等的天国里去。《新月集》也具有这种不可测的魔力,它把我们从怀疑贪妄的成人的世界,带到秀嫩天真的儿童的新月之国里去。我们忙着费时间在计算数字,它却能使我们重又回到坐在泥土里以枯枝断梗维系的时代。我们忙着入海采珠,掘山寻金,她却能使我们在心里重温着在海边以贝壳为餐具,以落叶为舟,以绿草的落点为圆珠的儿童的梦。"

第二是,低,低到尘埃里,在尘埃中开出花来

依稀记得,这句话,应该是张爱玲在描述一位恋爱者的心境和姿态时,所写出来的佳句。

21世纪初的《文化艺术报》,又何尝不是用这样的姿态,在重新找寻着自己在传媒业的位置呢?

《文化艺术报》是在1985年创刊的,一直到1999年的15年间,都是在体制内过着锦衣玉食的日子。

2000年全国报刊业大改革,叫停了政府职能部门以财政经费办报,所有的报刊实行了划转,走向了市场,文化艺术报也概莫能外。这个时候它的待遇、身份从云端落入泥土。面临这种转变,有的是自怨自艾,诅咒命运和政策的不公。一些有能力、关系、背景的人都想办法留在了原先的单位。跟着过来的人寥寥无几,而且牢骚满腹,三天打渔、两天晒网。江山易主,大势已去,又不愿从零做起。印刷费欠得太多,办得不好。每天的日子都很窘迫。当时我们就觉得,一定要自强,要从逆境中崛起。我常常给员工讲这样一个小段子。鹰的翅膀特别有力,而且爪子很锋利,喙也很尖利。但是如果让它在原野上、丛林中和狮子、老虎、猎豹去角逐,是不可能的。但是鹰有着自己的领域——长空。在或湛蓝如洗、或风雨交加的长空之中。那是鹰独特的领域,在那里,它可以划出独特的优美的英姿。我们报社虽小,但是我们要以鹰自勉,在独特的领域中展翅飞翔。首先要有一个对自己的定位,现在我们的报业市场同质化、同类化严重,民生社会新闻面孔很相似,消息内容八九不离十。所以我提出,在大报和都市报的夹缝中生存的口号。我们一直用此勉励自己。以前,文化艺术报严重缺席省内的重大文化活动。当时的文化活动都不通知我们,记者出去后,会有人问文化

艺术报不是已经停刊了么?可想而知那种弱势的状态。所以我告诉我们的记者,不能放过任何机会,要置身于民众之中,植根于民众的文化生活之中,要做出酣畅淋漓的、有自己深度的报道,要求每一个记者务必这么做。

我讲两个小故事。第一个是,一封送错了的邀请函。

2005年,一个国家级部门在延安壶口举办大型音乐会《黄河颂》,纪念抗战胜利60周年。在这个音乐会快要举行的一天下午,非常炎热。来了一位送邀请函的人,他汗流浃背地找到报社说,总算找到你们这个地方了,便放下邀请函,转身就走了。我拿到邀请函,特别欣慰,终于注意到文化艺术报了,终于有文化活动来通知我们了。但定睛一看,这实际上是一份送错了的邀请函,是送给某国家级大报驻陕西记者站的。当时距音乐会的开幕时间已经很紧了,这个送函的人急于交差,天气很热,找不到这家记者站,送到我们这里也算是个着落。我的心里很矛盾,复杂,也有一丝丝的尴尬。但无论如何一定要去。我拿起了照相机、采访机、笔记本。收拾了几件衣服就去了延安壶口。当时先期到达的海内外媒体已经有很多家。

第二天就开始采访。很多大媒体可能见惯了这种大型的活动,经常去采访这种大型活动,所以他们比较轻松。吃过早餐以后,大家就说咱们现在就下到壶口去拍照,现在那个地方水势正猛,阳光正好,然后就成群结伴地去了。本来我报就不在邀请之列,现在来了就要完成采访任务。这个音乐会实际是一场行为艺术,壶口风景区全部被囊括在内。黄河上的古船,满山遍野的八路军战士举着红旗非常壮观。那个时候特别热,可能有四十多度,确实让大家不堪忍受。但我想,我的位置跟别人不一样,心态也和别人不一样。从古船上的艄公、八路军战士到参演的导演、演员,对他们进行了特别详细的采访。我觉得既然我们去了,就要展示我们的才华,显示我们的实力,最重要的是要表现我们的诚心,我们对这场报道的虔诚、对这场音乐会的尊重,我们在认真地进行报道。所以,除了5个"W"这5个元素要如实地写出来,另外就是参加这个音乐会的国家领导和省市领导的名字不搞错之外,作为专业媒体,我们应该有自己尽情挥洒的空间,要把我们文化艺术专业媒体的特点和我们独特的视角展示出来。

当时我写了一组稿子,消息是《狂飙为我从天落》;报告文学《你听,黄河在怒吼!》。后来这一组文章都得到了陕西新闻奖高层次的奖项。

另外一个小故事。今天讲从边缘到主流,当时是怎样的一种边缘状态呢?一个团到北京去报道陕西书画三百年的发展历程,在中国美术馆搞了个大型展览,一些国家领导人和陕西省文化部门的领导都参加了。临行时有个较大媒体的记者因为有别的事情去不了北京了,出现一个记者的空位,活动的主办方就通知了文化艺术报。实际上跟刚才我给大家讲的那种状况大同小异,当时就是这种待遇。所有北京的媒体,还有陕西各大媒体的记者都住在四星级的酒店,在王府井的大街上,离中国美术馆很近。虽然我是总编,但是我们这些小报的记者都被分配到旁边一个叫作宾馆,实际非常破败和简陋、面临着拆迁的招待所里。当时陕西人民广播电视台有个挺有名的美女记者,也是我的好朋友,带着孩子一起去北京,正是暑期。孩子和她妈妈就住在那个四星级酒店。那个孩子我特别喜欢,管我叫大妈。一天晚上过来看我,她们叫开门后都一愣,也都没说什么。但是孩子就童言无忌,就说大妈这个房子真破。灯光黯淡而且潮湿,各种设施都很旧。但是当时我觉得这些都没什么,不管是总编还是记者,这一切的一切都不重要。就是要低,低到尘埃中,在尘埃中开出花来。我们要展示我们的实力和我们的价值。后来我们的报道——报告文学《和谐盛世的艺术狂欢》出来之后,主办方的领导看了以后,说我马上要见这个记者。之后我们进行了多年非常良好的合作。

做传媒特别忙,每周要出6天的报纸,真是没有时间去回眸一下自己这么多年来走过的路,没有闲暇去掸扫一下自己披挂的这一路风尘。大家都非常喜欢珍珠,作为饰品有女孩子戴的耳环、项链,或者戒指,熠熠闪光,非常美丽。我们经常讲道珍珠是怎么形成的?当贝壳不小心开启的时候,或者有沙石和寄生虫进去了以后,它就特别特别痛苦,就不断分泌一种液体来包裹这个异物,就是珍珠液。一层又一层,最后形成的就是晶莹洁白、美丽无比的珍珠。

《圣经》中有个人物约瑟,他的一生是血泪的一生,非常苦难,他从小就很敬畏天主、疾恶如仇。他的哥哥实际是一个败类,做一些让人不齿的事情,他就把哥哥的恶性禀告给他的父亲,父亲呢又很昏庸,反而对他有看法,使他受到了周围亲兄弟以及很多人的怨恨,后来哥哥又偷偷地把他卖掉为奴。可想而知他在做奴隶的过程中受了多少苦难。虽然在卑贱中、苦难中,但是他一直洁身自好,非常自爱。在他受苦的时候他的主母也一直在引诱他,但是他抵御了这种引诱;他还进过监狱,饱尝辛酸。到最后他做了埃及的宰相。所以在苦难的时候,不要以苦难为苦难,要把苦难变成砥砺自己的良药,然后不断地鞭策自己,不断地付出。只有不断地付出,你

的收获便会感动你周围的人,感动对你有所希冀的人。

第三点,也是经常在编前会上给我们编辑记者说的,就是毛泽东主席的一段话,"世界上怕就怕认真二字,共产党就最讲认真。"还有就是"细节决定成败"。尤其是做媒体,这方面非常非常重要

认真、认真、再认真,这是我不断要求我们编辑记者的。一位日本企业家,加藤信三,他成功的过程就是从细节做起的过程。日本有一家狮王牙刷公司,加藤信三是最底层的一个小职员。有一天他上班起晚了,匆忙洗漱,刷牙刷得很快,用的就是自己公司的牙刷。刷完以后牙龈出血了。要是放在一般人身上,这件小事就过去了,以后刷牙动作慢点轻点就不会出血了。但加藤信三是一个不放过细节的人,他将牙刷放在放大镜下看,发现牙刷刷毛是直角,就是说在机器切割时,切成了直角,由于直角很锋利,若是刷牙时不注意,肯定就会弄伤口腔。所以他提出来,建议把机器切割的角度改进,使切割出来的刷毛变成圆弧形。后来领导层采纳了,进行了技术改进,刷毛变成圆弧形。他们跟进做宣传,使狮王牙刷在市场销售得非常好,一举成功。后来,由于加藤信三的创意,被提拔为课长,过了十几年以后他成为了狮王牙刷公司的董事长,同时也对牙刷公司业务做了更大的拓展。这就是细节决定成败,细节决定人的一生。实际上生活就是由一点一滴的细节组成的,往往正是这些细节在你人生的某些时候起到了关键性的作用。细节就是这样的神奇,就是这样的不可思议。你对生活中一个司空见惯、微不足道的小事情的关注,或许会让你抓住生命中一次改变命运的机会。细节有着决定生死成败的威力。企业的细节管理,实际上是一个长期积累的过程,它不会像一些叱咤风云的营销手段一样,在市场上起到立竿见影的效果,带来直接的经济效益。但细节的竞争力是扎实功夫的竞争,对产品质量一丝不苟、精益求精的追求,对管理查漏补缺,立臻完善的谨慎,对顾客,对我们来说,就是对采访对象与合作方一点一滴的关爱,一丝一毫的服务,实际上也是在尘埃中开出花来,都是在造就企业品牌大厦的砖砖瓦瓦。可以说,一个报社,一个企业,在平时对细节默默无闻的耕耘,才铸成了日后的辉煌。相反,一个不注重细节的报社和企业,必定是产品粗糙、管理粗糙、服务粗糙的企业。千里之堤毁于蚁穴,一个漏洞百出的企业怎能经得起市场风雨的吹打。同样,对于个人,你的一言一行,一举一动,无不展现着你独特的素质和修养。

实际上细节无处不在,展示一个完美的自己很难,因为它需要每一个细节的完美,但是由于一个小细节毁掉自己却很容易。成也细节,败也细节。

20世纪世界上最伟大的建筑师德罗,用五个字来描述他成功的原因,"细节是魔鬼"。他这样阐释这句话,无论你的建筑设计方案是多么气势恢宏、美轮美奂,只要疏忽一个细节就绝对成就不了一个杰出的建筑。细节的威力如此强大,不仅对一个建筑、一个人、一个企业,甚至对一个国家都有相当的意义和价值。曾经有过滑铁卢战役失败是由于骑兵的马蹄铁太薄、质量太差,骑兵的战斗力减弱的缘故。在几千年前,老子就曾说过"图难于其易,为大于其细,天下难事必作于易"。实际我们就是在一个字一个字码字的过程中,排版的过程中,把报纸做出来的,完全是细节堆砌起来的。

对于个人来说,把每件简单的事做好,就是不简单;把每件平凡的事做好,就是不平凡。对于企业来说,也只有从大处着眼,小处着手,才能在目前经济化时代打造企业品牌,铸造企业的辉煌。细节无孔不入,细节出神入化,对于企业来说,细节就是创新,细节就是机遇,细节就是财富,细节就是决定生死成败的关键。对于个人,细节体现素质,细节决胜职场,细节攸关幸福,细节隐藏玄机,细节具有决定命运的力量。

文化艺术报一直注重从细节抓起,备受好评。从2005年开始,在各类评比中取得了多项荣誉。以前是靠政府的财政拨款来生存,现在是完全的市场化,自己养活自己,报社的状况一年比一年好。2006年,陕西省报业发展突出贡献奖;2007年,中国创新专业报十强;2008年,中国行业媒体十强;2009年,中国十大行业媒体;2010年,中国报业品牌媒体、中国最具品牌价值专业类媒体、中国报业精英管理优秀单位、中国品牌媒体百强最具品牌价值专业报。《动漫周刊》从2005年开始,六年蝉联全国最佳动漫平面媒体金翎奖。陕西省委常委、宣传部胡悦部长,对我们报纸有个批示:"一张小报,底子很薄,没有很多扶持政策。但依靠一种好的精神、好的理念、好的运作方式及好的带头人,几年苦干,成绩斐然,很值得深思。"

最近几年,我们还举办了一些活动:陕西最具文化影响力人物评选、中国西部经济联盟峰会、月明长安中秋文化论坛等。结束前,给大家讲一个果农的故事。2008年陕西省文联和省委宣传部联合举办了一个活动——"金秋果乡洛川行",到洛川去采访。到了一家果园里,绿的叶子红

的苹果非常美丽。当时国外、国内的水果专家、艺术家、作家在他们家的果树下一起拍照片。他说我是给奥运会提供水果的,很多媒体都来拍,但是我从来没见过拍好的照片。我当时就给了他一张名片,说等我回到西安,一定会把所有拍的照片洗出来寄给你。然后我就给他寄了100多张的厚厚的照片,之后我知道了他的名字。2010年的10月9日,已夜半时分的22点50分,他给我发了一条短信:"陈老师好,忙吧!洛川苹果节您来么,如果来我给您准备自家苹果几箱,以表示您对我这几年的大力支持,我对《文化艺术报》已经达到爱不释手的地部(步)。开始思考生活、体验人生、酝酿文学,这都是您和《文化艺术报》的功劳,在这里我叫您一声陈老师!您改变了我的生活逻辑。"另一条短信:"陈老师好,好长时间没有联系您,我非常感谢您和《文化艺术报》教会我做人道理,服务人民全心投入,修路、平坝、引水、义务帮补、全村修管道,自己投钱全心投入,得到全村人和政府认可。是您一封封报纸改变了我的人生观、提高了我的人生价值,感谢您,感谢《文化艺术报》。"

当时我把这个短信给身边的好多朋友转发,这实际上是我们的报纸从边缘走向了主流的最好诠释。我就讲到这里,谢谢大家!

(原刊载于2011年5月《风云人物》杂志)

担任评委

感恩的心(跋)

许多年前,一个阴晦、沉闷的午后。

那时,生活中正有诸多的压力逼迫着我,内心烦闷、纠结,仿佛一张无法挣脱的网在捆绑、束缚着自己的情绪,使其无法尽情地舒展、挥洒,心灵也无法欢乐地歌唱。

下意识地翻开了书柜中的一本书,一幅明丽的画面映入眼帘:一位身着束腰连衣裙的俄罗斯女人,举着一袋粮食,满面笑容地向我走来;她的胸部饱满,腰肢柔软灵活,浑身充满着快乐和力量;她的身后,是广袤无垠的顿河平原,平原上空,是白云飘浮的湛蓝的天际。是她!阿克西妮亚!《静静的顿河》中的女主人公!

多么美丽的一幅画面啊!顿时,所有的烦闷烟消云散,心情也变得明媚、清爽起来。虽然许多的困苦仍然还摆在那里,横亘在我前去的路上,然而,非常奇异地,它们顿时变得渺小、无力了许许多多,我也变得有力了许多许多,周身充满了战胜困难的勇气与力量。

只要读过《静静的顿河》的人,都能够知道,阿克西妮亚,这位美丽而命运多舛的女主人公,在生活中承受了多么多的苦难!然而,她永远都是那么美丽与坚强,充满着力量。这力量,不仅支撑起她自己,还不断地给予着她爱的人、她周围的人以取之不竭的力量!

这也是文学的力量！俄罗斯文学的力量！

是什么陪伴我走过清冷、寂寞的少女时代？说它"清冷"、"寂寞"，是因为，那时屋外的"文革""如火如荼"；躲在屋内的我，就是一本又一本地，在雪后荧光色的台灯下、在下午榆树的浓荫里、在大雁塔苗圃的灌木草丛中、在夏雨淋沥的窗前，如饥似渴地"饕餮"着。

父母下放前，其他的书，都一架子车、一架子车地卖掉了，留在书架上、书柜中的，就是于我如珍宝一般的俄罗斯文学：《叶甫盖尼·奥涅金》、《童年》、《在人间》、《我的大学》、《普通一兵》、《卓娅和舒拉的故事》、《复活》、《战争与和平》、《罪与罚》、《樱桃园》，以及《静静的顿河》……

出访俄罗斯归来后，我接到了陕西省作协副主席、安康市作协主席张虹女士的短信："不管别人如何，我们心灵的收获太大了！"

是的，正是这样的。

我在写给中华人民共和国驻俄罗斯大使馆副局级文化参赞迟润林先生的 E-mail 中说道："曾经到过一些国家，但从未有过像抵临俄罗斯这般，心潮起伏，激荡难平，在飞机即将降落与飞离俄罗斯大地时，那样的泪流满面，不能自已……"迟润林先生在回信中说："看到您对俄罗斯如此钟情我也很高兴。对我们的国家，对那些上世纪五六十年代在俄苏文学艺术熏陶下成长的中国人来说，这种俄罗斯情结恐怕注定要陪伴其一生了。我本人从初一开始学习俄语，迄今已30多年了，二十多年的工作也绝大部分时间和俄国人打交道，所以看到对俄国怀有感情的人内心总是觉得很亲切。"

我想，这种在涅瓦大街，在涅瓦河波罗的海入海口，在陀思妥耶夫斯基、托尔斯泰、普希金、高尔基故居，在十二月党人广场，在无名烈士墓前的哭泣、流泪，是我压抑在心中许多年的一种无法抹去、无法抑制的感恩与回报！是我的心灵对宏大华美、充满着宽厚包容悲悯之心的俄罗斯文学的回报！当我在寻找人生真谛时，她告诉我，要追求光明、博爱；当我在思索人生态度时，她告诉我，要乐观、坚强、永不屈服；当我在学着待人接物时，她告诉我，应当真诚、永远怀着一颗感恩的心。

是啊，感恩的心！

"赐予我力量,使我能轻易地承受欢乐与哀愁。赐予我力量,使我的爱在服待中结出累累硕果。赐予我力量,使我永远不抛弃穷人,也永远不屈膝于淫威。赐予我力量,使我的心灵超越于日常琐事之上。"(泰戈尔《吉檀迦利》)

感谢中共陕西省委常委、省委宣传部胡悦部长!感谢胡部长在百忙之中,为本书所写的语重心长的序言。实际上,在《文化艺术报》成长前进的过程中,胡部长一直给予了我们这家处于最基层的媒体莫大的支持与鼓舞。"激情燃烧,追求卓越!"《文化艺术报》前进的过程,就是追求理想主义实现的过程。

感谢中国作家协会副主席、陕西省作家协会名誉主席、著名作家、茅盾文学奖获得者陈忠实老师。无数读者,在读完率先发表的陈老师为本书所写的序言《探索与创造者的礼赞》后,打来电话,或发来手机短信。他们,不但为本书所礼赞与讴歌的探索者与创造者的业绩所感动!更为陈老师对辛勤耕耘者的奖掖与陈老师的崇高风范所感动!让我记忆犹新的是,当年陈老师的史诗巨著《白鹿原》入选建国60周年最值得阅读的30本书,我对陈老师进行采访,他对我描述起苏联、吉尔吉斯斯坦作家艾特玛托夫的《白轮船》对他的文学启蒙时,当时我的心灵所感受到的震颤,同样的泪流满面,感动不已。

感谢西安出版社的张军孝社长!于我而言,张社长不仅是我这部拙作的出品人,更是事业中令我尊敬与感动的师长。

感谢陕西省作家协会雷涛书记,他以自己优美灵动、恣肆飞扬的书法,欣然为我题写"夏花秋叶"书名,饱含鼓舞!这帧作品亦成为我的珍存。

感谢成立笠、弓保安、眭俊、卢尚义、齐雅丽、陈骊、王芳闻、王晓渭、陶冶、李国华诸君,没有他们的关怀与鼓舞,就没有这部书的问世!

感谢王矿林君,多年来,一直与《文化艺术报》携手同行,以他敏锐的感知与一双慧眼,发现了许多非常好的新闻线索;难忘与他深入研究所、学校、部队、乡村共同采访共同撰稿的情景。

感谢我的同事兼好友米领群、庞红梅、贾英、贾虎、任萌、张军霞、刘昭、侯亚莉诸君。自始至终,从本书的策划、选文,到编辑、排

版,庞红梅、任萌,特别是庞红梅,可以说是殚精竭力,日夜操劳,本书出版凝结了她们很多的心血;米领群、贾虎、张军霞,特别是米领群,则在工作中、精神上、生活中,给予了我莫大的支持,可以说是无微不至、任劳任怨;同样令我难以忘怀的是,多少个深夜加班时,当我诸事缠身,或体力不支时,只要一声召唤,贾英就会接着我的思绪,飞动起一双手来,在电脑上敲击,写完我未完成的文稿。本书中收录的多篇作品,就是与贾英、刘昭、侯亚莉等人合作完成,其中也凝结了他们的心血。

感谢本书的责任编辑陈凡、朱艳,没有他们在盛夏时的辛勤付出,就没有本书的付梓问世。

最后,永远感谢我的亲人!

陈若星
2011 年盛夏

与中华人民共和国驻俄罗斯大使馆文化参赞迟润林合影　　　张虹/摄